BASTEI
LÜBBE

Ian Fleming

JAMES BOND 007

Goldfinger

Der Spion, der mich liebte

Im Dienst Ihrer Majestät

BASTEI LÜBBE

BASTEI-LÜBBE-TASCHENBUCH
Band 13 690

Erste Auflage
Oktober 1995

Goldfinger
Originaltitel: Goldfinger

Einzig berechtigte Übersetzung
aus dem Englischen von Willy
Thaler und Friedrich Polakovics
Der Spion der mich liebte
Originaltitel: The Spy Who
Loved Me

Einzig berechtigte Übersetzung
aus dem Englischen von Mechtild
Sandberg
Im Geheimdienst Ihrer Majestät
Originaltitel: On Her Majesty's
Secret Service

Einzig berechtigte Übersetzung
aus dem Englischen von Lola
Humm-Sernau

Lizenzausgabe 1995 by
Bastei-Verlag Gustav H. Lübbe
GmbH & Co., Bergisch Gladbach
Titelbild: Alpha, London
Umschlaggestaltung:
Klaus Blumenberg
Satz: KCS GmbH,
Buchholz/Hamburg
Druck und Verarbeitung:
Cox & Wyman
Printed in Great Britain

ISBN 3-404-13690-X

Der Preis dieses Bandes
versteht sich einschließlich
der gesetzlichen Mehrwertsteuer

James Bond 007
Goldfinger

ERSTER TEIL

1

James Bond saß in der Halle von Miami Airport und wartete auf den Abflug seiner Maschine. Er trank einen doppelten Bourbon und sann über Leben und Tod nach.

Töten gehörte zu seinem Beruf. Er hatte es nie gemocht, doch wenn es sein mußte, tat er's, so gut er konnte – und dachte nicht mehr daran. Als Geheimagent mit der seltenen 007-Anfangsnummer – der Secret-Service-Tötungslizenz – hatte er den Tod so kühl zu nehmen wie ein Chirurg.

Dennoch – der Tod dieses Mexikaners ... Gewiß, er war fällig gewesen. Aber als Bond ihn vor kaum vierundzwanzig Stunden erledigt hatte, war dieses Leben so rasch, so gründlich aus dem Körper gewichen, daß Bond zu sehen meinte, wie es dem Mund entflog, als Vogel, wie in den Märchen auf Haiti. Bonds rechte Handkante, jetzt noch rot und geschwollen, würde bald blau werden. Er massierte sie mit der Linken, wie er das auf dem Herflug schon getan hatte. Vielleicht würde er diese Waffe sehr bald wieder brauchen.

»Durchsage: National Airlines Flug 106 nach La Guardia New York fliegt ab. Bitte, alle Passagiere Ausgang sieben!«

Ein Knacks, und der Lautsprecher schwieg. Bond sah auf die Uhr. Da es noch gut zehn Minuten bis zum Aufruf von Transamerican dauern würde, bestellte er noch einen doppelten Whisky mit Eis. Er trank die Hälfte, drückte seine Zigarette aus, stützte das Kinn in die Linke und sah über die flimmernde Rollbahn, hinter der die Sonne eben ins Meer glitt.

Das Ende des Mexikaners war auch das eines scheußlichen Auftrags, eines der ärgsten bisher, schmutzig und gefährlich. Gut war daran nur gewesen, so weit vom Headquarter zu sein.

Irgendein reicher Mexikaner besaß da ein paar Mohnfelder,

deren Mohn nicht nur zur Zierde diente. Das Opium daraus wurde rasch und relativ billig in Mexico City an den Mann gebracht, im *Madre de Cacao*, einem kleinen Café. Man bestellte es einfach mit dem Drink beim Kellner, und an der Kasse hängte dann der Kassierer die entsprechende Nullenzahl an den Getränkepreis: ein glattes Geschäft, das außerhalb Mexikos niemanden etwas anging. Aber dann, im Zuge der Anti-Rauschgift-Kampagne der Vereinten Nationen, erließ die englische Regierung ihr Heroinverbot. Nicht nur in Soho war man bestürzt, auch angesehene Ärzte waren es, die ihren Patienten die Schmerzen ersparen wollten. Die üblichen Schmuggelkanäle aus China, der Türkei und Italien waren sehr bald durch die illegale Hortung in England trockengelegt. Nun saß da in Mexico City ein Import-Export-Kaufmann namens Blackwell, der eine heroinsüchtige Schwester in England hatte. Als diese ihm schrieb, sie müsse ohne seine Hilfe sterben, nahm er das für bare Münze und begann, sich für den Rauschgifthandel zu interessieren. Über Freunde von Freunden kam er schließlich auf die *Madre de Cacao* und von dort zu dem mexikanischen Großproduzenten. Bald erkannte er die wirtschaftlichen Möglichkeiten eines solchen Handels und meinte allen Ernstes, die ideale Lösung gefunden zu haben, ein Vermögen zu verdienen und gleichzeitig der leidenden Menschheit zu helfen. Da er als Düngemittelhändler über ein Lagerhaus und einen kleinen Betrieb mit drei Leuten für Bodenanalyse und Pflanzenforschung verfügte, war der Mexikaner leicht zu überzeugen, wie gut sich hinter solcher Fassade aus Opium Heroin gewinnen ließe. Die Transportfrage war rasch gelöst, denn für tausend Pfund pro Reise nahm ein diplomatischer Kurier monatlich einen zusätzlichen Koffer nach London mit. Dieser Preis war durchaus angemessen, denn der Inhalt des Koffers, den der Kurier jedesmal in der Gepäckaufbewahrung des Victoria-Bahnhofs unter der Adresse eines Mr. Schwab hinterlegte, belief sich auf zwanzigtausend Pfund.

Unglücklicherweise hegte Schwab keinerlei Gefühle für die leidende Menschheit. Er überlegte anders: Wenn Amerikas Halbstarke jährlich Heroin für Millionen Dollar konsumierten, warum sollten das Englands Teddyboys und -girls nicht auch können? Deshalb mischten seine Leute irgendwo in Pimlico das

Heroin mit Speisepulver und vertrieben diese Mischung in Tanzlokalen und Vergnügungsstätten.

Als ihm die CID-›Geisterbrigade‹ auf die Schliche kam, hatte Schwab bereits ein Vermögen verdient, doch Scotland Yard beschloß, ihn vorläufig weiterverdienen zu lassen, um die Bezugsquelle zu ermitteln. So kam man über den Victoria-Bahnhof auf den mexikanischen Kurier, und damit mußte der Geheimdienst eingreifen, der Bond beauftragte, die Bezugsquelle des Kuriers aufzuspüren und zu vernichten.

Auftragsgemäß flog Bond nach Mexiko und begab sich als Londoner Aufkäufer in die *Madre de Cacao.* Dort nahm er Kontakt mit dem mexikanischen Großproduzenten auf, der ihn freundlich aufnahm und an Blackwell weiterverwies. Von diesem war Bond eher eingenommen. Zwar wußte er nichts von dessen Schwester, doch schien die Verbitterung dieses offensichtlichen Amateurs über das Londoner Verbot echt zu sein. In einer der folgenden Nächte brach Bond in Blackwells Lagerhaus ein und hinterließ eine Bombe. Dann betrachtete er aus einem Café, zwei Kilometer vom Tatort, den Feuerschein am Himmel und lauschte dem Gebimmel der Löschzüge. Am nächsten Morgen rief er Blackwell an.

»Zu dumm, daß Sie Ihren Betrieb verloren haben! Ich fürchte nur, die Versicherung wird Ihr Lager nicht decken.«

»Wer ist dort? Wer spricht?«

»Ach, ich komme aus England, wo Ihr Zeug schweren Schaden angerichtet hat. Santos wird mit seinen Diplomatenkoffern nicht mehr bei uns einreisen, und Schwab sitzt hinter Schloß und Riegel. Auch dieser Bond, Sie kennen ihn ja, geht uns nicht durch die Lappen, wir sind schon hinter ihm her.« Damit hängte Bond auf.

Blackwell hätte das Spiel nicht durchschaut. Es war der Mexikaner; denn obwohl Bond das Hotel gewechselt hatte, trat ihm auf dem Heimweg am Abend ein Mann in schmutzigweißem Leinenzeug in den Weg. Unter einer zu großen Chauffeurkappe blitzten zwei nadelscharfe Marihuana-Augen, die Backenknochen zeigten blauschwarze Schatten.

»Mögen Frau? Machen hopphopp?«

»Nein.«

»Farbiges Mädchen? Feine Urwaldkatze?«

»Nein.«

»Vielleicht pikante Foto?«

Der Griff zur Rocktasche war Bond so altbekannt, daß ihn der blitzende Messerstoß gegen seine Kehle nicht überraschte.

Ganz mechanisch konterte er mit der »Parry-Abwehr gegen heimtückischen Dolchstoß«: Sein rechter Arm fing den Stoß auf, schlug die Messerhand des Mexikaners aus ihrer Zielrichtung und beraubte diesen für den Moment eines krachenden, kurzen Kinnhakens seiner Deckung. Der Schlag warf den Mann beinahe vom Gehsteig. Als er zurücktaumelte, sauste Bonds tödlicher Handkantenschlag gegen den Adamsapfel – die letzte Waffe aller Kommandotruppen. Der Mexikaner schlug als Toter auf dem Boden auf.

Sekundenlang sah Bond schwer atmend auf den Knäuel Staub und billige Kleider nieder. Dann blickte er die Straße entlang. Autos fuhren vorbei. Der Kampf hatte sich im Schatten abgespielt. Bond kniete neben dem Körper nieder: kein Puls; die eben noch blitzenden Augen schon glasig; das Haus, aus dem der Mexikaner gekommen war, leer. Bond zerrte die Leiche zur Mauer im tieferen Schatten, klopfte sich den Staub vom Anzug und setzte den Weg zum Hotel fort.

Früh am Morgen hatte er sich rasiert und war zum Flugplatz gefahren, um mit der erstbesten Maschine das Land zu verlassen. Da sie Caracas anflog, hatte er im Transit-Wartesaal von Caracas auf den Start der Transamerican Constellation nach Miami gewartet, die ihn noch diesen Abend nach New York bringen würde.

Wieder summte es im Lautsprecher. »Transamerican bedauert wegen Maschinenschadens die Verschiebung ihres Fluges TR 618 nach New York. Neue Abflugzeit morgen, acht Uhr früh. Alle Passagiere wollen bitte zum Kartenschalter von Transamerican kommen, um die Übernachtungsarrangements zu treffen. Vielen Dank.«

Auch das noch! Was tun? Umbuchen oder die Nacht in Miami verbringen? Bond griff nach dem vergessenen Drink und stürzte den Rest hinunter. Auch gut! So würde er die Nacht in Miami bleiben und sich besaufen, so sehr, daß das Luder, das er sich anlachte, ihn würde ins Bett schleppen müssen! Diese zusätzliche Nacht, er würde sie nutzen, würde sich endlich einmal gehenlassen. Teufel auch, warum brütete er über den Tod dieses Mexikaners? Töten oder getötet werden, das war die Losung, immer und überall. Das letzte Tageslicht war geschwunden. Unter dem nachtblauen Himmel spiegelten sich die grün-gelben Blinklichter auf der öligen Betonfläche. Mit Donnergetöse brauste eben eine DC 7 die grüne Hauptbahn entlang. Die Fenster des Wartesaals erklirrten leise.

Bonds Mund verzog sich. Nach so viel Tod braucht der Mensch ein bißchen Leben, leicht, angenehm. Er sah auf, als jemand neben ihm stehenblieb: Da stand ein gepflegter, nach Geld aussehender Mann mittleren Alters, leicht verlegen.

»Verzeihung, aber Sie sind doch Mr. Bond, Mr. James Bond?«

2

Bond liebte es, anonym zu bleiben. Sein Ja klang abweisend. Der Fremde streckte ihm die Hand hin: »So ein Zufall!«

Bond erhob sich und ergriff die Hand flüchtig. Sie war fleischig und wirkte wie ein aufgeblasener Gummihandschuh.

»Du Pont. Junius Du Pont. Wir kennen uns von früher. Darf ich mich setzen?«

Wohin mit dem Mann? Irgendwie hatte er ihn kennengelernt, aber das mußte lange her sein. Nicht in Amerika. Etwa fünfzig Jahre alt, rosiger Teint, glatt rasiert, in der üblichen Aufmachung von Brooks Brothers, dem Herrenausstatter der amerikanischen Millionäre – dunkelbrauner, einreihiger Tropical, weißes Seidenhemd, Manschettenvorstoß mit Kristallknöpfen, gestreifte Krawatte, anthrazitgraue Socken, mahagonibraune Schuhe. Dazu ein schmalkrempiger Stroh-Homburger mit bordeauxrotem Band.

Mr. Du Pont nahm Platz und zog Zigaretten sowie ein massivgoldenes Feuerzeug heraus. Offensichtlich war er das, was er schien: ein schwerreicher, leicht verlegener Amerikaner.

»Zigarette?«

»Danke.« Bond übersah das angebotene Feuerzeug und nahm sein eigenes.

»Frankreich, 1951, Royale-les-Eaux.« Mr. Du Pont sah Bond erwartungsvoll an. »Im Kasino. Meine Frau und ich saßen neben ihnen, als Sie den Franzosen fertigmachten.«

Natürlich! Die Du Ponts waren Nummer vier und fünf am Baccarat-Tisch gewesen, als er Le Chiffre zur Strecke brachte. Bond sah alles vor sich. War das eine Nacht gewesen! Lächelnd blickte er Mr. Du Pont an: »Ja, jetzt erinnere ich mich wieder. Aber ich dachte damals nur an die Karten.«

Mr. Du Pont grinste erleichtert: »Das kann ich verstehen, bei Gott! Aber ich hoffe wirklich, Sie entschuldigen, daß ich mich hier so aufdränge. Sehen Sie …« Er schnalzte mit den Fingern, um sich bei der Kellnerin bemerkbar zu machen. »Aber zuerst begießen wir das. Was darf es denn sein?«

»Danke, Bourbon auf Eis.«

»Und einen Haig mit Wasser.« Die Kellnerin ging. Mr. Du Pont beugte sich vor. »Ich erkannte Sie gleich, aber ich dachte mir, Junius, wir wollen sichergehen! Ich wollte nämlich heute mit Transamerican fliegen, und als die Verschiebung ausgerufen wurde, sah ich Ihnen an, daß auch Sie auf Transamerican warteten.« Bond nickte, und Mr. Du Pont sprach weiter. »Ich lief also zum Kartenschalter, warf einen Blick in die Passagierliste, und richtig, da stand ›J. Bond‹.« Zufrieden mit seinem Scharfsinn, lehnte sich Mr. Du Pont zurück. Die Drinks kamen, er hob sein Glas. »Auf Ihr Wohl! Heute hab' ich Glück!«

Bond trank mit unverbindlichem Lächeln.

Abermals beugte sich Mr. Du Pont vor und sah sich um. An dem Nachbartisch saß niemand, dennoch senkte er die Stimme: »Also, ich hoffe, Sie werden mir verzeihen, Mr. Bond. Es ist sonst nicht meine Art, mich in die Angelegenheiten anderer einzumischen, aber damals in Royale, nach diesem Spiel, hörte ich, daß Sie nicht nur ein Meister im Kartenspiel seien, sondern auch – wie soll ich sagen – eine Art – also, im Geheimdienst gewissermaßen.« Feuerrot wegen seiner Indiskretion lehnte sich Mr. Du Pont zurück und trocknete die Stirn.

Bond hob die Schultern. Seine graublauen Augen zeigten Offenheit, während Du Ponts Blick bei aller Verlegenheit hart und wachsam geworden war. »Ja, so nebenbei. Ein Überbleibsel aus dem Krieg, wissen Sie! So eine Art Indianerspiel. Aber jetzt im Frieden hat das keine Zukunft.«

»Zweifellos!« Mr. Du Pont machte eine wegwerfende Geste. Als er seine nächste Frage stellte, die nächste Lüge erwartete, wich er Bonds Blicken aus. »Darf man fragen, was für eine Tätigkeit Sie gewählt haben?«

»Import-Export. Universal, falls Sie die Firma kennen.«

Du Pont spielte mit. »Universal – lassen Sie mich nachdenken. Ja, sicher, von der habe ich gehört. Ob ich je mit ihr in Geschäftsverbindung war, kann ich nicht sagen, aber dazu ist es ja nie zu spät.« Er lachte.

Bond sagte nichts, sondern blickte auf die Uhr, damit Mr. Du Pont sein Blatt rascher aufdeckte. Mit seinen eigenen Karten würde er vorsichtiger sein. Er ließ sich durch Mr. Du Ponts zur Schau getragene Harmlosigkeit nicht täuschen.

Auch Du Pont blickte auf die Uhr. »O weh, sieben Uhr schon, und ich rede daher, ohne zur Sache zu kommen! Sehen Sie, Mr. Bond, ich habe da ein Problem, das ich Ihnen gerne anvertraut hätte. Ich möchte Sie bitten, für diese Nacht mein Gast zu sein.« Du Pont hob die Hand. »Sie würden sich wohl fühlen. Zufällig bin ich am *Floridiana* beteiligt, zu Weihnachten haben wir eröffnet. Es geht alles bestens, muß ich sagen. Was meinen Sie, Mr. Bond? Sie sollen das beste Appartement haben, und wenn ich dafür zahlende Gäste an die Luft setzen muß. Sie würden mir den größten Gefallen tun!« Bond war entschlossen anzunehmen. Was konnte es denn sein: Erpressung, Gangster, Frauen, jedenfalls typische Reicheleutesorgen. Gleichviel, da war ja jenes angenehme Leben, das er sich gewünscht hatte. Bond begann also mit höflicher Ablehnung, die Mr. Du Pont sofort unterbrach: »Bitte, bitte, Mr. Bond! Und, glauben Sie, ich wäre Ihnen wirklich dankbar!« Er winkte der Kellnerin und wandte sich, während er die Rechnung beglich, von Bond ab. Wie viele reiche Leute hielt er das Zeigen von Geld und Trinkgeld für ungehörig. Danach faßte er Bond am Arm, ließ aber sofort los, als er Widerstand spürte. Sie gingen die Treppe zur Haupthalle hinunter.

»Zuerst wollen wir noch Ihre Reservierung erledigen.« Mr. Du Pont trat an den Kartenschalter von Transamerican und bewies in wenigen Sätzen, was er hier in Amerika galt.

»Jawohl, Mr. Du Pont.« – »Aber sicher, Mr. Du Pont.« – »Wird erledigt, Mr. Du Pont!«

Draußen fuhr ein blitzender Chrysler Imperial vor. Ein drahtiger Chauffeur in hellbrauner Uniform riß den Wagenschlag auf. Bond stieg ein und ließ sich in die weichen Polster sinken. Das Wageninnere war wundervoll kühl, fast kalt. Ein Transamerican-Angestellter hastete mit Bonds Koffer herbei und übergab ihn dem Fahrer. »Bill's on the Beach«, befahl Mr. Du Pont, und schon glitt der große Wagen durch die Menge parkender Autos auf die Promenade hinaus.

Mr. Du Pont lehnte sich zurück: »Hoffentlich mögen Sie Steinkrabben, Mr. Bond! Schon versucht?«

Mr. Du Pont sprach über Bill's on the Beach und wog die Vorzüge von Steinkrabben- und Alaskakrabbenfleisch gegeneinander ab, während sie rasch durch die Innenstadt, den Biscayne Boulevard entlang und über die Biscayne-Bucht zur Douglas-MacArthur-Dammstraße fuhren. Bond machte passende Einwürfe und ließ sich's in der angenehmen Atmosphäre von Komfort und müßigem Geplauder wohl sein. Sie hielten vor »Bill's on the Beach«. Während des Aussteigens hörte Bond Mr. Du Pont sagen: »Das Aloha-Appartement. Wenn's Schwierigkeiten gibt, soll Mr. Fairlie mich anrufen, ja?«

Der Saal war ganz in Weiß gehalten, die Fenster mit rosa Musselin drapiert. Auch die Tischlampen waren rosa. Es war voll, lauter sonnengebräunte Gäste in teurer Tropenaufmachung, schimmernden Hemden, mit blitzenden Armreifen, juwelenbesetzten Sonnenbrillen, modischen Strohhüten. Und über allem der Duft von Speisen und Badestrand.

Bill, ein rundlicher Italiener, eilte herbei. »Nein, Mr. Du Pont, das freut mich aber! Ein bißchen voll heute, gleich werde ich etwas für Sie finden. Hier entlang, bitte!« Die ledergebundene Speisekarte über sich schwenkend, wand er sich durch bis zum besten Tisch im Saal, rückte zwei Stühle zurecht, winkte den Maître d'hôtel und den Weinkellner heran und wechselte noch einige höfliche Worte mit Mr. Du Pont, ehe er ging.

Mr. Du Pont schlug die Karte zu. »Wollen Sie das nicht mir überlassen? Was Ihnen nicht schmeckt, schicken Sie zurück.« Und zum Oberkellner: »Steinkrabben, aber frische, in zerlassener Butter, mit dickem Toast, ja?«

»Sehr wohl, Mr. Du Pont.«

Händereibend trat der Weinkellner heran. »Zwei Halbe, rosa Champagner, Pommery 50, in Silberkannen, ja?«

»Sofort, Mr. Du Pont. Einen Cocktail vorher?«

Lächelnd wandte sich Du Pont an Bond.

»Wodka Martini, bitte, mit einem Stück Zitronenschale«, sagte Bond.

»Also dann zwei«, sagte Mr. Du Pont. »Doppelte!« Der Weinkellner eilte davon. Du Pont nahm, den Saal überschauend und einige Grüße austauschend, Zigaretten und Feuerzeug heraus und rückte näher. »Nichts zu machen gegen den Lärm. Ich komme nur wegen der Krabben hierher, sie sind himmlisch. Hoffentlich sind Sie nicht allergisch dagegen, wie damals das Mädchen, dem hinterher die Lippen anschwollen wie Radreifen!«

Bond amüsierte dieser ausgewechselte Mr. Du Pont. Jetzt, da er dachte, ihn am Haken zu haben, gab er sich ganz anders als jener scheue, verlegene Bittsteller, der er noch am Flugplatz gewesen war. Was aber wollte er eigentlich? Jedenfalls erwiderte Bond, er sei nicht allergisch.

»Na, dann ist's ja gut.«

In der nun folgenden Pause betätigte Du Pont ein paarmal sein Feuerzeug, legte es aber weg, sobald er merkte, daß das störte. Nach einigem Überlegen begann er zu sprechen, indem er seine auf dem Tisch liegenden Hände betrachtete.

»Haben Sie je Canasta gespielt, Mr. Bond?«

»Ja, ein nettes Spiel. Ich spiele es gern.«

»Auch zu zweit?«

»Auch das. Ist aber nicht so unterhaltend. Wenn jeder richtig aufpaßt, steht es am Ende gewöhnlich für beide gleich. Man kann da nicht viel herausholen.«

Du Pont nickte nachdrücklich. »Das hab' ich mir auch gesagt. Nach hundert Spielen müssen zwei gleichwertige Spieler immer noch gleich sein. Nicht so wie beim Gin-Rummy oder beim Oklahoma. Irgendwie gefällt mir gerade das daran. Man schlägt die Zeit tot, hat eine Menge Karten, ist einmal oben, einmal unten, und keinem schadet es. Finden Sie nicht?«

Die Martinis kamen, Du Pont bestellte gleich noch einmal zwei. Sie tranken.

»Was würden Sie sagen ... also, ich habe beim Canasta zu zweit in einer Woche fünfundzwanzigtausend Dollar verloren. Dabei kenne ich mich am Kartentisch aus!«

»Immer mit demselben Partner? Dann hat er Sie angeschmiert!«

»Genau!« Mr. Du Pont schlug aufs Tischtuch und lehnte sich zurück. »Genau dasselbe hab' ich mir auch gesagt, nachdem ich vier Tage lang verloren hatte. Ich sagte mir, dieser Schuft schmiert mich an, aber ich werd' ihm auf die Schliche kommen und ihn aus Miami hinausjagen lassen! Zweimal verdoppelte ich den Einsatz. Ihm war's ganz recht. Ich paßte auf jede Karte auf, die er spielte, auf jede Bewegung! Nichts! Nicht die Spur eines Zeichens, und ein neues Kartenpaket, wann immer ich wollte. Und er gewann wieder und wieder, auch heute noch. Schließlich wurde es mir zu dumm! Natürlich ließ ich mir nichts anmerken, sondern habe höflich bezahlt. Dann habe ich gepackt, bin zum Flugplatz gefahren und habe für die erste Maschine nach New York gebucht.« Du Pont hob die Hände. »Ausgerissen bin ich! Aber fünfundzwanzig Tausender sind fünfundzwanzig Tausender. Ich sah schon fünfzig und hundert daraus werden, ohne den Kerl erwischt zu haben! Was sagen Sie jetzt?«

Bond brummelte mitfühlend. Karten interessierten ihn immer. Er sagte: »Fünfundzwanzigtausend sind eine Menge Geld. Wie hoch haben Sie gespielt?«

»Einen Vierteldollar den Punkt, schließlich einen Dollar: Bei dauerndem Verlieren ist das der Ruin.«

»Aber manchmal müssen Sie doch gewonnen haben.«

»Ja, sicher, aber jedesmal, wenn's darauf ankam, legte er nieder. Sie wissen ja, beim Canasta muß man richtig abwerfen. Er schien telepathisch veranlagt zu sein. Es war, als wüßte er jede Karte in meinem Blatt.«

»Waren Spiegel im Zimmer?«

»Aber nein, wir spielten immer im Freien! Er wollte braun werden, spielte nur vor- und nachmittags. Spiele er abends, dann könne er nicht schlafen, sagte er.«

»Wer ist es eigentlich? Wie heißt er?«

»Goldfinger. Auric Goldfinger. Auric – das heißt doch ›golden‹, nicht? Und das ist er, mit seinem feuerroten Haar.«

»Was für ein Landsmann?«

»Sie werden's nicht glauben bei dem Namen, aber er ist Brite. Lebt in Nassau, nach seinem Paß. Zweiundvierzig, ledig, von

Beruf Makler. Der Hausdetektiv hat den Paß eingesehen, als ich mit ihm zu spielen begann.«

»Welche Art Makler?«

Mr. Du Pont lächelte grimmig. »Hab' ich ihn auch gefragt. Er sagte: ›Oh, alles, was sich gerade ergibt.‹ Der Kerl ist schwer zu fassen; bei jeder direkten Frage weicht er aus. Aber sonst ein angenehmer Plauderer.«

»Vermögen?«

»Ha! Das ist das Tollste! Steinreich! Ich ließ durch meine Bank Erkundigungen einziehen. In Nassau wimmelt es ja von Millionären, aber er ist dort einer der reichsten. Hat sein Geld in Goldbarren angelegt, die er überall herumschickt, um an den Differenzen des Goldkurses zu verdienen. Muß was dran sein an diesem System. Wenn er so reich ist, weshalb will er mir lumpige fünfundzwanzig Tausender abnehmen?«

Die Geschäftigkeit der Kellner ersparte Bond eine Antwort. Zeremoniös wurde eine große Silberplatte mit Krabben, deren Schalen und Scheren gebrochen waren, auf den Tisch gesetzt. Ihr folgten eine Silbersaucière mit der zerlassenen Butter, zwei lange Toastständer und die Champagnerkannen, in denen es rosig schäumte. Mit verbindlichem Schmunzeln trat der Oberkellner hinter ihre Stühle und band Mr. Du Pont und Mr. Bond lange, weißseidene Servietten um ...

Mit sanftem Rülpsen wischte sich Mr. Du Pont die Butter vom Kinn und lehnte sich behaglich zurück. Dann sagte er: »Mr. Bond, ich weiß nicht, ob irgend jemand in der Welt heute so gut zu Abend gegessen hat. Was meinen Sie?«

Was sage ich nun? dachte Bond. Da habe ich nach dem angenehmen Leben verlangt, und mein Wunsch ist mir mehr als erfüllt worden. Gefällt es mir wirklich, mich voll zu essen und dann solche Bemerkungen mit anzuhören? Aber er sagte nur: »Das weiß ich nicht, aber es war bestimmt ausgezeichnet.«

Mr. Du Pont war's zufrieden und bestellte Kaffee. Zigarre und Likör lehnte Bond ab. Er nahm eine Zigarette und harrte interessiert des Kommenden. Denn daß bisher alles nur Vorspiel gewesen war, wußte er.

Mr. Du Pont räusperte sich. »Und jetzt, Mr. Bond, möchte ich Ihnen einen Vorschlag machen.«

»Ja?«

»Es war gewiß Fügung, Sie so auf dem Flugplatz zu treffen.« Du Ponts Stimme klang ernst und aufrichtig. »Unsere erste Begegnung damals in Royale-les-Eaux, Ihre Kaltblütigkeit, Ihr Wagemut, Ihre Geschicklichkeit ... kurz, Mr. Bond, ich zahle Ihnen zehntausend Dollar, wenn Sie als mein Gast diesem Goldfinger auf die Schliche kommen!«

Bond blickte Mr. Du Pont in die Augen. »Das ist ein großzügiges Angebot, aber ich muß nach London. In achtundvierzig Stunden muß ich von New York abfliegen. Wenn Sie morgen vor- und nachmittag Ihre normalen Partien spielen, sollte das für mich genügen. Morgen abend muß ich hier weg, ob ich ihnen geholfen habe oder nicht. Abgemacht?«

»Abgemacht!« sagte Mr. Du Pont.

3

Das Flattern der Vorhänge weckte Bond. Er schlug das Bettuch zurück, trat auf dem dicken Velourssteppich an das Aussichtsfenster und hinaus auf den sonnenbeschienenen Balkon. Obwohl es noch nicht acht Uhr sein konnte, fühlten sich die Fliesen in der Sonne schon fast heiß an. Eine frische Brise von See her straffte die Nationalflaggen auf der Privatjachtenpier. Die Luft war feucht und roch stark nach Meer. Zwölf Etagen tiefer erstreckte sich die fade Pracht der Gartenanlagen. Auf den Wegen zwischen Palmen und freundlichen Blumenbeeten harkten Gärtner den Kies, säuberten ihn von Laub. Zwei mähten das Gras, zwei besprengten den Rasen.

Gerade unterhalb von Bonds Standpunkt schwang in elegantem Bogen das Flachdach des *Cabana Clubs* uferwärts, mit Stühlen, Tischen und gelegentlich einem rot-weiß gestreiften Sonnenschirm besetzt. Innerhalb dieses Bogens lag das smaragdgrüne Schwimmbassin, dessen Rand von Deckstühlen umsäumt war, auf deren Matratzen die Benutzer in Kürze ihre tägliche Fünfzigdollarbräune erwerben würden. Noch ordneten weißbejackte Männer die Stuhlreihen, wendeten Matratzen und entfernten Zigarettenreste vom Vortag. Auch der Badestrand wurde eben gesäubert und mit Matratzen und Sonnenschirmen versehen. Kein Wunder, daß das Aloha-Appartement zweihundert Dollar den Tag kostete. Rasch überschlug Bond, daß sein Jahresgehalt für drei Wochen reichen würde. Gut gelaunt ging er ans Telefon und bestellte ein ausgiebiges Frühstück, eine Stange *Chesterfields* und Zeitungen.

Um acht Uhr hatte er geduscht, war rasiert und angezogen. Nebenan in dem eleganten Salon trug ein blau-goldener Kellner das Frühstück auf. Die Titelseite des bereitliegenden *Miami Herald* befaßte sich mit dem gestrigen Fehlstart einer Interkontinentalrakete auf dem nahen Cap Canaveral sowie mit einem bösen Sturz beim Rennen in Hialeah. Bond ließ die Zeitung zu Boden gleiten und begann, während er frühstückte, über Mr. Du Pont und Mr. Goldfinger nachzudenken. Er war sich nicht schlüssig. Entweder war Du Pont ein viel schlechterer Spieler, als er vorgab – was unwahrscheinlich schien –, oder Goldfinger betrog. Spielte dieser aber ohne Not falsch, so beruhte sein Reichtum gewiß auf noch größerer Gaunerei. Da derlei Burschen Bond besonders interessierten, brannte er nachgerade darauf, Mr. Goldfinger und seine geheimnisvolle Erfolgsmethode näher kennenzulernen. Es stand also ein unterhaltsamer Tag bevor.

Laut Plan würde er Mr. Du Pont um zehn im Garten treffen, um ihm den englischen Aktienanteil an einem kanadischen Erdgasvorkommen zu verkaufen. Er wäre dazu eigens von New York gekommen. Die Vertraulichkeit solchen Handels würde Goldfinger keine näheren Fragen erlauben. Man würde sich dann aufs Dach des *Cabana Clubs* begeben, um dort zu spielen, und Bond würde dabei seine Zeitung lesen und zusehen. Nach dem Essen, bei dem Bond und Mr. Du Pont das »Geschäftliche« zu besprechen hätten, würde man weitermachen. Bond hatte sich von Du Pont Goldfingers Zimmernummer geben lassen und einen Hauptschlüssel verlangt, den er im Garten erhalten sollte. Entspannt blickte Bond aufs Meer hinaus. Das war genau die Art Auftrag, die er brauchte, um diesen mexikanischen Nachgeschmack loszuwerden.

Um halb zehn verließ Bond seine Zimmer, schlenderte durch die Korridore und prägte sich, scheinbar den Lift suchend, den Hotelgrundriß ein. Unten sah er sich unauffällig um und trat dann, wie verabredet, in den Garten hinaus. Mr. Du Pont, jetzt in Strandaufmachung von Abercrombie & Fitch, dem Geschäft für exklusive Sportartikel, steckte ihm den Schlüssel zu, wonach beide zum *Cabana Club* hinüberpromenierten und die zwei kurzen Treppen zum Flachdach hinaufstiegen.

Der Anblick, den Mr. Goldfinger bot, ließ Bond staunen. Ganz hinten auf dem Dach, gerade unter dem Hotelmassiv, lag, die Beine auf einem Deckstuhl, ein nur mit gelbem Satinslip bekleideter Mann mit Sonnenbrille und einem Paar großer Blechflügel unterm Kinn. Diese ragten in Form einer Halskrause über die Schultern hinaus und waren an ihren runden Enden leicht aufgebogen.

»Was hat denn der um den Hals?« fragte Bond.

»Noch nie gesehen?« Mr. Du Pont war überrascht. »Es hilft beim Braunwerden. Das Blech reflektiert die Sonne unters Kinn und hinter die Ohren, wo man sonst nie braun wird.«

Sobald sie bis auf wenige Meter heran waren, rief Mr. Du Pont fröhlich und mit überlauter Stimme: »Hallo, Sie da!«

Aber Mr. Goldfinger regte sich nicht.

»Er ist schwerhörig«, sagte Du Pont erklärend. Sie standen nun direkt vor ihm, und Du Pont wiederholte seinen Ruf.

Goldfinger fuhr in die Höhe und riß die Sonnenbrille vom Kopf: »Was ist? Ach, Sie sind's!« Er nahm die Flügel ab, legte sie vorsichtig hin und stand schwerfällig auf. Dann blickte er Bond prüfend an.

»Ich möchte Ihnen hier Mr. James Bond vorstellen, einen Freund aus New York und Landsmann von Ihnen. Ist extra hergekommen, um mir ein Geschäftchen einzureden.«

Mr. Goldfinger streckte die Hand aus: »Freut mich, Sie zu sehen, Mr. Bond.«

Die Hand war hart und trocken und wurde sofort wieder zurückgezogen. Für einen Moment weiteten sich die hellblauen Augen zu einem so harten Blick, daß er durch das Gesicht in Bonds Hinterkopf einzudringen schien. Gleich darauf schirmten die Lider diesen Röntgenblick wieder ab.

»Dann spielen wir heute nicht.« Die Stimme war flach und ausdruckslos, der Satz eher Feststellung als Frage.

»Was heißt das?« protestierte Mr. Du Pont. »Glauben Sie, ich verzichte so leicht auf mein Geld? Wie soll ich denn sonst fortkommen aus diesem verdammten Hotel!« Er lachte. »Sam wird den Tisch gleich aufstellen, und überdies möchte James das Spiel erlernen, er versteht nicht viel von Karten, nicht wahr, James? Ihnen genügen ja die Zeitung und die Sonne!«

»Nur zu gern«, sagte Bond. »Nach dieser Reise ...«

Wieder der bohrende Blick, der sich aber gleich wieder senkte: »Ich will nur etwas anziehen. Hatte eigentlich vor, heute nachmittag im *Boca Raton* bei Mr. Armour eine Golfstunde zu nehmen, aber die Karten sind mir lieber. Meine Unart, die Handgelenke beim Gebrauch der leichten Schläger zu früh zu entspannen, wird sich gedulden.« Dann, mit einem gleichgültigen Blick auf Bond: »Spielen Sie Golf, Mr. Bond?«

»Gelegentlich, in England.«

»Und wo?«

»Huntercombe.«

»Ah – kenn' ich. Hübsch dort. Ich bin neulich dem Royal St. Marks beigetreten. Bin unweit von Sandwich an einem Unternehmen beteiligt. Kennen Sie den Klub?«

»Hab' schon dort gespielt.«

»Nein, so was! Wir müssen mal spielen.« Mr. Goldfinger bückte sich nach seinen Blechflügeln. »In fünf Minuten bin ich wieder da«, sagte er und ging langsam auf die Treppe zu.

Ein Steward in weißer Jacke nahm Mr. Du Ponts Anweisungen entgegen, zwei weitere waren dabei, den Kartentisch aufzuschlagen. Bond blickte in den Garten und überlegte. Der Mann hatte ihn beeindruckt. Das war einer der ausgeglichensten Menschen, die er je getroffen hatte. Maßvoll in den Bewegungen, in der Sprache, im Ausdruck. Keinerlei Vergeudung von Energie. Und doch: Als Goldfinger sich erhoben hatte, war Bond sogleich aufgefallen, wie an diesem Mann nichts zueinander paßte. Er war höchstens einssechzig. Auf dem dicken Rumpf mit den plumpen, bäurischen Beinen saß nahezu halslos ein übergroßer, kugelrunder Kopf. Als hätten die einzelnen Körperpartien früher verschiedenen Männern gehört, so wenig fügte sich eine zur anderen. Ob der Mann seine Häßlichkeit unter einem Übermaß an Sonnenbräune zu verbergen hoffte? Das Gesicht unter dem karottenfarbenen Bürstenhaarschnitt, nicht so häßlich, aber ebenso auffallend wie der Körper, wirkte mondförmig. Im ganzen wohl das Gesicht eines Denkers, eines Wissenschaftlers.

Rücksichtslos, sinnlich und hart in einem: eine seltsame Mischung.

Und sonst? Im allgemeinen mißtraute Bond kleinen Menschen. Das waren doch nur personifizierte Minderwertigkeitskomplexe! Stets wollten sie groß sein, größer als die anderen, wie Napoleon oder Hitler. Von wem kam denn die Unruhe in der Welt? Auf welche Weise war Goldfinger wohl zu einem der reichsten Männer geworden? Doch das würde erst später von Interesse sein. Jetzt galt es, seine Spielmethode zu durchschauen.

»Fertig?« rief Mr. Du Pont dem sich nähernden Goldfinger entgegen. Im bequemen, dunkelblauen Anzug mit offenem Hemd machte er beinahe eine gute Figur. Aber der große, rotbraune Kugelkopf blieb, und der fleischfarbene Hörapparat im Ohr machte ihn auch nicht schöner. Du Pont saß mit dem Rücken zum Hotel. Goldfinger setzte sich ihm gegenüber und hob ab. Du Pont schob die Karten Goldfinger hin, schlug drauf, und Goldfinger begann zu geben. Nun erst schlenderte Bond heran, zog einen Stuhl an Du Ponts Seite, ließ sich darauffallen, entfaltete umständlich die Sportseite seiner Zeitung und sah beim Geben zu. Fast hatte er es erwartet: Das war kein Falschspieler. Goldfinger gab rasch und gut, aber mit keinerlei Anzeichen eines berufsmäßigen Handgriffs. Nichts von der gewissen Fingerhaltung, die es ermöglicht, nach Belieben vom unteren oder vom zweiten Paket zu geben. Auch kein Siegelring am Finger, um die Karten zu zinken, kein Pflaster, um sie zu markieren.

Du Pont wandte sich Bond zu: »Man gibt fünfzehn Karten«, erklärte er. »Dann kauft man zwei und wirft eine dafür ab. Ansonsten strenge Regeln. Keine europäischen Mätzchen.«

Du Pont nahm seine Karten auf. Er steckte sie fachmännisch, reihte sie nicht nach ihrem Wert, teilte auch die Joker, von denen er zwei hatte, nicht links ein, weil alles Schablonenhafte einem wachsamen Gegner hilft. Er hielt vielmehr die guten Karten in der Mitte seines Blattes und steckte die Einzelkarten und Paare rechts und links.

Das Spiel begann. Du Pont kaufte zuerst und hatte Glück: zwei Joker. Mit undurchdringlicher Miene warf er ab. Noch zwei passende Karten, und er konnte glatt auslegen. Allerdings erhöhte das Kaufen von zwei Karten auch die Gefahr, nutzlose zu bekommen. Goldfinger spielte betont überlegt, ja aufreizend langsam. Immer wieder ordnete er seine Karten neu, ehe er sich entschied, abzuwerfen.

Nach dem dritten Kauf brauchte Du Pont nur mehr eine von fünf Karten, um auszumachen und seinen Gegner mit dem gesamten Blatt sitzenzulassen. Doch als ob dieser es gespürt hätte, kam er Du Pont zuvor, legte mit fünfzig heraus und machte ein Canasta mit drei Jokern und vier Fünfern. Dann kamen noch etliche Drillinge, so daß Goldfinger nur vier Karten im Blatt blieben. Normalerweise wäre das herzlich schlecht gespielt gewesen, so aber machte das vierhundert Pluspunkte statt eines Verlustes von über hundert, denn beim nächsten Kauf hatte Du Pont, was er brauchte, und machte mit den nötigen zwei Canastas glatt aus.

»Donnerwetter, diesmal hätt' ich Sie beinahe erwischt!« Du Ponts Stimme klang ärgerlich. »Was, zum Teufel, hat Sie bewogen, so rasch auszukneifen?«

»Ich rieche die Gefahr.« Unbewegt addierte Goldfinger seine Punkte, sagte sie an, notierte sie und wartete, daß Du Pont das gleiche tat. Dann hob er ab, lehnte sich zurück und blickte Bond mit höflichem Interesse an.

»Bleiben Sie längere Zeit, Mr. Bomb?«

Bond lächelte. »Ich heiße Bond, B – O – N – D. Nein, ich muß noch heute abend nach New York zurück.«

»Schade.« Mit höflichem Bedauern wandte sich Goldfinger wieder den Karten zu. Bond nahm die Zeitung zur Hand und starrte, ohne zu lesen, auf die Baseball-Resultate, während er dem Spielablauf zuhörte. Goldfinger gewann dieses Blatt und die beiden nächsten auch. Er gewann die Partie. Fünfzehnhundert Punkte – fünfzehnhundert Dollar für Mr. Goldfinger.

»Jetzt geht es schon wieder los!«

Bond ließ seine Zeitung sinken. »Gewinnt er für gewöhnlich?«

»Was heißt gewöhnlich!« schnaubte Du Pont. Wieder hoben sie ab. Goldfinger machte sich ans Geben.

»Warum wechseln Sie nicht die Sitze? Oft hilft das, man zeigt sozusagen dem Unglück die Kehrseite.«

Goldfinger hielt inne und blickte Bond ernst an. »Das geht leider nicht, Mr. Bond. Ich könnte dann nicht spielen. Wie ich Mr. Du Pont schon sagte, leide ich an Platzangst. Agoraphobie, Angst vor weiten Räumen. Ich ertrage den leeren Horizont nicht, ich muß das Hotel vor Augen haben.« Er gab weiter.

»Oh, wie bedauerlich.« Bonds Stimme war voll ernsten Interesses. »Eine höchst seltene Veranlagung. Klaustrophobie, das kann ich verstehen, aber das Gegenteil? Woher kommt so etwas?«

Goldfinger nahm seine Karten auf und ordnete sie. »Keine Ahnung«, sagte er gleichmütig.

Bond erhob sich. »Nun, ich glaube, ich werde mir ein wenig die Beine vertreten. Mal sehen, was am Bassin los ist.«

»Tun Sie das nur«, sagte Mr. Du Pont aufgeräumt. »Wir können das Geschäftliche immer noch beim Essen besprechen. Ich möchte doch sehen, ob ich Freund Goldfinger nicht diesmal kriegen kann. Also, bis nachher!«

Goldfinger blickte nicht von den Karten auf. Bond begab sich an das andere Ende des Daches und sah in das Schwimmbecken hinunter. Eine Zeitlang folgte er dem Betrieb da unten. Rosa, braune und weiße Körper in den Deckstühlen, Geruch von Sonnenöl, im Wasser ein paar Kinder und junge Leute, auf dem Sprungturm ein Springer, vielleicht der Schwimmlehrer. Jetzt sprang er, schlug auf – und schwamm langsam das Bassin hinunter. Da und dort klang Händeklatschen auf.

Bond blickte zurück zu den beiden Canastaspielern unter dem Hotelmassiv. Dieser Goldfinger mußte also das Hotel vor Augen haben. Oder – sollte Mr. Du Pont das Hotel im Rücken haben? Und wenn, aus welchem Grund? Wie war doch gleich die Nummer von Goldfingers Appartement? Nr. 200, das Hawaii-Appartement! Er, Bond, hatte Nr. 1200. Da mußten ja Goldfingers Räume genau unter den seinen liegen, nur zehn Etagen tiefer, keine zwanzig Meter über dem Dach des *Cabana Clubs* – keine zwanzig Meter über dem Kartentisch! Bond zählte die Fensterreihen der Fassade von oben nach unten ab und musterte eingehend die Fensterfront, die zu Goldfingers Zimmern gehören mußten. Nichts. Nur ein leerer Sonnenbalkon und eine offene Tür in das dunkle Innere der Zimmersuite. Bond schätzte die Entfernung und die möglichen Blickwinkel ab.

4

Während der Siesta bestätigte Du Pont, der inzwischen um weitere zehntausend Dollar erleichtert worden war, daß Goldfinger eine Sekretärin mitgebracht habe. »Sie läßt sich nie sehen, bleibt auf dem Zimmer. Wahrscheinlich so ein Flittchen für den täglichen Ritt.« Er lachte schmutzig. »Warum? Haben Sie einen Verdacht?«

Bond wollte sich nicht festlegen. »Ich weiß noch nicht. Möglicherweise komm' ich heute nachmittag gar nicht hinunter. Sagen Sie dann einfach, ich hätte genug vom Zusehen und sei in die Stadt gegangen.« Er überlegte. »Was auch geschieht, Sie dürfen nicht überrascht sein. Bleiben Sie ruhig, auch wenn er sich komisch benimmt! Behalten Sie ihn im Auge. Ich kann nichts versprechen, aber ich glaube, ich hab' ihn.«

Mr. Du Pont war begeistert. »Großartig, alter Junge!« rief er überschwenglich. »Hätt' ich den Schuft nur schon im Visier: ab, und zur Hölle mit ihm!«

Bond fuhr zu seiner Suite hinauf. Dort entnahm er seinem Koffer eine Leica, Belichtungsmesser, Filter und Blitz. Er schraubte eine Lampe in den Halter und machte die Kamera schußfertig. Wo würde die Sonne um halb vier stehen? Neben der offenen Balkontür stellte er den Belichtungsmesser ein. Belichtung eine Hundertstelsekunde. Jetzt noch Blende 11, Distanz vier Meter, Probeaufnahme. In Ordnung. Er steckte den Blitzlichthalter an und legte die Kamera weg.

Nochmals ging er zum Koffer, entnahm ihm ein dickes Buch, *Die Bibel, einmal anders*, schlug es auf und zog den Berns-Martin-Halfter mit der Walther-PPK heraus. Er schob den Halfter links unter den Hosenbund, prüfte jede Einzelheit seines Appartements, in der Annahme, es gleiche dem unteren. Er überzeugte sich, daß der Hauptschlüssel in jedes Schloß paßte, übte mehrmals lautloses Türöffnen und setzte sich schließlich mit einem bequemen Stuhl vor die offene Balkontür, um sein weiteres Vorgehen zu überdenken.

Spielbeginn war drei Uhr. Um drei Uhr fünfzehn trat Bond an die Brüstung und spähte hinunter auf die zwei kleinen Gestalten an dem grünen Filzquadrat. Dann ging er ins Zimmer zurück, schlüpfte in seine dunkelblaue Tropen-Kammgarnjacke, rückte die Krawatte zurecht, hängte sich die Leica um den Hals, trat auf den Korridor und begab sich zum Lift. Er fuhr bis zum Erdgeschoß und betrachtete dort die Auslagen im Foyer. Als der Lift wieder oben war, ging er zur Treppe und stieg langsam zur zweiten Etage hinauf. Sie entsprach in allem der zwölften, auch Tür Nr. 200 entsprach seiner eigenen. Er nahm den Hauptschlüssel heraus, öffnete, trat ein und schloß die Tür geräuschlos hinter sich. Ein kleiner Vorraum, zwei Mäntel und ein Hut an der Hakenwand. Die Leica eng ans Gesicht gehoben, probierte Bond, die Zimmertür zu öffnen. Sie gab nach. Noch bevor er sah, was er schon wußte, hörte er die tiefe, angenehme Frauenstimme. »… kauft Fünf und Vier … komplettiert Fünfercanasta mit zwei Zweien … wirft die Vier ab … hat an Einzelkarten: König, Buben, Neuner, Siebener.«

Bond glitt ins Zimmer.

Das Mädchen saß auf dem Tisch innerhalb des Zimmers, einen Meter von der geöffneten Balkontür entfernt. Zwei Kissen gaben ihr die nötige Augenhöhe. Wegen der großen Hitze trug sie nur Büstenhalter und Schlüpfer, beide schwarz. Sie ließ gelangweilt die Beine baumeln, während sie ihre Fingernägel lackierte. Vor sich hatte sie ein Stativ mit Feldstecher und Mikrophon, von dem ein Kabel zu einem plattenspielergroßen Kasten unterm Tisch lief. Von dort führten weitere Kabel zur Innenantenne auf einem Wandregal.

Der Schlüpfer spannte sich, als sie sich vorbeugte, um durch den Feldstecher zu blicken: »Kauft Dame und König … Damendrilling … Kann Könige mit Joker verbinden … wirft Siebener ab.« Sie schaltete das Mikrophon aus.

Während sie weiter konzentriert durch das Glas blickte, trat Bond lautlos hinter sie. Jetzt hatte er alles im Sucher: ihren Kopf, den Feldstecher, das Mikrophon – und zwanzig Meter tiefer den Tisch mit beiden Spielern und Mr. Du Ponts Kartenblatt, Rot und Schwarz gut unterscheidbar. Er drückte ab. Ein knallender Blitz – ein Aufschrei. Sie wirbelte herum.

»Wer sind – was wollen Sie?« Ihre Hand war am Mund.

»Was ich will, hab' ich. Keine Sorge, alles schon vorbei. Bond mein Name, James Bond.«

Behutsam legte er die Kamera auf den Stuhl und trat in den

Bereich ihres Parfüms. Sie war sehr schön mit ihrem blonden, auf die Schultern fallenden Haar, tiefblauen Augen in dem leichtgebräunten Gesicht und dem kecken Mund.

Jetzt glitt sie vom Tisch, nahm die Hand vom Mund. Die Brust straffte den Halter.

»Was haben Sie vor?« Die Stimme klang fest, in den Augen war keine Angst mehr.

»Mit Ihnen gar nichts. Ich will nur Goldfinger ein wenig ärgern. Bitte, lassen Sie mich sehen!«

Bond trat an ihre Stelle und blickte durchs Glas. Das Spiel war im Gang, Goldfinger war nichts anzumerken.

»Hört er auf, wenn er keine Anweisungen bekommt?«

Sie zögerte. »Manchmal fällt ein Stecker heraus. Dann wartet er ab, bis ich mich wieder melde.«

Bond lächelte ihr zu. »Dann lassen wir ihn jetzt ein bißchen schmoren. Da!« Er hielt ihr die Chesterfieldpackung hin. »Außerdem sind Ihre Fingernägel noch nicht fertiglackiert.«

Sie lächelte flüchtig, nahm eine Zigarette: »Wie lange sind Sie schon hier drin? Das war vielleicht ein Schock!«

»Goldfinger versetzt dem armen Mr. Du Pont seit einer Woche Schock um Schock.«

»Ja«, meinte sie unsicher. »Das ist wohl ziemlich gemein! Aber Du Pont ist doch furchtbar reich, nicht?«

»Das schon, seinetwegen mach' ich mir auch keine Sorgen. Aber wenn Goldfinger einen Ärmeren erwischt? Warum tut er das überhaupt? Er ist doch selbst ein vielfacher Millionär?«

Ihr Gesicht belebte sich. »Ich versteh' das auch nicht. Einfach eine Manie von ihm. Er sagt immer, ein Narr, wer nicht Geld macht, wenn die Chancen günstig sind. Und er ist nur darauf aus, günstige Chancen zu schaffen. Als er mich hierzu überredete« – sie wies auf das Fernglas – »und ich ihm das Risiko vorhielt, meinte er nur: ›Merken Sie sich eines: sind die Chancen nicht günstig, dann macht man sie günstig.‹«

»Sein Glück, daß ich nicht von der Polizei bin!«

Sie hob die Schultern. »Ach, da würde er sich schon loskaufen! Der kauft sich jeden. Dem Gold widersteht keiner.«

»Gold?«

»Ja, er führt immer eine Million in Gold mit sich, außer beim

Zoll natürlich, da hat er nur den Gürtel voll Goldmünzen. Aber sonst ist es in dünnen Platten in den Kofferwänden. Eigentlich sind es lederüberzogene Goldkoffer.«

»Die müssen ja furchtbar schwer sein!«

»Sein Wagen hat Spezialfederung, und sein Chauffeur ist ein Athlet. Ein anderer darf nicht an die Koffer ran.«

»Und warum schleppt er das Zeug mit sich herum?«

»Für den Notfall, sagt er. Es könnte ihm alles erkaufen. Außerdem liebt er das Gold um des Goldes willen, wie andere Juwelen oder Briefmarken oder Frauen.« Sie lächelte.

Bond lächelte zurück. »Liebt er Sie?«

Sie wurde rot und sagte entrüstet: »Aber nein!« Dann, überlegter: »Denken Sie, was Sie wollen, aber er tut's wirklich nicht. Das heißt – er möchte schon, daß die Leute glauben, daß es eine Liebesbeziehung ist, wissen Sie. Er ist nicht sehr anziehend. Ich vermute, es ist eher Eitelkeit.«

»Verstehe. Sie sind also nur eine Art Sekretärin?«

»Begleiterin. Ich muß nicht maschineschreiben.« Sie fuhr sich an den Mund. »Aber Sie werden ihm doch nichts erzählen? Er entläßt mich fristlos oder tut sonst etwas!«

»Nein, nein, ich sage nichts. Aber das ist doch kein Leben! Warum tun Sie das?«

Ihr Ton wurde bitter. »Hundert Pfund die Woche und all dies« – sie wies auf das Zimmer –, »das kommt nicht von nichts. Wenn ich genug gespart habe, werde ich gehen.«

Gehen? Würde Goldfinger das zulassen? Wußte sie nicht zuviel? Forschend blickte Bond ihr ins Gesicht. War ihr bewußt, wie gefährlich Goldfinger ihr werden konnte?

Verlegen lachend sagte sie: »Mir scheint, ich bin nicht sehr passend angezogen. Darf ich mir etwas anziehen?«

Bond traute der Sache nicht recht. Schließlich zahlte nicht er ihr hundert Pfund pro Woche. So meinte er nur leichthin: »Sie sehen so korrekt aus wie die unten am Strand. Aber jetzt wollen wir Mr. Goldfinger aufs Korn nehmen!«

Während der Unterhaltung hatte Bond immer wieder durch das Glas gesehen. Alles hatte normal geschienen. Als er aber jetzt hinunterblickte, schien Du Pont völlig verändert, lebhaft, überschwenglich. Eben legte er eine ganze Handvoll Karten auf ein Königscanasta aus. Jetzt einen Zoll höher: Goldfingers rotbraunes Mondgesicht. Es war ungerührt, wartete geduldig. Eben drückte die Hand das Hörgerät fester ins Ohr.

Bond trat zurück. »Hübscher kleiner Apparat! Auf welcher Frequenz senden sie?«

Sie verdrehte die Augen. »Einhundertsiebzig Mega ...«

»Megahertz? Möglich. Würde mich wundern, wenn er nicht eine Menge Taxi- und Polizeirufe draufhätte. Muß sich unerhört konzentrieren können!« Er grinste. »Fertig? Dann wollen wir ihm kurz den Sessel wegziehen!«

Eine Hand lag plötzlich auf seinem Ärmel: »Muß das sein? Können Sie ihn nicht in Ruhe lassen?« Ihre Stimme vibrierte. »Bitte!« Sie zögerte, wurde rot. »Ich ... ich würde alles tun, alles, was Sie wollen ...« Sie blickte zu Boden.

Lächelnd löste Bond ihre Hand von seinem Arm und drückte sie. »Tut mir leid, aber ich werde dafür bezahlt. Ich muß es tun, und ich tu es auch! Höchste Zeit, daß man diesen Mr. Goldfinger staucht. Kann's losgehen?«

Ohne die Antwort abzuwarten, sah er wieder durch das Glas in Goldfingers Gesicht. Dann drückte er den Schalter.

Goldfinger mußte es gehört haben. Zwar blieb sein Ausdruck derselbe, doch der Kopf hob und senkte sich langsam.

Leise sprach Bond ins Mikrophon. »Hören Sie mir jetzt gut zu, Goldfinger.« Pause. Kein Mienenspiel, nur eine leichte Kopfneigung, als studiere er eifrig die Karten.

»Hier spricht James Bond. Sie wissen, Ihr Spiel ist aus, jetzt bezahlen Sie. Ich habe hier ein Foto mit allem drauf, Blondine, Feldstecher, Mikrophon und Sie mit Ihrem Hörgerät. Dieses Foto wird weder dem FBI noch Scotland Yard vorgelegt, wenn Sie jetzt tun, was ich sage. Nicken Sie!«

Unbewegten Gesichts beugte sich der Kopf vor.

»Legen Sie die Karten offen auf den Tisch!« Es geschah.

»Ziehen Sie Ihr Scheckbuch. Stellen Sie einen Barscheck auf fünfzigtausend aus: fünfunddreißig für Mr. Du Pont, zehn für mein Honorar, fünf für die kostbare Zeit, die Sie Mr. Du Pont gestohlen haben.«

Bond sah, wie sein Befehl ausgeführt wurde. Er stellte auf Mr. Du Pont ein. Der schien nach Luft zu schnappen.

Langsam trennte Goldfinger den Scheck ab und unterschrieb auf der Rückseite.

»In Ordnung. Drehen Sie jetzt Ihr Scheckbuch um und notieren Sie: Sie reservieren mir für heute abend ein Abteil im Silver Meteor nach New York. Sie lassen eine Flasche erstklassigen Champagner einkühlen und mit ausreichend Kaviar-Sandwiches ins Abteil stellen. Und Sie bleiben mir vom Leib! Das Foto geht jetzt mit genauem Bericht zur Post. Bin ich morgen nicht wohlbehalten in New York, wird der Brief geöffnet und sein Inhalt behandelt. Nicken Sie!«

Abermals neigte sich der große Kopf langsam. Die Stirn war jetzt schweißnaß.

»Schön. Jetzt reichen Sie den Scheck Mr. Du Pont. Sagen Sie: ›Bitte vielmals um Entschuldigung, ich habe Sie betrogen.‹ Dann können Sie gehen.«

Bond beobachtete die Übergabe.

Der Mund öffnete sich, sprach. Goldfinger hatte sich in der Hand. Es war nur Geld, mit dem er seinen Abgang erkaufte.

»Moment, wir sind noch nicht fertig!« Bond blickte auf das Mädchen. Sie sah ihn an in einer Mischung aus Angst, Schmerz, Unterwerfung und Verlangen. »Wie heißen Sie?«

»Jill Masterton.«

Goldfinger hatte sich erhoben, wandte sich zum Gehen.

»Halt!«

Er stand still, sah jetzt zum Balkon hinauf. Das bleibt unvergessen, Mr. Bond, schien dieser Blick zu sagen.

Bond sagte leise: »Eines hatte ich vergessen, Mr. Goldfinger: Für die Reise nach New York nehme ich als Geisel Miss Masterton mit. Sehen Sie zu, daß sie im Zug ist. Ach, und natürlich ein Salonabteil! Das ist alles.«

5

Eine Woche später stand Bond im siebenten Stock des Secret Service Headquarters in Regent's Park am offenen Fenster seines Dienstraums. Der Vollmond schien über dem schlafenden London dahinzujagen. Vom Big Ben schlug es drei. Drinnen begann ein Telefon zu läuten. Bond trat an den Schreibtisch und hob den Hörer des schwarzen Apparats ab.

»Beamter vom Dienst.«

»Anruf von Station H, Sir.«

»Verbinden Sie!«

Man hörte die Nebengeräusche der schlechten Funkverbindung mit Hongkong.

Immer diese Sonnenflecken über China! Eine singende Stimme fragte: »Universal Export?«

Ganz nah und tief sprach jemand dazwischen: »Hongkong meldet sich, bitte, sprechen.«

»Gehen Sie aus der Leitung!« sagte Bond ungeduldig.

Wieder die singende Stimme von vorhin: »London ist da, bitte, sprechen!«

»Hallo! Hallo! Universal Export?«

»Jawohl«, sagte Bond.

»Hier spricht Dickson. Es ist wegen des Telegramms über den Mango-Transport. Obst. Sie wissen davon?«

»Ja, ich hab's hier.« Bond griff nach dem Ordner. Er wußte Bescheid. Das Obst waren Haftminen für Station H. Sie wollten damit drei Dschunken des rotchinesischen Spionagedienstes versenken, die vor Macao britische Frachter anhielten und nach Flüchtlingen durchsuchten.

»Bis zum zehnten muß die Zahlung erfolgt sein!«

Also würden nach diesem Datum die Dschunken abgezogen oder ihre Wachen verdoppelt sein. Irgend etwas Ernstes jedenfalls.

»Wird erledigt«, sagte Bond kurz.

»Danke! Und auf Wiederhören!«

Bond legte auf und nahm den grünen Hörer. Er wählte Abteilung Q und sprach mit dem Diensthabenden. Morgen ging eine BOAC Britannia ab. Das Obst würde zur Stelle sein.

Bond lehnte sich zurück. Zigarette. Er dachte an das kleine heiße Büro am Kai von Hongkong. Nr. 279, der sich eben Dickson genannt hatte, würde nicht schlecht schwitzen. Vielleicht sagte er soeben zu seinem Kollegen. »Alles okay, London macht es. Gehen wir jetzt den Einsatzplan noch mal durch.«

Als M ihn vor drei Tagen zum Nachtdienst beordert hatte, war, Bond nicht entzückt gewesen. Er hatte argumentiert, daß ihn sechs Jahre 00-Außendienst der verantwortungsvollen Büroroutine entfremdet hätten.

»Ach, Sie sind bald wieder auf dem laufenden!« hatte M ungerührt erwidert. »Und bei Schwierigkeiten wenden Sie sich an die Sektionsdiensthabenden, den Leiter des Stabes – oder im Notfall an mich. Aber ich bin dafür, daß die dienstälteren Beamten eine Zeitlang Innendienst machen.« M hatte Bond kühl angesehen. »Neulich hat das Schatzamt interveniert. Der Verbindungsmann dort sieht die 00-Abteilung für überflüssig an. Ich konnte mich natürlich nicht auf einen Streit einlassen, sagte ihm nur, er sei im Irrtum. Jedenfalls wird es Ihnen nicht schaden, einigen Extradienst zu leisten. Da rosten Sie wenigstens nicht ein.«

Bond war's gleich. In dieser halben Woche hatte ihm sein gesunder Menschenverstand durchaus genügt. Es gab nur Routinesachen weiterzuleiten. Ihm gefiel es ganz gut, in diesem stillen Raum jedermanns Geheimnisse zu erfahren und dabei durch ein hübsches Kantinenmädchen mit Kaffee und Sandwiches versorgt zu werden. Er mochte keinen Tee.

Der zweite Grund dafür, daß Bond die Stille des Nachtdienstes zusagte, war eine Arbeit, die er zu schreiben vorhatte – ein Handbuch über die Geheimdienstmethoden des Kampfes ohne Waffe. Unter dem Titel »Bleib leben!« sollte das Beste zusammengefaßt sein, was innerhalb aller Geheimdienste zu diesem Thema je erschienen war. Bond hoffte, das Buch nach seiner Fertigstellung und mit Ms Einverständnis der kleinen Zahl von Secret-Service-Diensthandbüchern einzugliedern.

Bond hatte sich die Originale beziehungsweise die Archivübersetzungen zusammengeborgt. Meist waren es Beutestücke von feindlichen Agenten, einige stammten von Schwesterorganisationen wie der amerikanischen OSS und CIA sowie vom französischen Deuxième. Das Buch, das er gerade studierte, war ein besonders wertvolles Stück, der übersetzte Titel lautete »Verteidigung«, bestimmt für die Agenten von SMERSH, der sowjetischen Mordorganisation.

Heute nacht war er bis zu Kapitel zwei gekommen: »Mitnahme- und Gewahrsamsgriffe.« Nun nahm er sich die Abschnitte »Handgelenksmitnahme«, »Armfesselmitnahme«, »Unterarmfessel«, »Kopffessel« und »Druckpunkte am Hals« vor.

Nach einer halben Stunde hatte er genug, trat ans Fenster und sah hinaus. Die plumpe Ausdrucksweise der Russen war ekelhaft. Er empfand ebensolchen Abscheu wie vor zehn Tagen in Miami Airport. Was war mit ihm los? Hielt er es nicht mehr durch? Machte er schlapp, oder war er nur überdreht? Eine Weile sah er den unterm Mond dahinjagenden Wolken zu. Wieder am Schreibtisch, entschied er, daß er von all den Arten körperlicher Gewaltanwendung ebenso genug hatte wie ein Psychoanalytiker von den Komplexen seiner Patienten.

Nochmals las er die widerliche Stelle. »Mit einer Betrunkenen wird man leicht fertig, wenn man ihre Unterlippe zwischen Daumen und Zeigefinger nimmt und umdreht. Sie wird dem Zug gehorchen und mitkommen.«

Bond steckte sich eine Zigarette an, starrte ins Licht und wünschte einen Anruf herbei, um auf andere Gedanken zu kommen. Noch fünf Stunden bis zum Neun-Uhr-Bericht beim Leiter des Stabes oder bei M, falls der so früh da sein sollte. Irgend etwas ließ ihm keine Ruhe mehr. Was war es nur? Daumen, Zeigefinger – Goldfinger! Mal sehen, ob das Archiv irgend etwas über ihn hatte!

Er hob den grünen Hörer ab, wählte »Archiv« und gab seinen Wunsch durch.

»Im Moment sagt mir der Name nichts. Ich rufe zurück.«

Bond legte auf.

Die Bahnfahrt war herrlich gewesen. Erst die Sandwiches und der Champagner, dann die Liebe: lang und ausgiebig auf dem schmalen Lager, zum Rhythmus der gewaltigen, meilenfressenden Diesel. Hungrig nach körperlicher Liebe, hatte sie in jener Nacht noch zweimal zart und schweigend nach ihm verlangt und tags darauf zweimal den Rollvorhang herabgezogen, seine Hand genommen und um Liebe gebettelt. Noch jetzt hatte Bond das helle Läuten der vorübersausenden Bahnübergänge im Ohr, das tiefe Geheul des Signalhorns weit vorne, den verworrenen Lärm, der vom Bahnsteig hereindrang.

Goldfinger habe seine Niederlage ruhig hingenommen, hatte Jill berichtet; er lasse Bond durch sie lediglich bestellen, daß er innerhalb einer Woche in England sein und dann in Sandwich gern die vereinbarte Golfpartie austragen würde. Sonst nichts, weder Drohungen noch Flüche. Jill erwarte er mit dem nächsten Zug zurück, und sie werde fahren. Bond wollte es nicht zulassen, doch sie hatte keine Angst. Was konnte ihr Goldfinger schon anhaben? Und die Stellung war gut.

Bond schenkte ihr die zehntausend Dollar, die der freudestammelnde Du Pont ihm aufgezwungen hatte. Sie wollte nicht annehmen, doch er hatte sie überredet, das Geld für den Notfall zurückzulegen. Dann hatte er sie zur Bahn gebracht, noch einmal heftig geküßt und war gegangen. Es war nicht Liebe gewesen. Sünde? Bond mußte lächeln. Wie hieß es bei Augustinus? »Herr, gib mir Keuschheit. Doch gib sie nicht sofort.«

Der grüne Apparat klingelte. »Wir haben da drei Goldfingers, Sir, zwei davon tot. Der dritte ist ein russischer Agent in Genf. Betreibt einen Friseursalon und steckt den Kunden die Nachrichten in die Manteltasche. Verlor bei Stalingrad ein Bein. Ist er das, Sir? Es steht noch eine Menge über ihn da.«

»Danke, aber der kann's nicht sein.«

»Wir könnten morgen früh noch im CID-Archiv nachsehen lassen. Haben Sie ein Foto von ihm, Sir?«

Bond erinnerte sich an seine Leica. Er hatte den Film noch nicht entwickeln lassen. »Ist der Identicast-Raum frei?« fragte er. So würde es schneller gehen.

»Ja, Sir. Ich kann den Apparat für Sie bedienen.«

»Danke, ich komme gleich hinunter.«

Nachdem er der Vermittlung Bescheid gegeben hatte, fuhr Bond ins Archiv hinunter. Der Bau war erfüllt vom Gesumm der Nacht: gedämpftes Maschineschreiben, ein an- und abschwellender Radioton und über allem das leise Singen der Ventilation. Wie ein Schlachtschiff im Hafen, dachte Bond.

Der Archivmann erwartete ihn im Projektionsraum am Bedienungspult des Identicast. »Die Hauptzüge, bitte. Ich kann dann alles ausscheiden, was nicht in Frage kommt.«

Bond beschrieb sie kurz, während er Platz nahm und das Lichtviereck an der Wand betrachtete.

Der Identicast, ein Apparat zur Gesichtsrekonstruktion aus dem Gedächtnis, arbeitete nach dem Prinzip der Laterna magica. Man projizierte verschiedene Kopfgrößen und -formen an die Wand. Was entsprach, blieb stehen. Dann kamen verschiedene Haarschnitte an die Reihe, hernach weitere Einzelheiten nach demselben Schema: Augen, Nase, Kinn, Mund, Augenbrauen, Wangen, Ohren. Schließlich erhielt man ein Gesamtbild, das sich mit der Erinnerung weitgehend deckte. Das Foto davon kam ins Archiv.

Es dauerte seine Zeit, Goldfingers ungewöhnliches Gesicht zusammenzusetzen, doch schien das Schwarzweißbild ähnlich. Bond diktierte noch ein paar Einzelheiten über Sonnenbräune, Haarfarbe und Blick, womit die Sache erledigt war. »Bei Nacht möchte ich dem ja nicht begegnen«, sagte der Archivmann. »Mit Dienstbeginn werd' ich das Bild an die CID weitergeben. Mittags müßten Sie Bescheid haben.«

Bond fuhr wieder hinauf. Ein Stoß Nachrichten war noch zu sichten, der Nachtbericht abzufassen. Endlich war es acht Uhr. Bond rief die Kantine an und bestellte das Frühstück. Er war eben damit fertig, als das rote Telefon klingelte. Das war M!

»Ja, Sir?«

»Kommen Sie auf einen Sprung zu mir, 007!«

Na, gut. Bond zog die Jacke an, strich sich durchs Haar, informierte die Vermittlung, nahm den Nachtbericht und fuhr in den Oberstock. Dort klopfte er an Ms Tür und trat ein.

»Nehmen Sie Platz, 007.« Das übliche Pfeifenanzünden. Angesichts dieser morgendlich-heiteren Seemannszüge über dem frischen Kragen wurde sich Bond seiner Übernächtigkeit doppelt bewußt. Er versuchte sich zu konzentrieren.

»Ruhige Nacht?« M sog an der Pfeife und musterte Bond.

»Ziemlich, Sir. Nur Station H ...«

M wehrte ab. »Das steht im Bericht. Geben Sie her.«

Bond übergab die Geheimmappe, M legte sie weg. Dann, mit einer Andeutung seines selten gezeigten Lächelns: »Immer kommt es anders, 007: kein Nachtdienst mehr!«

Bonds Puls schlug rascher, wie schon sooft in diesem Zimmer. M hatte was für ihn! Aber er sagte: »War eben dabei, mich einzugewöhnen, Sir.«

»Natürlich. Dazu ist später Zeit. Ich habe eine komische Sache. Nicht ganz Ihre Linie, außer einem gewissen Aspekt, der«, M legte die Pfeife weg, »vielleicht gar keiner ist.«

Bond lehnte sich zurück und wartete.

»Ich speiste gestern mit dem Präsidenten der Bank von England zu Abend. Man hört da immer was Neues, zumindest für mich war es neu. Thema Gold – aber die Kehrseite: Schmuggel, Fälschung und so weiter. Dachte gar nicht, daß man in der Bank von England soviel über Verbrecher weiß. Hängt wohl mit dem Währungsschutz zusammen.« Und mit fragend hochgezogenen Augenbrauen: »Verstehen Sie was von Gold?«

»Nein, Sir.«

»Heute nachmittag werden Sie was verstehen. Sie treffen da einen gewissen Colonel Smithers, sechzehn Uhr, Bankgebäude. Dieser Smithers leitet dort die Untersuchungsabteilung. Wie ich höre, ist das so eine Art Spionagesystem. Daß ich es erst seit gestern weiß, zeigt, wie abgedichtet voneinander wir arbeiten. Jedenfalls, Smithers und seine Burschen haben ein Auge auf alles Anrüchige in der Bankwelt, besonders was gewisse Machenschaften hinsichtlich Währung, Goldreserven und so weiter betrifft. Nun hat Smithers seit Jahren einen Verdacht, eigentlich mehr instinktiv und nur belegt durch gewisse Rückschlüsse. Es ist seit dem Krieg ein großer Goldschwund aus England zu verzeichnen, aber wie gesagt, Smithers' Verdacht ist nicht recht zu belegen. Deshalb hat der Bankpräsident vom Premier die Erlaubnis eingeholt, uns beizuziehen.« M sah Bond fragend an. »Wer, meinen Sie, sind die reichsten Männer in England?«

Bond überlegte. Reiche Leute gab es ja genug. Aber wer von ihnen war wirklich liquid? Nur um etwas zu sagen, meinte er zögernd: »Nun, Sir, da wäre Sassoon, dann dieser undurchsichtige Reeder ... Ellermann ... Auch Lord Cowdray soll sehr reich sein ... Dann all die Bankiers: die Rothschilds, die Barrings, die Hambros ... Dann Williamson, der Diamantenmann, und Oppenheimer in Südafrika. Auch ein paar Herzöge dürften in Frage kommen.« Er verstummte.

»Nicht schlecht, aber das Trumpfas haben Sie ausgelassen, einen, von dem auch ich es nie gedacht hätte. Erst der Präsident hat mir's gesagt: Goldfinger heißt er. Auric Goldfinger.« Bond platzte heraus.

»Was gibt's da zu lachen?« M schien gereizt.

»Verzeihung, Sir. Aber erst heute nacht hab' ich sein Gesicht am Identicast zusammengesetzt.« Er sah auf die Uhr. »Jetzt ist es schon unterwegs zum CID-Archiv.«

M wurde ärgerlich: »Mann, machen Sie's nicht so spannend!«

Bond begann die Geschichte von Anfang an zu erzählen.

Ms Miene erhellte sich zusehends. Die Hände hinter dem Kopf verschränkt, starrte er zur Zimmerdecke hinauf.

»Übrigens, was ist mit diesen zehntausend Dollar?«
»Die hat das Mädchen, Sir.«
»So! Und warum nicht das Weiße Kreuz?« Das war der Witwen- und Waisenfonds des Geheimdienstes.

M hatte für Bonds Weibergeschichten nie viel übrig gehabt, sie taten seiner viktorianischen Seele weh. So sagte er nur: »Also, das wär's für jetzt, 007. Heute nachmittag hören Sie mehr. Komisch, dieser Goldfinger. Hab' ihn ein- oder zweimal im Blades beim Bridgespielen gesehen. Und hinter dem ist die Bank von England her.« M blickte über den Tisch und sagte mild: »Und von jetzt an auch Sie!«

6

Colonel Smithers sah genauso aus, wie sein Name vermuten ließ. Vermutlich war er Oberst beim Generalstab gewesen. Höflich, untadelig, seriös, so wirkte alles an ihm. Ohne Hornbrille hätte er sehr gut ein respektables, wenngleich hageres Mitglied der königlichen Hofhaltung vorstellen können.

Bond sagte: »Hier soll ich also alles über Gold erfahren.«

»So ist es. Ihnen gegenüber kann ich ja offen sein« – der Colonel blickte über Bonds rechte Schulter hinweg –, »Sie wissen ja, daß fast alles, was ich zu sagen habe, vertraulich ist.« Bonds Schweigen war beredt. Smithers verbesserte sich sofort: »Aber wozu das erwähnen! Ein Mann Ihres Berufes …«

Bond half ihm: »Jeder von uns hält nur die eigenen Geheimnisse für wichtig. Vielleicht war es ganz gut, mich daran zu erinnern. Trotzdem kann ich Sie beruhigen: Außer meinem Chef wird niemand etwas erfahren.«

»Natürlich, natürlich! Nett von Ihnen, es so aufzufassen. Man wird hier in der Bank nachgerade überdiskret. Nun denn – die Sache mit dem Gold. Ich nehme an, Sie haben noch nie ernsthaft darüber nachgedacht? Nun, die Hauptsache ist, daß Gold den wertvollsten *und* marktgängigsten Artikel darstellt. Für ein Goldstück erhalten Sie überall in der Welt Ware oder Dienstleistung, nicht wahr?« Colonel Smithers war in seinem Element.

Bond lehnte sich zurück. Er hörte gern zu, wenn jemand sein Thema beherrschte. Der Colonel hob die Pfeife: »Im weiteren ist von Bedeutung, daß man dem Gold seine Herkunft nicht ansieht. Sovereigns haben keine Seriennummer, und einen gestempelten Goldbarren kann man einschmelzen. Daher ist es fast unmöglich, Herkunft, Bestand oder Umlauf des Goldes in der Welt zu kontrollieren. Wir in England können nur das Gold in den Tresoren unserer Banken und im Münzamt zählen. Schon bei den Juwelieren und Pfandleihern sind wir auf Schätzungen angewiesen.«

»Und warum müssen Sie das so genau wissen?«

»Weil Gold und goldgedeckte Währung das Fundament unseres internationalen Kredits sind. Wir und andere Länder können die tatsächliche Stärke des Pfunds nur angeben, wenn wir wissen, wieviel Valuta hinter unserer Währung steht. Und meine Hauptaufgabe, Mr. Bond, ist es, auf jeden Goldschwund aus England und aus dem Sterlingblock zu achten. Sobald ich ein Abwandern von Gold in ein Land mit besserem Wechselkurs feststelle, muß ich die Goldabteilung der CID auf dieses Gold ansetzen und trachten, es in unsere Tresore zurückzuführen, die undichte Stelle zu schließen und die Schuldigen festzunehmen. Die Schwierigkeit ist aber die, daß das Gold die größten, die gewieftesten Verbrecher anzieht. Sie sind sehr, sehr schwer zu fassen.«

»Ist diese Goldknappheit nicht nur temporär? Produziert Afrika nicht rasch genug? Ist nicht genug davon im Umlauf? Ist das nicht wie bei jedem Schwarzmarkt – er verschwindet bei stärkerer Anlieferung?«

»Ich fürchte, nein, Mr. Bond. So einfach ist das nicht. Sehen Sie, die Weltbevölkerung nimmt stündlich um viertausendfünfhundert Köpfe zu. Ein kleiner Prozentsatz davon beginnt, weil er der Währung nicht traut, Goldstücke zu horten. Ein weiterer Prozentsatz braucht Zahngold, Brillenfassungen, Schmuck, Eheringe. Das alles entzieht dem Markt Jahr um Jahr Tonnen von Gold. Neue Industrien benötigen Golddraht, Goldbelag, Goldverbindungen. Gold hat besondere Eigenschaften, es glänzt, ist formbar, streckbar, beinahe umwandelbar und hat eine höhere Dichte als alle üblichen Metalle außer Platin. Es hat aber zwei Nachteile: Es ist nicht hart genug und verbraucht sich rasch, bleibt im Taschenfutter und im Schweiß unserer Haut zurück. Jedes Jahr verringert sich der Weltvorrat durch Reibung. Aber der zweite, weit ärgere Nachteil liegt in seiner Eigenschaft als Talisman gegen die Angst. Die Angst, Mr. Bond, zieht das Gold aus dem Umlauf und hortet es für schlechte Zeiten. Heute, wo jeder Tag die Katastrophe bringen kann, darf man ruhig annehmen, daß ein großer Teil jenes Goldes, das man am einen Ende der Erde ausgräbt, am anderen sofort wieder eingegraben wird.«

Bond fragte: »Was muß ich noch wissen, ehe wir uns Ihrem eigentlichen Problem widmen können?«

»Nun, Sie meinten vorhin, daß die enorme Goldproduktion den Weltbedarf decken müßte. Weit gefehlt! Die Goldvorkommen der Welt sind bekannt, und es wäre ein Irrtum, zu glauben, daß weite Gebiete noch der Erschießung harren. Eigentlich bleiben dafür nur noch der Meeresgrund und das Meer selbst, das ja einen gewissen Goldgehalt aufweist.« Der Colonel hob die Hände. »Die gesamte Produktion von Klondike, Homestake und Eldorado, einstmals die Wunder der Welt, ergäbe nur die Menge von zwei oder drei Jahren der heutigen Förderung in Afrika! Man muß sich vor Augen halten, daß in der Zeit von 1500 bis 1900, für die es ungefähre Ziffern gibt, insgesamt etwa achtzehntausend Tonnen Gold produziert wurden. Hingegen haben wir von 1900 bis heute einundvierzigtausend Tonnen gefördert. Bei diesem Tempo, Mr. Bond, würde es mich nicht wundern, wenn in weiteren fünfzig Jahren die Goldvorräte der Erde erschöpft wären!«

Von solcher Argumentation beeindruckt, fiel es Bond nicht schwer, ebenso ernst dreinzublicken wie der Colonel. »Die Geschichte, die Sie da erzählen, ist faszinierend, aber vielleicht ist die Lage nicht so schlecht, wie Sie denken. So wie man unterm Meer nach Öl bohrt, wird man vielleicht auch nach Gold schürfen. Aber nun zu dieser Schmuggelsache.«

»Sehr wohl.« Nun war die müde Stimme eines überarbeiteten Mannes vom Regierungsdienst zu hören, der sein Ressort beherrscht und den Rest sehr wohl zu erraten weiß. »Nehmen wir einmal an, Sie haben in Ihrer Tasche einen Goldbarren in der Größe von zwei Players-Schachteln, Gewicht etwa zweieinhalb Kilo. Er hat vierundzwanzig Karat – was wir Feingehalt Tausend nennen. Nach dem Gesetz müssen Sie ihn zum kontrollierten Preis von zwölf Pfund zehn pro Unze der Bank von England verkaufen. Sie sind aber habgierig, Sie haben einen Freund, der nach Indien fährt, Pilot oder Steward bei einer Fernost-Linie ist. Da müssen Sie Ihren Barren in dünne Platten zerschneiden lassen und diese Platten – sie sind kleiner als Spielkarten – in einen Baumwollgürtel einnähen. Für das Tragen dieses Gürtels zahlen Sie Ihrem Freund eine Provision von, sagen wir, hundert Pfund. Das können Sie sehr wohl tun, denn Ihr Freund erhält in Bombay beim nächsten Goldhändler im Basar für Ihren Zweieinhalb-Kilo-Barren eintausendsiebenhundert Pfund. Das sind« – Colonel Smithers schwenkte geringschätzig seine Pfeife – »nur siebzig Prozent Gewinn. Gleich nach dem Krieg hätten Sie dreihundert erzielt. Jedes Jahr nur ein halbes Dutzend solcher Sendungen, und Sie könnten sich jetzt zur Ruhe setzen.«

»Warum zahlt man in Indien so viel?« Bond fragte nur für den Fall, daß M es wissen wollte.

»Kurz gesagt, Indien besitzt weniger Gold als irgendein anderes Land, besonders für den Juwelenhandel.«

»Wie hoch beläuft sich dieser Schwarzhandel?«

»Ungeheuer hoch. 1955 haben indischer Geheimdienst und Zoll dreiundvierzigtausend Unzen beschlagnahmt. Ich zweifle, daß das auch nur ein Prozent des Umsatzes ist. Aus allen Weltrichtungen kommt Gold nach Indien. Das Neueste ist, von Macao herüberzufliegen und es mit dem Fallschirm abzuwerfen, eine Tonne auf einmal.«

»Verstehe. Und wo könnte ich sonst noch für meinen Goldbarren einen guten Preis erzielen?«

»Kleine Gewinne in den meisten Ländern, in der Schweiz zum Beispiel. Aber Indien ist noch immer der richtige Ort.«

»Schön«, sagte Bond. »Ich glaube, ich bin im Bild. Und worin besteht nun Ihr spezielles Problem?«

Plötzlich war etwas wie Jagdlust in Colonel Smithers' Blick. »1937 kam ein Mann namens Auric Goldfinger nach England. Flüchtling aus Riga, erst zwanzigjährig. Er muß ein schlauer Bursche gewesen sein, um so früh schon die russische Besetzung vorauszuahnen. Er war Juwelier und Goldschmied wie sein Vater und Großvater, besaß ein wenig Geld und wahrscheinlich auch einen solchen Goldgürtel. Ich wage zu behaupten, daß er ihn seinem Vater gestohlen hatte. Nun, bald nach seiner Naturalisierung begann er, im ganzen Land kleine Pfandleihgeschäfte aufzukaufen. Er setzte gutbezahlte Angestellte hinein und änderte die Firmennamen auf Goldfinger. Und dann ging es los: ›Wir kaufen jede Menge Altgold zu besten Preisen!‹ Dann noch einen Verkaufsslogan für billigen Schmuck, ›Ihren Verlobungsring für Omas Medaillon!‹, und Goldfinger begann zu verdienen. Dazu die stets gutgewählte Lage und niemals ›heiße‹ Ware. So stand er auch bei der Polizei in gutem Ruf. Er wohnte in London und sammelte allmonatlich das Altgold ein. Das Schmuckgeschäft überließ er seinen Geschäftsführern. Sie glauben vielleicht, Mr. Bond, diese alten Medaillons und Goldkreuze seien nicht der Rede wert. Sie sind es auch nicht, solange man nicht zwanzig Filialen besitzt. Nun ja, es kam also der Krieg, und Goldfinger mußte wie alle Juweliere seinen Goldbesitz angeben. Ich habe seine Zahlen in unseren alten Listen nachgeprüft: fünfzig Unzen für alle Geschäfte zusammen! Gerade genug, um sie weiterhin mit Juweliermaterial zu versorgen. Natürlich durfte er das Gold behalten. Für die Dauer des Krieges nahm er dann Deckung in einer Werkzeugmaschinenfabrik in Wales, weit vom Schuß, betrieb aber möglichst viele seiner Filialen weiter. An den GI, die gewöhnlich einen Goldadler oder ein mexikanisches Fünfzigdollarstück in Reserve hatten, muß er nicht schlecht verdient haben. Mit dem Frieden wurde er aktiv. Er kaufte sich ein Haus, so ein angeberisches in Reculver an der Themsemündung. Er griff zu bei einem Brixham-Fischdampfer und bei einem alten Rolls-Royce Silver Ghost, einem gepanzerten Wagen für einen südamerikanischen Präsidenten, der ermordet worden war, ehe er ihn übernehmen konnte. Auf seinem Grundstück errichtete er eine kleine Fabrik, nannte sie Thanet-Legierungsforschung und nahm dafür einen deutschen Metallurgen auf, einen Kriegsgefangenen, der nicht mehr zurück wollte, sowie ein halbes Dutzend koreanischer Dockarbeiter, die er von Liverpool mitbrachte. Sie verstanden kein Wort einer zivilisierten Sprache, waren also sicher. Aus den nächsten zehn Jahren wissen wir nur, daß er jedes Jahr einmal mit dem Fischdampfer nach Indien und mehrmals mit dem Wagen in die Schweiz fuhr. Dort richtete er bei Genf einen Zweigbetrieb seiner Legierungsfirma ein. Seine Londoner Geschäfte hielt er weiterhin in Gang, ließ aber das Gold von einem seiner Koreaner einsammeln, den er zum Chauffeur gemacht hatte. Goldfinger ist vielleicht kein ganz ehrlicher Mann, aber er benahm sich immer gut, und da es hierzulande viel auffallendere Dinge gibt, kümmerte sich niemand um ihn.«

Der Colonel brach ab, wie um Entschuldigung bittend: »Ich langweile Sie nicht? Wissen Sie, es liegt mir daran, den Mann zu schildern, wie er ist: ruhig, vorsichtig, gesetzestreu, bewundernswert unternehmend und zielstrebig. So wurden wir erst im Sommer 1954 auf ihn aufmerksam, als ihm ein kleines Mißgeschick unterlief: Sein Fischdampfer strandete auf der Rückreise von Indien bei den Goodwins, und er verkaufte das Wrack für einen Pappenstiel an die Dover-Bergungsgesellschaft. Beim Abwracken fand man die Balken des Laderaums mit einer Art braunem Pulver imprägniert. Die chemische Analyse ergab, daß es sich um Gold handelte. Ich will Sie nicht mit Formeln langweilen, aber man kann Gold in einer Mischung von Salzsäure und Salpetersäure auflösen und mit Hilfe von Schwefeldioxyd und Oxalsäure in braunes Pulver verwandeln. Durch Schmelzen bei zirka tausend Grad Celsius erhält man daraus wieder Goldbarren. Bis auf das Chlorgas ein ganz einfacher Vorgang. Irgendein Schnüffler bei der Bergungsfirma erzählte einem Zollbeamten davon, und über Polizei und CID kam die Sache samt den beigeschlossenen Zollscheinen von Goldfingers Indienfahrten auf meinen Schreibtisch. Die Fracht war immer unter ›Mineralstaub, Grundstoff für Düngemittel‹ gelaufen, völlig glaubwürdig. Jetzt war alles sonnenklar: Goldfinger hatte sein Bruchgold in dieses braune Pulver verwandelt und als Düngemittel nach Indien verschifft. Aber er war nicht zu packen. Ich sah mir seinen Banksaldo und seine Steuererklärung an: zwanzigtausend Pfund bei Varclays in Ramsgate, Einkommensteuer samt Zuschlag jedes Jahr pünktlich bezahlt. Die Zahlen entsprachen durchaus dem normalen Gang einer gutgeführten Juwelierfirma. Wir schickten Goldfinger zwei Leute von der Goldabteilung in die Fabrik wegen Beachtung der Sicherheits- und Gesundheitsvorschriften. Goldfinger hieß sie geradezu willkommen. Vielleicht war er gewarnt worden, aber die Fabrik befaßte sich ohnehin nur mit der Herstellung einer billigen Legierung für Juweliermaterial, machte Versuche mit Nickel und Zinn statt der üblichen Kupfer-Nickel-Palladiumlegierung. Natürlich gab es Spuren von Gold und Schmelzöfen zur Erhitzung bis zu zweitausend Grad, aber das war völlig in Ordnung! Wir waren geschlagen, unsere Rechtsabteilung entschied, daß das braune Pulver auf den Balken des Fischdampfers eine Anklage nicht rechtfertige, und damit war der Fall erledigt. Außer« – Colonel Smithers schwenkte langsam seine Pfeife – »daß ich den Akt nicht abschloß, sondern begann, mich überall in der Welt in den Banken umzusehen.«

Er machte eine Pause. Durch das halboffene Fenster drang der Lärm der Stadt herein. Bond sah verstohlen nach der Zeit: fünf Uhr. Colonel Smithers erhob sich, stützte sich auf den Tisch, beugte sich vor. »Ich habe fünf Jahre gebraucht, Mr. Bond, aber jetzt weiß ich, daß Goldfinger der an Bargeld reichste Mann Englands ist! In Zürich, Nassau, Panama, New York hat er Goldbarren im Wert von zwanzig Millionen Pfund! Und diese Barren kommen aus keiner staatlichen Münze, sondern sind von Goldfinger eingeschmolzen worden. Ich habe mir die fünf Millionen Pfund, die er in der Königlich-Kanadischen Bank aufbewahrt, angesehen. Wie ein Künstler hat er seine Arbeit signiert. Mikroskopisch klein ist auf jedem Barren ein Z eingekratzt! Und all dieses Gold gehört dem englischen Staat. Wir von der Bank können nichts mehr tun. Deshalb, Mr. Bond, ersuchen wir Sie, diesen Goldfinger zur Strecke und das Gold zurückzubringen. Sie wissen von der Währungskrise und dem hohen Diskontsatz? Nun, England braucht dieses Gold dringend – lieber heute als morgen.«

7

Bond folgte Smithers zum Lift. Während sie warteten, blickte er aus dem hohen Fenster am Ende des Ganges in den Hinterhof der Bank. Ein dunkelbrauner Lastwagen ohne Aufschrift war durch die dreifachen Stahltore eingefahren. Quadratische Kartons wurden abgeladen und auf ein Förderband gelegt.

Colonel Smithers kam herüber. »Fünfer«, sagte er. »Sie kommen gerade aus unserer Druckerei in Loughton.«

Der Lift erschien, und sie stiegen ein. Bond sagte: »Die neuen gefallen mir nicht, die sehen aus wie überall. Die alten Scheine waren die schönsten der Welt.«

Sie gingen durch die Vorhalle. Der Colonel pflichtete ihm bei: »Ich bin ganz Ihrer Meinung. Aber die Fälschungen der Reichsbank während des Krieges waren leider zu gut. Und vor allem: Bei der Einnahme von Berlin haben die Russen die Druckplatten erwischt! Wir mußten die alten Fünfer einziehen. Die neuen sind nicht so schön, aber sehr schwer zu fälschen.«

Bond sollte M um sechs Bericht erstatten. Als er Platz nahm, setzte M sich aufrecht hin und griff nach der Pfeife. Daran merkte Bond, wie sehr sich M konzentrierte: »Nun?«

Bond faßte sich kurz. In knappen fünf Minuten berichtete er das Wesentliche. Als er zu Ende war, meinte M nachdenklich: »Scheint, wir kommen nicht drum herum! Mich interessiert, ob Sie schon wissen, wie dieser Goldfinger zu packen ist? Kann man irgendwie an ihn herankommen, sich für eine seiner krummen Sachen empfehlen oder so?«

Bond überlegte: »Mit Anbiedern, Stellungssuche und dergleichen läßt sich da nichts erreichen, Sir. Er muß sehen, daß man schlauer ist, gerissener als er. Einmal hab' ich ihn schon geschlagen. Und was war der Erfolg? Daß er gern mit mir Golf spielen würde! Vielleicht wäre das ein Weg?«

M reagierte mit müdem Sarkasmus. »Schöne Art für meine besten Leute, die Zeit totzuschlagen! Aber bitte, sehn Sie zu, daß Sie ihn schlagen! Was werden Sie ihm denn erzählen?«

Bond zuckte mit den Achseln. »Weiß noch nicht. So leicht läßt sich der nicht täuschen.«

»Na gut. Halten Sie mich auf dem laufenden!« Ms Stimme war verändert, sein Blick dringlich. »Und jetzt sage ich Ihnen etwas, was Sie in der Bank nicht gehört haben: Zufällig habe auch ich Mr. Goldfingers Goldbarren gesehen! Erst heute – eingekratztes Z und so. Er stammt aus dem Fang, den wir letzte Woche in Tanger gemacht haben, als das Direktionsbüro der Redland Resident brannte. Sie werden die Meldung ja gesehen haben. Seit dem Krieg ist das der zwanzigste von diesen bestimmten Goldbarren.«

Bond unterbrach: »Aber der Barren in Tanger kam doch aus dem Safe des SMERSH!«

»Stimmt. Auch die anderen neunzehn Z-Barren stammen von SMERSH-Leuten. Wissen Sie, 007, es würde mich gar nicht wundern, wenn sich Goldfinger als der Schatzmeister von SMERSH herausstellte.«

James Bond jagte den D.B.III über die letzten geraden Kilometer und schaltete wie ein Rennfahrer für die kurze Steigung in den dritten und dann den zweiten Gang hinunter, ehe ihn der unvermeidliche Kriechverkehr von Rochester aufhielt. Wieder im dritten, rutschte er noch unter den ersten Ampeln durch und schloß sich ergeben der Kolonne an, die jetzt eine Viertelstunde durch Rochester und Chatham schleichen würde. Er ließ den Wagen rollen, tastete nach einer Morland-Zigarette auf dem Nebensitz und rauchte sie am Bordanzünder an.

Statt der A 20 hatte er die A 2 nach Sandwich genommen, da er einen Blick auf Goldfingers Gebiet werfen wollte – Reculver und die ganze Themsegegend, die Goldfinger zum Wohnsitz erwählt hatte. Dann wollte er über die Thanet-Insel nach Ramsgate, seinen Koffer im *Channel Packet* abstellen und nach Sandwich weiterfahren.

Der Wagen kam aus dem Pool. Man hatte ihm den Aston Martin D.B.III oder einen Jaguar 3.4 angetragen. Beide hätten zu seiner Rolle als wohlhabender, abenteuerlustiger junger Mann gepaßt, aber der D.B.III hatte gewisse Extras, die von Nutzen sein konnten: Schalter, um bei nächtlicher Verfolgung Form und Farbe der Front- und Decklichter zu ändern, verstärkte Stoßstangen zum Rammen, einen Colt 45 mit langem Lauf unterm Führersitz, ein Empfangsgerät, abgestimmt auf einen Sender namens Homer, und eine Menge Hohlraum, den kein Zollbeamter entdecken würde.

Diese Theorie von M – sie konnte stimmen! Die Russen waren bekannt als schlechte Zahler, immer wieder waren die Kassen ihrer Zentralen leer. Die Folge davon waren versäumte Möglichkeiten, nichteingehaltene Zusagen, unnötiger Funkverkehr. So schien es durchaus vernünftig, irgendwo außerhalb Rußlands einen finanzbegabten Mann zu haben, der genügend verdiente, um auch ohne Moskaus Geldhilfe die Auslandszentralen des SMERSH in Gang zu halten. Und nicht nur das, daneben schädigte Goldfinger ja auch die gegnerische Währung. Wenn das stimmte, war es typisch für SMERSH – ein brillanter Plan, fehlerlos ausgeführt von einem hervorragenden Mann. Und, so überlegte Bond, während er die Steigung nach Chatham hinaufdröhnte und ein halbes Dutzend Wagen hinter sich ließ, das erklärte auch Goldfingers Gier nach mehr und noch mehr Geld! Er verdiente es nicht für sich selbst, sondern im Dienst der Weltrevolution! Was zählte da eine Panne, wie sie ihm Bond beigebracht hatte? Nichts.

Weitab links schimmerte die Themse. Dort war Bewegung – lange, glänzende Tanker, plumpe Frachter, altertümliche holländische Schuten. Bond bog von der Straße nach Canterbury ab und durchfuhr auf dem unvergleichlich schöneren Highway die billige Bungalowwelt der Ferienorte: Whitstable, Herne Bay, Birchington, Margate. Noch immer trödelte er mit achtzig dahin, das Rennlenkrad nur ganz leicht haltend, und horchte auf das gleichmäßige Motorsummen, während er seine Gedankenfetzen zu einem Puzzle ordnete, ähnlich wie vor zwei Tagen Goldfingers Züge auf dem Identicast.

Er überlegte, wie Goldfinger jedes Jahr ein, zwei Millionen Pfund Sterling in den blutigen Rachen von SMERSH pumpte, dabei seine Reserven weiterhäufte und für sich arbeiten ließ – und niemand hatte geahnt, daß der Juwelier, Metallurg, Einwohner von Reculver und Nassau, geachtetes Klubmitglied vom *Blades und Royal St. Marks* in Sandwich, einer der größten Verschwörer war, der tausendfachen Mord finanziert hatte. Nur M ahnte, nur Bond wußte es. Durch eine Reihe von Zufällen, eine Folge von Verknüpfungen war er diesem Mann auf die Spur gekommen. Dazu mußte ein Flugzeug auf der anderen Seite der Welt eine Panne haben! Er lächelte grimmig. Bond fuhr nun durch die hübsche Postkartenlandschaft von Herne Bay. Von rechts drang das Heulen von Manston herüber: Eine Staffel *Super Sabres* setzte zur Landung an, fegte über den Horizont, als wollte sie in die Erde tauchen. Mit halbem Ohr hörte Bond auf das Brüllen ihrer Düsen, als sie landeten und zu den Hangars kurvten.

An der nächsten Kreuzung wies der linke Pfeil nach Reculver. Darunter war das Zeichen für »Historische Kirche«. Bond bremste, blieb aber nicht stehen. Langsam fuhr er weiter und hielt die Augen offen. Die Küstenlinie lag zu frei, als daß ein Fischdampfer etwas anderes hätte tun können als anlegen oder ankern. Wahrscheinlich hatte Goldfinger zum Verladen Ramsgate benutzt, den stillen kleinen Hafen, wo Zoll und Polizei nur hinter dem Kognak aus Frankreich her waren. Jetzt trennte eine dichte Baumgruppe die Straße von der Küste, man sah Dächer und einen Fabrikschornstein mit dünner, heller Wolke. Das mußte es sein! Und nun das Tor zu einer langen Einfahrt. Ein diskretes Verbotsschild: »Eintritt nur geschäftlich.« Alles sehr achtbar. Bond trat aufs Gaspedal, es gab nichts weiter zu sehen. Er nahm die rechte Abzweigung über das Manston-Plateau nach Ramsgate.

Um zwölf Uhr besichtigte er sein Zweibettzimmer mit Bad im Oberstock des *Channel Packet*, packte seine Sachen aus und ging in die Snackbar, wo er einen Wodka mit Tonic und zwei ausgezeichnete Schinkenbrote mit reichlich Senf zu sich nahm. Dann stieg er wieder in seinen Wagen und fuhr zum *Royal St. Marks Golfclub* nach Sandwich hinüber.

Dort angelangt, trug er seine Schläger zur Werkstatt neben dem Laden des Trainers. Er traf Alfred Blacking an, wie er eben einen neuen Griff an einen Driver schraubte.

»Tag, Alfred!«

Der Trainer blickte rasch auf. Ein breites Lächeln verzog sein sonnengegerbtes Gesicht: »Nein, so was! Mr. James!« Sie schüttelten sich die Hände. »Schon eine Ewigkeit nicht gesehn! Was führt Sie zu uns, Sir? Erst neulich hat mir jemand erzählt, Sie seien im diplomatischen Dienst oder so. Immer im Ausland. Na, ich ja nie! – Immer noch der gleiche flache Schlag, Sir?« Blacking legte die Hände aneinander und markierte einen niederen, flachen Schlag.

»Ich fürchte, ja, Alfred. Hatte nie Zeit, ihn mir abzugewöhnen. Wie geht's Ihrer Frau und Cecil?«

»Danke, Sir, kann nicht klagen. Cecil wurde im Vorjahr Zweiter in der Mannschaft von Kent. Könnte dieses Jahr gewinnen, wenn er nur etwas vom Geschäft wegkäme.«

»Wie wär's mit einer Partie, Alfred?«

Der Trainer blickte durchs Hinterfenster auf den Parkplatz mit dem Fahnenmast. »Sieht nicht gut aus, Sir. Mitten in der Woche, um diese Jahreszeit ...«

»Und Sie?«

»Ich bin leider besetzt, Sir. Spiele täglich um zwei mit einem Mitglied. Wie lange bleiben Sie, Sir?«

»Nicht lange, aber das macht nichts. Werd' ich eben mit einem Caddie Bälle schlagen. Mit wem spielen Sie denn?«

»Mit einem Mr. Goldfinger, Sir.« Alfreds Blick war lustlos.

»Goldfinger? Den hab' ich in Amerika kennengelernt!«

»Wirklich, Sir?« Alfred fand es sichtlich schwer zu verstehen, daß jemand mit Mr. Goldfinger bekannt war.

»Er muß sein Spiel aber ziemlich ernst nehmen, wenn er täglich mit Ihnen spielt.«

»Das schon, Sir.«

Bond lächelte. »Sie haben sich nicht geändert, Alfred. Sie wollen doch sagen, daß niemand sonst mit ihm spielen mag. Wie mit Farquharson, wissen Sie noch? Der langsamste Spieler in England. Ich erinnere mich, wie Sie immer wieder mit ihm loszogen vor zwanzig Jahren. Na, und dieser Goldfinger?«

Der Trainer lachte. »Sie sind's, der sich nicht geändert hat, Mr. James! Sie waren schon damals so neugierig.« Er trat näher und dämpfte die Stimme. »Die Sache ist die, Sir, daß einige Mitglieder glauben, Mr. Goldfinger sei ein wenig zu tüchtig. Verbessert die Lage seines Balles und so.« Dann, sich verbessernd: »Aber das ist alles nur Klatsch, Sir. Ich selber hab's nie gesehen. Sonst ist er ein sehr ruhiger Herr, hat einen Besitz in Reculver und ist früher oft hergekommen. Aber während der letzten Jahre war er immer nur ein paar Wochen in England. Er ruft an, ob jemand spielen will, und wenn niemand da ist, spielt er mit Cecil oder mit mir. Heute morgen hat er wieder angerufen. Manchmal kommen auch Fremde her.« Blacking blickte Bond seltsam an. »Vielleicht könnten Sie heute nachmittag mit ihm spielen? Es würde sonst komisch aussehen, wo Sie ihn doch kennen. Er könnte meinen, ich wolle ihn für mich behalten oder so ...«

»Unsinn, Alfred! Sie müssen ja davon leben. Warum nicht eine Dreier-Partie?«

»Nein, das ist ihm zu langsam, und da bin ich seiner Meinung. Aber kümmern Sie sich nicht um mein Honorar, im

Geschäft liegt so viel Arbeit, daß ich froh bin, einmal einen Nachmittag dafür Zeit zu haben. Er sah auf die Uhr. Er kann jetzt jeden Moment kommen. Übrigens, ich habe einen Caddie für Sie. Erinnern Sie sich noch an Hawker?«

Bond sagte: »Danke, Alfred, es würde mich interessieren, wie der Kerl spielt. Aber machen wir's so: Ich bin hereingekommen, um mir einen Schläger reparieren zu lassen. Ich weiß aber nicht, daß Goldfinger hier ist, sondern bleibe im Geschäft. So kann er wählen. Wer weiß, vielleicht mag er mich nicht.«

»In Ordnung, Mr. James, lassen Sie mich nur machen! Da kommt eben sein Wagen, Sir!« Drüben bog ein hellgelber Wagen in den Privatweg ein. »Komisch, nicht? Sieht aus wie die Autos aus meiner Jugend.«

Bond sah den alten Silver Ghost majestätisch heranrollen. Ein Bild von einem Wagen! Die Sonne blitzte auf dem Silberkühler und der Aluminiumwand unter der hohen, senkrechten Windschutzscheibe. Bis auf das schwarze Dach und die geschwungenen Fensterrahmen war der ganze Wagen primelgelb.

Auf dem Führersitz thronte eine Gestalt in kaffeebraunem Staubmantel und ebensolcher Kappe, das große volle Gesicht unter einer schwarzrandigen Autobrille verborgen. Daneben eine vierschrötige Figur in Schwarz mit einer Melone auf dem Kopf. Beide Gestalten wirkten merkwürdig starr. Es war, als führen sie einen Leichenwagen.

ZWEITER TEIL

1

»Guten Tag, Blacking. Alles bereit?« Die Stimme war von lässiger Autorität. »Ich sehe da einen Wagen draußen. Doch nicht jemand, der spielen will?«

»Weiß noch nicht, Sir. Ein altes Mitglied mit einer Schlägerreparatur. Soll ich ihn fragen, Sir?«

»Wer ist es denn? Wie heißt er?«

»Ein Mr. Bond, Sir.«

Pause. »Bond?« Die Stimme war unverändert. »Ich habe neulich einen Bond kennengelernt. Wie ist der Vorname?«

»James, Sir.«

»Ah, ja.« Längere Pause. »Weiß er, daß ich hier bin?«

Bond spürte förmlich, wie Goldfinger die Lage peilte.

»Er ist hinten in der Werkstatt, Sir. Vielleicht hat er Ihren Wagen kommen sehen.«

»Durchaus möglich.« Das klang schon freundlicher. Goldfinger wollte etwas erfahren. »Wie ist sein Handikap?«

»Als Junge war er ganz brauchbar. Seither hab' ich ihn nicht spielen sehen.«

Bond zog seinen Driver aus der Golftasche und begann, den Griff mit einem Stück Schellack abzureiben. Es war besser, beschäftigt zu tun. Hinter ihm knarrte ein Brett, aber Bond rieb fleißig weiter, mit dem Rücken zur offenen Tür.

»Ich glaube, wir kennen uns«, klang es leise und obenhin.

Bond fuhr herum. »Gott, haben Sie mich erschreckt! Nein ... das ist doch Gold ... Goldman, äh, Goldfinger!« Hoffentlich hatte er nicht übertrieben! Mit einer Spur Argwohn in der Stimme setzte er hinzu: »Wo kommen denn Sie her?«

»Ich sagte Ihnen doch, daß ich hier spiele, erinnern Sie sich nicht?« Goldfingers Augen öffneten sich zum Röntgenblick.

»Nein.«

»Hat Miss Masterton es Ihnen nicht ausgerichtet? Ich ließ Ihnen bestellen, ich würde gern mit Ihnen eine Partie Golf spielen.«

»Ach ja« – Bond war von kühler Höflichkeit –, »das müssen wir gelegentlich tun!«

»Nun, ich sollte mit dem Trainer spielen, statt dessen spiele ich mit Ihnen.« Das war eine Feststellung.

Kein Zweifel, Goldfinger hatte angebissen. Nun galt es, den Schwierigen zu spielen. »Ach, warum nicht ein andermal? Ich bin heute nur wegen eines neuen Schlägers hier und überhaupt ganz außer Übung. Caddies sind ja wohl auch keine da ...« Bond war so unhöflich als möglich.

Goldfinger wandte sich nach hinten in den Laden. »Blacking, haben Sie einen Caddie für Mr. Bond?«

»Jawohl, Sir!«

»Na also, dann hätten wir ja alles.«

Unmutig stieß Bond seinen Driver in den Sack. »Also gut!« Und wie um Goldfinger doch noch davon abzubringen, sagte er grob: »Aber ich warne Sie, ich spiele nur um Geld! Mir ist's zu fad, den Ball nur so herumzuschlagen.«

War da nicht ein triumphierendes Aufblitzen in Goldfingers hellen Augen? Aber er sagte nur gleichmütig: »Mir soll es recht sein, ganz wie Sie wünschen. Natürlich der Vorgabe entsprechend. Ich glaube, Sie sagten neun?«

»Stimmt.«

»Ich habe auch neun. Ein gleichwertiges Spiel, nicht?«

Bond zuckte mit den Achseln. »Sie werden zu gut für mich sein.«

»Das bezweifle ich. Trotzdem mache ich Ihnen einen Vorschlag«, sagte Goldfinger beiläufig. »Es handelt sich um dieses Geld, das Sie mir in Miami abgenommen haben, Sie erinnern sich. Die Anfangsziffer war zehn. Nun, ich hasardiere gern. Machen Sie mit? Doppelt oder nichts!«

Bond sagte gleichgültig: »Das ist zu hoch.« Dann, als glaubte er, gewinnen zu können, sagte er halb verschlagen, halb widerstrebend: »Schön, geht in Ordnung! Gleiches Match, um diese zehn!«

Goldfinger wandte sich ab und sagte mit plötzlicher Freundlichkeit: »Dann ist also alles geregelt, Mr. Blacking, vielen Dank. Und schreiben Sie Ihr Honorar auf mein Konto. Tut mir leid, daß wir unser Spiel nicht machen können – ja, und jetzt noch die Gebühr für die Caddies.«

Alfred Blacking kam in die Werkstatt und blickte Bond sehr gerade an: »Denken Sie an das, was ich gesagt habe, Sir!« Er kniff ein Auge zu: »Wegen Ihres flachen Schwungs. Da müssen Sie stets drauf achten!«

Bond schmunzelte. Alfred hatte gute Ohren. Er hatte die Zahl vielleicht nicht mitbekommen, wußte aber sicher, daß dies kein gewöhnliches Spiel sein würde.

Bond ging durch den Laden zu seinem Wagen hinaus. Der Mann mit der Melone polierte die blanken Teile des Rolls. Bond spürte, wie er von ihm beobachtet wurde, als er seine Reißverschlußtasche herausholte und ins Klubhaus trug. Ein viereckigflaches, gelbes Gesicht – einer der Koreaner?

Nachdem er seine Spielgebühr bei Hampton, dem Verwalter, bezahlt hatte, betrat er den Umkleideraum. Immer noch der gleiche, zähe Geruch nach alten Schuhen und Socken, nach dem Schweiß des vergangenen Sommers. Warum nur pflegten die berühmtesten Golfklubs die Hygienetradition viktorianischer Privatschulen? Er zog ein Paar abgetragene Golfspikes an und streifte eine ausgebleichte Windjacke über. Zigaretten – Feuerzeug. Er war bereit. Langsam trat er hinaus. Man würde sehen. Mit Absicht hatte er seinen Gegner in dieses hohe Spiel getrieben: Goldfinger sollte noch mehr Respekt bekommen, sollte seine Ansicht über Bonds Brauchbarkeit bestätigt sehen!

Über die nahezu fünfhundert Meter geschorenen Rasens schlenderte Bond zum ersten Abschlag. Goldfinger übte schon auf dem Puttinggrün, während ein Caddie ihm die Bälle zurollte. Er puttete auf die neue Art, den Hammerputter zwischen den Beinen. Das ermutigte Bond, der nichts von diesem System hielt. Auch das Üben war für ihn zwecklos: Der alte Hickoryschläger hatte seine guten und schlechten Tage, da war nichts zu machen. Überdies entsprach das Übungsgrün weder nach Tempo noch nach Struktur den Plätzen der Bahn. Bond holte die hinkende Gestalt seines Caddies ein, der sorglos dahintrottete und dabei mit Bonds Blaster nach einem imaginären Ball schlug. »Tag, Hawker!«

»Tag, Sir!« Hawker gab Bond den Blaster und warf drei gebrauchte Bälle weg. Sein schlaues Wilderergesicht verzog sich zu schiefem Grinsen. »Na, wie steht's, Sir?«

»Mal sehen!« Bond nahm den Blaster, wog ihn, schätzte den Abstand. Das Klopfen auf dem Übungsgrün war verstummt.

Bond gab den Schläger zurück. Dann gingen sie, über Hawkers Familie plaudernd, zum ersten Abschlag.

Goldfinger schloß sich ihnen an, ruhig und gelassen. Bond begrüßte Goldfingers Caddie, einen unterwürfigen, gesprächigen Mann namens Foulks, den er nie gemocht hatte. Er warf einen Blick auf Goldfingers Schläger: eine nagelneue Garnitur, eine anspruchsvolle Ausrüstung, eine der besten.

Goldfinger nahm seinen Driver und schälte einen neuen Ball aus. »Dunlop 65, Nummer eins. Ich benutze immer den gleichen Ball. Und Sie?«

»Penford, Herzmarke.«

Goldfinger blickte Bond scharf an. »Strikte Golfregeln?«

»Natürlich!«

»Gut.« Goldfinger ging zum Abschlag und legte auf. Er machte ein, zwei konzentrierte Übungsschwünge. Es war die Art Schlag, die Bond genau kannte – der eingedrillte, mechanische, stets wiederholbare Schlag von jemand, der das Spiel sehr sorgfältig gelernt, alle Bücher darüber gelesen und fünftausend Pfund für die besten Golflehrer ausgegeben hat. Ein guter, erfolgreicher Schlag, der auch unter Druck der gleiche bleiben würde. Bond beneidete ihn darum.

Goldfinger nahm seinen Stand ein, pendelte elegant, nahm den Schlägerkopf langsam in weitem Bogen zurück und knickte, den Blick auf den Ball geheftet, vorschriftsmäßig die Handgelenke. Mechanisch und mühelos schlug er durch. In schnurgerader Richtung sauste der Ball etwa zweihundert Meter den Fairway hinunter.

Ein ausgezeichneter Schlag, entmutigend für Bond! Und Goldfinger war imstande, diesen Schlag mit jedem Schläger längs der achtzehn Löcher beliebig oft zu wiederholen!

Bond nahm seinen Platz ein, wählte eine niedrige Abschlagstelle, sprach seinen Ball vorsichtig an und peitschte ihn mit dem flachen Schwung eines Racketspielers hinaus, mit zu viel Handgelenk, als daß es gutgehen konnte. Ein schöner Abschlag!

Der Ball fiel hinter dem von Goldfinger auf und rollte noch fünfzig Meter an den Rand des linksseitigen Roughs.

Zwei gute Drives! Als Bond seinen Schläger Hawker übergab und hinter dem ungeduldigen Goldfinger loszog, witterte er den angenehmen Duft einer Partie Golf auf Biegen oder Brechen an einem schönen Mainachmittag und mit dem Gesang der Lerchen über dem schönsten Strandgolfplatz der Welt.

Goldfinger lag gut. Bond sah ihn nach dem Spoon greifen, die beiden Übungsschläge machen und den Ball ansprechen.

Die unwahrscheinlichsten Leute spielen Golf, und sie tragen dazu die ausgefallenste Kleidung. Goldfinger hatte sich bemüht, auch beim Golf elegant auszusehen. Das Ergebnis war eine Orgie in rostrotem Tweed, von der knopfbesetzten Golfermütze bis zu den hochglanzpolierten orangeroten Schuhen. Goldfinger führte seinen automatisch-fehlerlosen Schlag. Der Ball flog richtig, verfehlte aber um ein weniges die Böschung, rollte nach rechts ab und blieb außerhalb des Grüns auf dem kurzen Rough liegen. Leichte fünf, mit einem guten Chip in vier zu verwandeln.

Bond ging zu seinem Ball hinüber, knapp am Fairway, frei. Bond nahm sein Vierer-Holz. Nun galt es einen »langen Flug« – einen hochgehenden Schlag über die Querbunker hinaus, so daß er dann mit zwei Putts eine Vier erzielen konnte. Bond dachte an den Profispruch »Zum Gewinnen ist es nie zu früh!« und ließ sich Zeit. Er wollte nichts übereilen. Schlecht! Bond wußte es im Moment des Schlags. Beim Golfschlag ist der Unterschied zwischen gut und schlecht so gering wie bei einer schönen und einer häßlichen Frau: es geht um Millimeter. In diesem Fall war die Schlagfläche gerade um einen Millimeter zu tief unterm Ball durchgegangen: Der Flugbogen fiel hoch und weich aus, kein Tempo. Der Ball traf den Rand des entfernteren Bunkers und fiel zurück.

Wozu sich lange ärgern? Er tat es nie, also ging er auch jetzt darüber hinweg und dachte an den nächsten Schlag. Beim Bunker nahm er den Blaster und schätzte die Entfernung zum Flaggenstock: achtzehn Meter. Der Ball lag weit hinten. Sollte er ihn mit breiter Fußstellung herausklatschen oder einen Explosionsschlag mit viel Sand ausführen? Lieber herausklatschen! Bond trat in den Bunker. Jetzt gut mitgehen, der leichteste Schlag beim

Golf. – Schlecht! Der Ball rollte von der Vorderseite zurück. Raus damit, du Idiot, raus und hinein mit ihm ins Loch mit einem langen Putt! Aber jetzt erwischte er zuviel Sand. Draußen war er, aber erst knapp auf dem Grün. Nun war Goldfinger an der Reihe. Er beugte sich hinunter und behielt den Kopf unten, bis der Ball auf halbem Weg zum Loch war. Acht Zentimeter vom Flaggenstock kam er zur Ruhe. Ohne abzuwarten, bis Bond ihm den Putt geschenkt hatte, wandte sich Goldfinger zum zweiten Abschlag. Bond blickte ihm nach. Er wußte: Zum Verlieren ist es stets zu früh.

2

Goldfinger hatte schon aufgelegt. Bond kam mit Hawker dazu, blieb stehen, stützte sich auf den Driver und sagte: »Ich dachte, wir spielen nach strikten Golfregeln! Aber ich schenke Ihnen diesen Putt. Macht ›Eins auf‹ für Sie.«

Goldfinger nickte, tat seine gewohnten Übungsschläge und schlug einen sicheren Drive.

Die zweite Bahn krümmt sich bei einer Länge von dreihundertvierzig Metern nach links. Tiefe Querbunker fordern zu einem Umgehungsversuch heraus. Aber heute blies ein leichter, helfender Wind. Bond schlug den Ball hart und gerade auf die Bunker zu. Die Brise nahm den leicht geschnittenen Ball mit und darüber hinweg. Er senkte sich und verschwand in der Furche knapp vor dem Grün. Ein Vierer, vielleicht sogar Dreier.

Goldfinger schritt schweigend weiter. Bond holte ihn ein und fragte: »Wie geht's der Agoraphobie? Stören Sie diese weiten offenen Räume nicht?«

»Nein«, sagte Goldfinger, ging nach rechts, blickte nach der halbversteckten Flagge drüben und überlegte. Dann nahm er sein Fünfer-Eisen und schlug einen guten Schlag, der knapp vor dem Grün abgelenkt wurde und links ins tiefe Gras rollte.

Bond schlug seinen Ball auf das Grün. Einen Meter hinter dem Loch kam er zur Ruhe. Goldfinger machte einen beachtlichen Pitch, verfehlte jedoch den Viermeterputt. Bond brauchte aus einem Meter Abstand noch zwei Schläge. Er wartete nicht darauf, das Loch geschenkt zu bekommen, sondern ging hin und puttete. Noch immer zwei Zentimeter! Goldfinger ging weiter, und Bond lochte ein. Gleichstand.

Zweihundertzwanzig unübersichtliche Meter bilden die schwierige dritte Bahn. Bond schlug gut, auf oder nahe beim Grün. Goldfingers Drive war gut wie üblich, hatte aber nicht genug Kraft, um in die Pfanne des Grüns zu rollen. Er blieb oben auf dem Rough liegen: eine schwierige Lage, uneben, mit einem Grasbüschel knapp hinter dem Ball. Goldfinger überlegte. Dann, wie um sich vom Caddie einen Stock reichen zu lassen, trat er hinter den Ball, wobei er das Grasbüschel niederdrückte. Der Ball rollte die Böschung hinunter und kam einen Meter vor dem Loch zur Ruhe.

Bond runzelte die Stirn. Das einzige Mittel gegen einen Schwindler beim Golf ist, nie wieder mit ihm zu spielen. Aber das nutzte hier nichts. Auch Streit war sinnlos, solange er Goldfinger nicht bei etwas Krasserem ertappte. Man konnte nur versuchen, ihn trotzdem zu schlagen.

Bonds Sechsmeterputt war kein Spaß. Wie dabei üblich, blieb der Ball zu kurz – einen guten Meter. Mit Mühe lochte Bond ihn ein. Goldfingers Ball schlug er weg. Er würde ihm die verfehlbaren Putts auch weiterhin schenken, um ihn dann unversehens aufzufordern, einen einzulochen. Der würde dann ein wenig schwieriger sein!

Immer noch Gleichstand. Die vierte Bahn beträgt vierhundertzwanzig Meter. Bond gewann seine üblichen vierzig Meter beim Drive, Goldfinger kam mit zwei schönen Schlägen zur Rinne unterhalb des Grüns. Entschlossen, in Führung zu gehen, nahm Bond den Brassie statt des Spoon: Der Ball ging über das Grün bis fast zum Grenzzaun, und Bond mußte froh sein, mit drei Schlägen zu halbieren.

Die fünfte ist wieder eine lange Flugbahn über Bunker und ein von Dünen gebildetes Tal. Das Wichtigste ist hier ein gutplacierter Drive. Bond stand am Abschlag hoch oben auf der Düne und blickte vor dem Schlag übers Meer auf die fernen, weißen Klippen von Pegwell Bay. Dann nahm er seinen Stand ein und visierte das Ziel an. Ganz langsam nahm er den Schläger zurück und setzte eben zum wuchtigen Schlag an, als ihn ein dumpfes Klappen erschreckte. Zu spät! Bei dem häßlichen Ton des schlechtgetroffenen Balls riß Bond den Kopf hoch. Der Ball traf einen Hügel im Rough und sprang hinüber. Würde er bis zum Beginn des Fairway kommen?

Wütend wandte sich Bond zu Goldfinger. Der sah Bond gleichmütig an: »Verzeihung, ich ließ meinen Driver fallen.«

»Tun Sie das nicht mehr«, sagte Bond kurz, trat vom Abschlag herunter und gab Hawker seinen Driver. Bond zündete sich eine Zigarette an, indes Goldfinger seinen Drive todsicher hundertachtzig Meter voranschlug.

Sie gingen schweigend den Hügel hinab, als Goldfinger plötzlich fragte. »Für welche Firma arbeiten Sie?«

»Universal Export.«

»Wo hat sie ihren Sitz?«

»In London. Regent's Park.«

»Was exportieren Sie?«

Achtung jetzt, das war Arbeit, kein Spiel! Er sagte gleichgültig: »Oh, alles, von der Nähmaschine bis zum Panzer.«

»Und was ist Ihr Fachgebiet?«

Bond spürte Goldfingers Blick auf sich. »Handfeuerwaffen«, sagte er. »Meistenteils verkaufe ich solches Zeug an Scheiks und Radschas, an jene, bei denen das Außenamt sicher ist, daß sie damit nicht auf uns schießen.«

»Interessante Arbeit.« Goldfinger sprach gelangweilt.

»Nicht sehr, ich denke daran, wegzugehen. Hab' eine Woche Urlaub genommen, um drüber nachzudenken. Nicht viel los in England, Kanada wär' mir lieber.«

»So?«

Hinter dem Rough sah Bond erleichtert, daß sein Ball vom Hügel bis zum Fairway gesprungen war. Dieser bog leicht nach links, und Bond hatte sogar etwas Vorsprung gewinnen können. Goldfinger war jetzt an der Reihe. Er spielte aber nicht auf das Grün, sondern suchte nur über die Bunker und durchs Tal zu kommen. Bond erwartete den üblichen, sicheren Schlag. Da hörte er den dumpfen Ton eines Fehlschlages: Goldfingers Ball rollte in den steinigen Grund des »Höllenbunkers«, des größten auf dem Platz, als einziger ungepflegt.

Endlich! Aber Goldfinger konnte noch immer mit drei weiteren Schlägen einlochen. Bond durfte sich nicht leisten, auf Sicher zu spielen. Er sprach den Ball an, holte aus …

Leises Klimpern von rechts! Bond trat vom Ball zurück. Goldfinger stand in Betrachtung des Meeres, während seine Rechte »unbewußt« mit Geld in der Tasche spielte. Mit grimmigem Lächeln fragte Bond: »Könnten Sie mit dem Geldumschaufeln warten, bis ich geschlagen habe?«

Goldfinger rührte sich nicht. Das Klimpern verstummte.

Wieder setzte Bond zu einem Schlag an und versuchte verzweifelt, sich zu konzentrieren. Er schlug den Ball sicher über das Tal. Drüben auf der Böschung kam er zur Ruhe. Ein Fünfer, ein Vierer vielleicht.

Goldfinger kam gut aus dem Bunker und setzte direkt ins Loch. Bond verfehlte. Immer noch Gleichstand.

Bond spielte einen Hochschlag, leicht nach rechts, damit der Wind ihn hereintrieb, und endete sechs Meter jenseits des Flaggenstocks mit einem schwierigen Putt die Böschung hinunter. Könnte ein Dreier sein! Nun Goldfinger. Er spielte geradeaus. Der Wind rollte den Ball in den tiefen Bunker links. Ausgezeichnet!

Schweigend gingen sie zum Grün, Bond blickte in den Bunker. Goldfingers Ball lag in einer tiefen Trittspur. Beruhigt ging Bond zu seinem Ball hinüber und hörte den Lerchen zu. Er sah sich nach Hawker um, doch der stand drüben und sah gespannt zu, wie Goldfinger seinen Schlag spielte. Goldfinger sprang hoch, um nach dem Loch zu sehen, und stellte sich für den Schlag auf. Als Bond den Schläger hochgehen sah, freute er sich: Herauspeitschen war bei dieser begrabenen Lage aussichtslos. Da half nur ein Explosionsschlag. Jetzt senkte sich der Schläger – und mit kaum einer Handvoll Sand flog der Ball aus dem Bunker herauf, sprang einmal auf und lag tot!

Bond schluckte. Hol's der Teufel, wie war das möglich? Gleichviel, er mußte nun einen Zweier versuchen! Aber er verfehlte das Loch um zwei Zentimeter, und der Ball rollte einen Meter weiter. Verflucht und zugenäht! Langsam ging Bond zum Putt, wobei er Goldfingers Ball wegschlug. Aber jetzt, du Trottel! Doch das drohende »Eins nieder« nach dem fast schon sicheren »Eins auf« machte Bond unsicher, und der Ball glitt am Rand vorbei. »Eins nieder!«

Bei der siebenten Bahn schlug jeder einen guten Drive, und Goldfingers makelloser zweiter lag vierzig Meter vor dem Grün. Bond schlug von oben, der Schlägerkopf kam zu weit vor den Händen herunter, und der abgerissene Ball flog in einen der Bunker rechts. Keine gute Lage, aber er mußte ihn auf das Grün bringen. Er brachte den Ball nicht hinaus. Goldfinger brauchte nur vier Schläge: »Zwei nieder«! Das kurze achte Loch halbierten sie mit je drei Schlägen. Beim neunten riskierte Bond bei schlechter Lage erneut zuviel, weil er zur Wende nur »Eins nieder« sein wollte. Goldfinger brauchte vier gegen Bonds fünf. »Drei nieder« bei der Wende! Bond verlangte von Hawker einen neuen Ball. Langsam schälte Hawker ihn aus. Er wartete, bis Goldfinger über den Hügel zum nächsten Abschlag ging. Dann sagte er leise: »Haben Sie gesehen, was er vorhin im Bunker gemacht hat, Sir?«

»Ja. Verdammter Kerl. Ein erstaunlicher Schlag!«

Hawker war verblüfft. »Ach, Sie haben's nicht gesehen?«

»Nein, ich war zu weit weg. Was denn?«

Jetzt war Goldfinger außer Sicht. Schweigend ging Hawker in einen der Bunker vor dem neunten Grün, bohrte mit der Fußspitze ein Loch in den Boden und ließ den Ball hineinfallen. Dann stellte er sich mit geschlossenen Füßen knapp hinter den halbbegrabenen Ball. Er blickte herauf. »Sie erinnern sich, er sprang hoch, um die Richtung zu sehen!«

»Ja.«

»So, und jetzt geben Sie acht, Sir!« Hawker blickte zum neunten Flaggenstock und sprang. Dann sah er wieder zu Bond herauf und wies auf den Ball zu seinen Füßen. Der Aufprall hatte das Loch eingeebnet, so daß der Ball jetzt erstklassig abschlagbereit dalag, für eben jenen leichten, geschnittenen Schlag, den Bond nicht für möglich gehalten hatte.

Sekundenlang blickte Bond seinem Caddie ins Gesicht. Dann sagte er: »Danke, Hawker. Geben Sie mir den Schläger und den Ball. Jemand muß in diesem Match Zweiter sein, aber der Teufel soll mich holen, wenn ich es bin!«

»Jawohl, Sir«, sagte Hawker phlegmatisch. Er hinkte die Abkürzung zur Mitte des zehnten Fairway hinunter.

Langsam schritt Bond zum zehnten Abschlag. Er nahm von Goldfinger, der schon ungeduldig seinen Driver schwang, kaum

Notiz. Bond dachte jetzt nur an Angriff. Zum erstenmal seit Spielbeginn fühlte er volles Zutrauen zu sich.

Die zehnte Bahn ist die gefährlichste auf dem ganzen Platz. Der zweite Schlag zu dem bremsenden Plateaugrün mit den beiderseits tiefliegenden Bunkern und dem steilen Anstieg dahinter hat schon manchen zur Verzweiflung gebracht. Bond wußte, daß Goldfinger seinen zweiten auf die Böschung spielen würde oder kurz davor.

Zwei gute Drives, und Goldfinger hatte seinen zweiten Schlag auf der Böschung! Bond visierte wegen des Windes ziemlich stark nach rechts und feuerte den Ball hoch hinauf. Schon glaubte er, zuweit seitlich zu sein, da begann der Ball nach links abzutreiben. Er fiel in den weichen Flugsand, den es aus dem Bunker rechts auf das Grün geweht hatte. Ein schwieriger Fünfmeterputt, Bond konnte bestenfalls noch halbieren. Natürlich puttete Goldfinger bis auf einen Meter. Den, dachte Bond, während er für seinen Putt Stellung nahm, wird er einlochen müssen! Er schlug den Ball ziemlich scharf aus dem Sand und sah voll Schreck, daß er über das hemmende Grün hinwegflog. Aber plötzlich, wie magnetisch angezogen, flog er auf das Loch zu, traf die Hinterwand des Blechs, sprang hoch und fiel scheppernd in die Schale.

Sie gingen hinunter zum nächsten Abschlag. Goldfinger sagte kühl: »Dieser Putt hätte vom Grün aus rollen müssen.«

»Man muß auch dem Loch eine Chance geben«, meinte Bond lässig. Er legte den Ball auf und schlug seinen bisher besten Drive mit dem Wind. Goldfinger tat seinen üblichen Schlag, und sie gingen weiter. Bond fragte: »Übrigens, was ist mit der netten Miss Masterton?«

Goldfinger sah vor sich hin. »Sie hat gekündigt.«

Nur gut für sie, dachte Bond und sagte: »Oh, ich würde sie gern wiedersehen. Wo ist sie jetzt?«

»Keine Ahnung.« Goldfinger trat zu seinem Ball. Bonds Drive war noch nicht in Sicht, eine Bodenwelle verdeckte ihn. Er lag keine fünfzig Meter vom Flaggenstock entfernt.

Wie es in Goldfingers Kopf jetzt wohl aussah? Seine schöne Führung war im Schwinden. Goldfinger verzog den Ball in einen Bunker links vom Grün. Das war der Moment. Wenn Bond jetzt einen Fehler beging und seinen Gegner wieder losließ, war das Spiel entschieden. Sein Ball lag ein Stück hangabwärts, sonst ein leichter Chip, aber zum heikelsten Grün auf dem Platz! Bond spielte ihn erstklassig bis auf zwei Meter vor das Loch. Auch Goldfinger spielte gut aus dem Bunker, verfehlte aber den langen Putt.

Die gekrümmte zwölfte Bahn halbierten sie ruhmlos in je fünf, ebenso die lange dreizehnte, wobei Goldfinger einen guten Putt einlochen mußte. Er wirkte jetzt irritiert und trank einen Becher Wasser vom Hahn beim vierzehnten Abschlag.

Bond wartete. Er wollte kein Bechergeklapper, denn rechts über dem Zaun war »Aus«. Beim Drive in den Wind war das gefährlich. Er griff mit der Linken um und verlangsamte seinen Schwung, um den Drall zu verstärken. Der Drive, ziemlich nach rechts, war gerade noch gut, innerhalb der »Aus«-Linie. Goldfinger, ungerührt, führte seinen Standardschlag. Beide kamen sie glatt über den Kanal: abermals halbierte fünf. Immer noch »Eins nieder«, und noch vier zu spielen!

Die fünfzehnte Bahn ist vielleicht die einzige, wo ein Mann mit langem Schlag hoffen kann, einen klaren Schlag Vorsprung zu gewinnen. Zwei prima Schläge bringen einen gerade über die vor dem Grün liegende Bunkerreihe hinweg. Da Goldfinger seinen zweiten Schlag bis knapp vor die Bunker spielte, konnte er schwerlich weniger als fünf machen, und es lag an Bond, nach seinem nur knappen Drive einen wirklich glänzenden zweiten Schlag zu tun. Schon begannen die Schatten der vier Männer länger zu werden. Bonds Ball lag gut. Es war totenstill, während er seine zwei Pendler vor dem entscheidenden Schlag machte. Konzentriert nahm er den Schläger zurück, da schob sich etwas in sein Blickfeld! Wie aus dem Nichts näherte sich der Schatten von Goldfingers Riesenschädel dem Ball, verschluckte ihn und bewegte sich weiter. Bond ließ ab, trat zurück und blickte auf.

»Schatten – bitte, Goldfinger!« Mühsam beherrschte sich Bond.

Goldfinger blickte sich mit fragenden Brauen um. Dann trat er zurück und blieb schweigend stehen.

Bond ging wieder zum Ball und suchte sich zu entspannen. Einen Augenblick stand die Welt still, dann traf er irgendwie – und nach elegant ansteigender Flugbahn schlug der Ball jenseits der Bunkerreihe auf die Böschung unterhalb des Grüns, prallte hoch und rollte außer Sicht in die Schüssel!

Hawker kam herüber und nahm Bond den Driver aus der Hand. Im Weitergehen sagte er ernst: »Das war einer der schönsten Schläge, die ich in dreißig Jahren gesehen habe.«

Bond sagte ruhig: »Gleichstand und noch drei zu spielen. Bei diesen drei Löchern müssen wir aufpassen! Sie verstehen?«

»Keine Sorge, Sir, ich behalt' ihn im Auge!«

Sie kamen aufs Grün hinüber. Goldfinger hatte weiter gepitcht und brauchte einen langen Putt für einen Vierer, aber Bonds Ball lag nur fünf Zentimeter vor dem Loch. Goldfinger nahm seinen Ball auf und ging weg. Die kurze sechzehnte Bahn halbierten sie in je drei guten Schlägen. Nun kamen die beiden langen Endbahnen, die mit vier Schlägen zu gewinnen waren. Bond schlug einen schöne Drive in die Mitte hinunter und Goldfinger jagte den seinen weit nach rechts ins tiefe Rough. Bond ging weiter und bemühte sich, nicht zu sehr zu triumphieren, vor allem nicht zu früh. Gewann er bei diesem Loch, so brauchte er beim achtzehnten nur mehr zu halbieren! Hawker war weit voraus. Als sie ihn erreichten, hatte er seine Tasche hingelegt und war eifrig, viel zu eifrig, dabei, Goldfingers Ball zu suchen. Es war schlechtes Gelände, verwildertes Land, tiefes dickwachsendes Gras. Es gehörte viel Glück dazu, hier einen Ball zu finden. Nach einigen Minuten versuchten es Goldfinger und sein Caddie weiter seitlich, wo das Gras schütterer wurde und in einzelnen Büscheln stand. Gut, dachte Bond, das ist ja schon außerhalb der Richtung! Plötzlich trat er auf etwas, bückte sich und legte den Ball vorsichtig frei, um nur ja nicht die Lage zu verbessern. Ein Dunlop 65! »Da ist er!« rief er widerwillig. »Ach nein, schade! Sie spielen mit Nummer eins, nicht wahr?«

»Jawohl«, kam Goldfingers ungeduldige Antwort. »Warum?«

»Nun, das ist ein Siebener.« Bond hob ihn auf und ging damit zu Goldfinger. Der sah den Ball an, sagte: »Nicht meiner« und stocherte mit dem Driverkopf weiter in den Grasbüscheln herum. Da es ein guter, ziemlich neuer Ball war, steckte Bond ihn ein, ehe er weitersuchte. Die erlaubten fünf Minuten waren fast vorbei. Noch eine halbe Minute, und er würde dieses Loch für sich beanspruchen.

Suchend kam Goldfinger wieder auf Bond zu, immer noch

eifrig im Gras stochernd und scharrend. »Ich fürchte, die Zeit ist gleich um!« sagte Bond.

Goldfinger brummte und wollte eben etwas sagen, als sein Caddie ausrief: »Da ist er, Sir! Dunlop Nummer eins!«

Bond folgte Goldfinger hinüber zu dem kleinen, erhöhten Plateau, auf dem der Caddie stand, bückte sich und untersuchte den Ball. Ein fast neuer Dunlop eins, in einer erstaunlich guten Lage! Ein Wunder. »Muß einen teuflisch geglückten Stoß gekriegt haben«, sagte er milde.

Der Caddie zuckte mit den Achseln. Goldfingers Miene blieb unbewegt. »Scheint so.« Er wandte sich an seinen Caddie: »Ich denke, dafür können wir den Spoon nehmen, Foulks.«

Nachdenklich ging Bond weg und wandte den Kopf, um den Schlag zu sehen. Es war einer von Goldfingers besten, hoch über das weit vorspringende Rough auf das Grün zu. Aber vielleicht war er rechts in den Bunker gerutscht! Bond ging zu Hawker hinüber, der auf der Spielbahn stand, einen langen Grashalm kaute und spöttisch zusah. »Ist mein Freund im Bunker, oder ist das Aas auf dem Grün?«

»Auf dem Grün, Sir«, sagte Hawker teilnahmslos.

Bond trat zu seinem Ball. Jetzt war die Sache wieder heikel geworden, nachdem er die sichere Führung schon in der Tasche gehabt hatte. Er sah zur Flagge hinüber und schätzte den Abstand. Ein schwieriger Schlag! »Fünf oder sechs?«

»Der Sechser wird richtig sein, Sir. Ein schöner, fester Schlag!« Der Ball nahm genau die mittlere Flugbahn, wie Bond es gewünscht hatte. Jetzt senkte er sich hinter die Böschung, fehlerlos! – Nein, verdammt! Er hatte beim zweiten Aufsprung die Böschung getroffen, war liegengeblieben und rollte jetzt zurück herunter. Sauerei! Von unterhalb der Böschung einzulochen, war einer der schwierigsten Putts auf dem Platz. Wieder griff Bond nach seinen Zigaretten und dachte an den nächsten entscheidenden Schlag, der das Loch retten sollte, falls der Schurke nicht vorher aus zehn Metern Distanz einlochte!

Hawker ging neben ihm, und Bond sagte: »Ein Wunder, daß er vorhin den Ball gefunden hat!«

»War nicht sein Ball, Sir«, stellte Hawker fest.

»Was meinen Sie?« fragte Bond gespannt.

»Er hat Foulks was zugesteckt. Foulks hat den Ball sicherlich durchs Hosenbein rutschen lassen.«

»Hawker!« Bond hielt an und blickte sich um. Fünfzig Meter weiter drüben gingen die anderen langsam auf das Grün zu.

»Können Sie das beschwören? Und wenn, wieso?«

Hawker grinste.

»Weil sein Ball unter meiner Schlägertasche lag, Sir.« Er fügte entschuldigend hinzu: »Ich hätt' ja nichts erwähnt, wenn er Sie jetzt nicht schon wieder hereingelegt hätte.«

Bond mußte lachen. »Sie sind vielleicht eine Nummer, Hawker! Ganz allein das Match für mich zu gewinnen. Aber der Kerl geht zu weit! Denken wir mal nach.«

Abwesend spielte Bond mit dem Ball in seiner Tasche. Plötzlich hatte er's! Er ging nahe an Hawker heran, sah nach den anderen hinüber. Goldfinger stand jetzt mit dem Rücken zu Bond. Bond stieß Hawker leise an: »Da, nehmen Sie!« Er ließ den Ball in die knorrige Hand gleiten. »Sehen Sie zu, daß Sie jetzt bei der Flagge sind! Wenn Sie die Bälle aufheben, geben Sie diesen da Goldfinger, verstanden?«

Hawker schritt ungerührt weiter. »Verstanden, Sir«, sagte er, und laut setzte er hinzu: »Werden Sie für diesen den Putter nehmen?«

»Jawohl.« Bond trat zu seinem Ball. »Zeigen Sie mir bitte die Richtung an!«

Hawker ging auf das Grün hinauf, bis hinter die Flagge. »Drei Zentimeter außerhalb vom rechten Rand, Sir.«

Hawker trat zur Seite. Goldfinger stand an seinem Ball rechts auf dem Grün, sein Caddie am Fuß des Abhangs. Bond beugte sich für den Putt. Der Ball, von der Mitte des Schlägers fest getroffen, lief die Böschung hinauf auf das Loch zu, traf hart den Stock, sprang acht Zentimeter zurück und lag tot! Bond seufzte erleichtert und griff nach der weggelegten Zigarette. Er sah zu Goldfinger hinüber. Wehe, wenn du ihn einlochst! Doch Goldfinger durfte nichts mehr riskieren: Er blieb sechzig Zentimeter zu kurz. »Ist gut«, sagte Bond großzügig. »Gleichstand und noch eines zu spielen.« Hätte er Goldfinger den kurzen Putt einlochen lassen, dann hätte dieser den Ball aus dem Loch geholt. Das mußte aber unbedingt Hawker tun! Außerdem wollte Bond nicht, daß Goldfinger diesen Putt verfehlte. Er wollte Gleichstand.

Hawker hob die Bälle auf. Den einen rollte er Bond zu, den andern übergab er Goldfinger. Dann verließen sie das Grün, Goldfinger wie immer als erster. Nur Bond sah, daß Hawker in die Tasche griff. Wenn Goldfinger nur jetzt nichts merkte! Aber mit Gleichstand und noch einem ungespielten Loch untersucht man seinen Ball nicht, sondern überlegt, wie man den Drive placieren soll, ob man mit dem zweifachen aufs Grün oder auf die Böschung spielt, wie stark der Wind ist – man denkt an die entscheidenden vier, die man zum Gewinnen braucht oder zumindest zum Halbieren.

Berücksichtigt man, wie sehr Bond darauf gespannt war, ob Goldfinger den verräterischen Dunlop Nummer sieben spielen würde, so war sein eigener Drive gar nicht schlecht. Wenn er wollte, konnte er jetzt das Grün erreichen.

Jetzt stand Goldfinger am Abschlag. Jetzt hatte er sich gebückt. Der Ball lag auf dem Tee. Aber Goldfinger richtete sich wieder auf, trat zurück und machte seine beiden Übungsschwünge. Dann trat er bedächtig zum Ball, stand jetzt über ihm, pendelte und konzentrierte sich. Würde er es bemerken? Würde er einhalten, sich im letzten Moment bücken, den Ball ansehen? Hörte denn das Pendeln nie auf? Aber jetzt ging der Schlägerkopf nach hinten, kam herunter, das linke Knie beugte sich vorschriftsmäßig zum Ball, der linke Arm war gerade wie ein Ladestock. Zack! Der Ball sauste davon.

Bonds Herz jubelte. Jetzt hab' ich dich! Vergnügt verließ er den Abschlag und schlenderte die Bahn entlang, wobei er sein weiteres Vorgehen überlegte. Geschlagen war Goldfinger schon, jetzt kam's darauf an, ihn richtig schmoren zu lassen! Bond empfand keinerlei Gewissensbisse. Goldfinger hatte ihn zweimal beschwindelt. Ohne seine Mogeleien bei der »Jungfrau« und am siebzehnten, nicht zu sprechen von der verbesserten Lage beim dritten und den wiederholten Störversuchen, wäre Goldfinger schon jetzt geschlagen gewesen. Und überdies war es Bonds Pflicht, zu gewinnen. Nur dann würde Goldfinger sich sagen, dieser Bond hat etwas an sich, hat Qualitäten, die ich brauchen kann. Er ist ein harter Bursche mit einer Menge Tricks im Ärmel. So einen brauche ich für …

Bond wußte nicht, wofür. Aber er wußte, daß dies der einzige Weg war, an Goldfinger heranzukommen.

Vorsichtig nahm Goldfinger seinen Spoon für den langen zweiten Schlag über den Querbunker zu dem engen Eingang auf das Grün. Er machte einen Übungsschwung mehr als gewöhnlich und schlug dann genau den richtigen, gekonnten Schlag auf den Abhang hinauf. Sichere fünf, vielleicht vier.

Bond tat so, als bemühte er sich schrecklich, und verschlug sein Dreier-Eisen derart, daß der zu hoch getroffene Ball kaum über die Querbunker kam. Dann wedgete er den Ball auf das Grün, sechs Meter hinter das Loch. Jetzt war er dort, wo er ihn gewollt hatte: gefährlich genug, um Goldfinger den süßen Vorgeschmack des Sieges zu geben, gefährlich genug, um ihn die benötigte Vier richtig erschwitzen zu lassen.

Und Goldfinger schwitzte jetzt wirklich. Mit verbissenen Lippen, habgierig und konzentriert, beugte er sich vor für den langen Putt über die Böschung bis zum Loch hinüber. Nicht zu hart, nicht zu schwach. Dann richtete er sich wieder auf und ging bedächtig über das Grün bis hinter die Flagge, um seine Schlaglinie zu prüfen. Nun ging er längs der Linie zurück und strich vorsichtig ein, zwei Grasbüschel und ein paar Schotterstücke zur Seite. Wieder beugte er sich vor, machte seine Übungsschwünge und trat zum Putt an. Konzentration furchte seine Stirn, seine Schläfenadern schwollen an.

Es war ein schöner Putt, der fünfzehn Zentimeter hinter der Flagge zur Ruhe kam. Jetzt war Goldfinger so gut wie sicher, das Match gewonnen zu haben, wenn nicht Bond seinen schwierigen Sechsmeterschlag einlochte.

Bond nahm sich Zeit. Er ließ Spannung sich anhäufen um die langen Schatten auf dem bläulichen, schicksalhaften Grün.

»Flagge heraus, bitte! Diesen werde ich versenken!« Er sagte es mit völliger Sicherheit und erwog, ob er das Loch verfehlen oder kurz spielen sollte. Schließlich verfehlte er es rechts.

»Bei Gott, verfehlt!« Er legte Bitterkeit und Zorn in seine Stimme, ging hinüber und hob die beiden Bälle auf, wobei er sie stets in voller Sicht hielt.

Goldfinger kam herüber, strahlte triumphierend. »Also, vielen Dank für das Spiel. Ich war offenbar doch zu gut für Sie.«

»Sie sind eine gute Neunervorgabe«, sagte Bond mißmutig und blickte auf die Bälle, wie um Goldfinger den seinen zurückzugeben: »Hallo!« Er sah Goldfinger scharf an. »Sie spielten einen Dunlop Nummer eins, nicht wahr?«

»Ja, natürlich.« Ein sechster Sinn für die Katastrophe wischte den Triumph von Goldfingers Miene. »Warum?«

»Tja«, sagte Bond bedauernd, »ich fürchte, Sie haben mit dem falschen Ball gespielt. Sehen Sie doch selbst! Der da ist mein Penfold Herzmarke und dieser ein Dunlop Nummer sieben.«

Er reichte Goldfinger die Bälle, der sie mit zitternden Lippen prüfte, von den Bällen auf Bond und von Bond auf die Bälle blickend. »Zu schade, daß wir nach strikten Regeln gespielt haben«, sagte Bond leise. »Ich fürchte, das bedeutet für Sie den Verlust dieses Lochs und natürlich auch der Partie.«

Das war der Moment. Schweigend stand Bond da und wartete. Plötzlich verzerrte die Wut Goldfingers sonst so ausgeglichenes Gesicht. »Sie haben einen Siebener Dunlop im Rough gefunden, und Ihr Caddie hat ihn mir gegeben! Absichtlich hat er mir den falschen Ball gegeben, dieser verdammte ...«

»Langsam«, sagte Bond freundlich. »Sie wollen doch nicht eine Verleumdungsklage an den Hals kriegen! Hawker, haben Sie irrtümlich Mr. Goldfinger den falschen Ball gegeben?«

»Nein, Sir. Aber wenn Sie mich fragen, so geschah der Irrtum vielleicht beim Siebzehnten, wo der Herr seinen Ball so weitab von der Linie fand. Wär' ja auch ein Wunder gewesen, den richtigen Ball dort zu finden!«

»Quatsch«, schnaubte Goldfinger angewidert. Verärgert wandte er sich an Bond. »Sie haben doch gesehen, daß es eine Nummer eins war!«

Bond schüttelte den Kopf. »Ich fürchte, ich habe nicht genau hingeschaut. Jedenfalls«, er wurde energisch, geschäftsmäßig, »ist es doch wirklich Sache des Spielers, darauf zu achten, daß er den richtigen Ball benutzt, nicht? Trotzdem, vielen Dank für die Partie, wir müssen Sie ein andermal wiederholen.« Langsam verließ er das Grün.

Goldfinger, im strahlenden Licht der untergehenden Sonne, aber mit einem langen schwarzen Schatten an den Fersen, folgte ihm, den Blick gedankenvoll auf Bonds Rücken geheftet.

3

Nachdenklich stieg Bond aus dem Bad. Würde Goldfinger Unrat wittern? Dann müßte man sich zurückziehen und es M überlassen, einen anderen Weg zu finden. Hing der große Fisch am Haken oder nicht? Er würde sich Zeit lassen und den Köder ausgiebig beschnüffeln! Vielleicht sollte man ihn ein klein wenig abbeißen lassen?

Es klopfte. Bond band sich ein Handtuch um, ging durchs Schlafzimmer und öffnete. Der Portier.

»Ein Anruf von einem Mr. Goldfinger, Sir. Er läßt sich empfehlen und fragen, ob Sie heute abend zum Dinner kommen wollen? Drüben im Gutshof von Reculver, Sir. Sechs Uhr dreißig zum Aperitif, Straßenanzug.«

»Danken Sie bitte Mr. Goldfinger und sagen Sie, es wird mich sehr freuen.« Bond schloß die Tür, trat ans offene Fenster, blickte auf die ruhige, abendliche See hinaus und lächelte vor sich hin.

Um sechs Uhr, nach einem großen Wodka mit Tonic an der Bar, fuhr Bond langsam nach Reculver hinüber. Er genoß den Abend, den Drink und horchte zufrieden auf das leise Blubbern des Doppelauspuffs. Er war unbewaffnet, und Goldfinger würde das wissen. Beim Abschied im Golfclub war Goldfinger sogar herzlich gewesen, in einer gezwungenen, glatten Art. Wohin er Bonds Gewinn schicken solle? Bond hatte ihm die Adresse von Universal gegeben. Und wo Bond derzeit wohne? Er hatte ihm auch das gesagt und hinzugefügt, er werde nur ein paar Tage in Ramsgate bleiben, um sich über seine Zukunft schlüssig zu werden. Goldfinger hatte Hoffnung auf ein Revanchematch ausgedrückt, aber er fahre morgen nach Frankreich und wisse noch nicht, wann er zurück sein werde. Er fliege mit der Luftfähre von Lydd aus.

Bond hatte sich den Fahrer angesehen: ein untersetzter, flachgesichtiger Japaner oder Koreaner mit einem wilden, beinahe irren Funkeln in den Schlitzaugen und einer Oberlippe, die einen Wolfsrachen zu verdecken schien. In dem zum Platzen engen schwarzen Anzug und der lächerlichen Melone sah der Mann aus wie ein japanischer Ringer, der frei hat. Dennoch wirkte er keineswegs lächerlich, im Gegenteil, eher unheimlich, wozu die schwarzen Autohandschuhe wesentlich beitrugen. Bond mußte ihn schon gesehen haben! Aber erst als der Wagen schon fuhr, war es ihm eingefallen: Heute mittag hatte er auf der Straße nach Herne Bay einen blauen Ford Popular überholt. Es war derselbe Fahrer gewesen. Was hatte der dort zu suchen gehabt? War das vielleicht der Koreaner, von dem der Colonel gesprochen hatte? Der aus Goldfingers Filialen das Gold abholte? War der Kofferraum des unschuldig dahinzockelnden kleinen Autos mit dem Wocheneingang an altem Goldschmuck gefüllt gewesen?

Bond bog in die Zufahrt ein und erreichte den Kiesweg vor dem Anwesen, das nicht zu Unrecht der Gutshof genannt wurde: Häßlich und plump präsentierte es sich als ein villenartiges Gebäude aus der Jahrhundertwende mit seitlich verglastem Säulenvordach und einer Glasveranda, deren Anblick schon den Geruch nach eingeschlossenem Sonnenschein, verstaubten Gummibäumen und toten Fliegen erweckte. Bond stellte den Motor ab, stieg langsam aus und blieb vor dem Haus stehen, dessen gläserne Augen auf ihn herabstarrten, während aus dem Hintergrund etwas wie der starke und rasche Pulsschlag eines Riesentieres vernehmbar war. Vermutlich die Fabrik, deren rauchender Riesenfinger zur Rechten drohend hinter den hohen Koniferen emporragte, wo man sonst Stallungen und Wagenschuppen vermutet hätte.

Den unguten Eindruck abschüttelnd, stieg Bond die wenigen Stufen zur Profilglastür hinauf und drückte den Klingelknopf. Kein Laut. Die Tür ging langsam auf, und der Koreaner, die schwarze Melone noch immer auf dem Kopf, wies mit ausgestrecktem Arm in die dunkle Halle.

Sie diente als Wohnraum. Ein dürftiges Feuer flackerte hinter den Feuerböcken im breiten Kamin, zwei Clubfauteuils und ein Sofa standen unbenutzt davor. Dazwischen, auf niedriger Sitzbank, ein mit Drinks gutbestücktes Servierbrett. Der viel zu große Raum mit schweren Rothschildmöbeln umschloß dieses Fünkchen Leben, in dessen dünnem Geflacker die vergoldete Bronze und all das Schildpatt, Messing und Perlmutt in düsterem Reichtum erglänzten. Hinter dieser musealen Wohlgeordnetheit reichte dunkles Getäfel bis an eine Galerie im ersten

Stock, zu der man über die geschwungene Treppe zur Linken gelangte. Über allem hing das dunkle, massive Schnitzwerk der stilechten Deckentäfelung.

Bond stand noch da und nahm das alles in sich auf, als der Koreaner stumm auf ihn zukam. Sein Arm wies steif auf Tablett und Fauteuils. Bond nickte, blieb aber stehen. Der Koreaner verschwand lautlos auf der anderen Seite. Die Stille, gesteigert durch das langsame Ticken der prunkvollen Großvateruhr, verdichtete sich und kroch näher.

Bond trat zum Kamin, mit dem Rücken zum Feuer. Ein scheußlich ungemütliches Heim! Wie konnte nur jemand in dieser überladenen Leichenhalle leben, eingeschlossen zwischen Nadelbäumen und Immergrün, wo es doch gleich nebenan Luft, Licht und weiten Himmel gab? Bond griff nach einer Zigarette. Kannte Goldfinger überhaupt Unterhaltung, Vergnügen, Liebe? War ihm die Jagd nach dem Gold genug?

Ein Telefon! Nach zweimaligem Läuten wurde abgehoben, man hörte Stimmengemurmel, Schritte über den Gang, und dann ging die Tür unter der Treppe auf: Goldfinger trug einen pflaumenfarbenen Samtsmoking. Langsam schritt er über den Holzboden, lächelte und sagte: »Reizend von Ihnen, noch zu kommen! Aber Sie sind allein, ich auch – da dachte ich, wir könnten eigentlich vom Wetter reden.«

Das war typisches Reicheleutegerede, und Bond belustigte diese plötzliche Gleichstellung. Er sagte: »Oh, ich bin gern gekommen. Man kann nicht immer nur Probleme wälzen.«

»Da haben Sie recht. Aber jetzt muß ich mich entschuldigen! Eben kam ein Anruf. Einer meiner Burschen vom Personal ist da mit der Polizei von Margate in Konflikt geraten. Ich muß hinüber, um die Sache auszubügeln. Mein Chauffeur fährt mich hin. In einer halben Stunde bin ich wieder da! Leider werde ich Sie allein lassen müssen. Bitte, bedienen Sie sich! Wenn Sie lesen wollen, hier sind Magazine und Zeitungen. Wollen Sie mich entschuldigen? Nur eine halbe Stunde!«

»Aber bitte!« Da stimmte etwas nicht!

Goldfinger ging zum Ausgang. »Ich werde lieber Licht machen, es wird schon zu dunkel.« Er betätigte eine Schalterreihe, und plötzlich erstrahlte die Halle im grellen Licht aus einer Reihe von Stehlampen, Armleuchtern und vier großen Deckenlüstern. Halb geblendet sah Bond, wie Goldfinger den Raum verließ. Kurz darauf hörte er das Geräusch des sich rasch entfernenden Wagens. Der Rolls war es nicht.

Instinktiv ging Bond an die Vordertür und öffnete sie. Eben bogen draußen die Wagenlichter nach links in Richtung Margate. Wieder im Haus, blieb er stehen und horchte. Nichts – bis auf das Ticken der Uhr. Er öffnete die Dienstbotentür. Ein langer, dunkler Gang. Totenstille. Er schloß die Tür, blickte nachdenklich in die Halle. Allein in Goldfingers Haus. Allein mit dessen Geheimnissen – warum wohl?

Bond goß sich einen Gin mit Tonic ein. Gut, es war angerufen worden. Aber wer sagte, daß der Anruf echt war? Er konnte ebensogut aus der Fabrik kommen, verabredet sein! Andererseits – die Geschichte mit dem Diener war glaubhaft. Gut möglich, daß sich Goldfinger vom Chauffeur hinfahren ließ, um den Mann freizubekommen. Aber aus welchem Grund hatte Goldfinger zweimal ausdrücklich die halbe Stunde erwähnt, die Bond allein sein würde? Absicht? Er sah auf die Uhr: schon fünf Minuten vergangen. Ach was, Falle oder nicht! Eine solche Gelegenheit kehrte nie wieder! Er würde sich rasch umsehen, ganz harmlos unter irgendeinem Vorwand. Aber wo beginnen? Mit der Fabrik! Er kippte seinen Drink hinunter und ging auf die Dienstbotentür zu. Ein Schalter! Er drehte ihn und ging rasch den Gang entlang, der blind endete, mit je einer Tür rechts und links. Durch die linke hörte er Küchenlärm. Also nach rechts. Wie erwartet, fand er sich im gepflasterten Hof. Auch dieser war hell erleuchtet. Gegenüber war die lange Fabrikmauer. Der rhythmische Maschinenlärm war nun sehr laut. Ganz unten eine einfache Holztür. Er trat ein und ließ sie angelehnt. Ein kleines, nur von einer nackten Birne erhelltes Büro. Auf dem Schreibtisch Papiere, eine Stechuhr, ferner zwei Aktenschränke und ein Telefon. Eine Tür führte zur Haupthalle, daneben war ein Fenster zur Überwachung der Arbeiter. Wohl das Büro des Werkmeisters. Bond blickte durch das Fenster.

Er wußte nicht genau, was er erwartet hatte. Dies hier war jedenfalls der übliche, kleine Metallwarenbetrieb. Gegenüber gähnten die offenen Münder zweier Gebläseöfen mit abgestellter Feuerung, dann folgte eine Reihe weiterer Öfen, an der Wand daneben lehnten große Bleche verschiedenen Ausmaßes. Dann war da der polierte Stahltisch der Kreissäge, wohl eine Diamantsäge zum Zerschneiden der Bleche, und links im Schatten stampfte ein bulliger, mit einem Generator gekoppelter Ölmotor: die Kraftmaschine. Rechter Hand unter den Bogenlampen arbeiteten fünf Männer in Overalls an Goldfingers Rolls-Royce. Vier davon waren Koreaner. Funkelnd stand der Wagen im grellen Licht, makellos bis auf die ausgehängte rechte Tür, die ohne Füllung quer über zwei Bänken lag. Soeben nahmen zwei Männer die schwere, neue Türplatte aus mißfarbenem, aluminiumartigem Metall und paßten sie in den Rahmen ein. All das wirkte völlig harmlos: Goldfinger hatte heute nachmittag Blechschaden gehabt, den er vor seiner morgigen Abreise rasch reparieren ließ. Noch ein prüfender Blick rundum, Bond drückte sich zur Fabriktür hinaus und schloß leise hinter sich. Nichts.

Gemächlich ging Bond zurück und erreichte ohne Zwischenfall die Halle. Noch zehn Minuten. Die Geheimnisse eines Hauses liegen in den Schlaf- und Badezimmern. Bond spähte zur Galerie hinauf und schritt entschlossen auf die Treppe zu. Die Galerie führte zu einem gleichfalls hellerleuchteten Gang. Bond ging ihn entlang und blickte in alle Räume: Gästezimmer, nicht aufgebettet. Eine große, gelbbraune Katze tauchte wie aus dem Nichts auf, rieb sich an seinen Beinen. Erst der letzte Raum war der gesuchte: Bond trat ein und ließ die Tür einen Spalt offen.

Auch hier brannten alle Lichter. War ein Diener im Badezimmer? Entschlossen öffnete Bond die Tür. Alles hell und niemand da. Ein großer Raum, wohl erst später als Bad umgebaut, mit einer Reihe von Trainingsapparaten: festmontiertes Rennrad, Ruderapparat. Schwingkeulen, Expander. Der Sanitätskasten enthielt nur Abführmittel – nichts sonst, auch kein Aspirin. Zurück ins Schlafzimmer: wieder nichts. Ein typisches Herrenschlafzimmer, behaglich und wohnlich, mit Einbauschränken. Neutraler Geruch. Auf dem kleinen Bücherbord neben dem Bett nur Geschichtswerke und Biographien, alles englisch. Einzig die Nachttischlade war indiskret: Sie enthüllte ein Exemplar von »Liebe im Verborgenen«, Edition Palladium, Paris. Noch fünf Minuten. Ein letzter Blick und nichts wie weg! Plötzlich blieb er stehen. Was war das? Schon die ganze Zeit hatte er es wahrgenommen! Ein Geräusch! Ein ganz leises, moskitoartiges Singen war in der Luft, fast schon zu hoch fürs Gehör! Woher kam es?

Gespannt trat Bond an den Einbauschrank bei der Tür, öffnete vorsichtig. Es kam aus dem Inneren des Schranks, hinter einer Reihe von Sportmänteln hervor. Entschlossen schob er die Mäntel beiseite.

Aus jedem der drei Schlitze an der Oberkante des Schranks lief ein Streifen Sechzehnmillimeterfilm in einen tiefen Behälter hinter den falschen Schubladen. Schon füllte das glitschige Geschlinge ihn fast zur Hälfte, und stets kam neues nach. Ein fesselnder Anblick, dieser schlangenhaft langsam sich windende Schuldbeweis. Das war es also: drei Filmkameras, verborgen – in der Halle, im Hof, in diesem Zimmer! Seit Goldfinger das Haus verlassen und mit dem grellen Licht auch die Kameras eingeschaltet hatte, war jede von Bonds Bewegungen festgehalten worden! Und er, Bond, hatte keinen Verdacht geschöpft! Und nichts erreicht, nur die Zeit verschwendet! Er war erledigt. Goldfinger hatte ihn in der Hand. Was tun? Angewurzelt starrte Bond auf die nachrückenden Kaskaden aus Filmstreifen.

Durch das Öffnen der Schranktür hatte er einen Teil der Filme dem Licht ausgesetzt! Warum nicht alles? Aber wie das Öffnen der Schranktür erklären? Vom Gang miaute es. Die Katze! Warum nicht? Es war fadenscheinig, aber doch der Schatten eines Alibis. Bond öffnete, nahm die Katze auf, streichelte sie und ging zum offenen Schrank. Dort setzte er sie ab, beugte sich über den Behälter und holte mit beiden Händen den Film heraus. Erst als mit Sicherheit jeder Meter unbrauchbar war, räumte er alles wieder ein und setzte die Katze obenauf. Sie würde sich im Schrank einrichten und schlafen. Er ließ die Schranktür ein wenig offen, damit der weiterlaufende Film unbrauchbar würde, schloß auch die Schlafzimmertür nicht und lief hastig den Gang zurück. Die Treppe schritt er langsam hinunter, ging durch die gähnende Halle, trat zum Kamin, goß sich einen neuen Drink ein und nahm »The Field« zur Hand. Er schlug den Golfkommentar von Bernard Darwin auf, orientierte sich rasch, nahm in einem der Fauteuils Platz und begann zu rauchen.

Was hatte er herausgefunden? Goldfinger litt an Verstopfung, verdorbener Phantasie und hatte Bond gründlich testen wollen. Und dieser Test war keine Amateurarbeit! Das war SMERSH-Standard und die Technik eines Mannes, der viel zu verbergen hatte! Was nun? Das Katzenalibi war kaum stichhaltig. Goldfinger würde zu neunzig Prozent sicher sein, daß Bond im Schlafzimmer gewesen war – aber nur zu neunzig!

Bond erhob sich, nahm eine Handvoll Zeitschriften und warf sie neben sich auf den Boden. Das einzige, was er tun konnte, war, es kaltschnäuzig durchzustehen und künftig – falls es noch dazu kam – besser aufzupassen. Es war nicht in jeder kitzligen Lage eine gelbbraune Katze zur Hand.

Er hatte nichts gehört, aber er fühlte den Luftzug im Nacken und wußte: Goldfinger war da.

4

Bond legte »The Field« weg und stand auf. Die Vordertür schloß sich geräuschvoll. Er wandte sich um. »Hallo!« Sein Gesicht zeigte höfliche Überraschung. »Hab' Sie gar nicht kommen hören. Hat's geklappt?«

Goldfingers Miene war ebenso höflich. Sie hätten zwei alte Freunde sein können, gewohnt, gegenseitig auf einen Drink vorbeizukommen. »Ach, es hat sich von selbst erledigt. Tut mir nur leid, daß es so lange dauerte. Ich hoffe, Sie haben sich nicht gelangweilt – nehmen Sie doch noch einen Drink!«

»Danke, mir ist die Zeit gut vergangen. Ich hab' hier gelesen, was Darwin über die Vierzehn-Schläger-Vorschrift sagt. Interessanter Standpunkt …« Bond erörterte die Einzelheiten und fügte seinen Kommentar hinzu.

Geduldig hörte Goldfinger ihn an. »Ja«, sagte er dann, »das ist eine verwickelte Sache. Sie spielen natürlich anders als ich, kunstgerechter. Nun, ich will mir nur die Hände waschen, und dann wollen wir dinieren. Bin gleich wieder da!«

Bond goß sich geräuschvoll ein, setzte sich und nahm »Country Life« zur Hand. Er horchte. Jetzt mußte Goldfinger oben sein! Er bemerkte, daß er die Zeitschrift verkehrt hielt, drehte sie um und starrte darauf. Oben war es völlig still. Dann wurde die Spülung betätigt, eine Tür fiel zu. Bond nahm einen langen Schluck und stellte das Glas ab. Jetzt ging Goldfinger die Treppe hinunter. Bond wendete die Seiten der Zeitschrift und schnippte Zigarettenasche in den Kamin.

Goldfinger kam auf ihn zu. Bond blickte auf: Goldfinger trug die gelbbraune Katze unterm Arm. Er trat zum Kamin, beugte sich vor und drückte auf die Klingel.

»Mögen Sie Katzen?« Sein Blick war gleichgültig.

»Doch!«

In der Dienstbotentür stand der Chauffeur, mit Melone und in glänzenden, schwarzen Handschuhen. Auf Goldfingers Wink trat er näher und blieb vorm Kamin stehen.

Goldfinger wandte sich an Bond: »Das ist mein Faktotum.« Er lächelte leicht. »Fakto, zeig Mr. Bond mal deine Hände!«

Langsam zog der Koreaner die Handschuhe aus und hielt Bond die nach oben gekehrten Handflächen entgegen. Bond stand auf und sah sie sich an. Sie waren groß und voller Muskeln, die Finger nahezu gleich lang, ihre Spitzen stumpf und gelbknöchern.

»Dreh sie um und zeig Mr. Bond die Kanten!«

Längs jeder Handkante ein harter Wulst aus der knochenartigen Substanz.

Fragend blickte Bond auf Goldfinger. Der sagte. »Wir werden Ihnen etwas zeigen.« Er wies auf das massive, eichene Treppengeländer. Der Koreaner stieg ein paar Stufen hinauf und blickte auf Goldfinger wie ein guter Apportierhund. Goldfinger nickte. Der Koreaner hob die Rechte hoch über den Kopf und ließ sie wie ein Beil herabsausen. Mit splitterndem Krachen barst das schwere Geländer. Ein zweiter Hieb schlug die Stange glatt durch und hinterließ eine zackige Bresche. Ringsum fielen die Splitter. Ruhig und weiterer Befehle gewärtig stand der Koreaner. Seine Miene verriet keinerlei Anstrengung oder Stolz. Goldfinger winkte ihn heran und sagte: »Die Außenkanten seiner Füße sind ebenso. Fakto, das Kaminsims!« Er wies auf das schwere, geschnitzte Holzbord über dem Kamin, mehr als zwei Meter über dem Boden, höher als der Koreaner selbst war.

»Rog a Hog?«

»Ja, nimm Rock und Hut ab.« Goldfinger wandte sich an Bond: »Der Arme hat einen Wolfsrachen. Außer mir versteht ihm kaum jemand.«

Rock und Hut lagen nun ordentlich zusammengelegt auf

dem Boden. Fakto rollte die Hosenbeine auf und nahm die breitbeinige Stellung des Judokämpfers ein. »Treten Sie lieber zurück, Mr. Bond.« Goldfingers Zähne glänzten. »Dieser Schlag bricht Ihnen den Hals wie einen Blumenstengel!« Er zog die Bank mit den Drinks zur Seite. Wie wollte der Koreaner aus drei Schritt Abstand das hohe Sims erreichen?

Goldfinger hob die Hand. Der Koreaner machte einen langen Anlaufschritt und sprang hoch. Mitten in der Luft vollführte er eine Drehung, der rechte Fuß schoß nach oben. Ein krachender Schlag! Elegant fiel der Körper auf die Hände, und der Mann stand wie vorher. In dem Sims klaffte ein acht Zentimeter breites Loch.

Respektvoll blickte Bond den Mann an. Was war da sein Handbuch für waffenlosen Kampf gegen das eben Gesehene! Das war ja kein Mensch aus Fleisch und Blut, das war eine lebende Keule! Bond mußte diesem einzigartigen schrecklichen Mann seinen Respekt erweisen. Er reichte ihm die Hand.

»Vorsicht, Fakto!«

Der Koreaner krümmte nur den Daumen zum leichten Händedruck. Seine Hand war wie aus Holz. Dann nahm er Jacke und Hut wieder auf.

»Ich danke für Ihre Geste, Mr. Bond«, sagte Goldfinger beifällig. »Sie müssen entschuldigen, aber Fakto kennt seine Kraft nicht. Ohne zu wollen, hätte er Ihnen die Hand zerquetschen können. Nun also« – Fakto hatte sich angekleidet und stand regungslos –, »das hast du gut gemacht, Fakto! Es freut mich, daß du in Übung bist. Hier« – Goldfinger warf ihm die Katze zu –, »das ist ein Nachtmahl für dich, ich mag das Vieh nicht mehr sehen!« Die Augen des Koreaners glänzten auf. »Und sag in der Küche, wir möchten auch gleich essen!« Der Koreaner nickte und ging ab.

Das war eine Warnung gewesen! An Bonds Stelle wurde die Katze bestraft. Bond verbarg seinen Ekel.

»Warum trägt er diese Melone?« fragte Bond nebenbei.

»Fakto!« Goldfinger wies auf die Täfelung: »Den Hut!«

Der Koreaner, schon bei der Tür und die Katze noch unteren Arm, kehrte um und kam zurück. Auf halbem Weg griff er nach seinem Hut und schleuderte ihn an die Wand. Zolltief steckte der Hutrand in dem bezeichneten Paneel.

Goldfinger lächelte höflich. »Eine leichte, aber harte Legierung, Mr. Bond. Ich fürchte, Fakto wird einen neuen Filzüberzug machen müssen, aber er ist mit Nadel und Zwirn sehr geschickt. Sie können sich vorstellen, daß dieser Schlag tödlich gewesen wäre. Eine einfache, höchst unauffällige Waffe.«

Bond lächelte nicht minder höflich. »Ein nützlicher Kerl!«

Fakto war verschwunden. Ein Gong ertönte. »Ah, das Dinner!« Goldfinger ging voran zu einer neben dem Kamin kaum sichtbar in die Täfelung eingelassenen Tür. Er griff nach einem geheimen Drücker, und sie traten ein.

Das kleine Speisezimmer entsprach in allem der Halleneinrichtung. Ein Kronleuchter und die Kerzen auf dem runden, von Gläsern und Silber glänzenden Speisetisch verbreiteten helles Licht. Zwei Koreaner in weißen Servierjacken trugen auf. Der erste Gang war ein Currygericht mit Reis. Goldfinger bemerkte Bonds Zögern und lachte trocken: »Keine Sorge. Mr. Bond! Garnelen, keine Katze.«

Bonds Ausdruck war zurückhaltend.

»Bitte, versuchen Sie doch den Mosel, es ist Piesporter Gold-Tröpfchen 53, bedienen Sie sich. Diese Burschen gießen ihn sonst in den Teller statt ins Glas.«

Bond hob die Bouteille aus dem Eiskübel, goß sich ein und kostete. Ausgezeichnet! Er beglückwünschte den Gastgeber.

»Ich selbst trinke und rauche nicht, Mr. Bond. Rauchen, finde ich, ist eine ekelhafte Gewohnheit. Und was das Trinken betrifft, so mache ich selbst chemische Untersuchungen und habe noch kein geistiges Getränk gefunden, das nicht eine Anzahl oft sogar tödlicher Gifte enthalten hätte. Aber da Sie gern trinken, Mr. Bond, darf ich Ihnen vielleicht einen Rat geben: Trinken Sie niemals Kognak Napoleon, besonders nicht, wenn er ›im Faß gealtert‹ ist! Er enthält mehr von diesen Giften als irgendein anderer der Schnäpse, die ich analysiert habe. Und dann kommt gleich alter Bourbon.«

»Danke, ich will mir's merken! Vielleicht ziehe ich deshalb in letzter Zeit Wodka vor. Man sagt, die Filtrierung durch aktivierte Holzkohle tue ihm gut.« Bond erinnerte sich vage, einmal etwas darüber gelesen zu haben, und war nun stolz, Goldfinger mit gleicher Münze dienen zu können. Der sah ihn scharf an: »Haben Sie Chemie studiert?«

»Nur nebenbei.« Es wurde allmählich Zeit, weiter vorzustoßen. »Übrigens, Ihr Chauffeur hat mich sehr beeindruckt. Wo hat er diese phantastische Kampfart gelernt? Ist sie in Korea üblich, oder woher stammt sie?«

Die Diener trugen gebratene Ente auf sowie für Bond eine Flasche Mouton Rothschild 47. Goldfinger sagte: »Haben Sie von Karate gehört? Nun, der Mann ist einer von den dreien in der Welt, die es darin zum schwarzen Gürtel gebracht haben. Karate ist ein Zweig von Judo, aber es verhält sich dazu wie ein Raketengeschoß zu einem Katapult.«

»Das hab' ich gesehen!«

»Ach, das waren nur die Grundbegriffe! Mr. Bond, ich kann Ihnen sagen, wenn Fakto den richtigen Einzelschlag auf einen von sieben Punkten Ihres Körpers geführt hätte, wären Sie jetzt ein toter Mann!«

»Interessant. Ich kenne nur fünf Arten, Fakto mit einem Schlag umzubringen.«

Goldfinger überhörte das. Er nahm einen großen Schluck Wasser. »Mr. Bond.« Er lehnte sich zurück, während Bond unbeirrt weiter aß. »Karate beruht auf der Theorie, daß der menschliche Körper fünf Schlagflächen und siebenunddreißig verwundbare Stellen aufweist – verwundbar für einen Karatekämpfer, dessen Fingerspitzen, Hand- und Fußkanten zu Hornhautschichten verhärtet sind. Täglich, Mr. Bond, schlägt Fakto eine Stunde lang auf Säcke mit ungeschältem Reis oder auf einen seilumwundenen Balken ein. Anschließend folgt eine Stunde kompliziertester Turnübungen.«

»Und wann übt er mit dem Hut?« Bond hatte nicht die Absicht, diesem Nervenkrieg zu erliegen.

Goldfinger runzelte die Stirn. »Das hab' ich ihn nie gefragt«, sagte er humorlos, »aber ich glaube, man kann sicher sein, daß Fakto stets in Form ist. Ja, Sie wollten wissen, wo Karate herkommt. Aus China, wo wandernde Buddhapriester eine leichte Beute der Straßenräuber waren. Da sie aus religiösen Gründen keine Waffen tragen durften, entwickelten sie eine eigene Art der Selbstverteidigung. Die Leute auf Okinawa verfeinerten diese Kunst zu ihrer jetzigen Form, als die Japaner ihnen das Waffentragen verboten. Beim Karateschlag geht der Körper nicht mit, sondern bleibt im Moment des Schlags vollkommen starr, mit dem Schwerpunkt in den Hüften, wird dann aber des

Gleichgewichts wegen sofort entspannt. Was Fakto kann, haben Sie ja gesehen!«

Bond nahm einen langen Zug von dem ausgezeichneten Rotwein. »Ihren Möbeln tut das nicht sehr gut«, meinte er.

Goldfinger zuckte mit den Achseln. »Ich brauche dieses Haus nicht mehr und dachte, die Vorführung würde Ihnen Spaß machen. Ich hoffe, Sie sind auch der Meinung, Fakto habe sich seine Katze verdient.« Ein kurzer Röntgenblick huschte über den Tisch. »Er schätzt sie als Delikatesse. Während einer Hungersnot in seiner Heimat ist er auf den Geschmack gekommen.«

Nun war es aber Zeit, der Sache auf den Grund zu gehen: »Wozu brauchen Sie einen solchen Mann?«

»Mr. Bond, ich bin ein sehr reicher Mann. Je reicher einer ist, desto mehr Schutz braucht er. Der übliche Leibwächter oder Detektiv ist meist ein pensionierter Polizist und daher völlig wertlos. Außerdem nimmt er Rücksicht auf Menschenleben, was auch nichts taugt. Die Koreaner kennen solche Gefühle nicht. Sonst hätten die Japaner sie nicht zur Bewachung ihrer Kriegsgefangenenlager eingesetzt. Sie sind grausam und unbarmherzig. Meine Leute sind daraufhin ausgesucht. Ich zahle gut, von Zeit zu Zeit lasse ich aus London eine Fuhre Straßenmädchen herbringen – und wenn dabei was passiert, so ist Geld das beste Leichentuch.«

Ein vorzügliches Käsesoufflé wurde serviert, danach Kaffee. Sie aßen schweigend, in behaglicher Stimmung. Offenbar hatte sich Goldfinger absichtlich gehenlassen – gerade so sehr, um eine seiner privaten Seiten zu zeigen, wohl jene, von der er annahm, daß Bond auf sie ansprechen würde. Vielleicht vermutete Goldfinger sogar, daß Bond nur dem Anschein nach ein Gentleman war? Nun, er würde wohl noch weiter sondieren und dann vielleicht mit einem Vorschlag herausrücken.

Bond lehnte sich zurück und nahm eine Zigarette. »Sie haben da einen schönen Wagen, das muß der letzte von der Serie sein. Ungefähr 1925, nicht wahr? Zwei Dreizylinderblocks, zwei Kerzen für jeden Zylinder, der eine Satz vom Zündapparat, der andere von der Wicklung aus gezündet?«

»Ganz richtig. Aber sonst mußte ich einiges ändern. Ich habe fünf weitere Federblätter einsetzen und hinten Scheibenbremsen einbauen lassen. Die Servobremsen vorn waren zu schwach.«

»Warum? Schneller als achtzig kann der Wagen doch nicht sein. Und die Karosserie ist doch auch nicht so schwer.«

Goldfinger hob die Brauen. »Nein? Und die Tonne Panzerung und Panzerglas?«

Bond lächelte. »Ach so! Verstehe. Sie passen wirklich gut auf sich auf. Aber wie fliegen Sie damit über den Kanal? Fällt der Wagen nicht durch den Flugzeugboden?«

»Ich nehme eine Maschine für mich allein. Die Silver City Company kennt den Wagen, er ist regelmäßiges Frachtgut zweimal im Jahr.«

»Europareise?«

»Nein, Golfferien.«

»Fein! Das wollte ich auch immer schon machen.«

Aber Goldfinger biß nicht an: »Jetzt können Sie sich's ja leisten.«

Bond lächelte. »Ach, diese Extrazehntausend! Die brauche ich vielleicht in Kanada.«

»Glauben Sie wirklich, daß dort so viel Geld für Sie zu verdienen ist? Und Sie wollen doch viel Geld verdienen?«

Bond wurde eifrig: »Na sicher! Wozu arbeitet man sonst?«

»Fatalerweise dauert das meist sehr lange. Und wenn man's hat, ist es zu spät.«

»Ja, das ist der Haken dabei. Ich bin immer fürs abgekürzte Verfahren. Aber nicht hier. Die Steuern sind zu hoch.«

»Gewiß. Und die Gesetze streng.«

»Ja, das hab' ich auch schon gemerkt!«

»Ach so?«

»Ja, beim Heroingeschäft. Ich hab' da ein wenig hineingerochen und bin gerade noch mit heiler Haut davongekommen – das bleibt natürlich unter uns!«

Goldfinger zuckte mit den Achseln. »Mr. Bond, jemand hat einmal gesagt, ›das Gesetz ist das kodifizierte Vorurteil der Gesellschaft‹. Zufällig paßt dieser Ausspruch besonders gut auf den Rauschgifthandel. Aber auch wenn es nicht der Fall wäre, hätte ich kein Interesse, der Polizei zu helfen.«

»Nun, das war so ...« Bond erzählte die ganze mexikanische Rauschgiftaffäre, wobei er Blackwells Rolle übernahm. Abschließend sagte er: »Bei Universal hat mir das nicht gerade geholfen!«

»Kann ich mir vorstellen. Interessante Geschichte übrigens. Sie scheinen da ganz findig gewesen zu sein. Und Sie haben keine Lust, in dieser Branche weiterzuarbeiten?« Goldfinger erhob sich, Bond folgte ihm. »Es war ein interessanter Abend. Ich weiß nicht, ob ich zum Heroin zurückkehren würde. Es gibt ungefährlichere Wege. Es ist nicht leicht, sein Geld zu verdoppeln, die Gelegenheit dazu bietet sich nicht oft. Wollen Sie noch einen meiner Aphorismen hören?«

»Gern!«

»Nun, Mr. Bond –«, Goldfinger lächelte das Lächeln der Reichen: »Am sichersten verdoppelt der arme Mann sein Geld, indem er's doppelt faltet und beide Seiten zählt.«

Bond lachte pflichtgemäß, sagte aber nichts. So ging es nicht, so kam er nicht weiter! Aber etwas warnte ihn vor Übereilung. Sie gingen in die Halle hinüber. Bond streckte die Hand aus: »Also dann, besten Dank für das ausgezeichnete Dinner! Höchste Zeit zum Schlafengehen. Und – auf Wiedersehen! Vielleicht treffen wir uns irgendwann einmal wieder!«

Goldfinger drückte Bond kurz die Hand und schob sie dann von sich. Wieder dieses Millionärsgehabe, diese unbewußte Kontaktangst! Er blickte Bond scharf an und sagte bedeutungsvoll: »Es sollte mich nicht wundern, Mr. Bond.«

Auf seiner Rückfahrt bei Mondlicht über die Isle of Thanet überdachte Bond diesen Satz immer wieder. Noch beim Entkleiden und Zubettgehen dachte er daran. Was hatte Goldfinger gemeint? Wollte er wieder Kontakt aufnehmen, oder sollte Bond in Verbindung mit ihm bleiben?

5

Punkt neun am nächsten Morgen rief Bond den Abteilungschef an. »Hier James. Besitz besichtigt und gestern mit Besitzer zu Abend gegessen. Höchstwahrscheinlich hat Generaldirektor recht, habe aber nicht genügend Tatsachen für genauen Bericht. Besitzer geht morgen ins Ausland, Abflug Ferryfield. Ich wüßte gern seine Abflugszeit, möchte auch den Rolls noch sehen. Vielleicht schenk ich ihm ein tragbares Radio. Fahre dann etwas später hinüber, Miss Ponsonby kann für mich reservieren! Bestimmung noch unbekannt, ich bleibe in Verbindung. Was Neues?«

»Wie ist das Golfmatch ausgegangen?«

»Ich hab' gewonnen.«

Am anderen Ende lachte es. »Hab' ich mir gedacht! Einsatz ziemlich hoch, nicht?«

»Woher wissen Sie das?«

»Ach, gestern abend rief noch Mr. Scotland an. Er hatte telefonisch den Wink gekriegt, jemand Ihres Namens besitze eine größere Summe undeklarierter Dollars. Ob wir so einen Mann hätten und ob das stimme? Er war nicht sehr auf Draht, wußte nichts von Universal. Heute morgen kam die Entschuldigung, gleichzeitig fanden wir die zehn in einem Umschlag bei Ihrer Post! Ganz schlau von Ihrem Mann, was?«

Das war echt Goldfinger! Bond auf diese Weise wegen der Dollars in Schwierigkeiten zu bringen! Er mußte gleich nach dem Spiel angerufen haben, um Bond zu zeigen, daß jeder Schlag gegen Goldfinger einen Dorn in der Hand ließ. Bond sagte: »So ein Gauner! Sagen Sie dem Boß, diesmal ist's fürs Weiße Kreuz. Und veranlassen Sie das übrige!«

»Ja, natürlich. In ein paar Minuten rufe ich zurück. Aber rufen Sie sofort an, wenn Ihnen langweilig ist!«

»Auf bald.« Bond legte auf und begann zu packen.

Nach dem Packen erhielt er den Anruf aus London, daß alles erledigt sei. Bond zahlte die Rechnung, stieg in seinen Wagen und machte, daß er auf die Straße nach Canterbury kam.

Laut London hatte Goldfinger für einen Spezialflug um zwölf gebucht. Um elf Uhr war Bond in Ferryfield beim Paßkontrollchef und den Zollbeamten. Er wurde schon erwartet und ließ seinen Wagen in einen leeren Hangar bringen. Dann setzte er sich zu den Beamten, rauchte und fachsimpelte ein wenig und ließ sie in dem Glauben, er sei von Scotland Yard. Nein, Goldfinger sei in Ordnung, aber möglicherweise versuchte einer seiner Diener, etwas außer Landes zu bringen. Ob er wohl für zehn Minuten mit dem Wagen allein bleiben könne, er wolle sich den Werkzeugkasten ansehen. Die Zolleute sollten dann den Rolls gründlich auf Geheimfächer untersuchen. Um elf Uhr fünfundvierzig schaute einer der Zollbeamten zur Tür herein: »Jetzt kommt er! Werde beide auffordern, vor dem Wagen ins Flugzeug zu steigen, wegen der Gewichtsverteilung. Nicht so falsch, wie's klingt. Der alte Kasten mit seinen Panzerplatten wiegt seine drei Tonnen! Ich ruf' Sie dann.«

»Danke.« Der Raum leerte sich. Bond nahm das verletzliche Päckchen aus der Tasche: die Trockenbatterie mit der kleinen Vakuumröhre. Er überprüfte die Anschlüsse, steckte alles wieder weg und wartete. Um elf Uhr fünfundfünfzig öffnete sich die Tür: »Bahn frei, sie sind im Flugzeug!«

Der große, schimmernde Silver Ghost stand in der Zollstation. Nur noch ein weiterer Wagen war da, ein taubengrauer Triumph TR 3 mit offenem Verdeck. Bond trat zum Heck des Rolls. Die Leute vom Zoll hatten die Platte des Kastens schon abgeschraubt. Bond nahm das Werkzeugfach heraus und tat, als untersuche er alles genau. Zum Schein im Kofferraum stöbernd, ließ er dabei Batterie und Röhre hineingleiten. Dann paßte er das Werkzeugfach wieder ein, stand auf und wischte sich die Hände ab: »Leider!«

Der Beamte schraubte die Platte wieder fest und stand auf »Nichts Besonderes an Chassis und Karosserie. Platz genug in Rahmen und Polsterung, aber da müßte man alles zerlegen. Einverstanden mit der Abfahrt?«

»Jawohl, und schönen Dank!« Bond ging ins Büro zurück. Nach einer Minute kam der Wagen aus der Station. Bond sah ihn die Rampe hinauffahren. Die Kiefer des Bristol-Frachters schlossen sich, die Bremskeile wurden weggezogen, der Mann drüben hob den Daumen. Hustend sprangen die Motoren an. Bond ging zu seinem Wagen, stieg in den Führersitz und drehte einen Schalter unteren Armaturenbrett. Ein scharfer Heulton erklang. Bond reduzierte ihn auf ein tiefes Brummen. Je weiter die Bristol sich entfernte, desto leiser wurde es. Nach fünf Minuten war es verstummt. Bond drehte weiter und fing das Brummen wieder ein, folgte ihm fünf Minuten lang und drehte dann ab. Von nun an würde »Homer«, der kleine Radiosender, bis auf hundertsechzig Kilometer Distanz mit Bonds Empfänger Kontakt halten. Es war eine einfache Form der Richtungsangabe, die es Bond ermöglichen würde, Goldfinger auf den Fersen zu bleiben. Er brauchte bloß herauszufinden, welche Straße Goldfinger von Le Touquet aus genommen hatte, dann in Reichweite zu kommen und in der Nähe größerer Städte oder vor größeren Abzweigungen enger aufzuschließen. Verlor er einmal den Anschluß, würde der D.B.III es schon wettmachen. Eine Art Schnitzeljagd quer durch Europa! Bond lächelte vor sich hin.

Immer steht ein *agent cycliste* an der gefährlichen Kreuzung, wo die ruhige N 38 von Le Touquet her auf die stark frequentierte, breitere N 1 stößt. Ja, er hatte den Rolls gesehen, ich bitte Sie, Monsieur, solch ein Aristokrat von einem Wagen! Nach rechts, Monsieur, Richtung Abbeville ...

Bond hob dankend die Hand und drückte aufs Gas. Er mußte rasch aufschließen, denn Goldfinger würde über Abbeville hinaus und schon an der Hauptgabelung der N 1 nach Paris und der N 28 nach Rouen sein. Wenn Bond dort die falsche Straße nahm, bedeutete das eine Menge Zeit- und Distanzverlust!

Bond sauste die kurvenreiche Straße dahin, nicht zu waghalsig, aber er machte die dreiundvierzig Kilometer nach Abbeville in einer Viertelstunde. »Homer« brummte laut, also konnte Goldfinger nicht mehr als dreißig Kilometer Vorsprung haben. Wohin nun aber an der Gabelung? Bond entschied sich für die N 1. Eine Zeitlang war wenig Veränderung zu bemerken, aber dann begann das Brummen nachzulassen. Verdammt! Bond wollte nicht umkehren, also bog er zehn Kilometer vor Beauvais rechts ab. Einige Zeit fuhr sich's schlecht, aber dann war er auf der schnellen N 30 und konnte den Wagen laufen lassen, immer der Stimme des Radios nach. Vor Rouen hielt er an und orientierte sich auf der Michelinkarte, während er mit einem Ohr zuhörte. Aus dem verstärkten Brummen schloß er, daß er Goldfinger überholt hatte. Aber da war wieder eine wichtige Gabelung! Im Falle eines Irrtums war es hier nicht so leicht, aufzuholen. Goldfinger würde entweder die Straße Alençon – Le Mans – Tours nehmen oder, ohne Paris zu berühren, die südöstliche über Evreux – Chartres – Orléans. Bond wagte nicht, nach Rouen hineinzufahren, um einen Blick auf den Rolls zu riskieren. Er würde auf das Abschwellen des Brummens warten und dann raten müssen.

Nach einer Viertelstunde war Bond sicher, daß der Rolls vorüber war. Wieder entschied er sich an der Gabelung für die linke Straße, drückte aufs Gas und beeilte sich. Diesmal nahm das Brummen zu. Er ging auf sechzig herunter und fuhr dahin, wobei er sich nach Goldfingers Ziel fragte.

Fünf, sechs, sieben Uhr. In Bonds Rückspiegel ging die Sonne unter, und immer noch war der Rolls unterwegs. Sie waren durch Dreux und Chartres gekommen und fuhren jetzt auf der Achtzigkilometergeraden nach Orléans hinein. Wenn dort übernachtet wurde, dann war der Rolls gar nicht schlecht vorangekommen – mehr als vierhundert Kilometer in etwas über sechs Stunden! Das zeigte, daß Goldfinger fahren konnte. Er mußte aus dem alten Silver Ghost das Äußerste herausgeholt haben! Bond begann aufzuschließen.

Schwache Rücklichter voraus! Bond hatte nur die Nebellampen eingeschaltet, jetzt drehte er die Scheinwerfer an. Ein kleiner Sportwagen. M.G.? Triumph? Austin Healey? Es war ein hellgrauer Triumph-Zweisitzer mit geschlossenem Dach. Bond blinkte und fuhr vorbei. Jetzt war vorn der Schein eines anderen Wagens zu sehen. Bond stellte die Scheinwerfer ab und fuhr wie vorher mit den Nebellampen. Der andere war noch eineinhalb Kilometer voraus. Bond schloß weiter auf und ließ für einen Moment die Scheinwerfer aufleuchten. Ja, es war der Rolls. Wieder fiel Bond auf Kilometerabstand zurück, den er beibehielt. Im Rückspiegel waren die schwachen Lichter des TR 3 sichtbar. Kurz vor Orléans fuhr Bond an den Straßenrand, der Triumph brummte gemächlich vorüber.

Bond hatte sich nie viel aus Orléans gemacht. Er zog seinen Michelin zu Rate. Sicher würde Goldfinger in einem Fünfsternehotel wohnen und *filet de sole* und Brathühnchen essen! Also im *Arcades* oder im *Moderne*. Bond hätte ja lieber außerhalb übernachtet, in der ausgezeichneten *Auberge de la Montespan* am Loireufer. Er mußte aber näher dranbleiben. So entschloß er sich für das *Hotel de la Gare* und ein Abendessen im Bahnhofsbüfett. In Zweifelsfällen wählte er immer die Hotels an der Bahn. Sie waren ordentlich, es gab genug Parkmöglichkeit, und die Bahnhofsbüfetts waren gut geführt. Seit zehn Minuten war das Brummen im Empfänger unverändert. Bond sah sich den Weg zu den drei Hotels an. Er fuhr den Fluß hinunter und vorsichtig in die Stadt. Richtig, der Rolls stand vor dem *Arcades*. Bond kehrte um.

Am nächsten Morgen um sechs war der Rolls immer noch da. Bond zahlte seine Rechnung, nahm ein Frühstück am Bahnhof, fuhr die Kais hinunter und parkte seinen Wagen in einer Seitengasse. Goldfinger würde entweder über den Fluß und nach Süden zur N 7 Richtung Riviera fahren oder aber am Nordufer der Loire die Straße nehmen, auf der er ebenfalls Richtung Riviera fahren konnte, ebensogut aber nach der Schweiz und nach Italien. Bond stieg aus, lehnte sich ans Geländer der Ufermauer und hielt zwischen den Platanenstämmen Ausschau. Um halb neun traten zwei Männer aus dem *Arcades*, und der Rolls fuhr ab. Bond blickte dem Wagen nach, bis er nicht mehr zu sehen war, dann setzte er sich ans Steuer des Aston Martin und nahm die Verfolgung wieder auf.

Im Schein der Frühsommersonne ging es gemütlich die Loire entlang. Es war eine von Bonds Lieblingslandschaften. Im Mai, wenn die Obstbäume blütenweiß leuchteten und der Fluß noch breit war von den Winterregen, schien dieses Tal zur Liebe wie geschaffen. Er dachte gerade daran, als vor Châteauneuf der kleine Triumph mit einem schrillen Signal seines Bosch-Doppelhorns vorbeisauste. Das Verdeck war unten, ein hübsches Gesicht hinter dunkler Autobrille wischte vorüber. Bond dachte: Das war fällig! Gerade dazu animiert die Loire jetzt – einem Mädchen nachzufahren, sie zur Mittagszeit zu stellen, dann das Kennenlernen in dem leeren Restaurant am Fluß, draußen unter dem Spalierwein …

Bond lächelte. Nicht heute. Heute hieß es arbeiten. Heute stand Goldfinger auf dem Programm, nicht Liebe. Er stellte den Empfänger lauter, um sicher zu sein, und drehte ihn wieder zurück. Entspannt fuhr er weiter, wobei seine Gedanken um das Mädchen kreisten, sich Dinge ausmalten … Sie mußte die Nacht in Orléans verbracht haben. Plötzlich erwachte Bond aus seinen Tagträumen: das offene Verdeck! Er hatte den Triumph schon früher gesehen, und zwar in Ferryfield! Mußte nach Goldfinger geflogen sein. Und nun fünfhundert Kilometer auf Goldfingers Spur? Das war mehr als Zufall! Gestern abend war sie abgeblendet gefahren. Was bedeutete das?

Bond trat aufs Gas, er näherte sich Nevers. In jedem Fall mußte er zur nächsten großen Abzweigung aufschließen, nun aber traf er gleich zwei Fliegen mit einem Schlag: Er würde auch sehen, was das Mädchen vorhatte. Blieb sie zwischen ihm und Goldfinger, so konnte das unangenehm werden. Es war schwierig genug, Goldfinger allein zu überwachen!

Sie hielt sich weiterhin drei Kilometer hinter dem Rolls. Sobald Bond sie sehen konnte, verlangsamte er sein Tempo. Wer war sie? Was bedeutete das alles?

Der kleine Konvoi fuhr weiter auf dem breiten, dunklen Band der N 7, diesem Nervenstrang durch das Herz Frankreichs, nach dem Süden. Aber bei Moulin verlor Bond beinah die Spur: Rasch mußte er zurück und auf die N 73 hinüber. Goldfinger war im rechten Winkel abgebogen und fuhr nun in Richtung Lyon und Italien oder Mâcon – Genf. Bond trachtete aufzuholen und entging dabei gerade noch rechtzeitig einer schwierigen Situation. Er hatte den Ton des »Homer« zu wenig beachtet, da er sich auf den Triumph verließ. Aber plötzlich wurde das Brummen zum Brüllen! Hätte er bei seinen hundertvierzig nicht hart gebremst, er wäre in den Rolls hineingefahren! So aber rollte er langsam über eine Anhöhe und sah den großen gelben Wagen einen Kilometer voraus am Wegrand halten. Gott sei Dank, da war ein Karrenweg! Bond bog hinein und hielt in der Deckung eines Weizenfelds. Er nahm den Feldstecher, stieg aus und ging zurück. Ja: Goldfinger saß unter einer kleinen Brücke am Flußufer, in weißem Staubmantel und ebensolcher Autohaube, und hielt Picknickpause. Der Anblick machte Bond hungrig. Wann würde er selbst essen können? Er nahm den Rolls aufs Korn: Durch das Heckfenster erkannte er die schwarzen Umrisse des Koreaners im Vordersitz. Vom Triumph keine Spur. Wenn das Mädchen noch immer hinter Goldfinger hergewesen war, so hatte sie ihn wohl mit abgewandtem Gesicht überholt und wartete nun weiter vorn in einem Hinterhalt, bis der Rolls vorüberfuhr. Oder war sie längst auf dem Weg zu den italienischen Seen, um Verwandte oder den Liebhaber zu treffen?

Jetzt war Goldfinger aufgestanden. So ist's recht, die Papierreste aufsammeln und damit unter die Brücke gehen. Warum warf er sie nicht in den Fluß? Bond biß sich auf die Lippen: War die Brücke vielleicht ein »Briefkasten«? Sollte Goldfinger hier etwas hinterlegen? Frankreich, Schweiz, Italien – für alle drei Länder lag der Ort günstig. Die Brücke schien gut gewählt, mit freier Sicht nach beiden Seiten.

Jetzt kletterte Goldfinger die Uferböschung wieder hinauf. Bond ging in Deckung. Er hörte das Ächzen des Anlassers und spähte durch die Halme, bis der Rolls verschwunden war.

Es war eine hübsche Brücke über einen hübschen Fluß. Die Kontrollnummer 79/6 auf dem Brückenbogen zeigte an, daß es die sechste nach irgendeiner Stadt an der N 79 war. Leicht zu finden. Rasch stieg Bond aus und glitt zum Wasser hinunter. Unten war es dunkel und kühl, in der Strömung huschten Fische über die Kiesel. Bond untersuchte den Mauerrand hinterm Gras. In der Mitte, gerade unter der Straße, wucherte es besonders dicht. Vorsichtig schob Bond die Büschel zur Seite, legte die frisch aufgegrabene Stelle frei und fühlte mit den Fingern nach: Es war nur einer da, glatt und in Ziegelform. Man brauchte Kraft, um ihn aufzuheben. Bond wischte die Erde von dem stumpf-gelben Metall, wickelte den Barren in sein Taschentuch, klemmte ihn unter die Jacke, kletterte wieder hinauf und betrat die leere Straße.

6

Bond war mit sich zufrieden. Nun würde eine Menge Leute sehr böse auf Goldfinger sein! Zwanzigtausend Pfund weniger! Jetzt würde man Pläne ändern, Verschwörungen verschieben müssen. Vielleicht waren sogar Menschenleben gerettet. Und wenn es je zu Nachforschungen kam, würde man die Schuld einem herumstrolchenden Vagabunden geben.

Bond ließ den Barren durch eine verdeckte Klappe unter den Passagiersitz gleiten. Gefährliches Zeug! Er mußte sehen, ihn an der nächsten Dienststelle loszuwerden. Der Gesandtschaftskurier würde ihn nach London mitnehmen, und Bond mußte so schnell wie möglich Bericht erstatten, denn der Vorfall bestätigte vieles. Möglicherweise informierte M sogar das Deuxième und ließ die Brücke überwachen, um zu sehen, wer hinkam. Hoffentlich nicht ausgerechnet jetzt, wo Bond sich an Goldfinger heranpirschte!

Bond fuhr wieder los. Noch vor Mâcon hatte er aufzuschließen und die nächste Abzweigung richtig zu erwischen: Genf oder Lyon. Auch das Problem mit dem Mädchen mußte gelöst werden. Und schließlich mußte er noch irgendwo anhalten, um etwas zu essen. Es war ein Uhr, und der Anblick des essenden Goldfinger hatte ihn hungrig werden lassen.

»Homer« wurde lauter: Man war in den Vororten von Mâcon. Bond mußte noch dichter heran, auch wenn er gesehen wurde. Der starke Verkehr würde seinen niedrigen Wagen schon decken. Würde der Rolls die Saône in Richtung zur Straße nach Bourg überqueren oder an der Brücke nach rechts zur N 6 nach Lyon abbiegen? Weit unten in der Rue Rambuteau schimmerte es gelb. Über die Eisenbahnbrücke und den kleinen Platz fuhr der hohe gelbe Kasten weiter zum Fluß. Die Passanten blieben stehen und sahen dem leuchtenden Wagen nach. Der Rolls fuhr geradeaus weiter, also Richtung Schweiz! Man durchquerte die Vorstadt St. Laurent. Jetzt ein Fleischer, ein Bäcker und ein Weinhändler! Auf hundert Meter sah er den vergoldeten Kalbskopf in die Straße ragen. Bond warf einen Blick in den Rückspiegel: der Triumph war ganz knapp hinter ihm! Wie lange schon? Seit seiner Einfahrt in die Stadt hatte Bond nur Augen für den Rolls gehabt. Sicher hatte sie in einer Seitengasse auf der Lauer gelegen. Das schloß jeden Zufall endgültig aus – also mußte etwas geschehen. Tut mir leid, Liebling, jetzt passiert's! Ich werde so zart wie möglich sein, nimm dich zusammen! Sie waren vor dem Fleischerladen, als er plötzlich anhielt und den Rückwärtsgang einschaltete: ein Krachen, er stellte den Motor ab und stieg aus.

Er ging um den Wagen herum. Das Mädchen hatte ein zornverzerrtes Gesicht. Aus dem Wagen baumelte ein attraktives Nylonbein, an dem man sekundenlang bis zum weißen Schenkel hinaufsah. Sie nahm die Brille ab und pflanzte sich breitbeinig, die Arme in die Seiten gestemmt, vor Bond auf.

Die hintere Stoßstange des Aston Martin steckte tief in dem Blechsalat aus Frontlichtern und Kühlerhaube. Bond sagte freundlich: »Wenn Sie mich noch mal da anrühren, müssen Sie mich heiraten!« Er war mit dem Satz noch nicht fertig, da hatte er auch schon seine Ohrfeige weg. Bond rieb sich die Wange, aus der gaffenden Menge ertönte Beifall.

Ihr Zorn war noch nicht verraucht. »Sie Idiot! Was haben Sie da angestellt?« Bond dachte: Hübsche Mädchen müßten immer zornig sein, dann wären sie geradezu schön! Er sagte: »Ihre Bremsen sind aber nicht viel wert.«

»Frechheit! Sie sind in mich hineingefahren!«

»Der Schalthebel ist mir abgerutscht, und Sie waren zu nahe dran.« Es war Zeit, sie zu beruhigen. »Es tut mir entsetzlich leid, ich komme natürlich für alles auf! Sehen wir uns den Schaden mal an. Versuchen Sie, zurückzufahren!« Bond setzte einen Fuß auf die beschädigte Stoßstange und wippte.

»Rühren Sie ihn nicht an!« Wütend quetschte sie sich in den Führersitz, drückte auf den Anlasser. Unter der Haube klirrte es. Sie stellte ab und lehnte sich heraus: »Da haben Sie's, Sie Idiot! Der Ventilator ist eingedrückt!«

Das hatte Bond gehofft. Er stieg in seinen Wagen und löste sich vorsichtig von dem Triumph, dessen Scherben nun aufs Pflaster klirrten. Bond stieg wieder aus. Die Menge hatte sich inzwischen zerstreut, und ein Mann im Mechanikeranzug erbot sich, einen Abschleppwagen zu rufen. Bond ging zu dem Triumph zurück, neben dem das Mädchen ihn erwartete. Sie war jetzt gefaßter, und Bond bemerkte, daß sie ihn musterte. Er sagte: »Es wird schon nicht so arg sein! Wahrscheinlich ist der Ventilator schiefgedrückt. Man wird provisorische Scheinwerfer einsetzen, das Chrom ausbeulen, und morgen früh können Sie wieder losfahren. Freilich«, Bond griff nach der Brieftasche, »für Sie ist es sehr ärgerlich, da Sie doch gar nichts für die Sache können. Bitte, hier sind tausend Francs für die Reparatur und alle sonstigen Auslagen. Nehmen Sie sie, bitte, an und verzeihen Sie! Ich würde ja gern hierbleiben und Ihnen behilflich sein, aber ich habe heute abend eine Verabredung und muß weiter.«

»Nein.« Sie sagte es kühl und entschieden, hielt die Hände auf den Rücken und wartete. »Auch ich habe heute eine Verabredung. Ich muß unbedingt nach Genf, heute noch! Würden Sie mich, bitte, mitnehmen? Es sind ja nur hundertsechzig Kilometer, das machen wir in zwei Stunden mit dem da!« Sie wies auf den D. III. »Tun Sie es, bitte.« In ihrer Stimme lag verzweifelte Dringlichkeit.

War sie etwas anderes als nur ein hübsches Ding, das sich von Goldfinger ansprechen lassen oder ihn erpressen wollte? In ihren Zügen war zuviel Charakter, zuviel Offenheit. Auch ihre Kleidung war eher dezent: eine weiße, seidene Hemdbluse mit offenem Kragen und weiten, an den Gelenken gerafften Ärmeln, die Nägel waren nicht lackiert, der einzige Schmuck war ein

Goldring am linken Ringfinger – war sie verlobt oder nicht? Der breite, gestickte Ledergürtel schloß mit zwei Messingschnallen über dem graphitgrauen, kurzen Faltenrock. Die schwarzen, eleganten Sandalen sahen teuer aus. Das einzig Bunte an ihr war das rosa Kopftuch in ihrer Hand. Im ganzen ein sportlicher Typ, etwa ein Mitglied des englischen Damenskiteams oder eine passionierte Springreiterin.

Bond überlegte. Würde sie ihn zu sehr stören? Und wie bald wäre er sie los, um sich seiner eigenen Sache widmen zu können? Aber seine Neugierde wog Nachteile auf: Wer war sie, was hatte sie vor? Hatte er nicht ein Märchen um sie gesponnen, das sich jetzt zu verwirklichen schien? Und außerdem mußte man einer Frau in Bedrängnis beistehen. So sagte er kurz: »Aber gern! Laden wir gleich Ihr Gepäck um!« Er hielt ihr seine Börse hin: »Hier, besorgen Sie uns etwas zu essen. Ich kümmere mich inzwischen um eine Garage.«

Ihre Blicke trafen und verstanden sich. Sie nahm das Geld. »Danke. Ich besorge uns gleich das Nötige.« Sie ging zum Kofferraum ihres Triumph und schloß ihn auf. »Nein, nein, ich mach' das schon selbst!« Ein Sack Golfschläger und ein teuer aussehendes Köfferchen kamen zum Vorschein. Sie trug beides zum Aston Martin hinüber, lehnte nochmals jede Hilfe ab und verstaute alles neben Bonds Koffer. Dann holte sie noch die große, schwarzbestickte Schultertasche.

Bond sagte: »Welchen Namen und welche Adresse soll ich angeben?«

»Wie bitte?«

Er wiederholte seine Frage. Würde nun eines von beiden oder beides falsch sein?

Sie sagte: »Keine feste Adresse. Sagen wir das *Hôtel des Bergues* in Genf. Der Name ist Soames, Miss Tilly Soames.« Sie hatte nicht gezögert. Nun ging sie in den Fleischerladen.

Eine Viertelstunde später waren sie unterwegs. Sie saß aufrecht und blickte auf die Straße, der »Homer« brummte schwach. Goldfinger mußte schon achtzig Kilometer voraus sein! Bond beeilte sich. Sie sausten durch Bourg und bei Pont d'Ain über die Brücke. Jetzt waren sie in den Vorläufern des Jura, da kamen die S-Kurven der N 84! Bond durchfuhr sie, als wär's eine Alpenwertungsfahrt. Nachdem das Mädchen zweimal gegen ihn gestoßen war, hielt sie sich am Handgriff fest und ging mit, als wäre sie sein Ersatzfahrer. Einmal, nach einem besonders scharfen, trockenen Schleudern, das sie fast aus der Kurve getragen hätte, sah Bond zu ihr hinüber: Ihre Lippen waren geöffnet, die Nasenflügel bebten und die Augen leuchteten. Also gefiel es ihr.

Sie erreichten die Paßhöhe, und hinunter ging's zur Schweizer Grenze! Der »Homer« gab jetzt ein stetiges Heulen von sich. Bond dachte: Jetzt muß ich mich zurückhalten, sonst treffen wir sie beim Zoll. Er griff unter das Armaturenbrett und stellte das Geräusch leiser. Dann fuhr er an den Straßenrand. Sie blieben im Wagen und nahmen nahezu schweigend das Picknick ein, wobei jeder seinen eigenen Gedanken nachhing. Nach zehn Minuten fuhr Bond wieder los. Ruhig ging es die Kurven zwischen den rauschenden jungen Fichten hinunter.

»Was ist das für ein Lärm?« fragte sie.

»Der Verteiler jault. Beim Schnellerfahren wird's ärger. Seit Orléans. Ich muß es heute abend reparieren lassen.«

Sie schien es zu glauben und fragte schüchtern: »Ich hoffe, ich habe Sie nicht allzuweit von Ihrem Weg abgebracht!«

Bond sagte freundlich: »Nicht im geringsten! Ich fahre auch nach Genf, aber vielleicht bleibe ich die Nacht nicht dort, das hängt von meiner Verabredung ab. Wie lange bleiben Sie?«

»Ich weiß nicht. Ich spiele Golf, in Divonne findet eine offene Damenmeisterschaft statt. Ich bin zwar nicht diese Klasse, aber versuchen kann man's ja. Und außerdem möchte ich noch auf ein paar anderen Plätzen spielen.«

Das mochte ja stimmen, aber die ganze Wahrheit war es sicher nicht! Bond fragte weiter: »Spielen Sie viel Golf? Auf welchem Platz in England?«

»Ziemlich viel, in Temple.«

»Wohnen Sie in der Nähe?«

»Ich habe eine Tante in Henley. Und was machen Sie in der Schweiz? Urlaub?«

»Geschäft. Import-Export.«

»Ach so!«

Bond lächelte in sich hinein. Der reine Bühnendialog!

Sie kamen jetzt an die Grenze. Ein langes gerades Straßenstück gab den Blick auf die französische Zollstation frei.

Sie gab ihm keine Möglichkeit, ihren Paß zu sehen. Sobald der Wagen hielt, sagte sie etwas von »sich zurechtmachen« und verschwand bei den »Damen«. Bond hatte die Kontrolle schon passiert und hatte gerade mit dem Triptik zu tun, als sie mit ihrem bereits gestempelten Paß erschien. Beim Schweizer Zoll mußte sie plötzlich etwas aus ihrem Koffer holen, und Bond fand keine Zeit, ihren Bluff aufzudecken.

Er beeilte sich, Genf zu erreichen, und fuhr dort vor dem imposanten Eingang des *Bergues* vor. Der Gepäckträger nahm ihren Koffer und die Golfschläger. Vor der Tür reichte sie Bond die Hand: »Adieu.« Die aufrichtigen blauen Augen blieben ungerührt. »Und vielen Dank noch, Sie fahren großartig!« Der Mund lächelte. »Kaum zu glauben, daß Sie in Mâcon den falschen Gang erwischt haben!«

Bond zuckte mit den Achseln. »Passiert nicht oft, aber diesmal bin ich froh darüber. Wenn ich meine Sache erledigt habe, könnten wir uns vielleicht wiedersehen.«

»Das wäre nett.« Ihre Stimme verriet das Gegenteil. Sie wandte sich um und schritt durch die Drehtür.

Bond eilte zu seinem Wagen. Zum Teufel mit ihr! Jetzt nichts wie Goldfinger nach und dann zu dem kleinen Büro auf dem Quai Wilson! Er drehte am »Homer« und wartete zwei Minuten. Goldfinger war in der Nähe, entfernte sich aber. Entweder folgte er dem linken oder dem rechten Seeufer. Dem Ton nach war er mindestens einen Kilometer außerhalb der Stadt. Aber wo? Links, auf dem Weg nach Lausanne? Rechts, nach Evian? Doch der D.B.III war schon auf der Straße nach links. Bond beschloß, seiner Nase zu folgen.

Er erblickte die gelbe Silhouette kurz vor Coppet. Rasch fuhr er hinter einen Laster. Als er das nächstemal Ausschau hielt, war der Rolls verschwunden. Bond fuhr weiter und behielt die linke Straßenmitte im Auge. Beim Dorfeingang tauchte eine hohe Mauer mit solidem, geschlossenem Gittertor auf. Staub hing in der Luft. Eine unauffällige Tafel verkündete in verblichenem Gelb auf blauem Grund »Entreprises Auric S.A.«.

Bond fuhr bis zur nächsten Abzweigung links. Er folgte ihr bis zu einer Straße, die durch die Weingärten zum Wald hinter Coppet führt. Unter den Bäumen hielt er an. Er mußte jetzt gerade oberhalb der Entreprises Auric sein. Den Feldstecher!

Er stieg aus und folgte einem Fußweg zum Dorf hinunter. Bald lief zu seiner Rechten ein Eisengitter, das oben durch gerollten Stacheldraht gesichert war. Hundert Meter hügelab ging es in eine hohe Steinmauer über. Langsam schritt Bond den Pfad zurück und hielt Ausschau nach jenem Durchschlupf, den die Dorfkinder gemacht haben müßten, um an die Kastanienbäume zu gelangen. Er fand ihn: Zwei Gitterstangen waren gerade so weit auseinandergebogen, daß ein kleiner Körper durchschlüpfen konnte. Bond erweiterte die Öffnung und kroch hindurch.

Vorsichtig und auf dürre Zweige achtend, bewegte er sich unter den Bäumen weiter. Sie wurden lichter und hinter einem kleinen *manoir* tauchten ein paar niedrige Gebäude auf. Bond bezog Posten hinter dem dicken Stamm einer Tanne. Das nächste Gebäude war etwa hundert Meter entfernt. Mitten in dem offenen Hof stand der staubige Silver Ghost.

Bond griff zum Feldstecher und suchte alles genau ab. Das Haus selbst war ein wohlproportionierter Rohziegelquader mit Schieferdach. Es hatte zwei Stockwerke und eine Mansarde, wahrscheinlich vier Schlafzimmer und zwei Haupträume. Seine Mauern waren zum Teil von einer sehr alten, blühenden Glyzinie überwuchert. Die Hintertür führte auf den großen, gepflasterten Hof mit dem Rolls. Zu Bond hin öffnete sich der Hof, seine beiden übrigen Seiten waren durch einstöckige Wellblechschuppen begrenzt, über deren gemeinsamer Ecke sich ein hoher Blechrauchfang mit Windhaube erhob. Darüber drehte sich ein Gebilde mit quadratischer Öffnung, das Bond an einen *Decca Navigator* erinnerte – ein Radarsucher, wie man ihn auf der Brücke vieler Schiffe sieht. Der Apparat drehte sich gleichmäßig, und Bond konnte sich nicht vorstellen, welchen Zweck er haben sollte.

Plötzlich kam Bewegung in das Bild: Von irgendwo schlug es blechern fünf, die Hintertür des Hauses ging auf, Goldfinger erschien, immer noch im weißen Automantel, doch ohne Haube. Ihm folgte ein komisch-beflissenes Männchen mit Bürstenschnurrbart und Hornbrille. Goldfinger wirkte zufrieden. Er trat an den Rolls und klopfte auf die Motorhaube. Der andere lachte höflich, zog eine Signalpfeife aus der Westentasche und pfiff. Die Tür der Werkstatt zur Rechten flog auf, vier Arbeiter in blauen Overalls traten heraus und gingen zum Wagen. Aus der offenen Tür drang surrender Lärm, ein schwerer Motor begann zu arbeiten und verfiel in das rhythmische Stampfen, das Bond schon von Reculver her kannte.

Die vier Männer verteilten sich rings um den Wagen. Auf ein Wort des Männchens, das offenbar der Werkmeister war, begannen sie, den Silver Ghost zu zerlegen. Sie hoben die vier Türen aus, entfernten die Motorhaube und machten sich dann an die Kotflügel. Plötzlich erschien Faktos schwarze Gestalt in der Hintertür des Hauses. Goldfinger ging hinein und ließ die Arbeiter weitermachen.

Nun war's aber Zeit zu verschwinden! Bond blickte sich nochmals vorsichtig um, prägte sich die Lage ein und schlich unter den Bäumen zurück.

»Ich komme von Universal Export.«

»Ach ja?« Über dem Schreibtisch hing eine Reproduktion des Annigoni-Porträts der Königin. Die anderen Wände waren mit Reklamebildern von Fergusontraktoren und anderen landwirtschaftlichen Maschinen bedeckt. Durch das breite Fenster brandete der Verkehrslärm des Quals Wilson. Ein Dampfer tutete. Bond blickte aus dem Fenster und sah ihn eine zauberhafte Kielwasserspur quer über den abendlich makellosen Seespiegel ziehen. Dann blickte er wieder in die höflich fragenden Augen des Geschäftsmannes.

»Wir hoffen, mit Ihnen Geschäfte zu machen.«

»Welche Art Geschäfte?«

»Bedeutende.«

Der Mann begann zu lächeln. »Sie sind 007, nicht wahr? Aber ich war nicht ganz sicher. Also, was kann ich für Sie tun?« Die Stimme wurde vorsichtig. »Nur eines, machen Sie's rasch und verschwinden Sie! Seit der Dumontsache paßt man teuflisch auf. Man ist über mich im Bilde – die hiesigen und Redland. Alles natürlich ganz friedlich, aber Sie wollen doch sicher ungeschoren bleiben!«

»Das überrascht mich nicht. Aber es ist nur eine gewöhnliche Meldung. Hier«, Bond knüpfte sein Hemd auf und holte den schweren Barren heraus, »schicken Sie das, bitte, zurück! Und bei Gelegenheit geben Sie folgendes durch.« Der Mann zog einen Block heran und stenografierte mit.

Nachdem Bond geendet hatte, steckte der Schreiber den Block in die Tasche. »Wird erledigt, Meldung geht um Mitternacht ab. Und das« – er wies auf den Barren – »kann für den Kurier nach Bern gehen. Sonst noch was?«

»Eine Frage. Haben Sie je von den Entreprises Auric in Coppet gehört? Wissen Sie zufällig, was die machen?«

»Ich weiß nur, was jedes Maschinengeschäft in der Gegend weiß. Wollte ihnen letztes Jahr einen Posten Handnietapparate verkaufen. Sie machen Metallmöbel für Fluglinien.«

»Welche?«

Der Mann zuckte mit den Achseln. »Ich habe gehört, daß sie für Mecca arbeiten, die Charterlinie nach Indien, deren Ausgangspunkt Genf ist. Eine ziemliche Konkurrenz für All India. Mecca ist in Privatbesitz, Auric sollen daran beteiligt sein. Kein Wunder, daß sie den Kontrakt für die Sitze haben.«

Ein grimmiges Lächeln war auf Bonds Gesicht erschienen. Er stand auf und streckte die Hand aus: »Sie haben jetzt in weniger als einer Minute ein ganzes Puzzle zusammengesetzt! Besten Dank und alles Gute fürs Traktorengeschäft! Hoffentlich sehen wir uns mal wieder.«

Unten machte Bond, daß er in seinen Wagen und den Quai hinunter zum *Bergues* kam. So also sah die Sache aus! Da hatte er zwei Tage lang diesen gepanzerten Silver Ghost durch Europa verfolgt. Drüben in Kent hatte er die Montage der letzten Panzerplatte mit angesehen, hier in Coppet war er Zeuge gewesen, wie die Panzerung Stück für Stück abgenommen worden war. Nun waren die Platten wohl schon in den Schmelzöfen, bereit, sich in siebzig Sitze einer Mecca Constellation zu verwandeln. Und wenige Tage später würden diese Sitze in Indien gegen Aluminiumsitze ausgetauscht werden. Wieviel würde Goldfinger dann verdient haben? Eine halbe Million Pfund? Eine ganze?

Denn der Silver Ghost war gar nicht silbern! Er war ein »Goldener Geist«. Die ganzen zwei Tonnen seiner Panzerung waren durch und durch achtzehnkarätiges Weißgold!

7

Bond mietete sich im *Hôtel des Bergues* ein, nahm ein Bad und kleidete sich um. Sollte er die Walther-PPK mitnehmen oder nicht? Lieber nicht! Wenn er schon das Pech hätte, gesehen zu werden, dann würde ein Kampf nur alles verderben. Er hatte seine Geschichte bereit, keine sehr gute, aber doch so, daß sie zu seiner Rolle paßte. Das mußte genügen. So wählte er lediglich ein bestimmtes Paar Schuhe, die schwerer waren, als sie aussahen.

Beim Portier fragte er nach Miss Soames. Wie zu erwarten, gab es keinen Gast dieses Namens. Die Frage war nur, ob sie abgereist war oder unter anderem Namen logierte.

Über die schöne Montblanc-Brücke fuhr Bond zur *Bavaria,* jener einfachen elsässischen *brasserie,* dem Treffpunkt der Großen in den Tagen des Völkerbundes. Er wählte einen Fensterplatz, nahm einen Enzian und spülte mit hellem Löwenbräu nach. Dann überlegte er. Kein Zweifel, Goldfinger finanzierte ein Spionagenetz, wahrscheinlich SMERSH, und verdiente ein Vermögen mit dem Goldschmuggel nach Indien. Nach dem Verlust seines Brixham-Fischdampfers ließ er nun die Panzerplatten seines Wagens jeweils durch achtzehnkarätiges Weißgold ersetzen, dessen Nickel-Silber-Legierung genügend Härte besaß und dessen Farbe ihn nicht einmal bei einem Zusammenstoß verraten würde. Wäre Goldfinger nicht ein so unangenehmer Mensch gewesen, hätte er nicht ausgerechnet für SMERSH gearbeitet, Bond hätte für diesen Riesengauner Bewunderung empfunden, dessen Unternehmungen sogar der Bank von England Sorgen bereiteten!

Es war acht Uhr geworden. Der Enzian begann Bond innerlich zu wärmen und seine Spannung zu mildern. Er bestellte noch einen doppelten, dazu eine Portion Sauerkraut mit Wurst und Speck und eine Karaffe Fendant.

Was aber mochte das Mädchen wollen? Golf? Bond erhob sich und ging zur Telefonzelle am Ende des Saales. Er rief das *Journal de Genève* an und verlangte den Sportredakteur. Der war recht hilfsbereit, staunte jedoch über Bonds Frage. »Damenmeisterschaft?« Nein, die verschiedenen Meisterschaften wurden natürlich im Sommer ausgetragen, sobald die ausländischen Wettspiele zu Ende waren! Man bekam sonst zuwenig amerikanische und englische Spieler herein, die das Publikumsinteresse erhöhten.

Bond ging zu seinem Tisch zurück und aß weiter. Also eine Dilettantin! Niemand vom Fach hätte einen Vorwand benutzt, der durch einen einzigen Anruf aufzudecken war. Und er hatte schon erwogen – ungern, denn sie war ihm sympathisch –, ob sie nicht eine SMERSH-Agentin sei, die Goldfinger oder Bond im Auge behalten sollte, vielleicht beide!

Bond bestellte eine Portion Gruyère, Pumpernickel und Kaffee. Nein, sie war ihm ein Rätsel. Er konnte nur hoffen, sie verfolgte keine privaten, ihn oder Goldfinger betreffenden Pläne, die seine Arbeit stören würden!

Denn seine Arbeit war nahezu getan. Er brauchte sich nur noch mit eigenen Augen von der Richtigkeit seiner Vermutung zu überzeugen. Ein Blick in die Fabrik in Coppet, ein einziges Weißgoldpartikel – und er konnte noch heute nacht den diensthabenden Beamten in Bern informieren! Dann würde alles wie von selbst abrollen: Die Bank von England würde in aller Stille Goldfingers sämtliche Guthaben blockieren, und die Schweizer Bundespolizei würde vielleicht schon morgen an das Tor der Entreprises Auric klopfen. Nach Goldfingers Auslieferung würde dieser nach einem ruhigen Prozeß ein paar Jahre bekommen, die Staatsbürgerschaft würde ihm aberkannt und sein Goldschatz in die Kellertresore der Bank von England zurückgebracht werden. Und bei SMERSH würden sie Bonds anschwellender Zapiska zähneknirschend ein weiteres Blatt hinzufügen.

Zeit für die letzte Runde! Bond zahlte, trat hinaus und bestieg seinen Wagen. Langsam überquerte er die Rhone und reihte sich in den abendlichen Verkehr auf dem hellerleuchteten Kai. Die Nacht war für seine Absichten nur halbwegs geeignet: Der Schein des zunehmenden Mondes gab gute Sicht, hingegen erschwerte die Windstille das Anschleichen. Noch einmal vergegenwärtigte sich Bond die Ortsverhältnisse und den Weg, während er den Wagen automatisch die breite Landstraße längs des nächtlich stillen Sees hinunterlenkte.

Er nahm denselben Weg wie am Nachmittag. Nachdem er

von der Hauptstraße abgebogen war, fuhr er mit Standlichtern. Schließlich lenkte er den Wagen von der Seitenstraße auf eine Waldlichtung, stellte den Motor ab, blieb sitzen und lauschte: Nur das leise Knacken des erhitzten Metalls unter der Haube und das rasche Ticken der Uhr am Armaturenbrett waren hörbar. Er stieg aus, schloß geräuschlos ab und schlich den schmalen Pfad zwischen den Bäumen hinunter.

Das schwere Stampfen des Aggregats wurde vernehmbar, ein irgendwie bedrohliches Geräusch. Bond schlüpfte durch die Öffnung des Gitters und spähte mit angespannten Sinnen zwischen den mondbeschienenen Bäumen nach vorn. Das schwere Stampfen war überall. Bond straffte die Muskeln und schlich vorwärts, Schritt für Schritt die dürren Zweige beiseite räumend und behutsam, als durchquere er ein Minenfeld.

Die Bäume wurden spärlicher. Nun mußte bald der Stamm kommen, den er heute nachmittag als Deckung benutzt hatte! Er hielt danach Ausschau – und blieb mit fliegendem Puls stehen. Neben dem Stamm seines Baumes, eng an den Boden gepreßt, lag jemand!

Tief und langsam atmend, um den Schreck loszuwerden, ließ Bond sich auf Hände und Knie sinken und starrte hinüber.

Die Gestalt bewegte sich, nahm vorsichtig eine andere Lage ein. Windhauch strich durch die Baumkronen, und in dem tanzenden Mondlicht sah Bond flüchtig volles, schwarzes Haar, einen schwarzen Sweater und enge schwarze Hosen. Und noch etwas fiel ihm auf: ein gestreckter, metallischer Schimmer, der von dem schwarzen Haar am Stamm vorbei nach vorn ins Gras lief.

Verdrießlich sah Bond zwischen seinen Händen zu Boden. Es war Tilly. Da lag sie nun und beobachtete das Gebäude. Und hatte ein Gewehr im Anschlag! Ein Gewehr, das zwischen ihren harmlosen Golfschlägern gesteckt haben mußte.

Langsam beruhigte er sich wieder. Egal, wer sie war und was sie wollte! Er schätzte den Abstand, berechnete die Schritte und den letzten Sprung: linke Hand an die Gurgel, die rechte aufs Gewehr. Jetzt!

Dumpf prallte er auf den Rücken des Mädchens. Der Aufschlag preßte ihr hörbar die Luft aus den Lungen. Seine Linke lag an ihrer Kehle und fand die Schlagader, seine Rechte griff nach dem Gewehrkolben, drückte ihre Finger weg, spürte, daß die Waffe gesichert war und stieß sie zur Seite.

Bond ließ den Hals los und hielt ihr den Mund zu. Sie rang nach Luft, war aber noch ohnmächtig. Vorsichtig hielt er ihr die Hände auf dem Rücken fest. Als sie zu zappeln begann, drückte er mit Bauch und Hüften ihre Beine nieder. Atemlos versuchte sie zu beißen. Er rutschte an ihr hinauf und flüsterte ihr ins Ohr: »Tilly, um Himmels willen, still! Ich bin's, Bond. Es ist wichtig. Wollen Sie still sein und zuhören?«

Sie hörte auf, sich zu wehren, nickte. Bond gab sie frei, lag nun neben ihr, hielt ihr aber die Hände noch auf dem Rücken fest. Er flüsterte: »Kommen Sie wieder zu Atem, aber sagen Sie mir eines: Sie sind hinter Goldfinger her?«

Sie flüsterte wütend: »Umbringen wollt' ich ihn!«

Bond ließ ihre Hände los. Sie schob sie unters Kinn. Ihr Körper zitterte, und Bond suchte sie zu beruhigen, indem er ihr übers Haar strich. Vorsichtig prüfte er dabei die unverändert friedliche Lage dort unten. Unverändert? Das Radargerät auf der Schornsteinkappe hatte aufgehört, sich zu drehen: Sein rechteckiges Maul blickte nun in ihre Richtung. Bond maß dem keine Bedeutung bei. Das Mädchen hatte sich beruhigt. Er flüsterte: »Keine Angst, auch ich bin hinter ihm her und werde ihm mehr schaden, als Sie es je gekonnt hätten. Ich handle im Auftrag von London. Was hat er Ihnen getan?«

»Er hat meine Schwester umgebracht. Sie haben sie gekannt – Jill Masterton.«

Grimmig fragte er: »Wie ist das passiert?«

»Einmal im Monat nimmt er eine Frau. Jill hat's mir gesagt, als sie die Stelle bei ihm hatte. Vorher versetzt er sie in Hypnose und läßt sie vergolden.«

»Himmel! Warum?«

»Das weiß ich nicht. Jill sagte mir, er sei besessen vom Gold. Ich nehme an, daß – irgendwie wird er glauben, er nimmt vom Gold Besitz, wenn er –, daß er das Gold heiratet, gewissermaßen. Irgend so ein Koreaner muß die Frauen bestreichen, aber das Rückgrat frei lassen, damit die Hautatmung nicht ganz unterbunden wird, sonst würden sie sterben. Nachher wäscht er sie mit einem Harz wieder ab. Goldfinger zahlt ihnen tausend Dollar und schickt sie weg.«

Im Geiste sah Bond den schrecklichen Fakto mit einem Topf voll Goldfarbe, während Goldfinger mit irrem Besitzerstolz auf die glitzernde Statue starrte. »Und was war mit Jill?«

»Sie hat telegraphiert, ich solle kommen. Sie lag in Miami, in der Unfallabteilung, im Sterben. Goldfinger hatte sie hinausgeworfen. Die Ärzte wußten nicht, was los war, aber sie sagte es mir. Sie starb noch in derselben Nacht.« Das Mädchen erzählte sachlich-nüchtern. »Wieder in England, konsultierte ich Train, den Hautspezialisten, der erzählte mir von der Sache mit der Hautatmung. Einem Kabarettgirl war das gleiche zugestoßen, sie hatte als Silberstatue auftreten müssen. Er erklärte mir die Einzelheiten des Falls, zeigte mir auch den Sektionsbefund. Jetzt wußte ich, wie Jill gestorben war. Goldfinger muß Rache dafür genommen haben, daß – daß sie mit Ihnen gegangen war.« Sie machte eine Pause, sprach weiter: »Sie hat mir von Ihnen erzählt. Und sie bat mich, wenn ich Sie je treffen sollte, Ihnen diesen Ring zu geben.«

Bond preßte die Augen zusammen, kämpfte mit einem Anfall psychischer Übelkeit. Noch mehr Blut an seinen Händen! Diesmal als Folge eines leichtfertigen Bravourstücks, das zu vierundzwanzig Stunden Ekstase mit einem schönen Mädchen geführt hatte! Und diesen kleinen Seitenhieb gegen sein Selbstgefühl hatte Goldfinger tausend-, ja millionenfach vergolten! »Sie hat gekündigt.« Mit welcher Genugtuung mußte Goldfinger ihm in Sandwich diese dürren Worte gesagt haben! Bond ballte die Fäuste. Dieser Tod war nicht Teil seiner Arbeit. An ihm würde er sein Leben lang tragen müssen.

Ein pfeifendes Zischen, ein trockener Aufschlag – und vor Bonds Augen bebten die Aluminiumfedern des Stahlpfeils, der sich schräg in den Stamm gebohrt hatte! Langsam, fast gleichgültig drehte Bond den Kopf.

Zehn Meter weiter, vom Mond halb beleuchtet, stand in sprungbereiter Judostellung die Gestalt mit der schwarzen Melone. Der gestreckte linke Arm hielt den stählernen Bogen, der rechte lag mit aufgelegtem Pfeil angewinkelt an der Wange. Die Pfeilspitze zielte genau herüber.

Bond hauchte: »Keine Bewegung!« Laut sagte er: »Hallo, Fakto. Verdammt guter Schuß!«

Fakto schob den Pfeil höher.

Bond stand auf, trat vor das Mädchen, wobei er kaum hörbar sagte: »Er darf das Gewehr nicht sehen.« Dann wandte er sich mit friedfertiger Beiläufigkeit an Fakto: »Einen hübschen Besitz hat Mr. Goldfinger da. Ich möchte mal mit ihm sprechen, heute ist's aber schon etwas spät. Sagen Sie ihm doch, ich käme morgen vorbei!« Und zu dem Mädchen: »Komm, Liebling, Schluß mit dem Waldspaziergang. Es ist Zeit, zum Hotel zu fahren.« Er begann, in Richtung Zaun zu gehen.

Fakto stampfte mit dem vorgestellten Fuß. Wieder wies die Pfeilspitze auf Bonds Magen.

»Oargn.« Fakto wies mit dem Kopf gegen das Haus.

»Oh, Sie glauben, er würde uns jetzt noch empfangen? Na schön. Und wir werden bestimmt nicht stören? Dann komm, Liebling.« Bond schritt voran, links an dem Baum vorbei, hinter dessen Stamm das Gewehr im schattigen Gras lag.

Während sie langsam den Hügel hinuntergingen, raunte Bond dem Mädchen zu: »Sie sind meine Freundin, ich habe Sie aus England mitgebracht. Tun Sie erstaunt. Wir sind in Gefahr, versuchen Sie nichts!« Er wies mit einer Kopfbewegung auf Fakto. »Der Mann ist ein Mörder.«

Verärgert gab sie zurück: »Wären Sie nur nicht dazwischengekommen!«

»Dasselbe gilt von Ihnen.« Dann nahm er's zurück: »Tut mir leid, Tilly, so war's nicht gemeint. Aber ich glaube nicht, daß Sie Erfolg gehabt hätten.«

»Ich hatte einen Plan. Um Mitternacht wäre ich über der Grenze gewesen.«

Bond antwortete nicht. Er hatte bemerkt, daß sich das Radarding über dem Schornstein wieder drehte. Also waren sie damit entdeckt worden! Wohl eine Art Tondetektor. Wie viele Tricks hatte dieser Mann denn noch im Ärmel? Dabei hatte sich Bond gehütet, Goldfinger zu unterschätzen! Hatte er das wirklich? Vielleicht, wenn er seinen Revolver gehabt hätte … Nein. Bei diesem Koreaner hätte auch das rascheste Ziehen nichts vermocht.

Sie erreichten den Hof, die Hintertür des Hauses öffnete sich, und zwei weitere Koreaner, wohl die Diener aus Reculver, liefen im Schein des elektrischen Lichts auf sie zu. Sie trugen polierte Stöcke. »Halt!« Es war das wilde, ausdruckslose Grinsen, das

Bond aus den Schilderungen der Abteilung J kannte, jener Männer, die in japanischer Gefangenschaft gewesen waren. »Durchsuchung. Kein Widerstand, sonst ...« Pfeifend sauste der Stock durch die Luft. »Hände hoch!«

Langsam hob Bond die Hände und sagte: »Nicht reagieren, was immer sie tun.«

Fakto trat vor und beaufsichtigte in drohender Haltung die fachmännisch durchgeführte Leibesvisitation. Kalt beobachtete Bond die Hände an dem Mädchen und die grinsenden Gesichter. »Okay. Weiterkommen!«

Durch die offene Tür und einen gepflasterten Gang wurden sie zu der schmalen Vorhalle im Vordertrakt geführt. Fakto klopfte an eine Tür.

»Ja?«

Goldfinger saß an einem großen Schreibtisch, der mit wichtig aussehenden Papieren bedeckt war. An der Seite standen graumetallene Aktenschränke, und auf einem Tischchen in Goldfingers Reichweite waren ein Kurzwellenempfänger, ein Schaltbrett und ein emsig tickender Apparat aufgebaut, der wie ein Barograph aussah. Bond nahm an, dieser Apparat habe etwas mit ihrer Entdeckung zu tun.

Goldfinger trug einen purpurfarbenen Samtsmoking über einem weißen Seidenhemd mit offenem Kragen. Der Hemdausschnitt gab ein Büschel orangefarbenen Brusthaars frei. Die großen porzellanblauen Augen zeigten nichts als durchdringende Härte.

Bond legte los: »Hören Sie zu, Goldfinger, was, zum Teufel, soll das heißen? Sie hetzen mir die Polizei auf den Hals wegen der zehntausend Dollar. Ich setze mich auf Ihre Spur, zusammen mit meiner Freundin hier, Miss Soames, und komme her, um zu erfahren, worauf Sie eigentlich hinauswollen. Wir sind über Ihren Zaun geklettert, ich weiß, aber ich wollte Sie erwischen, solange Sie noch da sind. Dann kommt Ihr Affe daher und schießt mit seinen Pfeilen auf uns! Zwei weitere von Ihren Dreckkoreanern überfallen und durchsuchen uns! Was, zum Teufel, ist da los? Wenn Sie mir jetzt keine entsprechende Aufklärung geben, hetze ich Ihnen die Polizei auf den Hals!«

Goldfingers harter Blick blieb unverändert, als hätte er überhaupt nichts gehört. Nur die feingeschwungenen Lippen öffneten sich: »Mr. Bond, ein Sprichwort in Chikago sagt: ›Das erste Mal ist's Zufall. Das zweite Mal Zusammentreffen. Beim dritten Mal ist's Feindaktion.‹ Miami, Sandwich – und jetzt Genf: Ich habe die Absicht, die Wahrheit aus Ihnen herauszupressen.« Sein Blick glitt langsam über Bonds Kopf hinaus. »Fakto, der Druckraum.«

DRITTER TEIL

1

Bond reagierte automatisch, ohne zu denken. Mit einem Schritt nach vorn warf er sich über den Schreibtisch. Ringsum flatterten die Papiere, sein Kopf krachte gegen Goldfingers Brustbein, der Stoß warf Goldfinger in seinen Stuhl zurück, Bond stieß sich mit dem Fuß nochmals von der Schreibtischkante ab, sein neuerlicher Anprall kippte den Stuhl nach hinten, und während die beiden Körper in die splitternde Täfelung stürzten, faßte Bond nach Goldfingers Kehle und drückte seinen Daumen mit aller Kraft in dessen Kehlkopf. Dann schien das ganze Haus über ihm zusammenzubrechen, etwas wie ein Holzbalken traf ihn ins Genick, er rollte langsam von Goldfinger herab und blieb still liegen.

Die Lichtspirale, welche Bond durchsauste, ebnete sich langsam zur Scheibe, zu einem gelben Mond, der nach und nach zum glühenden Zyklopenauge wurde. Rund um den feurigen Augapfel stand etwas geschrieben, eine wichtige Botschaft, die Bond unbedingt entziffern mußte! Mühsam setzte er die winzigen Lettern zusammen: SOCIÉTÉ ANONYME MAZDA. Was bedeutete das? Ein scharfer Wasserstrahl traf sein Gesicht, biß ihn in die Augen, füllte ihm den Mund. Verzweifelt würgte er, wollte sich bewegen – und konnte es nicht. Sein Blick klärte sich, auch sein Kopf wurde freier, bis auf einen pulsierenden Schmerz im Nacken. Über ihm strahlte in einem großen, emaillierten Schirm eine starke Birne, und er selbst war auf eine Art Tisch an Hand- und Fußgelenken festgeschnallt. Seine Finger spürten das polierte Metall.

Die flache, unbeteiligte Stimme Goldfingers sagte: »Wir können anfangen.«

Bond blickte in die Richtung der Stimme, preßte die vom übermäßigen Licht geblendeten Augen zusammen, um besser sehen zu können. Goldfinger saß in Hemdsärmeln auf einem Klappstuhl, seine Kehle wies rote Druckspuren auf. Neben ihm lagen verschiedene Metallinstrumente vor einer Schalttafel. Zu seiner Seite war Tilly Masterton auf einem Stuhl festgebunden. Sie saß kerzengerade, sah unglaublich schön aus, war aber sichtbar noch unter Schockwirkung. Ihre Augen starrten Bond leer an.

Bond drehte den Kopf nach rechts: Da stand ganz nahe der Koreaner, wie stets mit Melone, nun aber bis zum Gürtel nackt. Die gelbe, schweißglänzende Haut seines riesigen Oberkörpers war völlig haarlos, ebenso Bizeps und Unterarme, die die Stärke von Oberschenkeln hatten.

Bond hob unter Schmerzen den Kopf und blickte rundum. Sie waren in einem der Fabrikräume. Weißliches Licht glühte um die Stahltüren zweier Elektroöfen. In Holzgestellen standen blauschimmernde Bleche, von irgendwoher ertönte das Surren eines Generators. Weiter weg hämmerte es, und hinter allem war das eiserne Pochen des Kraftaggregats.

Bond blickte den Tisch entlang, auf dem er lag – und ließ den Kopf mit einem Seufzer zurückfallen. Durch die polierte Stahlplatte lief der Führungsschlitz der Kreissäge direkt auf ihn zu und weiter unter das V seiner geöffneten Beine. Und am anderen Ende des Schlitzes warteten die glitzernden Zähne.

Bond starrte wieder auf die winzige Botschaft um die elektrische Birne, während Goldfinger in leichtem Konversationston zu sprechen begann.

»Mr. Bond, jetzt müssen Sie für die Neugierde bezahlen, die, wie Ihr Angriff beweist, feindlich ist. ›Der Krug geht so lange zum Brunnen ...‹ Diesmal werden gleich zwei Krüge brechen, denn ich fürchte, ich muß auch dieses Mädchen als Feind ansehen. Sie gab vor, im *Bergues* zu wohnen, aber ein Telefonanruf genügte. Im Wald fand Fakto das Gewehr und einen Ring, den ich kenne. Unter Hypnose ist der Rest herausgekommen: Dieses Mädchen wollte mich töten. Vielleicht wollten Sie das auch. Aber es ist mißlungen. Mr. Bond« – die Stimme war müde, blasiert –, »ich habe im Leben viele Feinde gehabt. Ich habe immer Erfolg und bin ungeheuer reich. Aber Reichtum – wenn ich einen meiner Aphorismen zum besten geben darf –, Reichtum bringt zwar keine Freunde, erhöht aber Zahl und Varietät der Feinde.«

»Elegant formuliert.«

Goldfinger ignorierte es. »Mit Ihrem Talent, den Dingen nachzuspüren, könnten Sie in der ganzen Welt die Spuren jener finden, die mir übelwollen. Es waren ihrer viele, aber Sie würden feststellen, Mr. Bond, daß ihre Reste den plattgewalzten Igeln auf den Autostraßen gleichen.«

»Ein poetisches Bild.«

»Eben, Mr. Bond. Ich bin ein Poet, freilich in Taten und nicht in Worten. Ich bemühe mich, meinen Handlungen die wirkungsvollste Form zu geben. Doch das nur am Rande. Ich möchte Ihnen nur darlegen, daß es für Sie höchst unklug war, meinen Weg zu kreuzen und ein geringfügiges Projekt, an dem ich arbeitete, zu vereiteln. Damals wurde an Ihrer Statt jemand anders bestraft. Sie hatten Glück, und wenn Sie damals klug gewesen wären, hätten Sie sich gesagt: ›Bond, du hast noch einmal Glück gehabt, halte dich fern von Mr. Auric Goldfinger, er ist ein mächtiger Mann. Wenn Mr. Goldfinger dich erdrücken will, dann braucht er sich nur im Schlaf umzudrehen.‹«

»Sie drücken sich sehr plastisch aus.« Bond wandte ihm den Kopf zu. Die große, braunrote Schädelkugel war leicht nach vorn geneigt, das runde Mondgesicht mild und unbeteiligt. Jetzt langte die Hand zur Schalttafel und drückte einen Hebel. Von Bonds Tischende erklang ein metallisches Rollen, das rasch anschwoll und zu einem kaum wahrnehmbaren hohen Singen wurde. Müde wandte Bond den Kopf ab. Der einzige Ausweg war hier der Tod. Auch wenn er Goldfinger die Wahrheit gestehen würde, könnte er niemals in Frieden mit sich selbst weiterleben. Nein, er mußte bei seiner fadenscheinigen Geschichte bleiben und konnte nur mehr hoffen, daß jene, die ihm nun auf Goldfingers Spur folgen würden, mehr Glück hatten. Wen würde M wohl auswählen? Wahrscheinlich 008, den zweiten Killer aus der kleinen Dreiergruppe. Ein guter Mann, vorsichtiger als Bond. M würde wissen, daß Goldfinger Bond getötet hatte, und gäbe 008 freie Hand zur Vergeltung. 258 in Genf würde ihn auf die Spur setzen, die mit Bonds Nachfrage nach den Entreprises Auric endete. Goldfinger würde seinem Schicksal nicht entgehen, wenn Bond dichthalten konnte! Anders entkäme er – und das war undenkbar. »Nun also, Mr. Bond« – Goldfingers Stimme war scharf »genug der Freundlichkeiten.

Singen Sie, wie meine Freunde in Chicago das ausdrücken, und Sie werden rasch und schmerzlos sterben, auch das Mädchen. Singen Sie aber nicht, so werden Sie sich langsam zu Tode schreien. Und das Mädchen bekommt Fakto – wie seinerzeit die Katze. Also, was ziehen Sie vor?«

Bond sagte: »Seien Sie nicht töricht, Goldfinger, bei Universal weiß man, wo ich bin, auch warum, und die Eltern des Mädchens wissen, daß sie mit mir ist. Ehe wir herkamen, habe ich Erkundigungen über Ihre Fabrik eingezogen. Man wird unsere Spur sehr leicht finden. Wenige Tage nach unserem Verschwinden haben Sie die Polizei im Haus! Ich mache Ihnen einen Vorschlag: Sie lassen uns gehen, und man wird von der ganzen Sache nichts mehr hören. Für das Mädchen garantiere ich. Sie begehen da einen gefährlichen Irrtum, wir sind zwei völlig harmlose Leute!«

Aber Goldfinger sagte nur gelangweilt: »Ich fürchte, Sie verstehen mich noch immer nicht, Mr. Bond. Natürlich können Sie nur ganz wenig über mich in Erfahrung gebracht haben! Aber ich habe gigantische Dinge vor, und es wäre völlig absurd, auch nur einen von Ihnen am Leben zu lassen. Und was die Polizei betrifft – die werde ich gern empfangen. Von meinen Koreanern ist so wenig zu erfahren wie von den Mäulern dieser elektrischen Schmelzöfen, in denen Sie samt Ihrer Habe bei zweitausend Grad Celsius verdampfen werden. Nein, Mr. Bond, entscheiden Sie sich. Ich will Ihnen dazu helfen.« Bond hörte, wie ein Schalthebel gestellt wurde. »Die Säge nähert sich jetzt Ihrem Körper um zweieinhalb Zentimeter pro Minute. Inzwischen« – Goldfinger blickte auf Fakto und hielt einen Finger hoch – »eine kleine Massage durch Fakto. Zunächst nur der erste Grad.«

Bond schloß die Augen. Faktos widerlicher Raubtiergeruch hüllte ihn ein. Starke, schabende Finger begannen vorsichtig, fast zart, an ihm zu arbeiten. Ein Druck hier, ein Druck dort, ein plötzliches Quetschen, eine Pause, dann ein scharfer Schlag. Immer anatomisch richtig. Die Präzision eines Chirurgen. Bond biß die Zähne so sehr aufeinander, daß er dachte, sie müßten brechen. Der Schmerz trieb ihm den Schweiß in die Augenhöhlen. Dabei rückte das Schrillen der Säge immer näher!

Friede eurer Asche, ihr lustigen Herren vom Geheimdienst! Was würden seine berühmten letzten Worte sein? Daß man sich eine Geburt nicht aussuchen kann, wohl aber die Art, wie man stirbt? Ja, das würde sich auf einem Grabstein gut ausnehmen: nicht *savoir vivre*, sondern *savoir mourir*.

»Mr. Bond!« sagte Goldfinger eindringlich. »Ist das wirklich nötig? Sagen Sie doch die Wahrheit! Wer sind Sie? Was wissen Sie? Wer hat Sie geschickt? Dann wird alles so leicht sein. Eine Pille, und Sie werden beide einschlafen! Im anderen Fall wird es unsauber und qualvoll sein. Und wie ist das mit dem Mädchen? Benimmt sich so ein englischer Gentleman?«

Faktos Tortur hatte aufgehört. Langsam drehte Bond seinen Kopf nach der Stimme hin und öffnete die Augen: »Goldfinger, ich kann nichts sagen, weil es nichts zu sagen gibt. Aber ich will Ihnen noch etwas vorschlagen: Wir werden für Sie arbeiten – was meinen Sie? Wir sind recht tüchtig, mit uns ließe sich was anfangen?«

»Um ein, zwei Messer in meinen Rücken zu kriegen? Danke vielmals, Mr. Bond!«

Weiteres Reden war zwecklos. Besser, man nahm sein bißchen Willenskraft zusammen und gab nicht nach, bis es aus war. So sagte Bond nur verbindlich: »Dann lecken Sie sich meinetwegen selbst am ...« Er drückte allen Atem aus seinen Lungen und schloß die Augen.

»Das vermag nicht einmal ich, Mr. Bond«, sagte Goldfinger humorvoll. »Und da Sie nun einmal den steinigen Pfad gewählt haben, bleibt mir nichts anderes mehr übrig, als aus Ihrer mißlichen Lage den größten Nutzen zu ziehen, indem ich ihn so steinig wie nur möglich mache. Fakto, den zweiten Grad!«

Der Hebel wurde weitergerückt. Schon spürte Bond den Wind der rotierenden Säge zwischen den Knien. Und Faktos Hände kamen wieder.

Ein Schrei wollte die verkrampften Zähne auseinanderzwingen. Stirb verdammt – stirb verdammt – stirb verdammt – stirb verdammt – stirb verdammt – stirb ...

2

Eine tiefe, väterliche Stimme sagte. »Hier spricht Ihr Kapitän. Wir landen. Bitte, legen Sie die Sitzgurte an und machen Sie die Zigaretten aus. Danke.«

Das nächste, was Bond wahrnahm, war ein leichtes Gefühl des Schwankens. Er versuchte zu sehen, schloß aber, von der Sonne geblendet, sofort wieder die Augen. Über seinem Kopf sagte jemand: »Paß auf, Bud, die Rampe ist steiler, als sie aussieht!« Gleich darauf erfolgte ein heftiger Stoß, und von vorn antwortete es mürrisch: »Immer dasselbe! Warum geben die auch keine Gummis drunter!«

Eine Drehtür bewegte sich, und etwas schlug hart gegen Bonds Ellbogen. Er sagte »He!« und wollte sich die gestoßene Stelle reiben, aber die Hände gehorchten ihm nicht.

»Da schau, Sam, ruf lieber den Doktor, er kommt zu sich!«

»Wirklich! Na dann, stellen wir ihn neben die andere.« Bond spürte, wie er abgestellt wurde. Es war jetzt kühler, und er öffnete erneut die Augen. Ein großes, rundes Brooklyngesicht beugte sich über ihn und blickte ihn freundlich an. »Wie fühlen Sie sich, Mann?«

»Wo bin ich?« Panik war in seiner Stimme. Vergebens versuchte er, sich aufzurichten. Schweiß trat ihm aus den Poren.

»He, he, nur mit der Ruhe, Mann, es ist alles okay! Sie sind in Idlewild, New York, in Amerika. Jetzt geschieht Ihnen nichts mehr, verstehen Sie?« Der Mann hielt Bond offenbar für einen Flüchtling. »Beeil dich, Sam, er hat einen Schock!«

»Ich geh' ja schon!« Beide entfernten sich.

Den Kopf konnte Bond bewegen. Er sah sich um. Er befand sich in einem weißen Krankensaal, wahrscheinlich der Sanitätsstation des Flughafens. Eine Reihe sauberer Betten stand im Sonnenlicht, das durch die hohen Fenster einfiel, aber die Luft war kühl, klimatisiert. Neben der seinen stand eine zweite Tragbahre, auf der Tilly lag. Sie war bewußtlos.

Die Tür am Ende des Saales öffnete sich, ein Arzt im weißen Mantel hielt sie für Goldfinger offen, der lebhaft und gut gelaunt zwischen den Betten herankam, gefolgt von Fakto. Bond schloß die Augen. Mein Gott! So stand es also!

Sie versammelten sich um seine Bahre, und Goldfinger sagte flott: »Nun, die beiden sehen recht gut aus, nicht wahr, Doktor? Ja, der Reichtum hat auch seine guten Seiten! Man kann einem Freund, einem Angestellten die bestmögliche Behandlung sichern! Nervenzusammenbruch, beide, und in derselben Woche, würden Sie das glauben? Aber es ist meine Schuld, ich habe sie überfordert, also muß ich sie auch wieder auf die Beine bringen. Dr. Foch – eine Kapazität in Genf – sagte ganz eindeutig: ›Ruhe, Ruhe und wieder Ruhe!‹ Er gab ihnen Schlafmittel, und jetzt kommen sie in den Harkness-Pavillon im Presbyterian-Hospital.« Goldfinger lachte. »Säe und du wirst ernten, was, Doktor? Als ich Harkness eine Röntgenausrüstung für eine Million schenkte, tat ich's ohne Hintergedanken. Und jetzt? Anruf genügt, und zwei schöne Zimmer warten schon! Also dann«, man hörte Papiergeld rascheln, »danke ich für Ihre Hilfe beim Einwanderungsamt. Beide hatten ja gültige Visa, und Mr. Auric Goldfinger ist wohl ein ausreichender Garant dafür, daß keiner von ihnen die Regierung der Vereinigten Staaten stürzen wird! Nicht wahr?«

»Ganz gewiß, und besten Dank, Mr. Goldfinger. Was immer Sie wünschen … man sagt mir, Sie haben draußen einen privaten Krankenwagen?«

Bond öffnete die Augen, blickte den Arzt an – einen netten, jungen Mann mit randlose Brille und Bürstenschnitt – und sagte ruhig, aber mit äußerstem Ernst: »Herr Doktor, wir sind beide vollkommen gesund. Man hat uns betäubt und gegen unseren Willen hierhergebracht. Ich verlange den Chef des Einwanderungsamtes zu sehen. Meine Freunde in New York und Washington werden bestätigen, was ich sage. Bitte, glauben Sie mir!«

Der Arzt blickte beunruhigt von Bond auf Goldfinger, der diskret, wie um Bond nicht zu kränken, den Kopf schüttelte. »So geht das nun seit Tagen. Nervöse Erschöpfung, gepaart mit Verfolgungswahn. Dr. Foch sagte, das gebe es oft. Aber ich werde ihn im Harkness wieder hinkriegen, koste es, was es wolle! Vielleicht ist's auch die ungewohnte Umgebung. Wenn Sie ihm eine Spritze geben könnten …«

Der Arzt beugte sich über die Instrumententasche. »Sie werden recht haben, Mr. Goldfinger. Und wenn Harkness sich des Falles annimmt …« Die Instrumente klirrten. Mit einem väterlichen Lächeln beugte sich Goldfinger über Bond und sprach mit merkwürdiger Betonung: »Sie kommen wieder ganz in Ordnung, James. Seien Sie nur ruhig und schlafen Sie. Der Flug hat Ihnen nicht gutgetan. Seien Sie ruhig und überlassen Sie alles mir.«

Ein Wattebausch wischte über Bonds Arm. Und während ein Schwall von Flüchen aus ihm hervorbrach, spürte er die Nadel.

Jetzt war es eine fensterlose, graugetünchte Schachtel von Zimmer, das von einer Deckenschale erhellt wurde. Rund um sie waren konzentrische Schlitze zu sehen, die Luft war neutral, und man hörte das leise Summen der Klimaanlage. Bond vermochte sich aufzusetzen, er war benommen, fühlte sich aber wohl bis auf ein rasendes Hunger- und Durstgefühl. Wann hatte er zum letztenmal gegessen? Vor zwei Tagen, vor drei? Nackt wie er war, setzte er die Füße auf den Boden. Sein Körper wies keinerlei Spuren von Faktos Händen auf. Lediglich ein paar Einstiche am rechten Unterarm waren sichtbar. Bond stand auf, bezwang sein Schwindelgefühl und machte ein paar Schritte. Sein Bett war eine Art Koje auf einem Schubladengestell. Sonst war nur noch ein einfacher Tisch mit geradem Holzstuhl da. Bond kniete vor den Schubfächern nieder und öffnete sie. Außer seiner Uhr und dem Revolver war der gesamte Kofferinhalt da, einschließlich der gewichtigen Schuhe, die er zuletzt getragen hatte. Er drehte einen der Absätze und zog: Sanft glitt das breite, zweischneidige Messer aus der präparierten Sohle. Nachdem Bond sich vergewissert hatte, daß auch der andere Schuh sein Dolchmesser enthielt, drehte er die Absätze wieder zurück. Dann begann er sich anzukleiden. Auch Feuerzeug und Dose mit Zigaretten waren da. Er zündete sich eine an. Es gab zwei Türen hier, aber nur eine mit Griff: sie führte in ein kleines, komplett eingerichtetes Badezimmer mit Toilette. Seine Wasch- und Rasiersachen waren säuberlich ausgebreitet, daneben lagen die Utensilien einer Frau. Vorsichtig öffnete Bond die andere Badezimmertür und sah in einem Zimmer, das dem seinen glich, Tilly Mastertons schwarzen Haarschopf auf dem Kojenkissen. Auf Zehenspitzen trat er näher: Sie schlief friedlich, ein leichtes Lächeln um den schönen Mund. Bond ging ins Badezimmer zurück und begann seinen Dreitagebart zu rasieren.

Eine halbe Stunde später – Bond saß am Kojenrand und dachte nach – ging plötzlich die grifflose Tür auf und Fakto stand da. Nachdem sein Blick Bond flüchtig gestreift hatte, schaute er prüfend durchs ganze Zimmer. Bond sagte scharf. »Fakto, ich möchte essen, und zwar rasch und viel, dazu eine Flasche Bourbon, Soda und Eis. Weiter ein Paket Chesterfield King-size, und entweder meine eigene oder eine ebensogute Uhr. Vorwärts, rasch, marsch, marsch! Steh nicht so herum, ich habe Hunger! Ja, und sag Goldfinger, ich möchte ihn sprechen, aber erst mit vollem Magen. Los, beeil dich!«

Fakto blickte Bond wütend an, als überlege er, was er ihm zerbrechen solle. Er öffnete den Mund, spuckte aus, kehrte um und schien die Tür zuknallen zu wollen. Aber im letzten Moment bremste er ihren Schwung, so daß sie mit leisem, doppeltem Schnappen schloß.

Der Vorfall versetzte Bond in gute Laune. Goldfinger mußte sich entschlossen haben, sie am Leben zu lassen. Der Grund dafür würde sich bald herausstellen. Da Bond die Absicht hatte, unter allen Bedingungen am Leben zu bleiben, mußte man Fakto und die anderen Koreaner nachdrücklich auf ihre Plätze verweisen. In der Zeit, die bis zu der ausgezeichneten Mahlzeit verstrich, welche ihm nebst allem übrigen, einschließlich seiner Uhr, einer der Koreaner brachte, hatte Bond lediglich feststellen können, daß sein Zimmer nicht weit von einer Eisenbahnbrücke und nahe am Wasser lag. Da er in New York zu sein glaubte, mußte das entweder der Hudson oder der East River sein. Die Bahn war elektrisch und hörte sich an wie eine Untergrundbahn, aber Bonds Ortskenntnisse reichten nicht aus, sie zu lokalisieren. Seine Uhr ging nicht, und seine Frage nach der Uhrzeit fand kein Gehör.

Bond hatte alles aufgegessen. Er rauchte und nippte eben an einem kräftigen Bourbon mit Soda, als die Tür aufging. Es war Goldfinger. Er trug einen normalen Geschäftsanzug und wirkte ruhig und gut gelaunt. Fragend sah er auf den weiterrauchenden Bond, der höflich zurückblickte.

»Guten Morgen, Mr. Bond, ich sehe, Sie sind wieder Sie selbst. Und ich hoffe, Sie sind lieber hier als tot. Um die üblichen

Fragen abzukürzen, verrate ich Ihnen, wo Sie sind und was geschehen ist. Dann werde ich Ihnen etwas vorschlagen, auf das ich eine eindeutige Antwort erwarte. Da Sie ein sehr vernünftiger Mensch sind, brauche ich Sie nur kurz zu warnen: Werden Sie nicht aggressiv, weder mit dem Messer noch mit der Gabel noch mit dieser Flasche! Ich schieße sonst mit dem Revolver, und zwar ins rechte Auge, Mr. Bond. Ich verfehle es nie!«

Bond sagte: »Keine Angst, mit einer Whiskyflasche treffe ich nicht so genau.« Er schlug die Beine übereinander.

»Mr. Bond«, Goldfingers Stimme war freundlich, »ich bin Fachmann nicht nur in Metallen und habe eine genaue Schätzung für alles, was einen Feingehalt von tausend hat wie das reinste Gold. Im Vergleich dazu ist das menschliche Material minderwertig. Aber gelegentlich stößt man auf ein Stück dieses Materials, das für geringfügigen Gebrauch geeignet ist. Fakto ist ein Beispiel dafür. Auch Sie könnten so ein Werkzeug abgeben. Das, sowie der Vorschlag, den Sie mir gemacht haben, hat Ihnen das Leben gerettet. Sie schlugen vor, Sie und Miss Masterton würden für mich arbeiten. Nun stehe ich zufällig kurz vor einem Unternehmen, für das mir Ihre Dienste von einem gewissen minimalen Nutzen sein können. Also nahm ich das Risiko auf mich, verabreichte Ihnen die nötigen Schlafmittel, ließ Ihre Rechnungen begleichen und Ihre Sachen aus dem Hotel holen, wo Miss Masterton übrigens unter ihrem wahren Namen logierte. Dann schickte ich in Ihrem Namen ein Telegramm an Universal, des Inhalts, daß Sie ein Angebot aus Kanada hätten und hinüberfliegen wollten, um es zu prüfen; Miss Masterton begleite Sie als Sekretärin, weiteres folge brieflich. Kein sehr geschicktes Telegramm, aber für die kurze Zeit wird es seinen Zweck erfüllen.« (Das wird es nicht, dachte Bond, wenn du nicht einen harmlosen Satz eingefügt hast, der M die Echtheit bestätigt! Jetzt wissen sie schon, daß ich in fremder Gewalt bin, und die Räder laufen rasch.) »Sollten Sie glauben, Mr. Bond, daß man Sie finden wird, so möchte ich Ihnen nur sagen, daß Sie und Miss Masterton vollkommen aus der Welt verschwunden sind. Ebenso ich und alle meine Angestellten. Vom Flugplatz aus wird man alle Nachfragen an den Harkness-Pavillon des Presbyterian-Hospitals weiterleiten, und dort hat man weder von einem Mr. Goldfinger noch von seinen Patienten je etwas gehört. FBI und CIA besitzen keine Aufzeichnungen über mich, denn ich habe kein Strafregister. Auch die Einwanderungsbehörden werden keine Hilfe sein. Was unseren derzeitigen Aufenthalt betrifft, Mr. Bond, so befinden wir uns im Lagerhaus der Hi-speed-Transportgesellschaft, eines ehemals angesehenen Konzerns, der durch Strohmänner mir gehört und als geheimes Hauptquartier für das Projekt dient, von dem ich gesprochen habe. Sie und Miss Masterton bleiben hier interniert. Sie werden hier wohnen und arbeiten und – obwohl ich in diesem Punkt Zweifel an Miss Mastertons Neigungen habe – sich auch hier lieben.«

»Und was haben wir zu tun?«

»Mr. Bond!« Zum erstenmal, seit Bond ihn kannte, zeigte sein großes, immer ausdrucksloses Gesicht eine Spur von Leben. Etwas wie Verzückung trat in seinen Blick, und die feingeschwungenen Lippen formten sich zu einem dünnen, beseligten Lächeln. »Zeit meines Lebens war ich vernarrt in das Gold, in seine Farbe, seinen Glanz, seine göttliche Schwere. Ich liebe seine Struktur, ich kenne seine sanfte Glätte so genau, daß ich den Feingehalt eines Barrens auf ein Karat genau schätzen kann. Und ich liebe den warmen Duft, der von ihm ausgeht, wenn ich es zu reinem Goldsirup einschmelze! Vor allem aber, Mr. Bond, liebe ich die Macht, die allein das Gold seinem Besitzer verleiht. Ja, Mr. Bond, mein Leben lang habe ich für das Gold und hat das Gold für mich gearbeitet. Und ich frage Sie«, Goldfinger blickte Bond ernst an: »Gibt es auf Erden etwas anderes, das seinen Besitzer so belohnt?«

»Viele sind reich und mächtig geworden, ohne eine Unze davon zu besitzen, aber ich verstehe Ihren Standpunkt. Wieviel Gold haben Sie denn schon, und was machen Sie damit?«

»Ich besitze Gold im Wert von ungefähr zwanzig Millionen Pfund. Und es ist stets dort, wo ich es brauche. Zur Zeit befindet sich alles in New York, denn ich muß damit mein neuestes Unternehmen in Amerika vorantreiben.«

»Welche Unternehmen betreiben Sie? Was zieht Sie an?«

»Ich betreibe alles, was meinen Goldvorrat vergrößert. Ich investiere, schmuggle, stehle.« Goldfinger öffnete überzeugend die Hände. »Betrachten Sie die Geschichte, um ein Bild zu gebrauchen, als einen Eisenbahnzug, der dahinrast. Vögel und andere Tiere werden von ihm aufgescheucht. Und ich bin der

Falke, der dem Zug folgt. Sie haben sicher schon beobachtet, in Griechenland zum Beispiel, wie die Falken auf alles herabstoßen, was so ein Zug aufscheucht. Wenn die Geschichte zum Beispiel einen Weltkrieg hervorbringt, bereichere ich mich am Krieg. Verstehen Sie, was ich meine, Mr. Bond? Man muß auf die Beute warten, sie genau beobachten und dann zustoßen. Nur: Ich laufe solchen Unternehmen nicht nach, sondern lasse den Zug, den die Geschichte darstellt, für mich die Beute aufstöbern.«

»Und Ihr neuestes Projekt?«

»Das neueste, Mr. Bond, ist das letzte. Und auch das größte.« Goldfingers Augen waren leer, nach innen gerichtet. Seine Stimme klang jetzt tief, fast ehrfürchtig. »Der Mensch hat schon auf jedem Gebiet Triumphe gefeiert, Rekorde gebrochen, Wunder zustande gebracht. Eines aber hat er vernachlässigt, Mr. Bond. Es ist jenes Gebiet menschlichen Wirkens, das man so ungenau mit dem Wort ›Verbrechen‹ belegt hat. Ich spreche da natürlich nicht von den idiotischen Kriegen, der ungeschickten gegenseitigen Vernichtung. Aber die sogenannten Verbrechen, die von einzelnen begangen werden, sind von jämmerlichen Dimensionen: kleine Bankeinbrüche, läppische Schwindeleien, Fünfmarkfälschungen. Und dabei bietet sich nur ein paar hundert Kilometer von hier die Möglichkeit für das größte Verbrechen der Geschichte! Die Bühne ist aufgebaut, der gebotene Preis gigantisch. Nur die Akteure fehlen noch. Aber der Regisseur ist da, Mr. Bond!«

Goldfinger tippte sich an die Brust. »Und er hat seine Besetzung gewählt. Noch heute nachmittag wird den Hauptdarstellern das Textbuch vorgelesen! Dann werden die Proben beginnen, und in einer Woche wird sich der Vorhang für die eine, die einzigartige Vorstellung heben. Und dann wird der Beifall einsetzen, der Applaus für den größten außergesetzlichen Coup aller Zeiten. Noch nach Jahrhunderten, Mr. Bond, wird die Nachwelt applaudieren!«

Trotz aller Begeisterung wirkte Goldfinger immer noch ruhig, ausgeglichen und zutiefst überzeugt. Keine Spur von einem Verrückten, einem Phantasten, dachte Bond. Goldfinger hatte da irgend etwas ganz Unwahrscheinliches vor, aber er hatte die Chancen abgewogen und wußte, daß sie günstig waren. Bond sagte. »Nun, so reden Sie schon, um was handelt es sich, und was haben wir dabei zu tun?«

»Es ist ein Raubüberfall, Mr. Bond. Ein Raubüberfall ohne Widerstand, dessen Ablauf aber bis ins kleinste vorbereitet werden muß. Das bedeutet viel Schreibarbeit und die Überwachung vieler administrativer Details. Eigentlich wollte ich das selbst übernehmen, aber nun werden Sie und Miss Masterton als Sekretärin es tun. Der eine Teil Ihrer Entlohnung besteht in Ihrem Leben. Wenn aber die Aktion Erfolg hat, erhalten Sie eine Million Pfund in Gold und Miss Masterton eine halbe.«

Begeistert sagte Bond: »Das läßt sich hören! Und was haben wir zu tun? Dem Regenbogen seinen Schwanz stehlen?«

Goldfinger nickte. »Genau das werden wir tun. Wir werden uns fünfzehn Milliarden in Goldbarren holen, das ist etwa die Hälfte des Weltvorrats. Mr. Bond, wir werden Fort Knox nehmen.«

3

»Fort Knox?« Bond schüttelte ernst den Kopf. »Ist das nicht ein bißchen viel für zwei Männer und ein Mädchen?« Goldfinger wurde ungeduldig: »Bitte, lassen Sie Ihren Humor für eine Woche, Mr. Bond! Nachher mögen Sie lachen, soviel Sie wollen. Unter meinem Kommando werden etwa hundert Männer und Frauen stehen, ausgewählt aus den sechs mächtigsten Gangstergruppen der Vereinigten Staaten. Das ist die härteste und geschlossenste Truppe, die je in Friedenszeiten gesammelt wurde.«

»Nun gut. Und wieviel Mann bewachen Fort Knox?«

Schweigend klopfte Goldfinger an die Tür hinter sich. Sie sprang auf, und Fakto stand zum Sprung geduckt auf der Schwelle. Als er sah, daß Bond friedlich war, richtete er sich auf. Goldfinger sagte: »Alle Ihre Fragen werden heute nachmittag beantwortet. Beginn zwei Uhr dreißig: Jetzt ist es genau zwölf.« Bond stellte seine Uhr. »Sie und Miss Masterton werden der Versammlung beiwohnen, bei der den Leitern der sechs erwähnten

Organisationen das Projekt unterbreitet wird. Dabei wird alles erklärt werden. Danach beginnt Ihre detaillierte Arbeit mit Miss Masterton. Verlangen Sie, was Sie brauchen. Fakto wird sich um Sie kümmern und Sie auch ständig bewachen. Widerstand hat den sofortigen Tod zur Folge. Verschwenden Sie keinerlei Zeit auf Fluchtversuche oder Kontaktaufnahme mit der Außenwelt. Ich habe Ihre Dienste gekauft und verlange sie restlos. Ist das klar?«

»Ich habe schon immer Millionär werden wollen«, sagte Bond trocken. Noch ein letzter, harter Blick auf ihn, und hinter Goldfinger schloß sich die Tür.

Bond saß da und starrte sie an. »So, so«, sagte er laut zu den Wänden, fuhr sich mit den Händen ein paarmal durchs Haar, stand auf, ging durchs Badezimmer und klopfte bei Tilly Masterton.

»Wer ist da?«

»Ich. Kann man eintreten?«

»Ja.« Es klang nicht begeistert.

Sie trug die Sachen, in denen Bond sie zum erstenmal gesehen hatte, saß auf dem Bettrand und zog eben einen Schuh an. Sie wirkte kühl und gefaßt, sah Bond geringschätzig an und sagte: »Ihretwegen sitzen wir hier. Nun sehen Sie zu, wie Sie uns wieder herausbringen!«

Bond sagte freundlich: »Vielleicht kann ich das. Ich hab' uns sogar aus dem Grab herausgebracht.«

»Nachdem Sie uns hineingebracht hatten.«

Bond sah gedankenvoll auf sie hinab. Es war ungalant, sie auf nüchternen Magen sozusagen zu verhauen. Er sagte: »So kommen wir nicht weiter. Wir sind nun einmal hier. Möchten Sie Frühstück oder Lunch? Es ist Viertel nach zwölf. Ich habe schon gegessen und werde für Sie bestellen. Nachher will ich Ihnen die Lage schildern. Es gibt hier nur einen Ausgang, und Fakto, der koreanische Affe, bewacht ihn. Also, Frühstück oder Lunch?«

Sie gab ein wenig nach. »Danke. Rührei und Kaffee. Und Toast und Marmelade, bitte.«

»Zigaretten?«

»Danke, ich rauche nicht.«

Bond ging hinüber und klopfte. Es wurde einen Spalt geöffnet. Er sagte: »Schon gut, Fakto, ich bring' dich jetzt noch nicht um.«

Die Tür ging weiter auf, Faktos Gesicht war ungerührt. Bond bestellte und goß sich dann einen Bourbon mit Soda ein. Er setzte sich auf den Bettrand und dachte nach, wie er mit dem Mädchen zurechtkommen könnte. Von Anfang an war sie gegen ihn gewesen. War das nur wegen ihrer Schwester? Und warum hatte Goldfinger diese dunkle Bemerkung bezüglich ihrer »Neigungen« gemacht? Sie war schön, körperlich begehrenswert. Aber sie hatte einen kalten, harten Kern, den Bond nicht definieren konnte. Nun, Hauptsache, sie machte mit, sonst würde das Leben hier nicht auszuhalten sein.

Bond ging wieder in ihr Zimmer, ließ aber beide Türen offen, um hören zu können, wenn jemand seinen Raum betrat. Sie saß immer noch auf dem Bett. Er lehnte sich an den Türpfosten, nahm einen langen Schluck und sagte: »Es ist besser, sie wissen, daß ich von Scotland Yard komme. Wir sind hinter Goldfinger her. Er will, daß wir beide für ihn arbeiten, denn er hat ein Verbrechen vor, große Sache, ziemlich verrückt, aber mit einer Menge Papierarbeit. Die sollen wir erledigen. Können Sie Steno und maschineschreiben?«

»Ja.« Ihr Blick erhellte sich. »Was für ein Verbrechen?«

Bond sagte es ihr und setzte hinzu: »Das alles klingt natürlich absurd. Ein paar Fragen und Antworten müßten diesen Gangstern zeigen, wie unmöglich es ist. Aber ich weiß nicht, Goldfinger ist ein außergewöhnlicher Mensch. Verrückt ist er nicht – zumindest nicht verrückter als andere Genies. Und zweifellos ist er auf seinem Gebiet ein Genie!«

»Was wollen Sie also tun?«

Bond senkte die Stimme: »Sie meinen, was wir tun werden. Wir werden mitspielen, und zwar ohne auszuweichen, ohne zu schwindeln. Wir werden aufs Geld scharf sein und ihn erstklassig unterstützen. Das ist die einzige Möglichkeit, ihm einen Strich durch die Rechnung zu ziehen.«

»Wie wollen Sie das bewerkstelligen?«

»Keine Ahnung. Es wird sich zeigen.«

»Und Sie glauben, daß ich da mitmache?«

»Warum nicht? Haben Sie einen besseren Vorschlag?«

Sie schürzte die Lippen: »Warum soll ich tun, was Sie sagen?«

Bond seufzte: »Wozu hier die Suffragette spielen! Entweder Sie tun's, oder man bringt Sie nach dem Frühstück um.«

Widerwillig verzog sie den Mund, zuckte mit den Achseln und sagte unfreundlich: »Na, schön. Aber wenn Sie mich anrühren, dann bringe ich Sie um!«

Bonds Zimmertür klickte. Er blickte nachsichtig auf das Mädchen hinunter. »Interessante Herausforderung! Aber keine Angst, ich nehm' sie nicht an.« Er drehte sich um und ging. Einer der Koreaner trug das Frühstück an ihm vorbei. Ein zweiter war daran, in Bonds Zimmer einen Schreibmaschinentisch und -stuhl sowie eine tragbare Remington aufzustellen. In der Tür stand Fakto, ein Papier in der Hand. Bond nahm es ihm ab. Die Anweisung, ordentlich und lesbar geschrieben, lautete:

Machen Sie zehn Exemplare von dieser Tagesordnung:
Versammlung unter dem Vorsitz von Mr. Gold
Sekretäre: J. Bond, Miss Tilly Masterton
Anwesend: Helmut M. Springer – Der Purpurring, Detroit
Jed Midnight – Das Schattensyndikat, Miami und Havanna
Billy Ring (Der Grinsende Billy) – Die Maschine, Chikago
Jack Strap – Der Flimmermob, Las Vegas
Mr. Solo – Unione Siciliano
Miss Pussy Galore – Die Zementmixer, Harlem, N.Y.C.
Tagesordnung:
Ein Projekt mit Decknamen »Operation Großer Schlag«
(Erfrischungen)
Sie werden um 14.20 Uhr abgeholt. Schreibzeug mitnehmen,
Gesellschaftsanzug erbeten.

Lächelnd klemmte sich Bond hinter die Maschine. Das Mädchen sollte sehen, daß er gewillt war, sein Pensum zu erledigen. Mein Gott, was für eine Bande! Sogar die Mafia war dabei. Wie hatte Goldfinger die nur alle überredet? Und wer, um Himmels willen, war Miss Pussy Galore?

Um zwei Uhr hatte Bond die Kopien fertig. Er ging in das Zimmer des Mädchens, gab sie ihr zusammen mit einem Stenoblock und Bleistiften und las ihr Goldfingers Anweisung vor. »Merken Sie sich diese Namen! Die Herrschaften werden nicht schwer zu unterscheiden sein. Außerdem können wir ja fragen.

Ich geh' jetzt und zieh' mich um.« Er lächelte ihr zu. »In zwanzig Minuten!«

Sie nickte.

Während sie hinter Fakto den Gang entlangschritten, konnte Bond die Geräusche vom Fluß her hören – das Wellenklatschen an den Lagerhauspfeilern, das lange, klagende Warnungsgeheul eines Fährboots, fernes Dieselpochen. Irgendwo unten fuhr ein Lastwagen an, wendete und rollte davon, wohl in Richtung West Side Highway. Sie mußten im Oberstock des langen, zweistöckigen Gebäudes sein. Am Ende des Ganges klopfte Fakto an die einzige Tür. Ein Schlüssel drehte sich, zwei Riegel wurden zurückgeschoben, und sie betraten einen großen Raum, dessen Stirnwand ein Panoramafenster einnahm, durch das man einen Blick auf den Fluß und auf das ferne, braune Gewirr von Jersey City hatte. Alles war für die Sitzung vorbereitet. Goldfinger saß, mit dem Rücken zum Fenster, an einem großen runden Konferenztisch mit Wasserkaraffen, Schreibblocks und Bleistiften. Um den Tisch standen neun bequeme Armsessel, vor sechsen lagen kleine, weiße, rotgesiegelte Pakete. An der rechten Wand war ein Büfett aufgebaut, ihm gegenüber hing eine schwarze Tafel über einem Tisch, auf dem Papiere und ein großer länglicher Karton lagen.

Goldfinger wies auf die beiden Stühle neben sich: links für Tilly Masterton, rechts für Bond. Sie setzten sich.

»Die Tagesordnung?« Goldfinger nahm die Exemplare, prüfte das oberste und ließ das Mädchen sie auf die Plätze verteilen. Dann drückte er auf eine verborgene Klingel. Einer der Koreaner erschien. »Ist alles bereit?« Der Mann nickte. »Niemand außer den Eingeladenen hat diesen Raum zu betreten. Alle Begleiter bleiben im Vorraum. Du kümmerst dich um sie! Karten und Würfel sind da?« Goldfinger blickte auf Fakto, der noch hinter Bonds Stuhl stand. »Fakto, geh jetzt auf deinen Posten. Wie lautet das Signal?« Fakto hielt zwei Finger hoch. »Ja, zweimal läuten. Geh jetzt und sieh zu, daß alles genau funktioniert!«

Bond fragte beiläufig: »Wie viele Leute haben Sie?«

»Zwanzig, zehn Koreaner und zehn Deutsche, alles ausgesuchte Leute. Es geht hier allerlei vor sich, fast wie unter Deck eines Kriegsschiffs.« Goldfinger legte die Hände auf den Tisch.

»Und nun zu Ihnen, Miss Masterton. Sie notieren nur alle Fragen praktischer Art, also alles, was mein Eingreifen erfordern könnte. Geschwätz lassen Sie beiseite. Verstanden?«

Bond vermerkte erfreut, daß Tilly Masterton jetzt aufgeweckt und sachlich wirkte. Sie nickte. »Gewiß.«

»Und von Ihnen, Mr. Bond, möchte ich eine Beurteilung aller Sprecher. Ich weiß zwar eine Menge über sie, aber sie sind nur hier, weil ich sie bestochen habe. Von mir wissen sie nichts. Ich muß sie erst überzeugen, den Rest wird dann die Habgier besorgen. Während der Besprechung werden Sie entsprechende Bemerkungen auf diese Tagesordnung kritzeln und nebenbei jeden Namen mit einem Plus- oder Minuszeichen versehen, je nachdem, ob Ihnen sein Träger vertrauenswürdig erscheint oder nicht. Ich erfahre auf die Art Ihre Meinung, was nützlich sein könnte. Und vergessen Sie nicht, Mr. Bond: Ein Verräter genügt, und wir sind erledigt.«

»Wer ist diese Pussy Galore aus Harlem?«

»Amerikas einzige Bandenführerin. Sie führt eine Frauengang. Ich brauche auch Frauen für meine Unternehmung. Sie war Trapezkünstlerin, ist völlig verläßlich und hatte eine Gruppe namens ›Pussy Galore und ihre Akrobatinnen‹. Die Gruppe hatte keinen Erfolg, also trainierte sie sie als Einbrecher, Fassadenkletterer. Daraus wurde eine Bande von besonderer Rücksichtslosigkeit. Es ist eine lesbische Vereinigung und nennt sich jetzt ›Die Zementmixer‹. Sogar die großen Gangs respektieren sie. Eine bemerkenswerte Frau.«

Ein leiser Summton unterem Tisch, und Goldfinger setzte sich auf. Fünf Männer traten ein. Goldfinger erhob sich und neigte grüßend den Kopf. »Mein Name ist Gold. Bitte, nehmen Sie Platz.«

Man setzte sich. Fünf Augenpaare musterten Goldfinger kalt und aufmerksam. Er begann: »Meine Herren, in dem Paket vor sich findet jeder von Ihnen einen vierundzwanzigkarätigen Goldbarren im Werte von fünfzehntausend Dollar. Ich danke Ihnen für Ihr freundliches Erscheinen. Die Tagesordnung versteht sich von selbst. Während wir aber auf Miss Galore warten, gehen wir vielleicht zur Information meiner Sekretäre – Mr. Bond und Miss Masterton – Ihre Namen durch. Notizen werden nur mit Ihrem Einverständnis gemacht, Mikrophone gibt es keine. Und nun, Mr. Bond, rechts von Ihnen sitzt Mr. Jed Midnight vom ›Schattensyndikat‹, das von Miami aus operiert.«

Mr. Midnight war ein großer, wohlgenährter Mann mit jovialer Miene, aber achtsam-bedächtigem Blick. Er trug einen leichten Tropical, darunter ein weißes Seidenhemd mit kleinem, grünem Palmenmuster. Seine komplizierte goldene Armbanduhr mußte ein Viertelkilo wiegen. Er lächelte Bond gezwungen an und murmelte eine Begrüßung.

»Dann haben wir Mr. Billy Ring, der die berühmte Chikagoer ›Maschine‹ anführt.«

Ein Gesicht wie aus einem Alptraum wandte sich Bond zu. Es war bleich, birnenförmig, babyhaft flaumbedeckt. Der Mann hatte einen glatten, strohfarbenen Haarschopf, aber gelbbraune Augen. Das Weiße um die Pupillen verlieh dem harten, nachdenklichen Blick etwas Hypnotisches. Ein Tic im rechten Augenlid bewirkte ein rhythmisches Zwinkern. Im Verlauf von Mr. Rings Karriere mußte ihm jemand die Unterlippe abgeschnitten haben – vielleicht hatte er zuviel geredet –, und das verlieh ihm ein maskenhaftes, stetiges Grinsen. Mr. Ring mochte etwa vierzig Jahre zählen. Bond lächelte ihm herzhaft zu und blickte auf den Mann, den Goldfinger als Mr. Helmut Springer vom »Purpurring« aus Detroit vorstellte.

Mr. Springer hatte den glasigen Blick eines entweder sehr reichen oder sehr toten Mannes. Die hellblau verschleierten Augen nahmen von Bond kurz Notiz und kehrten sich wieder nach innen zu völliger Selbstversunkenheit. Der Rest von Mr. Springer war das, was man einen distinguierten Herrn nennt. Er trug einen saloppen Fischgrätenanzug, weißes Hemd und roch nach Aqua Velva. In dieser Gesellschaft wirkte er wie der Besitzer einer Fahrkarte erster Klasse in einem Abteil dritter.

Mr. Midnight hielt die Hand an den Mund und raunte Bond zu: »Lassen Sie sich vom ›Graf‹ nicht verblüffen. Freund Helmut hat bei den Gangstern das Piquéhemd eingeführt. Die Tochter ist in Vassar, aber ihre Hockeystöcke werden mit Protektionsgeldern bezahlt.« Bond nickte dankend.

»Und nun Mr. Solo vom ›Unione Siciliano‹!«

Mr. Solos schweres, dunkles Gesicht war umdüstert vom Wissen um Schuld und Sünde. Seine dicke Hornbrille glänzte kurz zu Bond hinüber, ehe sie sich erneut auf die Reinigung von Mr.

Solos Fingernägeln mit Hilfe eines Taschenmessers konzentrierte. Er war ein großer vierschrötiger Mann, halb Boxer, halb Oberkellner, und es war nicht möglich zu sagen, woran er dachte oder worin seine Stärke lag. Aber da es nur einen Mafiaführer in Amerika gibt, mußte Mr. Solo diese Stellung wohl durch die Macht errungen haben, die ein Resultat des Terrors ist.

Mr. Jack Strap vom »Flimmermob« besaß den synthetischen Charme des Strohmanns eines Las-Vegas-Kasinos, aber Bond nahm an, er verdankte seine Stellung anderen Eigenschaften. Mr. Strap war ein freundlicher, auffallend gekleideter Mann um die Fünfzig. Hungrig kaute er an einem Zigarrenstummel. Von Zeit zu Zeit spuckte er ein Stück davon diskret hinter sich auf den Teppich. Solches Rauchen verriet ein gut Teil Nervosität. Mr. Strap schien zu wissen, daß sein rascher, beschwörender Blick die Leute einschüchterte, und so machte er auf Charme und zwinkerte Bond nur aus den Augenwinkeln zu.

Abermals ging die Tür auf. Eine Frau in schwarzem Kostüm von maskulinem Zuschnitt und mit hohem, kaffeebraunem Spitzenjabot stand im Eingang. Langsam und unbefangen trat sie näher und blieb hinter dem leeren Stuhl stehen. Goldfinger hatte sich erhoben. Sie musterte ihn aufmerksam und blickte dann rundum. Mit einem allgemeinen, gelangweilten »Hi« setzte sie sich. Mr. Strap sagte: »Hi, Pussy!«; und die anderen außer Mr. Springer, der sich verneigte, gaben sparsame Willkommensgeräusche von sich.

Goldfinger sagte: »Guten Tag, Miss Galore. Wir haben soeben das Vorstellen beendet. Vor Ihnen liegt die Tagesordnung sowie der Fünfzehntausend-Dollar-Goldbarren, den ich Sie für die Ausgaben und Ungelegenheiten anzunehmen bat, die Ihr Besuch mit sich brachte.«

Miss Galore griff nach dem Paket und öffnete es. Sie wog den gelbglänzenden Ziegel und blickte Goldfinger mißtrauisch an: »Durch und durch?«

»Jawohl, durch und durch.«

Sie sagte kurz: »Entschuldigen Sie die Frage.« Es war der Ton einer gerissenen Kundin beim Ausverkauf.

Bond gefiel sie. Er spürte den sexuellen Anreiz, den schöne Lesbierinnen auf Männer ausüben. Ihre kompromißlose Art schien zu sagen: »Alle Männer sind Schufte und Betrüger. Versuchen Sie bei mir keinen maskulinen Hokuspokus, ich falle nicht auf ihn herein, ich gehöre zur anderen Fakultät.«

Sie mochte Anfang Dreißig sein, war eine blasse Schönheit mit hohen Backenknochen und reizvollem Gesichtsschnitt und hatte die einzigen violetten Augen, die Bond je gesehen hatte. Unter schwarzen, geraden Brauen blickten sie offen in die Welt. Ihr schwarzes Haar trug sie betont unordentlich und bubenhaft, ihr Mund hatte einen entschiedenen Zug und war tiefrot. Nicht nur Bond fand sie wunderbar, auch Tilly Masterton, die Miss Galore bewundernd und mit verlangendem Ausdruck anstarrte. Jetzt wußte er Bescheid.

Goldfinger sagte: »Und nun muß ich mich selbst vorstellen. Ich heiße nicht Gold. Meine Referenzen sind die folgenden: Durch meist ungesetzliche Unternehmungen habe ich in zwanzig Jahren sehr viel Geld verdient. Zur Zeit sind es sechzig Millionen Dollar.« (Respektvolles Gemurmel um den Tisch.) »Diese Unternehmungen waren größtenteils auf Europa beschränkt, vielleicht interessiert es Sie aber, daß ich die Großhandelsfirma ›Goldmohn‹ die von Hongkong aus operierte, gegründet und später wieder aufgegeben habe.« (Mr. Jack Strap pfiff leise.) »Ich habe ferner das Reisebüro ›Glückliche Fahrt‹, das manche von Ihnen in dringenden Fällen benutzt haben, organisiert und geführt, bis ich auch das aufgab.« (Mr. Helmut Springer steckte ein randloses Monokel ins glasige Auge, um Goldfinger näher zu betrachten.) »Ich erwähne das alles nur, um Ihnen zu zeigen, daß ich, wie ich glaube, schon früher für Sie alle eingetreten bin. Auf diese Weise, meine Herren und – äh – Madame, habe ich von Ihrer Existenz erfahren, und so habe ich Sie heute hergebeten, da ich aus eigener Erfahrung weiß, daß Sie, wenn ich so sagen darf, die Verbrecheraristokratie Amerikas verkörpern.«

Bond war beeindruckt. In knapp drei Minuten hatte Goldfinger die Versammlung auf seine Seite gebracht. Alle, sogar Miss Pussy Galore, blickten jetzt aufmerksam auf ihn. Bond wußte nichts von der Firma »Goldmohn« und dem Büro »Glückliche Fahrt«, aber nach dem Gesichtsausdruck ihrer früheren Kunden mußten sie wie ein Uhrwerk gearbeitet haben. Goldfinger machte eine wegwerfende Bewegung. »Ich habe zwei meiner kleineren Projekte erwähnt, die Erfolg hatten. Viele andere hatten weit größeres Ausmaß, aber kein einziges ist mißlungen, und soviel ich weiß, steht mein Name nirgends in den Polizeiakten. Sie sehen, daß ich meinen – unseren – Beruf gründlich verstehe. Und jetzt, meine Herren und Madame, schlage ich Ihnen eine Partnerschaft für ein Unternehmen vor, das jedem von Ihnen innerhalb einer Woche mit Sicherheit eine Billion Dollar einbringen wird!« Mr. Goldfinger hob die Hand. »Wir in Europa rechnen die Billion anders. Ich verwende das Wort in der Bedeutung von tausend Millionen. Habe ich mich klar ausgedrückt?«

4

Vom Fluß herauf tutete ein Schlepper, ein zweiter antwortete. Man hörte sich entfernendes Motorengeräusch.

Mr. Jed Midnight räusperte sich nachdrücklich: »Mr. Gold, oder wie Sie heißen, was braucht's da Definitionen? Eine Billion ist allemal ein Haufen Geld. Sprechen Sie weiter.«

Mr. Solo sandte langsam einen Blick seiner schwarzen Augen über den Tisch und sagte: »Issa serr vill Geld, ja. Aber wievill für Sie, Mister?«

»Fünf Billionen.«

Jack Strap aus Las Vegas lachte auf: »Hört mal, Jungs, was sind ein paar Billionen unter Freunden! Wenn Mr. – eh – Dingsda mir eine Billion Dollar verschafft, so laß ich ihm gern den Fünfer, da sind wir doch nicht so, ha?«

Mr. Helmut Springer klopfte mit dem Monokel auf seinen Goldziegel. Alles sah zu ihm hin. »Mr. – äh – Gold« – er sprach gewichtig wie ein Familienanwalt –, »Sie gebrauchen da sehr große Zahlen. Wenn ich recht verstehe, sind das insgesamt an die elf Billionen!«

Goldfinger präzisierte: »Die Gesamtziffer wird eher bei fünfzehn liegen. Ich nannte bewußt nur jene Summen, die wir, wie ich glaube, auch fortschaffen können.«

Mr. Billy Ring kicherte aufgeregt. »Gewiß, gewiß, Mr. Gold.«

Mr. Springer klebte sich das Monokel wieder vors Auge und musterte Goldfinger. »Aber derartige Gold- oder Münzreserven gibt es in den Staaten nur an drei Orten: in der Bundesmünze in Washington, in der Bundesreservebank in New York City und in Fort Knox, Kentucky. Wollen Sie einen von diesen nehmen? Und wenn, welchen?«

»Fort Knox.«

In das allgemeine Aufstöhnen sagte Mr. Midnight resigniert: »Mister, außerhalb von Hollywood hab' ich noch niemand mit so viel Einbildungskraft getroffen. Und Einbildungskraft, Mister, ist das Talent, Augenflimmern für fabelhafte Projekte zu halten. Sie sollten mal mit Ihrem Kopfschrumpfer reden.«

Er schüttelte sorgenvoll den Kopf: »Schade, schade, und die Billion war so schön, solange ich sie hatte!«

Miss Pussy Galore sagte gelangweilt: »Tut mir leid, Mister, in diese Art Sparschwein paßt keine meiner Haarnadeln!« Sie machte Anstalten, aufzustehen.

Goldfinger blieb liebenswürdig: »Aber meine Herren und Madame, hören Sie doch erst zu Ende! Ihre Reaktion ist ganz natürlich! Wir wollen aber doch so sagen: Fort Knox ist eine Bank wie jede andere auch, nur viel größer. Demgemäß sind die Schutzvorrichtungen stärker und raffinierter. Deshalb erfordert die Ausschaltung dieses Schutzes entsprechend größere Stärke und Raffinesse. Das einzig Neue an meinem Projekt ist also seine Größe, sonst nichts. Fort Knox ist so wenig uneinnehmbar wie andere Festungen. Wir alle dachten, die Brink sei unschlagbar, bis 1950 ein halbes Dutzend entschlossener Burschen aus einem Brink-Panzerwagen eine Million Dollar raubte. Man sagt, es sei unmöglich, aus Sing-Sing zu entkommen, und doch haben Leute das fertiggebracht. Nein, meine Herren, Fort Knox ist ein Mythos wie vieles! Darf ich Ihnen jetzt den Plan erläutern?«

Billy Ring zischte durch die Zähne und meinte rauh: »Hör zu, vielleicht weißt du's nicht, aber in Fort Knox steht die Dritte Panzer. Wenn das 'n Mythos ist, warum kommen dann die Rußkis nicht, wenn sie gerade ein Eishockeyteam hier haben, und erobern die Vereinigten Staaten?«

Goldfinger lächelte flüchtig: »Ich will mich nicht brüsten, Mr. Ring, aber ich weiß noch mehr. Derzeit sind folgende Einheiten in Fort Knox stationiert: von der Dritten Panzer nur die Vorausabteilung, aber auch das 6. Panzerkavallerieregiment, die 15. Panzergruppe, das 160. Pionierregiment und ungefähr eine halbe Division aus allen möglichen Einheiten im Ausbildungslager der Panzerauffüllung und der militärpsychologischen Forschungsgruppe 1. Außerdem ein beträchtliches Kontingent von Leuten, die zum Panzerkommando 2 und sonstigen Dienststellen gehören. Dazu kommen Polizeikräfte in der Stärke von zwanzig Offizieren und etwa vierhundert Mann. Kurz, von den zirka sechzigtausend Einwohnern gehören rund zwanzigtausend der Truppe an.«

»Und wer wird denen Buh sagen?« spottete Mr. Jack Strap durch seine Zigarre, riß den zerbissenen Stummel ärgerlich aus dem Mund und zerquetschte ihn im Aschenbecher.

Miss Pussy Galore gab das Geräusch eines spuckenden Papageis von sich: »Geh und kauf dir was Besseres zu rauchen, Jacko! Das Zeug stinkt wie der verbrannte Rumpf von 'nem Boxer!«

»Halt die Klappe, Pussy«, gab Mr. Strap unfein zurück.

Goldfinger klopfte leicht zur Ordnung und sagte geduldig: »Wollen die Herrschaften mich weiter anhören, bitte!« Er stand auf, ging zur Tafel und entrollte daran eine Karte. Es war der Stadtplan von Fort Knox mit dem Godman-Militärflugplatz und den zur Stadt führenden Bahnlinien und Straßen. Goldfinger zeigte auf das Golddepot links unten, innerhalb des Straßendreiecks aus Dixie Highway, Bullion Boulevard und Vine Grove Road. Er sagte: »Gestatten Sie, daß ich die Hauptpunkte dieser ziemlich einfachen Stadtanlage erkläre. Hier« – sein Finger lief abwärts durch die Stadt – »haben wir die Illinois Central Railroad von Louisville, fünfzig Kilometer nördlich, nach Elizabethtown, dreißig Kilometer südlich. Brandenburg-Station im Stadtzentrum interessiert uns nicht, wohl aber dieses Verschubgleis neben dem Golddepot, denn es ist eine der Verladerampen für das Gold aus der Washingtoner Münze. Andere Transportarten, die aus Sicherheitsgründen unregelmäßig wechseln, sind per Lastwagenkonvoi über den Dixie Highway oder per Flugzeug über den Godwin-Flughafen. Wie Sie sehen, steht das Tresorgewölbe isoliert und ohne jede natürliche Deckung inmitten von zwanzig Hektar Grasland. Nur eine fünfundvierzig Meter breite Zufahrtstraße führt durch ein schwergepanzertes Tor am Bullion Boulevard. Innerhalb der Stahlabsperrung fahren die Laster um das Gewölbe herum zum Hintereingang, wo die Barren abgeladen werden. Diese kreisförmig angelegte Straße, meine Herren, besteht aus Stahlplatten oder -klappen, die im Alarmfall hydraulisch zu einer zweiten Stahlsperre aufgerichtet werden können. Außerdem läuft ein unterirdischer Tunnel vom Bullion Boulevard zur Vine Grove Road. Von ihm aus führen Stahltüren ins erste unterirdische Stockwerk des Gewölbes.« Goldfinger trat von der Karte zurück und blickte in die Runde. »Ja, meine Herren, das wären die Hauptzufahrtswege. Irgendwelche Fragen?«

Es gab keine. Alle Blicke hingen an dem Sprecher. Dieser Mann schien mehr über die Geheimnisse von Fort Knox zu wissen, als jemals an die Öffentlichkeit gedrungen war.

Wieder wandte sich Goldfinger der Tafel zu und zog eine zweite Karte über die erste. Es war der detaillierte Plan des Goldtresors. »Wie Sie sehen, meine Herren, ist das ein außerordentlich solider, zweigeschossiger Bau. Das Dach ist zum Schutz gegen Bomben gestuft. Vier Stahlbunker an den unteren Ecken des Gebäudes sind mit dessen Innerem verbunden. Seine Ausmaße betragen zweiunddreißig und sechsunddreißig, die Höhe über dem Erdboden ist zwölfeinhalb Meter. Das Baumaterial ist stahlverstärkter Tennessee-Granit. Dieser Stahl-Beton-Granitmantel enthält ein zweistöckiges, unterteiltes Eisenbetongewölbe, dessen Zwanzig-Tonnen-Panzertür und Innenverschalung aus Stahl sind, ebenso wie das Dach, das vom Gebäudedach unabhängig ist. In beiden Geschossen führt ein Gang um das Gewölbe. Vom Gang aus gelangt man zum Gewölbe und zu den Büros und Lagerräumen innerhalb der Außenmauer. Die Öffnung der Panzertür erfolgt durch Teilkombinationen, die unabhängig voneinander durch verschiedene Personen eingestellt werden müssen. Dazu kommen natürlich die modernsten und besten Alarmanlagen. Im Gebäude selbst liegt eine starke Bedeckung, die jederzeit aufs wirksamste von dem nur einen Kilometer entfernten Panzerkommando verstärkt werden kann. Nun zum derzeitigen Inhalt des Gewölbes: wie erwähnt, beläuft er sich auf etwa fünfzehn Billionen Dollar in Standardmünzbarren mit Feingehalt tausend. Jeder Barren ist doppelt so groß wie der vor Ihnen liegende, sein Handelsgewicht beträgt also zwölfeinhalb Kilo. Die Barren lagern unverpackt in den Gewölbekammern.« Goldfinger blickte rundum. »Und das, meine Herren und Madame, wäre alles, was ich Ihnen an Einzelheiten sagen kann und was wir darüber wissen müssen. Wenn es zu diesem Punkt keine Fragen gibt, kann ich erörtern, wie wir in das Gewölbe eindringen und die Barren wegschaffen werden.«

Schweigen. Jeder wartete gespannt und aufmerksam auf das Weitere. Mr. Jack Strap zog nervös eine neue Zigarre aus der Westentasche und steckte sie sich in den Mundwinkel.

Pussy Galore sagte unfreundlich: »Ich schwöre dir, wenn du das Zeug anzündest, schlag' ich dich mit meinem Goldziegel k.o.!« Sie langte drohend nach dem Barren.

»Immer mit der Ruhe, Süße«, sagte Mr. Strap aus seinem freien Mundwinkel.

Mr. Jed Midnight bemerkte entschieden: »Mister, wenn Sie dieses Lokal ausnehmen können, dann gebührt Ihnen ein summa cum laude! Also machen Sie weiter. Entweder wird das eine Mordspleite oder das kolossalste Verbrechen aller Zeiten!«

Goldfinger sagte ungerührt: »Sehr wohl, meine Herren, Sie sollen den Plan hören.« Er blickte jeden einzelnen an. »Ich hoffe aber, Sie verstehen, daß von nun an alles absolut geheim bleiben muß. Das bisher Gesagte könnte man noch als Gefasel eines Verrückten abtun. Was aber jetzt folgt, verwickelt uns in die größte Verschwörung, die je zu Friedenszeiten in diesem Land erfolgt ist. Darf ich Sie alle als durch einen Eid gebunden betrachten?«

Instinktiv beobachtete Bond die Augen Mr. Springers. Während alle anderen ihr Einverständnis bekundeten, verschleierte sich Mr. Springers Blick. Sein feierliches »Ehrenwort« klang hohl. Bond machte neben Mr. Springers Namen ganz nebenbei ein Minuszeichen.

»Also gut.« Goldfinger kehrte an den Tisch zurück, setzte sich, nahm seinen Bleistift auf und sprach nachdenklich auf ihn ein. »Die erste, gewissermaßen schwierigste Frage ist die nach dem Abtransport. Eine Billion Dollar in Goldbarren wiegt etwa tausend Tonnen. Das erfordert hundert Zehntonner oder an die zwanzig schwere Dreiachser. Ich rate zu diesen Lastwagen und würde empfehlen, daß Sie, sobald wir Partner sind, sofort mit den entsprechenden Leihfirmen Verträge abschließen. Natürlich werden Sie Ihre eigenen Fahrer einsetzen wollen, das muß ich ganz Ihnen überlassen. Zweifellos« – Mr. Goldfinger lächelte leicht – »wird die Gewerkschaft der Lastwagenfahrer eine Fundgrube für verläßliche Leute sein, ebenso vielleicht der Negro Red Ball Express, der im Krieg für die Armee arbeitete. Solche Details verlangen genaue Planung und Koordinierung. Auch das Verkehrsproblem muß gelöst werden, Sie werden sich also über die Einteilung der bestehenden Straßen einigen müssen. Eine weitere Möglichkeit bieten Transportflugzeuge. Wir werden trachten, die Nord-Süd-Straße zum Godman-Flugplatz freizuhalten. Die Weiterbeförderung der Barren ist dann natürlich Ihre Sache. Ich selbst« – Goldfinger blickte kalt rundum – »werde zunächst die Eisenbahn benutzen, da für mich das Transportproblem größer ist. Ich nehme an, Sie sind damit einverstanden.« Ohne eine Entgegnung abzuwarten, setzte er fort: »Verglichen mit dem Transportproblem sind die übrigen Anordnungen relativ einfach. Zuerst müssen wir einen Tag vor der Operation die gesamte militärische und zivile Einwohnerschaft von Fort Knox außer Gefecht setzen. Die Vorkehrungen dafür sind getroffen, es bedarf nur meines Zeichens. Die Wasserversorgung der Stadt erfolgt durch zwei Quellen und zwei Filtrieranlagen, die von einem Stationsingenieur betreut werden. Dieser Ingenieur wird zwei Herren meines Stabes als Direktoren der Tokioter Wasserwerke empfangen. Die beiden besichtigen die Anlagen angeblich zu Studienzwecken. Der Stationsingenieur war sehr geschmeichelt über die Ankündigung des Besuches und wird ihnen in jeder Weise entgegenkommen. Die beiden Herren werden relativ geringe Mengen eines hochkonzentrierten Opiats bei sich tragen, das deutsche Chemiker entwickelt haben. Diese Substanz verteilt sich sehr rasch, über das ganze Wasservolumen und bewirkt sofortige Narkose. Ein halbes Glas des infizierten Wassers genügt. Nach etwa drei Tagen erwacht der Schläfer sehr erfrischt. Meine Herren, da im Juni in Kentucky jedermann mindestens ein halbes Glas Wasser pro Tag trinkt, werden wir in eine Stadt mit schlafender Bevölkerung kommen, ein paar hartgesottene Alkoholiker vielleicht ausgenommen.«

»Nur weiter, Mister«, sagte Jack Strap. »Bisher läßt sich's hören. Aber wie kommen wir in die Stadt?«

»Wir kommen mit einem Sonderzug, der am Vorabend des Stichtages von New York abgeht. Wir werden etwa hundert sein und als Rotkreuzhelfer kommen. Miss Galore wird, wie ich hoffe, das nötige Schwesternkontingent stellen. Wegen dieser kleinen, aber wichtigen Rolle ist sie hier.«

Miss Galore sagte begeistert: »In Ordnung, da mach' ich mit! Meine Mädchen werden in Steifleinen einfach süß sein, was meinst du, Jacko?« Sie puffte Mr. Strap in die Rippen.

»Zementmäntel würden ihnen besser stehen«, sagte Mr. Strap.

»Red nicht immer drein! Weiter, Mister.«

»In Louisville werden ich und mein Assistent darum ersuchen, auf der Diesellok mitfahren zu dürfen, weil wir bei der Annäherung an Fort Knox Luftproben nehmen müßten. Bis dahin wird man bereits Nachricht von der rätselhaften Seuche haben, und wahrscheinlich wird in der Umgebung, wenn nicht im ganzen Land, Panik ausbrechen. Da wir bald nach unserem Eintreffen mit Rettungsflugzeugen rechnen müssen, wird es nötig sein, frühzeitig den Kontrollturm zu besetzen, den Flugplatz für gesperrt zu erklären und alle Flugzeuge nach Louisville zurückzudirigieren. Inzwischen werden mein Assistent und ich uns so human wie möglich des Lokomotivführers und Heizers entledigt haben.« (Das wett' ich, dachte Bond.) »Ich selbst bringe dann den Zug durch Fort Knox zu den Verschubgleisen längs des Depots.« Goldfinger hielt inne und blickte ernst um sich. Befriedigt fuhr er fort: »Zu diesem Zeitpunkt, meine Herren und Madame, sollten Ihre Lastwagen bereits eintreffen. Der Transportleiter wird sie nach Plan einweisen. Das Flugplatzpersonal wird mit Lastwagen zum Flughafen gebracht und dort eingesetzt. Wir selbst betreten das Depot ohne Rücksicht auf die Schläfer, mit denen die Gegend – äh – dekoriert sein wird.«

Mr. Solos dunkle Augen glühten über den Tisch. Er sagte leise: »Gewiß, so weit, so gut. Und jetzt Sie machen Pfff! – und Zwanzigtonnentür fällt um! Ja?«

»Ja«, sagte Goldfinger gleichmütig, »fast genauso.« Er stand auf, trat an den Tisch bei der Tafel, nahm den gewichtigen Karton auf und legte ihn vor sich auf den Tisch. Dann nahm er wieder Platz und fuhr fort: »Während zehn geübte Mitarbeiter die Öffnung des Gewölbes vorbereiten, werden Tragbahrenmannschaften möglichst viele der Insassen in Sicherheit bringen.«

Bond hörte jetzt einen verräterischen Ton mitschwingen. »Wir sind uns ja sicherlich alle darüber einig, daß unnötige Verluste an Menschenleben vermieden werden sollten. Außer zwei Angestellten der Illinois Central, die etwas Kopfschmerzen bekommen haben, hat es ja bis zu diesem Punkt noch keinerlei Verluste gegeben! Nun, meine Herren« – er legte seine Hand auf den Karton –, »nur eine einzige Waffe ist stark genug, die Panzertür von Fort Knox aufzubrechen. Ich erhielt sie nach langem Suchen von einem alliierten Militärstützpunkt in Deutschland. Das hat mich genau eine Million Dollar gekostet. Denn dies, meine Herren, ist ein Atomsprengkopf für eine Corporal-Mittelstreckenrakete.«

»Jesses!« Jed Midnight klammerte sich an die Tischkante. Alle waren blaß geworden, auch Bond. Um die Spannung zu brechen, griff er in die Tasche und zündete sich eine Chesterfield an. In was war er da hineingeschlittert? Also wieder einmal in die Bresche, ihr Freunde! Aber diesmal war's wirklich Sankt Georg und der Drache. Und Sankt Georg sollte noch rasch etwas tun, ehe der Drache das kleine Drachenei ausbrütete, das er so zuversichtlich gelegt hatte. Aber was? Was, um Himmels willen, konnte er tun?

Goldfinger hob die Hand. »Meine Herren und Madame, glauben Sie mir, das Ding ist völlig harmlos. Es ist nicht scharfgemacht, und solange es das nicht ist, kann es auch nicht losgehen. Das wird erst am Stichtag der Fall sein.«

Billy Rings bleiches Gesicht glänzte vor Schweiß. Aus dem Mund mit dem falschen Grinsen drang eine zitternde Stimme. »Mister – und wie ist's mit dem, was man – eh – radioaktiven Abfall nennt?«

»Der ist nicht der Rede wert, Mr. Ring, und ganz örtlich begrenzt. Das hier ist das neueste Modell, eine sogenannte saubere Atombombe. Die als erste eindringende Gruppe wird jedenfalls Schutzanzüge tragen. Sie bildet den Anfang der Kette aus Menschen, die das Gold zu den Lastern schaffen wird.«

»Na, und die Sprengbrocken, Mister? Stahl und Beton und so fort?« fragte Mr. Midnight gepreßt.

»Wir liegen hinter der äußeren Stahlsperre in Deckung, Mr. Midnight. Jeder wird Ohrenpfropfen tragen. Kleinere Schäden an den Lastern müssen wir freilich in Kauf nehmen.«

»Und die schlafenden Kerle?« Mr. Solo hatte gierige Augen. »Vielleicht sie schlafen ein bißgen längerr?« Allzusehr schien sich Mr. Solo nicht um die schlafenden Kerle zu sorgen.

»Wir werden so viele wie nur möglich in Sicherheit bringen. Kleinere Schäden in der Stadt werden wir auf uns nehmen müssen, aber die Verluste werden nicht hoch sein. Sie werden die der Straßenunfallstatistik von Fort Knox nicht übersteigen.«

»Das ist aber verdammt nett von uns!« Mr. Midnight hatte sich wieder in der Hand.

»Noch irgendwelche Fragen?« Goldfingers Stimme war sanft. Die Zahlen waren verlesen, die Aussichten abgeschätzt. Es war Zeit für die Abstimmung. »Die Details müssen noch ausgearbeitet werden. Dabei wird mich mein Stab hier unterstützen.« Er wandte sich zuerst Bond, dann Miss Masterton zu. »Dies ist unser Kommandoraum, zu dem Sie Tag und Nacht Zutritt haben. Gebrauchen Sie stets nur den Decknamen ›Operation Großer Schlag‹! Außerdem darf ich vorschlagen, daß jeder von Ihnen, sofern er mitmachen will, nur einen einzigen seiner sichersten Mitarbeiter ins Vertrauen zieht. Die übrige Mannschaft kann für einen ganz gewöhnlichen Raubüberfall vorbereitet werden und erhält erst am Tag vor dem Coup erweiterte Anweisungen. Überflüssig zu sagen, daß das gesamte Projekt kriegsmäßig zu behandeln ist. Saumseligkeit und Verrat sind schärfstens zu ahnden. Und jetzt, meine Herren und Madame, bitte ich Sie, für Ihre Organisationen zu antworten. Wer von Ihnen wünscht mitzumachen? Der Preis ist enorm, das Risiko minimal. Mr. Midnight?« Goldfinger wandte den Kopf etwas nach rechts. Bond bemerkte den Röntgenblick. »Ja oder nein?«

5

»Mr. Gold«, sagte Jed Midnight dröhnend, »es ist mir eine Ehre, mich an diesem Unternehmen zu beteiligen.«

»Danke, Mr. Midnight. Und Sie, Mr. Ring?«

Bei Mr. Billy Ring war Bond im Zweifel. Alle anderen hatte er positiv beurteilt, nur Mr. Ring hatte er eine Null, Mr. Springer ein Minus gegeben. Bond hatte nur auf Augen, Mund und Hände geachtet, aber aus des »Grinsenden Billy« unerschütterlich falschem Lächeln hatte sich nichts entnehmen lassen. Das Zucken in seinem rechten Auge war exakt wie ein Metronom, und die Hände hatte er unterm Tisch gehalten.

Jetzt brachte Billy Ring seine Hände zum Vorschein. Er verschränkte sie daumendrehend vor sich auf dem Tisch und wandte sein Alptraumgesicht Goldfinger zu. Das Zucken im rechten Auge hatte aufgehört. Die beiden Zahnreihen begannen zu arbeiten wie der Leib eines Bauchredners. »Sehen sie, Mister, meine Freunde und ich sind längst zur Legalität zurückgekehrt. Ich meine, die alten Tage, als die Leichen nur so in der Gegend herumlagen, sind vorbei. Wir sind jetzt sehr erfolgreich mit Mädchen, Haschisch und auf dem Rennplatz, und wenn wir was brauchen, dann haben wir unsere Freunde von der Gewerkschaft. Schauen Sie, Mister« – der Grinser öffnete die Hände und faltete sie wieder –, »wo sind jetzt die Big Jim Colossimo, Johnny Torrio, Dion O'Bannion, Al Capone – wo sind sie jetzt alle, ha? Die sehen sich die Kartoffeln von unten an! Ja, mein lieber Herr, damals! Da haben die Leute verdammt rasch aufeinander geschossen, aber dann waren sie's eben müde – soweit sie nicht schon todmüde waren, Sie verstehen –, und als ich in den fünfziger Jahren den Laden übernahm, da hieß es nur: Raus aus dem Feuerwerksgeschäft! Und jetzt kommen Sie daher und schlagen mir das größte Knallfeuerwerk der Geschichte vor! Was soll ich dazu sagen, Mister Dingsda? Na ja, jeder hat seinen Preis, wissen Sie – und für eine Billion Dollar sind wir dabei. Werden also die Murmeln weglegen und die Schleuder wieder hervorholen. Wir machen mit!«

»Grinser du brauchst aber verdammt lange zum Jasagen!« kommentierte Mr. Midnight ungehalten. Aber Goldfinger sagte herzlich: »Ich danke Ihnen für die hochinteressanten Ausführungen, Mr. Ring, und freue mich sehr, Sie und Ihre Mitarbeiter willkommen zu heißen – Mr. Solo?«

Statt einer Antwort griff Mr. Solo in die Rocktasche und zog einen Batterierasierapparat heraus. Er schaltete ihn ein, lehnte den Kopf zurück und begann seine rechte Gesichtshälfte zu rasieren. Dabei suchte sein Blick nachdenklich an der Zimmerdecke nach Entscheidung. Plötzlich schaltete er ab, sah drohend auf Goldfinger und musterte ihn Zug für Zug. Mr. Solos Gesicht hatte nur noch zur Hälfte jene dunkle, italienische Gesichtsfarbe, die von unbezähmbarem Bartwuchs herrührt. Sicherlich mußte er sich so alle drei bis vier Stunden rasieren. Jetzt hatte er sich entschlossen und sagte mit eisiger Stimme: »Misterr, für eine Mann, der über so große Dinge spricht, Sie sind serr ruhig. Der letzte, den ich hab' gesehen so ruhig, war dann auf einmal durch Hackmesser ganz ruhig. Okay, okay.« Mr. Solo lehnte sich zurück und gab widerstrebend nach. »Also ja, ich bin dabei. Aber Misterr – entweder die Billion, oder Sie sind toter Mann! Okay?«

Goldfinger verzog ironisch die Lippen. »Danke, Mr. Solo, Ihre Bedingungen sind durchaus annehmbar. Ich wünsche dringend, am Leben zu bleiben. – Mr. Springer?«

Mr. Springers Augen waren noch toter als sonst. Er sagte hochtrabend: »Ich bin eben dabei, alle Aspekte gründlich zu erwägen. Bitte, fragen Sie inzwischen meine Kollegen.«

Mr. Midnight bemerkte ungeduldig: »Immer dasselbe! Gibt vor, auf die Inspiration zu warten – Botschaft vom Allmächtigen auf Engelfrequenz! Hat seit zwanzig Jahren keine menschliche Stimme mehr gehört.«

»Und Sie, Mr. Strap?«

Mr. Jack Strap kniff die Augen zusammen und sagte freundlich: »Mister, mir scheint, Sie kennen die Chancen und sind der beste Zahler, der mir je begegnet ist. Ich denke, wenn wir die Muskeln und Waffen hergeben, muß es klappen. Rechnen Sie mit mir!« Mr. Strap schaltete den Charme ab. Seine Augen, nun wieder fürchterlich, wandten sich Miss Pussy Galore zu. Auch Goldfinger sah sie an.

Miss Galore schlug den Blick nieder, um keinen von beiden ansehen zu müssen, und sagte gleichgültig vor sich hin: »Das Geschäft ist bei mir draußen in letzter Zeit nicht so blendend gegangen.« Sie klopfte mit ihren langen, silberlackierten Fingernägeln auf ihren Goldbarren. »Nun ja, nicht daß mein Bankkonto überzogen wäre – nennen wir's lieber ein wenig unterdeckt. Tja. Natürlich mach' ich mit. Ich und meine Mädels wollen essen.«

Goldfinger erlaubte sich ein Lächeln. »Das ist sehr erfreulich, Miss Galore. Und jetzt« – er blickte über den Tisch – »Mr. Springer: Dürfen wir fragen, ob Sie sich entschieden haben?« Mr. Springer stand langsam auf, gähnte diskret wie ein gelangweilter Opernbesucher, ließ einen Rülpser folgen, zog ein feines Linontuch heraus und betupfte sich die Lippen. Seine Glasaugen wanderten um den Tisch und hefteten sich auf Goldfinger. Langsam wiegte er den Kopf, als versuche er, ein steifes Genick einzurenken. Dann sagte er ernst: »Mr. Gold, ich fürchte, Ihre Vorschläge finden bei meinen Freunden in Detroit wenig Gegenliebe.« Er machte eine leichte Verbeugung, die alle Anwesenden einschloß. »Mir bleibt nur übrig, Ihnen für diese hochinteressante Gelegenheit zu danken. Meine Herren, guten Tag.« Eisiges Schweigen herrschte. Mr. Springer steckte sein Taschentuch sorgfältig in die linke Manschette seiner makellosen Fischgrätenjacke, drehte sich um und ging leise hinaus. Während die Tür sich mit scharfem Klicken schloß, sah Bond Goldfingers Hand wie zufällig unter den Tisch schlüpfen. Nun erhielt Fakto sein Zeichen. Wofür wohl? Mr. Midnight sagte böse: »Bin froh, daß er weg ist! Ein ausgesprochenes Brechmittel! Aber jetzt«, er erhob sich plötzlich und wandte sich an Bond, »wie wär's mit einem kleinen Drink?«

Alles begab sich zu dem vorbereiteten Büfett. Bond, zwischen Miss Pussy Galore und Tilly Masterton stehend, bot beiden Champagner an. Miss Galore musterte ihn kühl und sagte: »Geh mal rüber, Süßer, wir Mädchen haben Geheimnisse. Nicht wahr, Kleines?« Miss Masterton wurde rot und blaß.

»O bitte, sicher, Miss Galore!« hauchte sie hingerissen.

Bond lächelte sie ein wenig gequält an und machte, daß er wegkam. Jed Midnight, der die Abfuhr bemerkt hatte, trat ernst zu ihm: »Mister, wenn das Ihre Puppe ist, dann geben Sie lieber acht! Pussy kriegt jedes Mädel herum. Sie vernascht sie büschelweise – wie die Trauben.«

Bond sagte munter: »Ich werde aufpassen. Machen kann ich ja nicht viel, sie ist eher der selbständige Typ.«

»Ist sie das? Na, vielleicht kann ich mithelfen, sie kleinzukriegen. Auf später!« Er grinste und wandte sich ab.

Bond war eben bei Kaviar und Champagner, als die Tür aufging und einer der Koreaner rasch auf Goldfinger zutrat. Der neigte seinen Kopf zu der geflüsterten Nachricht und wurde sehr ernst. Er klopfte mit der Gabel an sein Glas Vichywasser.

»Meine Herrschaften!« Er blickte traurig um sich. »Eine schlechte Nachricht! Eben erfahre ich, daß unser Freund Mr. Helmut Springer einen Unfall gehabt hat. Er stürzte die Treppe hinunter und war sofort tot.«

»Ho, ho!« Mr. Rings Lachen war kein Lachen, es war ein Loch im Gesicht. »Und was sagt sein Torpedo Slappy Hapgood dazu?«

Goldfinger sagte ernst: »Mr. Hapgood ist leider auch die Treppe hinuntergefallen und seinen Verletzungen erlegen!«

Mr. Solo blickte mit neuem Respekt auf Goldfinger und sagte sanft: »Mister, lassen Sie doch lieber reparieren diese Treppe, bevor ich und mein Freund Giulio sie benutzen!«

Goldfinger sagte mit Würde: »Die schadhafte Stelle wird soeben ausgebessert.« Gedankenvoll fügte er hinzu: »Wenn man diese Unfälle in Detroit nur nicht mißversteht!«

Heiter meinte Jed Midnight: »Nicht der Rede wert! Dort lieben sie Begräbnisse. Und, zu Ihrer Beruhigung, das alte Ekel hätt' es sowieso nicht mehr lange gemacht, der sitzt schon seit zwölf Monaten auf der brennenden Lunte.« Er wandte sich an Mr. Strap: »Hab' ich recht, Jacko?«

»Klar, Jed«, bestätigte Mr. Strap ernst. »Du sagst es. Mr. Springer war fällig.«

Als Bond an diesem Abend zu Bett ging, mußte er noch lange an das Ende Mr. Springers und seines Leibwächters denken. Nun, wahrscheinlich hatten beide es reichlich verdient. Nun aber waren sechzigtausend andere Menschen an der Reihe, wenn nicht er – und nur er – etwas dagegen unternahm.

Nach Auflösung der Gangsterversammlung hatte Goldfinger auch das Mädchen entlassen und nur Bond zurückbehalten.

Länger als zwei Stunden ging er dann die ganze Unternehmung bis ins kleinste durch, wobei Bond sich Notizen machen sollte. Als die Präparierung der beiden Reservoire zur Sprache gekommen war, hatte Bond nach dem Gift und seiner Wirkungszeit gefragt.

»Das braucht Sie nicht zu kümmern.«

»Aber warum? Davon hängt doch alles ab!«

»Mr. Bond.« Goldfinger hatte wieder den in die Ferne gerichteten Blick. »Da Sie keine Gelegenheit haben werden, es weiterzusagen, sollen Sie die Wahrheit hören. Von jetzt an wird Fakto nicht mehr von Ihrer Seite weichen, und sein Auftrag wird sehr präzise sein. Ich kann Ihnen daher sagen, daß die gesamte Bevölkerung von Fort Knox um Mitternacht des Tages vor dem ›Großen Schlag‹ tot oder unschädlich sein wird. Die außerhalb der Filteranlagen dem Wasser beigemengte Substanz ist ein GB-Konzentrat.«

»Sie sind wahnsinnig! Sie wollen doch nicht im Ernst sechzigtausend Menschen umbringen?«

»Warum nicht? Die amerikanischen Autofahrer tun das alle zwei Jahre.«

Entsetzt starrte Bond Goldfinger an. Das konnte nicht wahr sein! Gepreßt fragte er: »Was ist dieses GB?«

»GB ist das stärkste Nervengift der Trilongruppe. Es wurde 1943 von der Wehrmacht entwickelt, aber aus Angst vor Vergeltungsmaßnahmen nie eingesetzt. Es ist tatsächlich wirksamer als die Wasserstoffbombe. Sein Nachteil liegt in der schwierigen Anwendung. Die Russen erbeuteten die gesamten deutschen Vorräte, und Freunde konnten mir die notwendige Menge besorgen. Die Verbreitung des Gifts durch das Trinkwasser ist eine ideale Methode für dichtbevölkerte Gebiete.«

Bond sagte: »Goldfinger, Sie sind ein lausiger, ver ...«

»Seien Sie nicht albern! Wir haben zu arbeiten.«

Später, bei den Transportfragen, hatte Bond noch einen letzten Versuch unternommen und gesagt: »Goldfinger, Sie können das Zeug unmöglich wegschaffen! Niemand wird seine hundert Tonnen herausretten können – geschweige denn Sie Ihre fünfhundert! Sie werden den Dixie Highway hinunterrasen, ein paar radioaktive Goldbarren mit sich und die ganze amerikanische Armee im Rücken! Und dafür wollen Sie sechzigtausend Menschen umbringen? Das ist absurd! Sogar wenn Sie ein oder zwei Tonnen herausbringen, wo, zum Teufel, wollen Sie sie verstecken?«

»Mr. Bond.« Goldfingers Geduld war unerschöpflich. »Zufällig wird um diese Zeit ein Kreuzer der Swerdlowsk-Klasse Norfolk, Virginia, einen Freundschaftsbesuch abstatten. Am Tage nach der Operation läuft er aus Norfolk aus. Und mein Gold wird noch um Mitternacht des Stichtages an Bord dieses Kreuzers sein. Ich werde auf dem Kreuzer nach Kronstadt fahren. Alles ist eingeplant, jede mögliche Störung berücksichtigt. Ich habe mich fünf Jahre lang mit diesem Projekt beschäftigt. Jetzt ist der Moment da. Meine Tätigkeit in England und auf dem Kontinent ist beendet, ihre wenigen Spuren kümmern mich nicht mehr. Ich werde fort sein, ausgewandert. Aber, Mr. Bond, ich werde das Goldherz Amerikas mit mir genommen haben. Natürlich«, Goldfinger war nachsichtig, »wird diese einzigartige Tat nicht ohne Makel sein. Ich brauche die ungeschickten Gangster, und sie werden Fehler machen. Aber was mit ihnen geschieht, interessiert mich nicht. – Doch nun weiter mit der Arbeit! Bis heute abend brauche ich sieben Exemplare. Wo waren wir? ...«

Wer würde wissen, daß das Gold in Rußland war? Niemand, wenn alles nach Goldfingers Plänen ging! Keine Spur würde zurückbleiben, kein Zeuge. Es war moderne Freibeuterei mit allen Zutaten von früher. Goldfinger plünderte Fort Knox, wie Bloody Morgan Panama geplündert hatte, da gab es keinen Unterschied. Nur die Waffen und die Technik waren auf dem neuesten Stand.

Es gab nur einen Menschen auf der ganzen Welt, der das verhindern konnte. Aber wie?

Der nächste Tag brachte endlose Papierarbeit. Jede halbe Stunde kam aus Goldfingers Kommandoraum eine Anweisung, die Verzeichnisse von dem, Kopien von jenem forderte, Schätzungen, Zeitpläne, Vorratslisten. Man brachte eine zweite Schreibmaschine, Karten, Nachschlagewerke – alles, was Bond verlangte. Aber nicht ein einziges Mal ließ Faktos Wachsamkeit nach, wenn er auf Bonds Klopfen öffnete und hereinkam, um Essen, Notizen oder sonst etwas zu bringen. Bond und das Mädchen wurden als gefährliche Sklaven behandelt, sonst nichts.

Tilly Masterton arbeitete wie eine Maschine – rasch, willig, genau, blieb aber verschlossen. Mit kühler Höflichkeit begegnete sie Bonds Versuchen, Freundschaft zu schließen und Gedanken auszutauschen. Bis zum Abend hatte er nichts weiter über sie erfahren, als daß sie während ihrer Büroarbeit für Unilever auch eine erfolgreiche Amateureisläuferin gewesen war.

Später hatte sie Starrollen in Eisrevuen bekommen. Ihr Hobby war Pistolen- und Gewehrschießen, und sie war Mitglied zweier Scharfschützenklubs. Sie hatte wenig Freunde gehabt und war niemals verliebt oder verlobt gewesen, hatte zwei Zimmer in Earls Court bewohnt und war jetzt vierundzwanzig. Ihre böse Lage war ihr klar, sie war aber sicher, daß irgend etwas geschehen würde. Miss Pussy Galore war für sie »einfach wundervoll«, und sie schien zu hoffen, mit deren Hilfe aus der Klemme herauszukommen. Offensichtlich war Tilly Masterton eines jener Mädchen, deren Hormone durcheinandergeraten waren. Bond lächelte sauer in sich hinein, als er daran dachte, welche Phantasien er auf der Fahrt durch das Loiretal um dieses Geschöpf gesponnen hatte.

Abends erhielt er eine letzte Notiz von Goldfinger:

Fünf Chefs und ich fliegen morgen 11 Uhr mit von meinem Piloten gesteuerter Chartermaschine von La Guardia ab zwecks Luftinspektion für ›Großer Schlag‹. Sie kommen mit, Masterton bleibt hier. G.

Bond setzte sich auf die Bettkante und starrte die Wand an. Dann ging er zur Schreibmaschine. Eine Stunde lang tippte er die genauen Einzelheiten des Unternehmens auf die beiden Seiten eines Blattes, rollte es dann zu einer Röhre von Kleinfingergröße und verklebte sie sorgfältig. Dann tippte er auf einen Papierstreifen:

Dringend! Lebenswichtig! Fünftausend Dollar Belohnung garantiert für den Finder, der diese Botschaft ungeöffnet an Felix Leiter bei Pinkertons Detektivbüro 154 Nassau Street N.Y.C. abliefert, Bezahlung bei Ablieferung.

Bond rollte diese Botschaft um den Zylinder, schrieb außen mit roter Tinte » $ 5000 Belohnung« darauf, setzte sich wieder auf den Bettrand und klebte sich das Röllchen mit einem Klebestreifen innen an den Oberschenkel.

6

»Mister, die Flugkontrolle fragt an, wer wir sind. Sie sagen, hier sei Sperrgebiet.« Goldfinger stand auf und ging nach vorn in die Kanzel, Bond sah ihn das Mikrophon aufnehmen. Durch das ruhige Brummen des zehnsitzigen Executive Beechcraft war jedes Wort deutlich hörbar. »Guten Morgen, hier spricht Mr. Gold von Paramount Pictures Corporation. Wir machen einen genehmigten Besichtigungsflug für den geplanten A-Streifen über den berühmten Angriff der Südstaatler im Jahr 1861, der zu Shermans Gefangennahme am Muldraugh Hill führte … Jawohl, mit Cary Grant und Elizabeth Taylor in den Hauptrollen … Wie bitte? Freigabe? Haben wir, haben wir, lassen Sie mich nachsehen!« Goldfinger sah nichts nach. – »Ja, hier ist sie: unterschrieben vom Leiter der Spezialabteilung im Pentagon … Gewiß, der Kommandeur des Panzerkommandos muß eine Kopie haben … Okay, danke sehr! Hoffentlich gefällt Ihnen der Film. Bye.« Goldfinger kam in die Kabine zurück. Breitbeinig blieb er stehen und blickte auf seine Passagiere. »Nun, meine Herren und Madame, haben Sie genug gesehen? Ich möchte nicht zu sehr unter zweitausend gehen. Vielleicht kreisen wir noch einmal und fliegen dann zurück. Fakto, die Erfrischungen!«

Der Reihe nach beantwortete Goldfinger jetzt das Durcheinander von Fragen und Einwürfen, während Fakto aufstand und nach hinten ging. Bond folgte ihm, betrat unter seinem mißtrauischen Blick die kleine Toilette und versperrte die Tür.

Er setzte sich hin und überlegte. Bisher hatte er keine Möglichkeit gehabt, seine Botschaft loszuwerden, er war immer unter Aufsicht gewesen. Also hieß es jetzt oder nie! Aber wohin damit? Zwischen die Blätter des Klosettpapiers? Die könnten zu früh oder erst nach Wochen abgerissen werden. In den Aschenbecher? Man würde ihn vielleicht nicht reinigen. Einen Gegenstand würde man jedoch sicher reinigen.

Am Türgriff rüttelte es, Fakto wurde unruhig. Vielleicht setzte Bond das Flugzeug in Brand? Bond rief: »Ich komm' ja schon, du Affe!« Er erhob sich, klappte den Sitz hoch, riß das Paketchen von der Innenseite seines Schenkels und klebte es vorn unter die Brille. Zur Reinigung des Beckens mußte man sie aufklappen, und das würde nach der Rückkehr bestimmt geschehen. Die ›$ 5000 Belohnung‹ konnten nicht einmal dem hastigsten Putzboy entgehen – falls niemand ihm zuvorkam. Aber Bond glaubte nicht, daß ein Passagier die Brille hochheben würde, das kleine Abteil war einfach zu eng. Leise klappte er den Sitz wieder herunter, ließ Wasser in das Waschbecken fließen, wusch sich das Gesicht, fuhr sich durchs Haar und trat hinaus. An Bond vorbei betrat Fakto ärgerlich die Toilette, sah sich darin um, kam wieder heraus und schloß die Tür. Bond ging zu seinem Sitz zurück. Nun war es soweit. Die Flaschenpost war unterwegs. Wer würde sie finden? Und wann?

Alle bis hinunter zum Kopiloten benutzten die verdammte kleine Toilette, bevor sie wieder auf der Erde waren. Und sooft einer herauskam, glaubte Bond die kalte Pistolenmündung im Genick zu spüren, die mißtrauischen Worte und das Knistern aufgerollten Papiers zu hören. Aber dann sausten sie endlich wieder mit dem Buick zum oberen Manhattan und durch die gutbewachten Tore des Lagerhauses zurück an die Arbeit.

Jetzt war es ein Wettrennen – ein Wettlauf zwischen Goldfingers gutfunktionierendem Apparat und der dünnen Zündschnur, die Bond angebrannt hatte. Was ging draußen vor? Während jeder Stunde der folgenden drei Tage malte Bond sich aus, was sich draußen wohl abspielen mochte – wie Leiter seinen Chef informierte, dann die Besprechung, ein Blitzflug nach Washington, das FBI und Hoover, die Armee, der Präsident … Wie Leiter darauf bestand, daß Bonds Bedingungen eingehalten, keine verdächtigen Schritte unternommen, keine Nachforschungen angestellt würden … Und daß man nur nach einem Generalplan vorgehen dürfe, der an dem gewissen Tag die ganze Bande festsetzen würde, so daß keiner entkommen konnte … Würden sie Bonds Bedingungen annehmen oder es nicht wagen, das Risiko einzugehen? Hatten sie über den Atlantik mit M gesprochen? Hatte M darauf bestanden, daß man Bond noch irgendwie heraushauen müsse? Hatte er ihn aufgegeben? Es galt auch, sich der beiden »Japaner« zu versichern, um den Wortlaut der Kode-Botschaft aus ihnen herauszuprügeln, auf die Goldfinger am Tage vor der Operation warten würde!

Ging es so vor sich, oder herrschte ein großer Wirrwarr? War Leiter vielleicht gerade irgendwo unterwegs? »Wer ist 007? Was soll das heißen! Irgendein verrückter Lümmel. He, Smith, gehen Sie bitte der Sache nach! Fahren Sie zu dem Lagerhaus und sehen Sie sich um! Tut mir leid, Mister, aber mit den fünf Tausendern ist es nichts. Da haben Sie das Geld für die Rückfahrt. Fürchte, Sie sind reingefallen.«

Oder, noch ärger, war gar nichts geschehen? Stand das Flugzeug ohne Wartung auf dem Flugplatz herum? Tag und Nacht quälten Bond solche Gedanken, während er seine Arbeit verrichtete, die Stunden vorüberstickten und die tödliche Maschinerie weiterlief.

Der Stichtag rückte heran und verflog in letzter, fieberhafter Geschäftigkeit. Endlich, abends, kam eine Notiz von Goldfinger: *Erste Phase der Operation erfolgreich. Verladen wie geplant um Mitternacht. Kopien aller Karten, Zeitpläne und Einsatzbefehle mitbringen. G.*

In geschlossener Gruppe, mit Bond und Tilly Masterton in der Mitte – er in weißem Ärztemantel, sie in Schwesterntracht –, begab sich Goldfingers Abteilung rasch durch die fast leere Halle des Pennsylvania-Bahnhofs zu dem wartenden Sonderzug. Alle, auch Goldfinger, trugen die übliche weiße Kleidung und die Armbinde des Sanitätskorps. Der schwach erhellte Bahnsteig war voll von den wartenden Gestalten des Gangsteraufgebots. Das gespannte Schweigen paßte durchaus zu einem Katastropheneinsatz. Die Tragbahren und Entgiftungsanzüge, die in die Abteile verladen wurden, erhöhten noch die Dramatik des Bildes. Der Bahnhofsvorstand sprach ruhig mit den vorgesetzten Ärzten in Gestalt von Midnight, Strap, Solo und Ring. Daneben stand Miss Galore mit einem Dutzend blasser Schwestern, die gesenkten Blickes warteten, als stünden sie neben einem offenen Grab. Ohne Schminke, ihre exotischen Frisuren unter Rotkreuzhauben verborgen, wirkten sie, wie sie sollten: pflichtgetreu, barmherzig, der Linderung menschlichen Leidens ergeben.

Sobald der Vorstand Goldfinger und seine Abteilung kommen sah, eilte er ihnen entgegen. »Dr. Gold?« Sein Gesicht war ernst. »Ich fürchte, die Nachrichten, die durchgegeben wurden, sind nicht gut! Heute abend wird alles in den Zeitungen stehen.

Alle Züge in Louisville aufgehalten, keine Antwort aus Fort Knox. Aber wir werden Sie gut hinbringen. Allmächtiger Gott, Herr Doktor! Was ist dort los? Leute, die aus Louisville herüberkamen, sprachen davon, daß die Russen dort etwas aus der Luft versprühen. Natürlich glaube ich nicht an solches Zeug! Aber was kann es sein? Lebensmittelvergiftung?«

Goldfinger sagte würdevoll-freundlich: »Mein Bester, eben das müssen wir herausfinden, deshalb fahren wir ja hin. Wenn Sie aber meine Ansicht hören wollen, aber bitte, es ist nur eine Vermutung, dann ist es eine Art Schlafkrankheit.«

»So, glauben Sie?« Der Vorstand war beeindruckt. »Also, Herr Doktor, wir sind alle sehr stolz auf Sie und Ihre Leute vom Katastrophendienst.« Er streckte die Hand aus, Goldfinger drückte sie. »Viel Glück, Herr Doktor! Und jetzt werde ich den Zug so rasch wie möglich abfertigen.«

»Alles einsteigen!«

Bond befand sich in einem Pullman mit Tilly Masterton auf der anderen Seite des Mittelgangs und den Koreanern und Deutschen um sie herum. Goldfinger saß vorn im Wagen und unterhielt sich gut gelaunt mit seinen Unterführern. Jetzt ging Miss Pussy Galore vorbei. Sie achtete nicht auf Tilly Mastertons erhobenes Gesicht, sondern sah Bond fragend an. Türen schlugen zu. Pussy Galore blieb stehen, stützte sich auf die Rückenlehne gegenüber Bond und sah auf ihn hinunter. »Hallo, Süßer. Lange nicht gesehen. Der Onkel läßt Sie nicht viel von der Leine.«

Bond gab zurück: »Hallo, Schöne, die Tracht steht Ihnen gut. Ich fühle mich sehr schwach, wie wär's mit einer kleinen Betreuung?« Die dunkelvioletten Augen blickten ihn prüfend an. Leise sagte sie: »Wissen Sie was, Mr. Bond? Ich hab' das Gefühl, irgendwas stimmt nicht mit Ihnen. Ich frage mich, was Sie und die Puppe dort in dem Laden zu suchen haben!«

»Wir machen die ganze Arbeit.«

»Kann sein. Aber wenn was schiefgeht morgen früh, dann wette ich, daß unser Süßer den Grund weiß. Verstanden?« Sie wartete Bonds Antwort nicht ab, sondern ging weiter und gesellte sich zur Versammlung der Stabschefs.

Es war eine anstrengende Nacht. Man mußte unter den forschenden, freundlichen Blicken der Schaffner den Schein wahren. Letzte Besprechungen vorn und hinten im Zug mußten den Anschein ernster ärztlicher Beratungen erwecken – kein Zigarrenrauchen, kein Fluchen, kein Spucken. Eifersucht und Konkurrenzneid zwischen den Banden mußten unterdrückt werden. Die kalte Überheblichkeit der Mafia, besonders Jack Strap und seinen leichtlebigen Leuten aus dem Westen gegenüber, hätte vielleicht zu einer Schießerei geführt, wenn die Bandenchefs nicht ständig aufgepaßt hätten. Alle diese kleinen psychologischen Faktoren hatte Goldfinger vorausgesehen. Die »Zementmixer«-Mädchen waren abgesondert, es gab nichts zu trinken, und die Bandenchefs beschäftigten ihre Leute, indem sie ihnen weitere Unterweisungen gaben und längere Ausführungen machten über die Art, das Gold wegzubringen. Nebenbei spionierte man die Pläne der anderen aus, und des öfteren wurde Goldfingers Entscheidung eingeholt, wer nun die Straßen zur mexikanischen Grenze, zur Wüste und nach Kanada bekommen sollte. Goldfinger hatte da ein Wunder zustande gebracht. Abgesehen von seiner Person beruhigte seine genaue Planung und seine Zuversicht die gespannten Nerven und ließ unter den rivalisierenden Banden fast eine Art Teamgeist entstehen.

Sobald der Zug das flache Land von Pennsylvanien durchbrauste, begannen seine Passagiere in schweren, unruhigen Schlaf zu fallen. Nur Goldfinger und Fakto blieben wach und aufmerksam. Bald gab Bond seine Idee auf, Fakto mit einem seiner verborgenen Messer zu erledigen und die Flucht zu wagen, sobald sich die Geschwindigkeit des Zuges vor einer Station oder bei einer Steigung verringerte. So döste er dahin und dachte über die Worte des Bahnhofsvorstands nach. Der hatte bestimmt alles für wahr gehalten und glaubte ernstlich, Fort Knox sei Katastrophengebiet. Entsprach die Nachricht aus Louisville den Tatsachen, oder war sie ein Teil des riesigen Verschleierungsplanes, der nötig war, um alle Verschwörer zu erwischen? Und wenn es solch einen Plan gab, wie genau war er vorbereitet? Würde alles klappen oder würde Goldfinger rechtzeitig gewarnt sein? Wenn aber die Nachricht stimmte, das Gift bereits seine Wirkung getan hatte – was blieb da für Bond noch zu tun?

Zu einem war er entschlossen: Irgendwie, in der Aufregung der entscheidenden Stunde, würde er sich an Goldfinger heranmachen und ihm die Gurgel durchschneiden. Aber würde das mehr bedeuten als einen persönlichen Racheakt? Würde jemand stark und besonnen genug sein, die Führung zu übernehmen? Mr. Solo? Wahrscheinlich. Das Unternehmen würde halb und halb gelingen, sie würden mit einer Menge Gold davonkommen – außer Goldfingers Leuten, die ohne ihn verloren waren. – Oder waren die sechzigtausend bereits tot? Hätte er, Bond, etwas tun können, das zu verhindern? Hatte es jemals eine Chance gegeben, Goldfinger umzubringen? Hätte er im Pennsylvania-Bahnhof eine Szene machen sollen? Bond starrte sein dunkles Spiegelbild im Fenster an, horchte auf das freundliche Klingeln an den Bahnübergängen und auf das Heulen des Signalhorns vorn und marterte seine Nerven mit Vorwürfen, Zweifeln und Fragen.

7

Langsam dämmerte der Tag über der endlosen Ebene von Kentucky. Um sechs Uhr fing der Zug an, langsamer zu fahren, glitt durch die erwachenden Vororte von Louisville und kam mit einem Seufzen der hydraulischen Bremsen in dem hallenden, nahezu verlassenen Bahnhof zum Stehen.

Eine kleine, respektvolle Gruppe erwartete sie. Goldfinger, mit übernächtigten Augen, winkte einem der Deutschen, nahm eine schwarze, achtunggebietende Tasche und begab sich damit auf den Bahnsteig. Nach einer kurzen, ernsten Beratung, bei der der Fahrdienstleiter das Wort führte, wandte Goldfinger sich müde zum Zug zurück. Mr. Solo erwartete ihn an der hinteren Waggontür. Bond hörte Goldfingers besorgte Stimme: »Ich fürchte, Herr Doktor, die Lage ist so ernst, wie wir angenommen haben. Ich gehe jetzt mit dem da nach vorn« – er hielt die schwarze Tasche hoch – »auf die erste Diesellok, und wir fahren langsam in das verseuchte Gebiet ein. Wollen Sie bitte veranlassen, daß alles die Masken bereithält! Für den Lokführer und den Heizer hab' ich sie mit. Das sonstige Bahnpersonal bleibt hier zurück.«

Mr. Solo nickte mit Würde. »Jawohl, Herr Professor.« Er

schloß die Tür, und Goldfinger begab sich nach vorn. Seine Leibwächter und die respektvolle Gruppe folgten ihm.

Nach einer Weile rollte der Zug leise, fast ehrerbietig aus dem Bahnhof und ließ das kleine, jetzt um die vier verlegenen Schaffner vermehrte Empfangskomitee hinter sich.

Noch fünfzig Kilometer, eine halbe Stunde! Die Schwestern reichten Kaffee und Gebäck herum und hatten für jeden, der's brauchte, zwei Dextrintabletten bereit. Sogar daran hatte Goldfinger gedacht! Es gab jetzt keine Scherze, keine Munterkeit mehr: Der Zug war mit Spannung geladen.

Nach zehn Minuten verlangsamte sich seine Fahrt, es gab einen zischenden Bremsruck, Kaffee wurde verschüttet, der Zug blieb fast stehen. Dann beschleunigte er plötzlich sein Tempo: Ein neuer Mann stand am Fahrschalter.

Wenig später kam Mr. Strap durch den Waggon. »Noch zehn Minuten! Fertigmachen zum Aussteigen! Abteilungen A, B, C Ausrüstung anlegen! Alles geht nach Plan, nur mit der Ruhe. Denkt daran, was ihr zu tun habt!« Er ging rasch weiter, und Bond hörte ihn im nächsten Abteil das gleiche ausrufen.

Bond wandte sich an Fakto. »Hör zu, du Affe, ich geh' jetzt auf die Toilette, und Miss Masterton wahrscheinlich auch.« Er wandte sich an das Mädchen: »Oder nicht, Tilly?«

»Ja«, sagte sie gleichgültig, »'s wird gut sein.«

»Na gut, gehen Sie zuerst«, sagte Bond.

Der Koreaner neben ihr blickte fragend auf Fakto, der den Kopf schüttelte.

Bond sagte: »Wenn du sie nicht gehen läßt, dann gibt's jetzt eine Schlägerei, und das mag Goldfinger nicht!« Er wandte sich an das Mädchen: »Gehen Sie nur, Tilly, ich kümmere mich um die Affen da!«

Fakto gab ein paar bellende Laute von sich, die der andere zu verstehen schien, denn er stand auf und sagte: »Okay, aber Tür nicht zusperren!« Er folgte dem Mädchen und wartete, bis sie herauskam.

Fakto verfuhr mit Bond ebenso. In der Toilette zog Bond seinen rechten Schuh aus, holte das Messer hervor und verbarg es unterm Hosenbund. Er wusch sich und betrachtete im Spiegel sein vor Spannung bleiches Gesicht. Dann trat er hinaus und begab sich wieder auf seinen Platz.

In der Ferne wurde ein Schimmer sichtbar, und bald stiegen undeutlich niedrige Gebäude aus dem Bodennebel der Frühe. Langsam erkannte man die Hangars und den gedrungenen Kontrollturm: *Godman-Field!* Das rhythmische Pochen des Zugs wurde langsamer. Ein paar schmucke, moderne Villen, die zu einer neuen Wohnanlage gehörten, glitten vorüber. Unbewohnt. Zur Linken lief jetzt das dunkle Band der Brandenburg Station Road. Bond reckte den Hals. Durch den leichten Nebel schimmerte sanft das moderne Stadtzentrum von Fort Knox. Die kristallklare Luft über seiner ausgezackten Silhouette war von keinem Rauchwölkchen getrübt. Der Zug fuhr immer langsamer. Auf der Bahnhofstraße hatte es einen schweren Autounfall gegeben, Frontalzusammenstoß. Aus einer zerbeulten Tür hing der Körper eines Mannes, der andere Wagen lag auf dem Dach wie ein toter Käfer. Bond bekam Herzklopfen. Jetzt glitt eine Bungalowreihe vorüber. Auf einer halbgemähten Rasenfläche lag reglos ein Mann. Die exakten Mähspuren liefen bis zu ihm, dann hatte die Maschine einen häßlichen Schnörkel gemacht und war nebenan auf die frisch umgestochene Erde gekippt. Es kam eine Wäscheleine, die abgerissen war, als die Frau nach ihr gegriffen hatte, die nun mit der herabgefallenen Wäsche einen weißen Haufen bildete. Und während der Zug im Schrittempo in die Stadt einfuhr, sah man in jeder Straße, auf jedem Gehsteig reglos hingestreckte Gestalten, einzeln und in Gruppen – in Schaukelstühlen vor der Tür; mitten auf den Kreuzungen, deren Verkehrsampeln weiter ihre Lichtsignale gaben; in Wagen, die noch an den Rand hatten fahren können, und in anderen, die in Schaufenstern steckten. Tod, nichts als Tod! Keine Bewegung, kein Laut außer dem eisernen Gelärm des in diesen Friedhof einfahrenden Mörders!

Jetzt entstand Bewegung in den Wagen. Billy Ring kam mit breitem Grinsen herein und blieb neben Bond stehen. »Du lieber Schwan!« sagte er entzückt. »Der gute Goldie hat denen vielleicht einen Cocktail verpaßt! Nur peinlich, daß es manche beim Fahren erwischt hat! Aber Sie wissen doch: kein Omelette ohne zerschlagene Eier, nicht?« Bond lächelte gezwungen: »Stimmt.« Billy Ring formte ein lautloses »O« an Stelle eines Lachens und ging weiter.

Der Zug ratterte durch den Brandenburg-Bahnhof. Leichen

scharenweise! Männer, Frauen, Kinder, Soldaten! Der Bahnsteig war übersät mit ihnen. Bond spähte nach einer Bewegung, einem heimlichen Blick, einem Handzucken: nichts! Halt, was war das? Ein leises, gedämpftes Weinen drang durchs Fenster! Am Kartenschalter standen drei Kinderwagen, die Mütter lagen daneben. Natürlich! Die Säuglinge hatten die Milch getrunken, nicht das tödliche Wasser.

Fakto erhob sich, ebenso die ganze Abteilung Goldfinger. Die Gesichter der Koreaner waren gleichgültig, unverändert. Keiner sah auf den anderen, schweigend bildeten sie am Ausgang eine Reihe und warteten.

Tilly Masterton berührte Bonds Ärmel. Ihre Stimme zitterte. »Sind Sie sicher, daß die alle schlafen? Da war doch so etwas wie … Schaum auf manchen Lippen!«

Auch Bond hatte es gesehen, und der Schaum war blutig gewesen. Er sagte: »Ach, die haben Bonbons oder sonstwas gegessen! Sie kennen doch die Amerikaner – immer müssen sie etwas kauen.« Dann raunte er ihr zu: »Halten Sie sich von mir fern, man wird vielleicht schießen!« Sie nickte stumm, ohne ihn anzusehen. »Ich halt' mich an Pussy, sie wird mir helfen.« Bond lächelte ihr aufmunternd zu: »Gut.«

Langsam holperte der Zug über ein paar Weichen und blieb stehen. Das Signalhorn der Diesellok tutete, die Türen öffneten sich, und die einzelnen Gruppen quollen auf der Seite des Golddepots auf den Bahnsteig.

Alles rollte nun mit militärischer Präzision ab: Die Gruppen traten in Gefechtsordnung an – zuerst ein Sturmtrupp mit Maschinenpistolen, dann die Krankenträger mit den Bahren (jetzt gewiß überflüssig, dachte Bond), dann Goldfingers Sprengkommando mit dem umfangreichen Segeltuchpaket, weiterhin eine gemischte Gruppe von Ersatzfahrern und Verkehrseinweisern und schließlich die Schwesterngruppe, nun mit Revolvern, die mit einer schwerbewaffneten Reservegruppe zurückbleiben sollte, um jeder unerwarteten Einmischung zu begegnen, falls, wie Goldfinger es ausgedrückt hatte, »Jemand aufwachen sollte«.

Bond und das Mädchen waren der Kommandogruppe zugeteilt, die aus Goldfinger, Fakto und den fünf Gangsterführern bestand. Sie sollten auf den Dächern der beiden Dieselloks bleiben, die jetzt wie geplant außerhalb der Seitengebäude, mit voller Sicht auf das Zielobjekt und seine Anmarschwege, standen. Bond und das Mädchen sollten sich um Karten, Zeitpläne und Zeitkontrolle kümmern und jede Verspätung sofort Goldfinger anzeigen, der über Sprechfunk mit den Gruppenführern in Verbindung stand. Vor der Explosion würden sie hinter den Diesel-loks in Deckung gehen.

Ein doppeltes Tuten des Signalhorns, und der Sturmtrupp, hinter sich die anderen Gruppen, durchlief die zwanzig Meter freien Geländes von der Bahnlinie zum Bullion Boulevard. Bond hielt sich so nahe wie möglich an Goldfinger, der die Augen am Feldstecher und den Mund am Brustmikrophon hatte. Aber Fakto stand dazwischen, ein massiver Muskelberg, und ließ Bond nicht aus den Augen. Scheinbar in der Kartenmappe suchend und die Zeit kontrollierend, berechnete Bond Distanzen und Winkel zu den vier Männern und der Frau, die gebannt auf das Schauspiel starrten. Jetzt sagte Jack Strap aufgeregt: »Durch die ersten Tore sind sie durch!« Bond warf einen Blick auf das Kampffeld.

Es war ein außerordentlicher Anblick: der massive, in der Sonne glitzernde Granitbau inmitten des offenen Feldes, die Straßen mit den in Doppelreihen wartenden Lastern und Transportzügen, jeweils mit den Erkennungsflaggen der Banden auf dem ersten und letzten Fahrzeug jedes Konvois. Die Fahrer lagen hinter der Sperrmauer in Deckung, und durch das Haupttor strömten in Marschordnung die Gruppen aus dem Zug. Außerhalb dieses bewegten Bildes herrschte absolute Stille. Es war, als hielte Amerika angesichts dieses Riesenverbrechens den Atem an. Die Leiber der Soldaten lagen, wo sie umgesunken waren – die Wachen neben den Bunkern, die Maschinenpistole noch in der Hand, und innerhalb der Schutzmauer zwei Abteilungen in Kampfanzügen. Sie lagen in unordentlichen Haufen, die Körper kreuz und quer übereinander. Draußen, zwischen Bullion Boulevard und Haupttor, standen zwei Panzerwagen ineinander verkeilt, die schweren Maschinengewehre zum Himmel und gegen den Boden gerichtet. Aus dem Turm des einen hing der Fahrer.

Verzweifelt hielt Bond Ausschau nach einem Anzeichen dafür, daß alles dies nur ein sorgfältig gestellter Hinterhalt war.

Nichts. Kein Laut aus den vielen Gebäuden im Hintergrund. Nur die Gruppen der Gangster waren eilig am Werk oder warteten auf ihren Einsatz.

Goldfinger sprach ruhig ins Mikrophon: »Letzte Bahre heraus. Sprengkommando fertig machen. Alles in Deckung.«

Die Bereitschaftsgruppen und die Krankenträger hasteten zum Ausgang zurück und gingen hinter der Schutzmauer in Deckung. In fünf Minuten würde das Sprengkommando in das Depot eindringen.

Bond sagte sachlich: »Eine Minute Vorsprung auf den Zeitplan.«

Goldfinger blickte über Faktos Schulter auf ihn. »Sehen Sie, Mr. Bond, ich habe recht behalten. In zehn Minuten bin ich der reichste Mann der Welt! Was sagen Sie nun?«

Bond erwiderte: »Das werde ich Ihnen nach diesen zehn Minuten sagen.«

»Werden Sie? Vielleicht.« Goldfinger sah nach der Uhr und sprach rasch ins Mikrophon. Das Sprengkommando setzte sich mit seiner Last in Bewegung. Triumphierend rief Goldfinger zum Dach der zweiten Dieselmaschine hinüber: »Noch fünf Minuten, meine Herren, dann müssen wir in Deckung gehen!« Und zu Bond gewandt, fügte er leise hinzu: »Und dann werden wir uns verabschieden, Mr. Bond. Ich danke Ihnen für die Hilfe, die Sie und das Mädchen mir geleistet haben.«

Etwas wischte seitlich durch Bonds Gesichtsfeld: ein dunkler, sausender Fleck am Himmel! Er erreichte den höchsten Punkt seiner Bahn, stand still – und dann folgte der ohrenbetäubende Knall eines Leuchtsignals!

Bonds Herz hüpfte auf. Die Reihen der toten Soldaten erhoben sich, die Maschinengewehre der ineinander verkeilten Panzer schwenkten auf die Tore ein, irgendwoher tönte ein Lautsprecher: »Bleibt stehen, wo ihr seid! Legt die Waffen nieder!« Doch da krachte ein zweckloser Feuerstoß von einer der Sicherungsgruppen, und dann brach die Hölle los.

Bond nahm das Mädchen um die Hüften und sprang. Es war ein Dreimetersprung auf den Bahnsteig, aber Bond dämpfte den Aufschlag mit der Linken und riß das Mädchen auf die Beine. Im Laufen, wobei er sich in der Deckung des Zuges hielt, hörte er Goldfingers Ruf: »Los und erledigt sie!« Links von ihm spritzte eine Geschoßgarbe aus Goldfingers Maschinenpistole in den Asphalt, aber Goldfinger mußte mit der linken Hand schießen. Fakto war gefährlicher! Schon hörte Bond die plumpen, hastigen Schritte.

Das Mädchen wehrte sich, schrie: »Nein, nein, halt, ich will bei Pussy bleiben! Bei ihr bin ich sicher!« Aber Bond schrie zurück: »Halt's Maul! Renn, was du kannst!« Sie hielt ihn auf, behinderte ihn. Plötzlich riß sie sich los und stürzte auf eine offene Waggontür zu. Aus, dachte Bond, jetzt ist's aus! Er riß das Messer heraus und fuhr herum.

Fakto hielt im Lauf gar nicht ein. Er riß den lächerlichen, todbringenden Hut vom Kopf, blickte seitwärts und ließ ihn, ohne zu zielen, durch die Luft sausen. Die Kante traf das Mädchen genau ins Genick. Lautlos fiel sie nach hinten und Fakto in den Weg. Das vereitelte den Stoß mit dem Fuß, den er eben gegen Bonds Kopf führen wollte. Es wurde ein Sprung daraus, wobei Faktos linke Hand wie ein Beil gegen Bond durch die Luft schnitt. Bond duckte sich, stieß sein Messer seitlich nach oben, traf irgendwie die Rippen, aber die Wucht des fliegenden Körpers schlug es ihm aus der Hand, und es klirrte zu Boden. Mit ausgestreckten Armen ging Fakto, anscheinend unverletzt, wieder auf Bond los, die Füße bereit zu einem neuen Stoß.

Über dem Gefechtslärm jenseits des Bahnhofs ertönten drei Huptöne aus der Dieselmaschine. Mit wütendem Knurren sprang Fakto los, während Bond sich zur Seite warf. Ein fürchterlicher Schlag traf seine Schulter und riß ihn nieder. Jetzt folgt der Tod, dachte er. Benommen raffte er sich auf und zog den Kopf ein, um den Schlag abzuschwächen. Aber es kam nichts. Fakto raste den Bahnsteig zurück, der vorderen Diesellok nach, die schon anfuhr. Er holte sie ein, erwischte die Griffstange, zappelte für Sekunden haltsuchend in der Luft – und war in der Kabine verschwunden. Die riesige Stromlinienlok fuhr davon.

Hinter Bond wurde die Tür der Fahrdienstleitung aufgestoßen. In das Rennen der Füße tönte der Schrei »Santiago!« – St. James! Cortes' Schlachtruf, den Leiter einmal scherzhalber Bond zugedacht hatte. Er wandte den Kopf. Der strohhaarige Texaner stürmte in seinem alten Marine-Kampfanzug den Bahnsteig herauf, gefolgt von einem Dutzend Khakigestalten. An dem Stahlhaken, der ihm als Hand diente, trug er eine Ein-Mann-Bazooka. Bond lief ihm entgegen und rief: »Schieß mir meinen Fuchs nicht ab! Gib her!« Er riß die Bazooka an sich und warf sich auf den Bahnsteig. Die Diesellok war jetzt schon zweihundert Meter entfernt, kurz vor der Brücke über den Dixie Highway. Bond schrie: »Aus dem Weg!«, um die Leute aus der Linie der Rückstoßflamme zu bringen, klinkte die Sicherung aus und zielte sorgfältig. Die Bazooka erbebte, die panzerbrechende Fünfkilorakete war draußen! Ein Blitz – eine blaue Rauchwolke! Einige Metallteile flogen von der fahrenden Maschine, aber dann war sie über die Brücke hinaus, ging in die Kurve und war verschwunden.

»Gar nicht schlecht für einen Anfänger«, bemerkte Leiter.

»Vielleicht ist der hintere Diesel kaputt, aber das sind Zwillingsmaschinen, er kommt mit der vorderen allein auch durch.«

Bond erhob sich und lächelte zur Begrüßung. »Du Pfuscher«, sagte er sarkastisch, »warum, zum Teufel, hast du die Linie nicht blockiert?«

»Paß auf, du Würstchen, wenn du dich beschweren willst, dann geh zum Präsidenten! Er leitet die Operation höchstpersönlich, es ist ja auch eine Pracht. Jetzt fliegt da oben ein Aufklärer. Sie werden die Diesellok kriegen, und bis Mittag haben wir Goldlöckchen im Kettchen. Hast du vielleicht gewußt, daß er im Zug bleiben würde?« Er schlug Bond auf die Schultern. »Teufel, was bin ich froh, dich zu sehen! Wir hatten Auftrag, dich herauszuholen, sind in der Gegend herumgesaust und haben dafür von beiden Seiten Feuer gekriegt!« Er wandte sich an die Soldaten: »Oder vielleicht nicht!«

Sie lachten: »Aber sicher, Käpt'n!«

Bond blickte den Texaner, mit dem er schon so viel durchgestanden hatte, herzlich an. »Felix, du warst schon immer groß darin, mir das Leben zu retten! Und diesmal war's verdammt knapp! Tilly Masterton, fürchte ich, hat's erwischt.« Er ging zum Zug, Felix dicht hinter ihm. Die zarte Gestalt lag noch so, wie sie gefallen war. Bond kniete neben ihr nieder, aber der unnatürlich abgeknickte Kopf verriet ihm alles. Er fühlte nach dem Puls, stand auf und sagte leise: »Arme Kleine! Aus Männern hat sie sich nie viel gemacht.« Dann, wie zur Verteidigung: »Felix, wenn sie mir gefolgt hätte, wär' das nicht passiert!«

Leiter verstand nicht, griff nach Bonds Arm und sagte: »Aber gewiß, Junge, beruhige dich nur.« Er wandte sich an seine Leute: »Zwei von euch tragen sie in die Fahrdienstleitung da drüben! O'Brien, Sie holen eine Ambulanz! Dann gehen Sie zum Gefechtsstand rüber und erstatten Bericht. Sagen Sie, Commander Bond ist hier, und ich bringe ihn gleich mit!«

Bond sah auf das tote Bündel aus Kleidern und Gliedmaßen nieder. Er dachte an das stolze, fröhliche Mädchen in dem vorübersausenden TR 3.

Hoch über ihm stieg ein wirbelnder Fleck in den Himmel. Dann kam der scharfe Knall des Leuchtsignals. Es war das Zeichen zur Einstellung des Feuers.

8

Zwei Tage später lenkte Felix Leiter seinen schwarzen Studillac waghalsig durch den zähflüssigen Verkehr bei der Triboroughbrücke. Es war zwar noch Zeit genug, um Bonds Flugzeug, die BOAC Monarch nach London, zu erreichen, aber Leiter machte es Spaß, Bonds schlechte Meinung über amerikanische Wagen zu erschüttern. Jetzt riß der Stahlhaken seiner Handprothese den Schalthebel in den zweiten Gang, und das niedrige schwarze Auto drängte sich mit einem Sprung zwischen einen riesigen Gefrierwagen und einen dahintrödelnden Oldsmobile, dessen Hinterfenster fast völlig mit Urlaubsschildern verklebt war.

Bonds Körper wurde zurückgeschleudert, und seine Zähne schlugen aufeinander, als die 300 PS so plötzlich anzogen. Nachdem das wütende Hupen hinter ihnen verklungen war, meinte er milde: »Höchste Zeit, daß du dir statt dieses Spielzeugautos was Schnelleres zulegst!«

Leiter lachte: »Siehst du das grüne Licht da vorn? Wetten, ich komm' durch, bevor's rot wird!« Der Wagen sprang vorwärts, als hätte man ihm einen Tritt versetzt. Für einen Moment benahm es Bond den Atem – er hatte den Eindruck, die stählerne Wagenmauer würde durch Leiters Dreitonhorn auseinandergepeitscht, hundert Meter lang stand der Zeiger auf hundertfünfzig, dann waren sie unter der Ampel durch und fuhren brav in der Mittelspur.

Bond sagte ruhig: »Du brauchst nur an den falschen Polizisten zu geraten, dann nutzt dir dein Pinkertonausweis auch nichts. Nicht, weil du so langsam fährst, wird er dich aufschreiben, sondern weil du den Verkehr hinter dir aufhältst. Was du brauchst, ist ein hübscher, älterer Rolls-Royce Silver Ghost mit großen Spiegelfenstern, damit du die Naturschönheiten genießen kannst.« Bond wies nach rechts auf einen riesigen Autofriedhof. »Höchstens achtzig, und er kann anhalten und sogar rückwärtsfahren, wenn man will. Ballonhupe, das paßt zu deinem Altherrenstil. Wirklich, jetzt wird bald einer auf dem Markt sein – der von Goldfinger. Richtig, was ist mit dem? Noch immer nicht erwischt?«

Leiter sah nach der Zeit und wechselte auf die Seitenspur. Er ging auf sechzig herunter und sagte ernst: »Um die Wahrheit zu sagen, wir sind da etwas in Sorge. Die Zeitungen zerreißen uns oder vielmehr Edgar Hoovers Leute, es ist nicht auszuhalten. Zuerst hat ihnen die Geheimhaltung deiner Person nicht gepaßt, aber wir konnten ihnen doch nicht sagen, daß so ein alter Tommy namens M darauf bestanden hat! Jetzt saugen Sie sich's aus den Fingern, sagen, daß wir die Sache auf die lange Bank schieben und so weiter. Aber tatsächlich, James«, Leiters Stimme war verdrossen, »wir haben einfach keine Spur. Den Diesel haben sie erwischt. Goldfinger hatte die Hebel auf fünfzig blockiert und ihn weiterfahren lassen. Er und die Koreaner sind irgendwo abgesprungen, wahrscheinlich auch dieses Galoremädchen und die vier Gangster, denn die sind ebenfalls weg. Seinen Lastkonvoi haben wir gefunden, außerhalb Elizabethville auf der östlichen Autobahn, aber ohne Fahrer. Goldfinger hält sich vermutlich irgendwo mit ein paar harten Burschen versteckt. Den Swerdlowsk-Kreuzer in Norfolk hat er jedenfalls nicht erreicht. Wir hatten eine Zivilpostenkette um die Docks gezogen, und die haben das planmäßige Auslaufen beobachtet, ohne daß jemand an Bord gegangen wäre. Das Lagerhaus am East River war leer, und weder in Idlewild noch an den Grenzen nach Mexiko und Kanada ist jemand aufgetaucht. Ich möchte ja wetten, Jed Midnight hat sie irgendwie nach Kuba gebracht! Mit zwei, drei Lastern aus dem Konvoi im Höllentempo nach Florida, in die Gegend von Daytona Beach. Midnight ist dort prima organisiert. Küstenwache und Air Force haben nichts bemerkt, wahrscheinlich sind sie in der Nacht nach Kuba hinüber. Der Präsident ist wütend, aber das hilft auch nichts.«

Am Tag vorher war Bond in Washington mit Ehrungen überschüttet worden: Es gab Reden im Münzamt, einen Imbiß mit allen großen Tieren im Pentagon, eine eher peinliche Viertelstunde beim Präsidenten, und der Rest des Tages verging unter harter Arbeit mit einem Stenoteam in Edgar Hoovers Büro und in Gegenwart eines Kollegen der Abteilung A. Danach folgte ein belebendes Viertelstundengespräch über die Gesandtschaftsleitung mit M, der Bond vom europäischen Stand der Angelegenheit unterrichtete. Wie erwartet, war Goldfingers Telegramm an Universal Export mit höchster Dringlichkeit behandelt worden. In den Fabriken von Reculver und Coppet hatte man zusätzliche Beweise für den Goldschmuggel gefunden, die indische Regierung war auf die Mecca-Maschine aufmerksam gemacht worden, und so war diese Seite der Unternehmung im Begriff, hochzugehen. Die Schweizer Bundespolizei hatte Bonds Wagen rasch gefunden und Bonds Spur bis Amerika verfolgt. Aber in Idlewild hatte das FBI sie verloren. Über die Art, wie Bond die »Operation Großer Schlag« aufgedeckt hatte, schien M erfreut, fügte aber hinzu, die Bank von England dränge ihn wegen ihrer zwanzig Millionen Pfund. Goldfinger hatte zuletzt alles bei der Paragon Safe Deposit CO., New York, deponiert, jedoch am Vortag der Operation abgehoben und mit seinen Leuten in einem geschlossenen Laster abtransportiert. Die Bank von England hatte einen Beschlagnahmebeschluß erwirkt, aber man mußte natürlich noch beweisen, daß es englisches Gold war. Bond solle am besten gleich heimkommen und die Dinge klären helfen. Ja, noch etwas – M's Stimme war barsch geworden –, es sei da eine sehr freundliche Anfrage an den Premier gekommen, man möge Bond doch erlauben, die amerikanische Verdienstmedaille anzunehmen. Natürlich habe er, so sagte M, über den Premier erklären lassen müssen, daß die Dienststelle dergleichen nicht gern sehe – besonders von fremden Mächten nicht, wie befreundet sie auch seien. Bond hatte gesagt, es sei alles in Ordnung und er werde das nächste Flugzeug nach Hause nehmen.

Während sie nun ruhig die Van-Wyck-Straße hinunterfuhren, fühlte sich Bond irgendwie unbefriedigt. Er ließ nicht gern einen Fall so unabgeschlossen. Weder die großen Gangster waren gefaßt worden noch Goldfinger mit seinem Gold. Auch den »Großen Schlag« hatte Bond nur durch ein Wunder vereiteln können: Erst nach zwei Tagen war die Beechcraft zum Service gekommen, und der Putzboy, der die Nachricht gefunden hatte, erwischte Leiter gerade noch eine halbe Stunde vor seiner Abfahrt – er sollte wegen eines Rennskandals an die Küste fahren. Dann aber war Leiter losgezogen – erst zu seinem Chef, dann zum FBI und weiter zum Pentagon. Die FBI-Informationen über Bond sowie die Rücksprache mit M hatten genügt, die Sache innerhalb Stundenfrist vor den Präsidenten zu bringen. Danach war nur noch der Riesenbluff vorzubereiten, bei dem die Einwohner von Fort Knox mitgewirkt hatten. Die beiden »Japaner« waren bald gefaßt, und die chemische Abteilung des Kriegsministeriums bestätigte, daß ihre drei Halbliterflaschen GB gereicht hätten, ganz Fort Knox auszurotten. Sobald man den Wortlaut des vereinbarten Telegramms an Goldfinger aus den »Japanern« herausgebracht hatte, schickte man es ab. Die Armee gab Alarm, jeder Verkehr nach Fort Knox wurde unterbunden, nur die Gangsterkonvois blieben unbehelligt. Alles übrige war dann Theater gewesen. Langsam fuhren sie durch das eintönige Flachland von Idlewild, vorbei an den Zehn-Millionen-Skeletten aus Stahl und Zement, die einmal ein Flughafen sein würden, und hielten dann neben dem Betongewirr aus Behelfsgebäuden, die Bond so gut kannte. Die höflichen Mikrophonstimmen drangen bereits zu ihnen heraus: »Pan American World Airways meldet den Abflug ihres Präsident-Flugs PA 100« – »Transworld Airways ruft Kapitän Murphy. Kapitän Murphy, bitte.« Dann die schöngerundeten Vokale und die sanfte Diktion der BOAC: »BOAC meldet die Ankunft ihres Bermuda-Fluges BA vierainunnoinzig. Die Passagiere werden bai Tor Nummer noin ausstaigen.«

Bond nahm seine Tasche und verabschiedete sich von Leiter: »Also, danke für alles, Felix! Und schreib mir jeden Tag!«

Leiter drückte ihm die Hand. »Aber sicher, Kleiner. Und nur mit der Ruhe! Sag dem alten M, er soll dich bald wieder rüberschicken. Beim nächsten Besuch mach' ich mich aus der Tretmühle frei, du mußt endlich mal mit zu mir nach Haus, meine Ölquellen besichtigen. Alles Gute!«

Leiter stieg in seinen Wagen und fuhr davon, Bond winkte ihm nach. Der Studillac schleuderte auf die Zufahrtsstraße hinaus. Leiters Stahlhaken blinkte noch einmal grüßend aus dem Fenster, dann war er weg.

Bond seufzte, nahm seine Tasche auf, trat ein und ging zum BOAC-Kartenschalter. Er hatte Flughäfen ganz gern, solang er allein war. Da ihm noch eine halbe Stunde Zeit blieb, schlenderte er durch die Menge, nahm im Restaurant einen Whisky Soda und suchte am Bücherstand nach etwas Lesbarem. Schließlich kaufte er Ben Hogans neuestes Buch über die Grundregeln im Golfspiel und einen Raymond Chandler. Dann ging er weiter zum Andenkenladen, um zu sehen, was er seiner Sekretärin mitbringen könne.

Jetzt verlas eine Männerstimme über das Ansagennetz von BOAC eine lange Liste von Monarch-Passagieren, die am Kartenschalter gewünscht wurden. Zehn Minuten später, Bond bezahlte gerade den neuesten und teuersten Kugelschreiber, hörte er seinen eigenen Namen ausrufen: »Mr. James Bond, Passagier der BOAC Monarch, Flug Nr. 510 über Gander nach London, bitte zum Kartenschalter! Mr. James Bond, bitte!« Diese verdammte Einkommensteuer! Sicher wieder das Formular, auf dem er angeben sollte, wieviel er während seines Amerika-Aufenthalts verdient hatte. Er trat aus dem Laden und ging zum Schalter hinüber. Der Beamte fragte höflich nach Bonds Gesundheitspaß. Bond zog das Formular hervor und reichte es ihm.

Nach sorgfältiger Prüfung sagte der Beamte: »Tut mir leid, aber in Gander ist ein Typhusfall aufgetreten, und man besteht dort auf der Nachimpfung sämtlicher Transitpassagiere, die im letzten Halbjahr nicht geimpft wurden. Es ist sehr unangenehm, Sir, aber Gander ist in diesen Dingen genau.«

Bond konnte Impfungen nicht leiden. Verärgert sagte er: »Aber Sie sehen doch, daß ich vollgepumpt bin mit allen möglichen Injektionen! Seit zwanzig Jahren bekomm' ich sie aus den unmöglichsten Gründen!« Er sah sich um. Der BOAC-Flugplatzausgang schien merkwürdig verlassen. »Wo sind denn die anderen Passagiere?«

»Die sind alle einverstanden, Sir, und werden eben geimpft. Es geht ganz schnell, wenn Sie bitte mitkommen wollen, Sir.«

»Na, schön.« Bond zuckte unwillig mit den Achseln, folgte dem Mann hinter den Schalter und durch eine Tür zum Büro des BOAC-Stationsleiters. Da war der übliche Arzt in Weiß, mit Atemmaske und Impfnadel. »Der letzte?«

»Jawohl, Doktor.«

»Okay. Bitte, den Rock ausziehen und den linken Hemdsärmel hochstreifen. Unangenehm, daß sie in Gander so genau sind.«

»Verdammt unangenehm«, sagte Bond. »Wovor haben die eigentlich Angst? Vorm Schwarzen Tod?«

Es roch stark nach Alkohol, dann kam der Einstich.

»Danke«, sagte Bond verdrossen. Er rollte den Ärmel hinunter, wollte seinen Rock von der Stuhllehne nehmen, seine Hand streckte sich danach aus, verfehlte ihn, ging hinunter, hinunter, sein Körper folgte ihr, hinunter, hinunter …

Alle Lichter brannten, und eine Menge Plätze waren frei. Warum mußte er neben einem Fluggast kleben, der die ganze mittlere Armlehne für sich beanspruchte? Bond wollte den Platz wechseln, aber eine Welle von Übelkeit ließ ihn zurückfallen. Er schloß die Augen und wartete. Merkwürdig! Er wurde doch sonst nie flugkrank? Er spürte kalten Schweiß auf der Stirn. Taschentuch, abwischen. Er öffnete die Augen wieder und sah auf seine Arme hinunter: Seine Handgelenke waren an die Armlehnen gefesselt! Was war geschehen? Er hatte eine Spritze bekommen und mußte dann ohnmächtig geworden sein. Hatte er zu toben begonnen? Was, zum Teufel, war mit ihm los? Er blickte nach rechts und war entgeistert: da saß Fakto. Fakto in BOAC-Uniform!

Fakto blickte ihn stumpf an und drückte die Stewardklingel. Bond hörte das freundliche Klingeln aus dem Anrichteraum. Dann raschelte es neben ihm, er blickte auf und sah Pussy Galore frisch und adrett in blauer Stewardessenuniform! Sie sagte: »He, Süßer!« Woher nur erinnerte er sich an ihren tiefen, fragenden Blick? »Um Himmels willen«, sagte er, »was ist hier los? Wo kommen Sie her?«

Sie lächelte aufmunternd. »Vom Kaviaressen und Champagnertrinken. Ihr Engländer lebt wie Gott in Frankreich, wenn ihr sechstausend Meter hoch seid. Keine Spur von Brüsseler Sprotten, und wenn's hier wo Tee gibt, dann hab' ich ihn noch nicht gesehen. Aber bleiben Sie schön still, Onkel möchte mit Ihnen sprechen!« Mit wiegenden Hüften schlenderte sie nach vorn und verschwand durch die Cockpittür.

Jetzt konnte Bond nichts mehr überraschen: auch nicht Goldfinger in der Uniform eines BOAC-Kapitäns! Sie war ihm etwas zu groß, er hatte die Kappe fest auf den Kopf gedrückt, schloß die Cockpittür hinter sich und kam durch den Gang heran.

Grimmig sah er auf Bond nieder. »Nun, Mr. Bond, das Schicksal will, daß wir das Spiel zu Ende spielen. Aber diesmal haben Sie keine Karte mehr im Ärmel. Ha!« Ärger und Respekt sprachen aus seiner Stimme. »Mit Ihnen habe ich tatsächlich den Bock zum Gärtner gemacht!« Er schüttelte langsam den großen Kopf. »Warum habe ich Sie am Leben gelassen! Warum habe ich Sie nicht wie ein Ungeziefer zertreten! Ja, Sie haben mir geholfen, damit hatte ich recht. Aber es war Wahnsinn, dieses Risiko einzugehen, jawohl, Wahnsinn!« Er wurde ruhiger. »Und jetzt sagen Sie mir eines, Mr. Bond: Wie haben Sie das gemacht? Wie haben Sie Verbindung aufgenommen?« Bond sagte gleichmütig: »Wir werden uns darüber unterhalten, Goldfinger, aber erst, wenn diese Fesseln weg sind, und ich eine Flasche Whisky Bourbon, Eis, Soda und ein Paket Chesterfield habe. Und wenn Sie mir gesagt haben, was ich wissen will. Sie haben recht, meine Lage ist ungünstig oder scheint es zumindest zu sein. Ich habe also nichts zu verlieren, und wenn Sie etwas aus mir herauskriegen wollen, dann nur zu meinen Bedingungen.«

Goldfinger blickte ernst zu Boden. »Aus Respekt vor Ihren Fähigkeiten habe ich nichts dagegen. Fakto, läute nach Miss Galore, mach ihm die Fesseln auf und setz dich ihm gegenüber! Hinten im Flugzeug kann er keinen Schaden anrichten, nur dem Cockpit darf er nicht nahe kommen! Nötigenfalls tötest du ihn, aber ich möchte ihn lieber lebend ans Ziel bringen, verstanden?«

»Arrgh.«

Fünf Minuten später hatte Bond, was er wollte. Er goß sich einen Whisky ein, während Goldfinger in dem Sitz schräg gegenüber wartete. Bond nahm seinen Drink und nippte daran.

Eben wollte er einen tiefen Schluck tun, als er etwas sah. Vorsichtig, damit das unten angeklebte Papier sich nicht löse, stellte er das Glas ab, zündete sich eine Zigarette an, griff erneut danach, nahm die Eiswürfel heraus und legte sie in den Eiskübel zurück. Dann trank er so viel von dem Whisky, daß die Worte durch den Boden des Glases lesbar wurden. Sie lauteten: »Ich halte zu dir. XXX. P.«

Bond wandte sich um, machte sich's bequem und sagte: »Also, Goldfinger, zunächst, was geht hier vor, wo haben Sie dieses Flugzeug her, und wohin fliegen wir?«

Goldfinger kreuzte die Beine und starrte den Gang entlang. Dann begann er im Plauderton: »Ich bin mit drei Lastwagen bis in die Gegend von Kap Hatteras gekommen. Einer davon enthielt meinen persönlichen Goldschatz, in den beiden anderen waren meine Fahrer, Reservepersonal und die Gangster. Da ich außer Miss Galore keinen von ihnen brauchen konnte, behielt ich nur die wichtigsten Leute des Personals, zahlte die anderen aus und setzte sie nach und nach auf dem Weg ab. An der Küste hielt ich an einem verlassenen Ort mit den vier Gangsterführern eine Besprechung ab, nachdem ich Miss Galore unter einem Vorwand bei den Wagen gelassen hatte. Ich erschoß dann alle vier in meiner üblichen Art – eine Kugel für jeden. Jetzt waren wir sechs Männer, eine Frau und das Gold. Ich charterte ein Flugzeug nach Newark, New Jersey, wobei ich das Gold als Bleiplatten für Röntgenaufnahmen deklarierte. Dann fuhr ich allein nach New York, von wo ich über Funk mit Moskau sprach und das Mißlingen der ›Operation Großer Schlag‹ durchgab. Gesprächsweise erwähnte ich dabei Ihren Namen. Meine Freunde, die Ihnen ja bekannt sein dürften«, Goldfinger blickte Bond scharf an, »laufen unter der Bezeichnung SMERSH. Sie kannten den Namen Bond und sagten mir das Nötige. Nun war mir vieles klar. Da SMERSH sich an Ihrer Person interessiert zeigte, faßte ich jenen Plan, dessen Ausführung Sie jetzt erleben. Ich gab mich als Ihren Freund aus und erfuhr so, für welchen Flug Sie gebucht hatten. Drei meiner Leute waren früher bei der Luftwaffe und meinten, es wäre nicht schwierig, dieses Flugzeug zu fliegen. Der Rest war nur mehr Kleinarbeit: durch kalten Bluff, Theaterspielen und eine gewisse Gewaltanwendung erhielten alle BOAC-Angestellten in Idlewild, die Besatzung und die Passagiere die nötigen Spritzen, von denen sie sich jetzt erholen werden. Wir tauschten die Kleider, das Gold wurde verladen, Sie wurden per Tragbahre hinausgeschafft. Dann bestieg die neue Besatzung samt Stewardeß die Maschine und flog ab.« Goldfinger hob die Hand. »Natürlich gab es kleine Schwierigkeiten. Man sagte uns, wir sollten Rollbahn Alpha zur Startbahn vier nehmen, und das gelang uns nur, indem wir einer KLM-Maschine folgten. Die Routine von Idlewild war nicht leicht zu meistern, und wir müssen etwas ungeschickt und unerfahren gewirkt haben. Aber mit Selbstsicherheit, starken Nerven und schroffem, einschüchterndem Auftreten, Mr. Bond, setzt man sich rasch über die Beamtenmentalität der kleinen Angestellten hinweg. Der Funker sagte mir übrigens, daß man uns bereits sucht. Man hat schon angefragt, bevor wir noch aus dem Ultrakurzwellenbereich von Nantucket heraus waren. Dann suchte uns das Fernwarnungsnetz auf Kurzwelle. Das hat mich weiter nicht gestört, wir haben genügend Treibstoff. Von Moskau haben wir schon Landeerlaubnis für Ost-Berlin, Kiew oder Murmansk. Unsere Route wird vom Wetter abhängen. Sollte es noch Schwierigkeiten geben, dann werde ich sie über Sprechfunk beilegen. Niemand wird so rasch ein wertvolles BOAC-Flugzeug abschießen. Die allgemeine Verwirrung wird uns helfen, und sind wir erst weit genug über Sowjetterritorium, dann verschwinden wir natürlich spurlos.«

Seit Bond die Einzelheiten der »Operation Großer Schlag« kannte, schien ihm nichts mehr unmöglich, was mit Goldfinger zusammenhing. Der Diebstahl dieses Stratocruisers war nicht unerhörter als Goldfingers Methoden des Goldschmuggels oder gar der Erwerb des Atomsprengkopfes. Goldfinger war ein Künstler, ein Wissenschaftler des Verbrechens.

»Und nun, Mr. Bond vom britischen Geheimdienst, was haben Sie mir jetzt zu sagen? Wer hat Sie auf mich angesetzt? Wie haben Sie meinen Plan verhindert?«

Bond sagte Goldfinger nicht die ganze Wahrheit. Er erwähnte nichts von SMERSH und dem »Briefkasten«, er sagte auch nichts über den »Homer«, der den Russen vielleicht unbekannt war, und schloß mit den Worten: »Sie sehen also, Goldfinger, daß Sie nur ganz knapp entwischt sind. Wäre mir in Genf nicht Tilly Masterton dazwischengeraten, Sie säßen jetzt in einem

Schweizer Gefängnis und sähen Ihrem Abtransport nach England entgegen. Sie unterschätzen uns Engländer. Wir sind vielleicht langsam, aber wir kommen. Glauben Sie wirklich, in Rußland sicher zu sein? Wir haben auch von dort schon Leute herausgeholt.«

9

Hoch über der weiten, mondbeleuchteten Wolkenlandschaft dröhnte die Maschine dahin. Die Lichter waren gelöscht, und Bond saß ruhig in der Finsternis, schwitzend bei dem Gedanken an das, was er zu tun vorhatte.

Vor einer Stunde hatte ihm das Mädchen sein Dinner gebracht. In der Serviette war ein Bleistift verborgen gewesen. Nach ein paar kessen Bemerkungen für Faktos Ohren war sie gegangen. Bond hatte einige Bissen gegessen und ziemlich viel Whisky getrunken, wobei seine Phantasie fieberhaft nach einer Gelegenheit suchte, eine Notlandung in Gander oder sonstwo in Neuschottland zu erzwingen. Sollte er als letzten Ausweg Feuer legen? Oder den Einstieg aufreißen? Beides schien undurchführbar und selbstmörderisch.

Einer von Goldfingers Helfern, derselbe, den Bond vom Kartenschalter her kannte, ersparte ihm weiteres Kopfzerbrechen. Er trat heran und grinste zu Bond hinunter: »BOAC betreut Sie gut, nicht? Mr. Goldfinger meint, Sie könnten auf schlechte Gedanken verfallen, und da soll ich Sie im Auge behalten. Also lehnen Sie sich nur zurück und genießen Sie den Flug, ja?«

Bond nahm keine Notiz von ihm, und der Kerl ging nach hinten.

Irgend etwas ging Bond im Kopf herum, es hing mit dem Aufreißen der Tür zusammen! Wie war das doch damals, 1957, mit dem Flugzeug über Persien gewesen? Bond saß und starrte abwesend auf die Lehne des Vordersitzes. Ja – so könnte es gehen! Das war denkbar! Er schrieb innen auf die Serviette: »Ich tue mein Bestes. Schnall dich fest. XXX. J.«

Als das Mädchen das Tablett holte, ließ Bond die Serviette fallen, hob sie auf und reichte sie ihr. Dabei hielt er ihre Hand fest und lächelte in ihre forschenden Augen. Während sie sich nach dem Tablett bückte, küßte sie ihn rasch auf die Wange und sagte ironisch im Weggehen: »Ich werd' von dir träumen, Süßer!« Dann verschwand sie im Anrichteraum.

Bald danach hatte sich Bond entschlossen, wie er vorgehen würde. Er hatte alles überlegt. Das Messer aus dem Schuh steckte unter seiner Jacke, das längere Ende des Sicherheitsgurts schlang sich fest um sein linkes Handgelenk. Nun brauchte sich Fakto nur noch vom Fenster abzuwenden. Daß er einschlief, war kaum zu erwarten, aber ein wenig bequem würde er sich's schon machen. Bond ließ das im Vorderfenster sich undeutlich spiegelnde Profil nicht aus den Augen, aber Fakto saß weiter stur unter dem Leselicht, das er vorsorglich hatte brennen lassen, und starrte zur Decke, den Mund leicht offen und die Hände auf den Armlehnen in Bereitschaft.

Eine Stunde, zwei Stunden. Bond begann zu schnarchen, regelmäßig, schwer und, wie er hoffte, hypnotisch. Faktos Hände lagen jetzt im Schoß. Der Kopf sank ihm auf die Brust, wurde hochgerissen und blieb nun, in bequemerer Lage, vom Fenster abgewandt.

Bond achtete darauf, daß sein Schnarchen regelmäßig klang, Faktos Wachsamkeit war schwer zu täuschen – eher kam man an einer hungrigen Dogge vorbei. Zentimeterweise beugte Bond sich auf seine Fußballen vor und schob dabei die Hand mit dem Messer zwischen die Wand und Faktos Sitz. Jetzt war er dort! Jetzt zielte die nadelscharfe Dolchspitze mitten auf den Quadratzoll Plexiglas, den er treffen wollte! Bond umkrampfte das Ende seines Sicherheitsgurts, nahm den Dolch etwas zurück und stieß zu.

Er hatte keine Vorstellung von dem, was beim Durchstoßen des Fensters passieren würde. Aus den Zeitungsmeldungen über den Fall in Persien wußte er lediglich, daß es den am Fenster sitzenden Fluggast aus der Druckkabine gesaugt und in die Luft hinausgewirbelt hatte. Aber nun löste sein Dolchstoß ein so phantastisches Aufheulen, ja Aufbrüllen der Luft aus, nun wurde er mit solcher Gewalt gegen Faktos Sitzlehne gesaugt, daß es ihm den Gurt aus der Faust riß. Über die Rückenlehne hängend, war er Zeuge eines Wunders: Faktos Körper schien der heulenden, schwarzen Öffnung entgegenzuwachsen! Krachend fuhren Kopf und Schultern durch den Rahmen, und dann zog es den Koreaner langsam, stückweise wie Zahnpasta und mit schrecklichem Pfeifen hinaus in die Schwärze der Nacht. Schon war er bis zum Gürtel draußen, doch seine starken Hinterbacken blieben noch stecken. Aber dann gab es einen Knall, die Hinterbacken waren durchgerutscht und die Beine verschwanden wie aus der Pistole geschossen!

Dann ging die Welt unter. Zugleich mit dem entsetzlichen Zerklirren des Geschirrs in der Anrichte stellte sich der Riesenvogel auf den Kopf und raste im Sturzflug hinunter. Das letzte, was Bond wahrnahm, ehe ihm die Sinne schwanden, war das heulende Kreischen der Jets und der gespenstische Anblick der durchs offene Fenster sausenden Läufer und Polster. Verzweifelt umklammerte er den Sitz vor sich, und unter sengenden Lungenschmerzen brach sein sauerstoffhungriger Körper zusammen.

Das nächste war ein harter Fußtritt in die Rippen und Blutgeschmack im Mund. Bond ächzte. Wieder trat jemand gegen seinen Körper. Unter Schmerzen erhob er sich zwischen den Sitzen auf die Knie und sah wie durch einen roten Vorhang nach oben. Alle Lichter brannten, und die Kabine stand unter dünnem Nebel. Der plötzliche Druckverlust hatte die Luft unter den Taupunkt gebracht. Das Gebrüll der Jets durch das offene Fenster war gigantisch, und die Haut brannte in dem eisigen Orkan. Goldfinger stand über ihm, das Gesicht in dem gelblichen Licht nicht mehr menschenähnlich. Aus seiner reglosen Hand starrte der kleine, automatische Tod. Nochmals holte er aus und traf. Wut stieg in Bond auf. Er packte zu und drehte dem anderen fast den Fuß aus dem Knöchel. Goldfinger brüllte auf und krachte auf den erzitternden Boden, Bond sprang in den Laufgang und warf sich auf ihn. Ein Schuß verbrannte ihm das Gesicht, aber schon stieß sein Knie in Goldfingers Leib, schon preßte sich seine Linke auf den Revolver.

Und dann wurde Bond zum Berserker: mit Fäusten und Knien stieß er hinein in den sich wehrenden Körper und hämmerte mit der Stirn wieder und wieder mitten in das glitzernde Gesicht unter sich. Nochmals kam schwankend der Revolver hoch, und fast gleichgültig fegte er ihn mit der Handkante zwischen die Sitze, wo er mit metallischem Aufschlag liegenblieb. Goldfinger umkrallte jetzt seine, er Goldfingers Gurgel. Tief, tiefer, noch tiefer bohrte Bond seine Daumen in die Schlagader, stieß atemringend sein ganzes Gewicht nach. Nur jetzt nicht auslassen, ehe der andere tot war! Schon wechselte das schweißnasse Mondgesicht die Farbe, schon trat durch die Sonnenbräune ein bläuliches Rot, schon begannen die Augen zu flackern! Und dann lockerte sich Goldfingers Griff, seine Hände fielen zurück, die Zunge hing ihm aus dem offenen Mund, und tief aus den Lungen stieg ein schreckliches Gurgeln. Bond setzte sich rittlings auf den reglosen Rumpf und löste, einen nach dem anderen, die verkrampften Finger.

Aufseufzend ließ er sich auf die Knie gleiten und stand langsam auf. Benommen blickte er umher. Neben der kleinen Kombüse hing Pussy wie ein Wäschebündel in ihrem Sitzgurt. Weiter unten lag, mitten im Gang ausgebreitet, der Wächter, Arm und Kopf grotesk abgewinkelt. Da er ohne den haltenden Sicherheitsgurt gewesen war, mußte ihn das plötzliche Absacken der Maschine gegen das Dach geschleudert haben.

Bond fuhr sich übers Gesicht. Erst jetzt spürte er das Brennen an Handflächen und Wangen. Müde ging er wieder auf die Knie und suchte nach dem kleinen Revolver. Es war ein .25er-Colt. Er zog das Magazin heraus: noch drei Patronen und eine in der Kammer. Er tastete sich zu dem Mädchen, knöpfte ihr die Jacke auf und befühlte ihre Brust. Herzflattern. Er schnallte den Gürtel los, legte sie flach, mit dem Gesicht nach unten, auf den Boden und kniete sich über sie. Nach fünf Minuten Wiederbelebungsversuchen begann sie zu stöhnen. Er ließ sie liegen, erhob sich, ging den Gang zurück und zog dem toten Wächter die geladene Luger aus dem Schulterhalfter. Auf dem Rückweg sah er in den Trümmern der Anrichte eine heilgebliebene Flasche Whisky hin und her rollen. Er hob sie auf, entkorkte sie und setzte sie an den Mund. Es brannte wie ein Desinfektionsmittel. Er verschloß sie wieder und ging nach vorn. Einen Augenblick blieb er vor der Pilotenkabine stehen und überlegte. Dann, einen Revolver in jeder Hand, drückte er auf die Klinke.

Fünf Gesichter drehten sich ihm im blauen Skalenlicht zu, die Münder waren schwarze Löcher, die Augen weiß. Der Lärm war hier schwächer, es roch nach Angstschweiß und Zigarettenrauch. Bond stand breitbeinig da, die Revolver zitterten nicht. Er sagte: »Goldfinger ist tot. Wer sich rührt oder nicht gehorcht, wird erschossen. Flugzeugführer, Ihre Position, Richtung, Höhe und Geschwindigkeit?«

Der Pilot schluckte, ehe er sprechen konnte. »Sir, wir sind etwa achthundert Kilometer östlich von Goose Bay. Mr. Goldfinger sagte, wir würden so knapp als möglich vor der Nordküste aufs Wasser gehen. Wir sollten uns dann in Montreal treffen und zurückkommen, um das Gold zu bergen. Wir fliegen durchschnittlich vierhundert Kilometer und sind sechshundert Meter hoch.«

»Wie weit können Sie in dieser Höhe kommen? Da verbraucht sich doch der Treibstoff viel rascher!«

»Jawohl, Sir. Ich schätze, bei dieser Höhe und Geschwindigkeit reicht es noch für zwei Stunden.«

»Geben Sie mir ein Zeitsignal.«

Der Navigator sagte rasch: »Gerade hatte ich eins von Washington, Sir. Fünf vor fünf. In einer Stunde wird's hell.«

»Wo liegt Wetterschiff Charlie?«

»Etwa fünfhundert Kilometer nordöstlich, Sir.«

»Und Sie glauben, es bis Goose Bay zu schaffen?«

»Nein, Sir, uns werden hundertfünfzig Kilometer fehlen. Wir können nur die Nordküste erreichen.«

»Gut. Nehmen Sie Kurs auf Wetterschiff Charlie. Funker, rufen Sie es und geben Sie mir das Mikro!«

»Jawohl, Sir.«

Während das Flugzeug eine große Kurve beschrieb, horchte Bond auf die Geräusche und Gesprächsfetzen aus dem Verstärker über seinem Kopf. Dazwischen vernahm er leise die Stimme des Funkers: »Seestation Charlie. Hier Speedbird 510. G-ALGY ruft C wie CHARLIE, G-ALGY ruft CHARLIE, G-ALGY ...«

Eine scharfe Stimme platzte dazwischen: »G-ALGY geben Sie Position, G-ALGY geben Sie Position. Hier Flugüberwachung Gander. Notruf. G-ALGY ...«

Ganz leise kam London durch. Eine aufgeregte Stimme begann zu schnattern, aus allen Richtungen erklangen jetzt Stimmen. Bond konnte sich vorstellen, wie überall die Peilungen koordiniert wurden, wie Männer unter starken Lampen an Diagrammen arbeiteten, Telefone abgehoben wurden, dringende Stimmen über die ganze Welt miteinander sprachen. Das starke Signal von Gander überlagerte alles andere: »Wir haben G-ALGY geortet, auf etwa 50 Nord zu 70 Ost. Alle Stationen Funkstille. Vorrang. Ich wiederhole, wir haben Peilung auf G-ALGY ...«

Plötzlich war die ruhige Stimme von C wie Charlie zu hören »Hier Seestation Charlie, wir rufen Speedbird 510, Charlie ruft G-ALGY, hören Sie mich? Speedbird 510 bitte kommen!« Bond steckte den kleinen Revolver in die Tasche und nahm das Mikrophon. Er drückte den Sprechknopf und sprach ruhig, wobei er die Mannschaft im Auge hielt.

»C wie Charlie, hier ist G-ALGY-Speedbird, gestern abend in Idlewild gekapert. Ich habe den Schuldigen getötet und die Flugtüchtigkeit durch Beschädigung der Druckkabine reduziert. Halte die Mannschaft mit Revolver in Schach. Zu wenig Treibstoff für Goose, schlage daher vor, daß wir so nahe an Ihnen wie möglich notwassern. Bitte um Leuchtfeuerreihe.«

Eine neue, kommandogewohnte Stimme, vielleicht die des Kapitäns, ertönte aus dem Äther: »Speedbird, hier C wie Charlie. Verstanden! Wer spricht, ich wiederhole, wer spricht dort? Bitte kommen!«

Grinsend dachte Bond an die Sensation, die seine Worte hervorrufen würden. Er sagte: »Speedbird an C wie Charlie. Hier britischer Geheimagent Nummer 007, ich wiederhole 007! Whitehall-Radio wird bestätigen, ich wiederhole, kontrollieren Sie bei Whitehall-Radio! Kommen!«

Eine erstaunte Pause trat ein. Dann meldeten sich von überall Stimmen. Eine Kontrollstation, wahrscheinlich Gander, jagte sie aus dem Äther. C wie Charlie kam wieder: »Speedbird, hier C wie Charlie alias Erzengel Gabriel. Okay, ich rufe Whitehall. Leuchtfeuer geht in Ordnung, aber London und Gander wollen noch Einzelheiten ...«

Bond unterbrach: »Tut mir leid, C wie Charlie, aber ich habe hier fünf Mann vor der Spritze und kann nicht Konversation machen. Geben Sie mir nur die Meeresbedingungen, dann blende ich aus bis zur Notwasserung.«

»Okay, Speedbird, verstanden! Windstärke zwei, lange, ruhige Dünung, keine Sturzwellen, Sie müßten es schaffen. Ich werde Sie bald im Radar haben und bleibe auf Ihrer Welle.

Haben hier Whisky für einen und Handschellen für fünf bereit, viel Glück, kommen!«

»Danke C wie Charlie, geben Sie noch eine Tasse Tee drauf, ich habe ein hübsches Mädchen an Bord. Hier Speedbird, Ende!«

Bond drehte ab und gab das Mikro dem Funker. Er sagte: »Also Vorsicht, und sehen wir zu, daß wir hier lebend herauskommen! Sobald wir aufs Wasser niedergehen, öffne ich die Außentür. Wer bis dahin durch die Cockpittür tritt, wird erschossen, klar?«

Hinter Bond erklang die Stimme des Mädchens: »Sie können den Mann zurückrufen und zwei Whisky verlangen. Vom Tee krieg' ich immer Schluckauf.«

Zwei Stunden später lag Bond in einer warmen Kabine auf Wetterschiff Charlie und hörte verträumt eine Frühsendung aus Kanada. Verschiedene Körperteile taten ihm weh. Er war im Flugzeug ganz nach hinten gegangen, hatte das Mädchen mit über dem Kopf verschränkten Armen auf einen Sitz knien lassen, sich selbst von hinten über sie gezwängt, ihren in der Schwimmweste steckenden Körper fest in die Arme geschlossen und sich gegen die Rücklehne des Vordersitzes gestemmt. Sie gab eben ein paar nervös-schlüpfrige Bemerkungen über diese undelikate Stellung von sich, als der Bauch des Stratocruisers mit hundertsiebzig Sachen auf den ersten Dünungsberg aufschlug. Das riesige Flugzeug vollführte einen Sprung und krachte dann in eine Wasserwand. Der Aufschlag hatte den Rumpf zerschlagen, die Goldlast im Gepäckraum riß ihn vollends entzwei, und Bond und das Mädchen wurden in die eisige, im Schein der Leuchtfeuer rot erstrahlende Dünung geschleudert. Halbbetäubt trieben sie in ihren gelben Schwimmwesten, bis das Rettungsboot sie aufnahm. Zu diesem Zeitpunkt schwammen nur noch wenige Wrackteile an der Oberfläche. Die Flugzeugbesatzung mit drei Tonnen Gold um den Hals war längst zum Grunde des Atlantik unterwegs. Das Boot suchte noch zehn Minuten lang, als aber keine Körper an der Oberfläche auftauchten gab man es auf und knatterte im Scheinwerferkegel auf die alte Fregatte zu.

Dort hatte man sie empfangen, als kämen sie aus dem Königshaus oder vom Mars. Bond hatte die wichtigsten Fragen beantwortet, dann war es für seinen müden Kopf zu viel gewesen. Jetzt lag er da, genoß die Ruhe und die Whiskywärme, und dachte nach, warum sich Pussy Galore wohl unter seinen und nicht unter Goldfingers Schutz begeben hatte.

Die Verbindungstür zur Nachbarkabine öffnete sich, und Pussy trat ein. Sie trug nichts außer einem grauen Fischerjersey, dem unten gerade ein Zentimeter zur Schicklichkeit fehlte. »Die ganze Zeit fragt man mich, ob ich eine Alkoholabreibung will, und ich sage die ganze Zeit, wenn einer mich abreibt, dann sollst du mich abreiben. Ja, und da bin ich jetzt«, schloß sie etwas linkisch.

Energisch sagte Bond: »Pussy, mach die Tür zu, zieh diesen Sweater aus und komm ins Bett. Du wirst dich noch erkälten.« Wie ein folgsames Kind gehorchte sie.

Sie lag in Bonds Armbeuge und blickte zu ihm auf. Und gar nicht im Gangsterton fragte sie: »Wirst du mir nach Sing-Sing schreiben?«

Bond sah in die dunkelvioletten Augen, die nun nicht mehr hart und befehlend waren. Er beugte sich und küßte sie leicht.

»Man hat mir erzählt, du magst nur Frauen«, sagte er.

»Ich hab' bis jetzt noch keinen wirklichen Mann getroffen.« Ihre Stimme war wieder hart. »Ich bin nämlich aus dem Süden. Weißt du, was sie dort von einer Jungfrau sagen? Das ist ein Mädel, das schneller rennen kann als ihr Bruder. In meinem Fall war der Onkel schneller, ich war erst zwölf. So was ist nicht schön, James, das kannst du dir doch denken.«

Bond lächelte in das blasse, schöne Gesicht. »Weißt du, was du brauchst? Eine Kur bei mir.«

»Das wär' schön!« Sie blickte auf den leidenschaftlichen, eher grausamen Mund, der über dem ihren wartete, langte hinauf und strich die schwarze Haarsträhne zurück, die Bond ins Gesicht hing. Ihre Blicke trafen sich.

»Und wann fängst du damit an?«

Bonds Rechte glitt langsam über ihre festen, muskulösen Schenkel und den zarten, schlanken Leib hinauf. Leise sagte er: »Jetzt.«

ENDE

James Bond 007
Der Spion,
der mich liebte

1

Ich war auf der Flucht; auf der Flucht vor England, dem Winter, einer Reihe unerquicklicher Liebesgeschichten. Ich war auf der Flucht vor der Eintönigkeit, der Schalheit, der Engstirnigkeit und meiner eigenen Unfähigkeit, mir einen Platz an der Sonne zu erobern. Ich hatte einen weiten Weg hinter mir. Eine halbe Welt dehnte sich zwischen mir und England. Von London hatte mich meine Flucht in das Motel *The Dreamy Pines* getrieben, das fünfzehn Kilometer westlich vom Lake George gelegen ist. Das Gebiet ist ein beliebtes amerikanisches Sport- und Erholungszentrum in den Adirondacks, eine weitläufige Bergkette mit Seen und Fichtenwäldern, die fast den ganzen nördlichen Teil des Staates New York einnimmt.

Am ersten September hatte ich meine Reise angetreten. Heute schrieben wir Freitag, den 13. Oktober. Bei meinem Aufbruch waren die staubigen Blätter der kümmerlichen Ahornbäume auf dem kleinen Platz vor meiner Londoner Wohnung schmutziggrün gewesen. Jetzt flammte hier und dort das Laub der wilden Ahornbäume glühendrot zwischen den Legionen dunkler Fichten, die sich bis zur kanadischen Grenze zogen. Und ich hatte das Gefühl, als hätte sich auch mit mir, oder zumindest mit meinem Äußeren, eine solche Wandlung vollzogen – die fahle Blässe, gewissermaßen das Symbol meines Londoner Lebens, war einer gesunden Farbe, dem lebensfrohen Blitzen der Augen gewichen, die der Aufenthalt an der frischen Luft, frühes Zubettgehen und all die anderen erholsamen Beschäftigungen mit sich bringen, die in Quebec mein Leben ausmachten, ehe der Familienrat beschlossen hatte, mich nach England zu schicken, um mir »gesellschaftlichen Schliff« angedeihen zu lassen.

Die roten Wangen entsprachen natürlich gar nicht dem modischen Ideal der Vornehmheit. Trotzdem hatte ich sogar aufgehört, Lippenstift und Nagellack zu benutzen. Mir war, als hätte ich endlich eine Haut abgestreift, die nicht zu mir gehörte, und wäre wieder in meine eigene geschlüpft. Wenn ich in den Spiegel blickte, war ich glücklich wie ein Kind und gefiel mir selbst. Nicht ein einziges Mal verspürte ich den Wunsch, mit Puder und Rouge ein fremdes Gesicht über meine Züge zu pinseln.

Ich erzähle das alles nicht etwa aus Selbstgefälligkeit. Nein, ich war einfach auf der Flucht vor dem Mädchen, das ich während der vergangenen fünf Jahre gewesen war. So sehr gefiel mir das Mädchen, das ich jetzt geworden war, auch wieder nicht, doch das andere hatte ich gehaßt und verachtet. Ich war froh, sein Gesicht losgeworden zu sein.

Die Rundfunkstation WOKO in Albany, der Hauptstadt des Staates New York, etwa achtzig Kilometer südlich des Motels, brachte das Zeitzeichen für achtzehn Uhr. Im folgenden Wetterbericht warnte der Sprecher vor einem heftigen Gewitter und orkanartigen Winden. Das Gewitter nähere sich aus nördlicher Richtung und würde Albany gegen zwanzig Uhr erreichen. Das bedeutete, daß ich eine unruhige Nacht vor mir hatte. Es störte mich nicht. Ich habe keine Angst vor dem Gewitter. Obwohl ich wußte, daß sich im Umkreis von fünfzehn Kilometern keine menschliche Seele in meiner Nähe befand, spürte ich bei dem Gedanken an das Ächzen der Fichten, den Donner, die Blitze und den Regen ein Vorgefühl warmer Geborgenheit. Und ich war allein! »Das Alleinsein wird zum Geliebten, die Einsamkeit zur liebsten Sünde.« Wo hatte ich diesen Satz gelesen? Er traf so genau den Kern meiner Empfindungen, das Gefühl, dem ich mich schon als Kind hingegeben hatte, bis ich mich selbst gezwungen hatte, »mit den Wölfen zu heulen«, kein »Spielverderber« zu sein. Und wie hatte ich bei meinen Bemühungen Schiffbruch erlitten! Ich zuckte mit den Achseln, um die Erinnerung an mein Versagen zu verscheuchen. Nicht jeder ist dazu geschaffen, mit dem Strom zu schwimmen. Künstler sind einsame Menschen. Auch Staatsmänner und Generäle. Aber das mußte ich um der Gerechtigkeit willen hinzufügen, Verbrecher und Wahnsinnige sind es auch. Sagen wir einfach, daß wahre Einzelwesen einsam sind. Das ist keine Tugend – eher eine Untugend. Will man ein nützliches Mitglied der menschlichen Gesellschaft werden, muß man fähig sein, teilzuhaben und sich mitzuteilen. Da ich mich so viel glücklicher fühlte, wenn ich allein war, mußte das ein Zeichen einer defekten Persönlichkeit sein. Ich hatte mir das in den letzten fünf Jahren so häufig vorgehalten, daß ich jetzt einfach lächelte und, das wohltuende Gefühl meiner Einsamkeit voll auskostend, das große Vestibül durchquerte, um einen letzten Blick hinauszuwerfen.

Ich hasse Fichten. Sie sind düster und starr. Man kann unter ihnen keinen Schutz suchen, und man kann sie nicht besteigen. Sie sind voll schwarzen Schmutzes, den man an anderen Bäumen nicht findet, und wenn sich dieser Schmutz mit ihrem Harz mischt, bekommt man ganz schmierige Finger. Ihre zackigen Formen wirken feindselig, und wenn sie so dicht aneinandergedrängt stehen, sehe ich in ihnen ein Heer feindlicher Lanzen, das mir den Weg versperrt. Nur eines mag ich an ihnen: ihren Geruch. Wenn immer es möglich ist, streue ich Fichtennadelsalz in mein Bad.

Hier, in den Adirondacks, war der Anblick endloser Fichtenwälder entschieden deprimierend. Jedes Fleckchen Erde in den Tälern haben sie sich erobert, dehnen sich bis zu den Gipfeln der Berge, so daß für das Auge der Eindruck eines mit unzähligen Spitzen durchsetzten Teppichs entsteht, der sich bis zum Horizont ausbreitet – eine unendliche Weite tiefgrüner Pyramiden, die darauf warten, gefällt und zu Streichhölzern, Kleiderbügeln und Millionen von Exemplaren der *New York Times* verarbeitet zu werden.

Etwa fünf Morgen dieser unsympathischen Bäume sind abgeholzt worden, um Platz für das Motel zu schaffen. Eigentlich dürfte ich gar nicht mehr Motel sagen, denn man hat jetzt in Amerika neue Ausdrücke dafür geprägt, da man das Wort *Motel* hier unwillkürlich mit Prostitution, Gangstern und Mordfällen in Verbindung bringt, für die sich ja diese Autohotels als recht geeignet erwiesen haben. Der Platz des Motels war gut gewählt, um Touristen und Urlauber anzulocken. Es stand an der Landstraße, die sich durch den Wald schlängelte und Glen Falls im Süden mit dem Lake George verband. Etwa auf halbem Weg lag ein kleiner See mit dem romantischen Namen *Dreamy Waters*, ein beliebtes Ziel für Picknicks und Tagesausflüge. Am Südufer dieses Sees hatte man das Motel erbaut. Von der Empfangshalle aus hatte man den Blick auf die Straße. Dahinter, in einem flachen halbkreisförmig angelegten Bau, befanden sich die Gästezimmer. Insgesamt waren es vierzig Zimmer mit Küche, Duschraum und Toilette und Blick auf den See. Das ganze Projekt war nach Plänen geschaffen, die dem letzten Schrei entsprachen – die Wände getäfelt, die Dächer aus schweren Fichtenbalken, Klimaanlage und Fernsehapparat in jedem Zimmer, Kinderspielplatz und eigenes

Schwimmbecken. Im Hauptgebäude war ein kleines Selbstbedienungsrestaurant; Lebensmittel und Spirituosen wurden zweimal am Tag geliefert. Für ein Einzelzimmer zahlte man zehn, für ein Doppelzimmer sechzehn Dollar. Kein Wunder, daß die Eigentümer zu kämpfen hatten, wenn man bedachte, daß sie etwa zweihunderttausend Dollar Kapital hatten aufbringen müssen und die Saison nur von Juli bis Oktober dauerte. Wirklich voll war das Motel eigentlich nur vom 14. Juli, dem Unabhängigkeitstag, bis zum Labor Day, der immer auf den ersten Sonntag im September fällt. Jedenfalls hatten diese unsympathischen Phanceys das alles behauptet, als sie mich für dreißig Dollar in der Woche als Empfangsdame engagiert hatten.

Ein Glück, daß diese Leute endlich abgezogen waren. Lachenden Auges hatte ich heute morgen um sechs ihrem chromblitzenden Kombiwagen nachgeblickt, der nach Troy, wo die widerlichen Zeitgenossen herstammten, in südlicher Richtung davongerollt war. Mr. Phancey hatte noch ein letztes Mal einen plumpen Annäherungsversuch gewagt. Ich hatte nicht rasch genug reagiert. Seine Hand war wie eine flinke Eidechse meinen Körper entlanggeglitten, ehe ich ihm den spitzen Absatz meines Schuhs in den Fuß bohrte. Da hatte er von mir abgelassen. Als sich sein verzerrtes Gesicht wieder entspannt hatte, sagte er leise: »Okay, Sie Sexbombe! Halten Sie die Festung, bis der Chef morgen nachmittag kommt, um die Schlüssel abzuholen. Süße Träume, heute nacht!«

Dann war ein Grinsen über sein Gesicht gezogen, dessen Sinn ich nicht verstand. Er war zum Wagen getreten. Seine Frau hatte uns von ihrem Platz hinter dem Steuerrad aus beobachtet. »Komm jetzt, Jed«, sagte sie scharf. »Du kannst dich heute abend in der West Street abreagieren.« Sie legte den Gang ein und rief mir mit zuckersüßem Lächeln zu: »Wiedersehen, Süße! Vergessen Sie nicht, uns zu schreiben.« Dann erlosch das katzenfreundliche Lächeln schlagartig, und ich erhaschte noch einen letzten Blick auf ihr verkniffenes Gesicht, als der Wagen wendete und auf die Straße hinausschoß.

Puh, was für ein Paar! Wie aus einem schlechten Roman. Na ja, viel schlimmeren Leuten konnte ich jetzt nicht mehr begegnen, und die beiden waren ja endlich weg. Von jetzt an konnte es nur besser werden.

Ich hatte auf dem Platz vor dem Hauptgebäude gestanden und die Straße hinuntergeblickt, auf der die Phanceys am Morgen verschwunden waren, während ich an sie zurückdachte. Jetzt drehte ich mich um und richtete den Blick nach Norden, um nach dem Wetter zu sehen. Es war ein wunderschöner Tag gewesen, klar und warm, doch nun türmten sich drohende Wolken am Himmel, schwarz wie die Nacht, nur mit einem Hauch von Rosa von der sinkenden Sonne gesäumt. Kleine Windböen huschten durch die Wipfel der Bäume. Ab und zu streiften sie die gelbe Laterne über der verlassenen Tankstelle am Ende des Sees, so daß sie leise hin und her schwankte. Als mich ein kalter Windstoß traf, brachte er das leise metallische Quietschen der tanzenden Laterne mit. Am Seeufer, jenseits des Gästegebäudes, schlugen kleine Wellen klatschend gegen die Steine, und die stahlgraue Oberfläche des Sees wurde von Wirbelstößen aufgewühlt. Doch wenn sich das zornige Wüten des Windes eine Weile legte, schienen die hohen Bäume auf beiden Seiten des Motels schweigend näher zu rücken, als wollten sie sich um das hellerleuchtete Gebäude hinter mir scharen.

Ich lächelte vor mich hin. Ich erinnerte mich wieder an das nur mit Mühe zu unterdrückende Prickeln, das wir als Kinder empfanden, wenn wir im Dunklen Verstecken spielten, wenn man unter der Treppe das leise Knarren des Bodens hörte, das Flüstern der Suchenden. Dann preßte man sich vor Aufregung die Hände auf den Bauch und wartete auf den erregenden Moment der Entdeckung, den Lichtstrahl, der durch die geöffnete Tür drang, und dann – das eigene dringliche »Pscht! Komm zu mir rein!«, das Schließen der Tür und der kichernde warme Körper, der sich eng an den eigenen drückte.

Während ich so dastand, erwachsen jetzt, erkannte ich wieder das deutliche Prickeln, das die Angst verursacht – den Schauder, der den Rücken hinunterrieselt, die Gänsehaut, die primitiven Warnsignale tierischer Vorfahren. Ich genoß den Augenblick. Bald würde sich Regen aus den Gewitterwolken ergießen, und ich würde vor dem Heulen und Wüten des Sturms zurückweichen in mein hellerleuchtetes behagliches Zimmer, würde das Radio einschalten und mich sicher und geborgen fühlen.

Es wurde dunkel. Das Zwitschern der Vögel war verstummt.

In diesem wilden, weiten Gebiet stand nur noch ich allein draußen im Freien. Ich sog die feuchte Luft noch einmal tief in meine Lungen. Der Geruch der Fichten und des modrigen Waldbodens hatte sich verstärkt. Noch ein anderer Geruch lag in der Luft, dumpf, beinahe wie Schweiß. Es war, als schwitzte auch der Wald von der angenehmen Erregung, die ich empfand. Irgendwo, ganz in der Nähe, stieß eine ängstliche Eule Klagelaute aus. Dann war es still. Ich trat ein paar Schritte von der erleuchteten Tür weg, hinaus auf die staubige Straße, und blickte nach Norden. Die bläulichweißen Finger eines Blitzes zuckten über den Himmel. Sekunden später grollte der Donner wie ein aus dem Schlaf gerissener Wachhund, und dann begann der Sturm. Die Wipfel der Bäume begannen sich zu wiegen, sie seufzten und ächzten, und die gelbe Laterne über der Tankstelle tanzte auf und ab, warf ihren hellen Schein auf die Straße, als wollte sie mich warnen. Ja, sie warnte mich wirklich. Plötzlich vermischte sich der Schimmer im niederprasselnden Regen, trübte sich hinter dem grauen Schleier herabströmenden Wassers. Die ersten schweren Tropfen trafen mich. Ich drehte mich um und rannte zum Haus.

Hinter mir schlug ich die Tür zu, drehte den Schlüssel und legte die Kette vor. Ich hatte es gerade noch geschafft. Dann öffneten sich die Schleusen, in eintönigem Rauschen strömte der Regen herab, trommelte dumpf auf das Holzdach, peitschte klatschend gegen die Fensterscheiben.

Ich stand noch immer an der Tür und lauschte im Gefühl behaglicher Sicherheit, als ein blendender Blitz den Raum erhellte, unmittelbar gefolgt von einem ohrenbetäubenden Krachen, das das Gebäude erzittern ließ. Ein gellendes Pfeifen durchschnitt die Luft. Es war nur eine einzige ungeheure Detonation, wie die einer Bombe, die in einer Entfernung von wenigen Metern gefallen ist. Es klirrte, als Glasscherben eines Fensters zu Boden schepperten. Dann prasselten Regentropfen auf das Linoleum.

Ich rührte mich nicht. Ich konnte nicht. Ich stand reglos, die Hände an die Ohren gepreßt. Das hatte ich nicht erwartet. Die betäubende Stille löste sich wieder in das Rauschen des Regens, das jetzt zu sagen schien: Du hast nicht damit gerechnet, daß es so schlimm werden könnte. Du hast nie in diesem Gebirge ein

Gewitter miterlebt. Eigentlich ein recht wackeliges, armseliges Dach, das du da über dem Kopf hast. Du bist gern allein, hast du behauptet. Na, wie gefällt dir das hier?

Wieder wurde der Raum in blauweißes Licht getaucht, wieder krachte unmittelbar über mir der Donner. Doch diesmal hielt das Krachen an, knatternd in einer wütenden Kanonade, unter deren Heftigkeit Tassen und Gläser hinter der Bartheke klirrend hin und her rutschten und die Holzwände unter dem Druck der Schallwellen stöhnten.

Meine Knie zitterten. Ich torkelte zum nächsten Stuhl und setzte mich, den Kopf in die Hände vergraben. Wie hatte ich so töricht sein können, so – so herausfordernd? Wenn nur jemand käme, jemand, der bei mir bliebe, jemand, der mir versichern würde, daß es ja nur ein heftiges Gewitter sei. Aber das stimmte nicht! Es war die Katastrophe, das Ende der Welt. Und es galt mir! Jetzt! Ich mußte etwas unternehmen, Hilfe holen! Doch die Phanceys hatten den Anschluß bereits sperren lassen. Es gab nur noch eine Hoffnung. Ich sprang auf und rannte zur Tür. Meine Hand griff nach dem Schalter, mit dem sich das rote Neonschild mit den Worten *Besetzt / Zimmer frei* einstellen ließ, das über der Einfahrt hing. Wenn ich es auf *Zimmer frei* stellte, würde vielleicht ein Autofahrer, froh, bei diesem Wetter eine Zuflucht gefunden zu haben, hier halten. Doch als ich an dem Schalter drehte, fuhr böse und heimtückisch ein greller Blitz in den Raum, und als der Donner dröhnte, packte mich eine riesenhafte Hand und schleuderte mich zu Boden.

2

Als ich wieder zu mir kam, wußte ich sogleich, wo ich war und was geschehen war. Ich preßte mich enger an den Fußboden und wartete auf den nächsten Schlag. Etwa zehn Minuten blieb ich so liegen, lauschte dem Trommeln des Regens, während ich überlegte, ob ich durch den elektrischen Schlag dauernden Schaden erlitten oder mein Haar sich weiß gefärbt hatte. Vielleicht war mein Haar verbrannt. Ich hob die Hand zum Kopf.

Kahl war ich jedenfalls nicht. Allerdings spürte ich am Hinterkopf eine Beule. Vorsichtig bewegte ich mich. Keines meiner Glieder war gebrochen. Mir war nichts geschehen. Der große Kühlschrank in der Ecke begann plötzlich zu summen und mir wurde klar, daß die Welt nicht untergegangen war. Noch schwach und zaghaft rappelte ich mich hoch und blickte mich um, voller Angst, ein Bild wilder Zerstörung vorzufinden. Doch alles war so, wie ich es »verlassen« hatte – der große Empfangstisch, der Metallständer mit Taschenbüchern und Zeitschriften, die lange Theke des Selbstbedienungsrestaurants, die zwölf kleinen Tische mit den Plastikdecken und den unbequemen Metallstühlen, der große Eiswasserbehälter und die blitzende Kaffeemaschine. Alles stand an seinem Platz. Nur in einem Fenster fehlte eine Scheibe, und darunter breitete sich eine Wasserlache aus, eine Erinnerung an den Alptraum, den ich hinter mir hatte. Aber es war alles meine eigene Schuld gewesen. Ich hatte den Kopf verloren. Natürlich, es hatte ein Gewitter gegeben. Donner und Blitz hatten sich abgewechselt. Ich war verschreckt und verängstigt gewesen wie ein Kind. In meiner panischen Angst hatte ich den elektrischen Schalter betätigen wollen – hatte nicht mal eine Pause zwischen den Blitzschlägen abgewartet, sondern genau den Augenblick gewählt, als erneut ein Blitz herabschoß. Ich hatte einen Schlag bekommen und das Bewußtsein verloren. Zur Strafe hatte ich eine Beule am Kopf davongetragen. Das geschah mir nur zu recht. Aber Moment mal! Vielleicht war mein Haar doch weiß geworden? Ich schritt eilig durch den Raum, nahm meine Handtasche vom Empfangstisch und trat hinter die Theke des Selbstbedienungsrestaurants. Dort ging ich in die Knie und blickte in den langen Spiegel unter den Regalbrettern. Zuerst sah ich in meine eigenen Augen. Sie starrten mich an, blau und klar, jedoch weit aufgerissen in einem Ausdruck furchtsamen Argwohns. Die Wimpern waren noch da und auch die Brauen. Darüber folgte die hohe, fragend gerunzelte Stirn und dann, ja, das dichte tiefbraune Haar, das in zwei großen Wellen über die Ohren fiel. Na also! Ich zog meinen Kamm heraus und fuhr mir heftig durch das Haar.

Ich warf einen Blick auf meine Uhr. Es war kurz vor sieben. Ich schaltete das Radio ein, und während ich dem Sprecher zuhörte, der seinen Hörern die Auswirkungen des Gewitters in den dunkelsten Farben schilderte – Telefonverbindungen waren unterbrochen, in der Nähe von Glen Falls stieg der Hudson gefährlich an, ein gefällter Baum blockierte die Staatsstraße 9 –, klebte ich mit Scotchtape ein Stück Pappe über die zerbrochene Fensterscheibe. Dann holte ich ein Tuch und einen Eimer und wischte das Regenwasser unter dem Fenster auf. Als ich fertig war, rannte ich den kurzen überdachten Weg zum Gästegebäude hinüber und betrat mein Zimmer, Nummer 9, das auf der rechten Seite lag. Ich zog meine Kleider aus und duschte kalt. Meine weiße Hemdbluse war beim Fall schmutzig geworden. Ich wusch sie aus und hing sie zum Trocknen auf.

Schon hatte ich vergessen, welche schreckliche Strafe mir durch das Gewitter zuteil geworden war. Die Vorfreude auf den einsamen Abend, der vor mir lag, auf die Fortsetzung meiner Reise am nächsten Tag hatte wieder von mir Besitz ergriffen. Aus einem Impuls heraus kramte ich aus den wenigen Kleidungsstücken, die im Schrank hingen, meinen besten Anzug heraus – die schwarze Samthose mit dem goldenen Reißverschluß hinten in der Mitte, die herausfordernd eng saß, und dazu den Pulli aus Goldfäden mit dem lockeren, weich fallenden Rollkragen. Ohne mir erst die Mühe zu machen, einen Büstenhalter anzuziehen, streifte ich die beiden Kleidungsstücke über und bewunderte mich im Spiegel. Ich schob die Ärmel über die Ellbogen hinauf und schlüpfte in die goldenen Ferragamo-Sandalen. Dann sauste ich zurück ins Hauptgebäude.

In der Whiskyflasche, die mich schon seit zwei Wochen begleitete, war gerade noch ein guter Schluck übrig. Ich füllte ein Glas mit Eiswürfeln und goß den Whisky darüber, indem ich die Flasche schüttelte, um auch den letzten Tropfen herauszubekommen. Dann zog ich mir einen bequemen Sessel aus der Empfangshalle neben das Radio, stellte den Apparat etwas lauter, steckte mir eine Zigarette an und nahm einen kräftigen Zug aus meinem Glas, bevor ich mich in den Sessel kuschelte.

Die Station WOKO versprach ihren Hörern vierzig Minuten Musik, und plötzlich sangen die Ink Spots *Someone's Rocking my Dream Boat*, und ich war wieder in einem Boot auf der Themse wie vor fünf Sommern, wir trieben an Kings Eyot vorbei, und in der Ferne tauchte Schloß Windsor auf. Derek ruderte, während ich den Plattenspieler bediente. Wir hatten nur zehn Platten, doch jedesmal, wenn ich die Langspielplatte der Ink Spots auflegte und nach einer Weile *Dream Boat* erklang, bat mich Derek unweigerlich: »Spiel es noch einmal, Viv.«

Jetzt füllten sich meine Augen mit Tränen – nicht wegen Derek, sondern aus Schmerz bei der Erinnerung an den Jungen und das Mädchen, den Sonnenschein, die erste Liebe mit ihren Liedern und Schnappschüssen, den Briefen, die »tausend Küsse« sandten. Es waren Tränen der Erinnerung an eine verlorene Kindheit. Ehe ich sie wegwischte, beschloß ich, mich eine Weile ganz ungehemmt meinen Erinnerungen hinzugeben.

Mein Name ist Vivienne Michel, und als ich im *Dreamy-Pines*-Motel saß und zurückdachte, war ich dreiundzwanzig Jahre alt. Ich bin einsfünfundsechzig groß und war immer der Meinung, ich hätte eine gute Figur, bis die englischen Mädchen im Astor House mich darauf aufmerksam machten, daß mein Hinterteil zu ausgeprägt sei und daß ich einen engeren Büstenhalter tragen müsse. Meine Augen sind, wie schon erwähnt, blau, und mein Haar ist dunkelbraun. Meine hohen Backenknochen gefallen mir eigentlich, obwohl dieselben englischen Mädchen behaupteten, ich sähe deshalb »ausländisch« aus. Allerdings ist meine Nase zu klein, und mein Mund ist zu groß. Die Folge ist, daß er auf Männer sinnlich wirkt, auch wenn mir gar nicht so zumute ist. Ich bin lebhaft und leichtblütig veranlagt und schmeichle mir gern damit, daß meinem Wesen ein romantischer Zug ins Melancholische anhaftet. Doch ich bin so eigensinnig und selbständig, daß sich die Nonnen im Konvent ernsthaft um mich sorgten.

Ich bin Kanadierin und wurde ganz in der Nähe von Quebec geboren, in einem kleinen Ort namens Sainte Famille an der Nordküste der Ile d'Orléans, einer langgezogenen Insel, die wie ein riesiges Schiffswrack inmitten des Sankt-Lorenz-Stroms liegt. An und in diesem großen Fluß wuchs ich auf. Kein Wunder, daß ich in meiner Freizeit am liebsten schwimme oder angle oder zelte und daß ich eine Vorliebe für das ungebundene Leben im Freien habe. An meine Eltern kann ich mich nur schwach erinnern – ich weiß, daß ich meinen Vater abgöttisch liebte und mit meiner Mutter in ständigem Kampf lag –, denn sie kamen beide bei einem Flugzeugabsturz ums Leben. Ich war damals acht. Das Gericht ernannte meine verwitwete Tante, Florence Toussaint, zu meinem Vormund. Sie zog in unser kleines Haus und kümmerte sich um mich. Wir kamen ganz gut miteinander aus, und heute hänge ich mit fast kindlicher Liebe an ihr; doch sie war Protestantin, während ich im katholischen Glauben erzogen worden war. Ich wurde ein Opfer des religiösen Tauziehens, das stets der Fluch der von Priestern beherrschten Stadt Quebec gewesen ist, in der beide Glaubensrichtungen von einer beinahe gleichen Zahl von Anhängern vertreten sind. Die Katholiken siegten in der Schlacht um mein Seelenheil, und ich wurde bis zu meinem fünfzehnten Lebensjahr im Konvent der Ursulinerinnen erzogen.

Die Nonnen waren streng, und es wurde größter Wert auf Frömmigkeit gelegt. Die Folge war, daß ich in Religionsgeschichte und dunklen Glaubenslehren sehr bewandert war. Doch nur zu gern hätte ich dieses Wissen hingegeben, um andere Dinge zu lernen, die mir nicht nur eine Eignung zur Nonne oder Krankenschwester mitgaben. Schließlich legte sich diese Atmosphäre so beengend auf mein Gemüt, daß ich darum bat, den Konvent verlassen zu dürfen. Meine Tante rettete mich vor den »Papisten«, und es wurde beschlossen, daß ich mit sechzehn nach England gehen sollte, um den »letzten Schliff« zu erhalten. Diese Entscheidung löste unter Verwandten und Bekannten Mißbilligung und Empörung aus. Die Ursulinerinnen bilden nicht nur den Kern der katholischen Tradition in Quebec, sondern meine Familie hatte dem innersten Bollwerk der kanadischen Gemeinde französischer Abstammung angehört. Die Tatsache, daß eine Michel mit den teuren Gepflogenheiten dieser beiden mächtigen Gruppen auf einmal brechen wollte, gab zu Verwirrung und Skandal Anlaß.

Die echten Söhne und Töchter Quebecs bilden eine Gesellschaft, man könnte fast sagen, eine Geheimgesellschaft, die wohl ebenso mächtig ist wie die kalvinistische Clique in Genf, und ihre Angehörigen nennen sich stolz »Canadiennes«. Tiefer, viel tiefer auf der Leiter des Ansehens folgten die »Canadiens«, die protestantischen Kanadier. Danach kommen »Les Anglais«. Diese Bezeichnung umfaßt alle Einwanderer aus Großbritannien. Und schließlich »Les Américains«, ein Ausdruck der Verachtung. Ich bin etwas ausführlicher auf diese Umstände eingegangen, um klarzumachen, daß die Abwendung einer Michel von dieser Stätte des wahren Glaubens als unverzeihliche Verfehlung betrachtet wurde, und weder die Wächter über mein Seelenheil noch die Einwohner meiner Heimatstadt machten einen Hehl daraus, daß sie mich als Abtrünnige betrachteten.

Meine Tante beruhigte mit Vernunft und gesundem Menschenverstand meine Erregung über den Beschluß des Scherbengerichts, mich aus der Gesellschaft auszustoßen – die meisten meiner Freunde durften auf elterliche Anordnung hin nicht mehr mit mir verkehren –, dennoch betrat ich den Boden Englands mit einem Gefühl der Schuld und in dem Bewußtsein, »anders« zu sein. Hinzu kam noch die Tatsache, daß ich aus den Kolonien stammte, so daß ich begreiflicherweise seelisch recht gedrückt in das Pensionat für junge Damen eintrat.

Miss Threadgolds Astor House war, wie die meisten dieser durch und durch englischen Institutionen, in der Nähe von Sunningdale gelegen. Es war ein riesiges Gebäude im viktorianischen Stil, das loszuschlagen den Häusermakler bestimmt einige Mühe gekostet hatte. Das obere Stockwerk war in fünfundzwanzig Zweibettzimmer eingeteilt worden, die durch dünne Wände voneinander getrennt waren. Da ich »Ausländerin« war, steckte man mich zu einer anderen Ausländerin ins Zimmer, einer dunkelhäutigen libanesischen Millionenerbin mit üppigen Büscheln dunklen Haares in den Achselhöhlen und einer Leidenschaft für Schokoladenkaramellen und einen ägyptischen Filmstar namens Ben Said, dessen glänzendes Foto – glänzende Zähne, glänzender Schnurrbart, glänzende Augen – nur allzubald nach meiner Ankunft von drei anderen Mädchen zerrissen und in der Toilette hinuntergespült wurde.

Ich hatte allerdings nicht allzusehr unter der Gesellschaft der Libanesin zu leiden. Sie war so gräßlich übelriechend und in ihr Geld verliebt, daß die meisten anderen Mädchen Mitleid mit mir empfanden und sich Mühe gaben, nett zu mir zu sein. Doch es gab auch andere, die nichts für mich übrig hatten, und ich litt Qualen, wenn sie mich wegen meines Akzents, wegen meines völligen Mangels an *savoir-faire* und überhaupt wegen der Tatsache, daß ich Kanadierin war, verspotteten. Ich war, das erkenne ich jetzt, viel zu empfindlich und geriet zu rasch in Wut. Ich ließ mir die Hänseleien und herablassenden Bemerkungen einfach nicht gefallen, und als ich zwei der beharrlichsten Quälgeister meinen Ärger handgreiflich hatte fühlen lassen, taten sich die anderen eines Abends zusammen, drangen in mein Zimmer ein, pufften und kniffen mich und übergossen mich mit Wasser, bis ich in Tränen ausbrach und versprach, nicht mehr »wie ein Elefant auf den anderen herumzutrampeln«.

Die Ferien entschädigten mich für alles. Ich freundete mich mit einer Schottin an, Susan Duff, die ebenso wie ich eine Vorliebe für Sport und Erholung im Freien hatte. Auch sie war ein Einzelkind, und ihre Eltern waren froh, daß sie sich an mich angeschlossen hatte. Im Sommer verbrachten wir die Ferien in Schottland, und im Winter und Frühjahr liefen wir Ski in der Schweiz, in Österreich oder Italien. Gemeinsam brachten wir die Schule hinter uns und feierten auch den Abschluß zusammen.

Tante Florence rückte fünfhundert Pfund heraus, als Beitrag zu einem blöden Schlußball im Hyde-Park-Hotel, und von da an wurde ich weiterhin zu ähnlich blöden Tanzveranstaltungen eingeladen, wo ich junge Männer traf, die mir unhöflich und im Vergleich zu den jungen Kanadiern, die ich gekannt hatte, völlig unmännlich und unausgegoren erschienen. Aber vielleicht war mein Eindruck falsch, denn einer von den jungen Männern ritt im selben Jahr beim *Grand National* mit und schaffte das Rennen bis zum Ziel.

Und dann lernte ich Derek kennen.

Ich war inzwischen siebzehn, Susan und ich wohnten in einer winzigen Dreizimmerwohnung in der Old Church Street, einer Nebenstraße der King's Road. Es war Ende Juni, und die Ballsaison war fast vorbei. Deshalb beschlossen wir, die wenigen Leute, an denen uns tatsächlich etwas lag, zu einer Party einzuladen. Die Familie, die uns gegenüber wohnte, fuhr auf Urlaub ins Ausland und überließ uns ihre Wohnung für die Party. Susan und ich waren ziemlich pleite. Deshalb schickte ich ein Telegramm an Tante Florence und erhielt prompt hundert Pfund. Susan kratzte weitere fünfzig Pfund zusammen. Wir wollten etwa dreißig Leute einladen, rechneten jedoch damit, daß nicht mehr als zwanzig erscheinen würden. Wir besorgten achtzehn Flaschen Champagner – rosa, weil das aufregender klang –, eine

Dose mit vier Kilo Kaviar, zwei billige Dosen Leberpastete und eine Menge mit Knoblauch gewürzter Gabelbissen aus Soho. Dann richteten wir eine Riesenladung belegter Brötchen an und stellten ein paar Teller mit Pralinen und süßem Gebäck auf. Diese Herrlichkeiten verteilten wir auf einer ausgehobenen, über einen Tisch gelegten Tür, über die wir ein Tischtuch gebreitet hatten, so daß es wie ein kaltes Büfett wirkte.

Die Party war ein voller Erfolg, sie war beinahe zu erfolgreich. Es kamen nämlich alle dreißig Eingeladenen, und einige brachten noch Freunde mit. Die Räume waren überfüllt. Viele mußten auf der Treppe sitzen, und ein Mann saß sogar auf dem Toilettenrand mit einem Mädchen auf den Knien. Der Lärm und die Hitze waren fast unerträglich. Vielleicht waren wir doch nicht so simple Dinger, wie wir geglaubt hatten. Na ja, schließlich geschah das, was wir am meisten gefürchtet hatten: Die Getränke reichten nicht. Ich stand vor dem Tisch, als so ein komischer Kauz die letzte Champagnerflasche auswand und dann mit erstickter Stimme rief: »Wasser, Wasser, sonst werden wir England nie wieder sehen!«

Ich war ganz nervös und sagte verlegen: »Es ist leider nichts mehr da!«

Ein junger Mann, der hinter mir an der Wand stand, mischte sich ein. Er nahm meinen Ellbogen und zog mich aus dem Zimmer, die Treppe hinunter. »Komm«, forderte er mich auf, »so eine Party können wir doch nicht auffliegen lassen. Wir holen etwas Trinkbares aus dem nächsten Gasthaus.«

Wir kauften also noch zwei Flaschen Gin und ein paar Flaschen Mineralwasser. Er bestand darauf, für den Gin zu bezahlen. Er war ziemlich angetrunken, doch nicht auf unangenehme Art, und erzählte, daß er schon vorher auf einer Party gewesen sei. Er sagte mir, er heiße Derek Mallaby, doch ich hörte gar nicht richtig hin. Mir ging es nur darum, den Gin möglichst rasch hinaufzutragen.

Als wir die Treppe hinaufstiegen, wurden wir mit Hochrufen begrüßt, doch die Party hatte inzwischen ihren Höhepunkt überschritten, und nach und nach verschwanden die Gäste, bis schließlich nur noch ein paar gute Freunde da waren und einige Typen, die sich noch nicht entschließen konnten, wo sie zu Abend essen sollten. Und dann erschien Derek Mallaby, strich das Haar von meinem Ohr zurück und flüsterte ziemlich laut und heiser, ob ich mit ihm noch einen Bummel machen würde. Ich sagte ja, hauptsächlich, glaube ich, weil er groß war und mir vorher aus der Patsche geholfen hatte.

Wir traten hinaus in den warmen Abend und ließen das Schlachtfeld der Party hinter uns. Susan verschwand mit ihren Freunden, und wir nahmen uns in der King's Road ein Taxi. Derek fuhr mit mir quer durch London zu einem italienischen Restaurant in der Nähe der Tottenham Court Road. Wir aßen Spaghetti Bolognese und tranken eine Flasche Beaujolais dazu. Er erzählte mir, daß er nicht weit von Windsor entfernt wohne, daß er fast achtzehn sei, im letzten Schuljahr stehe und Kricket spiele. Er hatte einen Tag freibekommen, um nach London zu fahren und einen Rechtsanwalt aufzusuchen, da seine Tante gestorben war und ihm etwas Geld hinterlassen hatte. Den Tag hatte er mit seinen Eltern verbracht, die inzwischen nach Windsor zurückgekehrt waren. Eigentlich hätte er ins Theater und dann brav zu Bett gehen sollen, doch die Normans hätten ihn statt dessen zu unserer Party mitgenommen. Er fragte, ob ich Lust hätte, mit ihm in den Club 400 zu gehen.

Ich fand das natürlich ungeheuer aufregend. Der 400 ist das beste Nachtlokal in London, und ich war über die Kellerbars in Chelsea niemals hinausgekommen. Im 400 schien man ihn zu kennen. Es war angenehm schummrig, und er bestellte Gin und Sodawasser.

Die Musik von Maurice Smarts Kapelle war weich und zärtlich, und als wir tanzten, verstanden wir uns sofort, und es machte mir wirklich Spaß. Mir fiel zum erstenmal auf, daß er gute Hände hatte und einem nicht nur ins Gesicht lächelte, sondern direkt in die Augen.

Wir blieben bis vier Uhr morgens im Club, und als wir auf die Straße traten, mußte ich mich an ihm festhalten. Er winkte einem Taxi, und es schien ganz natürlich, daß er mich in die Arme nahm. Als er mich küßte, küßte ich ihn wieder. Als ich zweimal seine Hand von meiner Brust geschoben hatte, schien es mir beim drittenmal übertrieben prüde, die Berührung nicht zu dulden, doch als die Hand weiter hinunterglitt und meinen Rock hochstreifen wollte, widersetzte ich mich. Und als er meine Hand nahm und sie zu sich hinüberziehen wollte, duldete ich das nicht, obwohl sich mein ganzer Körper danach sehnte, diese Dinge zu tun. Doch dann waren wir, Gott sei Dank, vor meiner Wohnung. Er stieg aus und brachte mich zur Tür. Wir versprachen, daß wir uns wiedersehen würden. Als wir uns zum Abschied küßten, glitt seine Hand meinen Rücken entlang. Als sein Taxi davonfuhr, spürte ich noch immer den Druck seiner Hand, und ich rannte in mein Zimmer und starrte in den Spiegel.

Meine Augen und mein Gesicht strahlten, als sei in mir eine Flamme angefacht worden, und obwohl wahrscheinlich dieses Strahlen zum größten Teil vom Gin herrührte, dachte ich, mein Gott, ich habe mich verliebt.

3

Man braucht lange, um diese Dinge niederzuschreiben, und doch dauert die Erinnerung daran nur ein paar Minuten. Als ich aus meiner Träumerei erwachte, brachte der Sender WOKO noch immer Musik. Die Eiswürfel in meinem Glas waren geschmolzen. Ich stand auf und warf noch ein paar hinein. Dann kuschelte ich mich wieder in den Sessel und trank einen vorsichtigen kleinen Schluck, um den Whisky noch länger genießen zu können. Ich steckte mir eine neue Zigarette an, und sogleich war ich wieder in jenen endlosen Sommer zurückversetzt.

Dereks letztes Schuljahr ging zu Ende. Er hatte mir vier Briefe gesandt, und ich ihm ebenso viele. Sein erster hatte mit »Liebste« begonnen und mit »alles Liebe und tausend Küsse« geschlossen. Ich hatte darauf mit »Lieber« und »in Liebe« geantwortet. In seinen Briefen berichtete er in erster Linie über seine Erfolge beim Kricket, und ich erzählte ihm von Partys, Kino und vom Theater. Er hatte vor, den Sommer zu Hause zu verbringen und war ganz aus dem Häuschen über einen gebrauchten MG, den seine Eltern ihm schenken wollten. Er fragte, ob ich eine Spritztour mit ihm unternehmen würde. Susan war überrascht, als ich erklärte, daß ich nicht mit nach Schottland fahren würde, sondern zunächst in der Wohnung bleiben wollte. Ich hatte ihr die Wahrheit über Derek nicht verraten, und da ich immer früher aufstand als sie, wußte sie nichts von seinen Briefen. Es sah mir gar nicht ähnlich, so geheimnistuerisch zu sein, doch ich wachte über meine Liebe wie über einen verborgenen Schatz und glaubte, es könnte Unglück bringen, auch nur darüber zu sprechen.

Er war so anziehend und überlegen, daß in meiner Vorstellung eine ganze Reihe gezierter junger Mädchen aus der ersten Gesellschaft mit hochtrabenden Titeln nur darauf wartete, daß er den Finger krümmte. Deshalb sagte ich einfach, ich wollte mich nach einer Stellung umsehen und würde vielleicht später nachkommen. Susan reiste also ab, und kurz darauf erhielt ich einen neuen Brief von Derek, in dem er mich bat, am folgenden Samstag mit dem Zug zu kommen.

Und so begannen unsere regelmäßigen und süßen Zusammenkünfte. Am ersten Tag erwartete er mich auf dem Bahnsteig. Wir waren beide etwas verlegen, doch er war so begeistert von seinem Auto, daß er mich eilig hinausführte, um es mir zu zeigen. Es war prachtvoll – schwarz, mit roten Lederpolstern, roten Speichenrädern und Sonderzubehör, wie beispielsweise einem Gurt um die Motorhaube und dem Abzeichen des Britischen Autosportvereins. Wir stiegen ein, und ich band mir Dereks seidenes Taschentuch ums Haar. An diesem Tag fuhren wir bis nach Bray, weil er mit seinem Wagen prahlen wollte. Dort besuchte er mit mir ein sehr schickes Restaurant, das Hôtel de Paris. Wir aßen geräucherten Lachs, dann Brathuhn und Eis. Danach mietete er vom Bootsverleih nebenan ein Boot mit Außenbordmotor, und wir tuckerten gemächlich den Fluß hinauf, unter der Maidenhead-Brücke hindurch und entdeckten einen stillen kleinen Kanal, wo Derek das Boot unter den überhängenden Zweigen der Bäume auf das Ufer auflaufen ließ. Er hatte ein Koffergrammophon mitgebracht, und ich kroch zu dem Ende des Bootes, wo er saß. Seite an Seite lagen wir nebeneinander, lauschten den Platten und beobachteten einen kleinen Vogel, der im Gewirr der Zweige über uns herumhüpfte. Es war ein wunderschöner stiller Nachmittag. Wir küßten uns, doch weiter ging es nicht, und ich war beruhigt, daß Derek doch nicht zu glauben schien, ich sei leicht zu haben. Später überfielen uns die Mücken, und wir brachten beinahe das Boot zum Kentern, als wir versuchten, rückwärts wieder ins offene Wasser zu gelangen. Doch dann trieben wir mit der Strömung rasch den Fluß hinunter. Wir begegneten einer ganzen Reihe anderer Boote mit Paaren und Familien, doch ich war überzeugt, daß wir am glücklichsten und am vergnügtesten von allen aussahen. Wir fuhren zurück bis nach Eton, bestellten Rührei und Kaffee in einem kleinen Restaurant, das Derek gut kannte, und dann schlug er vor, ins Kino zu gehen.

Das Royalty-Kino lag in der Farquhar Street, einer jener kleinen Gassen, die vom Schloß zur Straße nach Ascot führen. Es war ein schäbig aussehendes Kino, in dem zwei Wildwestfilme liefen, ein Trickfilm und die Wochenschau, die sich mit dem befaßte, was die Königin im vergangenen Monat getan hatte. Mir wurde klar, weshalb Derek es gewählt hatte, als er zwölf Shilling für die Loge bezahlte. Rechts und links zum Vorführraum befand sich je eine Loge, ein dunkler viereckiger Kasten mit zwei Stühlen. Sobald wir sie betreten hatten, zog Derek seinen Stuhl ganz nahe an den meinen und begann, mich zu küssen und zu betasten. O Gott, dachte ich zuerst, bringt er hierher seine Mädchen? Doch nach einer Weile schmolz mein innerer Widerstand dahin. Seine Hände erforschten meinen Körper.

Er küßte mich sanft und flüsterte, er liebe mich und ich sei das wunderbarste Mädchen der Welt. Doch ich richtete mich auf, rückte von ihm ab und tupfte mir die Augen. Ich versuchte, dem Film zu folgen, und dachte, daß ich meine Unberührtheit verloren hatte, oder jedenfalls eine Art der Unberührtheit, und daß er mich nicht mehr achten würde. Doch dann kam die Pause, und er kaufte mir Eis und legte seinen Arm auf die Stuhllehne hinter mir, flüsterte, dies sei der schönste Tag seines Lebens, und wir müßten diesen Tag immer wieder von neuem erleben. Ich hielt mir vor, daß ich albern sei. Was wir getan hatten, war ganz harmlos. Eigentlich war ja alles ganz wunderbar gewesen. Außerdem schmusten junge Männer gern, und wenn ich nicht mitmachte, würde sich Derek ein anderes Mädchen suchen. Als darum die Lichter ausgingen und seine Hände sich wieder nach mir ausstreckten, schien es natürlich, daß sie meine Brüste berührten. Dann streifte sein keuchender Atem meinen Hals, und er sagte: »Oh, Baby!« mit einem tiefen, zitternden

Seufzen. Ich spürte einen Stich der Erregung darüber, daß ich ihm das gleiche Glücksgefühl gegeben hatte wie er mir, und jetzt war es, als sei eine Schranke zwischen uns gefallen. Ein mütterliches Gefühl wallte in mir auf, und ich küßte ihn.

Er fuhr mich zurück zum Bahnhof, weil ich den letzten Zug nach London erreichen mußte, und wir verabredeten uns für den nächsten Samstag um die gleiche Zeit.

Es geschah immer das gleiche. Nur zum Mittagessen und zum Tee gingen wir in verschiedene Lokale. Sonst war es der Fluß, der Plattenspieler, die kleine Loge im Kino. Doch jetzt war noch die körperliche Erregung hinzugekommen, und immer, im Boot, im Auto, im Kino, berührten unsere Hände den Körper des anderen, mit größerem Genuß und Verständnis, je länger sich jener endlose Sommer hindehnte.

In meiner Erinnerung an jene Tage scheint immer die Sonne, und die Weiden hängen über dem Wasser, das ebenso klar und blau ist wie der Himmel. Schwäne schaukeln im Schatten der Pappeln, und Schwalben schießen steil aus dem Himmel herab und fliegen tief über das Wasser.

Dann kam der letzte Samstag im September und, wenn wir auch bis dahin die Wahrheit nicht aussprechen wollten, ein neues Blatt mußte aufgeschlagen werden. Am Montag würde Susan zurückkehren, ich hatte Aussicht auf eine Stellung, und Derek mußte nach Oxford. Wir gaukelten uns vor, daß alles beim alten bleiben würde. Ich würde Susan alles erklären, ab und zu würde ich über das Wochenende nach Oxford fahren, und ab und zu würde mich Derek in London besuchen. Wir sprachen nicht über unsere Liebe. Es war klar, daß sich nichts ändern würde. Vielleicht erschien es mir etwas seltsam, daß Derek während der Woche niemals Zeit für mich hatte, doch er spielte viel Kricket und Tennis und hatte ganze Schwärme von Freunden, die, wie er sagte, alle entsetzlich langweilig wären. Ich hatte nicht das Bedürfnis, in diesem Teil seines Lebens eine Rolle zu spielen, zumindest vorläufig nicht. Ich war glücklich, ihn einen Tag in der Woche ganz für mich allein haben zu können. Ich wollte ihn nicht mit einer Menge anderer Leute teilen, die mich sowieso verschüchtern würden. Wir ließen also alles ziemlich in der Luft hängen, und ich dachte nicht weiter als bis zum nächsten Samstag.

An diesem Tag war Derek besonders liebevoll, und am Abend führte er mich ins Bridge-Hotel. Er bestand darauf, daß wir zum Essen Champagner bestellen sollten. Als wir schließlich in unser kleines Kino kamen, waren wir beide nicht mehr ganz nüchtern. Ich war froh, denn das ließ mich vergessen, daß mit dem nächsten Tag ein neues Kapitel begann und wir mit all unseren liebgewordenen Gewohnheiten würden brechen müssen. Doch als wir in unserer Loge saßen, war Derek trübe gestimmt. Er nahm mich nicht wie sonst in seine Arme, sondern saß ein Stück von mir entfernt, rauchte und verfolgte die Geschehnisse auf der Leinwand. Ich rückte näher an ihn heran und nahm seine Hand, doch er saß unbeweglich und starrte vor sich hin. Ich fragte ihn, was los sei. Nach einer kleinen Pause sagte er trotzig: »Ich will mit dir schlafen. Ich meine, richtig.«

Ich war entsetzt – wegen des rauhen Tons, den er angeschlagen hatte. Wir hatten natürlich darüber gesprochen, doch zwischen uns hatte eine Art stillschweigende Vereinbarung bestanden, daß das später kommen würde. Jetzt setzte ich seinem Verlangen die gleichen alten Argumente entgegen, doch ich war nervös und bestürzt. Warum mußte er unseren letzten Abend verderben? Er widersprach mir, ich sei ein prüdes Geschöpf. Schließlich seien wir doch Liebende, warum sollten wir uns dann nicht auch so benehmen? Zitternd dachte ich darüber nach. Vielleicht lag darin etwas Wahres. Es wäre eine Art Besiegelung unserer Liebe. Doch ich hatte Angst.

Seine Liebkosungen waren so mechanisch und zielstrebig, daß ich fast geweint hätte.

Und dann stürzte die Welt ein.

Plötzlich strömte ein breiter Strahl gelben Lichts herein, und eine erboste Stimme zischte von hinten über mir: »Was, zum Teufel, treibt ihr da in meinem Kino! Steht sofort auf.«

Ich weiß nicht, wieso ich nicht in Ohnmacht gefallen bin. Derek stand schon. Sein Gesicht war weiß wie die Wand. Ich richtete mich auf, stieß an die Wand der Loge. Dann stand ich stocksteif da, wartete darauf, getötet zu werden.

Die dunkel umrissene Gestalt unter der Tür deutete auf meine Handtasche auf dem Boden. »Heb das auf!« Ich bückte mich rasch. »Und jetzt, raus!« Er stand noch immer da, versperrte fast die Tür, während wir an ihm vorbeistolperten, kleinlaut, mit gesenkten Köpfen.

Der Direktor schlug die Tür der Loge zu und rannte rasch an uns vorbei, wahrscheinlich weil er dachte, wir würden davonlaufen. Zwei oder drei Zuschauer hatten sich von den hinteren Reihen ins Vestibül begeben. Die Kassiererin war aus ihrer Loge hervorgetreten, und ein paar Leute, die draußen die Schaukästen angesehen hatten, blickten herein.

Der Direktor war ein untersetzter dunkelhaariger Mann in einem engen Anzug und mit einer Blume im Knopfloch. Sein Gesicht war rot angelaufen vor Wut, als er uns musterte. »Dreckige kleine Schweine!« Er wandte sich mir zu. »Und dich habe ich schon früher hier gesehen. Nichts Besseres als ein gemeines Straßenmädchen. Ich habe verdammt gute Lust, die Polizei zu holen. Unzüchtiges Benehmen und Hausfriedensbruch.« Die Worte flossen wie geschmiert aus seinem Mund. Schon häufig mußte er in seinem dunklen häßlichen Kino mit ihnen gedroht haben.

Er wies auf die Straße hinaus. Furchtsam schlichen wir an ihm vorbei. Er folgte uns, noch immer den Arm ausgestreckt. »Und untersteht euch ja nicht, euch jemals wieder hier blicken zu lassen! Ich kenne euch beide. Wenn ihr noch mal hier aufkreuzt, hole ich die Polizei!«

Die schadenfrohen Blicke der wenigen Zuschauer folgten uns. Ich nahm Dereks Arm. Warum nahm er eigentlich nicht den meinen? Wir traten aus dem Schein der gräßlichen hellen Lampen und wandten uns hügelabwärts, so daß wir schneller gehen konnten. Wir blieben erst stehen, als wir zu einer Seitenstraße kamen. Dort bogen wir dann ein und wanderten langsam wieder hügelaufwärts zu der Stelle, wo der MG stand. Derek sprach kein Wort. Erst in der Nähe des Wagens öffnete er den Mund.

»Wir müssen vermeiden, daß er sich die Wagennummer notiert«, erklärte er sachlich. »Ich gehe jetzt das Auto holen. Warte du gegenüber von Fuller am Windsor Hill auf mich. In zehn Minuten bin ich wieder da.« Ich blickte ihm nach, der hochgewachsenen Gestalt, die ihre aufrechte und stolze Haltung wiedergefunden hatte. Dann drehte ich mich um und ging zurück zu einer Gasse, die parallel zur Farquhar Street zum Schloß hinaufführte.

Unter einer Straßenlaterne blieb ich stehen und zog meinen Spiegel heraus. Ich sah grauenhaft aus. Mein Gesicht war so weiß, daß es grünlich wirkte. Ich schauderte. »Dreckige kleine Schweine!« Wie recht der Mann hatte. Irgend jemand würde sich bestimmt an die Nummer von Dereks Wagen entsinnen, ein kleiner Junge, der Autonummern sammelte. Irgendein neugieriger Schnüffler befand sich immer am Schauplatz des Verbrechens. Verbrechen? Ja, natürlich war es eines, das schlimmste im puritanischen England.

Automatisch hatte ich mein Haar und mein Aussehen etwas in Ordnung gebracht. Ich warf einen letzten Blick in den Spiegel. Dann eilte ich die Straße hinauf und bog ab, lief, eng an die Mauer gepreßt, den Windsor Hill hinunter, in der Angst, daß die Menschen stehenbleiben und mit den Fingern auf mich zeigen würden. »Da läuft sie, das dreckige kleine Schwein!«

4

Meine Qualen waren an jenem Sommerabend noch nicht beendet. Gegenüber von Fuller stand ein Polizist bei Dereks Wagen und redete auf ihn ein. Derek drehte sich um und sah mich. »Da ist sie, Herr Wachtmeister. Ich sagte ja, sie würde jeden Augenblick wieder da sein. Sie mußte – äh – ihre Nase pudern. Nicht wahr, mein Schatz?«

Ein neuer Schreck! Neue Lügen! Atemlos sagte ich ja und stieg in den Wagen. Der Polizist grinste mich verständnisinnig an und sagte zu Derek: »Na schön, junger Mann. Aber vergessen Sie nächstes Mal nicht, daß am Berg Parken verboten ist. Selbst in einem Notfall wie diesem.« Derek dankte dem Polizisten, zwinkerte ihm zu, als hätten sie sich soeben einen unanständigen Witz erzählt, und endlich fuhren wir ab. Derek hüllte sich in Schweigen, bis wir am Fuß des Hügels nach rechts abbogen. Ich dachte, er würde mich zum Bahnhof bringen, doch er fuhr weiter die Straße nach Datchet entlang.

»Puh!« Er seufzte erleichtert auf. »Das ist noch einmal gutgegangen. Ich dachte schon, es hätte uns erwischt. Wenn ich mir vorstelle, daß meine Eltern morgen in der Zeitung einen Bericht über uns lesen ... Reizend! Und Oxford! Ich wäre abgemeldet gewesen.«

»Es war grauenhaft!«

In meiner Stimme lag so viel Entsetzen, daß er mich von der Seite anblickte.

»Na ja, der Pfad der wahren Liebe und so weiter.« Seine Stimme klang unbefangen. Er hatte sich schon wieder erholt. Wann würde ich es überwunden haben? »Eigentlich verdammtes Pech«, fuhr er leichthin fort. »Gerade, als wir soweit waren.« Er legte Eindringlichkeit in seine Stimme, um mich mitzureißen. »Ich sag' dir was! Dein Zug geht erst in einer Stunde. Gehen wir doch ein bißchen am Fluß spazieren. Der Weg ist bei den Liebespärchen von Windsor sehr beliebt. Völlig einsam. Wäre doch schade, das alles ungenutzt zu lassen.«

Ich war entsetzt. »Derek, nein!« erwiderte ich beschwörend. »Ich kann nicht. Ich kann einfach nicht. Du hast ja keine Ahnung, wie scheußlich mir nach dem, was vorgefallen ist, zumute ist.«

Er streifte mich mit einem flüchtigen Blick. »Wieso scheußlich? Ist dir übel, oder was?«

»Nein, das meine ich nicht. Es – es war nur alles so gräßlich. So beschämend.«

»Ach so!« Verachtung schwang in seiner Stimme. »Wir sind mit einem blauen Auge davongekommen, oder nicht? Komm, sei kein Spielverderber.«

Da war es wieder. Doch ich hatte den Wunsch, getröstet zu werden, seine Arme um meinen Körper zu spüren, sicher zu sein, daß er mich noch liebte, obwohl alles für ihn so verpfuscht worden war. Trotzdem begann ich innerlich zu zittern bei dem Gedanken, noch einmal alles von vorn durchmachen zu müssen. Ich umfaßte meine Knie mit den Händen und sagte: »Na ja ...«

»So mag ich mein kleines Mädchen!«

Wir fuhren über die Brücke, und Derek steuerte den Wagen an den Straßenrand. Er half mir über ein Gatter auf ein Feld, legte seinen Arm um mich und führte mich einen schmalen Ziehweg entlang, an Hausbooten vorbei, die im Schutz der Trauerweiden verankert lagen. »So eines müßten wir haben«, meinte er. »Sollen wir einfach in eines einbrechen? Mit einem schönen Doppelbett und sicherlich etwas Trinkbarem im Schrank.«

»Nein, Derek, um Himmels willen! Wir haben schon genug Ärger gehabt.«

Derek lachte. »Vielleicht hast du recht. Das Gras ist ja genauso weich. Bist du nicht aufgeregt? Du wirst sehen; es ist wunderbar. Dann sind wir wirklich Liebende.«

»O ja, Derek. Aber du wirst doch zärtlich zu mir sein, nicht wahr? Es ist das erstemal, und ich mache sicher alles falsch.« Derek preßte mich an sich. »Keine Angst. Ich zeig's dir schon.«

Ich fühlte mich wohler, stärker. Es war wunderschön, mit ihm im Mondlicht durch das Gras zu wandern. Doch vor uns erhob sich eine Baumgruppe, und ich blickte scheu und voller Angst dorthin. Ich wußte, daß es dort geschehen würde. Ich mußte es ihm leichtmachen und schön. Jetzt durfte ich nicht albern sein und zu weinen anfangen.

Der Pfad führte zwischen den Bäumen und Sträuchern hindurch. Derek blickte sich um. »Dort«, sagte er. »Ich gehe voraus. Senk den Kopf.«

Wir krochen unter den Zweigen hindurch und gelangten zu einer kleinen Lichtung. Andere Leute waren schon vor uns dagewesen. Ich sah eine Zigarettenschachtel, eine Coca-Cola-Flasche. Das Gras war niedergetreten.

Derek war voller Hast und Ungeduld. Er legte sein Jackett auf den Boden und begann sogleich, beinahe fieberhaft, seine wilden Liebkosungen. Ich wollte schmelzen unter seinen Händen, doch mein Körper war steif vor seelischer Anspannung, verkrampft und steinern. Ich wünschte mir, er möge etwas sagen, etwas Nettes, Liebevolles, doch er hatte nur sein Ziel im Auge, mißhandelte mich fast in seiner Brutalität, behandelte mich wie eine große, ungelenke Puppe. Tränen quollen aus meinen Augen. O Gott, was geschah nur mit mir?

Lange lagen wir so da. Ich sah, wie das Mondlicht durch die Zweige schimmerte, und versuchte, meine Tränen einzudämmen. Ich war jetzt sein, ganz sein, und er war mein. Jetzt würde ich nie wieder allein sein. Wir waren zu zweit.

Derek küßte mich auf die Wange und stand auf. Er streckte mir beide Arme entgegen und half mir auf die Beine. Er blickte mir ins Gesicht, und ich entdeckte eine Spur von Verlegenheit in seinem Lächeln.

Er bückte sich, um sein Jackett aufzuheben. Dann blickte er auf seine Uhr. »Oh! Wir haben nur noch eine Viertelstunde Zeit bis zum Zug.«

Wir krochen zurück auf den Pfad, und während wir zurückgingen, fuhr ich mir mit dem Kamm durch das Haar und glättete meinen Rock. Derek schritt schweigend neben mir her. Sein Gesicht im Mondschein war verschlossen, und als ich meinen Arm durch den seinen schob, drückte er ihn nicht. Ich sehnte mich nach Zärtlichkeit, wünschte, er spräche von unserem nächsten Zusammentreffen, doch es entging mir nicht, daß er plötzlich in sich gekehrt war. Ich machte mir Vorwürfe. Es war nicht gut genug gewesen. Und ich hatte geweint. Ich hatte alles verdorben.

Wir gelangten zum Auto und fuhren stumm zum Bahnhof. Am Eingang hielt ich ihn an. Unter dem gelben Licht war sein Gesicht hager und gespannt, und seine Augen richteten sich nur zögernd auf mich.

»Du brauchst nicht bis zum Zug mitzukommen«, sagte ich. »Ich finde meinen Weg schon. Wie ist es mit nächstem Samstag? Ich könnte nach Oxford kommen. Oder möchtest du lieber warten, bis du dich etwas eingelebt hast?«

»Das Dumme ist, Viv«, erwiderte er, »daß in Oxford alles anders wird. Ich muß erst einmal abwarten. Ich schreibe dir.« Ich versuchte, in seinem Gesicht zu lesen. Dies alles war so anders als sonst, wenn wir Abschied nahmen. »Ja, natürlich. Aber schreibe mir bald, Darling. Ich möchte wissen, wie es dir gefällt.« Ich stellte mich auf die Zehenspitzen und küßte ihn auf den Mund. Seine Lippen erwiderten meinen Kuß kaum. Er nickte.

»Also, bis bald, Viv.« Mit einem schiefen Lächeln drehte er sich um.

Zwei Wochen später traf der Brief ein. Ich hatte zweimal geschrieben, doch keine Antwort erhalten. In meiner Verzweiflung hatte ich sogar telefoniert, doch der Mann am anderen Ende hatte mir ausgerichtet, daß Mr. Mallaby nicht zu Hause sei.

Der Brief begann: »Liebe Viv, es fällt mir schwer, diesen Brief zu schreiben.« Als ich so weit gekommen war, ging ich in mein Zimmer, sperrte die Tür ab, setzte mich aufs Bett und nahm meinen ganzen Mut zusammen. In dem Brief hieß es weiter, daß es ein wunderbarer Sommer gewesen sei und er mich niemals vergessen würde. Doch jetzt habe sich sein Leben verändert, er habe in Zukunft viel zu arbeiten und für »Mädchen« sei da nicht viel Platz. Er habe seinen Eltern von mir erzählt, doch sie mißbilligten unsere »Liebe«. Sie waren der Meinung, es sei nicht fair, mit einem Mädchen eine Bindung zu unterhalten, wenn man nicht die Absicht habe, es zu heiraten. »Sie sind so schrecklich englisch und haben lächerliche Vorstellungen von ›Ausländern‹, obwohl ich Dich, weiß Gott, als Engländerin betrachte und Deinen Akzent bezaubernd finde.« Sie bestanden darauf, daß er sich mit der Tochter eines Nachbarn verheiraten solle. »Ich habe Dir nie davon erzählt, und das war wohl recht ungezogen von mir, doch die Tatsache bleibt bestehen, daß wir so gut wie verlobt sind. Wir beide haben eine so herrliche Zeit miteinander verbracht, und Du warst eine so gute Freundin und Kameradin, daß ich nicht alles verderben wollte. In Liebe und glücklicher Erinnerung, Derek.«

Zehn Minuten genügten, um mir das Herz zu brechen, und ich brauchte sechs Monate, um es wieder zusammenzuflicken. Ich will nicht auf Einzelheiten eingehen. Ich erzählte nicht einmal Susan davon. So, wie ich die Sache sah, hatte ich mich vom ersten Abend an wie ein Flittchen benommen und war dementsprechend behandelt worden. In dieser beschränkten englischen Welt war ich eine Kanadierin, eine Ausländerin also, eine Außenseiterin – Freiwild. Die Tatsache, daß ich das nicht von vornherein erkannt hatte, stempelte mich nur zur Närrin. Jetzt war es an der Zeit, aus Schaden klug zu werden, sonst würde man mir immer wieder weh tun. Doch unter dieser klaren Erkenntnis litt ich und trauerte ich, und eine Zeitlang weinte ich mich abends in den Schlaf und fiel vor meiner Heiligen Mutter, die ich verlassen hatte, auf die Knie, um sie anzuflehen, mir Derek zurückzugeben. Doch das tat sie natürlich nicht, und mein Stolz verbot mir, mich an ihn zu hängen oder noch einmal zu schreiben. Der lange Sommer war zu Ende. Alles, was blieb, war die Erinnerung an ein paar Lieder und an den Alptraum in dem Kino von Windsor, der mich, das wußte ich, mein Leben lang verfolgen würde.

Ich hatte Glück. Die Stellung, die ich mir erhofft hatte, wurde mir angeboten. Ich bekam sie durch den Bekannten eines Freundes beim *Chelsea Clarion*, einem glorifizierten Gemeinde-Anzeiger, der kleine Annoncen brachte und sich als eine Art Vermittlungsblatt bei den Leuten einen Namen gemacht hatte, die im Südwesten von London Wohnungen, Zimmer oder Angestellte suchten. Dem Blatt war ein redaktioneller Teil angegliedert, der sich ausschließlich mit den Problemen befaßte, die den Stadtteil angingen, den häßlichen neuen Straßenlampen, dem Einsatz zu weniger Busse der Linie 11, dem Diebstahl von Milchflaschen – Dinge also, die die Hausfrauen und Familien dieser Gegend betrafen. Dazu kam eine ganze Seite Klatsch aus der Umgebung, die jeder las und deren Verfasser auf unerfindliche Weise bis jetzt Anzeigen wegen Verleumdung entgangen war. Der redaktionelle Teil enthielt stets einen gepfefferten politischen Leitartikel, der genau den politischen Anschauungen der Umgebung angepaßt war. Die Zeitung wurde sehr geschickt von einem Mann namens Harding gestaltet, der das Beste aus den altmodischen Typen machte, die uns unsere Druckerei in Pimlico bieten konnte. Ja, es war wirklich eine nette kleine Zeitung, und das Personal war so begeistert, daß es mit einem Hungerlohn zufrieden war und manchmal, wenn das Anzeigengeschäft nicht blühte, sogar umsonst arbeitete. Ich erhielt fünf Pfund in der Woche, dazu fünfundzwanzig Prozent Provision für alle Annoncen, die auf mein Betreiben hin aufgegeben wurden.

Ich stopfte also mein zerrissenes Herz irgendwo hinter die Rippen und beschloß, zunächst einmal ohne auszukommen. Ich wollte mich nur auf meinen Verstand und meine Durchschlagskraft verlassen, um diesen verdammten Engländern zu zeigen, daß ich mir in ihrem Land wenigstens meinen Lebensunterhalt verdienen konnte. Am Tag ging ich also zur Arbeit und nachts weinte ich und wurde das unermüdlichste Arbeitstier bei der Zeitung. Ich kochte Tee für das ganze Personal, ging zu den Beerdigungen und stellte vollständige und richtige Listen der Trauergäste auf, schrieb spitze Beiträge für die Klatschspalte und überprüfte sogar das Kreuzworträtsel, bevor es in Druck ging. Und in meiner Freizeit ging ich auf die Jagd nach Annoncen, zog selbst den abgebrühtesten Geschäftsleuten Anzeigen aus der Nase und holte mir meine fünfundzwanzig Prozent bei der unwirschen alten Schottin ab, die die Bücher führte. Bald schon verdiente ich recht gut – zwölf bis zwanzig Pfund in der Woche –, und der Herausgeber hielt es schließlich für klüger, mir ein Fixum von fünfzehn Pfund in der Woche zu gewähren. Ich erhielt ein kleines Büro neben dem seinen und wurde seine Redaktionsassistentin. Diese Stellung brachte offenbar das Privileg mit sich, mit ihm schlafen zu dürfen. Doch als er mich zum erstenmal ins Hinterteil kniff, erklärte ich ihm, ich sei mit einem Mann in Kanada verlobt, und blickte ihn dabei so wütend an, daß er mich von da an in Ruhe ließ. Ich mochte ihn gern, und wir kamen gut miteinander aus. Sein Name war Len Holbrook. Er war früher Reporter bei einer Zeitung von Beaverbrook gewesen, doch als er etwa Geld geerbt hatte, hatte er dem Entschluß gefaßt, sich selbständig zu machen.

Er stammte aus Wales und war, wie die meisten seiner Landsleute, ein Idealist. Er sah zwar ein, daß er die Welt nicht ändern konnte, hatte jedoch beschlossen, in Chelsea einen Anfang zu machen, und deshalb den heruntergekommenen *Clarion* gekauft. Er hatte im Stadtrat und in der für Chelsea zuständigen Organisation der Labour Party Verbindungsmänner und begann gleich mit einem Blitzstart. Er enthüllte, daß der Bauunternehmer, der den Auftrag für die Errichtung eines Wohnblocks erhalten hatte, sich nicht an das Leistungsverzeichnis hielt und nicht genügend Stahl in den Beton einbaute. Die großen Zeitungen übernahmen den Artikel, allerdings nur mit spitzen Fingern, weil die Sache nach übler Nachrede roch, doch das Schicksal wollte es, daß in der Fassade der Bauten Sprünge auftraten. Es folgte eine Ermittlung, der Bauunternehmer verlor den Auftrag und seinen Gewerbeschein, und der *Clarion* erkor ein Bild von Sankt Georgs Kampf mit dem Drachen zu seinem Symbol. Es folgten andere Kampagnen, und plötzlich lasen die Leute die kleine Zeitung, neue Seiten kamen hinzu, bald erreichte sie eine Auflage von vierzigtausend, und die großen Blätter klauten regelmäßig die Berichte und revanchierten sich dafür ab und zu mit einem Tip.

Ich lebte mich in meiner neuen Stellung als Assistentin des Redakteurs ein, schrieb mehr und mußte weniger herumlaufen, und nachdem ich ein Jahr mitgearbeitet hatte, wurde mir die Ehre zuteil, eine eigene kleine Spalte zu übernehmen, und

»Vivienne Michel« wurde in der Öffentlichkeit bekannt. Mein Gehalt stieg auf zweiundzwanzig Pfund. Len fand, ich mache meine Sache gut, es freute ihn, daß ich die Leute zu nehmen wußte, und er lehrte mich eine Menge über die Kunst des Schreibens: Wie man den Leser mit kleinen Tricks schon mit der Einleitung fesseln konnte, daß man kurze Sätze bilden sollte, und vor allem, daß man über Menschen schreiben sollte. Das hatte er beim *Express* gelernt, und er bleute es mir unermüdlich ein.

Er hatte zum Beispiel die Omnibuslinien 11 und 22 aufs Korn genommen und nörgelte dauernd an ihnen herum. Einer meiner vielen Berichte über dieses Thema begann folgendermaßen: »Die Schaffner der Linie 11 beschweren sich, daß ihr Fahrplan während der Stoßzeiten zu knapp berechnet ist.« Len strich das sofort durch. »Leute, Leute, Leute! Sie müssen das so formulieren: Frank Donaldson, ein aufgeweckter junger Mann von siebenundzwanzig Jahren, hat eine Frau, Gracie, und zwei Kinder, Bill, sechs, und Emily, fünf. Und er hat einen Kummer. ›Seit den Sommerferien habe ich abends meine Kinder nicht mehr gesehen‹, erzählte er mir in dem sauberen kleinen Wohnzimmer im Haus in der Bolton Lane 36. ›Wenn ich nach Hause komme, sind sie schon im Bett. Sehen Sie, ich bin Schaffner bei der Linie 11, und seit der neue Fahrplan in Kraft getreten ist, sind wir regelmäßig eine Stunde zu spät dran.‹« Len hielt inne. »Verstehen Sie, was ich meine? *Menschen* arbeiten in diesen Bussen. Sie sind interessanter als die Busse. Jetzt ziehen Sie los, spüren einen Frank Donaldson auf und bringen ein bißchen Leben in Ihre Geschichte.« Billig, dachte ich, Bauernfängerei, aber so ist nun mal der Journalismus.

Ich blieb noch zwei Jahre beim *Clarion,* bis ich einundzwanzig geworden war. Ich erhielt Angebote von den großen Zeitungen, dem *Daily Express* und der *Daily Mail,* und es schien mir an der Zeit, S. W. 3 den Rücken zu kehren und in die Welt hinauszugehen. Ich lebte noch immer mit Susan zusammen. Sie hatte eine Stellung beim Außenministerium, über die sie sich beharrlich ausschwieg, und einen Freund, der mit ihr in derselben Abteilung arbeitete. Ich wußte, daß es nicht mehr lange dauern würde, bis sich die beiden verlobten und Susan mich bitten würde, die Wohnung zu räumen. Mein Privatleben war leer und nichtssagend – flüchtige Bekanntschaften und kleine Flirts, vor denen ich stets zurückschreckte. Ich schwebte in der Gefahr, ein kaltschnäuziges, wenn auch erfolgreiches Karrieremädchen zu werden, das zuviel rauchte, zuviel Wodka trank und sich allein aus Büchsen ernährte. Meine Vorbilder waren Drusilla Beyfus, Veronica Papworth, Jean Campbell, Shirley Lord, Barbara Griggs und Anne Sharpley – lauter erfolgreiche Journalistinnen –, und ich hatte keinen Wunsch außer einmal so gut zu werden wie sie.

Und dann, bei einer Pressekonferenz zur Unterstützung eines Barockfestes in München, lernte ich Kurt Rainer vom V.W.Z. kennen.

5

Es goß noch immer in Strömen. In den Nachrichten um acht Uhr war von Verwüstungen und großen Schäden die Rede, einem Massenzusammenstoß auf der Staatsstraße 9, Überflutungen der Bahnverbindung bei Schenectady, Verkehrsstauungen in Troy. Ich konnte mir das Chaos auf den Straßen vorstellen, das wilde Durcheinander in den Städten und fühlte mich geborgen wie auf einer einsamen Insel.

Mein Glas war fast leer. Ich gab noch ein paar Eiswürfel dazu, steckte mir eine neue Zigarette an und machte es mir in meinem Sessel bequem, während ein Plattenjockey eine halbe Stunde Dixieland Jazz ankündigte.

Kurt hatte für Jazz nichts übrig gehabt. Er hatte ihn dekadent gefunden. Er hatte mich auch dazu gebracht, das Rauchen und Trinken aufzugeben, keinen Lippenstift mehr zu benutzen, und mein Leben wurde zu einer ernsthaften Wanderung durch Kunstausstellungen, Konzertsäle und Vortragsreihen. Es war eine willkommene Abwechslung nach meinem inhaltlosen Leben, und ich muß sagen, daß mir die teutonische Diät der Schwerblütigkeit, die auch dem kanadischen Charakter innewohnt, gefiel.

V.W.Z., der Verband Westdeutscher Zeitungen, war eine selbständige Presseagentur, die von westdeutschen Zeitungen finanziert wurde und etwa auf der Linie von Reuter liegt. Kurt Rainer vertrat die Agentur in London, und als ich ihn kennenlernte, war er auf der Suche nach einem englischen Mitarbeiter, der Tages- und Wochenzeitungen auf Meldungen durchlesen sollte, die für Deutsche von Interesse waren, während er selbst sich um politische Berichte und Sonderaufträge kümmerte.

An jenem Abend führte er mich zum Essen zu Schmidt in der Charlotte Street. Die Ernsthaftigkeit, mit der er von der Wichtigkeit seiner Aufgabe und deren Auswirkung auf die englisch-deutschen Beziehungen sprach, war fast rührend. Er war ein kräftig gebauter, sportlicher junger Mann von dreißig Jahren, dessen helles blondes Haar und offene blaue Augen ihn jünger wirken ließen, als er tatsächlich war. Er erzählte mir, daß er aus Augsburg stammte und das einzige Kind eines Arztehepaares war, das von den Amerikanern aus einem Konzentrationslager gerettet worden war. Kurt hatte ein Gymnasium in München besucht und danach die Universität, um Journalist zu werden. Er hatte für *Die Welt* gearbeitet und war dann aufgrund seiner guten englischen Sprachkenntnisse für den Posten in London ausgewählt worden. Er fragte mich nach meiner Beschäftigung, und am folgenden Tag suchte ich ihn in seinem Zweizimmerbüro in der Chancery Lane auf und zeigte ihm einige meiner Arbeiten. Gründlich wie er war, hatte er über mich durch Freunde beim Presseclub bereits Erkundigungen eingezogen, und eine Woche später saß ich auch schon in dem Zimmer neben dem seinen am Schreibtisch. Ich erhielt ein ausgezeichnetes Gehalt – dreißig Pfund in der Woche –, und bald liebte ich meine Arbeit. Besonderen Spaß machte es mir, mich über Fernschreiber mit der Zentrale in Hamburg zu unterhalten und meine Berichte durchzugeben. Es fiel nicht schwer ins Gewicht, daß ich kein Deutsch sprach, denn abgesehen von Kurts Berichten, die er per Telefon durchgab, wurden alle meine Meldungen in englischer Sprache weitergegeben und dann in Hamburg ins Deutsche übersetzt. Es war eine ziemlich mechanische Aufgabe, doch man mußte schnell und genau arbeiten, und ich erwartete immer mit einer gewissen Spannung die Ausschnitte aus den deutschen Zeitungen, die mir verrieten, ob meine Meldung ein Erfolg oder ein Fehlschlag gewesen war. Bald war Kurt von meiner Zuverlässigkeit so überzeugt, daß er mich allein im Büro schalten und walten ließ, und oft mußte ich in dringenden Fällen selbständig handeln, mit dem erregenden Bewußtsein, daß sich zwanzig Zeitungsredakteure in Deutschland auf meine Schnelligkeit und Genauigkeit verlassen mußten.

Dann kam Susans Hochzeit, und ich zog in eine kleine möblierte Wohnung am Bloomsbury Square. Kurt wohnte in demselben Haus. Ich hatte mir zweifelnd die Frage gestellt, ob das eine glückliche Lösung war, doch Kurt war so korrekt, unsere Beziehung zueinander so kameradschaftlich, daß ich zu dem Schluß gelangte, es sei vielleicht gar nicht unvernünftig. Das war dumm von mir. Abgesehen davon, daß Kurt wahrscheinlich mein bereitwilliges Eingehen auf seinen Vorschlag, in dasselbe Haus zu ziehen, mißverstand, wurde es jetzt selbstverständlich, daß wir vom Büro zusammen nach Hause gingen.

Wir nahmen häufiger als zuvor das Abendessen gemeinsam ein, und später, aus Gründen der Sparsamkeit, brachte er seinen Plattenspieler mit in mein Wohnzimmer, und ich kochte für uns beide. Natürlich sah ich die Gefahr und erfand ein paar Freunde, mit denen ich angeblich abends des öfteren zusammen war. Doch dadurch war ich gezwungen, nach einer einsamen Mahlzeit allein in irgendeinem Kino zu sitzen und männliche Aufdringlichkeiten abzuwehren. Und Kurt verhielt sich so korrekt, und unsere Freundschaft blieb so klar und voll gegenseitiger Achtung, daß meine Bedenken allmählich verflogen und ich mehr und mehr auf dieses kameradschaftliche Nebeneinander einging, das durch keinerlei Hintergedanken getrübt schien.

Ich war mir dessen um so sicherer, da Kurt, nach etwa drei Monaten dieses friedlichen Lebens, mir bei seiner Rückkehr von einem Besuch in Deutschland mitteilte, daß er sich verlobt habe. Sie war eine Jugendfreundin namens Trude und paßte offenbar glänzend zu ihm. Sie war die Tochter eines Philosophieprofessors, und die ruhige Zuversicht ausstrahlenden Augen, die mich aus den Fotos anblickten, die er mir zeigte, das geflochtene Haar, das knapp sitzende Dirndl, waren lebende Werbung für Kinder, Kirche und Küche.

Kurt ließ mich an allem, was ihn bewegte, teilhaben, übersetzte mir Trudes Briefe, erörterte die Zahl der Kinder, die sie zusammen haben wollten, und fragte mich um Rat, wie sie ihre

Wohnung einrichten sollten, die sie sich in Hamburg kaufen wollten, sobald sein Dreijahresvertrag in London abgelaufen war. Kurt hatte auch ihr Geschlechtsleben bis ins kleinste geplant, und die Einzelheiten – er bestand darauf, mich in alles einzuweihen, obwohl ich das eigentlich pervers fand – waren zu Anfang peinlich, doch später, weil er so wissenschaftlich über das Thema sprach, fand ich diese Gespräche sehr aufschlußreich.

Die Monate verstrichen, und allmählich trafen Trudes Briefe seltener ein. Mir fiel es zuerst auf, doch ich sagte nichts. Häufiger und gereizter beschwerte sie sich über die lange Wartezeit, die zärtlichen Passagen wurden banaler, und die Freuden eines Sommerurlaubs am Tegernsee, wo Trude eine »fröhliche Gesellschaft« kennengelernt hatte, wurden nach einer ersten begeisterten Schilderung bezeichnenderweise nicht mehr erwähnt. Und dann, nachdem Trude drei Wochen lang nichts hatte hören lassen, erschien Kurt eines Abends in meiner Wohnung mit bleichem, tränennassem Gesicht. Ich lag auf dem Sofa und las, als er neben mir auf die Knie fiel und seinen Kopf auf meine Brust legte.

Es sei alles vorbei, gestand er mir schluchzend. Sie hatte einen anderen kennengelernt, natürlich am Tegernsee, einen Arzt aus München, der Witwer war. Er hatte sie gebeten, seine Frau zu werden, und sie hatte den Antrag angenommen. Es war Liebe auf den ersten Blick gewesen. Kurt müßte verstehen, daß einem Mädchen nur einmal im Leben so etwas widerfuhr. Er müßte ihr verzeihen und sie vergessen. Sie wäre nicht gut genug für ihn – da war sie wieder, diese billige Phrase! –, und sie müßten gute Freunde bleiben.

Kurts Arme umschlangen mich verzweifelt. »Jetzt habe ich nur noch dich«, sagte er schluchzend. »Du mußt Verständnis haben. Du mußt mich trösten.«

Mit einer mütterlichen Bewegung strich ich ihm über das Haar, während ich überlegte, wie ich seiner Umarmung entschlüpfen konnte. Und doch schmolz ich gleichzeitig beim Anblick der Verzweiflung dieses starken Mannes, bei der Erkenntnis, daß er mich brauchte. Ich bemühte mich, meiner Stimme einen sachlichen Ton zu geben. »Also, wenn du mich fragst, ich finde, du hast noch Glück gehabt. Ein Mädchen, das so wandelbar ist, wäre dir niemals eine gute Frau geworden.« Ich richtete mich auf. »Wir gehen jetzt essen und dann ins Kino. Das lenkt dich ab. Es hat keinen Sinn, einer verlorenen Sache nachzuweinen. Komm jetzt!« Ich befreite mich aus seiner Umarmung, und wir standen beide auf.

»O Viv«, sagte Kurt mit hängendem Kopf. »Du bist wirklich gut zu mir. Ein echter Freund in der Not – eine echte Kameradin. Und du hast recht, ich darf mich nicht wie ein Schwächling aufführen. Da mußt du dich ja meiner schämen. Und das könnte ich nicht ertragen.« Er blickte mich mit einem gequälten Lächeln an, trat zur Tür und ging hinaus.

Zwei Wochen später hatten wir ein Verhältnis. Es war irgendwie unausweichlich. Ich hatte gewußt, daß es so kommen würde, und ich tat nichts, um meinem Schicksal zu entgehen. Ich liebte ihn nicht, und doch waren wir uns in vieler Hinsicht so nahegekommen, daß der nächste Schritt einfach folgen mußte. Die Einzelheiten waren eigentlich recht alltäglich. Der gelegentliche freundschaftliche Kuß auf die Wange rückte meinem Mund immer näher, und eines Tages landete er auf meinen Lippen. Es folgte eine Pause im Eroberungsfeldzug, während der ich mich an diese Art des Kusses gewöhnte, dann kam es zum ersten sanften Angriff auf meine Brüste, dann auf meinen Körper, alles verlief ganz gefällig, ganz ruhig, ohne Drama.

Ich hätte aber wissen müssen, daß es bei der Frau eine körperliche Liebe ohne seelische Verwicklung nicht gibt – das heißt, wenn das Verhältnis von längerer Dauer ist. Ich war so abhängig von ihm, daß es fast unmenschlich gewesen wäre, wenn nicht eine gewisse Art von Liebe für ihn aufgekeimt wäre. Ich hielt mir immer wieder vor, daß er humorlos war, unpersönlich, hölzern, ohne Sinn für Spaß und Freude, doch das änderte nichts an der Tatsache, daß ich nach seinem Schritt auf der Treppe lauschte, daß ich die Wärme und zwingende Kraft seines Körpers anbetete, daß es mich glücklich machte, für ihn zu kochen und zu nähen.

Ich gestand mir selbst ein, daß ich mich zur braven kleinen Hausfrau entwickelte, im Geiste immer sechs Schritte hinter ihm ging wie ein eingeborener Träger, doch gleichzeitig mußte ich bekennen, daß ich glücklich war, zufrieden und sorglos und daß ich mich in Wirklichkeit gar nicht nach einem anderen Leben sehnte. Ich war erzogen worden, mich an den einfachen Dingen des Lebens zu erfreuen, und ich war glücklich, dieses einfache Leben wiedergefunden zu haben, nach einem kurzen Gastspiel auf den Partys und in den Nachtlokalen von Chelsea, meiner kurzen Karriere als Journalistin, ganz zu schweigen von meiner niederschmetternden Liebesgeschichte mit Derek. Und so erwachte in mir tatsächlich eine Art von Liebe zu Kurt.

Und dann kam, was kommen mußte.

Bald nach Beginn unserer intimen Beziehungen hatte Kurt mich zu einer zuverlässigen Ärztin geschickt, die mir eine Vorlesung über Empfängnisverhütung hielt und mich dann auf die Liebe ohne Furcht einrichtete. Sie verhehlte mir allerdings nicht, daß trotz dieser Vorsichtsmaßnahmen etwas schiefgehen konnte. Und so geschah es auch. Zuerst, in der Hoffnung, mich getäuscht zu haben, sagte ich Kurt nichts, doch dann, aus verschiedenen Beweggründen heraus – ich konnte das Geheimnis nicht länger allein tragen, ich hoffte leise, daß er sich freuen und mich bitten würde, ihn zu heiraten, und ich war in ehrlicher Angst über meinen Zustand –, sagte ich es ihm. Ich hatte keine Ahnung, wie er darauf reagieren würde, doch ich erwartete natürlich Zärtlichkeit, Teilnahme und zumindest eine Vorspiegelung von Liebe.

Wir standen an der Tür meines Schlafzimmers und wollten einander gute Nacht sagen. Ich war völlig unbekleidet, während er angezogen war. Als ich fertig war, löste er stumm meine Arme von seinem Hals, musterte meinen Körper von oben bis unten mit einem Blick, in dem sich Verachtung und Zorn mischten, und griff nach der Türklinke. Dann sah er mir kalt in die Augen und sagte ganz leise: »So?« Danach verließ er das Zimmer und schloß die Tür lautlos hinter sich.

Ich setzte mich auf den Bettrand und starrte die Wand an. Was hatte ich falsch gemacht? Was bedeutete Kurts Verhalten? Schwach und voll düsterer Vorahnungen kroch ich in mein Bett und weinte mich in den Schlaf.

Mein Weinen war begründet gewesen. Am nächsten Morgen, als ich ihn zu unserem allmorgendlichen Gang ins Büro abholen wollte, war er bereits gegangen. Als ich das Büro betrat, war die Verbindungstür zu seinem Zimmer geschlossen, und als er nach ungefähr einer Viertelstunde die Tür öffnete und mir ankündigte, daß wir etwas zu besprechen hätten, war seine Miene eiskalt. Ich ging in sein Büro und setzte mich. Zwischen uns stand der Schreibtisch: Ich war wieder eine Angestellte, die ihrem Chef Rede und Antwort stehen mußte – die an die Luft gesetzt wurde, wie sich herausstellen sollte.

Der Kern seiner Rede, die er in sachlichem Ton vortrug, war folgender: In einem kameradschaftlichen Verhältnis, wie es zwischen uns bestanden hatte, war es von wesentlicher Bedeutung, daß alles reibungslos und ordentlich ablief. Wir waren gute Freunde gewesen, doch ich werde zugeben müssen, daß von Heirat niemals die Rede gewesen sei, daß zwischen uns keine festere Bindung bestanden hätte als die befriedigende, von gegenseitigem Verständnis erfüllte Gemeinsamkeit zweier Kameraden. Die Beziehung war in der Tat höchst erfreulich gewesen, doch jetzt war es aufgrund des Verschuldens eines Partners – er meinte wohl mich allein! – zu dieser Sachlage gekommen, folglich mußte schnellstens eine radikale Lösung für ein Problem gefunden werden, das nur zu Peinlichkeiten führen und möglicherweise unser weiteres Fortkommen behindern konnte. Eine Ehe war leider – er sagte leider, weil er eine hohe Meinung von meinen Charaktereigenschaften und vor allem von meiner körperlichen Schönheit hatte – ausgeschlossen. Deshalb habe er gewisse Entscheidungen treffen müssen. Die wichtigste war, daß ich mich einer sofortigen Operation unterziehen mußte. Eine Schwangerschaft im dritten Monat war bereits gefährlich fortgeschritten. Doch die Sache ließ sich regeln. Ich würde in eine Stadt ins Ausland fliegen und dort in einem Hotel absteigen. Ich würde zu einem Arzt fahren, dessen Adresse er mir mitgeben würde. Dieser Gynäkologe würde in einem Krankenhaus ein Bett für mich reservieren lassen, und die ganze Angelegenheit wäre binnen einer Woche aus der Welt geschafft. Die Kosten allerdings würden hoch sein. Sie würden sich vielleicht sogar auf hundertfünfzig Pfund belaufen. Doch auch in dieser Beziehung hatte er für mich gesorgt. Er zog einen Umschlag aus seiner Schreibtischschublade und schob ihn über den Tisch. In Anbetracht meiner fast zweijährigen ausgezeichneten Mitarbeit wäre es vertretbar, mir mangels einer Kündigungsfrist ein Monatsgehalt auszuzahlen. Es betrug hundertzwanzig

Pfund. Zudem hatte er sich die Freiheit erlaubt, aus eigener Tasche fünfzig Pfund daraufzulegen.

Der Ausdruck des Entsetzens auf meinem Gesicht mußte ihn schockiert haben, denn er fuhr hastig fort zu sprechen. Vor allen Dingen dürfte ich mir keine Sorgen machen, murmelte er. Jeder habe einmal Pech im Leben. Solche Dinge waren schmerzlich und unerfreulich. Er selbst war tief betrübt, daß eine so glückliche Bindung zu Ende gehen mußte. Doch leider war das nicht zu ändern. Schließlich fügte Kurt noch hinzu, er hoffe, ich verstünde ihn.

Ich nickte und stand auf. Ich nahm den Umschlag, warf einen letzten Blick auf das blonde Haar, den Mund, den ich geliebt hatte, die kräftigen Schultern, und verließ hastig das Zimmer, als ich fühlte, daß mir die Tränen über das Gesicht liefen.

Bevor ich Kurt kennengelernt hatte, war ich ein Vogel mit einer lahmen Schwinge gewesen. Jetzt war ich doppelt verwundet.

6

Ende August, als all dies geschah, war das Wetter so strahlend schön und warm, wie es um diese Jahreszeit nur sein kann. Ich fuhr vom Flugplatz mit einem Taxi zur Stadt, stieg auf einem der belebtesten und schönsten Plätze aus und mischte mich unter die Menge. Die Straßen und Gassen waren überfüllt von Menschen – hauptsächlich Touristen, die, behängt mit Fotoapparaten, umherschlenderten, die Sehenswürdigkeiten bestaunten und eifrig knipsten. Aus Autocars stiegen, lachend und scherzend, Gruppen von braungebrannten jungen Leuten, die auf einer Ferienreise waren. Aber ich fühlte mich furchtbar einsam und niedergeschlagen in dem Strom gutgelaunter Menschen. Die gesunde, wohlgeordnete, von praller Lebensfreude strotzende Atmosphäre zerrte an meinen gereizten Nerven und erfüllte mich mit Schmerz.

Das war das Leben, wie Kurt es sah – Naturfreude, die einfache Existenz einfacher Wesen. Er und ich hatten ein solches

Leben geteilt, und an der Oberfläche war es gut gewesen. Doch blondes Haar, klare Augen und sonnengebräunte Haut waren ebenso äußerlich wie die Schminke auf dem Gesicht einer Frau. Einfach eine andere Art von Tünche. Ich war sowohl von Dereks Weltoffenheit als auch von Kurts bürgerlicher Schlichtheit enttäuscht worden und war nahe daran, jedem Mann zu mißtrauen. Ich hatte nicht mal erwartet, daß Kurt mich heiraten würde. Und auch von Derek erwartete ich es nicht. Ich hatte nur gehofft, daß sie mir mit Güte begegnen würden, daß sie sanft mit mir umgehen würden, wie ich ihnen gegenüber – so glaubte ich jedenfalls – sanft gewesen war. Aber das war natürlich mein Fehler gewesen. Ich war zu sanft gewesen, zu nachgiebig. Ich hatte den Wunsch gehabt, dem anderen Freude zu bereiten – und selbst Freude zu empfangen, doch das war von untergeordneter Bedeutung gewesen –, und das hatte mich zum leichten Mädchen gestempelt, das man abschieben konnte, wenn es lästig wurde. Nun, von jetzt an würde das anders werden. Von jetzt an würde ich nehmen und nicht geben. Die Welt hatte mir die Zähne gezeigt. Jetzt würde ich die meinen zeigen. Ich war noch feucht gewesen hinter den Ohren. Jetzt war ich trocken.

Die Vorbereitungen zur Abtreibung – wie könnte ich diese Tatsache anders bezeichnen – gab mir hinreichend Gelegenheit, meine neue Rolle zu üben. Der Portier meines Hotels blickte mich mit den weltmüden Augen aller Portiers an. Dr. Süßkind, der Gynäkologe, an den Kurt mich verwiesen hatte, untersuchte mich und erkundigte sich, ob ich genug Geld hätte. Als ich die Frage bejahte, schien er sichtlich befriedigt. Er besitze nämlich ein Chalet. Er fragte, ob ich nicht aus dem Hotel zu ihm übersiedeln und vor der Operation eine kleine Erholungspause einlegen wolle. Ich maß ihn mit eisigen Blicken und erklärte, der britische Konsul, der mein Onkel sei, habe mich bereits in sein Heim eingeladen. Außerdem hätte ich die Absicht, mich sofort in die Klinik zu begeben. Der Konsul selbst hätte mir übrigens ihn, Dr. Süßkind, empfohlen, und sicher kenne auch Herr Dr. Braunschweig meinen Onkel. Meine Schwindelei verfehlte ihre Wirkung nicht. Ich hatte sie mit der Entschiedenheit vorgetragen, die zu meiner neuen Rolle gehörte, und die Geschichte hatte ich mir schon im voraus ausgedacht. Die Augen hinter der Brille verrieten Bestürzung. Es folgten weitschweifige Erklärungen und ein hastiger Anruf in der Klinik. Ja, man würde mich bereits am folgenden Nachmittag aufnehmen.

Es war seelisch so bedrückend und körperlich so schmerzlos, wie ich es erwartet hatte, und nach drei Tagen war ich wieder in meinem Hotel. Inzwischen hatte ich einen Entschluß gefaßt. Ich flog zurück nach London und wohnte in dem neuen Ariel Hotel in der Nähe des Londoner Flughafens, bis ich mich meiner wenigen Habseligkeiten entledigt und meine Rechnungen bezahlt hatte. Dann suchte ich den nächsten Vespa-Händler in Hammersmith auf.

Mein Plan war, mindestens ein Jahr lang allein auf Reisen zu gehen und die andere Hälfte der Welt kennenzulernen. Von London hatte ich genug. Dort hatte mir das Leben zwei harte Faustschläge versetzt, und ich stand nicht mehr sicher auf den Beinen. Dereks künstliche Welt war mir fremd, und mit der klinisch sterilen modernen Liebe, die Kurt mir geboten hatte, wußte ich nichts anzufangen. Ich sagte mir selbst, daß es daran lag, daß ich zuviel Herz hatte. Keiner dieser Männer hatte mein Herz gewollt. Ihnen war nur an meinem Körper gelegen gewesen. Oder ich war einfach zu wenig raffiniert, um im Dschungel der Großstadt überleben zu können. Ich war eine leichte Beute für die Raubtiere. Ich war zu kanadisch, um mit Europa konkurrieren zu können. Dann eben nicht! Ich war einfach, folglich würde ich in das Land der Einfachheit zurückkehren. Keinesfalls jedoch, um dort herumzusitzen und mit meinem Schicksal zu hadern. Ich würde aufbrechen, um Neuland zu erforschen. Ich würde Amerika von Norden nach Süden durchstreifen und mich als Kellnerin, Babysitter und Hotelsekretärin bis nach Florida durchschlagen. Dort würde ich mir eine Stellung bei einer Zeitung suchen und bis zum Frühling in der Sonne sitzen. Dann erst würde ich weiterdenken.

Als mein Entschluß erst einmal gefaßt war, nahmen mich die Einzelheiten zur Durchführung meines Plans ganz gefangen, vertrieben mein Elend oder hielten es zumindest in Schranken und betäubten mein Gefühl der Schuld und des Versagens. Die Preise für Gebrauchtwagen in Amerika waren zu hoch, ebenso die Betriebskosten, und plötzlich verfiel ich auf den Gedanken, einen Motorroller zu kaufen. Zunächst erschien mir dieser Einfall lächerlich, die Vorstellung absurd, mit einer so kleinen Maschine über die endlosen Autobahnen zu knattern. Doch der Gedanke an die frische Luft, an die Möglichkeit, aus vier Litern Benzin hundertfünfzig Kilometer herauszuholen und mit leichtem Gepäck zu reisen, bewogen mich schließlich, den Händler in Hammersmith aufzusuchen.

Ich wußte über Motoren ganz gut Bescheid – jedes Kind in Nordamerika wächst mit Autos auf –, und ich wog die Vor- und Nachteile der kleinen 125er Maschine gegen die des stärkeren und schnelleren 150er Sportmodells ab. Natürlich entschied ich mich für das Sportmodell mit seiner hervorragenden Beschleunigung und einer Höchstgeschwindigkeit von 100 Stundenkilometern. Zwar würde ich etwas mehr Benzin verbrauchen als mit der anderen Maschine, doch ich sagte mir, daß das Benzin in Amerika billig sei und eine gewisse Geschwindigkeit unerläßlich war, wenn ich nicht Monate für meine Fahrt nach Florida brauchen wollte. Ich machte zwei Probefahrten mit dem Händler, der auf dem Sozius hinter mir saß. Die Vespa flog wie ein Vogel und war so leicht zu fahren wie ein Fahrrad. Ich unterschrieb den Kaufvertrag, kaufte einen Sitzüberzug aus Leopardenfell, ein Ersatzrad, einen Rückspiegel, einen Gepäckträger, weiße Satteltaschen, die wunderbar zu der silbergrauen Karosserie paßten, eine Perspex-Windschutzscheibe und einen weißen Sturzhelm, in dem ich mir vorkam wie Pat Moss. Der Händler gab mir einige gute Ratschläge, welche Kleidung am zweckmäßigsten sei, und ich kaufte mir einen weißen Motorradanzug mit unzähligen Reißverschlüssen, eine große Brille, die an den Rändern mit Pelz verbrämt war, und ein schickes Paar schwarzer Motorradhandschuhe aus Rehleder. Dann setzte ich mich im Hotel vor meine Landkarten und plante den ersten Abschnitt meiner Fahrt von Quebec aus. Ich reservierte mir einen Platz für den billigsten Flug nach Montreal, schickte Tante Florence ein Telegramm und verließ England an einem strahlenden Morgen am ersten September.

Es war schön, wieder in der Heimat zu sein. Meine Tante behauptete, sie hätte mich kaum wiedererkannt, und ich war überrascht, als ich Quebec wiedersah. Bei meinem Verlassen war mir die Festung so mächtig und majestätisch erschienen.

Jetzt wirkte sie wie ein großes Spielzeuggebäude aus Disneyland. Und die gigantischen Schlachten zwischen den Religionen, zwischen denen zermalmt zu werden ich einst geglaubt hatte, die tiefen Klüfte zwischen den »Canadiennes« und den anderen Einwohnern, hatten im Licht meiner neuen Perspektive nicht mehr Bedeutung als kleinstädtische Zwistigkeiten.

Diese Gedanken verbarg ich sorgfältig vor meiner Tante, obwohl ich vermutete, daß sie ebenso überrascht und vielleicht bestürzt war über den »letzten Schliff«, den mir mein Aufenthalt in Europa gegeben hatte. Sie muß in mir wohl das typische Großstadtpflänzchen gesehen haben, wenn ich mich auch innerlich einfach und bescheiden fühlte. Sie stellte mir endlose Fragen, um festzustellen, wie dick die Schicht äußerer Tünche war, welche Spuren das hektische Leben, das ich geführt haben mußte, zurückgelassen hatte. Wenn ich ihr die Wahrheit gesagt hätte, dann hätte sie der Schlag getroffen. So beschränkte ich mich in weiser Voraussicht darauf, zu berichten, daß ich zwar eine Reihe kleiner Flirts hinter mir hatte, daß ich jedoch unversehrt und ohne gebrochenes Herz aus den räuberischen Städten jenseits des Ozeans zurückgekehrt sei. Nein, ich war nicht einmal verlobt gewesen. Du meine Güte, nein, kein Mann hatte mir einen Heiratsantrag gemacht – das entsprach ja der Wahrheit –, auf mich wartete kein Freund. Ich glaube nicht, daß sie das glaubte. Sie machte mir Komplimente über mein Aussehen. Ich sei *une belle fille* geworden. Ich hätte *beaucoup de tempérament* – das ist ein französischer Euphemismus für Sex-Appeal – entwickelt, und sie könnte sich einfach nicht vorstellen, daß in meinem Leben kein Mann eine Rolle spielte. Sie war entsetzt über meine Pläne und malte mir die Gefahren, die mich auf der Landstraße erwarteten, in düstersten Farben aus. Amerika wäre ein Tummelplatz der Gangster. Man würde mich auf der Autobahn niederschlagen. Außerdem wäre es absolut nicht *ladylike,* mit einem Motorroller durch die Gegend zu brausen. Ich erklärte ihr, daß meine Vespa durchaus gesellschaftsfähig sei, und sie ließ sich etwas besänftigen, als ich mich in meiner Kluft auf dem Roller vorstellte, wenn sie auch etwas zweifelnd bemerkte, daß ich Aufsehen erregen würde.

Am fünfzehnten September schließlich hob ich von meinem kleinen Bankkonto tausend Dollar ab, die ich mir in Reiseschecks aushändigen ließ, packte meine Satteltaschen, drückte Tante Florence einen Abschiedskuß auf die Wange und knatterte in die Richtung der Staatsstraße 2 davon.

Die Staatsstraße 2, die von Quebec nach Montreal führt, könnte eine der landschaftlich schönsten Autobahnen der Welt sein, wenn nicht seit dem Krieg an ihren Rändern zahllose Villen und Badehütten wie Pilze emporgeschossen wären. Sie zieht sich eng am Sankt-Lorenz-Strom entlang, folgt, an seinem Nordufer verlaufend, jeder Wendung des großen Flusses. Ich kannte die Straße noch recht gut, weil ich als Kind oft zum Fluß zum Baden gefahren war. Doch inzwischen war der Sankt-Lorenz-Kanal eröffnet worden, und jetzt war der stetige Strom großer Schiffe mit tuckernden Motoren und unheimlichen Sirenen für mich ein neues Erlebnis.

Die Vespa brummte ruhig und gleichmäßig bei einer Geschwindigkeit von 65 km/h. Ich hatte beschlossen, täglich etwa 250 bis 350 Kilometer zurückzulegen. Doch ich wollte mich keinesfalls von einem festgelegten Fahrplan hetzen lassen.

Die Picknickplätze in Kanada und im Norden der Vereinigten Staaten sind eine gute Einrichtung. Dort findet man, unter Bäumen versteckt, auf einer Lichtung am Waldrand, am Ufer eines Sees oder eines Flusses eine Anzahl aus rohem Holz gezimmerter Bänke und Tische. Ich hatte vor, an diesen Picknickplätzen regelmäßig mein Mittagessen einzunehmen, wenn es nicht regnete. Doch ich wollte nicht in den Geschäften teure Lebensmittel einkaufen, sondern mir nur belegte Brötchen in den Motels mitgeben lassen, in denen ich übernachten würde. Dazu etwas Obst und eine Thermosflasche voll Kaffee – das würde mir als Mittagessen genügen. Abends wollte ich dann in einem Restaurant eine warme Mahlzeit zu mir nehmen. Mein Tagesbudget setzte ich auf fünfzehn Dollar fest. Ich wollte versuchen, mich innerhalb dieser Grenze zu halten. Die Essokarte mit der vorgezeichneten Route und die Broschüren des Automobilclubs enthielten Hinweise auf zahllose Sehenswürdigkeiten, die es nach dem Grenzübertritt zu besichtigen gab. Meine Fahrt führte mich durch das Indianergebiet von Fenimore Cooper und dann vorbei an einigen Orten, wo große Schlachten des amerikanischen Unabhängigkeitskrieges geschlagen worden waren.

Die Vespa lief wesentlich sicherer und leichter, als ich erwartet hatte. Als ich mich an die Schaltung an der Lenkstange gewöhnt hatte, beherrschte ich die kleine Maschine erst richtig. Die Beschleunigung – in zwanzig Sekunden auf fünfzig Stundenkilometer – war so gut, daß ich es leicht mit dem amerikanischen Durchschnittswagen aufnehmen konnte, und Steigungen brummte ich mühelos hinauf. Natürlich verfolgten mich die meisten jungen Leute mit schrillen Pfiffen, während die älteren grinsten und winkten, doch es machte mir, ehrlich gesagt, Spaß, die Sensation der Autobahn zu sein, und ich lächelte allen zu.

Am ersten Tag lief alles so reibungslos, daß ich noch vor Einbruch der Dunkelheit Montreal durchfahren hatte. Ich übernachtete etwa dreißig Kilometer außerhalb der Stadt in einem Motel an der Staatsstraße 9, die über die Grenze in den Staat New York führt. Im Southern Trail Motel behandelte man mich, als wäre ich Amelia Earhart oder Amy Mollison, und nach einem einfachen Abendessen und einem Glas Whisky, das mir der Besitzer des Motels aufgedrängt hatte, zog ich mich aufgeregt und glücklich in mein Zimmer zurück. Es war ein langer und herrlicher Tag gewesen. Die Vespa war ein Prachtstück, und mein Plan lief wie am Schnürchen.

Einen Tag hatte ich für die ersten dreihundertfünfzig Kilometer gebraucht. Für die folgenden vierhundert brauchte ich fast zwei Wochen. Das war nicht weiter verwunderlich. Als ich die Grenze der Vereinigten Staaten überquert hatte, fuhr ich kreuz und quer durch die Adirondacks, als befände ich mich auf einer verspäteten Ferienreise. Ich will nicht in Einzelheiten gehen, denn ich schreibe ja keinen Reisebericht, doch es gab kaum eine Sehenswürdigkeit, sei es nun eine alte Festung, ein Museum, ein Wasserfall, eine Höhle oder ein hoher Berg, die ich nicht besucht hätte, ganz zu schweigen von den gräßlichen *Storylands, Adventure Towns* und imitierten Indianerreservationen, für deren Besichtigung ich mein Geld ausgab. Zum Teil beruhte dieses Interesse an den örtlichen Sehenswürdigkeiten auf echter Neugier, doch in erster Linie wollte ich so den Tag hinausschieben, an dem ich diese Seen, Flüsse und Wälder würde verlassen müssen, um meinen Weg durch das herzlose Land der Superautobahnen, der Würstchenbuden und der gleißenden Neonlichter fortzusetzen. Und nach diesen zwei Wochen landete ich am Lake George, diesem scheußlichen Sammelplatz der Touristen in den Adirondacks, wo der See, die Geschichte dieses Gebiets, die ungezähmte Natur der Wälder und Berge zum Geschäft geworden sind. Abgesehen von der recht imposanten Festung und den Dampfern, die einen nach Fort Ticonderoga und wieder zurück befördern, ist das ganze Land ein greulicher Alptraum aus Gartenzwergen, Plastikrehen und wackligen Holzbuden. Hier beschloß ich, die Staatsstraße 9, die zur Hauptader des Fremdenverkehrsstroms geworden war, zu verlassen, und schlug eine staubige Landstraße ein, die mich durch den Wald zum *Dreamy-Pines*-Motel führte.

7

Der Regen prasselte noch immer mit unverminderter Heftigkeit hernieder. Sein eintöniges Rauschen wurde vom Gurgeln des Wassers in den Dachrinnen an den vier Ecken des Gebäudes übertönt. Ich freute mich auf mein Bett. Wie ruhig ich zwischen den Laken in dem makellos sauberen kleinen Zimmer schlafen würde, zwischen diesen Perkallaken, auf die in der Anzeige des Motels ausdrücklich hingewiesen worden war. Wie behaglich waren doch die Elliot-Frey-Betten, die Magee-Teppiche, wie angenehm der Philco-Fernseher und die Philco-Klimaanlage, die Acrilan-Decken und die Simmons-Vivant-Möbel – alle Raffinessen modernen Motelkomforts waren hier vereinigt.

Trotz all dieser Annehmlichkeiten, trotz der günstigen Lage hatte es den Anschein, als stünde es gar nicht gut um das *Dreamy Pines*. Als ich vor zwei Wochen angekommen war, hatten sich hier nur zwei Gäste aufgehalten, und für die letzten vierzehn Tage der Saison lag keine Zimmerbestellung vor.

Mrs. Phancey, eine Frau mit eisengrauem Haar, verbitterten, mißtrauischen Augen und einem schmalen grimmigen Mund, saß am Empfangstisch, als ich an jenem Abend das Motel betrat. Durchdringend hatte sie mich gemustert, hatte meine zwei dünnen Satteltaschen angeblickt und war mir, als ich die Vespa zu Nr. 9 schob, mit meiner Karte in der Hand gefolgt, um sich zu vergewissern, daß ich nicht eine falsche Fahrzeugnummer angegeben hatte. Ihr Mann, Jed, war entgegenkommender, doch ich begriff rasch, weshalb. Sein Handrücken streifte über meine Brust, als er später im Restaurant den Kaffee brachte. Offenbar betätigte er sich gleichzeitig als »Mädchen für alles« und als Koch schneller Gerichte. Während seine blaßblauen Augen wie zwei schleimige Schnecken über meinen Körper krochen, beschwerte er sich winselnd darüber, wieviel es jetzt zu tun gäbe. Die Vorbereitungen für die Schließung des Motels müßten getroffen werden, da die Saison schon fast vorüber wäre, und er würde ständig aus seiner Arbeit gerissen, weil er für durchfahrende Gäste kochen mußte. Mr. und Mrs. Phancey war offenbar vom Eigentümer des *Dreamy Pines* die Leitung des Motels übertragen worden. Der Besitzer lebte in Troy. Ein gewisser Mr. Sanguinetti.

»Großes Tier. Hat Riesengrundstücke in der Cohoes Road. Und am Flußufer. Das *Trojan Horse* gehört ihm auch. Es liegt an der Bundesstraße 9, kurz vor Albany. Vielleicht kennen Sie die Bude?«

Als ich verneinte, blickte Mr. Phancey mich vielsagend an.

»Wenn Sie mal Spaß haben wollen, dann gehen Sie ins *Horse*. Aber lieber nicht allein. Ein hübsches Mädchen wie Sie braucht da Schutz. Nach dem Fünfzehnten, wenn ich von hier weg bin, könnten Sie mich anrufen. Ich heiße Phancey. Steht im Telefonbuch. Würde mich freuen, Sie zu begleiten und Ihnen einen netten Abend zu machen.«

Ich dankte ihm, erklärte aber, daß ich nur auf der Durchreise sei. Dann fragte ich, ob ich ein paar Spiegeleier mit Schinken haben könnte.

Doch Mr. Phancey ließ mich nicht in Ruhe. Während ich aß, setzte er sich zu mir an den kleinen Tisch, gab mir einen Abriß seiner langweiligen Lebensgeschichte und streute ab und zu Fragen über mich und meine Pläne ein – wer meine Eltern seien, ob es mir nichts ausmachte, so weit von zu Hause weg zu sein, ob ich Freunde in den Staaten hätte, und so fort –, belanglose Fragen, die, so schien es mir, von normaler Neugier diktiert waren. Er war schließlich fünfundvierzig Jahre alt, alt genug, um mein Vater sein zu können, und wenn er bestimmt auch ein alter Mann mit schmutziger Phantasie war, so dachte ich mir nichts weiter dabei, denn Männer seines Schlages sind keine Seltenheit, und außerdem behielt uns Mrs. Phancey, die am Empfangstisch saß, ständig im Auge.

Endlich ließ mich Mr. Phancey allein und gesellte sich zu seiner Frau. Während ich eine Zigarette rauchte und meine zweite Tasse Kaffee trank, hörte ich sie leise miteinander sprechen und ab und zu ein unterdrücktes Lachen, als verliefe ihre Unterhaltung höchst befriedigend. Schließlich trat Mrs. Phancey zu mir, schlug auf mütterliche Art und Weise die Hände über dem Kopf zusammen, als sie von meinen Plänen hörte, und ließ sich an meinem Tisch nieder. Sie setzte ihre gefälligste Miene auf und schlug vor, ich sollte doch eine Weile im *Dreamy Pines* bleiben, mir eine Ruhepause gönnen. Ich könnte mir auch ein paar Dollar dazuverdienen, wenn ich Lust hätte. Sie berichtete mir, daß die Empfangssekretärin des Motels am vorhergehenden Tag gegangen war, daß ihr und ihrem Mann infolge der Vorbereitungsarbeiten für die Schließung jedoch keine Zeit blieb, ständig am Empfang zu sein. Ob ich nicht Lust hätte, diesen Posten für die letzten zwei Wochen zu übernehmen? Sie würden mir freie Unterkunft und Verpflegung bieten und dreißig Dollar Gehalt in der Woche.

Mir kam der Vorschlag gar nicht ungelegen, denn ich hatte auf meinen Besichtigungsfahrten in den Adirondacks fünfzig Dollar zuviel ausgegeben. Wenn ich mir hier sechzig Dollar verdienen und dazu frei leben konnte, würde das das Defizit wieder ausgleichen. Sehr sympathisch waren mir die Phanceys zwar nicht, doch ich sagte mir, daß sie auch nicht schlimmer sein würden als andere Leute, denen ich auf meiner Fahrt begegnet war. Zudem war dies die erste Stellung, die man mir in den Vereinigten Staaten angeboten hatte, und ich war neugierig, wie es sich anlassen würde. Vielleicht würden sie mir sogar ein Zeugnis schreiben, das es mir erleichtern würde, später auf meinem Weg nach Süden ähnliche Stellungen zu finden. Nachdem ich mich also höflich über die Pflichten, die mir oblagen, erkundigt hatte, erklärte ich mich einverstanden. Die Phanceys schienen sehr erfreut zu sein, und Millicent, so mußte ich Mrs. Phancey jetzt nennen, zeigte mir die Bücher und warnte mich vor Gästen mit wenig Gepäck und großen Kombiwagen.

In diesem Zusammenhang lernte ich die weniger erfreuliche Seite des Motelgeschäfts kennen. Offenbar gab es Leute, insbesondere jungverheiratete Paare, die, um den Schein zu wahren, mit einem einzigen Koffer in einsam gelegenen Motels einkehrten. Dieser Koffer enthielt in Wirklichkeit nichts anderes als einen Werkzeugkasten und falsche Nummernschilder für den Wagen. Nachdem das Pärchen sich in seinem Zimmer eingeschlossen hatte, würde es warten, bis im Büro das Licht ausging. Sobald das Motelpersonal im Bett war, würde das Paar rasch und tatkräftig ans Werk gehen, Bettwäsche, Handtücher und Duschvorhänge einsammeln, die Beleuchtungskörper abnehmen, die Toilettensitze, ja die Toilette selbst, wenn das möglich war, abmontieren. Sie arbeiteten natürlich im Dunkeln, mit kleinen Taschenlampen bewaffnet, und wenn alles bereit war, etwa gegen zwei Uhr morgens, trugen sie einfach alles hinaus und luden es in ihren Wagen. Zum Schluß pflegten sie die Teppiche aufzurollen und mit der Unterseite nach oben zur Tarnung über ihr Diebesgut im Wagen zu breiten. Dann tauschten sie im allgemeinen die Nummernschilder aus und machten sich still und heimlich davon, um ihr neues unmöbliertes Schlafzimmer einzurichten. Zwei oder drei weitere Fischzüge dieser Art würden genügen, um auch das Wohnzimmer und das Gästezimmer einzurichten. Wenn sie einen Garten oder eine Veranda besaßen, pflegten sie häufig noch einer Villa in einem guten Stadtviertel einen Besuch abzustatten, um sich dort Gartenmöbel, vielleicht sogar einen Rasenmäher und ähnliche Gartengeräte zu holen.

Mrs. Phancey erklärte mir, daß die Motels solchen Diebstählen nur in beschränktem Umfange vorbeugen könnten. Natürlich war alles, was sich festschrauben ließ, festgeschraubt und mit dem Namen des Motels gekennzeichnet, aber das half nicht viel. Die einzige Hoffnung bestand darin, die Räuber schon zu erkennen, wenn sie sich einschrieben, und sie dann entweder abzuweisen oder die ganze Nacht mit einer Schußwaffe auf der Lauer zu liegen. In den Städten mußten sich die Motels mit anderen Problemen herumschlagen, mit Prostituierten, die dort ihr Hauptquartier aufschlugen, Mördern, die Leichen im Duschraum zurückließen, und von Zeit zu Zeit mit einem Raubüberfall. Doch ich brauchte mir darüber keine Sorgen zu machen. Wenn mir etwas nicht hasenrein erschien, sollte ich nur Jed zu Hilfe rufen. Er konnte sich seiner Haut wehren und besaß eine Waffe. Mit diesem kühlen Trost überließ man mich meinen Gedanken über die dunklere Seite der Motelindustrie.

Natürlich ging alles glänzend, und die Arbeit war kein Problem. Es gab so wenig zu tun, daß ich mich eigentlich wunderte, wieso mich die Phanceys eingestellt hatten. Doch sie waren beide faul und bezahlten mich ja nicht aus ihrer Tasche, und ich vermutete, daß ein weiterer Grund Jeds Hoffnung gewesen war, mit mir leichtes Spiel zu haben. Doch auch das war für mich kein Problem. Ich mußte lediglich dem Griff seiner Hände ausweichen und ihn durchschnittlich einmal pro Tag von oben herab zurechtweisen. Abends, wenn ich zu Bett ging, stellte ich regelmäßig einen Stuhl unter die Türklinke, so daß ihm auch der zweite Schlüssel nichts nutzte, den er eines Abends probiert hatte. In der ersten Woche hatten wir einige Gäste, und ich stellte fest, daß man von mir auch Hilfe bei der Hausarbeit erwartete. Doch das störte mich nicht. Es erschienen immer weniger Gäste, und nach dem zehnten Oktober blieben sie ganz aus.

Der fünfzehnte Oktober ist in diesen Saisonbetrieben offenbar ein magisches Datum. An diesem Tag schließt alles, nur die Motels an den Autobahnen bleiben offen. Der Winter beginnt! Um diese Zeit fängt auch die Jagdsaison an, doch die reichen Leute besitzen ihre eigenen Jagdhütten in den Bergen, und die Armen fahren mit ihren Wagen frühmorgens zu einem Picknickplatz und pirschen sich vor Tagesanbruch durch die Wälder, um ihr Wild zu erlegen. Auf jeden Fall verschwinden um den fünfzehnten Oktober herum die Touristen von der Landstraße, und mit dem leichten Geldverdienen in den Adirondacks ist es zu Ende.

Während dieses Datum näher rückte, fanden häufig Telefongespräche zwischen den Phanceys und Mr. Sanguinetti in Troy statt. Und am elften Oktober erklärte mir Mrs. Phancey ganz nebenbei, daß sie und Jed schon am Dreizehnten nach Troy zurückkehren würden. Sie fragte, ob es mir recht wäre, eine Nacht allein im Motel zu verbringen und am nächsten Tag Mr. Sanguinetti die Schlüssel zu übergeben, der am Vierzehnten gegen Mittag eintreffen würde, um das Motel zu schließen.

Mir erschien das sehr merkwürdig, daß man einer Unbekannten so ohne weiteres das Motel anvertrauen wollte, doch die Phanceys erklärten mir, daß sie die Kasse und die Lebensmittel- und Getränkevorräte mitnehmen würden. Ich hätte nur darauf zu achten, die Lichter auszuschalten und die Türen abzusperren, ehe ich zu Bett ging. Mr. Sanguinetti würde dann am folgenden Tag mit einem Lastwagen eintreffen, um die restliche bewegliche Habe abzuholen. Danach könnte ich meine Fahrt fortsetzen. Ich stimmte zu, und Mrs. Phancey strahlte, behauptete, ich sei ein nettes, hilfsbereites Mädchen, doch als ich sie bat, mir ein Zeugnis zu schreiben, wurde sie zurückhaltend und meinte, das müßte sie Mr. Sanguinetti überlassen. Allerdings versicherte sie mir, daß sie ihm mitteilen würde, wie fleißig und hilfsbereit ich gewesen sei.

Am letzten Tag packten wir alles, was sie mitnehmen wollten, in den Kombiwagen, so daß nur noch Schinken, Eier und Kaffee für mich zurückblieben.

Ich hatte erwartet, daß die Phanceys am letzten Tag besonders nett zu mir sein würden. Wir waren schließlich recht gut miteinander ausgekommen, und ich hatte mir wirklich Mühe gegeben, ihnen zur Hand zu gehen. Doch seltsamerweise war es gerade umgekehrt. Mrs. Phancey kommandierte mich herum, als wäre ich ein Dienstmädchen, und Jeds Annäherungsversuche wurden grob und ekelhaft. Er warf mit schmutzigen Ausdrücken um sich, selbst wenn seine Frau in Hörweite war, und wurde ganz unverhohlen zudringlich, sobald ich in seine Nähe kam. Ich konnte diese Veränderung nicht begreifen. Es hatte den Anschein, als hätten sie von mir erreicht, was sie gewollt hatten, und könnten mich jetzt mit Verachtung – ja, mit Abscheu – behandeln. Ich wurde so wütend, daß ich Mrs. Phancey schließlich erklärte, ich würde sofort gehen, und mein Geld verlangte. Mrs. Phancey lachte mir ins Gesicht. Mein Geld würde ich von Mr. Sanguinetti erhalten. Sie könnten es sich nicht erlauben, daß er bei seiner Ankunft womöglich feststellen mußte, daß das Silber nicht stimmte. Danach machte ich mir ein paar Brote, um das gemeinsame Abendessen mit den beiden zu vermeiden, und schloß mich in mein Zimmer ein. Ich konnte den Augenblick ihrer Abreise kaum erwarten, doch schließlich wurde es sechs Uhr, und die beiden Ungeheuer brachen endlich auf.

Und heute war also meine letzte Nacht im *Dreamy Pines*. Morgen schon würde ich wieder unterwegs sein. Der Aufenthalt war trotz der Phanceys nicht unangenehm gewesen, und ich hatte Gelegenheit gehabt, Erfahrungen in einer Branche zu sammeln, die mir vielleicht noch von Nutzen sein konnten. Ich blickte auf meine Uhr. Es war neun Uhr. Die Nachrichten brachten neue Meldungen über das Gewitter. Um Mitternacht würde es die Adirondacks verlassen haben. Ich trat hinter die Theke des Restaurants, schaltete die elektrische Kochplatte ein und holte drei Eier und sechs Scheiben Schinken heraus. Ich hatte Hunger.

Und dann wurde plötzlich laut an die Tür gehämmert.

8

Mir schlug das Herz bis zum Hals. Wer konnte das sein? Und dann fiel es mir ein. Das Schild »Zimmer frei!« Ich hatte den Schalter gedreht, als der Blitz einschlug, und vergessen, ihn wieder auszuknipsen. Wie dumm! Wieder dröhnten Schläge gegen die Tür. Nun, es würde mir nichts anderes übrigbleiben, als zu öffnen, mich zu entschuldigen und die Leute weiterzuschicken. Nervös schritt ich zur Tür, schloß sie auf und öffnete sie, soweit die Kette es zuließ. Vor dem Haus war keine Veranda. Das Neonschild leuchtete wie ein roter Heiligenschein durch den Regenschleier, warf einen rötlichen Schimmer auf die schwarzen Ölmäntel und Südwester der beiden Männer. Hinter ihnen stand ein schwarzer Wagen. Der vordere Mann fragte höflich: »Miss Michel?«

»Ja, das bin ich. Aber ich muß Sie enttäuschen. Das Motel ist geschlossen.«

»Ja, ja, natürlich. Wir kommen von Mr. Sanguinetti. Von seiner Versicherung. Wir wollen rasch eine Bestandsaufnahme von den Dingen machen, die morgen weggebracht werden. Können wir hineinkommen, Miss? Wir zeigen Ihnen drinnen unsere Ausweise. Scheußliches Wetter!«

Ich blickte zweifelnd von einem zum anderen, doch ich konnte ihre Gesichter unter den Südwestern kaum erkennen. Was sie gesagt hatten, klang einleuchtend, trotzdem gefiel es mir nicht.

»Aber Mr. Phancey, der Geschäftsführer, hat mir von ihrem Kommen nichts gesagt«, versetzte ich nervös.

»Das hätte er aber tun müssen, Miss. Ich werde sein Versäumnis Mr. Sanguinetti melden.« Er wandte sich nach dem Mann um, der hinter ihm stand. »Meinen Sie nicht auch, Mr. Jones?«

Der andere unterdrückte ein Lachen. »Ganz richtig, Mr. Thomson.«

»Also dann ... Können wir eintreten, Miss? Hier draußen ist es wirklich unangenehm feucht.«

»Ich weiß nicht. Man hat mir gesagt, ich dürfte niemanden hereinlassen; aber da Sie von Mr. Sanguinetti kommen ...« Unsicher löste ich die Kette und zog die Tür auf.

Sie drängten sich herein, zwängten sich rücksichtslos an mir vorbei und blieben dann nebeneinander stehen, während sie ihre Blicke durch den Raum schweifen ließen. Der Mann, der als Mr. Thomson angeredet worden war, schnüffelte. Schwarze Augen blickten mich aus einem kalten grauen Gesicht an. »Rauchen Sie?«

»Ja, ab und zu. Warum?«

»Wir dachten schon, Sie hätten Gesellschaft.«

Er schob meine Hand von der Klinke, schlug die Tür zu, sperrte ab und legte die Kette vor. Dann zogen beide Männer ihr Ölzeug aus und warfen es auf den Boden. Jetzt, da ich sie genauer betrachten konnte, erwachte in mir eine Ahnung höchster Gefahr.

Mr. Thomson, offensichtlich der Tonangebende, war groß und mager, beinahe knochig. Seine Haut wirkte so fahl und leblos wie die eines Menschen, der nie an die frische Luft kommt. Die schwarzen Augen waren ruhig und ohne Neugier, die Lippen schmal und bläulichrot wie eine Wunde. Wenn er sprach, glitzerten seine Zähne metallisch grau, und ich nahm an, daß es sich um billige Stahlkronen handelte, wie man sie angeblich in Rußland und Japan verwendet. Die Ohren lagen eng an dem kantigen, eckigen Kopf, und das schwarze Haar war so kurz geschnitten, daß man das Weiß der Kopfhaut durchschimmern sah. Er trug einen schwarzen gutsitzenden Einreiher. Die Schultern waren ausgepolstert, daß sie eckig wirkten, und die Hose war so eng, daß sich seine knochigen Knie unter dem Stoff abzeichneten. Darunter hatte er ein graues Hemd an, zugeknöpft bis zum Hals und ohne Krawatte. Die Schuhe waren nach italienischer Mode sehr spitz, aus grauem Wildleder. Sie sahen ebenso neu aus wie der Anzug. Der Mann wirkte so kaltblütig wie ein gefährliches Reptil, und mich überlief ein Schauder der Angst. Im Vergleich zu der tödlichen Kälte, die diesen Mann umgab, machte der andere fast einen harmlosen Eindruck. Er war ein untersetzter, mondgesichtiger junger Mann mit feuchten, sehr blassen, grauen Augen und wulstigen speichelglänzenden Lippen. Seine Haut war milchweiß, und er war von dieser scheußlichen Krankheit völliger Kahlheit befallen, keine Augenbrauen, keine Wimpern, kein Kopfhaar. Er hätte mir leid getan, wenn ich nicht solche Angst gehabt hätte. Zu allem Überfluß schien er auch noch erkältet zu sein. Sobald er sein Ölzeug abgestreift hatte, schneuzte er sich. Er trug eine schwarze Lederjacke, eine zerknitterte Hose und hochhackige mexikanische Stiefel. Man traute ihm sofort zu, daß er den Schmetterlingen die Flügel und Beine ausreißen würde, und ich wünschte mir voll Verzweiflung, ich hätte Kleider angezogen, die weniger herausfordernd wirkten.

Als er sein Taschentuch eingesteckt hatte, musterte er mich von oben bis unten. Dann ging er um mich herum und ließ einen langen Pfiff hören, als er wieder vor mir stand. »Mensch, Horror!« Er zwinkerte dem anderen Mann zu. »Das ist 'ne Puppe! Tolles Untergestell! Schau dir das mal an!«

»Jetzt nicht, Sluggsy. Später. Mach dich auf die Socken und durchsuche die Zimmer. Die Dame hier wird uns inzwischen was zu essen machen. Wie willst du deine Eier?«

Sluggsy grinste mich noch immer an. »Rührei, mein Schatz! Nicht so trocken. So wie Muttern sie gemacht hat. Sonst muß Papa dich verhauen. Direkt auf dein appetitliches Hinterteil! Menschenskind!« Er tänzelte wie ein Boxer, der Fußarbeit übt, auf mich zu, und ich wich zurück bis zur Tür. Ich tat so, als sei ich ängstlicher, als ich wirklich war, und als er in Reichweite kam, schlug ich ihm mit aller Kraft ins Gesicht. Bevor er sich noch von seiner Überraschung erholt hatte, stürzte ich zur Seite, hob einen der kleinen Metallstühle und hielt ihn so vor mich hin, daß die Beine auf ihn gerichtet waren.

Der magere Mann ließ ein bellendes Lachen hören.

»Nichts da, Sluggsy. Später, habe ich gesagt. Laß das kleine Miststück in Ruhe. Du hast noch die ganze Nacht Zeit. Los, nimm dir jetzt die Zimmer vor.«

Die Augen in dem bleichen Mondgesicht waren vor Erregung

gerötet. Die feuchten Lippen verzogen sich zu einem widerlichen Lächeln. »Weißt du was, mein Schatz? Du hast dir eben die Nacht deines Lebens verdient. Kapiert?«

Ich blickte die beiden hinter meinem Stuhl hervor an. Innerlich zitterte ich. Doch irgendwie gelang es mir, mit ruhiger, unbewegter Stimme zu sprechen. »Wer sind Sie? Was soll das alles? Zeigen Sie mir endlich Ihre Ausweise! Sobald das nächste Auto vorbeifährt, schlage ich ein Fenster ein und schreie um Hilfe. Ich bin aus Kanada. Wenn Sie mir etwas tun, dann werden Sie morgen Ihr blaues Wunder erleben.«

Sluggsy lachte. »Morgen ist morgen. Darüber brauchst du dir doch heute keine Sorgen zu machen, Baby.« Er wandte sich an den Mageren. »Vielleicht solltest du ihr lieber reinen Wein einschenken, Horror! Dann ist sie vielleicht nicht mehr so widerspenstig.«

Horror blickte mich an, kalt, ohne Interesse. »Sie hätten Sluggsy nicht schlagen sollen, verehrte Dame. Der Bursche hat's in sich. Er mag es nicht, wenn er bei der Weiblichkeit keinen Anklang findet. Dann meint er, das kommt von seinem Aussehen. Das hat er sich in San Quentin geholt. Eine nervöse Krankheit. Wie heißt sie gleich wieder, Sluggsy?«

Sluggsy plusterte sich stolz auf. Langsam und sorgfältig sprach er die lateinischen Wörter aus: »*Alopecia totalis*. Das heißt, kein Haar, verstanden? Nicht eines.« Er deutete auf verschiedene Körperstellen. »Hier nicht, und hier auch nicht, und da auch nicht.«

»Deshalb gerät Sluggsy leicht in Wut«, fuhr Horror fort. »Er fühlt sich nämlich vom Leben zurückgesetzt. Wenn du so 'ne Krankheit hättest, wärst du vielleicht auch so. Er hat einen interessanten Beruf. Die Leute bezahlen ihn, damit er andere zwingt, das zu tun, was seine Auftraggeber wollen. Verstehst du mich? Er arbeitet für Mr. Sanguinetti, und Mr. Sanguinetti hielt es für ratsam, uns hierherzuschicken. Wir sollen aufpassen, bis der Lastwagen kommt. Mr. Sanguinetti wollte eine junge Dame wie Sie nicht die ganze Nacht allein hierlassen. Deshalb hat er uns geschickt. Richtig, Sluggsy?«

»Genau.« Der Kahle lachte leise. »Wir wollen dir Gesellschaft leisten, Baby. Damit dich die Wölfe nicht überfallen können. Bei deinen Kurven brauchst du bestimmt manchmal Schutz.«

Ich senkte den Stuhl ein wenig. »Also, wie heißen Sie? Wo haben Sie Ihre Ausweise?«

Auf dem Regal über der Bar stand die letzte Büchse Maxwell-Kaffee. Sluggsy wirbelte plötzlich herum, und in seiner rechten Hand – ich hatte gar nicht gesehen, wie er den Revolver gezogen hatte – blitzte es auf. Ein Schuß krachte. Die Büchse stürzte um und fiel vom Regal. Sie hatte den Boden noch nicht erreicht, da peitschte ein zweiter Schuß, und braunes Kaffeepulver spritzte auseinander. Dann war es still. Der Revolver war verschwunden. Sluggsy drehte sich nach mir um. Seine Augen blickten mich fast heiter an.

»Na, zufrieden mit unseren Ausweisen, Baby?« fragte er sanft.

Die kleine Wolke blauen Rauchs erreichte mich, und ich roch das Pulver. Meine Knie zitterten. Ich sagte, hoffentlich verachtungsvoll: »Sie haben den letzten Kaffee verschwendet. Und Ihre Namen?« »Das Mädchen hat recht«, mischte sich der Magere ein. »Du hättest den Kaffee nicht ausschütten sollen, Sluggsy. Aber sehen Sie, junges Fräulein, Sluggsy weiß mit allen Arten von Metallwaren gut umzugehen. Er heißt übrigens Sluggsy Morant. Ich bin Sol Horowitz. Man nennt mich ›Horror‹. Warum, weiß ich nicht. Hast du 'ne Ahnung, Sluggsy?«

Sluggsy lachte kichernd. »Vielleicht hast mal jemandem einen Schrecken eingejagt, Horror. Vielleicht einer ganzen Menge von Leuten. So hab' ich's jedenfalls gehört.«

Horror enthielt sich jeden Kommentars. »Okay«, meinte er ruhig. »Marsch, Sluggsy! Schau dir endlich die Zimmer an. Und du, mein Kind, machst uns was zu essen. Wenn du dich anständig benimmst, dann passiert dir auch nichts.«

Sluggsy verzehrte mich mit den Augen. »Jedenfalls nicht viel«, fügte er hinzu. Dann trat er zum Schlüsselbrett hinter dem Empfangstisch, nahm alle Schlüssel herunter und verschwand durch den Hinterausgang. Ich stellte den Stuhl nieder und durchquerte so unbefangen wie möglich den Raum. Horror schlenderte gemächlich zu einem Tisch in der Ecke. Er zog einen Stuhl heraus, drehte ihn um und schob ihn sich zwischen die Beine. Dann setzte er sich, stützte die verschränkten Arme auf die Rückenlehne, legte sein Kinn darauf und beobachtete mich gleichgültig, doch aufmerksam. »Ich nehme auch Rühreier«, erklärte er so leise, daß ich ihn kaum hörte. »Mit knusprigem Schinken. Buttertoast. Wie steht's mit Kaffee?«

»Ich seh' mal nach, was übrig ist.« Hinter der Theke kauerte ich mich auf den Boden. Die Büchse war an vier Stellen durchlöchert. Es war nur noch wenig Kaffee darin, das meiste war über den Boden verstreut. Ich stellte die Büchse beiseite und wischte den gemahlenen Kaffee vom Boden auf einen Teller, ohne mich darum zu kümmern, wieviel Staub damit vermischt war.

Ich kauerte etwa fünf Minuten hinter der Theke, ließ mir Zeit und bemühte mich verzweifelt, einen Plan zu entwickeln. Diese Männer waren Gangster. Sie arbeiteten für Mr. Sanguinetti. Das schien gewiß, da sie meinen Namen entweder von ihm oder von den Phanceys erfahren haben mußten. Was sie mir sonst erzählt hatten, waren Lügenmärchen. Man hatte sie trotz dieses schweren Gewitters hierhergeschickt; folglich steckte dahinter ein ganz bestimmter Zweck. Aber was? Sie wußten, daß ich Kanadierin war, daß ich am nächsten Tag zur Polizei gehen und ihnen Schwierigkeiten bereiten konnte. Der Mann namens Sluggsy war in San Quentin gewesen. Und der andere? Natürlich auch! Deshalb war er ja so fahl, so leichenhaft blaß. Er war wahrscheinlich erst vor kurzem aus dem Zuchthaus entlassen worden. Er roch beinahe noch danach. Es drohte ihnen also wirklich Gefahr von mir, wenn ich zur Polizei ging, erzählte, daß ich Journalistin sei und die Absicht hätte, einen Bericht darüber zu schreiben, was alleinstehenden Mädchen in den Vereinigten Staaten zustoßen konnte. Würde man mir aber glauben? Das Schild! Ich war allein hier gewesen, und dennoch hatte ich es eingeschaltet! Ging daraus nicht hervor, daß ich Gesellschaft wünschte? Warum hatte ich mich so herausstaffiert, als sei ich auf Männerfang, wenn ich angeblich allein sein wollte. Ich schüttelte ratlos den Kopf. Was wollten die beiden Männer hier? Sie fuhren einen Personenwagen. Wenn sie beabsichtigten, das Motel zu berauben, dann hätten sie einen Lastwagen mitgebracht. Vielleicht waren sie wirklich hergeschickt worden, das Motel zu bewachen, und behandelten mich so rauh, weil Gangster sich eben so benahmen. Aber was stand mir noch bevor? Was würde heute nacht geschehen? Ich stand auf, um das Essen zu machen. Es war klüger, ihnen entgegenzukommen. Ich durfte sie nicht in Wut bringen.

Jeds Schürze lag zusammengerollt in einer Ecke. Ich hob sie auf und band sie mir um. Eine Waffe? In der Besteckschublade lagen ein kleiner Eispickel und ein langes, sehr scharfes Tranchiermesser. Ich nahm den Eispickel heraus und steckte den Griff unter der Schürze in meinen Hosenbund. Das Messer verbarg ich unter einem Geschirrtuch neben dem Spülbecken. Daneben stellte ich eine Reihe von Gläsern und Tassen auf, die ich notfalls als Wurfgeschosse verwenden wollte. Kindisch? Es war alles, was ich hatte.

Ab und zu blickte ich zum anderen Ende des Raumes. Die Augen des Mageren waren unverwandt auf mich gerichtet, erfahren im Verbrechen und seinen Abwehrmaßnahmen. Er wußte, was in mir vorging, daß ich meine Verteidigung plante. Ich fühlte es, doch trotzdem setzte ich meine Vorbereitungen fort. Mich erfüllte nur ein Gedanke: Wenn sie mir weh tun, dann muß ich ihnen wieder weh tun. Wenn sie sich auf mich stürzen, mich vergewaltigen, mich töten, dann sollen sie es wenigstens nicht leicht haben.

Vergewaltigen? Töten? War das ihre Absicht? Ich wußte es nicht. Ich wußte nur, daß ich in einer verzweifelten Lage war. Das las ich auf den Gesichtern dieser Männer – dem gleichgültigen Gesicht und dem gierigen Gesicht. Sie hatten es beide auf mich abgesehen. Warum? Das wußte ich nicht.

Ich hatte acht Eier in eine Schüssel geschlagen. Das große Stück Butter war in der Pfanne geschmolzen. In der anderen Pfanne begann der Schinkenspeck zu zischen. Ich goß die Eier in die Pfanne und begann zu rühren. Während meine Hände mechanisch ihre Arbeit taten, kreisten meine Gedanken um einen Plan zur Flucht. Alles hing davon ab, ob Sluggsy, wenn er von seiner Inspektionsrunde zurückkehrte, daran dachte, die Hintertür abzuschließen. Wenn nicht, konnte ich versuchen, auf diesem Weg zu fliehen. Die Vespa würde ich nicht gebrauchen können. Sie würde nicht sofort anspringen. Es würde zu lange dauern, den Motor anzuwerfen. Meine Habseligkeiten, mein Geld würde ich zurücklassen müssen. Ich würde wie ein Hase im Wald Schutz suchen müssen. Ich überlegte, daß es keinen Sinn hatte, nach rechts zu laufen. Der See hinter dem Gebäude würde meine Flucht aufhalten. Nein, ich würde nach links rennen. Dort bot sich kein Hindernis, nur endlose Wälder erwarteten mich. Es war nicht ausgeschlossen, daß ich mich hoffnungslos verirrte. Aber ich würde mich schon durchschlagen. Die Hauptsache war, ich entkam diesen Männern.

Die Eier waren fertig. Ich häufte sie auf eine Platte und legte die Schinkenscheiben auf den Rand. Die gerösteten Brotscheiben stapelte ich auf einen Teller, legte ein Stück Butter dazu und stellte alles zusammen auf ein Tablett. Eine kleine Staubwolke stieg auf, als ich das kochende Wasser über den Kaffee goß, und ich hoffte, die beiden würden daran ersticken. Dann trug ich das Tablett, mit dem beruhigenden Gefühl, in der Schürze weniger aufreizend zu wirken, zu dem Tisch, wo der magere Mann saß.

Als ich es absetzte, hörte ich, wie die Hintertür krachend zugeschlagen wurde. Das Schnappen des Schlosses vernahm ich nicht. Rasch blickte ich mich um. Sluggsys Hände waren leer. Mein Herz hämmerte wild. Sluggsy trat zum Tisch. Er warf einen Blick auf das Essen, umfaßte mit einer blitzartigen Bewegung meine Taille und legte sein gräßliches Gesicht an meinen Hals. »Genau wie Muttern sie macht, Baby. Wie wär's? Wollen wir beide uns nicht zusammentun? Wenn du im Bett so gut bist wie in der Küche, dann bist du die Frau meiner Träume. Was sagst du dazu, Puppe? Abgemacht?«

Ich hatte die Kaffeekanne in der Hand und holte aus, um ihm den heißen Inhalt ins Gesicht zu schütten. Horror erriet meine Absicht.

»Laß sie, Sluggsy«, befahl er scharf. »Später, habe ich gesagt.«

Die Worte knallten wie Peitschenschläge, und Sluggsy ließ mich sofort los.

»Du hättest beinahe eine Ladung heißen Kaffees in die Fresse gekriegt. Paß gefälligst auf. Wir sind nicht zum Vergnügen hier.«

Sluggsys Miene verriet Wut, aber auch Gehorsam. »Sei doch nicht so hartherzig, Horror. Die Kleine ist genau meine Kragenweite.«

Er zog einen Stuhl heran, und ich entfernte mich hastig.

Das Radio stand auf einem Tisch neben der Hintertür. Ich drehte an den Knöpfen und stellte die Musik lauter. Die beiden Männer redeten gelassen miteinander. Besteck klirrte. Jetzt oder nie! Ich maß die Entfernung bis zur Türklinke und stürzte mich nach links.

9

Ich hörte die Kugel in den Metallrahmen der Tür schlagen. Dann rannte ich, so schnell ich konnte, über das feuchte Gras, mit der einen Hand den Eispickel festhaltend. Glücklicherweise hatte der Regen nachgelassen, doch das Gras war schlüpfrig, und meine Sandalen hatten glatte, flache Ledersohlen. Ich wußte, daß ich nicht schnell genug lief. Ich hörte hinter mir die Tür aufspringen, und Sluggsys Stimme rief: »Halt, sonst kannst du dir die Radieschen von unten ansehen!« Dann folgten Schüsse. Nur noch zehn Meter, dann hatte ich die Ecke des Gästegebäudes erreicht und war außerhalb des Lichtkreises. Ich zog den Kopf ein und hetzte im Zickzack dahin, in nervöser Angst vor der nächsten Kugel. Aus dem Fenster des letzten Gästezimmers fielen klirrend Scherben. Dann eilte ich um die Ecke. Als ich mich unter den tropfenden Ästen der Bäume verbarg, hörte ich, wie ein Motor ansprang. Was sollte das bedeuten?

Ich kämpfte mich mühsam vorwärts. Die nassen Äste der Fichten peitschten meine Arme, die ich über das Gesicht gelegt hatte. Es war stockdunkel, und ich konnte nicht mal einen Meter weit sehen. Und dann wurde es plötzlich hell. Ich schluchzte verzweifelt auf, als mir klarwurde, weshalb der Motor des Wagens angelassen worden war. Die Scheinwerfer hatten mich erfaßt. Als ich versuchte, dem Lichtschein zu entrinnen, hörte ich das Brummen des Motors, als der Fahrer die Position des Wagens änderte, und gleich darauf war ich wieder in einem Lichtkreis gefangen. Ich mußte die Richtung einschlagen, die die Bäume mir gestatteten. Ich war kaum weiter als dreißig Meter in den Wald eingedrungen. Mein Atem ging keuchend. Die Fetzen hingen bereits von meinen Kleidern, meine Füße begannen schon zu schmerzen. Ich wußte, ich konnte nicht lange durchhalten. Mir blieb nichts anderes übrig, als zu versuchen, einen Moment aus dem Lichtkreis zu entrinnen, unter einen Baum zu kriechen und mich dort zu verstecken. Doch warum schoß niemand? Ich torkelte nach rechts, aus dem Lichtkegel heraus, und ließ mich auf die Knie fallen. Vor mir erhob sich ein kräftiger Baum. Seine breiten Äste streiften den Boden, und ich kroch unter ihnen hindurch, lehnte mich an den Stamm und bemühte mich, ganz leise zu atmen.

Dann hörte ich, daß einer von den beiden mich verfolgte. Hin und wieder blieb er stehen und lauschte. Wenn er auch nur die geringste Ahnung hatte, wie man ein Wild verfolgt, würde er mich bald entdecken. Er brauchte nur auf die gebrochenen Äste und die zertretene Erde zu achten. Leise schob ich mich auf die andere Seite des Stammes, die ihm abgewandt war, und beobachtete den Lichtschein des Wagens, der die nassen Zweige über mir anleuchtete.

Die Schritte, das Geräusch brechender Äste rückten näher. Jetzt konnte ich den schweren Atem hören. Sluggsys Stimme sagte leise, ganz in der Nähe: »Komm heraus, Baby! Sonst setzt's was. Das Versteckspiel ist aus!«

Der dünne Lichtstrahl einer Taschenlampe streifte suchend von einem Baum zum anderen. Er wußte, daß ich nur wenige Meter von ihm entfernt war. Dann richtete sich der Lichtstrahl auf den Boden unter meinem Baum. Ich hörte Sluggsys Stimme: »Hat Papa dich endlich gefunden! Komm, Baby!«

Hatte er mich wirklich entdeckt? Ich hielt den Atem an.

Das Krachen eines Schusses ertönte. Die Kugel bohrte sich hinter meinem Kopf in den Stamm. »Das ist nur eine Mahnung, Baby. Beim nächstenmal sind deine niedlichen kleinen Füße dran.«

Die hatte er also gesehen. »Schon gut«, sagte ich erschöpft. »Ich komme. Schießen Sie nicht.« Auf allen vieren kroch ich unter dem Baum hervor.

Der Mann wartete auf mich. Auf seinem kahlen Kopf spiegelte sich das Licht. Sein Revolver war auf meinen Magen gerichtet. »Okay. Geh vor mir her. Und wenn du stehenbleibst, dann gibt's einen Tritt.«

Ich stolperte zwischen den Bäumen hindurch auf die unbarmherzig strahlenden Augen des Wagens zu. Die Hoffnungslosigkeit übermannte mich. Was hatte ich getan, um das zu verdienen? Warum hatte Gott gerade mich zum Opfer dieser beiden Männer auserkoren? Jetzt würde ich ihre Wut erst richtig zu spüren bekommen. Sie würden mich martern und später bestimmt töten. Doch die Polizei würde die Kugeln in meinem Körper finden. Welch gräßliches Verbrechen hatten sie vor, daß sie nicht mal die Beweise fürchteten, die meine Leiche liefern würde? Gleichgültig, um welches Verbrechen es sich handelte, sie schienen gewiß zu sein, daß danach keine Beweise mehr vorhanden sein würden. Sie würden mich einscharren, mich mit einem Stein um den Hals in den See versenken!

Ich trat unter den Bäumen hervor. Der magere Mann lehnte sich aus dem Wagen. »Okay!« rief er Sluggsy zu. »Bring sie ins Motel. Tu ihr nichts. Das übernehme ich.« Er schaltete den Rückwärtsgang ein.

Sluggsy trat neben mich. Seine freie Hand betastete mich lüstern. Ich sagte nur: »Nicht!« Ich hatte nicht einmal mehr die Kraft, mich zu wehren.

»Jetzt sitzt du in der Patsche, mein Schatz«, erklärte er leise. »Horror kennt kein Pardon. Der macht dich fertig. Wenn du jetzt ja sagst und versprichst, brav zu sein, dann kann ich vielleicht ein gutes Wort für dich einlegen. – Also?«

Ich sammelte meine letzte Willenskraft. »Lieber würde ich sterben, als mich von Ihnen berühren zu lassen.«

»Wie du willst. Tust du's nicht freiwillig, dann hol' ich mir's mit Gewalt. Ungeschoren kommst du mir nicht davon. Kapiert?« Er kniff mich bösartig, so daß ich aufschrie. »So ist's richtig. Sing, Baby. Übung macht den Meister.«

Er stieß mich durch die offene Tür und schloß hinter mir ab. Der Raum sah noch genauso aus wie vorher – helles, freundliches Licht, der Duft von Speck und Kaffee. Aus dem Radio dröhnte Tanzmusik. Ich dachte daran, wie glücklich ich erst vor wenigen Stunden in diesem Raum gewesen war. Ich dachte an die Erinnerungen, denen ich mich in diesem Lehnstuhl hingegeben hatte. Wie lächerlich waren plötzlich die Erlebnisse der letzten Jahre! Das Kino in Windsor? Es war eine Szene in einem miserablen Theaterstück. Zürich? Ein Paradies. Der wahre Dschungel der Welt mit seinen wahren Ungeheuern zeigt dem Menschen nur selten sein Gesicht. Doch er umgibt ihn immer. Wenn man einen falschen Schritt tut, eine falsche Karte ausspielt im Spiel des Schicksals, dann streckt der Dschungel die Arme nach einem aus, und man ist verloren – verloren in einer Welt, wie man sie sich niemals vorgestellt hat. Der Mann namens Horror stand in der Mitte des Raumes, nachlässig, entspannt, mit herabhängenden Armen. Seine gleichgültigen Augen waren auf mich gerichtet. Dann hob er seine rechte Hand und krümmte den Zeigefinger. Meine kalten, schmerzenden Füße bewegten sich auf ihn zu. Als ich nur noch einige Schritte von ihm entfernt war, erwachte ich aus der Trance. Mir fiel plötzlich der Eispickel ein, und meine Hand griff nach dem Bund meiner Hose. Ich spürte die Waffe unter der Schürze. Es würde schwierig sein, ihn herauszuziehen. Vor dem Mann blieb ich stehen. Die Augen starrten mich an. Seine rechte Hand fuhr hoch wie eine gereizte Schlange und schlug mich klatschend rechts und links ins Gesicht. Die Tränen traten mir in die Augen, und ich duckte mich, als wollte ich weiteren Schlägen ausweichen. Gleichzeitig, durch meine gebückte Haltung verdeckt, fuhr meine rechte Hand in den Hosenbund, und als ich mich wieder aufrichtete, stürzte ich mich auf ihn und schlug wild nach seinem Kopf. Der Eispickel traf, aber er ritzte nur die Haut, und sofort wurden meine Arme von hinten gepackt. Ich wurde zurückgerissen.

Blut quoll aus der Wunde über der Schläfe. Vor meinen Augen rann es hinunter zum Kinn. Doch das graue Gesicht blieb unbewegt. Es verriet keinen Schmerz, nur erbarmungslose Entschlossenheit, und in den schwarzen Augen schimmerte es rötlich. Der magere Mann trat auf mich zu. Meine Hand öffnete sich, und der Eispickel fiel klirrend zu Boden. Es war eine Reflexbewegung – das Kind, das die Waffe fallen ließ. Ich gebe auf. Ich kapituliere.

Und dann begann er langsam, beinahe mit Wollust, mich zu schlagen, bald mit der offenen Hand, bald mit der Faust. Er teilte seine Schläge mit überlegter, erotischer Grausamkeit aus. Zuerst wand ich mich, krümmte mich und trat mit den Füßen. Dann begann ich zu schreien, und das graue Gesicht mit dem Blutfaden tanzte vor mir auf und ab. Und die Hände schlugen und schlugen.

Ich kam im Duschraum meines Zimmers zu mir. Nackt lag ich auf den Fliesen, neben mir das armselige Häufchen zerfetzter Kleider. Sluggsy, der an der Wand lehnte und auf einem hölzernen Zahnstocher kaute, hatte die Hand am Kaltwasserhahn. Seine Augen waren gierige, blitzende Schlitze. Er drehte das Wasser ab, und irgendwie kam ich auf die Knie. Ich wußte, daß ich erbrechen mußte. Es war mir gleichgültig. Ich war ein gebändigtes, winselndes Tier – bereit zu sterben. Es würgte mich.

Sluggsy lachte. Er beugte sich vor und klopfte mir aufs Gesäß.

»Nur zu, Baby. Jeder muß erst mal kotzen, wenn er zusammengeschlagen worden ist. Danach kannst du dich waschen, ein hübsches Kleid anziehen und wieder hinüberkommen. Die Eier sind ganz kalt geworden, weil du so plötzlich abgehauen bist. Jetzt ist aber Schluß mit den Dummheiten. Na, ich nehme an, du hast die Nase sowieso voll. Ich passe auf dich auf. Komm, stell dich jetzt nicht so an. Kein Blut, kaum eine Beule. Horror weiß die kleinen Mädchen zu nehmen. Du hast unverschämtes Glück gehabt. Er ist ein jähzorniger Bursche. Wenn er wirklich wütend gewesen wäre, dann könnten wir jetzt eine Grube für dich schaufeln. Also, bis gleich.«

Ich hörte die Tür des Zimmers zuschlagen, und dann konnte ich mich nicht mehr beherrschen.

Ich brauchte eine halbe Stunde, um mich einigermaßen zu erholen. Am liebsten hätte ich mich auf mein Bett geworfen und gewartet, bis die beiden endlich Schluß mit mir machten. Doch allmählich erwachte mein Lebenswille wieder, als ich mich anzog und mein Haar bürstete. Leise begann sich in mir der Gedanke zu regen, daß ich vielleicht das Schlimmste überstanden hatte. Wenn nicht, weshalb war ich dann noch am Leben? Sluggsy wußte so gut mit seinem Revolver umzugehen, daß er mich bestimmt mit Leichtigkeit hätte erschießen können, als ich hatte davonlaufen wollen. Seine Kugeln hatten mich um Haaresbreite verfehlt, wahrscheinlich absichtlich, um mir einen Schrecken einzujagen.

Ich zog meinen weißen Motorradanzug an und steckte meine Geldbörse in eine der Taschen – nur für den Fall. Für welchen Fall? Eine zweite Fluchtmöglichkeit würde es nicht geben.

Und dann schleppte ich mich hinüber ins Hauptgebäude.

Es war elf Uhr. Der Regen hatte ganz aufgehört. Der Mond hing zwischen rasch dahintreibenden Wolkenfetzen, tauchte den Wald von Zeit zu Zeit in bleiches Licht. Sluggsy lehnte im Türrahmen und kaute auf seinem Zahnstocher. Als ich mich näherte, trat er zur Seite.

»So ist's recht. Wie aus dem Ei gepellt. An manchen Stellen tut's wohl noch 'n bißchen weh, was? Mußt eben heute nacht auf dem Rücken schlafen. Aber das paßt uns beiden ja recht gut, nicht wahr, Baby?«

Als ich nichts erwiderte, packte er mich am Arm. »He, he! Warum so stolz, Zuckerpuppe? Dir fehlt wohl die Ausgleichsbehandlung auf der anderen Seite?« Er machte eine drohende Bewegung mit der rechten Hand.

»Tut mir leid.«

»Okay, okay.« Er ließ mich los. »So, jetzt geh rein und stell dich an den Herd. Und laß dir ja nicht einfallen, mich oder meinen Freund Horror zu reizen. Schau mal, wie du den verunstaltet hast!«

Der magere Mann saß an seinem alten Tisch. Die Hausapotheke stand vor ihm. Über seiner rechten Schläfe prangte ein breites Pflaster. Ich streifte ihn mit einem ängstlichen Blick und ging hinter die Theke. Sluggsy setzte sich zu ihm, und sie begannen mit leiser Stimme miteinander zu sprechen. Als ich den Kaffee und die Eier zubereitete, spürte ich, daß ich Hunger hatte. Ich konnte das nicht verstehen. Seit die beiden Männer durch die Tür getreten waren, hatten mich Furcht und Schrecken so verkrampft, daß ich nicht mal einen Schluck Kaffee hinuntergebracht hätte. Natürlich war mein Magen jetzt leer, weil ich erbrochen hatte, doch auf eine seltsame, recht beschämende Weise fühlte ich mich durch die Prügel, die ich bezogen hatte, entspannt und gelöst. Der Schmerz, der viel stärker gewesen war als die Spannung, mit der ich ihn gefürchtet hatte, hatte meine verkrampften Nerven gelockert. Ich spürte ein eigentümliches Gefühl von Wärme und Frieden. Natürlich war ich noch immer verängstigt, doch ich hatte nicht mehr das Bedürfnis, mich gegen die Gefahr aufzulehnen. Ich war unterwürfig, fatalistisch. Und gleichzeitig meldete mein Körper, daß er Nahrung brauchte. Er wollte seine Kraft zurück, er wollte leben.

Ich machte Rühreier, Kaffee und Toast für die beiden Männer und mich, und nachdem ich ihnen ihr Essen gebracht hatte, setzte ich mich hinter die Theke, damit sie mich nicht sehen konnten, und begann zu essen. Danach steckte ich mir eine Zigarette an. In dem Augenblick, als ich sie anzündete, wußte ich, daß das unklug war. Es lenkte die Aufmerksamkeit auf mich. Schlimmer noch, es bewies, daß ich mich erholt hatte, daß es sich wieder lohnte, mich zu quälen. Doch das Essen und die einfache Handlung, es zu verzehren, hatten mich beinahe berauscht. Es war ein Teil des alten Lebens, wie es gewesen war, ehe diese Männer erschienen waren. Jeder Bissen – die Gabel voll Ei, das Stück Schinken, die Brotkrumen – war etwas Wunderbares, das all meine Sinne gefangennahm. Schon die Tatsache, daß man lebte, war köstlich. Wenn ich mit dem Leben davonkommen sollte, würde ich dankbar sein für jeden Atemzug, den ich tat, für jede Mahlzeit, die ich aß, für jede Nacht, in der ich die kühle Berührung der Laken spüren konnte. Warum hatte ich all das nicht schon früher gewußt? Warum hatten meine Eltern, meine verlorene Religion es mich nicht gelehrt? Nun, ich wußte es jetzt. Ich hatte es selbst entdeckt. Die Liebe zum Leben wird aus der Erkenntnis des Todes geboren, aus dem Grauen davor.

Ich war berauscht vom Essen, vom Alleinsein hinter der Theke. Und da wollte ich diesen Augenblick noch länger auskosten und steckte mir eine Zigarette an.

Etwa eine Minute später erstarb das Stimmengemurmel. Das Scharren eines Stuhls, der zurückgeschoben wurde, übertönte die leise Musik aus dem Radio. Jetzt stieg neue Angst in mir auf. Ich drückte meine Zigarette in der leeren Kaffeetasse aus, stand auf, stapelte mit raschen Bewegungen Teller und Tassen im Spültisch und drehte den Wasserhahn an. Ich blickte nicht auf, doch ich sah Sluggsy durch den Raum kommen. Er lehnte sich an die Theke. Ich hob den Kopf, als sei ich überrascht. Noch immer kaute er auf seinem Zahnstocher, schob ihn zwischen seinen wulstigen Lippen von einer Seite auf die andere. Er legte eine Schachtel Kleenex auf die Theke und zog ein paar Tücher heraus. Nachdem er sich geräuschvoll geschneuzt hatte, ließ er die Papiertücher achtlos zu Boden fallen. »Du hast mir einen Katarrh aufgebrummt, Baby«, stellte er mit liebenswürdiger Stimme fest. »Kommt von der Jagd im Wald. Ganz übel wegen meiner Krankheit, dieser *Alopecia*. Hast du gewußt, daß man da auch die Haare in der Nase verliert? Genau wie die anderen. Und weißt du, was dabei rauskommt? Daß einem die Nase ganz ekelhaft tropft, wenn man eine Erkältung kriegt. Du hast mir die Erkältung aufgehängt, Baby. Das bedeutet alle vierundzwanzig Stunden eine Schachtel Kleenex. Vielleicht noch mehr. Hast du darüber schon mal nachgedacht? Hast du schon mal über Leute nachgedacht, die keine Haare in der Nase haben?« Die wimpernlosen Augen funkelten plötzlich vor Zorn. »Ach, ihr Weiber seid alle gleich! Denkt immer nur an euch selbst. Ihr wollt euch nur amüsieren.« Ich sagte ruhig, mit leiser Stimme, die die Radiomusik fast verschluckte: »Sie tun mir leid. Aber weshalb tue ich Ihnen nicht leid?« Ich sprach schnell und eindringlich. »Warum sind Sie beide hierhergekommen, um mich zu prügeln und herumzustoßen? Was habe ich Ihnen getan? Warum lassen Sie mich nicht weg? Ich verspreche Ihnen, keinem Menschen etwas zu sagen, wenn Sie mich fortlassen. Ich habe ein bißchen Geld. Einen Teil könnte ich Ihnen geben. Vielleicht zweihundert Dollar. Mehr kann ich mir nicht leisten. Ich will bis nach Florida. Bitte, lassen Sie mich doch weg!« Sluggsy antwortete mir mit brüllendem Gelächter. Er drehte sich um. »Unsere Zuckerpuppe bietet uns zweihundert Dollar, wenn wir sie abhauen lassen!« rief er. Der Magere zuckte mit den Achseln. Doch er blieb stumm. Sluggsy wandte sich wieder mir zu. Seine Augen blieben hart, ohne Erbarmen. »Mach dir keine Illusionen, Baby. Du spielst mit, und zwar eine Hauptrolle. Solltest dich eigentlich geschmeichelt fühlen, daß sich solche Leute wie Horror und ich für dich interessieren, ganz zu schweigen von Mr. Sanguinetti, dem Oberbonzen.«

»Und welche Rolle spiele ich? Wozu brauchen Sie mich?«

»Das wirst du noch früh genug erfahren«, versetzte Sluggsy mit einem gleichgültigen Achselzucken. »Inzwischen rate ich dir, die Klappe zu halten und nicht soviel Blödsinn zu quatschen. Tu lieber was. He, das ist schöne Schnulzenmusik. Komm, wir wollen mal eine Sohle aufs Parkett legen, daß Horror die Augen übergehen. Dann marsch in die Federn mit uns beiden. Komm, Kleine.« Er streckte die Arme aus und schnalzte im Takt der Musik mit den Fingern.

»Tut mir leid. Ich bin müde.«

Sluggsy lehnte sich wieder an die Theke. »Du elendes kleines Miststück«, sagte er wütend. »Mich kannst du nicht auf den Arm nehmen. Dich werde ich lehren, was Müdigkeit ist!«

In seiner Hand lag plötzlich ein kleiner schwarzer Lederknüppel. Mit einem Schlag ließ er ihn auf die Theke sausen. Eine tiefe Kerbe zeigte sich in der Platte aus Kunststoff. Gemächlich trottete er um die Theke herum, summte vor sich hin, während sich seine Augen an mir festsaugten. Ich wich in die hinterste Ecke zurück. Es war mein letzter Ausweg. Irgendwie mußte ich ihm seine Gemeinheit heimzahlen, ehe ich unterlag. Meine Hand tastete nach der offenen Besteckschublade. Unvermittelt griff ich hinein und schleuderte blitzschnell Messer und Gabeln in die Luft. Er duckte sich nicht schnell genug. Klirrend traf das Silber seinen Kopf. Ich warf immer weiter, doch er hatte den Kopf eingezogen, und der Regen von Messern und Gabeln verletzte ihn nicht. Er hob eine Hand zum Gesicht und wich fluchend zurück. Jetzt eilte der Magere mit großen Schritten durch den Raum. Ich packte das Tranchiermesser und stürzte mich auf Sluggsy. Doch er sah mich kommen und suchte hinter einem Tisch Deckung. Ohne Eile nahm Horror sein Jackett ab und wickelte es sich um den linken Arm. Dann hoben sie beide Stühle hoch und drangen, die Stuhlbeine vorgestreckt wie die Hörner eines Stiers, von beiden Seiten auf mich ein. Ich zielte auf Sluggsys rechten Arm, doch ich verfehlte ihn, und das Messer wurde mir aus der Hand geschlagen. Ich konnte nur noch hinter der Theke Zuflucht suchen.

Sluggsy, der noch immer den Stuhl hochhielt, eilte mir nach, und während ich ihm reglos gegenüberstand, in jeder Hand einen Teller, beugte sich der Magere rasch über die Theke und packte mich bei den Haaren. Ich schleuderte die Teller zur Seite, doch sie zersprangen nur auf dem Boden. Dann wurde mein Kopf nach rückwärts zur Theke hinuntergezogen, und Sluggsy beugte sich über mich.

»Okay, Horror, laß sie los. Das ist für mich.«

Ich spürte die Umklammerung seiner kräftigen Arme, die mich fast erdrückten. Sein Gesicht berührte das meine, er küßte mich brutal, während seine Hand nach dem Reißverschluß an meinem Hals griff und ihn bis zur Taille aufzog.

Und dann ertönte das schrille Summen am Haupteingang, und alle erstarrten.

10

»Allmächtiger, was ist denn das?« Sluggsy hatte von mir abgelassen. Seine Hand steckte in der Lederjacke. Horror erholte sich zuerst. Auf seinen Zügen stand kalter Ärger. »Geh rüber zur Tür, Sluggsy. Schieß erst, wenn ich es dir sage. Und du«, wütend zischte er mir die Worte zu, »bringst deine Kleider in Ordnung. Du mußt an die Tür. Und wenn du deine Sache nicht gut machst, dann gnade dir Gott. Kapiert? Dann kriegst du eine Kugel in deinen hübschen Körper. Los, geh jetzt an die Tür und schau nach, wer draußen ist. Du kannst den Leuten die gleiche Geschichte auftischen wie uns. Verstanden? Mach nicht so ein blödes Gesicht. Kein Mensch tut dir was, wenn du tust, was dir gesagt wird. Zieh den Reißverschluß rauf, verdammt noch mal!« Ich zog verzweifelt, doch der Reißverschluß hing fest. »Mensch, dann halt das Ding eben über der Brust zusammen. Aber beweg dich endlich. Ich bleibe hinter dir. Ein falsches Wort, und dir bleibt nicht mal Zeit für die letzte Beichte. Marsch jetzt!«

Mein Herz hämmerte gegen die Rippen. Irgendwie mußte ich mich retten, gleichgültig, was geschehen mochte.

Jetzt klopfte es laut. Ich ging langsam zur Tür, während ich meinen Anzug über der Brust zusammenhielt. Ich wußte, was ich als erstes zu tun hatte.

Als ich die Tür erreichte, trat Sluggsy ein wenig von der Füllung weg und sperrte sie auf. Jetzt hing alles von meiner Schnelligkeit ab. Ich umklammerte die Klinke mit der Linken, und als ich sie niederdrückte, ließ meine rechte Hand den Overall los, griff nach der Kette und löste sie. Hinter mir fluchte jemand leise, und ich spürte, wie sich ein Revolver in meinen Rücken bohrte. Doch dann riß ich die Tür weit auf, so daß Sluggsy gegen die Wand gedrückt wurde. Ich hatte mich blindlings darauf verlassen, daß sie, weil sie nicht wußten, ob es die Polizei oder eine Verkehrsstreife war, nicht schießen würden. Sie hatten tatsächlich nicht geschossen. Jetzt kam es nur auf den Mann an, der allein auf der Schwelle stand.

Auf den ersten Blick krampfte sich alles in mir zusammen. O Gott, noch einer von der Sorte, dachte ich. Er stand vor mir, ganz ruhig, ganz beherrscht, strahlte ebenso wie die beiden anderen tödliche Erbarmungslosigkeit aus. Er trug einen dunkelblauen Regenmantel und einen weichen Hut, der tief in die Stirn gedrückt war. Auf seiner linken Wange leuchtete eine weiße Narbe. Ich hob rasch meine Hand, um meine Nacktheit zu verbergen. Da lächelte er, und plötzlich dachte ich, es könnte vielleicht doch noch alles gut werden.

Als er sprach, tat mein Herz einen Sprung. Er war Engländer! »Es tut mir leid. Ich habe eine Reifenpanne. Da sah ich das Schild, daß hier noch ein Zimmer frei ist. Kann ich für heute nacht eines haben?« Er blickte mich neugierig an. Offenbar ahnte er, daß etwas nicht in Ordnung war.

Jetzt mußte ich sehr vorsichtig sein. Wenn ich etwas falsch machte, hatten wir beide nicht mehr lange zu leben. »Tut mir leid«, erwiderte ich, »aber das Motel ist geschlossen.« Gleichzeitig krümmte ich den Zeigefinger meiner Hand, die den Overall zusammenhielt, und bedeutete ihm, er sollte hereinkommen. Er sah mich verwirrt an. Ich mußte ihm einen Wink geben. »Ist es denn so schlimm, daß Sie nicht mal bis nach Lake George kommen können?«

»Unmöglich. Ich bin schon über einen Kilometer auf der Felge gefahren. Das Rad hat bestimmt schon einen Schlag.«

Kaum merklich wies ich mit dem Kopf nach rückwärts, um ihn aufzufordern, einzutreten. »Ja, wissen Sie, jetzt sind gerade die Leute von der Versicherung hier. Die muß ich erst fragen. Warten Sie hier.« Wieder winkte ich mit dem Finger. Dann drehte ich mich um und trat zwei Schritte ins Innere, blieb jedoch so nahe an der Tür, daß keiner der beiden sie zuschlagen konnte. Der Mann im Regenmantel hatte meinen Wink verstanden und den Raum ebenfalls betreten. Als er die beiden Männer erblickte, wurden seine Gesichtszüge irgendwie schärfer, doch er sagte ganz unbefangen: »Sie haben wahrscheinlich gehört, was ich sagte. Haben Sie etwas dagegen, wenn ich hier übernachte?«

»Allmächtiger«, stellte Sluggsy verachtungsvoll fest. »Ein Engländer! Sind wir hier vielleicht bei den Vereinten Nationen?«

»Nichts zu machen, mein Freund«, mischte sich der Magere scharf ein. »Sie haben gehört, was die junge Dame sagte. Das Motel ist geschlossen. Wir werden Ihnen helfen, den Reifen zu wechseln, und dann können Sie getrost weiterfahren.«

»Dafür ist es doch schon ein bißchen spät«, entgegnete der Engländer gelassen. »Ich will nach Süden. Ich bezweifle, daß vor Glens Falls noch ein Motel an der Straße liegt. Mir wäre es lieber, wenn ich hierbleiben könnte. Schließlich hatten Sie ja das Schild eingeschaltet.«

»Sie haben gehört, was ich sagte, Mister.« Horrors Ton wurde schärfer. Er wandte sich an Sluggsy »Komm. Wir helfen ihm beim Reifenwechsel.« Gemeinsam näherten sie sich der Tür. Doch der Engländer ließ sich nicht aus der Ruhe bringen.

»Ich habe zufällig Freunde in Albany, recht einflußreiche Freunde. Sie sind doch sicherlich nicht erpicht darauf, Ihre Lizenz zu verlieren, nicht wahr? Auf dem Schild stand klar und deutlich ›Zimmer frei‹, und die Fenster waren erleuchtet. Ich bin müde und will ein Zimmer haben.« Er wandte sich mir zu. »Macht Ihnen das besondere Umstände?«

»O nein«, versicherte ich. »Keineswegs. Ein Zimmer ist schnell gemacht. Ich bin sicher, daß Mr. Sanguinetti seine Lizenz nicht verlieren möchte, oder?« Mit großen unschuldigen Augen blickte ich die beiden Gangster an. Es sah so aus, als wollten sie jeden Moment ihre Waffen ziehen, doch der Magere trat nur zur Seite, und Sluggsy folgte ihm. Einen Augenblick flüsterten sie miteinander. Ich nahm die Gelegenheit wahr, um dem Engländer eindringlich und flehend zuzunicken. Wieder lächelte er mir beruhigend zu.

Der Magere drehte sich um. »Okay, Mister. Sie können bleiben. Aber bilden Sie sich ja nicht ein, Sie könnten uns mit Ihren Geschichten beeindrucken. Mr. Sanguinetti hat ebenfalls Freunde in Albany. Vielleicht haben Sie recht mit dem Schild. Aber treiben Sie's nicht zu weit. Wir sind hier zuständig, und was wir sagen, wird gemacht. In Ordnung?«

»Mir soll's recht sein. Ich hole meinen Koffer.«

Er steuerte wieder auf die Tür zu. »Ich helfe Ihnen«, warf ich rasch ein. Dann eilte ich ihm voraus, zog wütend an meinem Reißverschluß, beschämt über mein Aussehen. Nach einer Weile ließ er sich endlich hochziehen, und ich schloß den Anzug bis zum Hals.

Der Engländer holte mich ein. Hastig flüsterte ich ihm zu, ohne ihn anzublicken. Ich war sicher, daß einer der beiden Männer an der Tür stand und uns beobachtete. »Danke«, zischte ich.

»Gott sei Dank, daß Sie gekommen sind. Sie wollten mich ermorden. Bitte, passen Sie um Gottes willen auf. Die beiden sind Gangster. Ich weiß nicht, was sie wollen. Sie haben auf mich geschossen, als ich fliehen wollte.«

Wir erreichten den Wagen. Es war ein dunkelgrauer Thunderbird mit cremefarbenem Verdeck. Ein herrlicher Wagen. Ich sagte etwas in diesem Sinne. Er erklärte kurz, er habe das Auto gemietet. »Gehen Sie auf die andere Seite. Tun Sie so, als bewunderten Sie den Wagen«, sagte er. Dann bückte er sich, öffnete die niedrige Tür und kramte im Inneren herum. »Sind beide bewaffnet?« fragte er.

»Ja.«

»Wie viele Revolver hat jeder von Ihnen?«

»Keine Ahnung. Der Kahlköpfige ist ein Scharfschütze. Wie der andere schießt, weiß ich nicht.«

Er zog einen kleinen schwarzen Koffer heraus, legte ihn auf den Boden und schlug den Deckel auf. Er zog irgend etwas unter den Kleidern hervor und ließ es in einer Brusttasche verschwinden. Dann hantierte er an den Seitenteilen des Koffers, zog einige dünne schwarze Gegenstände heraus, die ich für Magazine hielt, und steckte sie ebenfalls ein. Dann ließ er den Kofferdeckel zuschnappen. »Besser zuviel Munition als zuwenig«, bemerkte er, knallte ostentativ die Wagentür zu und richtete sich auf. Wir traten beide zum Heck des Wagens, um uns den platten Reifen anzusehen. Er kniete neben dem Rad nieder, und ich beugte mich über ihn.

»Telefon?« fragte er kurz.

»Gesperrt«, erwiderte ich.

»Geben Sie mir das Zimmer neben dem Ihren.«

»Natürlich.«

»Schön. Gehen wir. Halten Sie sich in meiner Nähe, gleichgültig, was die anderen tun oder sagen.«

»Ja, und vielen Dank.«

Er stand auf und lächelte. »Warten Sie damit, bis wir die Sache hinter uns haben.«

Gemeinsam schritten wir zurück. Sluggsy, der auf der Schwelle gestanden hatte, schloß die Tür hinter uns und sperrte ab. »Hier ist Ihr Schlüssel, Mister«, sagte er und warf den Schlüssel auf den Tisch.

Ich nahm ihn und sah mir die Nummer an. Vierzig, das letzte Zimmer links. »Der Herr nimmt Zimmer zehn neben dem meinen«, erklärte ich fest und trat zum Empfangstisch, ohne daran zu denken, daß Sluggsy alle Schlüssel bei sich hatte.

Er war mir gefolgt. Jetzt grinste er. »Nichts zu machen, Baby. Von dem Burschen wissen wir nichts. Deshalb werden Horror und ich in den beiden Zimmern neben dir schlafen. Wir müssen doch darüber wachen, daß du nicht gestört wirst. Die anderen Schlüssel sind schon verpackt. Nur Nummer vierzig ist noch da.« Er wandte sich an den Engländer. »He! Wie heißen Sie eigentlich?«

»Bond. James Bond.«

»Aus England?«

»Stimmt. Wo ist das Meldebuch? Ich werd's Ihnen aufschreiben.«

»Sie sind ein ganz Gescheiter, was? Was tun Sie denn, um Ihren Lebensunterhalt zu verdienen?«

»Ich bin bei der Polizei.«

Sluggsy starrte den Engländer verblüfft an. Er fuhr sich mit der Zunge über die Lippen und drehte sich zu Horror um, der wieder an seinem alten Tisch saß. »He, Horror! Hast du das gehört? Der Bursche ist ein Bulle! Toll, was? Ein Polyp!«

Horror nickte. »Dacht' ich mir doch. Na, wenn schon? Wir haben nichts Unrechtes getan.«

»Stimmt«, bestätigte Sluggsy eifrig. Er wandte sich an Mr. Bond. »Und hören Sie bloß nicht auf das, was Ihnen die Kleine da vorflunkert. Wir sind nämlich von der Versicherung. Schätzer. Arbeiten für Mr. Sanguinetti. Der hat in Troy was zu sagen. Dem gehört auch das Motel hier. Na, und der Geschäftsführer hat sich beschwert, weil Geld fehlte. Andere Sachen auch. Deshalb sind wir hergekommen, um Ermittlungen anzustellen. Und als wir dem kleinen Aas hier Fragen stellen, knallt sie da nicht meinem Freund den Eispickel über den Schädel? Da, sehen Sie sich's an!« Er wies auf Horror. »Wie gefällt Ihnen das? Als Sie kamen, wollten wir sie gerade zur Vernunft bringen. – Stimmt's nicht, Horror?«

»Genau. So war es.«

»Lauter Lügen«, warf ich zornig ein. Ich ging zur Hintertür, zeigte auf den verbogenen Rahmen und die Stelle, wo die

Kugel eingeschlagen war. »Woher stammt denn dieser Einschuß?«

Sluggsy lachte laut. »Du kannst mich ja durchsuchen, Baby!« Er drehte sich nach Horror um. »Hast du hier Kugeln herumfliegen sehen?«

»Nein.« Horrors Ton war gelangweilt. Er wedelte verdrießlich mit der Hand, um auf die Theke aufmerksam zu machen. »Allerdings hab' ich gesehen, wie die junge Dame meinem Freund das gesamte Besteck nachgeworfen hat.« Seine Augen richteten sich langsam auf mich. »Stimmt das nicht? Und da unten liegt auch irgendwo ein großes Tranchiermesser. Ich hätte gute Lust, dich morgen früh wegen Tätlichkeiten einlochen zu lassen.«

»Tun Sie das!« versetzte ich hitzig. »Sie werden schon sehen, wie weit Sie damit kommen. Sie wissen ganz genau, daß ich mich nur gewehrt habe. Und was die Sache mit dem fehlenden Geld angeht, so höre ich davon zum erstenmal.«

Der Engländer mischte sich gelassen ein. »Nun, es sieht so aus, als sei ich gerade rechtzeitig erschienen, um Frieden zu stiften. Wo ist das Meldebuch, damit ich mich eintragen kann?«

»Das Buch hat der Chef«, versetzte Sluggsy unwirsch. »Sie müssen sich nicht eintragen. Sie brauchen auch nicht zu zahlen. Das Motel ist geschlossen. Ihre Übernachtung geht auf Kosten des Hauses.«

»Danke. Das ist sehr freundlich von Ihnen.« James Bond wandte sich an mich. »Könnte ich vielleicht ein paar Eier mit Schinken und eine Tasse Kaffee haben? Bei dem vielen Reden bin ich hungrig geworden. Ich kann es mir selbst zubereiten, wenn das Zeug da ist.«

»O nein.« Ich rannte fast hinter die Theke. »Das tue ich gern.«

»Vielen Dank.« Er wandte Sluggsy den Rücken zu, schlenderte zur Theke und ließ sich auf einem Hocker davor nieder. Seinen Koffer legte er auf den Hocker neben sich.

Aus dem Augenwinkel beobachtete ich, wie Sluggsy sich abrupt umdrehte und rasch zu dem mageren Mann hinüberschritt. Er setzte sich zu ihm und begann, leise auf ihn einzureden.

James Bond warf einen Blick über die Schulter. Dann rutschte er vom Hocker, zog seinen Regenmantel aus, legte den Hut ab und setzte sich wieder. Schweigend beobachtete er die Männer in dem langen Spiegel hinter der Theke, während ich kochte.

Er war etwa einsachtzig groß, schlank und sah gut aus. Die Augen in dem schmalen gebräunten Gesicht waren graublau und sehr klar. Als sie jetzt die beiden Männer beobachteten, blickten sie kalt und wachsam. Die starren halbgeschlossenen Augen gaben seinem Gesicht diesen harten, beinahe grausamen Zug, der mich vorhin so erschreckt hatte. Doch jetzt, da ich wußte, daß er lächeln konnte, fand ich sein Gesicht faszinierend. Er trug ein weißes Seidenhemd mit einer schmalen schwarzen Strickkrawatte, die lose herunterhing. Der Einreiher war aus irgendeinem dunkelblauen leichten Material. Die kräftigen Hände lagen ruhig auf seinen verschränkten Armen auf der Theke, und jetzt griff er hinunter in die Hüfttasche und zog ein breites Zigarettenetui heraus. Er öffnete es.

»Möchten Sie eine Senior Service? Von jetzt an werde ich wohl Chesterfield rauchen müssen.« Seine Mundwinkel zogen sich ein wenig nach unten, als er lächelte.

»Nein danke. Jetzt nicht. Wenn ich gekocht habe.«

»Wie heißen Sie übrigens? Sie sind doch Kanadierin, nicht wahr?«

»Ja, aus Quebec. Doch die letzten fünf Jahre habe ich in England gelebt. Ich heiße Vivienne Michel. Meine Freunde nennen mich Viv.«

»Wie sind Sie nur in diese Patsche geraten? Die beiden haben die schlimmsten Gangstervisagen, die ich seit Jahren gesehen habe. Und Troy ist ein übler Ort – eine Art Gangstervorstadt von Albany. Der Dürre hat bestimmt vor kurzem erst eine Zuchthausstrafe abgesessen. Und der andere erweckt den Eindruck, als sei er nicht normal. Also, wie ist das passiert?«

Ich berichtete ihm in groben Zügen, wie es dazu gekommen war. Er hörte stumm zu. Noch immer drang Musik aus dem Radio, doch die beiden Gangster saßen schweigend an ihrem Tisch und ließen uns nicht aus den Augen. Deshalb sprach ich möglichst leise. Als ich gebeichtet hatte, fragte ich: »Ist es wirklich wahr, daß Sie bei der Polizei sind?«

»Nicht ganz. Aber mein Beruf liegt etwa auf der gleichen Linie.«

»Sind Sie ein Privatdetektiv?«

»Könnte man sagen.«
»Ich wußte es.«
Er lachte. »Woher?«
»Ach, ich weiß nicht. Aber Sie sehen irgendwie – irgendwie gefährlich aus. Außerdem haben Sie doch einen Revolver aus Ihrem Koffer geholt. Sind Sie«, die Frage war mir peinlich, doch ich mußte es wissen, »Beamter? Ich meine, von der Regierung?«
Er lächelte beruhigend. »O ja. Darüber brauchen Sie sich nicht den Kopf zu zerbrechen. Man kennt mich auch in Washington. Wenn wir hier heil herauskommen, dann laß ich mir die beiden nicht entgehen.« Seine Augen waren wieder kalt. »Ich werde dafür sorgen, daß sie für das, was sie Ihnen angetan haben, bestraft werden.«
»Sie glauben mir also?«
»Natürlich. Jedes Wort. Nur eines kann ich mir noch nicht erklären. Welches Ziel verfolgen die beiden? Sie scheinen sich aufgeführt zu haben, als wüßten sie, daß sie mit Ihnen tun können, was sie wollen, ohne daß sie unangenehme Folgen zu fürchten haben. Und jetzt scheint sie es gar nicht weiter zu berühren, daß ich auf der Bildfläche erschienen bin. Das gefällt mir nicht. Haben sie getrunken? Rauchen sie?«
»Nein. Keiner von beiden.«
»Das gefällt mir ebensowenig. Typisch für Berufsverbrecher.«
Ich hatte das Essen fertig und stellte es auf die Theke. Er aß, als wäre er wirklich hungrig. Ich fragte, ob es ihm schmeckte, und er versicherte, es wäre wunderbar. Wärme stieg in mir auf. Welch unglaubliches Glück, daß gerade dieser Mann wie durch ein Wunder hier aufgetaucht war! Mit fast sklavenhafter Ergebenheit schwirrte ich um ihn herum, bot ihm noch mehr Kaffee an, etwas Marmelade für seinen Toast. Schließlich lachte er.
»Sie verwöhnen mich. Gönnen Sie sich endlich die Zeit für eine Zigarette. Sie haben sich die ganze Schachtel verdient.« Er gab mir Feuer. Meine Hand streifte die seine, und ich spürte einen kleinen Stich, der durch meinen ganzen Körper ging. Plötzlich merkte ich, daß ich zitterte. Rasch nahm ich Teller und Tasse und begann das Geschirr zu spülen.
»Ich habe mir gar nichts verdient«, sagte ich. »Es ist so eine Erleichterung, daß Sie hier sind. Es ist einfach ein Wunder …« Meine Stimme brach, und ich fühlte, daß Tränen in mir aufstie-

gen. Ich wischte mir mit dem Handrücken über die Augen. Er mußte es gesehen haben, doch er tat so, als ob er nichts bemerkte.

»Ja«, meinte er statt dessen vergnügt. »Das war wirklich Glück. Zumindest hoffe ich das. Man soll sich aber nicht zu früh freuen. Hören Sie zu. Wir müssen hier sitzen bleiben und warten, bis die beiden irgend etwas unternehmen. Wir müssen es ihnen überlassen, den ersten Schritt zu tun. Möchten Sie hören, wie es kam, daß ich heute abend hier auftauchte? Morgen oder übermorgen wird es sowieso in den Zeitungen stehen. Sie müssen mir aber versprechen, daß Sie meine Version von der Sache vergessen. Natürlich sind diese Vorschriften im Grund Unsinn, aber ich muß mich nach ihnen richten. Vielleicht lenkt Sie die Geschichte ein bißchen ab.«

»Ja, bitte«, sagte ich dankbar. »Erzählen Sie! Ich verspreche, daß ich den Mund halten werde. Hand aufs Herz.«

11

Ich setzte mich auf die Theke, damit er nicht zu laut zu sprechen brauchte – und damit ich in seiner Nähe sein konnte. Eine zweite Zigarette lehnte ich ab, doch er steckte sich eine an und blickte eine Weile in den Spiegel, die Augen auf die beiden Gangster gerichtet. Die beiden Männer starrten stumm und feindselig zurück. Mir gefielen ihre Wachsamkeit und ihre augenscheinliche Gleichgültigkeit nicht. Sie wirkten so bedrückend, so unversöhnlich, als stünden alle Chancen auf ihrer Seite, als spielte die Zeit nicht die geringste Rolle für sie. Doch dieser James Bond schien sich nicht beeindrucken zu lassen. In seinen Augen lag eine Gewißheit von Stärke, von Überlegenheit, die mir beinahe angst machte. Er hatte diese Männer nicht in Aktion erlebt. Er konnte gar nicht wissen, wozu sie fähig waren, daß sie jeden Augenblick ihre Revolver abfeuern konnten, um danach unsere Leichen, mit Steinen beschwert, in den See zu werfen. Doch dann begann James Bond zu sprechen, und ich vergaß meine Ängste, richtete meinen Blick auf sein Gesicht und lauschte.

»Wenn ein Mann, oder manchmal auch eine Frau, von der anderen Seite zu uns überläuft«, begann er, »und uns wichtige Informationen ausliefert, läuft alles nach einem festgelegten Plan ab. Im allgemeinen führt der Fluchtweg über Berlin. Zunächst wird die betreffende Person in die Zentrale der Spionageabwehr gebracht, dort nach allen Regeln der Kunst verhört und mit größtem Mißtrauen behandelt. Damit will man verhüten, einem Doppelagenten auf den Leim zu gehen. Das sind Leute, die zu uns überlaufen, nach zufriedenstellender Überprüfung durch unsere Sicherheitsbehörden sozusagen von innen heraus gegen uns arbeiten und den Russen wertvolle Informationen liefern. Es gibt auch Doppelagenten, die sich schließlich doch für uns entscheiden und dann unter unserer Kontrolle falsche Informationen an die Russen liefern. Verstehen Sie das? Es ist eigentlich nur ein kompliziertes Spiel. Aber das gilt ja auch für die internationale Politik und Diplomatie. Niemand gibt das Spiel auf. Es ist, als würden alle von einem Jagdinstinkt getrieben.«

»Ja, ich verstehe. Meine Generation hat dafür kein Verständnis. Diese alten Leute! Sie sollten die Welt den Jüngeren übergeben, die nicht nur in Kriegen denken, als wären sie die einzige Lösung.«

Er lächelte. »Ich stimme Ihnen zu; aber verfechten Sie Ihre Ideen nicht zu nachdrücklich, sonst werde ich arbeitslos. Zurück zu meiner Geschichte. Wenn der Überläufer in Berlin auf Herz und Nieren geprüft worden ist, dann bringt man ihn nach England, und der Handel wird abgeschlossen. Er sagt uns, was er über die russischen Raketenabschußbasen weiß, und wir geben ihm dafür einen neuen Namen, einen britischen Paß und einen Unterschlupf, in dem er vor den Russen sicher ist. Denn davor haben diese Leute natürlich am meisten Angst, daß die Russen sie aufstöbern und töten. Wenn der Überläufer sich also nach einer neuen Heimat umsieht, dann kann er zwischen Kanada, Australien, Neuseeland und Afrika wählen. Sobald er bei uns sein Wissen an den Mann gebracht hat, wird er in das Land seiner Wahl verfrachtet. Dort wird er von der örtlichen Polizei empfangen – es geht natürlich alles ganz unauffällig zu –, in einer Gemeinde eingebürgert, kurz, man behandelt ihn wie einen gewöhnlichen Einwanderer. Meistens geht alles reibungslos. Am Anfang leiden die Leute natürlich unter Heimweh und können sich nur schwer einleben, doch immer wird jemand zur Stelle sein, um ihnen beizustehen und zu helfen.«

James Bond steckte sich eine neue Zigarette an.

»Ich erzähle Ihnen hier nichts, was die Russen nicht schon wissen. Geheim sind nur die Adressen der betreffenden Leute. Unter ihnen ist ein Mann, den ich Boris nennen will. Er hat sich in Kanada, in Toronto, niedergelassen. Er war ein großer Fisch, einer der besten Marineingenieure in Kronstadt, der bei der Entwicklung russischer Atom-U-Boote mitgewirkt hat. Es gelang ihm, nach Finnland zu fliehen und von dort aus nach Stockholm. Wir nahmen ihn unter unsere Fittiche und flogen ihn nach England. Häufig verlieren die Russen kein Wort über ihre Überläufer – sie fluchen und lassen sie laufen. Wenn es sich um wichtige Leute handelt, transportieren sie deren Familien nach Sibirien, um andere vom Verrat abzuschrecken. Doch Boris war ihnen zu wichtig. Sie gaben an alle ihre Geheimdienststationen die Meldung durch, ihn zu beseitigen. Zufällig hörte eine Organisation namens SPECTRE die Meldung ab.«

James Bond warf einen forschenden Blick auf die beiden Männer am anderen Ende des Raumes. Sie hatten sich nicht gerührt. Schweigend saßen sie da, beobachteten uns und warteten. Worauf? James Bond wandte sich mir wieder zu. »Ich langweile Sie hoffentlich nicht?«

»Nein, keineswegs. Es ist aufregend. Ich glaube, ich habe irgendwann einmal über diese Organisation gelesen. In den Zeitungen vielleicht.«

»Das ist möglich. Vor knapp einem Jahr kaperten sie einen Atombomber. Die Aktion hieß ›Unternehmen Feuerball‹. Erinnern Sie sich vielleicht daran?« Seine Augen schienen in die Ferne zu starren. »Es spielte sich auf den Bahamas ab.«

»Natürlich entsinne ich mich. Es stand ja alles in der Zeitung. Unglaublich. Klang wie ein Abenteuerroman. – Hatten Sie damit zu tun?«

James Bond lächelte. »Nur ein bißchen. – Der springende Punkt jedoch ist, daß es uns nicht gelang, die Organisation zu sprengen. Der Kopf der Bande ist uns entwischt. Es handelt sich um einen privaten Sabotage- und Spionagering. Nun, die Gruppe arbeitet wieder und hat, wie schon gesagt, gehört, daß die Russen Boris' Beseitigung wünschen. Irgendwie entdeckten sie seinen Unterschlupf. Diese Leute sind sehr gut informiert. Sie wandten sich also an die russische Geheimdienstzentrale in Paris und erklärten, sie würden Boris für hunderttausend Pfund unschädlich machen. Moskau muß wohl auf den Vorschlag eingegangen sein, denn die Folge war, daß sich die Zentrale in Ottawa mit uns in Verbindung setzte, die berühmten Mounties. Wir arbeiten in solchen Dingen ziemlich eng mit einer ihrer Sonderabteilungen zusammen, und man meldete uns, daß sich in Toronto ein ehemaliges Mitglied der Gestapo aufhielte, ein gewisser Horst Uhlmann, der mit einheimischen Gangsterbanden Verbindung aufgenommen habe. Man erkundigte sich, ob wir etwas über diesen Mann wüßten. Soweit man bei der kanadischen Polizei informiert war, lag ihm daran, irgendeinen Ausländer beseitigen zu lassen. Er war bereit, fünfzigtausend Dollar dafür zu bezahlen. Nun, wir zählten zwei und zwei zusammen, und ein heller Junge in unserer Abteilung kam auf den Gedanken, daß es sich um das von den Russen gewünschte Attentat auf Boris handeln könnte. Deshalb schickte man mich los, um der Sache auf den Grund zu gehen.« Er lächelte mir zu. »Vielleicht würden Sie lieber fernsehen?«

»Nein, nein. Bitte, erzählen Sie weiter.«

»Nun, Sie wissen sicher, daß in Toronto in letzter Zeit allerlei los war. Nun ist Toronto sowieso nicht gerade die friedlichste Stadt. Doch jetzt ist sie ein besonders heißes Pflaster. Bandenkriege sind ausgebrochen, die immer mehr um sich greifen. Die Polizei hat sogar von Scotland Yard zwei Beamte zur Unterstützung angefordert. Einer dieser beiden Beamten brachte es fertig, einen jungen Kanadier unter die *Mechanics* zu schmuggeln, die abgefeimteste Verbrecherbande in Toronto, deren Verbindungen bis nach Chikago und Detroit reichen. Und dieser junge Mann kriegte Wind von Uhlmann und seinem Auftrag. Nun, meine kanadischen Kollegen und ich machten uns an die Arbeit und stellten fest, daß das Opfer tatsächlich Boris sein sollte und die *Mechanics* sich erboten hatten, den Auftrag am letzten Donnerstag auszuführen – vor einer Woche also. Uhlmann war untergetaucht, und wir fanden keine Spur von ihm. Von unserem Verbindungsmann bei den *Mechanics* konnten wir nur erfahren, daß er sich bereit erklärt hatte, das Mordkommando anzuführen, dem drei hervorragende Schützen angehören sollten. Man wollte einen Frontalangriff auf die Wohnung unternehmen, in der Boris wohnte. Es war nicht gerade ein raffinierter Plan. Mit Maschinenpistolen wollten sie sich den Weg in seine Wohnung bahnen und ihn dann erschießen. Der Anschlag sollte kurz vor Mitternacht stattfinden, und man hatte verabredet, daß die *Mechanics* das Haus, in dem Boris lebte, unter ständiger Bewachung halten sollten, um festzustellen, ob Boris wie gewöhnlich von der Arbeit nach Hause kam und nicht mehr ausging. Abgesehen davon, daß ich Boris zu beschützen hatte, bestand meine Hauptaufgabe darin, diesen Uhlmann zu fassen, denn jetzt waren wir überzeugt, daß er SPECTRE angehörte. Natürlich konnten wir Boris nicht in Gefahr bringen, doch wenn wir ihn in Sicherheit brachten, würde der Anschlag auf sein Leben nicht stattfinden, folglich würde uns auch Uhlmann entschlüpfen. Deshalb mußte ich einen recht unangenehmen Vorschlag machen.« James Bond lächelte grimmig.

»Unangenehm für mich. Bei der Durchsicht der Fotos war mir aufgefallen, daß zwischen mir und Boris eine oberflächliche Ähnlichkeit bestand – er ist ungefähr in meinem Alter, groß, dunkel, glattrasiert. Eines Tages beobachtete ich ihn unauffällig von einem Wagen aus, prägte mir ein, wie er sich bewegte und was er trug. Dann schlug ich vor, Boris am Tag vor dem geplanten Anschlag wegzubringen und mich seine Rolle übernehmen zu lassen.«

Ich konnte nicht verhindern, daß ich ängstlich rief: »Oh, ein solches Risiko hätten Sie nicht auf sich nehmen sollen. Stellen Sie sich vor, wenn die Gangster ihren Plan geändert hätten! Sie hätten Sie ja schon auf dem Heimweg auf der Straße niederschießen können.«

Er zuckte mit den Achseln. »Wir hatten an all das gedacht. Dieses Risiko mußten wir eingehen, dafür werde ich bezahlt. Na ja, es ist ja nichts passiert. Doch es war nicht angenehm, die Straße entlangzugehen, und ich war froh, als ich das Haus sicher erreichte. In der Wohnung, die dem Appartement von Boris gegenüberlag, hatte sich die Polizei eingerichtet. Ich wußte, daß nichts schiefgehen konnte. Ich mußte einfach die Rolle des Köders übernehmen, damit die anderen das Wild erlegen konnten. Ich hätte Boris' Wohnung nicht zu betreten brauchen, sondern mich irgendwo im Haus verstecken können. Doch ein Gefühl warnte mich davor, und mit Recht, denn gegen elf Uhr klingelte das Telefon. Als ich mich meldete, sagte eine Männerstimme: ›Ist dort Mr. Boris?‹ Ich sagte: ›Ja, wer ist dort?‹ und bemühte mich, mit ausländischem Akzent zu sprechen. Der andere erklärte, er sei von der Telefonstörungsstelle, und man überprüfe nur die Anschlüsse in diesem Viertel. Danach wünschte er mir gute Nacht, und ich dankte meinem Schicksal, daß ich dagewesen war, um diesen Anruf entgegenzunehmen, dessen einziger Zweck gewesen war, Boris' Anwesenheit nachzuprüfen. Die letzte Stunde verlangte starke Nerven. Ich wußte, daß es eine Schießerei, wahrscheinlich auch Tote geben würde, und solche Aussichten sind keinem angenehm. Ich hatte zwei Pistolen bei mir, und um zehn vor zwölf nahm ich meine Position rechts neben der Tür ein und machte mich schußbereit, für den Fall, daß es doch einem der Burschen gelingen sollte, in die Wohnung zu stürmen, ehe die Polizei ihn zu fassen bekam. Ich will Ihnen ehrlich bekennen, daß ich fast wünschte, ich hätte das Angebot der Mounties angenommen, einer ihrer Leute sollte diese Wache mit mir teilen. Die Minuten verstrichen so langsam. Ich sah förmlich den Wagen mit den Mördern vor mir, der fast geräuschlos die Straße entlangrollte, die Männer, die ausstiegen und leise die Treppe hinaufschlichen. Doch dann hätte ich fünf Stunden ununterbrochen mit dem Mann zusammensein müssen, und abgesehen davon, daß uns bestimmt der Gesprächsstoff ausgegangen wäre, habe ich es schon immer vorgezogen, allein zu arbeiten. Die Minuten und Sekunden schlichen vorüber, und dann, pünktlich fünf Minuten vor Mitternacht, hörte ich eilige gedämpfte Schritte auf der Treppe, und gleich darauf brach die Hölle los.«

James Bond hielt inne. Er fuhr sich mit der Hand über das Gesicht. Ich wußte nicht, ob er Klarheit in seine Gedanken bringen oder eine Erinnerung wegwischen wollte. Dann steckte er sich eine neue Zigarette an und fuhr fort:

»Ich hörte den Leutnant, der den Einsatz der Polizei leitete, rufen: ›Polizei! Hände hoch!‹ Danach krachten einzelne Schüsse und ganze Salven aus den Maschinenpistolen, und irgend jemand schrie. Dann rief der Leutnant: ›Fassen Sie den Mann!‹ Im nächsten Augenblick wurde das Schloß in der Tür neben mir gesprengt, und ein Mann stürzte herein. Er preßte eine Maschinenpistole an die Hüfte und sah sich rasch in dem Einzimmerappartement um, auf der Suche nach Boris. Ich erkannte ihn sofort. Ich hatte mir das Aussehen von Uhlmann genau eingeprägt. Er stand in meiner Schußlinie. Ich feuerte auf seine Maschinenpistole, und sie fiel ihm aus der Hand. Doch er reagierte schnell. Er sprang hinter die offenstehende Tür. Sie bestand nur aus dünnem Sperrholz. Ich mußte damit rechnen, daß er noch eine zweite Schußwaffe bei sich hatte und auf mich schießen würde, deshalb durchlöcherte ich die Füllung in einer Zickzacklinie, die von oben nach unten verlief, und ging dabei immer tiefer in die Knie. Das war mein Glück, denn plötzlich feuerte er wieder, und mir riß es fast die Haare vom Kopf. Doch zwei meiner Kugeln hatten ihn erwischt. Eine in der linken Schulter, die andere in der rechten Hüfte, wie wir später feststellten, und er brach hinter der Tür zusammen. Er lag ganz still. Die Polizisten hatten die anderen Terroristen inzwischen vertrieben und setzten ihnen auf der Straße nach, doch plötzlich erschien ein verwundeter Beamter auf der Schwelle zur Wohnung. Er kroch auf allen vieren und wollte mir helfen. ›Brauchen Sie Hilfe?‹ fragte er mich. Uhlmann schoß durch die Tür in die Richtung, aus der die Stimme kam, und – ja, er tötete den Mann. Doch nun wußte ich, in welcher Höhe Uhlmann seine Waffe hielt, und drückte fast gleichzeitig ab. Dann sprang ich geduckt in die Mitte des Zimmers, um nochmals auf Uhlmann zu schießen, falls es nötig sein sollte. Es war nicht nötig. Er lebte noch, und als die Mounties zurückkehrten, verfrachteten wir ihn in einen Sanitätswagen. Er starb am nächsten Morgen.« Bond blickte mir in die Augen, ohne mich wahrzunehmen.

»Wir verloren zwei Leute«, erklärte er, »und einer wurde verwundet. Von den anderen wurden der Deutsche und einer von der Bande getötet, zwei weitere Bandenmitglieder schwer verletzt. Es war ein scheußlicher Anblick …« Sein Gesicht wirkte plötzlich abgespannt. »Nachdem die Formalitäten erledigt waren, wollte ich weg. Meine Vorgesetzten wünschten, daß ich Washington über diese Angelegenheit eingehend Bericht erstatten soll. Ich erklärte mich einverstanden, doch unter der Bedingung, daß ich mit dem Wagen fahren konnte und nicht mit dem Flugzeug oder der Eisenbahn reisen mußte. Das erlaubte man mir, vorausgesetzt, daß meine Fahrt nicht länger als drei Tage dauern würde. Deshalb mietete ich den Wagen und machte mich heute morgen auf den Weg. Es ging alles recht gut, bis ich in dieses schwere Gewitter geriet. Ich fuhr bis Lake George und wollte eigentlich dort übernachten, doch der Ort sah so wenig einladend aus, daß ich es einfach darauf ankommen ließ, als ich vorn an der Bundesstraße eine Reklametafel dieses Motels bemerkte.« Er lächelte mir zu. Jetzt sah er wieder recht munter aus. »Vielleicht habe ich geahnt, daß Sie am Ende des Weges auf mich warteten und in der Klemme saßen.« Er lächelte wieder streckte die Hand aus und legte sie über die meine.

»Aber Sie müssen doch todmüde sein nach der langen Fahrt!«

»Dagegen habe ich ein Mittel. Seien Sie so nett und bringen Sie mir noch eine Tasse Kaffee.«

Während ich die Kaffeemaschine in Gang setzte, öffnete er seinen Koffer und entnahm ihm ein Fläschchen mit weißen Pillen. Er schüttete zwei heraus, und als ich ihm den Kaffee hinstellte, schluckte er sie. »Das hält mich die ganze Nacht wach. Dafür kann ich morgen etwas mehr schlafen.« Seine Augen wanderten zum Spiegel. »Aha, da kommen sie!« Er lächelte mir ermutigend zu. »Haben Sie keine Angst. Ich passe schon auf, daß nichts passiert.«

Die Musik im Radio brach ab, und ein Glockenspiel gab das Zeitzeichen für vierundzwanzig Uhr.

12

Sluggsy steuerte auf die Hintertür zu und trat hinaus in die Nacht, während der Magere langsam auf uns zuging. Er lehnte sich an die Theke. »Okay, Leute, Mitternacht! In die Betten. Wir stellen jetzt den Strom ab. Mein Freund holt Petroleumlampen aus dem Lagerraum. Wozu sollen wir Strom verschwenden? Mr. Sanguinetti will das nicht.« Die Worte klangen freundlich und vernünftig. Hatten sie beschlossen, ihre Pläne aufzugeben, weil dieser Mann, James Bond, dazwischengekommen war? Ich bezweifelte es. Die Angst, die James Bond mit seiner Geschichte vertrieben hatte, kehrte wieder. Ich würde die Nacht Wand an Wand mit diesen beiden Männern verbringen müssen. Ich mußte unbedingt dafür sorgen, daß sich ihnen keine Möglichkeit bot, in mein Zimmer einzudringen. Doch sie hatten einen Nachschlüssel. Ich mußte Bond bitten, mir zu helfen.

James Bond gähnte. »Also, ich freue mich jetzt auf mein Bett. Morgen habe ich noch einen langen Weg vor mir. Sie sind bestimmt auch hundemüde. Sie sind ja schon ganz bleich vor Sorgen.«

»Wie meinen Sie das, Mister?« fragte Horror scharf.

»Na, Sie haben doch einen ziemlich verantwortungsvollen Beruf.«

»Wieso?«

»Als Sachverständiger für eine Versicherung. Dieses Grundstück hat einen großen Wert. Ich würde es auf eine halbe Million Dollar schätzen. Wie heißt übrigens die Versicherungsgesellschaft?«

»Metro – Schadenverhütung.« Der Magere lehnte noch immer lässig an der Theke, aber seine Augen waren wach und mißtrauisch. »Warum? Was geht Sie das an, Mister? Wie wär's, wenn Sie aufhören würden, in Rätseln zu sprechen, und statt dessen klar und deutlich sagen, auf was Sie hinauswollen?«

»Miss Michel hat mir erzählt, daß die Geschäfte hier nicht besonders gut gehen«, meinte Bond beiläufig. »Das Motel ist wahrscheinlich noch nicht in die Vereinigung empfehlenswerter Motels aufgenommen worden. Ich kann mir vorstellen, daß es unter diesen Umständen schwierig ist, das Geschäft in Schwung zu bringen. Und trotzdem werden Sie beide in der Nacht hierhergeschickt, um die Löffel zu zählen und den Strom abzustellen.« James Bond setzte eine mitleidige Miene auf. »Mir kam nur der Gedanke, daß das Geschäft pleite sein könnte. Das wäre schade, denn die Lage ist wirklich hübsch.«

Das rötliche Glitzern, das ich schon einmal in den Augen des Mannes hatte aufleuchten sehen, erschien wieder. »Ich würde Ihnen raten, hier keine dicke Lippe zu riskieren, Mister«, sagte der Magere leise. »Ihr englischer Humor gefällt mir ganz und gar nicht, kapiert? Wollen Sie vielleicht behaupten, hier wäre was faul?«

»Nur keine Aufregung, Mr. Horowitz.« James Bond lächelte

breit. Doch dann erlosch das Lächeln plötzlich. »Aber ich kenne Ihren Jargon, und ich weiß, woher er kommt. Verstehen Sie jetzt, was ich meine?«

Ich nehme an, Mr. Bond wollte damit sagen, daß die beiden Ausdrücke gebrauchten, die vor allem von Verbrechern und Sträflingen gern verwendet werden. Der magere Mann verstand die Anspielung sofort. »Okay, Sie Neunmalkluger. Ihr Polypen seid alle gleich – ihr wollt immer Dreck aufwühlen, wo keiner ist. – Kommen Sie! Zeit, schlafen zu gehen.«

Als wir durch die Hintertür traten, erlosch das Licht. James Bond und ich blieben stehen, doch der Magere schritt den überdachten Weg unbeirrt entlang, als könne er in der Dunkelheit sehen. An der Ecke des Gebäudes tauchte Sluggsy auf. Er hielt zwei Petroleumlampen in der Hand. Er reichte Bond und mir eine. Sein kahles Gesicht, das im Licht gelb schimmerte, verzog sich zu einem Grinsen. »Träumt süß, ihr beiden!«

James Bond folgte mir zu meinem Zimmer und trat ein. Er schloß die Tür. »Ich habe keine Ahnung, was die beiden vorhaben, aber zunächst kommt es darauf an, daß Sie heute nacht sicher sind. Also, dann wollen wir mal sehen.« Er blickte sich im Zimmer um, untersuchte die Fensterhaken, die Türangeln, die Öffnung des Ventilators. Er schien befriedigt. »Bleibt nur die Tür«, meinte er. »Sie sagten, die beiden hätten einen Nachschlüssel. Wir legen Keile unter die Tür, und wenn ich weg bin, schieben Sie als zusätzliche Sicherheitsvorkehrung noch den Tisch davor.« Er ging ins Badezimmer, riß vom Toilettenpapier Streifen ab, befeuchtete sie und formte sie zu dicken Keilen. Dann schob er sie fest unter die Tür und drückte die Klinke nieder. Sie gaben nicht nach, als er versuchte, die Tür aufzuziehen. Dann entfernte er die Keile wieder und reichte sie mir. Schließlich zog er einen Revolver aus dem Hosenbund. »Haben Sie schon einmal damit geschossen?« Ich erklärte, daß ich früher einmal mit einer langläufigen Kleinkaliberpistole auf Kaninchen geschossen hätte.

»Das ist eine Smith and Wesson. Eine sehr gute Waffe. Denken Sie daran, niedrig zu zielen.« Er zeigte es mir. »Und versuchen Sie, den Hahn langsam zurückzuziehen, nicht ruckartig. Wenn ich einen Schuß höre, bin ich da. Sie sind jetzt völlig sicher. Die Fenster sind stabil, man kann auch nicht eindringen, wenn man eine Scheibe zerschlägt.« Er lächelte. »Auf Motelarchitekten kann man sich verlassen. Die wissen alles, was man über Einbrüche wissen muß. Die beiden Gangster werden im Dunkeln nicht durch das Fenster auf Sie schießen, aber lassen Sie Ihr Bett trotzdem lieber so, wie es ist, und bereiten Sie sich auf dem Boden in einer Ecke ein Behelfslager. Stecken Sie den Revolver unter Ihr Kopfkissen. Schieben Sie den Tisch vor die Tür und stellen Sie den Fernsehapparat soweit wie möglich an den Rand, damit er gleich hinunterfällt, wenn jemand die Tür aufdrückt. Davon werden Sie aufwachen. Dann feuern Sie einfach eine Kugel durch die Tür. Schießen Sie auf einen Punkt in der Nähe der Klinke, damit Sie den Kerl treffen. Haben Sie alles verstanden?«

Ich sagte leise ja und wünschte, er würde bei mir im Zimmer bleiben. Doch ich hatte nicht den Mut, ihn darum zu bitten. Er schien seine eigenen Pläne zu haben.

Er trat zu mir und küßte mich sanft auf den Mund. Ich war so überrascht, daß ich stocksteif dastand. »Tut mir leid, Viv«, meinte er leichthin, »aber du bist ein bezauberndes Mädchen. In dem Overall siehst du aus wie der hübscheste Tankwart, den ich je kennengelernt habe. Mach dir jetzt keine Sorgen mehr. Ich passe auf dich auf.«

Ich warf meine Arme um seinen Hals und küßte ihn wieder mitten auf die Lippen. »Du bist der wunderbarste Mann, den ich in meinem Leben getroffen habe«, versicherte ich. »Ich bin so froh, daß du da bist. Bitte, James, sei vorsichtig. Du hast sie noch nicht so erlebt wie ich. Sie sind gefährlich und gemein.«

Er küßte mich noch einmal und strich mir über das Haar. »Sei unbesorgt«, sagte er. »Ich habe schon früher mit Leuten dieses Schlages zu tun gehabt. Tue nur alles, was ich dir gesagt habe, und schlaf schön. Gute Nacht, Viv.«

Und dann war er verschwunden.

Einen Augenblick stand ich wie betäubt da und starrte auf die geschlossene Tür. Dann putzte ich mir die Zähne und wusch mich. Ich betrachtete mich im Spiegel. Ich sah einfach scheußlich aus – erschöpft, ohne Schminke, mit tiefen Ringen unter den Augen. Was für ein Tag! Ich durfte ihn nicht mehr verlieren. Doch mein Gefühl sagte mir, daß ich nicht über ihn bestimmen konnte. Er würde allein seinen Weg gehen, und ich mußte meinen Weg allein weitergehen. Keine Frau hatte diesen Mann halten können. Keiner würde es je gelingen. Er war ein einsamer Mensch, ein Mann, der sein Herz für sich selbst bewahrte. Ich seufzte. Na schön. Damit mußte ich mich eben abfinden. Ich würde ihn ziehenlassen. Ich würde nicht weinen, wenn er ging. War ich nicht das Mädchen, das beschlossen hatte, sein Herz zu verleugnen?

Alberne, verliebte Gans! Das war gerade der richtige Augenblick, zu jammern wie eine liebeskranke Katze! Ich schüttelte ärgerlich den Kopf, kehrte ins Zimmer zurück und traf alle Vorbereitungen für die Nacht.

Der Wind war noch immer recht stürmisch, und die Fichten draußen ächzten. Das Mondlicht stahl sich zwischen den dunklen Wolken hindurch und legte einen bleichen Schimmer auf die dünnen rotgemusterten Vorhänge.

Als der Mond hinter den Wolken verschwand, blieb nur noch der gelbe Schein der Petroleumlampe, der den langgestreckten Raum gar nicht ausleuchten konnte. Die Ecken lagen im Dunkeln, und das Zimmer schien auf einen Regisseur zu warten, der die Statisten aus dem Schatten hervorwinkte, um ihnen zu sagen, was sie tun sollten.

Ich bemühte mich, nicht ängstlich zu werden. Ich legte mein Ohr lauschend an die Wände, doch die Zimmer waren so aneinandergefügt, daß sich zwischen ihnen jeweils eine breite Nische befand, die als eine Art überdachte Garage für die Fahrzeuge benutzt werden konnte. Ich hörte also nichts, als ich lauschte. Ehe ich mich verbarrikadiert hatte, war ich noch einmal hinausgegangen und hatte mich umgesehen. Durch die Vorhänge der Fenster von Nr. 8 und 10, ebenso von Nr. 40, dem Zimmer, das James Bond bewohnte, war schwaches Licht gedrungen. Alles war friedlich gewesen und ruhig. Jetzt stand ich mitten im Zimmer und blickte mich ein letztes Mal um. Ich hatte alles getan, was er mir geraten hatte. Dann kniete ich mich auf den Teppich und sprach mein Abendgebet. Schließlich nahm ich noch zwei Tabletten Aspirin ein, drehte die Petroleumflamme ganz klein und blies sie durch die Öffnung des Glaszylinders aus. Nachdem ich den Reißverschluß meines Overalls aufgezogen hatte, legte ich mich auf das Behelfsbett und kuschelte mich in die Decken.

Ich nehme sonst nie Tabletten. Die beiden Aspirin hatte ich mir, nachdem ich aufmerksam die Gebrauchsanweisung gelesen hatte, aus meiner kleinen Reiseapotheke geholt. Ich war so erschöpft und zerschlagen, daß die Tabletten auf mich wie Morphium wirkten, und ich versank bald in einen wunderbaren Halbschlaf, in dem es keine Gefahr gab, sondern nur dieses dunkle, erregende Gesicht und das Staunen, daß es solche Männer wirklich gab. Ich dachte an die erste Berührung seiner Hand, die das Feuerzeug gehalten hatte, erlebte noch einmal seinen Kuß, und dann, nachdem ich noch einmal flüchtig an den Revolver unter meinem Kopfkissen gedacht hatte, fiel ich in einen tiefen Schlaf.

Doch plötzlich war ich hellwach. Einen Moment lag ich regungslos da und versuchte, mich zu erinnern, wo ich mich befand. Der Wind hatte sich gelegt, und die Bäume rauschten leise. Ich merkte, daß ich auf dem Rücken lag. Davon war ich erwacht. Ich starrte auf den roten Lichtschimmer an der gegenüberliegenden Wand. Der Mond war wieder hinter den Wolken hervorgekommen. Wie unheimlich still es war! Die Ruhe war so beruhigend nach den Stunden des Sturms. Ich wurde wieder schläfrig und drehte mich zur Seite, mit dem Blick ins Zimmer. Ich schloß die Augen. Doch als der Schlaf mich wieder umfangen wollte, zerrte eine innere Unruhe an mir. Als ich vorhin die Augen geöffnet hatte, war mir irgend etwas Ungewöhnliches im Zimmer aufgefallen. Unwillig schlug ich sie wieder auf. Es dauerte minutenlang, ehe mir klar wurde, was ich gesehen hatte. Aus den Ritzen der Tür des Kleiderschrankes, der an der gegenüberliegenden Wand stand, drang ein kaum wahrnehmbarer Lichtschimmer.

Wie dumm! Ich hatte die Tür nicht richtig zugemacht, und das automatische Licht im Innern war aufgeflammt. Widerwillig stand ich auf. Doch nachdem ich zwei Schritte gemacht hatte, fiel mir plötzlich ein, daß in dem Schrank gar kein Licht sein konnte. Der Strom war doch abgestellt!

Ich preßte die Hand an den Mund. Und dann, als ich mich umwandte, um den Revolver zu packen, sprang die Schranktür auf, und die gebückte Gestalt Sluggsys stürzte auf mich zu. In der einen Hand hielt er eine Taschenlampe, in der anderen irgend etwas, das hin und her schwang. Bevor ich schreien konnte, war er schon bei mir. Ein Schlag traf mich an der Schläfe, und ich spürte, wie ich zu Boden fiel. Dann versank ich in Dunkelheit.

Als ich wieder zu mir kam, empfand ich zunächst ein Gefühl glühender Hitze und spürte, daß ich über den Boden geschleift wurde. Dann roch ich das Feuer, sah die Flammen und wollte schreien. Doch nichts kam aus meinem Mund als der winselnde Klagelaut eines Tieres, und ich begann, mit den Füßen zu strampeln. Doch die Hände hielten meine Knöchel fest umspannt, und plötzlich merkte ich, daß ich durch feuchtes Gras und abgebrochene Äste gezerrt wurde, über holprigen Boden, auf den mein Kopf schmerzhaft aufschlug. Dann lockerte sich der Griff der Hände um meine Knöchel, und ein Mann kniete neben mir, seine starke Hand auf meinen Mund gelegt. Nah an meinem Ohr flüsterte eine Stimme, James Bonds Stimme: »Sei ganz ruhig! Rühr dich nicht. Alles ist gut. Ich bin es.«

Ich streckte die Hand nach ihm aus und berührte seine Schulter. Sie war unbekleidet. Ich drückte sie zum Zeichen meines Verständnisses, und die Hand hob sich von meinen Lippen. »Warte hier!« flüsterte er. »Rühr dich nicht. Ich bin gleich wieder da.« Dann verschwand er lautlos.

Lautlos? Wer konnte das sagen. Jedes Geräusch wäre von dem wütenden Fauchen und Prasseln der lodernden Flammen hinter mir verschluckt worden. Die Bäume waren in hellrotes Licht getaucht. Zu meiner Rechten dehnte sich ein breites Flammenmeer, von dem das Gästegebäude rasch verschlungen wurde. Er hatte mich gerettet! Ich betastete meinen Körper und strich mir mit der Hand über das Haar. Ich hatte keinen Schaden erlitten. Nur mein Hinterkopf schmerzte. Ich stand auf und versuchte mir klarzumachen, was geschehen war. Das letzte, woran ich mich erinnern konnte, war der Schlag, der mich getroffen hatte. Das Motel mußte in Brand gesetzt worden sein, und James war gerade noch rechtzeitig gekommen, um mich hinaus ins Freie zu ziehen.

Es raschelte unter den Bäumen, und er stand neben mir. Er trug weder Hemd noch Jackett, sein braungebrannter Oberkörper schimmerte schweißnaß im Licht der Flammen, und unter seiner linken Achselhöhle trug er eine Pistole in einem Halfter.

Er lächelte grimmig und wies mit dem Kopf auf die Flammen. »Darum geht es. Sie brennen das Motel ab, um die Versicherung einstreichen zu können. Jetzt sind sie gerade dabei, dafür zu sorgen, daß die Flammen auch das Hauptgebäude erfassen. Sie streuen Thermitpulver auf den überdachten Weg. Mir soll es recht sein. Wenn ich sie jetzt daran hindere, rette ich damit nur einen Teil von Mr. Sanguinettis Eigentum. Da wir nämlich Zeugen von dem Vorgang sind, wird er nicht die geringste Aussicht haben, die Versicherung zu schröpfen. Er wird im Gefängnis landen. Warten wir also noch, bis der Verlust perfekt ist.«

Mir fielen plötzlich meine kostbaren Habseligkeiten ein. »Können wir nicht wenigstens die Vespa retten?« fragte ich kleinlaut.

»Sie ist bereits in Sicherheit. Du hast nur die Sachen verloren, die im Badezimmer herumlagen. Als ich dich herausholte, nahm ich auch den Revolver mit und die Satteltaschen. Die Vespa habe ich unter den Bäumen versteckt. Die beiden haben in jedes Zimmer eine Brandbombe geworfen. Die sind besser als Benzin, weil sie keine Spuren hinterlassen.«

»Du hättest dir schwere Brandwunden holen können!«

Seine weißen Zähne blitzten, als er lächelte. »Deshalb habe ich ja mein Jackett ausgezogen. Wenn ich nach Washington komme, muß ich anständig aussehen.«

Ich fand das nicht witzig. »Und dein Hemd?«

Ein Krachen ertönte, und ein Funkenregen sprühte über dem Gästegebäude auf.

»Da liegt mein Hemd begraben«, erklärte James Bond. »Eben ist das Dach darüber eingestürzt.« Er hielt inne und wischte sich mit der Hand über das rußgeschwärzte Gesicht. »Ich ahnte schon, daß so etwas geschehen würde. Vielleicht war ich trotzdem nicht gut genug darauf vorbereitet. Ich hätte den Reifen an meinem Wagen wechseln sollen. Dann könnten wir jetzt wegfahren. Wir hätten uns einfach um das Gästegebäude herumgeschlichen und versucht, den Wagen zu erreichen. In Lake George oder Glens Falls hätten wir dann die Polizei benachrichtigt. Doch ich überlegte mir, daß unsere Freunde verlangen könnten, ich sollte weiterfahren, wenn ich den Reifen wechselte.

Natürlich hätte ich mich weigern oder darauf bestehen können, nicht ohne dich zu fahren, doch ich fürchtete, das würde zu einer Schießerei führen. Die beiden sind erfahrene Burschen. Ich hätte schon das Glück haben müssen, den ersten Schuß anzubringen, wenn ich sie überwinden wollte. Wenn mir das nicht gelungen wäre, würdest du in keiner besseren Lage gewesen sein wie vor meiner Ankunft. Das wäre sehr schlimm gewesen. Du spieltest eine wesentliche Rolle in ihren Plänen.«

»Das Gefühl hatte ich die ganze Zeit. Ich weiß nicht, warum. Ich wußte nur, daß sie glaubten, ich könne ihnen nie mehr gefährlich werden. Wozu wollten sie mich benutzen?«

»Man wollte dir den Ausbruch des Feuers in die Schuhe schieben. Sanguinetti hätte als Beweis angeführt, daß die Phanceys, die ja bis zum Hals mit in der Sache stecken« – mir fiel wieder ein, wie sich ihr Verhalten mir gegenüber am letzten Tag verändert hatte –, »dir befohlen hatten, den Strom abzustellen – ein durchaus vernünftiges Verlangen, da das Motel ja für den Winter geschlossen werden sollte. In der letzten Nacht solltest du eine Petroleumlampe benutzen. Nach dem Feuer hätte man die Überreste der Lampe gefunden. Man hätte festgestellt, daß du offensichtlich einschliefst, während die Lampe noch brannte, und sie im Schlaf umgestoßen hattest. Das Motel fing Feuer und brannte nieder. Schließlich waren die Gebäude zum großen Teil aus Holz errichtet, und der Wind besorgte dann den Rest. Mein Auftauchen war lästig, doch mehr nicht. Man würde eben außer deiner Leiche auch noch die meine finden – oder zumindest meinen Wagen, meine Armbanduhr und die Metallbeschläge meines Koffers. Ich weiß allerdings nicht, was die beiden mit der Waffe gemacht hätten, die ich bei mir habe, und mit dem Revolver, der unter deinem Kissen lag. Daraus hätten ihnen Schwierigkeiten erwachsen können. Die Polizei hätte in Kanada festgestellt, wer der Mieter des Wagens war, und hätte in England nachforschen lassen, wer der Besitzer einer Waffe mit einer bestimmten Seriennummer gewesen ist. Meine Identität wäre ans Licht gekommen. Warum aber lag die andere Waffe unter deinem Kissen? Diese Tatsache hätte die Polizei vielleicht stutzig werden lassen. Wenn wir – befreundet gewesen waren, weshalb schlief ich dann so weit weg von dir? Vielleicht waren wir beide sehr sittsame Menschen gewesen und hatten jede Versuchung ausschließen wollen? Aber ich hatte dir einen Revolver gegeben, um dich vor einer Gefahr zu schützen. Welcher Gefahr? Ich weiß nicht, zu welcher Lösung die Polizei gelangt wäre.«

»Warum aber haben die beiden dich nicht getötet?« fragte ich.

»Das haben sie ja getan, oder besser gesagt, sie glaubten, sie hätten es getan. Als ich dich verließ und in mein Zimmer ging, dachte ich mir schon, daß sie sich zuerst meiner Person entledigen würden. Deshalb beschloß ich, nicht in meinem Bett zu schlafen, sondern mit Kissen und Handtüchern ein Täuschungsmanöver zu versuchen. Es gelang mir ganz gut. Ich streute sogar eine Handvoll Tannennadeln aufs Kopfkissen. Das sah aus wie ein im Schlaf zerzauster Haarschopf. Dann hängte ich noch mein Hemd über den Stuhl neben dem Bett – das ist auch ein nützlicher Trick, weil man sofort annimmt, der Mann, dem das Hemd gehört, befinde sich im Bett – und ließ die Petroleumlampe mit schwacher Flamme brennen, um den Burschen ihr Vorhaben noch zu erleichtern. Dann schob ich eine Stuhllehne unter die Türklinke, um eine gewisse Wachsamkeit vorzutäuschen, nahm meinen Koffer und wartete hier draußen unter den Bäumen.« James Bond ließ ein kurzes grimmiges Lachen hören. »Sie ließen mir eine Stunde Zeit, und dann schlichen sie so leise heran, daß ich keinen Laut hörte. Erst das Geräusch des umfallenden Stuhls, als die Tür gewaltsam geöffnet wurde, ließ mich aufhorchen. Gleich darauf hörte ich die schwachen Explosionen mehrerer Schüsse – sie benutzten einen Schalldämpfer –, und dann brannte das ganze Zimmer lichterloh. Ich glaubte, sehr klug gehandelt zu haben, doch es zeigte sich, daß ich nicht klug genug gewesen war. Ich brauchte fast fünf Minuten, um bis zu deinem Zimmer zu gelangen. Ich machte mir keine Sorgen. Ich glaubte, sie würden auf jeden Fall so lange brauchen, um bei dir einzudringen, und ich wollte dir sofort zu Hilfe kommen, wenn ich einen Schuß hörte. Doch irgendwann heute abend, wahrscheinlich als Sluggsy die Zimmer inspizierte, schlug er ein Loch in die Wand hinter deinem Einbauschrank und ließ nur die dünne Rückwand unversehrt, die man leicht mit einem Messer aufschlitzen kann. Keiner von uns beiden hatte Gelegenheit oder Anlaß, sich den überdachten Abstellplatz von Nummer acht anzusehen. Wenn du allein gewesen wärst, hätten sie schon dafür Sorge getragen, daß du nicht darauf aufmerksam wurdest. Ich war jedenfalls zu Tode erschrocken, als ich dein Zimmer ebenfalls in Flammen stehen sah. Ich raste gebückt an den Autoabstellplätzen vorbei, die ja nach rückwärts geöffnet sind, während die beiden von einem Zimmer zum anderen wanderten, ihre Brandbomben hineinwarfen und dann die Türen wieder schlossen, damit alles ordentlich aussah.«

Während James Bond sprach, hatte er von Zeit zu Zeit einen Blick zum brennenden Hauptgebäude hinübergeworfen. »Jetzt muß ich mich mit den Burschen befassen. – Wie fühlst du dich, Viv? Was macht der Kopf?«

»Mir geht's gut«, erwiderte ich ungeduldig. »James, mußt du wirklich hinter ihnen her? Laß sie doch laufen. Sie sind doch gar nicht wichtig. Wenn dir etwas passiert!«

»Nein, Viv«, widersprach er bestimmt. »Sie hätten uns beide beinahe umgebracht. Sie können jeden Augenblick zurückkehren und bemerken, daß die Vespa weg ist. Dann haben wir uns den Vorteil der Überraschung entgehen lassen. Und ich kann sie nicht ungeschoren davonkommen lassen. Sie sind gemeingefährlich. Vielleicht werden sie morgen schon jemanden töten.« Er lächelte zuversichtlich.

Ich streckte meine Hand nach ihm aus. »Bitte, sei vorsichtig! Ich brauche dich. Ich will nicht wieder allein sein.«

Er übersah meine ausgestreckte Hand. »Komm«, sagte er, »fall mir jetzt nicht in den Arm. Sei vernünftig. Ich habe eine Aufgabe zu erledigen. Jetzt« – er reichte mir die Smith and Wesson – »schleichst du dich zwischen den Bäumen vorsichtig bis zu Nr. drei. Das Zimmer liegt im Dunkeln, und der Wind weht die Flammen nach der anderen Seite. Von dort aus kannst du mich im Auge behalten, ohne selbst gesehen zu werden. Wenn ich Hilfe brauche, weiß ich, wo du zu finden bist. Rühre dich also nicht von der Stelle. Wenn ich rufe, kommst du sofort zu mir. Wenn mir etwas passiert, dann laufe am Seeufer entlang. Flüchte so weit weg wie möglich. Nach diesem Brand wird es morgen hier von Polizisten wimmeln. Du kannst zurückfahren und dich an sie wenden. Man wird dir glauben. Wenn sie dir Schwierigkeiten bereiten, dann sag ihnen, sie sollen beim CIA in Washington anrufen. Das wird wirken. Sage ihnen einfach, wer ich war. Ich trage eine Nummer, eine Art Erkennungszeichen. 007. Merke dir diese Nummer.«

13

»Sage ihnen, wer ich *war* …«

Warum hatte er es so ausdrücken müssen? Man soll düstere Gedanken niemals laut aussprechen. Eine Anspielung auf den Tod konnte vom Schicksal mißverstanden werden. Sie könnte als Bitte ausgelegt werden.

Natürlich hatte James Bond das gar nicht so ernst gemeint. Er hatte es ausgesprochen wie eine Aufforderung, die Daumen zu drücken, oder wie die Skifahrer auf dem Kontinent, die ihren Freunden vor der Abfahrt Hals- und Beinbruch wünschen. Dieser Wunsch sollte Unfälle abwenden und war keineswegs als böser Fluch gemeint. James Bond hatte auf britische Art das gleiche getan, leichtfertig das Schlimmste heraufbeschworen, um mich zu ermutigen. Nun, ich wünschte, er hätte es nicht getan. Schüsse, Gangster, Mordversuche gehörten zu seinem Beruf, zu seinem Leben. Doch ich hatte nie etwas damit zu tun gehabt, und ich warf ihm vor, daß er nicht rücksichtsvoller gewesen war.

Wo war er jetzt? Was taten seine Feinde? Warteten sie in einem Hinterhalt auf ihn? Würden plötzlich Schüsse krachen, gefolgt von wilden Schreien?

Ich gelangte zu Nr. 3 und tastete mich an der Wand des Autoabstellplatzes entlang. Vorsichtig spähte ich um die Ecke, beobachtete, wie Flammen das Hauptgebäude einhüllten.

Keine Menschenseele war zu sehen, nichts rührte sich, nur ab und zu stoben Funken auf, wenn der Wind die Flammen erfaßte. Das Feuer streckte seine heißen Finger schon nach den Bäumen hinter dem Gästegebäude aus, rotglühender Regen ergoß sich über die dampfenden Zweige. Wenn es vorher nicht so heftig geregnet hätte, wäre ein Waldbrand ausgebrochen. Wie weit hätte er sich wohl ausgebreitet? Zehn Kilometer? Fünfzehn? Wie viele Bäume, Vögel und Tiere wären wegen des Mädchens, das eine Lampe umgestoßen hatte, ein Opfer der Flammen geworden?

Wieder stürzte ein Teil des Daches über dem Gästegebäude ein, wieder sprühten knisternde Funken in die Luft. Und jetzt gab auch das holzgedeckte Dach des Hauptgebäudes nach.

Langsam senkte es sich nach unten und fiel in sich zusammen. Im Auflodern der Flammen sah man die beiden Wagen neben der Straße, den grauen Thunderbird und die glänzende schwarze Limousine. Doch nirgends war eine Spur der Gangster zu sehen, nirgends eine Spur von James Bond.

Plötzlich wurde ich mir bewußt, daß ich überhaupt nicht mehr an die Zeit gedacht hatte. Ich blickte auf meine Uhr. Es war zwei Uhr. Erst vor fünf Stunden hatte dieser Spuk begonnen. Mir schienen es Wochen zu sein. Mein früheres Leben schien Jahre zurückzuliegen. Alles war plötzlich ausgelöscht worden. Ich hatte ein Gefühl, als befände ich mich auf einem sinkenden Schiff, im Zentrum eines Zugunglückes, eines Erdbebens oder eines Wirbelsturms. Die schwarzen Schwingen der Gefahr verdüstern den Himmel, es gibt keine Vergangenheit und keine Zukunft mehr. Man klammert sich an jeden Augenblick, durchlebt jede Sekunde, als wäre es die letzte.

Und dann sah ich die Männer! Sie schritten über das Gras auf mich zu, und jeder von ihnen trug einen großen Fernsehapparat. Sie mußten sie vor den Flammen gerettet haben, um aus ihrem Verkauf eine kleine Nebeneinnahme zu erzielen. Sie gingen nebeneinander her, der Magere und der Kahlköpfige, und der Widerschein der Flammen lag auf ihren schweißüberströmten Gesichtern. Wo war James Bond? Jetzt war der ideale Augenblick, sie zu fassen. Sie hatten jetzt beide ihre Hände voll.

Sie waren nur noch zwanzig Meter von mir entfernt, schlugen dann aber einen Bogen nach rechts, um zu ihrem Wagen zu gelangen. Ich kroch in den Schatten des Abstellplatzes. Doch wo blieb James? Sollte ich hinter ihnen herlaufen und allein versuchen, sie aufzuhalten? Das war Wahnsinn. Wenn meine Schüsse nicht trafen – und sie würden bestimmt nicht treffen –, dann war es um mich geschehen. Wenn sie sich jetzt umdrehten, würden sie mich dann entdecken? Würde mein weißer Overall in der Dunkelheit aufleuchten? Ich zog mich noch weiter zurück. Jetzt hoben sich ihre Gestalten von der viereckigen Öffnung meines Abstellplatzes ab, während sie wenige Meter von der Nordwand des Hauptgebäudes entfernt über das Gras trotteten. Gleich würden sie hinter der Ecke verschwinden, und damit war eine ideale Gelegenheit, sie zu fassen, verpaßt.

Da blieben sie wie angewurzelt stehen. James stand vor

ihnen, die Pistole auf sie gerichtet. Seine Stimme klang wie ein Peitschenknall über den Rasen. »Hier geht es nicht weiter! Drehen Sie sich um. Der erste, der seinen Fernsehapparat fallen läßt, wird erschossen.«

Langsam drehten sie sich um, so daß ich von meinem Schlupfwinkel aus ihre Gesichter sehen konnte. Und jetzt rief James mir zu: »Komm her, Viv! Ich brauche deine Hilfe!«

Ich zog den schweren Revolver aus der Tasche meines Overalls und lief rasch zu ihm. Als ich noch etwa zehn Meter von den Männern entfernt war, sagte James: »Bleib dort stehen, Viv. Ich sage dir, was du tun sollst.« Ich hielt an. Die beiden bösen Gesichter starrten mich an. Der Magere bleckte die Zähne und blinzelte nervös. Sluggsy stieß einen Schwall unflätiger Worte aus. Ich richtete meine Waffe auf den Fernsehapparat, der seinen Bauch verdeckte. »Halten Sie den Mund, sonst schieße ich!«

»Ausgerechnet du!« schrie Sluggsy höhnisch. »Du kriegst ja schon bei dem Knall einen Heidenschreck.«

»Ruhe jetzt!« mischte sich James ein, »sonst jage ich Ihnen eine Kugel durch Ihren häßlichen Kopf. – Hör zu, Viv. Wir müssen den beiden ihre Waffen abnehmen. Geh um sie herum und bleibe hinter Horror stehen. Drücke ihm deinen Revolver in die Rippen und greife mit der freien Hand unter seine Achseln. Nicht angenehm, aber wir können es nicht ändern. Wenn du merkst, daß er dort eine Waffe trägt, dann sage es mir. Ich helfe dir dann weiter. Inzwischen halte ich den anderen in Schach. Wenn dieser Horror auch nur eine Bewegung macht, schießt du.«

Ich tat, was er mir gesagt hatte. Ich stellte mich hinter den Mageren und drückte den Revolver in seinen Rücken. Dann hob ich die linke Hand und schob sie vorsichtig unter seine rechte Achsel. Ein widerlicher schaler Geruch ging von ihm aus, und plötzlich packte mich der Ekel.

Ich weiß, daß meine Hand zitterte, und deshalb muß er auch beschlossen haben, alles auf eine Karte zu setzen. Er ließ blitzschnell den Fernsehapparat fallen, wirbelte herum wie eine Schlange, schlug mir die Waffe aus der Hand und preßte mich an sich.

James Bonds Pistole krachte, und ich spürte den Luftzug einer Kugel. Dann begann ich mich zu wehren wie ein wildes

Tier, trat und kratzte und schlug um mich. Doch ebensogut hätte ich mit einer Statue aus Stein kämpfen können. Er drückte mich noch enger an sich, und ich hörte seine trockene Stimme. »Okay, Sie Schlauberger. Was wollen Sie jetzt tun? Wollen Sie die Kleine umbringen?«

Ich spürte, wie sich seine linke Hand von meinem Körper löste. Er versuchte, seine Waffe herauszuziehen, und ich begann wieder, um mich zu schlagen.

»Viv«, rief James Bond scharf. »Spreize die Beine!«

Automatisch gehorchte ich, und wieder knallte ein Schuß aus seiner Pistole. Der Magere stieg einen Fluch aus und ließ mich los, doch gleichzeitig ertönte hinter mir splitterndes Krachen. Ich wirbelte herum. Sluggsy hatte den Fernsehapparat mit aller Wucht nach James Bond geworfen. Er war vor Bond gelandet und raubte ihm einen Augenblick das Gleichgewicht.

»Hau ab, Horror!« schrie Sluggsy. Im selben Augenblick jedoch ließ ich mich ins Gras fallen und packte meinen Revolver. Ich schoß auf Sluggsy. Aber dieser hatte sich blitzschnell geduckt und raste jetzt über den Rasen auf das Gästegebäude zu, gefolgt von dem Mageren. Ich drückte noch einmal ab, doch der Schuß ging zu hoch, und dann waren sie beide außer Reichweite. Sluggsy verschwand im Zimmer Nr. 1, das am rechten äußeren Ende des Gebäudes lag.

Ich stand auf und stürzte zu James Bond. Er kniete im Gras, die Hand am Kopf. Unmittelbar unter dem Haaransatz klaffte eine Wunde. Ich drehte mich um, lief zum Hauptgebäude und schlug das nächstbeste Fenster mit dem Revolverkolben ein. Eine Hitzewelle wehte mir entgegen, aber keine Flammen, und unter dem Fenster, beinahe in Griffweite, stand der Tisch, an dem die Gangster vor ein paar Stunden gesessen hatten, und darauf, inmitten rauchender Überreste des Daches, lag die Hausapotheke. James Bond rief mir irgend etwas nach, doch ich war bereits im Innern. Ich hielt den Atem an, packte die Schachtel und schwang mich wieder über das Fensterbrett. Meine Augen tränten vom Rauch.

Ich wischte die Wunde so sauber wie möglich aus, holte dann Wundsalbe und ein breites Pflaster aus der Schachtel. Der Schnitt war nicht tief, doch ein Bluterguß war nicht zu vermeiden.

»Tut mir leid, Viv«, sagte James. »Die Runde habe ich ziemlich verpfuscht.«

»Warum hast du sie nicht einfach erschossen?« fragte ich. »Solange sie die Fernsehapparate trugen, waren sie völlig wehrlos.«

»Ich bin nie imstande gewesen, jemanden kaltblütig zu töten«, erwiderte er kurz. »Aber ich hätte wenigstens so gut treffen müssen, daß der Dünne nicht mehr laufen konnte. Offenbar habe ich ihn nur gestreift. Jetzt mischt er weiter mit.«

»Ja, und du kannst von Glück reden, daß es dich nicht erwischt hat«, erklärte ich streng. »Warum hat dich Sluggsy nicht getötet?«

»Das weiß ich auch nicht. Es hat den Anschein, als hätten sie drüben in Nr. eins eine Art Hauptquartier aufgeschlagen. Vielleicht ließ er seine Waffen dort, während sie im Hauptgebäude Feuer legten. War ihm vielleicht nicht sympathisch, Munition mit sich herumzuschleppen. Nun, auf jeden Fall ist jetzt der Krieg erklärt, und leicht wird es nicht für uns. Vor allem kommt es darauf an, ihren Wagen im Auge zu behalten. Sie werden sich sicher so schnell wie möglich verdrücken. Aber vorher wollen sie uns noch umlegen. Sie sitzen ganz schön in der Patsche und werden mit dem Mut der Verzweiflung kämpfen.«

Ich drückte das Pflaster auf die Wunde. James Bond hatte das Zimmer Nr. 1 beobachtet. »Es ist besser, wenn wir uns verkriechen«, meinte er jetzt. »Womöglich haben sie da drinnen schwere Waffen, und Horrors Fuß werden sie inzwischen auch verbunden haben.« Er stand auf. Plötzlich packte er mich am Arm. »Schnell!« rief er. Gleichzeitig hörte ich drüben auf der rechten Seite Glas klirren. Darauf folgte ein lautes Geknatter. Offenbar eine Salve aus einer Maschinenpistole. Hinter uns schlugen die Kugeln in die Seitenwand des Hauptgebäudes ein.

James Bond lächelte. »Ich muß dich schon wieder um Nachsicht bitten, Viv. Heute abend scheint mich mein Reaktionsvermögen wirklich im Stich zu lassen. Aber ich verspreche, mich zu bessern.« Er hielt einen Moment inne. »Laß uns mal einen Augenblick nachdenken.«

Der Augenblick dehnte sich in die Länge. Die Hitze, die aus dem Hauptgebäude drang, setzte mir zu. Jetzt standen nur noch die Nordwand und das kleine Stück bis zum Haupteingang, hinter dem wir Schutz gesucht hatten. Das übrige war ein Flammenmeer. Doch der Wind trieb die Flammen noch immer nach Süden, und ich hoffte, daß die Nordwand noch eine Weile standhalten würde. Der größte Teil des Gästegebäudes war schon ausgebrannt, das Lodern der Flammen und das Sprühen der Funken ließ bereits nach. Ich überlegte, daß der Feuerschein kilometerweit sichtbar sein mußte, vielleicht sogar bis nach Lake George. Dennoch war uns niemand zu Hilfe gekommen. Die Feuerwehren und die Polizei hatten wahrscheinlich mit den durch das Gewitter verursachten Schäden alle Hände voll zu tun und rechneten damit, daß bei der gegenwärtigen Feuchtigkeit selbst ein Großbrand nicht auf die Wälder übergreifen konnte.

»Paß auf«, sagte James Bond. »Du wirst dich im Schutz dieser Mauer über die Straße schleichen und dann so weit zurückkriechen, bis du in der Höhe ihres Wagens bist. Paß aber auf, daß du nicht gesehen wirst. Verhalte dich ganz ruhig, und auch wenn einer oder alle beide den Wagen erreichen, schießt du nicht eher, als ich es dir sage. In Ordnung?«

»Und wo bleibst du?«

»Ich werde hier bleiben und warten, bis sie bei mir auftauchen. Sie sind es ja, die hinter uns her sind, um sich dann absetzen zu können. Die Zeit arbeitet gegen sie.« Er blickte auf die Uhr. »Kurz vor drei. Wann wird es hier hell?«

»In zwei Stunden etwa. Gegen fünf. Aber sie sind doch zu zweit, und du bist allein. Sie werden versuchen, dich in die Zange zu nehmen.«

»Ja, aber einer von ihnen ist verwundet. Ein besserer Plan fällt mir jedenfalls im Moment nicht ein. Also, gehe jetzt über die Straße, ehe sie erscheinen. Ich werde ihre Aufmerksamkeit ablenken.«

Er ging zur Ecke des Gebäudes, spähte vorsichtig hinüber zu Zimmer Nummer 1 und gab zwei rasche Schüsse ab. Glas splitterte, und dann folgte das Knattern der Maschinenpistole. Kugeln schlugen in die Mauer und pfiffen über die Straße in den Wald. James Bond hatte sich zurückgezogen. Er lächelte aufmunternd. »Jetzt!«

Ich rannte nach rechts und über die Straße. Vom Fenster des Zimmers Nummer 1 konnte man mich jetzt nicht sehen, weil das Hauptgebäude die Sicht auf die Straße versperrte. Dann kroch ich unter die Bäume. Wieder schlugen mir die Zweige ins Gesicht und peitschten meinen Rücken, doch jetzt hatte ich feste Schuhe an, und das Material des Overalls war widerstandsfähig. Ich schlug mich ein Stück in den Wald hinein und wandte mich dann nach links. Als ich glaubte, weit genug weg zu sein, kroch ich wieder zum Rand der Straße zurück. Ich befand mich genau an der richtigen Stelle. Durch eine Baumreihe verborgen, konnte ich etwa zwanzig Meter von mir entfernt, auf der gegenüberliegenden Straßenseite, den schwarzen Wagen erkennen und hatte einen guten Überblick über das Schlachtfeld.

Der Mond hing noch immer zwischen den jagenden Wolken am Himmel – bald beleuchtete sein bleicher Schein die Umgebung, bald verschwand er, so daß allein die flackernden Flammen die Dunkelheit erhellten. Jetzt trat der Mond ganz hinter den Wolken hervor und enthüllte mir etwas, bei dessen Anblick ich beinahe aufgeschrien hätte. Der Magere robbte auf dem Bauch über das Gras auf die Nordseite des Hauptgebäudes zu, und das Mondlicht spiegelte sich im Metall des Revolvers in seiner Hand.

James Bond befand sich noch da, wo ich ihn verlassen hatte. Um ihn zu verleiten, auch dort zu bleiben, gab Sluggsy in kurzen Abständen Schüsse ab, die an die Wandecke prallten, auf die der magere Mann zukroch. Vielleicht erriet James Bond die Bedeutung dieses Dauerfeuers. Er ahnte wahrscheinlich, daß man ihn an dieser Stelle festhalten wollte, denn jetzt bewegte er sich nach links, auf den brennenden Teil des Gebäudes zu. Und jetzt rannte er, tiefgebückt, über das versengte Gras, durch dicke Rauchwolken und einen Regen von Funken zu den verkohlten, teilweise noch glühenden Trümmern des Gästegebäudes hinüber. Ich erhaschte einen kurzen Blick auf ihn, wie er etwa in Höhe von Zimmer Nummer 15 in einem der Wagenabstellplätze verschwand.

Ich beobachtete den Mageren. Er war schon fast an der Ecke. Jetzt hatte er sie erreicht. Die Schüsse verstummten. Mit der linken Hand schob er vorsichtig die Waffe um die Ecke und verfeuerte das ganze Magazin. Die Schüsse pfiffen an der Fassade entlang, wo James und ich vorhin noch gestanden hatten.

Als das Feuer unerwidert blieb, streckte er den Kopf um die

Ecke und zog ihn so rasch wieder zurück wie eine Schlange. Dann stand er auf und wedelte mit der Hand, um anzudeuten, daß wir verschwunden seien.

Und jetzt krachten zwei Schüsse rasch aufeinander aus der Richtung von Zimmer Nummer 1. Ein markerschütternder Schrei folgte ihnen. Mir blieb fast das Herz stehen. Sluggsy stolperte rückwärts auf den Rasen, schoß mit der Rechten von der Hüfte aus, während sein linker Arm schlaff an der Seite herunterbaumelte. Er taumelte immer weiter nach rückwärts, schreiend vor Schmerz. Doch noch immer knatterte seine Maschinenpistole. Ich sah eine schattenhafte Bewegung in einem der Wagenabstellplätze und hörte den dröhnenden Schuß aus der Pistole. Doch Sluggsy veränderte plötzlich die Richtung, und James Bonds Waffe schwieg. Dann folgte eine neue Salve von einer anderen Stelle aus. Eine der Kugeln mußte die Maschinenpistole getroffen haben, denn Sluggsy ließ sie plötzlich fallen und raste auf die schwarze Limousine zu, hinter der der Magere kauerte und seinem Genossen mit seinem Revolver Feuerschutz gab. James Bonds Schuß mußte die Abzugsvorrichtung der Maschinenpistole getroffen haben, denn sie knatterte weiter und drehte sich wie ein kugelspeiendes Feuerwerksrad im Kreise.

Und dann saß der magere Mann hinter dem Steuer, und ich hörte den Motor anspringen. Eine Rauchfahne zischte aus dem Auspuff. Der Mann stieß die Seitentür auf, Sluggsy sprang in den Wagen, und während der Wagen vorwärtsschoß, fiel krachend die Tür zu.

Ich wartete nicht auf James. Ich rannte auf die Straße hinaus und ballerte hinter dem Wagen her. Ich hörte einige meiner Kugeln in das Metall schlagen. Dann war das Magazin leer, und ich stand da und fluchte vor mich hin aus Wut, die beiden könnten entkommen. Doch dann spuckte James' Waffe Feuer, das mit Schüssen aus den Wagenfenstern beantwortet wurde. Plötzlich schien der Fahrer wahnsinnig geworden zu sein. Der Wagen schlingerte, fuhr einen großen Bogen. Es sah aus, als wollte er direkt auf James zurasen, der auf dem Rasen stand. Einen Augenblick wurde James von den Scheinwerfern erfaßt, wie er hochaufgerichtet dort stand, mit schweißglänzendem Oberkörper. Ich glaubte schon, der Wagen würde ihn überrollen, und rannte verzweifelt auf ihn zu, doch das Fahrzeug schleuderte und jagte mit heulendem Motor direkt auf den See zu.

Ich blieb stehen und sah wie gebannt zu. Der Rasen erstreckte sich dort bis zu einem kleinen Plateau über dem See. Tische und Bänke standen dort auf dem kiesbestreuten Platz. Das Auto raste direkt darauf zu. Selbst wenn es eine Bank oder einen Tisch anfuhr, würde es nicht mehr aufgehalten, sondern unweigerlich im See landen. Doch es streifte die Bänke nicht. Starr vor Entsetzen preßte ich die Hände an den Mund, als der Wagen über den Rand des Plateaus stürzte und flach ins Wasser schlug, das hoch aufspritzte. Dann sank er ganz langsam mit dem Kühler voraus unter die Oberfläche, bis nichts mehr zu sehen war als der Kofferraum, ein Stück vom Dach und das Rückfenster.

James Bond stand noch immer unbeweglich da und starrte auf den See, als ich neben ihn trat und ihn mit den Armen umschlang. »Bist du unverletzt? Ist dir nichts passiert?«

Langsam wandte er sich mir zu, legte seinen Arm um meine Taille und drückte mich an sich. »Nein«, erwiderte er zerstreut. »Mir ist nichts passiert.« Sein Blick richtete sich wieder auf den See. »Ich muß den Fahrer getroffen haben, den Mageren. Tödlich wahrscheinlich. Sein Körper muß aufs Gaspedal gefallen sein.« Er schien aus seiner Benommenheit zu erwachen und lächelte mir zu. »Nun, damit wären wir die beiden los. Tot und begraben in einem Arbeitsgang. Ich weine ihnen keine Träne nach. Die beiden waren wirklich hartgesottene Berufsverbrecher.«

Wir drehten dem See den Rücken zu und schritten langsam über das Gras. Das Feuer war ganz in sich zusammengesunken, der Wald und die Straße lagen wieder im Dunkeln. Halb vier, stellte ich fest, als ich auf die Uhr blickte. Plötzlich fühlte ich mich völlig ausgelaugt.

Als könnte er meine Gedanken lesen, sagte James: »Jetzt wirkt nicht mal mehr das Benzedrin. Wir könnten jetzt alle beide Schlaf gebrauchen, meinst du nicht auch? Ein paar Zimmer sind noch in recht passablem Zustand. Wie wäre es mit Nummer zwei und drei? Sind sie akzeptabel?«

Ich spürte, wie mir die Röte ins Gesicht stieg. »Mir ist es gleichgültig, was du denkst, James«, erklärte ich trotzig, »aber heute nacht wirst du mich nicht los. Du kannst zwei oder drei nehmen. Ich schlafe auf dem Boden.«

Er lachte, zog mich an sich und drückte mich. »Wenn du auf dem Boden schläfst, dann schlafe ich auch auf dem Boden. Aber ich halte das eigentlich für eine überflüssige Schonung des bequemen Doppelbetts. Sagen wir, Nummer drei.« Er blieb stehen und sah mich an. »Oder ist dir Nummer zwei lieber?« fragte er betont ritterlich.

»Nein. Nummer drei wäre herrlich.«

14

Zimmer Nummer 3 war ungelüftet und muffig. Während James Bond unser Gepäck unter den Bäumen aufsammelte, öffnete ich die Fenster und zog die Decke von dem Doppelbett. Ich hätte befangen und verlegen sein sollen, doch ich war es nicht. Mir machte es einfach Freude, im Mondlicht die fürsorgliche Hausfrau zu spielen. Dann probierte ich die Dusche aus und stellte fest, daß der Wasserdruck wunderbarerweise nicht gesunken war, obwohl weiter unten die Rohre teilweise geschmolzen sein mußten. Aber die Zimmer hier lagen näher an der Hauptleitung. Ich zog meine Kleider aus, legte sie säuberlich zusammen und trat unter die Dusche. Ich riß eine frische Packung Camay-Seife auf und begann behutsam, meinen schmerzenden Körper einzuseifen.

Im Rauschen des Wassers hörte ich ihn nicht ins Badezimmer treten. Doch plötzlich rieben noch zwei Hände über meinen Körper, ein nackter Körper berührte den meinen, und ich roch den Schweiß und das Pulver. Ich drehte mich um und lachte hinauf in sein schmutzverschmiertes Gesicht, und dann lag ich in seinen Armen, und unsere Lippen trafen sich in einem Kuß, der nicht enden wollte, während das Wasser auf uns niederströmte und uns zwang, die Augen zu schließen.

Als mein Atem beinahe erschöpft war, zog er mich unter der Dusche hervor, und wir küßten uns von neuem, während seine Hände über meinen Körper streiften und Wellen des Begehrens über mir zusammenschlugen.

»Bitte, James«, wehrte ich ihn ab. »Bitte, nicht. Sonst falle ich um. Und bitte, sei sanft, du tust mir weh.«

Im dämmrigen Schein des Mondlichts waren seine Augen nur schmale, blitzende Schlitze. Jetzt schimmerten sie voller Zärtlichkeit, und er lachte. »Sei nicht böse, Viv. Es ist nicht meine Schuld. Es sind meine Hände. Sie wollen dich nicht in Ruhe lassen. Dabei sollten sie *mich* waschen. Ich starre vor Schmutz. Das wirst du tun müssen. Sie gehorchen mir einfach nicht.«

Ich lachte ihn an und zog ihn unter die Dusche. »Also gut. Aber mit Samthandschuhen werde ich dich nicht anfassen. Als ich das letztemal ein anderes Wesen wusch, war es ein Pony, und ich war damals zwölf Jahre alt.« Ich ergriff die Seife. »Beuge deinen Kopf herunter. Ich werde versuchen, nicht zuviel Seife in deine Augen zu bringen.«

»Wenn du auch nur einen Spritzer …« Ich legte ihm die Hand auf den Mund und begann sein Gesicht einzuseifen, dann sein Haar, seine Arme und seinen Oberkörper, während er mit gesenktem Kopf vor mir stand und sich mit beiden Händen am Wasserrohr festhielt.

Ich hielt inne. »Das übrige überlasse ich dir.«

»Kommt nicht in Frage. Sei gründlich. Man kann nie wissen. Vielleicht gibt es bald einen Krieg, und du wirst als Krankenschwester gebraucht. Da ist es besser, du lernst gleich, wie man einen Mann richtig wäscht. Was, zum Teufel, ist das eigentlich für eine Seife? Ich rieche ja wie Kleopatra!«

»Das ist sehr gute Seife mit teurem, französischem Parfüm. Das steht auf der Verpackung. Du riechst ganz betörend.«

Er lachte. »Also los, weiter. Aber schnell.«

Ich bückte mich folgsam und machte mich ans Werk. Im nächsten Augenblick lagen wir uns wieder in den Armen, und unsere Körper waren glitschig von Wasser und Seife. Er stellte die Brause ab und hob mich aus dem Duschbecken. Er begann mich abzutrocknen, während ich mich in seinem freien Arm zurücklehnte und es mir gefallen ließ. Dann nahm ich das Handtuch und trocknete ihn ab, und dann war es töricht, noch länger zu warten. Er hob mich auf, trug mich ins Zimmer und legte mich auf das Bett. Ich beobachtete durch halbgeschlossene Augen seine Gestalt, während er durch das Zimmer ging, die Vorhänge zuzog und abschloß.

Und dann lag er neben mir.

Seine Hände und sein Mund waren sanft und erregend, sein Körper in meinen Armen war voll zärtlicher Wildheit. Später sagte er mir, daß ich einen leisen Schrei ausgestoßen hätte, als der Augenblick gekommen war. Das war mir nicht bewußt geworden. Ich wußte nur, daß sich ein Abgrund überwältigender Süße aufgetan und mich verschlungen hatte, und daß ich meine Nägel in seine Hüften grub, um sicherzugehen, daß auch er mitgerissen wurde. Dann flüsterte er mir schläfrig einige zärtliche Worte zu und küßte mich noch einmal. Sein Körper entglitt mir und lag still. Ich blieb auf dem Rücken liegen und lauschte seinem Atem.

Niemals zuvor hatte ich geliebt, richtig geliebt, mit meinem Herzen und mit meinem Körper. Mit Derek war es voller Süße gewesen, mit Kurt kühl und befriedigend. Doch das war etwas anderes. Endlich wurde mir klar, was die Liebe im Leben eines Menschen bedeuten konnte.

Ich glaube, ich weiß, warum ich mich diesem Mann so ausschließlich hingab, wieso ich dessen fähig war, obwohl ich ihn erst sechs Stunden zuvor kennengelernt hatte. Abgesehen von seinem guten Aussehen, seiner Überlegenheit, seiner Männlichkeit, war er aus dem Nichts aufgetaucht wie ein Prinz im Märchen, und er hatte mich vor dem Drachen errettet. Wenn er nicht gewesen wäre, hätte man mich gequält und umgebracht. Er hätte ja den Reifen an seinem Wagen wechseln und davonfahren können. Er hätte, als es gefährlich wurde, seine eigene Haut retten können. Doch er hatte um mein Leben gekämpft, als wäre es sein eigenes gewesen. Und dann, als der Drache tot war, hatte er mich als Belohnung entgegengenommen. In wenigen Stunden, das wußte ich, würde er verschwunden sein – ohne Liebesbeteuerungen, ohne Entschuldigungen und Ausreden. Und das würde das Ende sein – der Schluß.

Jede Frau wünscht, die Stärke des Mannes zu fühlen. Seine Brutalität, die zugleich so süß gewesen war, hatte diese tiefe Glückseligkeit in mir geweckt. Meine Nerven waren jetzt entspannt, ich fühlte tiefe Dankbarkeit und bedauerte nichts. Ich schämte mich nicht. Vielleicht würden sich Konsequenzen für mich ergeben, vielleicht würde mich kein anderer Mann mehr glücklich machen können. Doch gleichgültig, was geschehen sollte, niemals würde er von meinen Sorgen erfahren. Ich würde ihn nicht verfolgen, um das, was zwischen uns gewesen war, wieder herbeizuzwingen. Ich würde mich von ihm fernhalten, ihn seine eigene Straße wandern lassen, auf der er anderen Frauen begegnen würde, zahllosen anderen Frauen, die ihm wahrscheinlich ebensoviel körperliches Glück schenken würden, wie er es mit mir erlebt hatte. Es würde mir nichts ausmachen, zumindest redete ich mir das ein, denn keine von ihnen würde ihn jemals besitzen – ein größeres Stück von ihm ihr eigen nennen, als ich jetzt besaß. Und mein ganzes Leben wollte ich ihm dankbar sein, für alles. Für immer würde ich ihn im Gedächtnis behalten als mein Idealbild eines Mannes. Wie konnte man nur so pathetisch sein? Was gab es an diesem nackten männlichen Geschöpf, das da neben mir lag, zu dramatisieren? Er war von Berufs wegen eine Art Polizeibeamter, der seine Pflicht getan hatte. Und zu dieser Pflicht gehörte es, Waffen zu gebrauchen und Menschen zu töten. Was war daran so bewundernswert? Tapfer, stark, erbarmungslos mit Frauen – diese Eigenschaften erforderte sein Beruf, dafür wurde er bezahlt. Er war nichts anderes als eine Art Spion, ein Spion, der mich geliebt hatte. Nein, nicht geliebt, der mit mir geschlafen hatte. Weshalb sollte ich ihn zu meinem Helden erheben? Ein plötzlicher Impuls regte sich in mir, ihn aufzuwecken und zu fragen: »Kannst du nett sein? Kannst du gütig sein?«

Ich drehte mich auf die Seite. Er schlief. Sein Atem ging ruhig. Der Kopf ruhte auf dem ausgestreckten linken Arm, sein rechter Arm war unter dem Kissen vergraben. Draußen leuchtete hell der Mond. Rotes Licht sickerte durch die Vorhänge, ließ die gebräunte Haut sanft aufleuchten. Ich beugte mich über ihn, atmete seine Männlichkeit, sehnte mich danach, ihn zu berühren, mit der Hand über den sonnenverbrannten Rücken zu streichen bis zu der Stelle, wo die Haut plötzlich weiß wurde, wo er die Badehose getragen hatte.

Nachdem ich ihn lange angesehen hatte, legte ich mich wieder hin. Nein, er war doch ganz so, wie er in meiner Vorstellung lebte. Ja, er war ein Mann, den man lieben mußte!

Die roten Vorhänge am anderen Ende des Zimmers bewegten sich. Draußen hatte sich der Wind gelegt. Es war kein Laut zu hören. Träge schlug ich die Augen auf, um zu dem Fenster über mir aufzublicken. Hier hingen die Vorhänge ruhig und reglos.

Vom See her mußte der Wind jetzt auffrischen. Schlafe doch endlich!

Und dann wurden die Vorhänge plötzlich geräuschvoll zurückgerissen. Ein großes glänzendes Gesicht blickte durch das Schiebefenster.

Ich habe nie gewußt, daß sich einem tatsächlich das Haar sträuben kann. Ich dachte immer, das wäre nur eine phantastische Übertreibung. Doch ich vernahm ein kratzendes Geräusch auf dem Kissen neben meinem Gesicht, und ich fühlte die frische Nachtluft auf meiner Kopfhaut. Ich wollte schreien, doch ich konnte nicht. Meine Glieder waren erstarrt. Ich konnte weder Hände noch Füße bewegen. Ich lag bewegungslos da und starrte auf das Gesicht, wurde mir meiner körperlichen Reaktionen bewußt – selbst dessen, daß meine Augen so weit aufgerissen waren, daß sie schmerzten. Doch ich konnte keinen Finger rühren. Ich war vor Schreck wie versteinert.

Das Gesicht hinter dem Fenster grinste. Das Mondlicht spiegelte sich in den Zähnen, den Augen und in dem haarlosen Kopf, so daß er aussah wie ein von innen angestrahlter Kürbis.

Das geisterhafte Gesicht drehte sich langsam, das Zimmer überblickend. Es sah das weiße Bett mit den beiden Köpfen auf den Kissen. Es hielt still. Langsam, mühsam hob sich eine Hand mit einer Schußwaffe und schlug ungelenk nach unten in die Fensterscheibe.

Das Geräusch wirkte auf meine Nerven wie ein Auslösemechanismus. Ich schrie und schlug um mich. Aber das Splittern des Glases hatte ihn bereits aufgeweckt. Und dann peitschten rasch hintereinander zwei Schüsse auf. Eine Kugel bohrte sich über meinem Kopf in die Wand, wieder klirrte Glas, und das Kürbisgesicht war verschwunden.

»Alles in Ordnung, Viv?« Seine Stimme klang eindringlich, ängstlich.

Er sah, daß mir nichts geschehen war, und wartete nicht auf eine Antwort. Die Matratze hob sich, und plötzlich fiel ein breiter Streifen Mondlicht durch die Tür. Er rannte so geräuschlos, daß ich die Schritte seiner Füße nicht hören konnte, doch ich glaubte ihn vor mir zu sehen, wie er sich an die Wand des Abstellplatzes preßte und vorsichtig um die Ecke spähte. Ich lag noch immer reglos und starrte wie gelähmt auf das zerbrochene

Fenster, erinnerte mich des glänzenden, gräßlichen Kürbiskopfes, der einem Geist gehört haben mußte.

James Bond kehrte zurück. Er sagte kein Wort. Er brachte mir ein Glas Wasser. Diese prosaische Handlung, das erste, was ein Vater oder eine Mutter tut, wenn das Kind schlecht geträumt hat, brachte mich zurück in die Wirklichkeit, in die vertraute Umgebung des Zimmers, rettete mich aus dem Abgrund der Gespenster und des Todes. Dann holte er ein Badetuch, stellte einen Stuhl unter das Fenster, stieg darauf und drapierte das Badetuch über die zerbrochene Scheibe.

Ich beobachtete die Muskeln, die sich zusammenballten und entspannten, und ich stellte belustigt fest, wie eigenartig ein Mann ohne Kleider aussieht, wenn er nicht eine Frau umarmt, sondern einfach im Zimmer umhergeht und irgend etwas Alltägliches tut.

Dann stellte er den Stuhl wieder neben den Tisch, wo er hingehörte, nahm seine Pistole und holte ein neues Magazin aus der Tasche seiner Hose. Er schob es in den Griff seiner Pistole und legte die Waffe unter sein Kopfkissen.

Jetzt verstand ich erst, weshalb er so dagelegen hatte, mit der rechten Hand unter dem Kissen. Ich vermutete, daß er immer in dieser Stellung schlief. Ich verglich seinen Tageslauf mit dem eines Feuerwehrmannes, der Tag und Nacht einsatzbereit sein muß. Ich dachte, wie ungewöhnlich es sein mußte, mit der Gefahr Geschäfte zu machen.

Er setzte sich neben mich auf den Bettrand. Er sah müde und abgespannt aus. »Beinahe wäre es uns beiden wieder an den Kragen gegangen, Viv«, sagte er. »Es tut mir leid. Ich glaube, meine Aufmerksamkeit läßt nach. Wenn ich so weitermache, wird das eines Tages noch schlimm ausgehen. Ich kann mich erinnern, daß ein Stück des Verdecks und das Rückfenster noch zu sehen waren, nachdem der Wagen in den See gestürzt war. Dort hatte sich offenbar genügend Luft angestaut. Es war verdammt leichtsinnig, daß ich mich nicht persönlich davon überzeugt habe. Dieser Sluggsy brauchte ja nur das Rückfenster einzuschlagen und ans Ufer zu schwimmen. Er war zwar verwundet, und es muß ihm ziemlich schwergefallen sein. Doch er kam tatsächlich bis zu unserem Zimmer. Beinahe hätte er uns getötet. Gehe morgen früh nicht da hinten hin, Viv. Es ist kein schöner

Anblick.« Er sah mich mitleidig an. »Es tut mir wirklich leid, Viv. Es hätte nie so weit kommen dürfen.«

Ich richtete mich auf und umschlang ihn mit den Armen. Sein Körper war kalt. Ich preßte ihn an mich und küßte ihn. »Sei doch nicht dumm, James. Wenn ich nicht gewesen wäre, dann wäre dir das alles nicht passiert. Was würde aus mir geworden sein, wenn du nicht gekommen wärest? ich wäre tot, verbrannt, meine Asche verstreut. Du hast einfach nicht genug geschlafen. Außerdem bist du ganz kalt. Komm zu mir ins Bett. Ich halte dich warm.«

Er zog mich an sich und drückte meinen Körper fest an den seinen. Eine ganze Weile hielt er mich so, ganz still, und ich spürte, wie sein Körper Wärme von mir aufnahm. Dann hob er mich hoch und legte mich sanft aufs Bett. Und dann nahm er mich ganz ungestüm, wie eine verzehrende Flamme, und wieder erklang dieser Schrei von einem Menschen, der nicht mehr ich war. Dann lagen wir Seite an Seite. Sein Herz hämmerte wild an meiner Brust, und ich merkte, daß sich meine rechte Hand in seine Haare verkrampft hatte.

Ich ließ sie los und nahm seine Hand. Er küßte mich sanft und drehte sich auf die Seite.

Ich kuschelte mich an ihn, drückte mich an seinen Rücken und seine Schenkel. »Es ist schön, so zu schlafen. Es ist wundervoll. Gute Nacht, James.«

»Gute Nacht, Viv, mein Liebling.«

15

Das waren die letzten Worte, die er an mich richtete. Als ich am nächsten Morgen erwachte, war er verschwunden. Im Bett war noch der Abdruck seines Körpers zu sehen, und vom Kopfkissen ging sein Geruch aus. Ich sprang aus dem Bett und rannte hinaus, um nachzusehen, ob der graue Wagen noch da sei. Er war weg.

Es war ein wunderschöner Tag. Der Boden war feucht vom Tau, und ich konnte die Abdrücke seiner Schuhe sehen, die zu der Stelle führten, wo das Auto gestanden hatte. Ein Vogel flog kreischend über die Lichtung, und irgendwo im Wald erscholl der klagende Ruf einer Wildtaube.

Die Trümmer des Motels waren schwarz und häßlich, und von den Überresten des Hauptgebäudes stieg ein dünner Rauchfaden auf. Ich kehrte ins Zimmer zurück und duschte mich. Dann begann ich, geschäftig meine Sachen in die Satteltaschen zu packen. Da sah ich den Brief auf dem Schreibtisch. Ich setzte mich aufs Bett und las ihn.

Er war in einer klaren, regelmäßigen Handschrift geschrieben. Er hatte einen Füllfederhalter benutzt, keinen Kugelschreiber.

Liebe Viv,

Du wirst diesen Brief vielleicht der Polizei zeigen müssen, deshalb werde ich sachlich sein. Ich bin auf dem Weg nach Glens Falls, um dort der Polizei eingehend Bericht zu erstatten. Die erste Polizeistreife, der ich begegne, werde ich zu Dir hinausschicken. Außerdem werde ich mich mit Washington in Verbindung setzen, und man wird den Fall dann sicher der Polizei von Albany übergeben. Ich werde alle Hebel in Bewegung setzen, um dafür zu sorgen, daß man Dich nicht zu sehr belästigt und Dich weiterfahren läßt, sobald Du Deine Aussage gemacht hast. Ich werde in Glens Falls meine Reiseroute und meine Wagennummer hinterlassen, so daß man mich immer erreichen kann, falls Du Hilfe brauchst. Das Frühstück wird Dir heute morgen fehlen, deshalb werde ich die Polizei beauftragen, Dir eine Thermosflasche voll Kaffee und Brötchen mitzubringen, damit Du nicht vor Hunger sterben mußt. Ich wäre gern bei Dir, und wenn auch nur, um Mr. Sanguinettis Gesicht zu sehen. Doch ich bezweifle sehr, daß er sich heute morgen blicken lassen wird. Ich nehme an, als er nichts von seinen beiden Handlangern hörte, fuhr er wie der Blitz nach Albany und setzte sich in das nächste Flugzeug nach Mexiko. Ich werde den Behörden in Washington einen Wink geben, und man wird ihn sicherlich erwischen. Dafür wird er lebenslänglich bekommen. Und jetzt paß auf! Du, und bis zu einem gewissen Grade auch ich, haben der Versicherungsgesellschaft mindestens eine halbe Million Dollar gespart. Dafür gibt es eine hohe Belohnung. Die Vorschriften verbieten mir, Belohnungen anzunehmen, so daß Dir auch mein Anteil zusteht.

Außerdem steht Dir sowieso die ganze Summe zu, weil in erster Linie Du die Leidtragende warst und Du Dich so tapfer gehalten und bewährt hast. Deshalb werde ich einen Riesenwirbel veranstalten und dafür sorgen, daß die Versicherungsgesellschaft sich nicht lumpen läßt. Und noch etwas: Ich wäre gar nicht überrascht, wenn einer der beiden Verbrecher, oder sogar beide, steckbrieflich gesucht wird und für seinen Kopf eine Belohnung ausgesetzt ist. Auch darum werde ich mich kümmern.

Und jetzt fahre vorsichtig auf Deinem Weg in den Süden. Und denke nicht mehr an diese Geschichte. Solche Dinge passieren nicht häufig. Nimm es einfach wie einen schweren Autounfall, dem Du glücklich entronnen bist. Und bleib so, wie Du bist. Wenn Du mich erreichen willst oder Hilfe brauchst, dann schreibe oder telegrafiere an mich, c/o Ministry of Defence, Storey's Gate, London, S. W. 1. Telefonisch bin ich nicht erreichbar.

Immer,
J. B.

P.S. Für den Süden hast Du zuviel Luft in den Reifen. Vergiß nicht, etwas herauszulassen.

PPS. Versuche mal Guerlains *Fleurs des Alpes* an Stelle von Camay.

Ich hörte das Brummen von Motorrädern auf der Straße. Als sie anhielten, heulte kurz eine Sirene auf. Ich steckte den Brief in meinen Overall, zog den Reißverschluß hoch und ging hinaus.

Es waren zwei Beamte der Staatspolizei, jung, aufgeweckt und sehr nett. Ich hatte beinahe vergessen, daß es solche Menschen gab. Sie grüßten mich, als hätten sie eine Königin vor sich. »Miss Vivienne Michel?« Der Dienstältere, ein Leutnant, sprach mich an, während sein Kollege in das Funkgerät murmelte und berichtete, sie seien angekommen.

»Ja.«

»Ich bin Leutnant Morrow. Wir hörten, daß hier heute nacht

allerlei passiert ist.« Er wies mit der behandschuhten Rechten auf die Trümmer. »Wir scheinen richtig gehört zu haben.«

»Ach, das ist noch gar nichts«, bemerkte ich geringschätzig. »Im See liegt ein Auto mit einer Leiche, und hinter Zimmer Nr. drei ist noch ein Toter.«

»Ja, Miss.« Eine Spur von Mißbilligung über meine Leichtfertigkeit schwang in seiner Stimme. Er wandte sich an seinen Begleiter. »O'Donnell, sehen Sie sich doch mal um!«

»Okay, Leutnant.« O'Donnell schritt über den Rasen davon. Der Leutnant beugte sich zu einer seiner Motorradtaschen hinunter und brachte ein eingewickeltes Päckchen zum Vorschein. »Ich habe Ihnen ein kleines Frühstück mitgebracht. Leider nur Kaffee und Pfannkuchen. Ist Ihnen das recht?« Er streckte mir das Päckchen hin.

Ich schenkte ihm ein strahlendes Lächeln. »Das ist schrecklich nett von Ihnen. Ich vergehe fast vor Hunger. Drüben am See stehen ein paar Bänke.« Ich ging voraus, und wir setzten uns. Der Leutnant nahm seine Mütze ab, zog ein Notizbuch und einen Bleistift aus der Tasche und tat so, als überfliege er seine Notizen, um mir Zeit zu lassen, ein wenig zu essen.

Dann blickte er auf und lächelte zum erstenmal. »Machen Sie sich jetzt keine Gedanken, Miss. Ich nehme keine Aussage zu Protokoll. Das erledigt der Captain persönlich. Er wird bald hier eintreffen. Als ich die Funkmeldung erhielt, habe ich mir die wichtigsten Tatsachen notiert. Doch dann schaltete sich die Zentrale ein und gab immer neue Anweisungen. Ich mußte den ganzen Weg bis hierher langsam fahren, weil ich alles aufnehmen mußte. Albany interessiert sich plötzlich für den Fall, und sogar die Bonzen in Washington sollen sich eingemischt haben. So etwas ist noch nie passiert. Können Sie mir vielleicht sagen, was Washington mit der Sache zu tun hat? Wie kann es sein, daß man dort innerhalb weniger Stunden schon den ersten Bericht erhalten hat?«

Ich konnte ein Lächeln über seine Ernsthaftigkeit nicht unterdrücken. »In die Sache ist auch ein Mann namens James Bond verwickelt«, erklärte ich. »Er rettete mich und erschoß die beiden Verbrecher. Er ist Engländer und arbeitet für den Geheimdienst. Er war auf dem Weg von Toronto nach Washington, um einen Bericht zu überbringen. Unterwegs hatte er eine Reifenpanne und landete hier im Motel. Wenn er nicht aufgetaucht wäre, dann wäre ich jetzt tot. Auf jeden Fall habe ich den Verdacht, daß er eine ziemlich wichtige Persönlichkeit ist. Er wollte dafür sorgen, daß dieser Mr. Sanguinetti nicht nach Mexiko oder in ein anderes Land entfliehen kann. Aber das ist auch schon alles, was ich über ihn weiß – außer, daß er ein wunderbarer Mensch ist.«

Der Leutnant blickte mich teilnahmsvoll an. »Kann ich mir vorstellen, Miss, wenn er Ihnen aus dieser Patsche geholfen hat. Auf jeden Fall hat er Verbindungen zum FBI. Dort mischt man sich nur selten in solche Fälle ein, es sei denn, wir forderten ihre Unterstützung an.« Auf der Straße erklang das Heulen von Sirenen. Leutnant Morrow erhob sich rasch und setzte seine Mütze auf. »Danke, Miss. Ich wollte nur meine Neugierde befriedigen. Jetzt wird der Captain mit Ihnen sprechen wollen. Keine Angst. Er ist ein netter Mensch.« Der Leutnant entfernte sich, und ich trank meinen Kaffee aus. Dann folgte ich ihm langsam, in Gedanken bei dem grauen Thunderbird, der jetzt in schneller Fahrt nach Süden rollte.

Eine ganze Kolonne tauchte auf der Straße zwischen den Fichten auf: ein Streifenwagen mit Motorradeskorte, ein Sanitätswagen, noch zwei Polizeiautos und ein Kran, der an mir vorbei zum See hinunterfuhr. Alles schien nach einem genauen Plan abzulaufen, und bald wimmelte es überall von Gestalten in olivgrüner oder dunkelblauer Uniform.

Der breitschultrige Mann, der auf mich zuging, glich haargenau dem Bild eines Kriminalbeamten aus unzähligen Filmen: langsam in seinen Bewegungen, mit freundlichem Gesicht, zielstrebig. Ihm folgte ein jüngerer Beamter, der Stenograph, wie sich herausstellte. Der Captain streckte mir die Hand entgegen. »Miss Michel? Ich bin Captain Stonor aus Glens Falls. Können wir uns irgendwo ungestört unterhalten? In einem der Zimmer? Oder möchten Sie lieber im Freien bleiben?«

»Ich habe von den Zimmern genug. Könnten wir uns nicht dorthin setzen, an den Tisch, wo ich gefrühstückt habe? Danke übrigens für Ihre Fürsorge. Ich war nahe am Verhungern.«

»Mir brauchen Sie nicht zu danken, Miss Michel.« Die Augen des Captains zwinkerten. »Ihr englischer Freund, Commander Bond, machte den Vorschlag.«

Er war also Commander. Der einzige Rang, dessen Bezeichnung mir gefiel. Kein Wunder, daß sich der Captain ein bißchen auf den Schlips getreten fühlte – ein Engländer, der so gebieterisch auftrat. Und dazu noch die Einmischung der CIA und des FBI! Ich beschloß, äußerst diplomatisch zu sein.

Wir setzten uns, und nach den üblichen einführenden Worten bat mich der Captain, meine Geschichte zu erzählen.

Mein Bericht dauerte zwei Stunden, weil mich Captain Stonor oft mit seinen Fragen unterbrach und ich immer eine Pause einlegen mußte, wenn ein Beamter auftauchte und seinem Vorgesetzten etwas zuflüsterte. Am Schluß war ich ganz erschöpft. Man brachte Kaffee und Zigaretten. Wir spannten aus, und der Stenograph wurde weggeschickt. Captain Stonor ließ Leutnant Morrow holen und wies ihn an, einen ersten Bericht über Funk durchzugeben. Ich sah zu, wie die schwarze Limousine, die aus dem Wasser gehoben worden war, über den Rasen zur Straße geschleppt wurde. Der Sanitätswagen fuhr heran, und ich wandte mich ab, als ein nasses Bündel vorsichtig auf den Rasen gelegt wurde. Horror! Wieder erinnerte ich mich an die kalten rotschimmernden Augen. Ich spürte die Schläge seiner Hände. Konnte denn das alles wirklich geschehen sein?

»Und Kopien nach Albany und Washington«, hörte ich den Captain sagen. Dann setzte er sich wieder zu mir. Er nahm seine Mütze ab und legte sie auf den Tisch. Das Zeichen des Waffenstillstandes, die gleiche Geste, die zuvor Leutnant Morrow gemacht hatte. Ich lächelte. Dann kramte der Captain in seinen Taschen und zog eine Packung Zigaretten und ein Feuerzeug heraus. Er bot mir eine Zigarette an und steckte sich dann selbst eine an.

»Jetzt bin ich nicht mehr im Dienst, Miss Michel«, fügte er mit einem Lächeln hinzu. Er lehnte sich zurück und schlug die Beine übereinander. Plötzlich sah er wie ein Mann mittleren Alters aus, der mit seiner Familie ein Picknick abhielt. Er zog kräftig an seiner Zigarette und blickte dem davonziehenden Rauch nach. »Sie können jederzeit fahren, Miss Michel«, bemerkte er schließlich. »Ihr Freund, Commander Bond, bestand nachdrücklich darauf, daß man Ihnen möglichst wenig Scherereien zumuten sollte. Es freut mich, daß ich ihm und Ihnen diesen Gefallen tun kann. Und« – er lächelte ein bißchen ironisch –

»auf die Genehmigung der Behörden in Washington brauche ich wohl nicht zu warten, wenn ich Ihnen meine Anerkennung ausspreche. Sie waren sehr tapfer und mutig. Sie wurden in ein übles Verbrechen hineingezogen und haben sich vorbildlich benommen. Beide Gangster wurden steckbrieflich gesucht. Ich werde Sie für die Belohnung vorschlagen. Das gleiche gilt natürlich für die Versicherungsgesellschaft, die sicherlich tief in die Tasche greifen wird. Die Phanceys haben wir verhaftet, und Sanguinetti hat sich bereits aus dem Staub gemacht, wie der Commander heute morgen schon richtig vermutete. Wir setzten uns mit Troy in Verbindung, und die Fahndung nach ihm läuft bereits. Sobald wir Sanguinetti gefaßt haben, wird er wegen eines Kapitalverbrechens unter Anklage gestellt werden. Es kann sein, daß Sie dann als Hauptbelastungszeugin auftreten müssen. Der Staat wird Ihre Unkosten in einem solchen Fall selbstverständlich tragen. All das« – Captain Stonor vollführte eine wegwerfende Handbewegung – »gehört bei der Polizei zur Routine.« Die scharfen blauen Augen blickten forschend in die meinen. »Doch damit ist der Fall noch nicht ganz abgeschlossen.« Er lächelte. »Das ist nicht dienstlich gemeint, Miss Michel; ich interessiere mich lediglich als Privatperson auch für die menschlichen Aspekte.«

Ich bemühte mich, ein unbefangenes Gesicht zu zeigen, doch ich war gespannt, was jetzt folgen würde.

»Hat dieser Commander Bond Ihnen irgendwelche Instruktionen hinterlassen? Einen Brief vielleicht? Er erzählte mir, er habe Sie heute morgen verlassen, als Sie noch schliefen. Er sei gegen sechs aufgebrochen und habe Sie nicht wecken wollen. Natürlich sehr rücksichtsvoll von ihm. Doch« – Captain Stonor vertiefte sich angelegentlich in die Betrachtung seiner Zigarette – »Ihre Aussage und die des Commanders gehen darin überein, daß Sie beide die Nacht in einem Zimmer verbracht haben. Ganz natürlich unter den gegebenen Umständen. Ich kann mir vorstellen, daß Sie nach den Ereignissen des gestrigen Abends Angst hatten vor dem Alleinsein. Doch der Abschied erscheint mir ziemlich abrupt – nach einer so aufregenden Nacht. Ich hoffe doch, Sie hatten keine Schwierigkeiten mit ihm? Er wollte doch – äh – nicht zudringlich werden?«

Ich errötete vor Ärger und versetzte scharf: »Gewiß nicht,

Captain. Ja, er hat mir einen Brief dagelassen. Einen ehrlichen Brief. Ich erwähnte ihn nicht, weil er nichts enthält, was Sie nicht schon wissen.« Ich öffnete den Reißverschluß ein Stück und zog den Brief heraus. Mein Gesicht errötete noch tiefer.

Er nahm den Brief und las ihn aufmerksam. Dann reichte er ihn mir wieder. »Ein sehr netter Brief. Sehr – äh – sachlich. Das mit der Seife verstehe ich allerdings nicht.«

»Oh«, erwiderte ich hitzig, »das war nur ein Scherz. Er behauptete, die Hotelseife sei zu stark parfümiert.«

»Aha. Natürlich. Na schön, Miss Michel.« Die Augen blickten wieder gütig. »Hm. Macht es Ihnen etwas aus, wenn ich etwas Persönliches dazu sage? Wenn ich einen Augenblick mit Ihnen spreche, als wären Sie meine Tochter? Das könnten Sie nämlich sein – fast meine Enkelin, wenn ich früh genug Vater geworden wäre.« Er lachte leise und gutmütig.

»Nein. Bitte, tun Sie sich keinen Zwang an.«

Captain Stonor zündete sich eine frische Zigarette an. »Also, Miss Michel, was der Commander schreibt, trifft zu. Man könnte sagen, Sie haben einen schweren Autounfall hinter sich, den Sie am besten so schnell wie möglich vergessen. Doch das ist noch nicht alles. Ganz unvermittelt und auf recht grobe Art und Weise sind Sie in den Krieg mit dem Verbrechen hineingezogen worden, der unablässig weitergeführt wird, über den Sie in den Zeitungen lesen, den Sie aus dem Kino kennen. Und wie im Film hat der Polizist die Jungfrau vor den Räubern gerettet.« Er beugte sich über den Tisch, seine Augen unverwandt auf die meinen gerichtet. »Verstehen Sie mich jetzt nicht falsch, Miss Michel, und wenn ich zu weit gehen sollte, dann vergessen Sie einfach, was ich sagte. Es wäre unvernünftig, von Ihnen zu verlangen, daß Sie jetzt den Mann, der Sie gerettet hat, nicht idealisieren sollten. Sie werden in ihm Ihren Helden sehen, ihn zur Idealgestalt des Mannes erheben zu dem man aufsehen kann, den allein man vielleicht heiraten möchte.« Der Captain lehnte sich zurück. Er lächelte entschuldigend. »Ich komme auf all das zu sprechen, weil solche Erlebnisse ihre Narben zurücklassen. Sie versetzen dem Menschen einen Schock – jedem Menschen. Doch am meisten wirken sie auf junge Menschen wie Sie. Ich glaube«, seine Augen verloren etwas von ihrer Güte, »nach den Berichten meiner Leute zu urteilen, habe ich guten Grund anzunehmen, daß Sie heute nacht mit Commander Bond intime Beziehungen hatten.« Captain Stonor hob die Hand. »Ich will meine Nase nicht in Ihre Privatangelegenheit stecken. Sie gehen mich sowieso nichts an, doch ich würde mich nicht wundern, wenn Sie heute nacht Ihr Herz an diesen charmanten Engländer verloren hätten, der Ihnen das Leben rettete. Das ist ganz unausbleiblich.« Ein Hauch von Ironie lag über dem teilnahmsvoll väterlichen Lächeln. »Das geschieht schließlich in Büchern und Filmen andauernd, nicht wahr? Warum also nicht auch im Leben?«

Ich rutschte ungeduldig hin und her. Ich hatte keine Lust, mir diese alberne Lektion anzuhören. Ich wollte endlich fahren.

»Ich bin gleich am Ende, Miss Michel, und ich weiß, daß Sie mich für reichlich unverschämt halten, doch seitdem ich die Vierzig überschritten habe, interessiert mich auch die menschliche Seite der Fälle, die ich bearbeite. Ganz besonders, wenn die Hauptperson ein junger Mensch ist, bei dem das Erlebnis, das er hinter sich hat, bleibenden Schaden verursachen kann. Deshalb möchte ich Ihnen einen guten Rat mitgeben, wenn ich darf, und dann wünsche ich Ihnen alles Glück und eine gute Fahrt auf dem verrückten kleinen Roller.«

Captain Stonors Augen waren noch immer auf die meinen geheftet, doch sie blickten durch mich hindurch. Ich wußte, daß ich jetzt etwas hören würde, was ihm von Herzen kam.

»Dieser Krieg gegen das Verbrechen, von dem ich sprach – ob er nun zwischen Polizei und Gangstern ausgefochten wird, oder zwischen Spionen und Agenten –, ist eine Schlacht zwischen zwei dafür ausgebildeten Heeren. Das eine kämpft auf der Seite des Gesetzes für das, was sein eigenes Land für richtig hält, das andere für den Feind, der alles verleugnet, was uns teuer und lieb ist.« Captain Stonor nickte nachdenklich. »Doch die Angehörigen dieser beiden Heere, die nicht zum einfachen Fußvolk gehören, die Verantwortung tragen und ständig dem Tod ins Auge sehen müssen, haben einen Zug tödlicher Erbarmungslosigkeit. Das gilt für beide Seiten, für Freunde und Feinde.« Die Faust des Captains schlug sachte auf die Holzplatte des Tisches, um seine Worte zu unterstreichen. »Die großen Verbrecher, die großen Agenten und die großen Spione sind herzlose, kaltblütige, erbarmungslose Killer, Miss Michel. Das müssen sie sein.

Sonst würden sie die Schlacht nicht überleben. Verstehen Sie, was ich meine?« Captain Stonors Augen kehrten wie aus weiter Ferne zu mir zurück. Jetzt blickten sie mich mit gütiger Eindringlichkeit an, die mich rührte, die mir, ich schäme mich, es zu sagen, jedoch nicht zu Herzen ging. »Und deshalb möchte ich Ihnen einen Rat mit auf den Weg geben, mein Kind. Ich habe mit Washington gesprochen und eine Menge über seine hervorragenden Leistungen auf seinem besonderen Gebiet erfahren. Aber halten Sie sich fern von diesen Männern. Sie gehören nicht zu Ihnen, ob sie nun James Bond heißen oder Sluggsy Morant. Diese beiden Männer gehören, ebenso wie viele andere, in einen Dschungel, in den Sie sich für wenige Stunden verirrt hatten und dem Sie entronnen sind. Deshalb ist es das beste für Sie, wenn Sie das alles vergessen, den Helden und auch den Bösewicht. Sie sind einfach anders als Sie – eine andere Art von Mensch.« Captain Stonor lächelte. »Wie Habichte und Tauben, wenn Sie diesen Vergleich gelten lassen wollen. Verstehen Sie?« Mein Ausdruck kann nicht viel Verständnis verraten haben, denn die Stimme wurde hart. »Okay, gehen wir.«

Der Captain stand auf, und ich folgte ihm. Ich wußte nicht, was ich sagen sollte. Mir fiel meine erste Reaktion ein, als James Bond an der Tür aufgetaucht war: O Gott, noch einer von der Sorte! Doch ich entsann mich auch seines Lächelns, seiner Küsse, seiner Umarmung. Kleinlaut trottete ich neben dem breitschultrigen Mann her, der mir seine gutgemeinten Gedanken vorgetragen hatte, und ich konnte an nichts anderes denken als an ein üppiges Mittagessen und ein warmes, bequemes Bett, mindestens hundert Kilometer vom *Dreamy-Pines*-Motel entfernt.

Als ich aufbrach, war es zwölf Uhr mittags. Captain Stonor prophezeite mir, daß sich die Presse auf mich stürzen würde, doch er versprach, sie so lange wie möglich hinzuhalten. Über James Bond dürfte ich erzählen, was ich wollte. Nur von seinem Beruf und seinem Aufenthaltsort sollte ich nichts erwähnen. Er war einfach ein Mann, der im richtigen Augenblick erschienen und dann wieder seiner Wege gegangen war. Ich hatte meine Satteltaschen schon gepackt. Leutnant Morrow schnallte sie an den

Roller und schob die Vespa auf die Straße. Auf dem Weg über den Rasen sagte er: »Fahren Sie vorsichtig, Miss. Auf dem Weg nach Glens Falls ist alles voller Schlaglöcher. Manche von ihnen sind so tief, daß Sie besser erst hupen sollten, bevor Sie durch ein Schlagloch fahren. Könnte ja sein, daß sich schon andere Leute mit einer so winzigen Maschine darin verstecken.« Ich lachte. Er war sauber und vergnügt und jung, aber nach seinem Aussehen und seinem Beruf zu urteilen, auch hart und abenteuerlustig. Vielleicht entsprach er mehr dem Typ von Mann, von dem ich träumen sollte.

Ich verabschiedete mich von Captain Stonor und dankte ihm. Dann setzte ich meinen Sturzhelm auf, zog meine pelzverbrämte Motorradbrille über die Augen und trat auf den Kickstarter. Gott sei Dank, die kleine Maschine sprang sofort an. Jetzt wollte ich es ihnen zeigen. Das Hinterrad war noch hochgebockt. Ich hatte es mit Absicht so gelassen. Jetzt ließ ich die Kupplung ziemlich hart einrasten und stieß mich ab. Staub und Steine spritzten auf, und ich schoß davon wie eine Rakete. Vor mir sah die Straße ganz passabel aus, deshalb wagte ich es, mich umzusehen, und hob winkend die Hand. Die kleine Gruppe von Polizeibeamten vor dem niedergebrannten Motel erwiderte meinen Abschiedsgruß. Und dann fuhr ich auf der langen, geraden Straße dahin, zwischen den hohen Fichten, die am Straßenrand Wache hielten. Ich fand, sie sähen so aus, als täte es ihnen leid, daß ich so leicht davongekommen war.

Der Captain hatte von Narben gesprochen. Ich glaubte ihm nicht. Die Narben meines Entsetzens waren geheilt, ausgelöscht worden von jenem Fremden, der mit einem Revolver unter dem Kopfkissen schlief, dem Geheimagenten, der statt des Namens eine Nummer trug.

Ein Geheimagent? Mir war es gleichgültig, was er tat. Eine Nummer? Ich hatte sie schon vergessen. Ich wußte genau, wer er war und was er war. Und alles, auch die kleinste Einzelheit, würde für immer in mein Herz geschrieben sein.

ENDE

James Bond 007
Im Dienst Ihrer Majestät

1

Es war ein strahlender September.

Die acht Kilometer lange, peinlich gepflegte Strandpromenade von Royale-les-Eaux zeigte sich in fröhlichem Fahnenschmuck, und am längsten Badestrand Nordfrankreichs herrschte trotz der vorgeschrittenen Jahreszeit noch immer lebhaftes Treiben.

Für James Bond, der in einem der Betonunterstände saß, hatte der Anblick des unbeschwerten Strandlebens etwas Melancholisches, ja Schmerzhaftes an sich. Es erinnerte ihn an seine Kindheit – an das Spielen im heißen Sand, an den kleinen Berg Muschelschalen auf seinem Fenstersims und an das erregende Schwimmen durch die heranrollenden Brecher. Wie lange lag das alles schon zurück! Bond zündete sich unwillig eine Zigarette an und schüttelte die sentimentalen Erinnerungen ab. Er war jetzt erwachsen, ein Mann mit einer blutigen, gefährlichen Vergangenheit – ein Spion. Und er saß schließlich nicht in diesem Versteck, um gefühlvollen Gedanken über längst vergangene Tage nachzuhängen. Er war hier, um zu spionieren. Um einer Frau nachzuspionieren.

Die Sonne sank tiefer. Die Masse der Badenden rüstete sich zum Aufbruch. Die Lautsprecher am Schwimmbecken verkündeten dröhnend: »Achtung! Achtung! In zehn Minuten wird geschlossen! Um sechs Uhr wird das Schwimmbecken geschlossen!« Die beiden Bombard-Rettungsboote brausten im Schein der untergehenden Sonne nordwärts zu ihrem Ankerplatz im alten Hafen. Die drei Parkwächter bestiegen ihre Fahrräder und fuhren durch die gelichteten Reihen der Autos in die Stadt zurück. In wenigen Minuten würde der Strand den Seemöwen überlassen bleiben.

Und jetzt gaben die Rettungsschwimmer ein letztes Hornsignal, mit dem sie anzeigten, daß ihr Dienst für heute beendet war. Die Musik aus den Lautsprechern brach unvermittelt ab. Der Strand war mit einem Schlag leer.

Mit einer Ausnahme! Etwa hundert Meter von Bond entfernt lag das Mädchen immer noch regungslos auf dem schwarz-weiß gestreiften Bademantel. Bond beobachtete sie – genauer gesagt, er bewachte sie. Er hatte das unbestimmte Gefühl, daß sie sich in Gefahr befand. Oder täuschte ihn sein Instinkt? Er wußte es nicht genau. Er wußte nur, daß er sie nicht allein lassen durfte, besonders jetzt, nachdem alle anderen gegangen waren.

Doch darin irrte sich James Bond: hinter ihm im *Café de la Plage* saßen noch zwei Männer in Regenmänteln und dunklen Mützen an einem Tisch auf dem Gehsteig. Sie hatten halbvolle Kaffeetassen vor sich. Sie sprachen nicht miteinander. Sie saßen da und beobachteten James Bond, der durch die Milchglaswand des Unterstandes nur undeutlich zu sehen war. Sie beobachteten auch das Mädchen, aber weniger aufmerksam. Die Schweigsamkeit und die ungewöhnliche Kleidung der beiden Männer wirkten beunruhigend. Der Kellner hatte sie in die Kategorie ›Gefährliche Kunden‹ eingereiht und hoffte, daß sie bald gehen würden.

Als die Sonne das Meer berührte, stand das Mädchen plötzlich auf. Sie fuhr mit beiden Händen durch das Haar und schritt ruhig und zielbewußt auf das Wasser zu. Ein zufälliger Beobachter hätte vermuten können, daß sie zum Abschied vom Urlaub noch ein letztes Bad nehmen wollte.

Bond war anderer Ansicht. Er verließ den Unterstand, rannte die Stufen zum Sand hinunter und ihr nach. Auch die beiden Männer in den Regenmänteln schienen anderer Meinung zu sein. Einer warf achtlos ein paar Münzen auf den Tisch; dann standen beide auf, gingen über die Promenade zum Strand und marschierten in militärischem Gleichschritt nebeneinander in Bonds Fußspuren.

Das Mädchen, der junge Mann, die beiden untersetzten Verfolger – die Szene hatte etwas Gefährliches an sich. Im Café nahm der Kellner die Münzen vom Tisch und schaute hinüber. Das sah nach Polizei aus – oder nach dem Gegenteil! Er würde sich gegebenenfalls daran erinnern. Vielleicht kam sein Name in die Zeitung.

James Bond hatte das Mädchen fast eingeholt. Er überlegte, was er zu ihr sagen, wie er sich ausdrücken sollte. »Ich hatte so eine Ahnung, daß du Selbstmord begehen willst, und bin dir deshalb gefolgt!« Oder: »Ich bin zufällig hier vorbeigekommen und hab' dich gesehen. Wie wär's mit einem Drink nach dem Schwimmen?« Das klang doch einfach kindisch. Er entschloß sich endlich zu: »Hallo, Tracy!« Und wenn sie sich umdrehte: »Ich habe mir Sorgen um dich gemacht!« Das hörte sich harmlos an und entspräche zudem der Wahrheit.

Ihre Schritte wurden langsamer, als sie sich dem Wasser näherte. Sie hielt den Kopf mit den bis auf die Schultern fallenden blonden Haaren gesenkt.

Als Bond bis auf zehn Schritte heran war, rief er: »Hallo – Tracy!«

Das Mädchen erschrak weder, noch drehte es sich um. Sie ging zögernd weiter, blieb dann stehen. Erst als eine kleine Welle ihre Füße überspülte, wandte sie sich langsam um. Ihre Augen, geschwollen und rot vom Weinen, sahen durch ihn hindurch. Dann murmelte sie tonlos: »Was ist? Was willst du?«

»Ich habe mich um dich gesorgt. Was treibst du hier? Was ist mit dir los?«

Das Mädchen schaute noch immer über ihn hinweg. Sie hielt die geballte Rechte vor den Mund und sagte etwas, das Bond nicht verstehen konnte. Dann hörte er ganz dicht hinter sich eine leise, ölige Stimme: »Keine Bewegung!«

Bond wirbelte geduckt herum, die rechte Hand in der Rocktasche. Die blinkenden Mündungen zweier Revolver zeigten auf ihn.

Bond richtete sich langsam auf. Er nahm die Hand aus der Tasche. Die beiden Pokergesichter waren beredter als die Revolver. Sie zeigten weder Unruhe noch Erregung. Das dünne Lächeln war sanft und zufrieden. Bond hatte oft genug in solche Gesichter geblickt. Das waren Profis – berufsmäßige Mörder! Er hatte keine Ahnung, wer sie waren, für wen sie arbeiteten und was das alles bedeuten sollte. So blieb er stehen und wartete.

»Verschränken Sie die Hände hinter dem Kopf.« Die ölige, geduldige Stimme hatte einen südländischen Akzent. Sie paßte zu den Gesichtern der Männer – straffgespannte Haut, großporig und gelbbraun. Aus Marseille vielleicht oder aus Italien. Die Mafia? Die Gesichter gehörten guten Geheimpolizisten oder guten Gangstern. Bonds Gehirn arbeitete wie eine IBM-Maschine. Welche Feinde hatte er in dieser Gegend? Blofeld? Verfolgte der Hase plötzlich den Hund?

In ausweglos erscheinenden Situationen ist es das beste, ruhig zu bleiben, nach außen hin Autorität zu zeigen – oder wenigstens Gleichgültigkeit. Bond lächelte den Mann an, der gesprochen hatte: »Ihre Mutter wäre bestimmt nicht mit dem einverstanden, was Sie hier treiben!« Dann verschränkte er die Hände hinter dem Kopf.

Der Mann glitt einen Schritt zur Seite, um ein unbehindertes Schußfeld zu haben, während sein Begleiter Bonds Walther-PPK aus der Halfter am Hosenbund zog und ihn fachmännisch nach weiteren Waffen abtastete. Dann trat er zurück, steckte die Walther ein und nahm seinen eigenen Revolver wieder heraus.

Bond blickte über die Schulter nach dem Mädchen. Sie hatte bisher nichts gesagt und zeigte weder Angst noch Überraschung. Sie stand mit dem Rücken zu den Männern und schaute unbeteiligt auf das Meer hinaus. Was sollte das nun wieder bedeuten? Hatte man sie als Lockvogel benutzt? Aber wer steckte dahinter? Und wie sollte es jetzt weitergehen? Würde man ihn umbringen und ins Meer werfen? Das schien die einzige Lösung zu sein. Oder gab es noch eine Chance?

Er hörte plötzlich von Norden her das helle Dröhnen eines Außenbordmotors. In der hereinbrechenden Dunkelheit sah er die schaumigweiße Bugwelle und dann die Umrisse eines Bombard-Rettungsbootes – ein flaches, geräumiges Schlauchboot. Man hatte sie also entdeckt! War es die Küstenwache? Das wäre die Rettung! Bei Gott, er würde diesen beiden Banditen die Hölle heiß machen, wenn sie erst im Büro der Hafenpolizei waren! Aber – wie konnte er Tracy heraushalten?

Bond drehte sich zu den Männern um. Und sofort erkannte er die Ausweglosigkeit seiner Lage. Sie hatten die Hosen bis zu den Knien hochgekrempelt und hielten ihre Schuhe in der einen, die Revolver in der anderen Hand. Also keine Rettung! Das Boot gehörte zu ihnen. Auch gut! Ohne sich um die Männer zu kümmern, bückte sich Bond und rollte seine Hose ebenfalls hoch. Während er Strümpfe und Schuhe auszog, gelang es ihm, eines der in den Absätzen versteckten Messer herauszuziehen und unbemerkt in die rechte Hosentasche zu stecken. Das Boot war inzwischen im seichten Wasser auf den Sand aufgelaufen.

Niemand sprach. Zuerst kletterte das Mädchen hinein, dann Bond und zuletzt die beiden Männer, die das Boot vorher frei schoben. Der Bootsführer wendete den plumpen Bug und gab Vollgas. Während sie durch die klatschenden Wellen nordwärts brausten, wehten die blonden Haare des Mädchens im Wind und kitzelten Bonds Wange.

»Du wirst dich erkälten, Tracy.«

Er zog die Jacke aus und legte sie ihr um die Schultern. Dabei ergriff sie seine Hand und drückte sie. Was, zum Teufel, sollte das heißen? Er rückte näher an sie heran. Sie lehnte sich an ihn. Er sah sich nach den beiden Männern um. Sie saßen geduckt da, die Hände in den Taschen, wachsam, aber ohne persönliches Interesse. Bonds Rechte tastete nach seinem Messer. Er fuhr mit dem Daumen über die rasierklingenscharfe Schneide.

Während er überlegte, wie und wann er das Messer einsetzen könnte, ließ er die Ereignisse der vergangenen vierundzwanzig Stunden noch einmal an sich vorbeiziehen und versuchte, sie in Zusammenhang mit seiner jetzigen Lage zu bringen.

2

Vor fast genau vierundzwanzig Stunden war James Bond in seinem alten Continental-Bentley – Spezialausführung mit einer Sechszylinder-Maschine –, den er nun schon seit drei Jahren fuhr, auf der Nationalstraße Nr. 1 zwischen Abbeville und Montreuil dahingerast. Er hielt ein Tempo von etwa 140 Stundenkilometern und steuerte mit jener schlafwandlerischen Sicherheit, die allen guten Fahrern eigen ist, wobei sich seine Gedanken ganz auf den Entwurf seines Kündigungsbriefes konzentrierten.

Der Brief, natürlich an M persönlich adressiert, hatte bisher folgendes Stadium der Formulierung erreicht:

Sir,
Ich erlaube mir hiermit, Ihnen von meinem sofortigen Ausscheiden aus dem Secret Service Kenntnis zu geben.
Die Gründe für dieses Schreiben, das ich nur mit allergrößtem Bedauern vorlege, sind folgende:
1. Bis vor etwa zwölf Monaten habe ich ausschließlich für die Doppel-O-Abteilung gearbeitet, und Sie, Sir, hatten von Zeit

zu Zeit die Freundlichkeit, mir Ihre Zufriedenheit über die Durchführung meiner Aufträge auszudrücken, die ich meinerseits mit großem Vergnügen erledigt habe. Zu meinem Leidwesen (Bond fand dieses Wort sehr passend) erhielt ich nach dem erfolgreichen Abschluß des Unternehmens ›Feuerball‹ von Ihnen persönlich den Auftrag, bis auf weiteres meine ganze Aufmerksamkeit auf die Verfolgung und Festnahme von Ernst Stavro Blofeld sowie anderer Mitglieder der Terrororganisation SPECTRE zu richten, falls diese nach ihrer Vernichtung im Verlauf des Unternehmens ›Feuerball‹ neu aufgebaut worden sein sollte.

2. Ich nahm, wie Sie sich entsinnen werden, diesen Auftrag nur widerstrebend an. Ich war der Ansicht und habe das auch damals klar zum Ausdruck gebracht, daß dies lediglich eine Routineaufgabe sei, die genausogut von anderen Abteilungen des Geheimdienstes – eventuell in Zusammenarbeit mit Interpol – durchgeführt werden könnte. Meine Einwände wurden aber zurückgewiesen, und so bin ich nun seit fast zwölf Monaten in allen möglichen Teilen der Welt mit einer belanglosen Detektivarbeit beschäftigt, die sich bisher als völlig nutzlos erwiesen hat. Ich habe weder eine Spur des Mannes noch die einer wiedererstandenen Organisation SPECTRE finden können.

3. Meine vielen Bitten, mich von dieser langweiligen und fruchtlosen Aufgabe zu entbinden, wurden, selbst wenn sie an Sie persönlich adressiert waren, einfach nicht beachtet oder kurz abgelehnt. Die unerfreulichen Umstände haben während meines kürzlichen Aufenthaltes in Palermo ihren Höhepunkt erreicht, als ich eine geradezu empörend falsche Spur verfolgen mußte. Die verdächtigte Person stellte sich als völlig unbescholtener deutscher Staatsbürger namens ›Blauenfelder‹ heraus, der in Sizilien speziellen Problemen des Weinbaus nachgeht. Meine Nachforschungen dort machten die Mafia auf mich aufmerksam, und meine Abreise war, um es gelinde auszudrücken, schmachvoll.

4. In Anbetracht dieser Umstände, Sir, und besonders im Hinblick auf den fortgesetzten Mißbrauch von Fähigkeiten, die mich vorher für die gefährlicheren und für mich interessanteren Aufgaben innerhalb der Doppel-O-Abteilung geeignet

erscheinen ließen, möchte ich Sie bitten, mein Rücktrittsgesuch anzunehmen.

Ich bin, Sir,
Ihr sehr ergebener
007

Natürlich, dachte Bond, während er eine S-Kurve nahm, natürlich mußte das alles noch besser formuliert werden. Aber im großen und ganzen würde das der Brief sein, den er morgen nach seiner Rückkehr ins Büro seiner Sekretärin diktieren wollte. Sollte sie ruhig in Tränen ausbrechen! Er hatte es endgültig satt, hinter Blofelds Geist herzujagen. Mit SPECTRE war es dasselbe. Die Organisation war vernichtet.

In diesem Augenblick, er fuhr gerade auf einer etwa fünfzehn Kilometer langen kerzengeraden Strecke durch den Wald, geschah es. Das Kreischen einer Dreiklanghupe dröhnte in seinen Ohren, und ein niedriger weißer Zweisitzer, ein Lancia-Flaminia-Zagato-Sportwagen mit offenem Verdeck, raste an ihm vorbei, schnitt seine Fahrbahn und zog davon. Ein Mädchen mit einem grellrosa Kopftuch saß am Steuer.

Wenn es in James Bonds Leben etwas gab, das ihn außer seinen Schießereien wirklich aufregte, so war es, von einem hübschen Mädchen überholt zu werden. Denn nach seinen Erfahrungen waren Mädchen, die so fuhren, immer hübsch – und aufregend. Mit verkniffenem Lächeln trat er das Gaspedal durch und machte sich an die Verfolgung.

160 ... 170 ... 180 ... und noch immer holte er nicht auf. Bond knipste am Armaturenbrett einen roten Schalter nach oben. Der Motor heulte gequält auf, und der Bentley machte einen spürbaren Sprung nach vorn. 185 ... 190 ... Langsam kam er näher. 50 Meter ... 40 ... 30. Jetzt konnte er ihre Augen in ihrem Rückspiegel erkennen. Doch mit der guten Straße war es aus. Beide Wagen drosselten das Tempo: 140 ... 125 ... 110. Nun waren sie in der S-Kurve, auf Kopfsteinpflaster, und er mußte stark abbremsen. Etwas neidisch sah er, daß ihr Wagen wie ein Brett auf der holprigen Straße lag, während seiner leicht schleuderte. Dann waren sie aus dem Dorf heraus, ihr Motor heulte auf, und auf der kurzen geraden Steigung verlor er etwa 50 Meter.

Und so ging das Rennen weiter – Bond holte auf geraden

Strecken auf, fiel aber dank der guten Straßenlage des Lancia bei Dorfdurchfahrten immer wieder zurück. Er mußte zugeben, daß sie einfach grandios fuhr. Ein Straßenschild kündete an: »Montreuil 5 km, Royale-les-Eaux 10 km, Le Touquet-Paris Plage 15 km.« Er überlegte, ob er nicht auf den geplanten Abend im berühmten Casino von Royale verzichten und ihr folgen sollte, wohin sie auch fuhr. Denn er wollte unbedingt herauskriegen, wer dieses Teufelsmädchen war.

Doch die Entscheidung wurde ihm abgenommen. Am Stadtrand von Montreuil war Bond noch 50 Meter hinter ihr, konnte ihr aber mit seinem großen Wagen im Verkehrsgewühl nicht schnell genug folgen. Und bei der Ausfahrt war sie verschwunden. Links war nun die Abzweigung nach Royale. Bond bog ein; er ahnte, daß er sie wiedersehen würde.

Er knipste den roten Schalter wieder nach unten. Das ohrenbetäubende Heulen erstarb. Er fragte sich, ob der Kompressor dem Motor geschadet hatte. Trotz der ernsten Warnungen von Rolls-Royce hatte er sich von einem Freund diesen Kompressor einbauen lassen. Als Rolls-Royce davon erfuhr, zog man bedauernd, aber kurzerhand die Garantie zurück und wollte mit dem so geschändeten Wagen nichts mehr zu tun haben. Doch alles schien gutgegangen zu sein!

Langsam näherte er sich Royale. Er freute sich auf den Abend und dachte an seine jährlichen Fahrten hierher und natürlich besonders an die große Schlacht am Spieltisch mit Le Chiffre, die schon Jahre zurücklag. Er hatte inzwischen viel durchgestanden, war den Kugeln und dem Tod immer wieder entwischt und hatte viele Mädchen geliebt; aber die Tragödie, die er hier erlebt hatte, zog ihn jedes Jahr zurück, zum Casino und zu dem kleinen Friedhof mit dem schlichten Marmorkreuz. »Vesper Lynd, R.I.P.«

Im Spielcasino würde es heute besonders hoch hergehen. Es war die letzte Nacht der Saison. Zu diesem großen Ereignis würden Spieler aus Belgien und Holland erscheinen und natürlich alle Stammgäste aus Paris und Lille. Es gab kostenlos Champagner und ein kaltes Büfett, das sich unter der Last der Schüsseln bog. Es war jedesmal ein tolles Fest, das bis zum nächsten Morgen dauerte.

Bond hatte eine Million Francs bei sich – alte Francs natürlich, die ungefähr siebenhundert Pfund wert waren. Er rechnete privat immer mit alten Francs. Das machte ihn so reich! Andererseits gab er seine Spesen in neuen Francs an – das ließ die Summe kleiner erscheinen. Eine Million Francs! Heute war er ein Millionär!

Er bog in die Promenade des Anglais ein. Die schauerliche Empire-Fassade des *Hotel Splendide* tauchte auf. Und davor stand der kleine weiße Lancia, aus dem ein Hausdiener in gestreifter Weste und grüner Schürze gerade zwei elegante Koffer nahm und ins Hotel trug.

Hier war sie also!

Bond fuhr seinen Wagen auf den Parkplatz, auf dem für eine Million Pfund Autos herumstanden, beauftragte den Hausdiener, der jetzt kleine Gepäckstücke aus dem Lancia hob, auch seine Sachen hinaufzutragen, und ging in die Empfangshalle. Der Geschäftsführer begrüßte Bond als alten, willkommenen Gast selbst. Nachdem sie ein paar höfliche Worte gewechselt hatten, fragte Bond: »Übrigens, Monsieur Maurice, wer ist die junge Dame, die mit dem weißen Lancia angekommen ist? Wohnt sie hier?«

»Natürlich, Mr. Bond. Die Dame ist ein sehr geschätzter Gast des Hauses. Ihr Vater ist ein Großindustrieller aus dem Süden. Sie heißt Contessa Teresa di Vicenzo – sicher haben Sie schon in den Zeitungen von ihr gelesen. Die Contessa ist eine Dame, die – ja, wie soll ich es ausdrücken? –, eine Dame, die das Leben zu genießen versteht.«

»Aha! Und wie war die Saison?«

Sie unterhielten sich weiter, während der Geschäftsführer Bond persönlich auf sein Zimmer führte. Noch ein letzter Austausch von Höflichkeiten, und er war allein. Er war etwas enttäuscht. Er mochte prominente Frauen nicht, die, wie Filmstars, der Öffentlichkeit gehörten, sondern unbekannte, die er selbst entdecken und erobern konnte. Zugegeben, vielleicht war das Snobismus. Oder es lag daran, daß man an die Berühmtheiten nur schwer herankam.

Nachdem er seine beiden ramponierten Koffer ausgepackt hatte, duschte er und zog sich um. Dann bestellte er eine Flasche Wein, setzte sich ans Fenster, schaute auf die Promenade und auf das Meer hinunter und überlegte, wo er zu Abend essen sollte.

James Bond war kein Gourmet. In England begnügte er sich mit gegrilltem Fisch, Rühreiern und kaltem Roastbeef mit Kartoffelsalat. Doch wenn er im Ausland war, vor allem privat, dann bedeuteten die Mahlzeiten für ihn eine angenehme Abwechslung. Er beschloß, in eines seiner Lieblingslokale in Frankreich zu gehen, in ein bescheiden wirkendes kleines Restaurant gegenüber dem Bahnhof von Étaples. Er bestellte bei seinem alten Freund Monsieur Bécaud einen Tisch. Zwei Stunden später fuhr er gesättigt zum Casino zurück.

Gestärkt durch eine halbe Flasche Wein und ein Glas zehn Jahre alten Calvados mit drei Tassen Mokka stieg er die Treppe des Casinos mit der absoluten Gewißheit hinauf, daß ihm eine denkwürdige Nacht bevorstand.

3

(Das Bombard-Boot war inzwischen um die Glockenboje herumgefahren und stampfte langsam den Royale hinauf. Bond sah die Lichter des kleinen Jachthafens und überlegte, ob er nicht das Schlauchboot mit seinem Messer zum Sinken bringen und hinüberschwimmen sollte. Doch dann stellte er sich vor, wie die Revolverkugeln um seinen Kopf pfeifen würden. Außerdem wußte er nicht, wie gut das Mädchen schwimmen konnte. Er würde auf eine andere Gelegenheit warten. Er lehnte sich fester an sie und durchforschte sein Gedächtnis weiter nach irgendwelchen Hinweisen.)

Nachdem er in der Eingangshalle des Casinos seine Personalien angegeben und die Eintrittskarte gelöst hatte, betrat Bond die Spielsäle. Er blieb einen Moment stehen, um die elektrisierende Atmosphäre in sich aufzunehmen. Dann schlenderte er zum obersten Chemin-de-fer-Tisch neben dem Eingang zu der luxuriös eingerichteten Bar und wechselte einen Blick mit Monsieur Pol, dem Chef de Jeu. Monsieur Pol wies einen Diener an, Bond zum Platz 7 zu führen. Bond setzte sich. Der Schlitten befand sich am anderen Ende des Tisches bei Platz 3. Freudig erregt und entspannt musterte Bond die Gesichter der anderen

Spieler, während seine Banknoten im Wert von hunderttausend Francs in zehn blutrote Chips zu je zehntausend Francs eingewechselt wurden. Bond baute sie ordentlich vor sich auf und beobachtete das Spiel, das einen Mindesteinsatz von hundert neuen Francs (zehntausend alte Francs) vorschrieb. Aber er stellte fest, daß jeder Bankhalter das Spiel mit fünfhundert neuen Francs – einer ganz schönen Summe – eröffnete.

Die Spieler am Tisch waren die übliche internationale Mischung: drei Textilindustrielle aus Lille, zwei dicke juwelenbehängte Frauen, wahrscheinlich Belgierinnen, eine ältere Engländerin, die sehr besonnen spielte, und zwei stämmige Amerikaner in dunklen Anzügen. Darum herum standen Zuschauer und gelegentliche Mitspieler in zwei Reihen. Aber das Mädchen war nicht da!

Das Spiel hatte keinen Schwung. Der Schlitten machte langsam seine Runde, wobei jeder Bankhalter – offenbar aus Angst vor dem dritten Coup, der aus irgendeinem Grund im Chemin-de-fer-Spiel eine gefährliche Hürde darstellt – nach dem zweiten Coup paßte. Jedesmal wenn Bond an die Reihe kam, überlegte er sich, ob er dem Beispiel der anderen folgen und die Bank nach dem zweiten Coup weitergeben sollte. Doch fast eine Stunde lang unternahm er nichts. Als der Schlitten leer war, stand Bond auf. Er ließ sein Geld auf dem Tisch liegen und schlenderte durch die Räume an den anderen Spieltischen vorbei. Er hoffte, das Mädchen irgendwo zu finden. Obwohl er im Auto nur ihre blonden Haare gesehen hatte, wußte er, daß er sie wiedererkennen würde. Aber er entdeckte sie nicht.

Er ging zum Tisch zurück. Der Croupier hatte bereits die sechs neuen Kartenspiele vorbereitet, die in den Schlitten geschoben wurden. Er verkündete laut: »Messieurs, les jeux sont faits. Numéro six à la main.« Das Spiel begann wieder.

Bond bot zuversichtlich dem Textilindustriellen zu seiner Linken banco, gewann und verdoppelte den Einsatz auf zweitausend neue Francs. Wieder hatte er Glück, ebenso beim nächsten Spiel. Jetzt kam die Hürde des dritten Coups. Er schaffte es mit einer glatten Neun. Achthunderttausend alte Francs – achttausend neue – in der Bank! Wieder gewann er, allerdings nur ganz knapp mit einer Sechs gegen eine Fünf. Dann beschloß er, auf Nummer Sicher zu gehen. Er ließ sechstausend neue Francs aus der Bank nehmen, die nun noch zehntausend enthielt. Abermals gewann er. Nun ließ er weitere zehntausend Francs aus der Bank ziehen und zehntausend stehen. Er hatte jetzt immerhin eine beruhigende Reserve von sechzehntausend Francs. Am Tisch betrachtete man diesen Engländer, der so ruhig spielte, mit Aufmerksamkeit. Wer war er? Würde er seinen Gewinn einstecken und die Bank weitergeben? Oder würde er sie behalten? Einmal mußten die Karten ja wechseln! Bond hielt die Bank noch dreimal und fügte seiner Reserve jedesmal zehntausend Francs hinzu. Nun griff die ältere Engländerin ein, die bisher den anderen das Feld überlassen hatte, und bot Bond beim zehnten Coup banco. Er lächelte ihr zu, denn er wußte, daß sie gewinnen würde. Sie schlug ihn mit einer Eins gegen seine drei Könige, die gleich Null waren. Ein Seufzer der Erleichterung ging um den Tisch. Der Bann war gebrochen.

Der Croupier schob Bond seinen Gewinn, Perlmutter-Chips im Wert von sechsundvierzigtausend Francs, über den Tisch zu. Bond gab ihm einen Tausender-Chip und erhielt den traditionellen Dank: »Merci, monsieur! Pour le personnel!« Das Spiel ging weiter.

Bond zündete sich eine Zigarette an und achtete kaum darauf, wie der Schlitten um den Tisch ging. Er hatte ganz schön gewonnen! Jetzt mußte er vorsichtig sein, aber nicht zu zaghaft. Es war bisher ein einträglicher Abend. Erst kurz nach Mitternacht. Er wollte noch nicht heimkehren. Er würde die Bank wieder übernehmen, wenn er an die Reihe kam, jedoch ohne einem der anderen banco zu bieten. Die Karten waren jetzt heiß, er konnte sich nur zu leicht die Finger verbrennen.

Als der Schlitten zu Nummer 5 kam, einem großmäuligen Textilindustriellen aus Lille mit schlechten Manieren, paßte Bond nach dem dritten Coup. Nach dem sechsten waren zwanzigtausend Francos in der Bank. Am Tisch waren alle auf der Hut. Jeder saß plötzlich wieder auf seinem Geld.

Der Croupier und der Chef de Jeu riefen: »Un banco de vingt mille! Faites vos jeux, messieurs!«

Und auf einmal war sie da! Wie aus dem Nichts war sie neben dem Croupier aufgetaucht, und Bond konnte nur einen kurzen Blick auf ihre braunen Arme, ihr schönes braunes Gesicht mit den blauen Augen und dem grellrot geschminkten Mund, auf ihr blondes Haar und das einfache weiße Kleid werfen, ehe sie ruhig sagte: »Banco!«

Alle sahen sie an, und einen Moment herrschte Schweigen. Dann folgte das »Le banco est fait« vom Croupier, und das Monstrum aus Lille (so sah ihn Bond jetzt) riß die Karten aus dem Schlitten. Die ihren reichte der Croupier ihr auf seiner langen Schaufel zu.

Sie beugte sich vor, und Bond konnte in ihren Ausschnitt sehen. »Noch eine Karte!«

Bonds Herz sank. Sie hatte im besten Fall eine Fünf. Das Monstrum aus Lille drehte seine Karte um – eine Sieben. Nun zog er eine für sie und schob sie ihr verächtlich zu. Eine kümmerliche Königin!

Der Croupier deckte vorsichtig mit seiner Schaufel ihre beiden anderen Karten auf. Eine Vier! Sie hatte verloren.

Bond stöhnte innerlich auf und beobachtete, wie sie den Verlust hinnahm.

Das Resultat war nicht eben beruhigend. Sie sprach eindringlich flüsternd auf den Chef de Jeu ein. Er schüttelte den Kopf, der Schweiß lief ihm die Wangen hinunter. Und in die Stille, die wie die Ruhe vor dem Sturm wirkte, hörte Bond den Chef de Jeu sagen: »Mais c'est impossible! Das ist unmöglich! Es tut mir leid, Madame.«

Wie ein Lauffeuer verbreitete es sich unter den Spielern und Zuschauern: »Le coup du déshonneur! Quelle honte!«

Sie hat kein Geld! dachte Bond. Und aus irgendeinem Grund räumt ihr die Kasse auch keinen Kredit ein!

Das Monstrum aus Lille tat gleichgültig. Er wußte genau, daß das Casino in einem solchen Fall einspringen mußte. Er saß mit gesenkten Augen da und paffte an seiner Zigarre.

Bond war klar, was dieser ›Coup du déshonneur‹ für das Mädchen bedeuten würde. Die Casinos in Frankreich sind eine engverbundene Interessengemeinschaft. Morgen würde bei allen ein Telegramm eintreffen: »Madame la Contessa Teresa di Vicenzo, Paßnummer soundso, wird auf die schwarze Liste gesetzt.« Damit wären ihr künftig alle Casinos in Frankreich, Italien, vielleicht auch in Deutschland, Ägypten und England verschlossen.

Für Bond war das alles Humbug, er dachte nur an das schöne

Mädchen, das ihn zwischen Abbeville und Montreuil überholt hatte. Er beugte sich vor und schob zwei der wertvollen Perlmutter-Chips in die Mitte des Tisches. Leicht gelangweilt und erstaunt sagte er: »Entschuldigen Sie bitte. Madame hat anscheinend vergessen, daß wir vereinbart haben, heute abend gemeinsam zu spielen.« Und ohne das Mädchen anzusehen, wandte er sich an den Chef de Jeu: »Verzeihen Sie. Ich habe nicht aufgepaßt. Lassen Sie das Spiel weitergehen!«

Die Spannung am Tisch wich. Besser gesagt, das Mädchen stand nicht mehr im Mittelpunkt, sondern wieder Bond. Stimmte das, was dieser Engländer sagte? Es mußte wohl! Man zahlt nicht einfach zwanzigtausend Francs für ein Mädchen. Andererseits schien zwischen den beiden keinerlei Beziehung zu bestehen. Und das Mädchen? Sie war völlig ruhig geblieben, hatte den Mann kurz angesehen und war dann wortlos zur Bar gegangen. Irgend etwas schien hier nicht ganz zu stimmen – man wußte nur nicht was! Aber das Spiel lief weiter. Der Chef de Jeu wischte sich den Schweiß ab, der Croupier hob wieder den Kopf, den er wie zu einer Hinrichtung gesenkt hatte. »La partie continue! Un banco de quarante mille! Vierzigtausend in der Bank!«

James Bond betrachtete den immer noch beachtlichen Berg Chips zwischen seinen aufgestützten Ellenbogen. Es wäre natürlich schön, die zwanzigtausend zurückzugewinnen. Es konnte Stunden dauern, bis wieder eine Bank dieser Höhe zustande kam. Schließlich spielte er ja mit dem Geld des Casinos! Und selbst wenn er den Coup verlor, blieb ihm immer noch ein kleiner Gewinn. Außerdem konnte er dieses Monstrum aus Lille nicht ausstehen. Und es wäre zumindest amüsant, das alte Märchen einmal umzudrehen – erst die Prinzessin retten und dann den Drachen erschlagen!

Er hatte nicht mehr genügend Geld, um der ganzen Summe auf dem Tisch banco bieten zu können, nur noch der Hälfte, was man ›avec la table‹ nennt. Das heißt, daß die übrigen Spieler der anderen Hälfte banco bieten können, wenn sie wollen. Bond, der seinen Vorsatz, vorsichtig zu spielen, vergessen hatte, lehnte sich vor und sagte: »Avec la table!« Er schob zwanzigtausend Francs in die Mitte des Tisches.

Weiteres Geld folgte seinem Einsatz. Das war doch der Engländer mit der glücklichen Hand! Es freute Bond, daß ihn auch die ältere Engländerin mit zehntausend unterstützte. Ein gutes Omen! Er schaute den Bankhalter an. Der Mann aus Lille saß mit verkniffenen blutleeren Lippen da und schwitzte. Er kämpfte sichtlich mit sich, ob er passen und seinen Gewinn einstecken oder sein Glück versuchen sollte.

Der Croupier sagte: »C'est plus que fait, monsieur!« Er wollte das Spiel beschleunigen.

Der Mann aus Lille hatte sich entschlossen. Er zog eine Karte aus dem Schlitten. Dann eine für sich, die nächste wieder für Bond und die vierte für sich. Bond hatte eine Fünf! Eine Zahl, bei der man noch eine Karte fordern kann oder nicht! Die Chancen waren gleich groß! Er sagte: »Nein!« Der Mann aus Lille drehte seine beiden Karten um und warf sie mißmutig auf den Tisch. Zwei Buben! Null!

Es gab jetzt bloß noch vier Karten, die Bond schlagen konnten, und nur eine, die Fünf, mit der sein Gegner ausgleichen konnte. Der Mann zog eine und deckte sie auf. Karo-Neun! Die höchste Karte!

Bond lächelte seinen Mitspielern entschuldigend zu, steckte den Rest seiner Chips ein und ging zur Bar. Eine halbe Stunde zuvor hatte er noch ein kleines Vermögen in der Tasche gehabt. Jetzt hatte er alles durch sein romantisches Verhalten und seinen Leichtsinn verloren. Na gut, er hatte ja unbedingt eine denkwürdige Nacht erleben wollen! Die eine Hälfte war vorbei. Was würde die andere bringen?

Das Mädchen saß allein bei einer halben Flasche Wein und starrte vor sich hin. Sie blickte kaum auf, als Bond sich neben sie setzte und sagte: »Tut mir leid, wir haben wieder verloren. Ich habe versucht, die zwanzigtausend zurückzugewinnen. Aber dieses Monstrum zog nach der Null eine Neun. Ich hatte nur eine Fünf.«

Sie erklärte gelangweilt: »Sie hätten eben noch eine Karte nehmen sollen. Bei einer Fünf mache ich das immer.« Sie sah ihn fragend an. »Warum haben Sie mich eigentlich gerettet, als ich den ›Coup du déshonneur‹ machte?«

Bond zuckte mit den Achseln. »Hübsches Mädchen in Not! Außerdem haben wir uns doch heute abend zwischen Abbeville und Montreuil angefreundet. Sie fahren wirklich wie der Teufel.« Er lächelte. »Sie hätten mich aber nicht überholt, wenn ich aufgepaßt hätte. Ich hatte ungefähr 140 drauf und dachte an etwas anderes.«

Das hatte Erfolg. Sie wurde plötzlich lebhaft. »Ich hätte Sie in den Ortschaften überholt. Außerdem«, ihre Stimme klang bitter, »außerdem würde ich Sie jederzeit schlagen. Sie wollen am Leben bleiben!«

Du lieber Gott, dachte Bond. Eine von denen. Ein Mädchen mit einem oder sogar zwei gebrochenen Flügeln! Er überging die Bemerkung. »Mein Name ist James Bond. Bleiben Sie bitte am Leben, wenigstens noch heute nacht!«

Sie musterte ihn ernst und abschätzend. Dann sagte sie: »Ich heiße Tracy. Das ist kürzer als all die Namen, die Ihnen der Geschäftsführer im Hotel angegeben hat. Teresa war eine Heilige. Ich bin keine! Der Geschäftsführer ist vielleicht ein Romantiker. Er hat mir erzählt, daß Sie sich nach mir erkundigt haben. Wollen wir nicht lieber gehen? Ich bin nicht an Konversation interessiert. Und Sie haben schließlich eine Belohnung verdient.«

Abrupt stand sie auf. Auch Bond erhob sich; er war verwirrt.

»Nein, ich gehe allein«, sagte sie. »Sie können später nachkommen. Zimmernummer fünfundvierzig. Dort können Sie, wenn Sie Lust haben, die teuerste Liebesnacht Ihres Lebens verbringen. Für vierzigtausend Francs! Hoffentlich ist sie das auch wert!«

4

Sie wartete im großen Doppelbett, nur mit einem Laken zugedeckt. Das blonde Haar lag ausgebreitet auf dem Kissen, und die blauen Augen strahlten eine Leidenschaft aus, die Bond überraschte. Er verschloß die Tür, setzte sich auf den Bettrand und legte eine Hand fest auf ihre linke Brust, die sich als kleiner, runder Hügel unter dem Leintuch abzeichnete.

»Jetzt hören Sie mal, Tracy«, begann er. Er wollte mehr über diese eigenartige Frau erfahren, die Riesensummen ohne Geld setzte, wie eine Selbstmordkandidatin chauffierte und durchblicken ließ, daß sie das Leben satt hatte.

Doch sie verschloß ihm sofort den Mund. »Keine Konversation, habe ich gesagt! Ziehen Sie sich aus, lieben Sie mich! Sie sind schön und kräftig. Tun Sie alles; was Sie wollen. Sagen Sie mir, was Ihnen Spaß macht und was Sie von mir erwarten. Seien Sie grob mit mir, behandeln Sie mich wie die letzte Hure. Vergessen Sie alles andere! Nehmen Sie mich!«

Eine Stunde später verließ Bond das Bett, ohne sie zu wecken, und ging in sein Zimmer zurück. Er duschte, schlüpfte zwischen die frischen, kahlen Laken und schaltete alle Gedanken an Tracy aus. Das einzige, woran er sich vor dem Einschlafen erinnerte, waren ihre Worte, nachdem alles vorüber war: »Es war himmlisch, James! Komm doch bitte zurück, wenn du aufwachst. Ich muß es noch einmal haben!« Dann hatte sie sich umgedreht und war eingeschlafen. Aber er hatte noch gehört, daß sie leise weinte.

Um acht weckte er sie, und es war das gleiche umwerfende Erlebnis. Doch er hatte das Gefühl, das sie ihn diesmal zärtlicher umarmte, daß sie ihn nicht nur mit Leidenschaft, sondern auch mit echter Zuneigung küßte. Als er aber danach Pläne für den Tag zu machen begann, wich sie zunächst aus. Und als er sie drängte, wurde sie ausfallend.

»Scher dich zum Teufel! Du hast gehabt, was du wolltest. Jetzt mach, daß du rauskommst!«

»Hast du's denn nicht auch gewollt?«

»Nein! Du bist ein miserabler Liebhaber! Raus!«

Bond erkannte, daß sie am Rand der Hysterie war, völlig verzweifelt. Langsam zog er sich an und wartete darauf, daß sie in Tränen ausbrach. Doch sie weinte nicht. Das war schlimm! Offensichtlich war sie am Ende ihrer Kraft. Er empfand Zärtlichkeit für sie, wollte sie beschützen, ihre Probleme lösen, sie glücklich machen. Unter der Tür sagte er sanft: »Tracy, ich möchte dir helfen. Irgend etwas stimmt bei dir nicht. Aber deswegen geht ja nicht gleich die Welt unter. Ich habe auch Sorgen. Jeder hat welche!«

»Scher dich zum Teufel!«

Bond schloß leise die Tür hinter sich. Es hatte keinen Sinn, jetzt mit ihr zu streiten. Während er in sein Zimmer zurückging, fühlte er sich zum erstenmal in seinem Leben wirklich hilflos.

(Das Bombard-Rettungsboot stampfte weiter flußaufwärts gegen die immer stärker werdende Strömung. Die zwei Gangster am Heck ließen Bond nicht aus den Augen. Tracy lehnte sich an ihn. Merkwürdigerweise fühlte er sich ihr jetzt näher als in der vergangenen Nacht. Irgendwie hatte er das Gefühl, daß sie ebenso gefangen war wie er.)

Im allgemeinen war das Frühstück für Bond eine sehr wichtige Angelegenheit. Aber heute morgen hatte er kaum bemerkt, was er aß. Er saß am Fenster seines Zimmers, rauchte eine Zigarette nach der anderen, starrte auf die Promenade hinunter und dachte über Tracy nach. Er wußte praktisch nichts von ihr. Er kannte nicht mal ihre Nationalität. Dem Namen nach war sie Südländerin, aber bestimmt keine Italienerin oder Spanierin. Ihr Englisch war fehlerlos. Ihre Kleidung und die Art, wie sie sie trug, deuteten auf beste Herkunft und Erziehung hin – wahrscheinlich in einem Schweizer Internat. Sie rauchte nicht, schien wenig zu trinken, und nichts ließ darauf schließen, daß sie irgendwelche Drogen nahm. Nicht mal Schlaftabletten hatte er auf ihrem Nachttisch oder im Badezimmer gesehen. Sie konnte höchstens fünfundzwanzig Jahre alt sein, aber im Bett hatte sie die Sinnlichkeit und Routine einer Hure gezeigt. Sie hatte nicht ein einziges Mal gelacht, kaum gelächelt. Sie schien von einer tiefen Melancholie befallen und nach ihrer eigenen Aussage das Leben nicht mehr lebenswert zu finden. Und doch wies sie nicht die üblichen Symptome einer Neurotikerin auf: ungekämmtes Haar, schlampige Aufmachung, zerfahrenes Handeln. Im Gegenteil, sie hatte offenbar einen eiskalten Willen, Selbstbeherrschung und Zielstrebigkeit. Aber was war ihr Ziel? In Bonds Augen der Selbstmord.

Er sah auf den kleinen weißen Wagen hinunter, der unweit von seinem Bentley auf dem Parkplatz stand. Er mußte unter allen Umständen in ihrer Nähe bleiben, sie bewachen, wenigstens bis er sich überzeugt hatte, daß seine Sorge um sie unbegründet war.

Endlich – gegen halb fünf – tauchte sie in ihrem schwarzweiß gestreiften Bademantel auf. Er rannte zu seinem Wagen hinunter. Es war nicht schwer, ihr zu folgen, während sie die Promenade entlangfuhr und dann ihr Auto auf einem der Parkplätze abstellte.

So war es schließlich zu den Ereignissen am Strand gekommen, die sich langsam ihrem geheimnisvollen Höhepunkt näherten, während das Boot den Royale hinauffuhr.

Was sollte er von alldem halten? War sie freiwillig oder unfreiwillig ein Lockvogel? Sollte es eine Entführung sein? Und wenn, galt es nur ihm oder ihnen beiden? Erpressung? Die Rache eines Ehemannes oder eines Liebhabers? Oder einfach Mord?

Bond zerbrach sich noch immer den Kopf, als der Rudergänger das Boot in einem weiten Bogen durch die Strömung auf einen verfallenen Landesteg am sumpfigen Ufer zudrehte. Aus der Dunkelheit blitzte eine Stablampe auf, ein Tau klatschte herunter, und das Boot wurde zu der bemoosten Holztreppe gezogen. Zuerst stieg einer der Gangster aus, dann folgten Tracy, Bond und schließlich der zweite Gangster. Das Boot stieß sofort wieder ab und fuhr weiter flußaufwärts – wahrscheinlich zu seinem ordnungsgemäßen Liegeplatz im alten Hafen, dachte Bond.

Auf dem Landesteg warteten zwei Männer von der gleichen Statur wie die Gangster. Niemand sprach, während Bond und Tracy auf einem schmalen Pfad durch die Sanddünen geführt wurden. Etwa hundert Meter vom Fluß entfernt tauchte in einer Mulde ein Licht auf. Als sie sich näherten, sah Bond, daß es aus der Führerkabine eines jener riesigen gewellten Aluminium-Sattelschlepper drang, die man auf allen Hauptstraßen Frankreichs antrifft. Er wirkte neu, aber vielleicht war er auch nur sehr gut gepflegt. Der Mann mit der Stablampe gab ein Zeichen, und sofort wurde die hintere Tür des Sattelschleppers geöffnet.

Bond umklammerte sein Messer. Bot sich jetzt eine Chance? Nein! Ehe er die kleine Treppe hinaufstieg, warf er schnell einen Blick auf die Aufschrift: ›M. Draco. Elektrogeräte. Marseille.‹ Die Nummer auf dem Schild lautete: 397 694. Ein weiteres Rätsel!

Im Inneren des Lastwagens war es Gott sei Dank warm. Zwischen aufgestapelten Kisten mit den Aufdrucken bekannter Fernsehgeräte-Firmen war ein schmaler Gang. Sollte das eine Tarnung sein?

An beiden Seiten des Ganges waren Kabinentüren. Tracy blieb vor einer stehen. Sie gab Bond seine Jacke zurück, sagte tonlos »Danke schön!«, und ehe sie in der Kabine verschwand, konnte er einen Blick auf die luxuriöse Einrichtung erhaschen. Langsam zog er die Jacke an. Der Mann mit der Pistole, der hinter ihm ging, sagte ungeduldig: »Allez!« und drängte ihn zur nächsten Aluminiumtür dieses merkwürdigen Fahrzeugs. Hinter dieser Tür mußte die Antwort sein. Wahrscheinlich war es ein Mann – der Anführer. Das konnte seine Chance sein!

Bond umklammerte mit der rechten Hand sein Messer, stieß mit der linken die Tür auf, sprang in den Raum, schlug die Tür hinter sich zu und duckte sich, das Messer wurfbereit.

Der Wächter hinter ihm versuchte, die Tür einzudrücken, doch Bond stemmte sich mit dem Rücken dagegen. Der Mann, der nur drei Schritte von ihm entfernt hinter einem Schreibtisch saß, rief in einer ihm unbekannten Sprache einen heiter klingenden Befehl. Und sofort hörte der Druck gegen die Tür auf. Der Mann lachte Bond warm und herzlich an. Er stand auf und hob langsam die Hände. »Ich ergebe mich!« sagte er. »Und jetzt bin ich ein noch besseres Ziel für Ihr Messer. Aber töten Sie mich bitte nicht, jedenfalls nicht, bevor wir einen schönen steifen Whisky miteinander getrunken und ein bißchen geplaudert haben. Dann lasse ich Ihnen noch einmal die Wahl. Einverstanden?«

Bond richtete sich auf und erwiderte das Lächeln. Er konnte nicht anders. Der Mann war ihm sympathisch; er hatte ein so humorvolles, verschmitztes Gesicht, daß Bond ihn ebensowenig hätte umbringen können wie Tracy.

Der Mann trat nun hinter dem Schreibtisch hervor. Er war klein, in mittleren Jahren und hatte ein braunes, verwittertes Gesicht. Er trug einen bequemen Anzug, unter dem sich die kräftigen Muskeln deutlich abzeichneten. Er streckte Bond eine warme, trockene, feste Hand entgegen. »Mein Name ist Marc-Ange Draco. Er ist Ihnen bekannt?«

»Nein.«

»Dafür kenne ich Ihren, Commander James Bond. Sie haben einen der höchsten englischen Orden und sind Angehöriger des Secret Service Ihrer Majestät. Sie sind augenblicklich Ihrer normalen Pflichten enthoben und haben einen Sonderauftrag im Ausland. Stimmt doch?«

Bond versuchte, seine Verblüffung zu verbergen. Woher wußte Draco das alles?

Draco fuhr fort: »Setzen Sie sich doch. Ich habe viel mit Ihnen zu besprechen. Aber zuerst der Whisky. Okay?« Er deutete auf einen bequemen Sessel gegenüber seinem Schreibtisch und stellte eine große silberne Dose mit verschiedenen Zigarettensorten vor Bond hin. Dann trat er zu einem stählernen Aktenschrank an der Wand und öffnete ihn: eine komplette Hausbar, der er zwei Flaschen Whisky, Eiswürfel und einen Siphon entnahm. Während Bond sich einen Bourbon einschenkte, sagte Draco: »Ein guter Freund aus dem Deuxième Bureau in Paris hat mir gesagt, wer Sie sind. Er wird von mir für solche Informationen bezahlt. Sie und ich stehen in verschiedenen Lagern – nicht im feindlichen Sinn. Man könnte sogar sagen, wir berühren uns ein bißchen.« Er unterbrach sich, hob sein Glas und erklärte ernst: »Ich vertraue mich Ihnen jetzt völlig an. Ich gebe mein Leben wieder in Ihre Hand.«

Beide tranken. Die Augen Dracos bohrten sich in die Bonds.

»Ich bin der Chef der *Union Corse*!«

5

Die *Union Corse*! Das Dunkel begann sich zu lichten. Bond sah Draco verblüfft an. Hinter dem harmlos klingenden Namen *Union Corse* verbarg sich eine ältere und tödlichere Organisation als die Mafia. Bond wußte, daß sie die meisten Verbrechersyndikate in Frankreich und in den Kolonien dirigierte. Erst vor ein paar Monaten war ein gewisser Rossi in einer Kneipe in Nizza an der Theke erschossen worden. Und ein Jahr zuvor hatte man Jean Giudicelli liquidiert. Beide hatten offen Anspruch auf den Platz des Chefs angemeldet – dieses fröhlichen, jovialen Mannes, der ihm jetzt so friedlich gegenübersaß.

Offensichtlich war der Lastwagen Dracos fahrbares Hauptquartier. Er und Tracy waren aus einem bestimmten Grund, der ihm sicher bald mitgeteilt würde, hierher ›eingeladen‹ worden. Das ganze Unternehmen war für eine so mächtige Organisation wie die *Union Corse* ein Kinderspiel gewesen. Bond warte darauf, daß sich endlich der Vorhang zur Hauptvorstellung hob. Er betrachtete den Mann hinter dem Schreibtisch mit gewissem Respekt. Das war einer der großen Professionals der Welt!

»Mein lieber Commander, alles, was ich jetzt mit Ihnen bespreche, muß natürlich hinter Ihrem *Horkos Odonton* bleiben! Sie kennen den Ausdruck nicht?« Er lächelte breit. »Sie finden ihn bei Homer. Wörtlich übersetzt: ›Das Gehege der Zähne.‹ Die altgriechische Bezeichnung für ›streng geheim‹. Sind Sie einverstanden?«

Bond zuckte mit den Achseln. »Wenn Sie mir Geheimnisse anvertrauen, die etwas mit meinem Beruf zu tun haben, kann ich sie nicht für mich behalten!«

»Das verstehe ich völlig. Was ich mit Ihnen besprechen möchte, ist rein privat. Es handelt sich um meine Tochter Teresa!«

Du lieber Gott! Das wurde ja immer schöner! Bond verbarg seine Überraschung und sagte: »In diesem Fall bleibt natürlich alles hinter meinem *Horkos Odonton*!«

»Vielen Dank. Mit Ihnen kann man offen reden. Also hören Sie.« Er zündete sich eine Zigarette an und lehnte sich in seinem Sessel zurück. »Ich war mit einer englischen Gouvernante verheiratet. Eine Romantikerin, kam nach Korsika, um ›Banditen‹ kennenzulernen. Später gestand sie mir, daß sie im Unterbewußtsein den Wunsch hatte, vergewaltigt zu werden. Na ja, sie gabelte mich in den Bergen auf und wurde vergewaltigt ... von mir. Die Polizei war damals hinter mir her, wie meist in meinem Leben, und sie war eine schwere Belastung für mich. Aber sie wollte mich nicht verlassen. Sie hatte etwas Wildes an sich und liebte das Abenteuer. Es gefiel ihr, sich monatelang von einer Höhle in die andere jagen zu lassen und sich von gestohlenem Essen zu ernähren. In jener verrückten Zeit gewann ich sie so lieb, daß ich mit ihr von der Insel nach Marseille floh und sie heiratete.« Er sah Bond an. »Das Resultat, mein lieber Commander, ist Teresa, mein einziges Kind.«

Aha, dachte Bond. Das erklärte das Widersprüchliche an ihr. Eine merkwürdige Mischung: korsisch-englisch! Kein Wunder, daß er ihre Nationalität nicht erraten hatte.

»Meine Frau ist vor zehn Jahren gestorben, und ich habe Teresa in ein Schweizer Internat geschickt. Ich war schon damals reich, und als man mich zum Capu wählte, das ist der Chef der *Union*

Corse, wurde ich noch unendlich viel reicher. Teresa erhielt von mir alles, was sie wollte. Aber da ich dauernd unterwegs bin, hatte sie kein richtiges Heim, keine Aufsicht. Durch ihre Schweizer Schule geriet sie in die bewußte internationale Clique und ihre *Dolce Vita*: südamerikanische Millionäre, indische Fürsten, in Paris lebende Engländer und Amerikaner, Playboys aus Cannes und Gstaad. Ständig war sie in Skandale verwickelt, und wenn ich ihr Vorwürfe machte und ihr das Taschengeld sperrte, stellte sie noch verrücktere Dinge an – wahrscheinlich, um mich zu ärgern.« Er hielt inne und sah Bond an. Sein fröhliches Gesicht war traurig geworden. »Aber trotz alldem war das Blut ihrer Mutter so stark in ihr, daß sie sich selbst immer mehr haßte, immer mehr verabscheute. Sie unternahm einen verzweifelten Versuch, wieder mit sich und dem Leben ins reine zu kommen, ging weg, ohne mir ein Wort zu sagen, und heiratete. Vielleicht wollte sie seßhaft werden. Doch ihr Mann, Conte Giulio di Vicenzo, ein übler Bursche, brachte möglichst viel von ihrem Geld an sich und ließ sie dann mit einem Kind sitzen. Ich erkaufte die Scheidung und schenkte ihr ein kleines Schloß in der Dordogne. Dort schien sie fast zufrieden zu sein. Und dann starb vor sechs Monaten das Baby ... an Kinderlähmung.«

Schweigen herrschte in dem kleinen Raum. Bond dachte an Teresa. Er war der Wahrheit nahegekommen. Er hatte in ihrer stummen Verzweiflung etwas von dieser tragischen Geschichte erkannt. Sie war wirklich am Ende!

Marc-Ange erhob sich langsam, trat zu Bond, schenkte noch zwei Whiskys ein und sagte: »Entschuldigen Sie, ich bin ein schlechter Gastgeber. Aber es war mir eine solche Erleichterung, mich einmal aussprechen zu können. Sie verstehen das?«

»Ja – allerdings! Sie ist ein großartiges Mädchen. Und sie hat noch das ganze Leben vor sich, Haben Sie mal an Psychoanalyse gedacht? Ist sie katholisch?«

»Nein, das wollte ihre Mutter nicht. Sie ist Presbyterianerin. Aber warten Sie ab, die Geschichte ist noch nicht zu Ende.« Er ließ sich schwer in den Sessel fallen. »Nach diesem Unglück nahm sie ihren ganzen Schmuck und fuhr in ihrem kleinen Wagen davon; ich hörte ab und zu, daß sie ein Stück verkaufte und ihr altes Leben wiederaufgenommen hatte. Natürlich folgte ich ihr, ließ sie beobachten, soweit ich konnte, aber sie wich all meinen Versuchen aus, sie zu treffen und mit ihr zu sprechen. Dann erfuhr ich, daß sie hier im *Splendide* für vorige Nacht ein Zimmer bestellt hatte. Ich fuhr sofort von Paris hierher, weil ich so eine unbestimmte Vorahnung hatte. Wissen Sie, in ihrer Kindheit haben wir immer den Sommer in Royale verbracht. Sie schwimmt ausgezeichnet und war von jeher eine richtige Wasserratte. Als kleines Kind mußte sie einmal zur Strafe den ganzen Nachmittag in ihrem Zimmer bleiben. Am Abend erklärte sie ihrer Mutter ganz ruhig: ›Du hast mich sehr traurig gemacht, weil ich heute nicht ans Meer durfte. Wenn ich später mal richtig unglücklich bin, schwimme ich ganz weit raus, bis ich untergehe.‹ Meine Frau hatte mir das erzählt, und wir lachten über den kindlichen Einfall. Jetzt fiel es mir plötzlich wieder ein. Ich hatte Angst, daß dieser Wunsch zur Zwangsvorstellung geworden sein könnte und daß sie nach Royale gefahren war, um allem ein Ende zu setzen. Und deswegen, mein lieber Freund, habe ich sie vom Augenblick ihrer Ankunft an schärfstens beobachten lassen. Ihr Verhalten im Casino, für das ich Ihnen gar nicht genug danken kann, wurde mir gemeldet, ebenso das spätere Zusammensein mit ihr.« Er hob die Hand, als Bond sichtlich verlegen wurde. »Sie brauchen sich deswegen nicht zu schämen. Und auch nicht zu entschuldigen. Mann bleibt Mann und … Aber darauf komme ich später zurück. Was Sie getan, wie Sie sich Teresa gegenüber benommen haben, könnte der erste Schritt zu einer Heilung sein.«

Bond mußte daran denken, wie sie sich in dem Bombard-Boot an ihn gelehnt hatte. Darin war mehr Zuneigung, mehr Wärme gewesen als in allen Ekstasen der Nacht.

Marc-Ange fuhr fort: »So mobilisierte ich heute früh um sechs meinen Freund vom Deuxième Bureau. Um acht sah er seine Akten durch, und um neun hatte ich per Funk einen vollständigen Bericht über Sie. Ich habe in dem Vehikel hier einen starken Sender.« Er lächelte. »Noch ein Geheimnis, das ich Ihnen anvertraue. Was ich über Sie gehört habe, war außerordentlich günstig, in dienstlicher wie in persönlicher Hinsicht. Ich überlegte den ganzen Morgen. Und schließlich gab ich den Befehl, Sie beide hierher zu bringen. Das hat Ihnen sicher Unannehmlichkeiten bereitet. Ich bitte Sie dafür um Verzeihung. Ich hoffe nur, daß sich meine Leute korrekt benommen haben.«

Bond lächelte. »Ich freue mich jedenfalls, Sie kennengelernt zu haben. Daß unsere Begegnung mit zwei Pistolen erzwungen wurde, macht sie nur noch denkwürdiger. Es ist alles durchaus korrekt vor sich gegangen.«

Marc-Ange verzog das Gesicht. »Jetzt sind Sie aber sarkastisch. Glauben Sie mir, lieber Freund, es waren drastische Maßnahmen nötig.« Er nahm einen Briefbogen vom Schreibtisch und reichte ihn Bond. »Wenn Sie das lesen, werden Sie mich verstehen. Dieser Brief wurde heute nachmittag um halb fünf, als Teresa fortging und Sie ihr folgten, dem Portier des *Splendide* mit dem Auftrag übergeben, ihn an mich nach Marseille zu schicken. Lesen Sie, bitte!«

Der Inhalt war kurz und unmißverständlich.

Lieber Papa,

Es tut mir leid, aber ich habe genug. Es ist nur schade, weil ich heute nacht einen Mann kennengelernt habe, der vielleicht noch alles hätte ändern können. Er ist Engländer und heißt James Bond. Bitte, mache ihn ausfindig und zahle ihm 20 000 Francs, die ich ihm schulde. Und danke ihm in meinem Namen.

Alles ist nur meine Schuld.
Lebe wohl und verzeihe mir.
Tracy

Bond sah Marc-Ange nicht an. Er nahm einen tiefen Schluck und sagte nur: »Ich verstehe.«

»Sie nennt sich gern Tracy. Teresa findet sie zu vornehm.«

»Ja, ich weiß.«

»Commander Bond!« Dracos Stimme klang nun drängend und flehend. »Mein Freund, Sie haben jetzt die ganze Geschichte gehört. Wollen Sie mir helfen, sie zu retten? Meine einzige Chance ist, daß Sie ihr neue Hoffnung, ihrem Leben wieder einen Sinn geben. Wollen Sie?«

Bond hatte den Blick gesenkt. Er war wütend, daß man versuchte, ihn in diese Privatdinge hineinzuziehen. Er fluchte innerlich. Die Vorstellung entsetzte ihn – er war kein barmherziger Samariter. Sie gehörte in die Behandlung eines Psychiaters. Gut, er hatte ihr für eine Nacht gefallen und sie ihm. Und jetzt sollte er sie womöglich sein ganzes Leben mit sich herumschleppen, immer von der unausgesprochenen Erpressung bedroht, daß sie sich umbringen würde, wenn er sie fallenließe. Mürrisch sagte er: »Ich sehe nicht, wo ich da helfen kann. Wie stellen Sie sich das vor?«

Dracos braune Augen glitzerten erregt, als er erwiderte: »Ich möchte, daß Sie meiner Tochter den Hof machen und sie heiraten. Am Tag der Hochzeit erhalten Sie von mir eine Million Pfund in Gold als Mitgift.«

Bond explodierte: »Was Sie da verlangen, ist völlig unmöglich. Ihre Tochter ist krank. Sie braucht einen Psychiater. Nicht mich. Und ich will nicht heiraten, niemanden. Außerdem liegt mir nichts an einer Million Pfund. Ich habe Geld genug für meine Bedürfnisse. Ich habe ja einen Beruf. (Stimmte das? Und was war mit dem Kündigungsbrief? Bond überhörte diese innere Stimme.) Sie müssen das doch begreifen.« Plötzlich konnte er den traurigen Blick Dracos nicht mehr ertragen und sagte sanft: »Sie ist ein wunderbares Mädchen. Ich will alles für sie tun, was ich kann. Aber erst, wenn es ihr wieder gutgeht. Dann will ich sie gern wiedersehen – sehr oft. Wenn sie so großen Wert auf mich legt, muß sie aus eigener Kraft gesund werden. Das ist die einzige Möglichkeit, jeder Arzt wird Ihnen das bestätigen. Sie muß in ein Sanatorium, in das beste, das es gibt, in der Schweiz vielleicht. Sie muß ihre Vergangenheit vergessen. Sie muß wieder leben wollen. Erst dann hat es Zweck, daß wir uns wiedersehen. Sie verstehen mich doch, Marc-Ange? Ich bin ein harter Mensch, ich gebe es zu. Ich habe nicht die Geduld, jemanden zu pflegen, weder Mann noch Frau. Sie müssen einsehen, daß ich diese Verantwortung nicht übernehmen kann ... soseher mir Ihre Tochter auch gefällt!«

Marc-Ange sagte resigniert: »Ich verstehe Sie, lieber Freund. Ich will nicht weiter in Sie dringen, sondern werde tun, was Sie mir raten. Aber wollen Sie mir noch einen Gefallen erweisen? Es ist jetzt neun Uhr. Gehen Sie heute abend mit ihr essen. Sprechen Sie mit ihr, worüber Sie wollen, aber zeigen Sie ihr, daß Sie sie mögen, daß sie Ihnen gefällt. Ihr Wagen und ihre Kleider sind hier. Ich habe alles herbringen lassen. Wenn Sie ihr einreden könnten, daß Sie sie gern wiedersehen möchten, werde ich wohl den Rest schaffen. Wollen Sie das für mich tun?«

Bond dachte: Mein Gott, was für ein Abend! Aber er lächelte, so herzlich er konnte. »Selbstverständlich. Das tue ich doch mit Vergnügen. Aber ich muß morgen mit der ersten Maschine von Le Touquet abfliegen. Von da an müssen Sie sich um sie kümmern.«

»Freilich, lieber Freund.« Marc-Ange fuhr sich über die Augen. »Seien Sie mir nicht böse. Sie haben mir neue Hoffnung gegeben. Ich will Ihnen jetzt nicht danken. Ich kann das auch gar nicht. Aber gibt es im Moment etwas, das ich für Sie tun kann? Ich habe große Möglichkeiten, große Mittel, große Macht und weiß sehr viel. Alles steht zu Ihrer Verfügung. Kann ich etwas für Sie tun?«

Bond hatte einen plötzlichen Einfall. Er lächelte breit. »Ich brauche eine Information. Über einen Mann namens Blofeld, Ernst Stavro Blofeld, Sie werden von ihm gehört haben. Ich möchte wissen, ob er noch lebt und wo er zu finden ist.«

Jetzt trat das kalte, böse, rachsüchtige Gesicht des Banditen zum Vorschein. Die Augen wurden hart. »Blofeld!« sagte er nachdenklich. »Und ob der lebt! Erst kürzlich hat er mir drei meiner Leute durch Bestechung weggeholt. Drei Mitglieder des alten SPECTRE stammten ebenfalls aus der Union. Wir wollen gleich mal sehen, was wir erfahren können.«

Er hob den Hörer ab. »Dammi u commandu«, sagte er und legte auf. »Ich habe eine Verbindung mit meinem Hauptquartier in Ajaccio verlangt. Wir werden sie in fünf Minuten haben. Aber ich muß sehr schnell sprechen. Die Polizei könnte meine Wellenlänge kennen, obwohl ich sie jede Woche wechsle. Doch der korsische Dialekt hilft.« Das Telefon summte. Marc-Ange sprach einige Minuten in unverständlichem Korsisch und hängte ein. »Soviel wir wissen, ist er in der Schweiz. Seine genaue Adresse kennen wir nicht. Bringt Sie das weiter? Bestimmt werden Ihre Leute ihn aufspüren können ... wenn die Schweizer Bundespolizei hilft. Da kann es vielleicht Schwierigkeiten geben.«

Bond dachte triumphierend: Jetzt habe ich dich, du Schweinehund! Und zu Marc-Ange sagte er begeistert: »Großartig! Der Rest wird nicht schwer sein. Wir haben gute Freunde in der Schweiz.«

Marc-Ange war sichtlich froh über Bonds Reaktion, sagte aber ernst: »Falls etwas schiefgehen sollte, wenden Sie sich sofort an mich. Versprechen Sie das?« Er nahm aus einer Schublade einen Briefbogen und reichte ihn Bond. »Hier ist meine offizielle Firmenadresse. Rufen Sie mich an oder telegrafieren Sie mir, aber tarnen Sie es als geschäftliche Anfrage. Sagen Sie, eine Sendung von Radios sei fehlerhaft, Sie wollten meinen Vertreter dann und dann, dort und dort treffen, oder so was Ähnliches. Sie verstehen sich ja auf solche Tricks, und außerdem ...« Er lächelte verschmitzt. »... Ich glaube, Sie stehen in Verbindung mit einer internationalen Exportfirma ... *Universal Export* ... nicht wahr?«

Bond lächelte. Woher wußte der alte Gauner das?

Marc-Ange fragte schüchtern: »Kann ich jetzt Teresa rufen? Sie weiß nicht, worüber wir gesprochen haben.« Er stand auf, trat zu Bond und legte ihm die Hand auf die Schulter. »Ich danke Ihnen. Für alles.« Dann ging er hinaus.

6

Zwei Monate später fuhr James Bond an einem sonnigen Morgen gemütlich von seiner Wohnung in Chelsea in sein Büro. Im Hyde Park fielen die Blätter. Der Winter stand vor der Tür. Bonds Gedanken kreisten darum, daß sich die Station Z in Zürich vergebens bemühte, die Zurückhaltung der schweizerischen Bundespolizei zu überwinden und die genaue Adresse von Blofeld zu erfahren. Doch die eidgenössischen ›Freunde‹ behaupteten nach wie vor, daß es keinen Mann namens Blofeld in der Schweiz gebe. Auch seien keinerlei Anzeichen für eine Wiederbelebung der Organisation SPECTRE auf schweizerischem Boden vorhanden.

Bond überlegte, ob er sich mit Marc-Ange in Verbindung setzen sollte. In seinem Bericht an M hatte er, ohne nähere Einzelheiten zu erwähnen, die *Union Corse* als Informationsquelle genannt. Aber er scheute sich vor diesem Gedanken, da Marc-Ange dann bestimmt wieder auf Tracy zu sprechen käme. Und an diesen Punkt seines Daseins wollte er, wenigstens bis auf weiteres, nicht rühren. Ihr letzter Abend war freundschaftlich verlaufen, fast als wären sie ein altes Liebespaar. Er hatte ihr gesagt, daß ihn die *Universal Export* für einige Zeit nach Übersee schickte, daß sie sich aber nach seiner Rückkehr bestimmt wiedersehen würden. Nach einem ausgezeichneten Essen in einem kleinen Restaurant in Étaples hatten sie miteinander geschlafen, diesmal ohne Verzweiflung und ohne Tränen. Er war überzeugt, daß ihre Heilung wirklich begonnen hatte. Er fühlte sich als ihr Beschützer, wußte jedoch, daß ihr Verhältnis und Tracys seelisches Gleichgewicht immer noch überaus gefährdet waren.

In diesem Augenblick summte sein Taschenfunk. Bond beschleunigte sein Tempo und stoppte am Marble Arch vor einer öffentlichen Telefonzelle. Diese Taschenfunkgeräte waren erst kürzlich eingeführt worden. Durch sie konnte jeder Angehörige des Secret Service in London in einem Umkreis von fünfzehn Kilometern von der Zentrale erreicht werden. Es war dann seine Pflicht, sich vom nächsten Telefon zu melden. Bond wählte die einzige Nummer des Hauptquartiers, die er benutzen durfte, sagte »007 spricht« und wurde sofort mit seiner neuen Sekretärin, Mary Goodnight, verbunden. Sie hatte eine tolle Figur, blauschwarzes Haar und große blaue Augen. In der Doppel-O-Abteilung hatte man eine Wette abgeschlossen, wer sie zuerst eroberte. Bond war lange Zeit Favorit gewesen, aber seine Bekanntschaft mit Tracy hatte ihn aus dem Rennen geworfen, und er betrachtete sich nur mehr als krasser Außenseiter, obwohl er noch heftig mit ihr flirtete. Jetzt begrüßte er sie: »Guten Morgen, Goodnight. Was ist los? Krieg oder Frieden?«

Sie kicherte keineswegs dienstlich. »Es klingt so friedlich, wie ein eiliger Auftrag von oben sein kann. Sie sollen sofort ins Heraldische Amt gehen. Anscheinend haben sie dort eine Nachricht über ›Bedlam‹.«

›Bedlam‹ (Irrenanstalt) war der Deckname für die ›Aktion Blofeld‹. Bond erwiderte erstaunt: »Wirklich? Dann will ich mich schleunigst auf die Beine machen. Auf Wiedersehen, Goodnight.«

Er ging zu seinem Wagen und fuhr rasch quer durch London. Das war sehr merkwürdig! Was, in aller Welt, hatte das Heraldische Amt, von dem er nur wußte, daß es Familienstammbäume aufspürte und kontrollierte sowie Wappen verlieh und prüfte, mit Blofeld zu tun?

Das Heraldische Amt liegt in der Queen-Victoria-Straße am

Rand der City, ein hübsches kleines Queen-Anne-Gebäude mit einem altertümlichen Hinterhof, in dem Bond seinen Wagen parkte. Eine hufeisenförmige Treppe führt zu dem imposanten Eingang hinauf. Bond betrat die große düstere Halle, an deren dunkelgetäfelten Wänden verstaubte Porträts von Herren mit Perücken und Spitzenjabots hingen. Ein Portier in kirschroter Uniform führte ihn durch muffige Korridore. Vor einer schweren Tür blieben sie stehen. Der Name Sable Basilisk war oben in goldenen Lettern angebracht. Der Raum, den Bond betrat, war hell, sauber, gut eingerichtet, hatte hübsche Stiche an den Wänden, und es herrschte peinliche Ordnung. Es roch leicht nach türkischem Tabak. Ein schlanker Mann, ein paar Jahre jünger als Bond, erhob sich. Er hatte ein feines, schmales, intelligentes Gesicht, dessen Ernst durch die Falten um den Mund und ein ironisches Glitzern in den Augen gemildert wurde.

»Commander Bond?« Der Händedruck war kurz und fest. »Ich habe Sie erwartet.« Er nahm ein Aktenstück, das schon bereitlag. »Kommen wir gleich zur Sache! Ich vermute, daß die Angelegenheit etwas mit dem Secret Service zu tun hat. Ich war während des Krieges und auch noch danach bei der militärischen Abwehr. Sie brauchen also keine Angst wegen der Geheimhaltung zu haben. Unsere Aufgaben hier bestehen zum Teil darin, Titel für Leute vorzuschlagen, die geadelt werden sollen. Und dabei werden die merkwürdigsten Ansinnen gestellt, die absurdesten Adelsnamen verlangt. Sie können sich nicht vorstellen, was sich für eine Ansammlung von Snobismus, Eitelkeit und Hochmut in unseren Akten findet. Doch nun zu diesem Blofeld!«

»Er ist wohl der gemeinste und gerissenste Gangster der Welt«, antwortete Bond. »Erinnern Sie sich noch an die Feuerball-Affäre vor etwa einem Jahr? Es ist nur wenig davon in die Presse gedrungen, aber ich kann Ihnen versichern, daß er der Drahtzieher war. Was haben denn ausgerechnet Sie mit Blofeld zu schaffen? Ich brauche alle Einzelheiten! Auch die geringste Kleinigkeit ist wichtig!«

Basilisk blätterte den Ordner zurück. »Nachdem gestern mehrere dringende Anfragen sowohl vom Foreign Office wie vom Verteidigungsministerium eingingen, habe ich mir gedacht, daß es sich um ein und denselben Knaben handeln könnte. Leider kam ich vorher nicht auf die Idee, daß in diesem

Fall unser Amtsgeheimnis zweitrangig ist. Sonst hätte ich schon früher etwas unternommen. Bereits am 10. Juni haben wir einen vertraulichen Brief von einer angesehenen Züricher Anwaltsfirma erhalten. Ich lese ihn Ihnen vor:

Sehr geehrte Herren,
Wir haben einen geschätzten Klienten namens Ernst Stavro Blofeld. Dieser Herr nennt sich Comte Balthasar de Bleuville, da er der Auffassung ist, rechtmäßiger Erbe dieses Titels zu sein, der unseres Wissens erloschen ist. Seine Überzeugung basiert auf Erzählungen, die er in seiner Kindheit von seinen Eltern gehört hat und die besagen, daß die Familie zur Zeit der Revolution aus Frankreich nach Deutschland geflohen ist, sich in Augsburg niedergelassen und den Namen Blofeld angenommen hat, um den Revolutionsbehörden zu entgehen. Um 1850 seien sie dann nach Polen ausgewandert.
Unser Klient legt nun großen Wert darauf, diese Tatsachen zu beweisen und so den legalen Anspruch auf den Titel de Bleuville zu erhalten. Die hierfür erforderlichen Urkunden wären dann dem Justizministerium in Paris zur Genehmigung einzureichen.
In der Zwischenzeit beabsichtigt unser Klient, provisorisch weiter den Titel Comte de Bleuville zu führen.
Unseres Wissens sind Sie, sehr geehrte Herren, die einzige amtliche Stelle der Welt, die imstande ist, die notwendigen Nachforschungen durchzuführen. Wir sind beauftragt, uns zu diesem Zweck an Sie zu wenden, selbstverständlich unter der Voraussetzung, daß die Angelegenheit streng vertraulich behandelt wird.
Die finanzielle Lage unseres Klienten ist über jeden Zweifel erhaben. Spesen spielen keine Rolle. Als ersten Vorschuß für Ihre Arbeit und Auslagen schlagen wir tausend Pfund Sterling vor und bitten um Angabe Ihrer Kontonummer.
In Erwartung Ihrer baldigen Antwort und mit bestem Dank im voraus verbleiben wir
mit vorzüglicher Hochachtung

Dr. Gumpold-Moosbrugger
und Hans Müller, Rechtsanwälte,
Zürich, Bahnhofstraße 16.

Bonds Augen glitzerten erregt. Basilisk sagte lächelnd: »Wir waren an der Sache sogar noch interessierter, als Sie es zu sein scheinen. Unter uns: die Gehälter hier sind äußerst bescheiden, und so sind wir darauf angewiesen, sie durch Honorare für Privataufträge aufzubessern. Das ist selten mehr als fünfzig Pfund und erfordert fast immer viel Quellenstudium. Die Anfrage von Blofeld dagegen ist ein ganz großer Fisch. Und da ich gerade Dienst hatte, als der Brief eintraf, ist mir die Sache in den Schoß gefallen.«

Bond fragte erregt: »Und was geschah weiter? Haben Sie den Kontakt aufrechterhalten?«

»Ja, aber leider nur sporadisch. Natürlich habe ich Auftrag und Honorar sofort angenommen und mich zur Geheimhaltung verpflichtet. Sie zwingen mich jetzt unter Berufung auf das Staatsinteresse, dagegen zu verstoßen. Ich handle doch unter dem Einfluß höherer Gewalt?«

»Jawohl«, stimmte Bond energisch zu.

Basilisk machte eine Notiz und fuhr fort: »Zunächst verlangte ich natürlich den Geburtsschein des Mannes, und nach einer Weile wurde mir mitgeteilt, daß er verlorengegangen sei und daß ich mich unter keinen Umständen weiter darum kümmern solle. Der Graf sei am 28. Mai 1908 in Gdingen als Sohn eines polnischen Vaters und einer griechischen Mutter geboren. Ob ich nicht mit meinen Nachforschungen beim Ursprung der Familie Bleuville beginnen könne? Ich hatte inzwischen in unserer Bibliothek festgestellt, daß tatsächlich eine Familie de Bleuville existiert hat, die man bis ins siebzehnte Jahrhundert zurückverfolgen kann, und zwar in einem Dorf namens Blonville-sur-Mer in der Normandie, im heutigen Departement Calvados. Ihr Wappen und ihre Devise stimmten mit den von Blofeld angegebenen überein.« Basilisk machte eine kleine Pause. »Natürlich hat er das irgendwie eruiert. Es hätte ja keinen Sinn für ihn gehabt, irgendeine Familie de Bleuville zu erfinden und uns aufzutischen. Ich teilte den Züricher Anwälten meine Entdeckung mit, und in meinen Sommerferien – Nordfrankreich ist sozusagen mein privates heraldisches Gebiet – fuhr ich mit dem Wagen durch die Gegend und schnüffelte dort ein bißchen herum. Inzwischen hatte ich mich mit unserer Botschaft in Warschau in Verbindung gesetzt und sie gebeten, durch einen Anwalt in Gdingen beim Standesamt und in den verschiedenen Kirchen nachzuforschen, in denen Blofeld getauft worden sein könnte. Die Antwort, die ich Anfang September erhielt, war verblüffend. Die Seiten mit Blofelds Geburtseintragung waren aus dem Register herausgeschnitten worden. Ich behielt diese Information für mich, das heißt, ich hütete mich, sie den Züricher Anwälten mitzuteilen, da sie mir ausdrücklich untersagt hatten, Ermittlungen in Polen anzustellen. Einen Anwalt in Augsburg hatte ich ebenfalls angesetzt. Dort waren mehr Angaben über Blofeld vorhanden, da der Name in Deutschland öfter vorkommt; aber ich fand keinen Hinweis auf eine Verbindung mit den Bleuvilles in der Normandie. Ich schrieb einen nichtssagenden Bericht an die Züricher und erklärte, daß ich meine Nachforschungen fortsetzen würde. Seither habe ich nichts mehr unternommen. Und dann«, Basilisk klappte das Aktenstück zu, »rief mich gestern das Foreign Office an. Vermutlich hat jemand die Akten aus Warschau überprüft und bei dem Namen Blofeld richtig kombiniert.«

Bond kratzte sich den Kopf. »Aber die Sache läuft weiter?«

»Natürlich.«

»Können Sie sie in Gang halten? Ich nehme an, daß Sie Blofelds augenblickliche Adresse nicht kennen?« Basilisk verneinte. »Hätten Sie einen plausiblen Vorwand, jemanden zu ihm zu schicken?« Bond lächelte. »Mich zum Beispiel. Das Amt könnte mich ja beauftragen, eine Unterredung mit Blofeld zu führen – wegen irgendeiner verzwickten Sache, die nicht brieflich geklärt werden kann und persönliche Auskünfte erfordert.«

»Ja, das wäre eine Möglichkeit ... Einige Familien haben bestimmte körperliche Merkmale, die sich von Generation zu Generation vererben, die Habsburger Unterlippe zum Beispiel. Als ich in der Krypta der Kirche von Blonville die Grabsteine der Bleuvilles betrachtete, entdeckte ich etwas Merkwürdiges, dem ich damals weiter keine Bedeutung beimaß, das mir aber jetzt wieder einfällt: keiner der Bleuvilles, soweit ich es feststellen konnte, hatte Ohrläppchen.«

»Aha!« sagte Bond. »Er dürfte also keine Ohrläppchen haben? Das wäre ein wichtiger Beweis für seine Behauptung?«

»Ganz richtig.«

»Aber er *hat* Ohrläppchen!« rief Bond ärgerlich. »Ziemlich ausgeprägte sogar. Was nun?«

Basilisk lächelte hintergründig. »Er muß ja gar nicht wissen, nach welchen körperlichen Merkmalen wir bei der Unterredung mit ihm suchen!«

»Sie meinen, wir könnten irgend etwas erfinden?«

»Warum nicht? Wir müssen nur vorsichtig sein!«

»Da ist aber noch ein Haken! Selbst wenn Blofeld zustimmte, mit mir zusammenzukommen ... wie könnte ich meine Rolle spielen? Ich habe keinen Schimmer von Heraldik. Ich weiß nicht mal, was ein Baron ist! Was soll ich Blofeld erzählen? Wer soll ich überhaupt sein?«

Basilisk hatte nun Feuer gefangen und erklärte vergnügt: »Ganz einfach. Ich pauke Ihnen alles über die Bleuvilles ein. Und Sie lesen ein paar populäre Bücher über Wappenkunde, dann ist es nicht schwer, darüber weise Sprüche zu klopfen. Die wenigsten Leute haben eine Ahnung davon.«

»Mag sein, aber Blofeld ist mit allen Wassern gewaschen. Er wird bestimmt einen Haufen Ausweise verlangen, ehe er sich bereit erklärt, mit einem Unbekannten zu sprechen. Also wer bin ich für ihn?«

»Sie haben Blofeld als ausgekochten Gangster kennengelernt«, erwiderte Basilisk geduldig. »Ich habe Hunderte von intelligenten und gerissenen Menschen aus der City, aus Industrie und Politik erlebt – berühmte Leute, vor denen ich Angst hatte, wenn sie hier ins Zimmer traten. Aber sobald Snobismus im Spiel ist und es darum geht, sich eine vornehme Herkunft zu kaufen, wenn es sich um ein Adelsprädikat handelt oder auch nur um ein Wappen, das sie in ihren Luxusvillen über dem Kamin aufhängen wollen, dann schrumpfen diese Leute zu Zwergen zusammen. Bereiten Sie sich wegen Blofeld keine Sorgen, er hat bereits den Köder geschluckt. Er mag ein gefährlicher Gangster, er mag grausam und rücksichtslos sein. Aber wenn er unbedingt zu beweisen versucht, daß er der Comte de Bleuville ist, will er ohne Zweifel seinen Namen ändern und vor allem Graf werden! Und das, Mr. Bond, ist ungemein bezeichnend. Er hat Geld und Erfolg, egal auf welche Weise er dazu gekommen ist. Reichtum und Macht bedeuten ihm nichts mehr. Er will in eine neue Haut schlüpfen. Ich kann Ihnen versichern, Bond, er wird Sie empfangen, wenn wir unsere Karten richtig ausspielen. Der Mann weiß, daß er gesellschaftlich ein Paria ist. Nun hat er sich eine Möglichkeit ausgedacht, sich eine neue Identität zu kaufen. Wenn Sie meine Meinung hören wollen – wir sollten seine Eitelkeit unterstützen, bis er eines Tages darüber zu Fall kommt!«

7

»Und wer, zum Teufel, sollen *Sie* sein?«

M wiederholte in etwa Bonds Frage, als er am selben Abend von dem Bericht aufschaute, den Bond am Nachmittag Mary Goodnight diktiert hatte. Bond erkannte im Gesicht des alten Seemanns Skepsis, Ungeduld und Ärger. Dieses ›zum Teufel‹ hatte ihm alles gesagt. M fluchte selten, und wenn, dann meist wegen irgendeiner Dummheit. Offenbar hielt er den Plan für töricht, und jetzt, ohne den Einfluß von Sable Basilisk, überlegte Bond, ob der Alte nicht recht hatte.

»Ich soll einen Mitarbeiter des Heraldischen Amtes spielen, Sir. Basilisk empfiehlt, daß ich unter einem hochtönenden Namen auftreten soll, der einem Mann mit Adelsfimmel imponiert. Und den hat Blofeld offensichtlich, sonst hätte er sich doch nie zu erkennen gegeben – nicht mal einer so harmlosen und sicheren Stelle gegenüber wie dem Heraldischen Amt. Eitelkeit ist wirklich die Achillesferse vieler Menschen. Und Blofeld ist ganz versessen auf seinen Titel. Ich glaube, daß wir ihn damit erledigen können.«

»Also, ich halte das nach wie vor für baren Unsinn«, erwiderte M gereizt. »Was für einen albernen Titel sollen Sie denn führen?«

Wenn Bond hätte erröten können, wäre es jetzt geschehen. Er stotterte: »Hm ... ehem ... Sable Basilisk hat nämlich einen Freund ... Sir Hilary Bray heißt er. Ungefähr in meinem Alter und sieht mir auch ähnlich. Seine Familie stammt aus der Normandie. Und sein Stammbaum ist ellenlang – Wilhelm der Eroberer und so weiter. Basilisk meint, er könnte das mit ihm aushandeln. Der Mann hat hohe Kriegsauszeichnungen und scheint zuverlässig zu sein. Er wohnt in einem entlegenen Winkel im schottischen Hochland, beobachtet Vögel und klettert barfuß in den Bergen herum. Ein richtiger Einsiedler. Es ist kaum anzunehmen, daß irgend jemand in der Schweiz je von ihm gehört hat ... Und da haben wir uns ausgedacht, daß ich als Sir Hilary auftreten soll. Ziemlich phantastischer Deckmantel, aber ich denke, er wird seinen Zweck erfüllen.«

»Sir Hilary Bray, wie?« M versuchte, seinen Spott zu verbergen. »Und was wollen Sie tun? Barfuß in den Alpen rumklettern?«

Bond antwortete ruhig und geduldig: »Zunächst werde ich mir einen entsprechenden Paß besorgen. Dann lerne ich Brays Stammbaum auswendig und büffle die Grundbegriffe der Heraldik. Wenn Blofeld anbeißt, fahre ich mit den erforderlichen Fachbüchern in die Schweiz und schlage ihm vor, mit ihm den Stammbaum der de Bleuvilles auszuarbeiten.«

»Und dann?«

»Dann lotse ich ihn aus der Schweiz über irgendeine Grenze, wo wir ihn kidnappen können. Die Einzelheiten habe ich noch nicht festgelegt, Sir. Ich mußte ja erst Ihre Genehmigung einholen, und dann muß Basilisk den Züricher Anwälten einen verlockenden Köder vorhalten.«

»Warum versuchen Sie nicht, die Züricher Anwälte unter Druck zu setzen, damit sie Ihnen Blofelds Adresse geben? Dann wir schnappen ihn durch eine Art Kommandounternehmen.«

»Die Anwälte haben garantiert einen Riesenvorschuß von Blofeld empfangen. Vielleicht könnten wir ihnen die Adresse entreißen, aber sie würden bestimmt Blofeld einen Wink geben, so daß er verschwinden kann.«

Müde schob M das Aktenstück Bond zu. »Nehmen Sie's mit. Ein verrückter Plan, aber, in Gottes Namen!« M schüttelte skeptisch den Kopf. »Sir Hilary Bray! Sagen Sie dem Abteilungsleiter, daß ich zustimme, aber höchst ungern. Er soll Ihnen alles Nötige zur Verfügung stellen. Halten Sie mich auf dem laufenden. Das wäre alles, 007.«

Anfang Dezember kehrte Bond widerwillig auf die Schulbank zurück. Statt Geheimberichte studierte er an seinem Schreibtisch Heraldik, las in mittelalterlichen englischen und französischen Chroniken und befaßte sich mit Folklore und Mythen. Während dieser Zeit war er ungenießbar. Als ihn Mary

Goodnight eines Tages mit ›Sir Hilary‹ ansprach, hätte er ihr fast den Hals umgedreht.

Inzwischen nahm die Korrespondenz zwischen Sable Basilisk und den Züricher Anwälten ihren Fortgang, allerdings im Schneckentempo. Die Anwälte, oder vielmehr Blofeld, stellten unzählige, obzwar – wie Basilisk zugeben mußte – scharfsinnige Fragen, die jedesmal mit verschwommenen heraldischen Erklärungen beantwortet werden mußten. Dann wurden genaue Angaben über Sir Hilary Bray verlangt, ebenso Fotos. Sein ganzer Lebenslauf von der Schulzeit ab mußte lückenlos dargelegt werden (der echte Sir Hilary schickte ihn an Bond mit einem höchst amüsierten Begleitschreiben). Um das Interesse der Gegenseite zu testen, erbat Basilisk einen weiteren Spesenvorschuß. Prompt traf am 15. Dezember ein Scheck über abermals tausend Pfund ein. Basilisk rief sofort Bond an: »Jetzt haben wir ihn. Er hat angebissen!« Am nächsten Tag folgte ein Brief der Züricher Anwälte mit der Nachricht, daß ihr Klient bereit sei, sich mit Sir Hilary zu treffen. Ob Sir Hilary am 22. Dezember mit dem Swissair-Flug 111 um 12 Uhr 15 auf dem Flugplatz Kloten sein könne?

Die letzten Tage vor diesem Termin waren mit Besprechungen unter dem Vorsitz des Abteilungschefs ausgefüllt. Die wichtigste Entscheidung war, daß Bond bei der Zusammenkunft mit Blofeld keine Waffe tragen und vom Secret Service auch nicht beschattet werden sollte. Er durfte sich nur mit Sable Basilisk in Verbindung setzen, dem er alle erreichbaren Informationen weiterzugeben hatte.

Der Plan war in kurzen Zügen: Bond sollte möglichst viel über Blofeld selbst in Erfahrung bringen, über seine Tätigkeit und seine Mitarbeiter, um den nächsten Schritt, die Entführung aus der Schweiz, vorbereiten zu können. Gewaltanwendung war dabei vielleicht nicht notwendig. Bond würde ihn wahrscheinlich überreden können, mit nach Deutschland zu fahren, angeblich um einige Dokumente im Stadtarchiv von Augsburg einzusehen. Zu den Sicherheitsmaßnahmen gehörte auch, daß die Station Z in Zürich über Bonds Mission in der Schweiz völlig im dunkeln gelassen wurde. Außerdem sollte die Akte ›Bedlam‹ offiziell abgeschossen werden. Der neue Deckname hieß ›Corona‹.

Nun wurde noch die persönliche Sicherheit Bonds erörtert. Im Hauptquartier zog man alle Möglichkeiten in Erwägung. Sollte Blofeld hinter Bonds wahre Identität kommen, würde es Bonds sofortige Liquidierung bedeuten. Eine gefährlichere und dazu wahrscheinlichere Möglichkeit war, daß Sir Hilary Bray ›einem bedauerlichen Unfall‹ zum Opfer fallen könnte, sobald seine heraldische Tätigkeit bei Blofeld beendet war und er nicht mehr gebraucht wurde.

Am Abend des 21. Dezember ging Bond in seinem Büro noch einmal seinen Plan und seine Rolle als Sir Hilary gründlich durch. Dabei dachte er an Tracy. Sie war auch in der Schweiz. Er mußte sie wieder einmal sehen. Sie hatte ihm drei nichtssagende Postkarten aus einem Sanatorium in Davos geschrieben. Bond hatte ihr jedesmal geantwortet – seine Briefe wurden in Amerika aufgegeben –, ihr Mut zugesprochen und versichert, daß er sie bald besuchen würde. Und was dann? Bond war von Selbstmitleid erfüllt. Er zerdrückte seine Zigarette im Aschenbecher und schlug die Tür des Büros hinter sich zu.

Es war sieben Uhr. Bond beschloß, zunächst seinen Koffer zu packen, zwei doppelte Wodkas zu konsumieren, eine große Portion Rühreier zu essen, dann noch einige Wodkas zu trinken, ein Schlafmittel zu schlucken und leicht angesäuselt ins Bett zu gehen.

Ermutigt von der Aussicht auf diese Selbstanästhesie, verbannte er für diesen Abend alle weiteren Gedanken an seine Aufgabe.

8

Mit steifem Hut, zusammengerolltem Regenschirm und der ordentlich gefalteten ›Times‹ unter dem Arm kam sich Bond ziemlich lächerlich vor. Man hatte ihn aus Respekt vor seinem Titel im Londoner Flughafen in den Warteraum für prominente Persönlichkeiten geführt. Gestärkt von einem doppelten Cognac mit Ginger Ale, stand er etwas abseits von den übrigen und versuchte, sich wie ein echter Baronet zu fühlen. Dann sagte er sich, daß der richtige Sir Hilary Bray vielleicht gerade jetzt im schottischen Hochland in einer Schlucht einen erlegten Eber mit bloßen Händen ausnahm und sich gar nicht als Baronet gebärdete! Er mußte den in jedem Engländer steckenden Snobismus loswerden und aufhören, den Aristokraten zu spielen! Bond warf die ›Times‹, die er als Abzeichen seiner Würde herumgetragen hatte, auf einen Tisch und bestellte noch einen Cognac.

Während die Caravelle ruhig dahinflog, dachte er an das bevorstehende Treffen, das die Züricher Anwälte in allen Einzelheiten vorbereitet hatten. Sir Hilary würde am Flughafen von der Sekretärin des Comte de Bleuville abgeholt werden. Wie würde Blofeld aussehen? Ob er sein Äußeres sehr verändert hatte? Wahrscheinlich, sonst hätte sich der Fuchs die Meute nicht so lange vom Leib halten können.

Am Swissair-Schalter in Kloten wartete eine Frau. Sobald Bond durch die Schranke ging, trat sie auf ihn zu und fragte: »Sir Hilary Bray?«

»Ja.«

»Ich bin Irma Bunt, die Privatsekretärin des Herrn Grafen. Ich hoffe, Sie hatten einen guten Flug.«

Sie sah wie eine sonnenverbrannte Gefängniswärterin aus: ein viereckiges brutales Gesicht und harte gelbe Augen. Ihr Lächeln war kalt und humorlos. Das braune, graumelierte Haar unter der gelben Skimütze war zu einem straffen Knoten zusammengedreht. Der stämmige, gedrungene Körper steckte in unkleidsamen Skihosen und einer grauen Windjacke, in die auf der linken Brust ein großes rotes G mit einer Krone darüber eingestickt war. Irma, aber leider nicht la Douce, dachte Bond grimmig.

»Haben Sie Ihren Gepäckschein? Kommen Sie bitte mit. Erst der Paß. Hier entlang.«

Bond folgte ihr zur Paßkontrolle und dann zur Zollabfertigung. Er bemerkte, daß sie einem Mann mit einer Aktenmappe unter dem Arm zunickte, der sofort in eine Telefonzelle ging.

»Sprechen Sie Französisch?« fragte sie.

»Gerade so viel, wie ich für meine Arbeit brauche.«

Ein Gepäckträger brachte seinen Koffer zu einem schwarzen Mercedes 300. Neben dem Chauffeur saß der Mann, der telefoniert hatte. Sie fuhren in Richtung Stadt. Nach einigen hundert

Metern bog der Wagen in eine Seitenstraße ein, an der ein Schild stand: »Benutzung verboten! Nur für Eigentümer und Personal von Privatflugzeugen!«

Der Wagen steuerte zu den Hangars links vom Hauptgebäude und hielt neben einem hellgelben Alouette-Hubschrauber, dessen Rumpf ein rotes G mit der Krone zierte.

»Sind Sie schon mal mit einem Hubschrauber geflogen? ... Nein? Es ist sehr angenehm. Man hat einen wunderbaren Blick auf die Alpen.« Fräulein Bunt stieg vor ihm die Aluminiumleiter hinauf. »Passen Sie auf Ihren Kopf auf, bitte!« Bonds Koffer wurde vom Chauffeur heraufgereicht.

Es war ein luxuriöser Sechssitzer mit roter Lederpolsterung. Der Pilot hob den Daumen, das Bodenpersonal zog die Bremsblöcke weg, und die Maschine löste sich dröhnend vom Boden.

Irma Bunt saß auf der anderen Seite des Ganges, der Mann mit der Aktentasche hatte sich in die ›Neue Zürcher Zeitung‹ vertieft. Bond erkundigte sich laut, um das Rattern des Motors zu übertönen: »Wohin fliegen wir?«

Sie tat, als höre sie nicht. Er wiederholte die Frage.

»In die Alpen ... in die Hochalpen!« schrie sie zurück und deutete zum Fenster hinaus. »Es ist sehr schön. Sie mögen doch die Berge?«

»Ich liebe sie!« brüllte er. Er zündete sich eine Zigarette an und schaute aus dem Fenster. Unten links war der Zürichsee. Sie nahmen Kurs nach Ost-Südost. Jetzt kam der Walensee. Bond, anscheinend uninteressiert, holte den ›Daily Expreß‹ aus seiner Aktenmappe und vertiefte sich in den Sportteil. Nur ab und zu warf er einen gelangweilten Blick auf die Berge. Die lange Kette links waren wohl die Rätischen Alpen. Sie bogen nach rechts ab. Da war das Tal von Davos. In ein paar Minuten würde er über Tracy wegfliegen! Ja, dort lag Davos unter einer Dunstdecke, während sie hier oben im klaren Sonnenschein waren. Und jetzt waren sie wohl über dem Engadin. Das Lichtermeer rechts mußte St. Moritz sein. Nun eine leichte Biegung nach links. Abermals Lichter. Pontresina? Das Zeichen ›Anschnallen‹ leuchtete auf. Bond hielt es für richtig, jetzt offenes Interesse für die Umgebung zu zeigen. Unter ihnen war schon fast alles in Dunkel gehüllt, nur die Gipfel der Bergriesen wurden noch golden von den letzten Sonnenstrahlen überglänzt. Sie steuerten jetzt einen Berg an, der unterhalb des Gipfels ein kleines Plateau hatte. Er erkannte eine Gruppe von Häusern, von denen aus Kabel hinunterführten. Eine Seilbahnkabine kroch talwärts. Der Hubschrauber stand jetzt dreißig Meter über dem Plateau. Langsam senkte der Pilot die Maschine, die mit einem leichten Stoß aufsetzte. Die Rotorblätter liefen allmählich aus. Sie waren am Ziel.

Wo? Bond wußte es. Sie waren in der Nähe des Piz Languard, oberhalb von Pontresina, in über dreitausend Meter Höhe.

»Wir sind da«, verkündete Irma Bunt überflüssigerweise.

Die Tür wurde aufgerissen, die letzten Sonnenstrahlen fielen in die Kabine. Sie stieg als erste aus. Bond folgte, die eisige, dünne Luft verschlug ihm fast den Atem. Zwei Männer im Skidreß, anscheinend Skilehrer, standen herum und sahen ihn neugierig an, ohne zu grüßen. Donnerndes Motorengeräusch – der Hubschrauber verschwand rasch in der hereinbrechenden Dämmerung.

Vom Landeplatz bis zu den Häusern waren es ungefähr fünfzig Meter. Bond trödelte, um sich zu orientieren. Vor ihm war ein hellerleuchteter, langgestreckter Bau. Rechts, ebenfalls etwa fünfzig Meter entfernt, konnte er die Umrisse einer modernen Seilbahnstation erkennen, in der gerade die Lampen erloschen. Rechts davon ein spärlich erhelltes großes Schweizer Chalet mit einer langen Veranda. Links, ein wenig unterhalb des Plateaus, drang Lichtschein aus einem vierten Gebäude, von dem nur das flache Dach zu sehen war.

Wenige Meter trennten ihn noch von dem Haus, das offensichtlich ihr Ziel war. Die Frau hielt ihm die Tür auf. In dem herausfallenden Lichtschimmer konnte er ein großes Schild mit dem roten G und der Krone und der Inschrift ›Gloria-Klub, 3050 Meter, Privat! Nur für Mitglieder‹ erkennen. Darunter wies ein Pfeil auf das Gebäude rechts: ›Alpengasthaus und Restaurant Piz Gloria.‹

Piz Gloria also! Bond trat ein. Der automatische Türschließer zischte leise. Es war angenehm warm, fast heiß. Sie waren in einer kleinen Halle; ein bleicher junger Mann mit Bürstenhaarschnitt und verschlagenem Blick erhob sich hinter dem Empfangspult und meldete Fräulein Bunt: »Sir Hilary hat Nummer zwei.«

»Das weiß ich«, erwiderte sie kurz. Und etwas höflicher zu Bond: »Wollen Sie bitte mitkommen.« Eine Tür führte in einen mit dicken roten Teppichen belegten Gang. Links waren einige Fenster, zwischen denen Fotos von Skiläufern und Bergen hingen, rechts die Türen zu den Klubräumen, der Bar, dem Restaurant und den Toiletten. Dann folgten die Schlafzimmer. Nummer zwei war sehr komfortabel mit seinen Chintzmöbeln im amerikanischen Motelstil und dem angrenzenden Badezimmer. Die Vorhänge vor dem breiten Fenster waren zugezogen, aber Bond konnte sich vorstellen, daß es eine herrliche Aussicht über das Engadin oberhalb von St. Moritz bot. Er warf seine Aktenmappe auf das Doppelbett, nahm erleichtert den steifen Hut ab und legte den Regenschirm daneben. Der stumme Begleiter aus dem Hubschrauber brachte seinen Koffer, stellte ihn auf den Gepäckständer und verschwand, ohne Bond anzuschauen. Fräulein Bunt fragte: »Sind Sie zufrieden?« Seine begeisterte Antwort änderte den starren Blick ihrer gelben Augen nicht. »Das freut mich. Jetzt sollte ich Ihnen wohl noch einiges über das Reglement des Klubs sagen.«

Bond zündete sich eine Zigarette an. »Das wäre sicher sehr nützlich«, meinte er höflich interessiert. »Zum Beispiel möchte ich gern wissen, wo wir sind.«

»In den Hochalpen«, antwortete sie vage. »Diese Alp, Piz Gloria, gehört dem Grafen. Er hat, zusammen mit der Gemeinde, die Seilbahn gebaut. Sie haben doch die Kabel gesehen? Sie ist erst in diesem Jahr eröffnet worden, aber sehr beliebt und bringt schon jetzt gute Einnahmen. Es gibt hier einige erstklassige Pisten, die Gloria-Abfahrt ist bereits berühmt geworden. Wir haben auch eine Bobbahn. Sie ist wesentlich größer als die Cresta in St. Moritz. Laufen Sie Ski? Oder fahren Sie Bob?«

Die gelben Augen beobachteten ihn lauernd. Er hielt es instinktiv für richtig, alle weiteren Fragen zu verneinen. Und so sagte er kläglich lächelnd: »Leider nein, mir fehlte die Gelegenheit dazu. Ich bin wohl ein unverbesserlicher Bücherwurm.«

»Schade.« Sie sah befriedigt aus. »Diese Sportanlagen tragen dem Grafen viel Geld ein. Das ist wichtig. Es hilft ihm, sein Lebenswerk zu unterhalten.«

Bond hob fragend die Brauen.

»Das Institut für physiologische Forschungen. Der Graf ist eine Kapazität auf dem Gebiet der Allergien – zum Beispiel Heufieber, die Aversion gegen Schellfisch und so weiter.«

»Interessant! Zum Glück leide ich an nichts dergleichen.«

»Die Laboratorien sind in einem eigenen Gebäude, in dem auch der Graf wohnt. Hier sind die Patienten untergebracht, und der Graf bittet Sie, sie nicht durch zu viele Fragen zu stören. Die Behandlung ist sehr diffizil.«

»Selbstverständlich. Wann kann ich den Grafen sprechen? Ich bin leider ein vielbeschäftigter Mann, Fräulein Bunt, und habe dringende Arbeiten in London zu erledigen«, erklärte er eindrucksvoll. »Die neuen afrikanischen Staaten. Allein die Entwürfe für Fahnen und Wappen, Briefmarken, Banknoten und so weiter machen uns viel zu schaffen, zumal bei der Personalknappheit. Ich hoffe, der Graf wird Verständnis dafür haben, daß seine privaten Probleme, so interessant und wichtig sie auch sind, hinter denen der Regierung zurückstehen müssen.«

Bond hatte ins Schwarze getroffen. Jetzt war sie ganz Eifer und Beflissenheit. »Natürlich, Sir Hilary. Der Graf läßt sich lediglich für heute abend entschuldigen, möchte Sie aber gern morgen vormittag um elf empfangen. Würde Ihnen das passen?«

»Selbstverständlich. Da habe ich Zeit, meine Dokumente vorzubereiten. Vielleicht«, er zeigte auf den kleinen Schreibtisch neben dem Fenster, »könnte ich noch einen Extratisch bekommen, für meine Unterlagen.«

»Natürlich, Sir Hilary. Ich werde es sofort veranlassen.« Sie ging zur Tür und drückte auf einen Knopf, dann erklärte sie verlegen: »Sie haben wohl schon bemerkt, daß an der Innenseite der Tür keine Klinke ist?« (Er hatte es gesehen, verneinte es aber.) »Wenn Sie hinausgehen wollen, brauchen Sie nur zu klingeln. Es ist wegen der Patienten, sie müssen völlige Ruhe haben. Um zehn Uhr ist Feierabend. Aber es gibt einen Nachtdienst, falls Sie irgend etwas wünschen. Und die Türen sind natürlich nicht verschlossen. Sie können jederzeit in Ihr Zimmer zurück. Wir treffen uns um sechs Uhr in der Bar zum Cocktail.« Sie lächelte ihm gequält zu. »Meine Mädchen freuen sich schon sehr darauf, Sie kennenzulernen.«

Die Tür öffnete sich, und einer der Skilehrer, ein dunkelhäutiger, stiernackiger Mann mit braunen südländischen Augen trat ein. Ob das einer von Marc-Anges korsischen Deserteuren war? In schlechtem Französisch erklärte sie ihm, daß noch ein Tisch gebraucht würde. Der Mann sagte »Entendu« und verschwand. Bond sah, daß er sich im Korridor nach rechts wandte. Waren dort die Quartiere der Wächter?

»Brauchen Sie sonst etwas, Sir Hilary? Die Post geht immer mittags ab. Außerdem haben wir funktelefonische Verbindung. Darf ich dem Grafen etwas ausrichten?«

»Sagen Sie ihm bitte, daß ich mich sehr darauf freue, ihn kennenzulernen. Also bis sechs Uhr.« Er wollte allein sein und deutete auf den Koffer. »Ich muß jetzt auspacken.«

»Selbstverständlich, Sir Hilary. Entschuldigen Sie bitte, daß ich Sie aufgehalten habe.«

Er blieb in der Mitte des Zimmers stehen und holte tief Atem. In was hatte er sich da eingelassen? Am liebsten hätte er ein paar dieser zierlichen Möbelstücke mit Fußtritten traktiert. Aber er hatte bemerkt, daß eine der vier Deckenlampen nicht aus Prismenglas war. Eine verkappte Fernsehkamera? Und wenn, wie weit reichte sie? Wohl kaum über das ganze Zimmer. Mikrophon? Wahrscheinlich war die ganze Decke ein einziges Mikrophon. Er mußte damit rechnen, daß er ständig beobachtet wurde.

James Bonds Hirn arbeitete fieberhaft, während er auspackte, duschte und sich für ›meine Mädchen‹ zurechtmachte.

9

Es war eine jener ledergepolsterten Bars, die noch neu roch. Ein riesiger steinerner Kamin mit flackerndem Feuer und ein Wagenrad mit elektrischen ›Kerzen‹ an der Decke sollten ihr das Aussehen einer Tiroler Stube geben; aus einem verborgenen Lautsprecher erklang Zithermusik. Für Bonds Begriffe war sie ungeeignet, um sich handfest zu betrinken.

Auf seinen Eintritt folgte eine kurze Stille; dann sprachen alle durcheinander, um die neugierigen Blicke zu tarnen. Bond glaubte noch nie eine solche Ansammlung hübscher Mädchen gesehen zu haben. Irma Bunt, in einem abscheulichen hausgemachten Après-Ski-Anzug, löste sich aus der Gruppe und steuerte auf ihn zu. »Sir Hilary!« Sie umklammerte seine Hand mit trockenem, affenartigem Griff. »Schön hier, nicht? Kommen Sie, ich will Sie meinen Mädchen vorstellen.«

Es war drückend heiß, und er spürte, wie ihm der Schweiß auf die Stirn trat, während er von Tisch zu Tisch geführt wurde und teils kalte, teils warme, teils schlaffe Hände schüttelte. Namen wie Ruby, Violet, Pearl, Anne, Elizabeth, Beryl drangen an sein Ohr, und er sah vor sich ein Meer von sonnenverbrannten, schönen Gesichtern und eine Galerie junger, herrlicher Busen. Es war wie ein Fünf-Uhr-Tee bei den Tiller- oder den Bluebell-Girls. Schließlich gelangte er zu dem Platz, der für ihn reserviert war – zwischen Irma Bunt und einer blendend aussehenden, hochbusigen Blondine mit großen blauen Augen. Überwältigt setzte er sich. Der Barmixer wartete. Bond riß sich zusammen und sagte. »Einen Whisky-Soda, bitte.« Er zündete sich umständlich eine Zigarette an, während eine verlegene Unterhaltung an den vier im Halbkreis stehenden Tischen begonnen hatte. Zehn Mädchen und Irma! Alles Engländerinnen. Keine Familiennamen. Kein anderer Mann. Alle in den Zwanzigern. Berufstätige Mädchen wahrscheinlich. Typ Luftstewardessen. Aufgeregt, weil ein Mann unter ihnen war – ein richtiger Mann und ein Baronet dazu. Bond wandte sich an die Blondine: »Entschuldigen Sie, aber ich habe Ihren Namen nicht verstanden.«

»Ich bin Ruby«, sagte sie liebenswürdig, aber zurückhaltend. »Es muß doch eine Qual sein, als einziger Mann unter so vielen Mädchen.«

»Na ja, es war eine ziemliche Überraschung, aber eine sehr angenehme. Es wird nur schwer sein, sich alle Namen zu merken.« Vertraulich flüsterte er: »Seien Sie ein Engel und helfen Sie mir durch die Runde.«

Sein Whisky kam, und er war froh, daß er stark war. Diskret nahm er einen großen Schluck; er hatte bemerkt, daß die Mädchen Coca-Cola und alkoholfreie Flips tranken. Härtere Sachen waren aber offenbar nicht verpönt. Er beschloß jedoch, aristokratische Mäßigung an den Tag zu legen.

Ruby war sichtlich froh, das Eis brechen zu können. »Also, ich fange rechts von Ihnen an. Das ist Miss Bunt, unsere Aufsichtsdame sozusagen. Aber die kennen Sie ja schon. Die in dem lila Kamelhaarpullover ist natürlich Violet. Am nächsten Tisch, die in der rotgoldenen Seidenbluse ist Anne, und die neben ihr in der grünen heißt Pearl. Sie ist hier meine beste Freundin.« Und so ging es weiter. Er schnappte Gesprächsfetzen auf: ein Geplapper, wie man es von einer Gruppe fröhlicher, gesunder Mädchen, die Skiunterricht nehmen, erwarten konnte. Nur ab und zu fiel eine ehrfürchtige Bemerkung über den Grafen, und verstohlene Blicke streiften Irma Bunt und Bond. Man wollte sich versichern, daß man sich richtig benahm und nicht zu laut war.

Während Ruby ihre diskrete Aufzählung fortsetzte, versuchte Bond, sich die zu den Gesichtern gehörenden Namen zu merken; die Mädchen schienen etwas gemeinsam zu haben, eine Art Pfadfinder-Mentalität. Ihren Akzenten nach stammten sie aus den verschiedensten Gegenden Englands. Bond hörte Dialekte aus Lancashire, Wales, Schottland.

Ruby schloß: »Und die mit den Perlen und dem Twinset ist Beryl. Jetzt kennen Sie uns alle, nicht wahr?«

Bond schaute in die runden blauen Augen, die ihn anstrahlten, und antwortete: »Offen gestanden, nein. Ich komme mir wie ein Filmkomiker vor, der sich in ein Mädchenpensionat verirrt hat. Wie wär's mit noch einem Drink?«

»Danke, gern.«

Dann fragte er Fräulein Bunt: »Und Sie, Miss Bunt?«

»Vielen Dank, Sir Hilary. Einen Apfelsaft, bitte.«

Er ging zur Bar, bestellte die Drinks und fragte sich entsetzt, wie er mehrere solcher Abende durchstehen sollte. Da hatte er plötzlich einen Einfall. Er würde das Eis brechen, indem er sich zum Mittelpunkt machte! Er verlangte ein Glas, dessen Rand er in Wasser tauchen ließ, nahm eine Papierserviette, kehrte zum Tisch zurück und setzte sich. Während ihn alle neugierig anschauten, sagte er: »Ich will Ihnen zeigen, wie wir entscheiden würden, wer zu zahlen hätte. Ich habe das beim Militär gelernt.« Er stellte das Glas vor sich, entfaltete die Papierserviette und breitete sie über die Öffnung, so daß sie am feuchten Rand kleben blieb. Dann legte er ein Fünfrappenstück behutsam in die Mitte der gespannten Serviette.

»Also aufgepaßt«, verkündete er und erinnerte sich dabei, daß er das zum letztenmal in einer der übelsten Hafenspelunken von Singapore gespielt hatte. »Wer raucht? Ich brauche noch drei Damen mit brennenden Zigaretten.« Die Mädchen umringten ihn und plapperten aufgeregt.

»Das Spiel geht also um die Bezahlung der Drinks«, erläuterte Bond. »Eine nach der anderen nimmt einen kräftigen Zug aus ihrer Zigarette, dann streifen Sie die Asche ab und berühren das Papier kurz mit dem glimmenden Ende – nur so lange, um ein kleines Loch hineinzubrennen ... So! Der Witz dabei ist, daß das straffgespannte Papier allmählich dünn wie ein Spinngewebe wird. Wer das letzte Loch brennt, so daß das Geldstück ins Glas fällt, muß die Getränke bezahlen. Verstanden? Fangen Sie an, Violet!«

Bezaubernde Köpfe beugten sich über Bond, weiches Haar streifte seine Wangen. Rasch hatten die Mädchen heraus, daß sie sehr vorsichtig sein mußten. Bond beschloß, ritterlich zu sein, und brannte ein so großes Loch, daß die Münze ins Glas fiel. Jubelndes Gelächter.

»Sir Hilary muß zahlen!« rief Irma Bunt; es klang, als habe sie das Spiel erfunden. »Ein reizender Zeitvertreib. Aber jetzt«, sie schaute auf ihre Herrenarmbanduhr, »müssen wir austrinken. In fünf Minuten wird gegessen.«

»Ach bitte, noch einmal, Miss Bunt!« riefen einige Mädchen.

Doch Bond stand höflich mit dem Whisky in der Hand auf und sagte: »Morgen wieder, meine Damen. Ich hoffe, daß Sie nun nicht alle zu rauchen anfangen. Das Spiel ist bestimmt eine Erfindung der Tabakindustrie.«

Bewundernd hingen alle Augen an ihm. Bond klopfte sich innerlich selbst auf die Schulter. Das Eis war gebrochen. Er hatte sie alle auf seine Seite gebracht und konnte jetzt frei von der Leber weg mit ihnen reden. Befriedigt folgte er Irma Bunt mit ihren prall sitzenden Hosen in den Speisesaal.

Es war halb acht. Bond fühlte sich plötzlich erschöpft, ihm graute vor der Langeweile, ihm graute vor der schwierigsten Rolle seiner Laufbahn, ihm graute vor Blofeld und dem Piz Gloria. Was führte dieser Halunke im Schild? Blofeld hatte seine Marotte offensichtlich ein Vermögen gekostet. Mindestens eine Million Pfund, selbst wenn Schweizer Banken eine große Hypothek für den Bau der Seilbahn gegeben hatten. Es war eine gewaltige Leistung, ein solches Unternehmen auf die Beine zu stellen. Alles übrige war nur noch Sache der Reklame. Kamen außerdem ein snobistischer Klub dazu und ein geheimnisvolles, von einem Grafen geleitetes Forschungsinstitut, dann hatte man bald sein Schäfchen im trockenen.

Aber es war Zeit, wieder etwas zur Unterhaltung beizutragen. Resigniert wandte er sich an Fräulein Bunt. »Bevor wir uns zum Cocktail trafen, habe ich in meinen Büchern ein bißchen über Ihren Familiennamen nachgeblättert. Bunt bedeutet ja im Deutschen ›vielfarbig‹, ›fröhlich‹. In England ist daraus ziemlich sicher Bounty geworden oder gar Brontë. Der Großvater der berühmten Schriftstellerinnen hat nämlich das weniger aristokratisch klingende Brunty in Brontë abgeändert.« (Er wußte, daß das alles purer Unsinn war, fand aber, die Heraldik würde dadurch keinen Schaden erleiden.) »Wissen Sie vielleicht, ob Ihre Vorfahren Beziehungen zu England hatten? Dort gibt es das Herzogtum Brontë, dessen Titel Nelson verliehen wurde. Es wäre interessant, da eine Verbindung festzustellen.«

Der Groschen fiel! Herzogin! Irma Bunt schwelgte in einer weitschweifigen, langweiligen Chronik ihrer Vorfahren, die auch eine entfernte Verwandtschaft mit einem Grafen von Bunt aufwies. Bond hörte geduldig zu, brachte sie aber wieder in die nähere Vergangenheit zurück. Sie nannte ihm die Namen ihrer Eltern, die er aufschrieb. Nun konnte er bald genau eruieren, wer Irma Bunt war. Sable Basilisk hatte recht: Die Eitelkeit war eine wunderbare Falle.

Schließlich gelang es ihm, ihre Aufregung etwas zu dämpfen, und der Oberkellner, der höflich im Hintergrund gewartet hatte, legte die riesige Speisekarte vor, die alles mögliche vom Kaviar bis zum Irischen Kaffee aufführte. Es gab viele Spezialitäten à la ›Gloria‹: Poulet Gloria, Hummer Gloria, Tournedos Gloria und so weiter. Obwohl Bond eine Abneigung gegen alle ›Spezialitäten‹ hatte, entschloß er sich für Huhn. Er war überrascht, wie begeistert Ruby über seine Wahl war. »Eine großartige Idee, Sir Hilary! Ich esse Huhn auch leidenschaftlich gern. Darf ich, Miss Bunt?«

Bond sah Irma Bunt an. Was bedeutete dieser matronenhafte Glanz in ihren Augen, als sie ihre Zustimmung gab? Das war nicht nur Befriedigung über den guten Appetit ihrer Schutzbefohlenen, sondern Begeisterung, ja Triumph. Merkwürdig! Und es war das gleiche, als Violet um besonders viele Kartoffeln zu ihrem Tournedos bat. »Für mich gibt es nichts Schöneres als Kartoffeln«, erklärte sie strahlend. »Habe ich nicht recht, Miss Bunt?«

»Für Sie sind sie sehr gut. Fritz, ich möchte nur gemischten Salat und etwas Weißkäse. Leider«, erklärte sie Bond, »muß ich auf meine Figur achten. Die jungen Dinger haben genügend Bewegung, während ich dauernd am Schreibtisch sitzen muß.«

Bond hörte, wie das Mädchen mit dem schottischen Akzent ihr Steak ›sehr blutig‹ verlangte.

Was war denn das? fragte sich Bond erstaunt. Eine Ansammlung schöner Kannibalinnen? Oder war es ein Erholungstag von einer strengen Diät? Er stand vor einem Rätsel. Aber er würde das schon noch herausfinden.

Er wandte sich an Ruby: »Sie verstehen jetzt, warum ich Familiennamen eine solche Bedeutung beimesse? Fräulein Bunt hat vielleicht sogar ein weitläufiges Anrecht auf einen englischen Adelstitel. Wie heißen Sie denn? Vielleicht kann ich da auch etwas feststellen?«

Irma Bunt unterbrach ihn scharf: »Hier gibt es keine Familiennamen, Sir Hilary. Die Mädchen werden nur mit ihren Vornamen angesprochen. Das gehört zur Behandlung. Der Graf findet, daß damit eine Persönlichkeitsumstellung verbunden ist, die sich günstig auf die Kur auswirkt. Verstehen Sie?«

»Nein, ich fürchte, das geht über meinen Horizont«, erwiderte Bond liebenswürdig.

»Sicher wird Ihnen der Graf darüber morgen einiges sagen. Er hat seine bestimmten Theorien. Eines Tages wird die Welt staunen, wenn er seine Methoden veröffentlicht.«

»Davon bin ich überzeugt«, murmelte Bond. Beim Essen machte er Konversation über die Einrichtung des Raumes, was ihm Gelegenheit gab, die Kellner eingehend zu betrachten. Von den zwölf ließen sich unschwer drei als Korsen, drei als Deutsche, drei als Türken, Bulgaren oder Jugoslawen und drei als Russen identifizieren. In der Küche waren wahrscheinlich drei Franzosen. Das alte Schema von SPECTRE? Das erprobte kommunistische Zellen-System mit je drei Männern aus den großen

Gangster- und Geheimdienst-Organisationen Europas? Sie sahen jedenfalls alle brutal genug dafür aus und hatten den Habitus von Berufsverbrechern. Sein Begleiter vom Flughafen war darunter; außerdem erkannte er den jungen Empfangschef und den Mann, der ihm den Tisch gebracht hatte. Er hörte, daß die Mädchen sie mit Fritz, Joseph, Iwan und Achmed anredeten. Und einige von ihnen waren tagsüber Skilehrer.

Gleich nach dem Essen entschuldigte sich Bond mit dringenden Arbeiten. Er ging in sein Zimmer, legte Bücher und Papiere auf die Tische und beugte sich scheinbar eifrig darüber, während er über die Ereignisse des Tages nachdachte.

Um zehn hörte er, wie sich die Mädchen auf dem Gang gute Nacht wünschten. Dann folgte das Einschnappen der Türen. Er zog sich aus, stellte den Thermostat von dreißig auf fünfzehn Grad, knipste das Licht aus, legte sich ins Bett, gähnte möglichst echt für das vermutliche Mikrophon, drehte sich um und schlief ein.

Viel später erwachte er durch ein leises Murmeln, das von irgendwoher unter dem Fußboden zu dringen schien. Da er keine Worte unterscheiden konnte, schrieb er es schließlich der Zentralheizung zu und schlief weiter.

10

James Bond erwachte von dem Todesschrei eines Mannes. Ein paar Sekunden gellte er durchdringend, wurde dann schnell leiser, als wäre der Mann in einen Abgrund gesprungen. Er erklang von rechts, anscheinend aus der Umgebung der Seilbahnstation.

Bond sprang aus dem Bett, zog die Vorhänge zurück und erwartete eine in Panik geratene Menge. Doch der einzige Mensch weit und breit war einer der Skilehrer, der langsam auf dem festgestampften Schneepfad von der Seilbahnstation zum Klub ging. Die Veranda des Klubs am Berghang war leer, aber die Tische waren zum Frühstück gedeckt und die Liegestühle aufgestellt. Die Sonne brannte aus einem kristallklaren

Himmel. Bond schaute auf seine Uhr: acht. Er ging zur Tür und läutete.

Einer der drei Männer, die Bond für Russen hielt, erschien. Bond erkundigte sich von oben herab: »Wie heißen Sie?«

»Peter, Sir.«

»Piotr?« Am liebsten hätte er gefragt: »Und wie geht es meinen lieben alten Freunden von SMERSH?« Aber er tat es nicht. »Was war das für ein Schrei?«

»Bittä?« Die stahlgrauen Augen waren wachsam.

»Eben hat doch ein Mann geschrien. Bei der Seilbahnstation. Was war das?«

»Offenbar ein Unfall, Sir. Wünschen Sie das Frühstück?« Er zog eine große Speisekarte unter dem Arm hervor und reichte sie Bond.

»Was für ein Unfall?«

»Es scheint, daß einer der Skilehrer gestürzt ist.«

Wie konnte der Mann das so kurz nach dem Schrei wissen?

»Ist er schwer verletzt?«

»Möglich, Sir.« Er hielt Bonds Blick stand. »Wünschen Sie das Frühstück?« wiederholte er.

Bond erwiderte besorgt: »Ich hoffe, daß dem Mann nichts Schlimmes zugestoßen ist.« Dann bestellte er. »Sagen Sie mir doch bitte Bescheid, was passiert ist.«

»Wenn es etwas Ernstes ist, wird es bestimmt bekanntgegeben. Danke sehr, Sir.« Der Mann verschwand.

Ich muß vor allem gut in Form bleiben, dachte Bond, und machte eine Viertelstunde lang Kniebeugen und Atemübungen. Vielleicht mußte er eines Tages auf schnellstem Wege von hier fort ... Danach duschte und rasierte er sich. Peter brachte das Frühstück. »Etwas Neues über den Skilehrer?«

»Ich habe noch nichts gehört, Sir. Außerdem betrifft das die Leute vom Außendienst. Ich arbeite im Klub.«

Bond beschloß, die Sache zu bagatellisieren. »Er wird ausgerutscht sein und sich einen Knöchel gebrochen haben. Armer Kerl.«

»Ja, Sir.« Sahen ihn die stahlgrauen Augen höhnisch an?

Bond trug sein Frühstück zum Schreibtisch. Mit einiger Mühe gelang es ihm, das Doppelfenster zu öffnen. Die kalte, köstliche Höhenluft drang herein, und er stellte schnell den Thermostat höher. Während er das kärgliche kontinentale Frühstück verzehrte, hörte er die Mädchen auf der Terrasse. Er konnte jedes Wort verstehen.

»Sarah hätte ihn doch nicht gleich versetzen müssen.«

»Aber er hat sich in der Dunkelheit an sie herangeschlichen und versucht, sie zu betätscheln. An ihrer Stelle hätte ich mich auch beschwert. Er ist so ein gräßlicher Kerl.«

»*War*, meinst du. Welcher war es denn?«

»Einer von den Jugoslawen, Bertil.«

»Der war widerlich und hatte so häßliche Zähne.«

»So spricht man nicht von einem Toten.«

»Woher weißt du, daß er tot ist? Was ist eigentlich mit ihm passiert?«

»Er war einer von den beiden, die morgens immer die Bobbahn bespritzen. Fritz hat mir erzählt, er ist ausgerutscht, hat das Gleichgewicht verloren und ist einfach die Bahn runtergesaust wie ein Bob.«

»Elizabeth! Wie kannst du nur so darüber sprechen?«

»Aber so war's doch. Du wolltest es ja wissen!«

»Konnte er sich denn nicht retten?«

»Rede kein Blech! Es ist blankes Eis, zwei Kilometer lang. Und die Bobs kriegen ein Tempo von hundert Sachen drauf. Er konnte nicht mal mehr beten.«

»Aber ist er nicht über eine der Kurven hinausgeflogen?«

»Fritz sagt, er sei die ganze Bahn runtergesaust und dann gegen die Zielhütte geprallt. Er meint, daß er schon nach den ersten hundert Metern oder so tot gewesen sei.«

»Ich glaube bestimmt, daß es die Strafe für das war, was er Sarah antun wollte. Man wird immer bestraft, wenn man etwas Böses tut!«

»Mach dich doch nicht lächerlich! Der liebe Gott hat andere Sorgen!«

Bond zündete eine Zigarette an und lehnte sich zurück. Das Mädchen hatte recht. Der liebe Gott würde sich kaum eine solche Strafe ausdenken. Aber Blofeld! Hatte er eine seiner Versammlungen abgehalten, bei der vor der ganzen Bande das Todesurteil verkündet worden war? Oder hatte man Bertil auf der Bahn einfach einen leichten Stoß gegeben? Das war wahrscheinlicher. Bond konnte sich das Entsetzen des Mannes vorstellen. Was für ein Tod! Ein echter Blofeld-Tod! Eine typische SPECTRE-Strafe für das schlimmste aller Vergehen – für Ungehorsam! SPECTRE war also wieder da! Aber was war ihr Ziel?

Zehn Minuten vor elf holte Irma Bunt ihn ab. Er nahm einen Armvoll Bücher und Papiere und folgte ihr um das Klubgebäude herum auf einem engen, ausgetretenen Pfad, an dessen Anfang ein Schild stand: PRIVAT. ZUGANG VERBOTEN.

Bond sah nun das ganze Cebäude, dessen Umrisse er gestern abend kaum hatte erkennen können. Ein mächtiger, einstöckiger Bau aus Quadersteinen mit flachem Zementdach, auf dem ein kleiner Funkmast emporragte.

Die Tür gab das übliche Zischen von sich, und der Korridor glich dem im Klubhaus, nur daß hier an beiden Seiten Türen waren und an den Wänden keine Bilder hingen. Es herrschte Totenstille.

Auf seine Frage antwortete Irma Bunt vage: »Laboratorien. Und der Vortragssaal. Und die Privaträume des Grafen. Er lebt für sein Werk, inmitten seiner Arbeit, Sir Hilary.«

Am Ende des Ganges klopfte sie an eine Tür.

Bond war sehr erregt, als er über die Schwelle trat und die Tür hinter sich ins Schloß fallen Er wußte, was er höchstwahrscheinlich nicht sehen würde: den Original-Blofeld vom vorigen Jahr, etwa einhundertdreißig Kilo schwer, groß, blasse Hautfarbe, kurzgeschnittenes schwarzes Haar, schwarze Augen, bei denen das Weiße vorherrschte, häßlicher dünner Mund, lange, schmale Hände und Füße.

Doch Monsieur le Comte de Bleuville, der sich von einem Liegestuhl auf der kleinen Privatveranda erhob und aus der grellen Sonne in das Halbdunkel seines Arbeitszimmers trat, die Hände zur Begrüßung ausgestreckt, war bestimmt nicht mal ein entfernter Verwandter des Mannes, dessen Bilder er in den Akten des Secret Service gesehen hatte!

Bonds Herz sank. Der Graf war groß, zugegeben, und seine Hände und nackten Füße waren lang und schmal. Aber damit endete die Ähnlichkeit auch schon. Er hatte langes, fast dandyhaft gepflegtes silberweißes Haar. Die Ohren, die eng anliegen sollten, standen leicht ab, und er hatte keine Ohrläppchen. Er war nur mit einer schwarzen Badehose bekleidet und wog höchstens fünfundsiebzig Kilo. Der Mund war voll und freundlich, mit einem angenehmen, allerdings starren Lächeln. Die Stirn war hoch und faltig, während sie auf den Bildern in den Akten niedrig war. Und anstelle einer kurzen, fleischigen Nase hatte er nun eine Adlernase, deren rechter Flügel allerdings wie durch eine tertiäre Syphilis zerfressen war. Die Augen? Sie müßten die gleichen sein, aber der Graf trug zum Schutz gegen die gefährlichen ultravioletten Strahlen dunkelgrüne Haftgläser.

Bond lud seine Bücher auf einem leeren Tisch ab und ergriff die warme, trockene Hand.

»Mein lieber Sir Hilary, das ist wirklich eine Freude.« Blofelds Stimme sollte tief und fast monoton sein. Diese hier war hell und lebendig.

Wütend dachte Bond: Verdammt noch mal, das *muß* doch Blofeld sein! »Es tut mir leid, daß ich nicht früher reisen konnte, aber wir haben momentan sehr viel Arbeit.«

»Fräulein Bunt hat es mir gesagt. Die neuen afrikanischen Staaten stellen sicher schwierige Probleme. Wollen wir hier im Zimmer bleiben oder auf die Veranda gehen? Ich bin nämlich ein Sonnenanbeter.«

»Ich kann ja die Bücher hier lassen und sie holen, wenn ich etwas nachschlagen muß. Ich habe den Fall ziemlich genau im Kopf. Und«, Bond lächelte, »es wäre nett, mit einem Sonnenbrand in den Londoner Nebel zurückzukehren.« Bond hatte sich in London mit Kleidungsstücken ausgestattet, die er für angebracht hielt. Er hatte nicht die modernen Elastic-Hosen gewählt, sondern bequemere, altmodischere und eine alte schwarze Windjacke, wie er sie beim Golf trug. Dazu auffallende neue Skischuhe mit Doppelschaft. »Ich ziehe wohl besser meine Jacke aus«, sagte er und folgte seinem Gastgeber auf die Veranda.

Der Graf legte sich wieder auf seinen gepolsterten Aluminium-Liegestuhl, Bond zog einen leichten Sessel aus dem gleichen Material heran und setzte sich mit dem Gesicht zur Sonne, aber so, daß er den Grafen beobachten konnte.

»Und jetzt können sie mir vielleicht erklären, warum eigentlich Ihr persönlicher Besuch nötig ist.« Er wandte sich mit seinem starren Lächeln zu Bond. »Nicht daß Sie mir unwillkommen wären, ganz im Gegenteil, Sir Hilary.«

Bond hatte mit dieser Frage gerechnet und darauf zwei Antworten bereit: die erste für den Fall, daß der Graf Ohrläppchen hatte, die zweite für den negativen. In ernstem, gemessenem Ton begann er mit Nummer zwei.

»Mein lieber Graf«, diese Anrede schien ihm durch das Silberhaar und den Charme geboten zu sein, »bei der Arbeit unseres Amtes tauchen immer wieder Probleme auf, die man mit Nachforschungen und Archivstudien einfach nicht lösen kann. Wir sind, wie Sie wissen, in Ihrem Fall an einem schwierigen Punkt angelangt. Ich meine die Lücke zwischen dem Verschwinden der Linie Bleuville um die Zeit der Französischen Revolution und dem Auftauchen der Familie Blofeld in der Gegend von Augsburg.« Er legte eine bedeutungsvolle Pause ein. »Zum letzteren werde ich Ihnen später einen Vorschlag unterbreiten, der Ihnen hoffentlich genehm ist. Jetzt möchte ich folgendes sagen: Sie haben für diese Arbeit schon erhebliche Summen aufgewendet, und es wäre nicht fair von uns, die Nachforschungen ohne berechtigte Aussicht auf Erfolg fortzusetzen. Diese Aussicht besteht, aber sie erforderte eine persönliche Konfrontierung.«

»Und warum, wenn ich fragen darf?«

Bond zitierte Basilisks Beispiel der Habsburger Unterlippe und ähnliche Fälle. Dann beugte er sich vor. »Ein solches körperliches Merkmal gibt es auch bei den Bleuvilles. Wußten Sie das nicht?«

»Nein. Was denn für eines?«

»Ich habe gute Nachrichten für Sie, Graf«, verkündete Bond strahlend. »Alle Porträts und sonstigen Abbildungen der Bleuvilles, die wir finden konnten, haben eines gemeinsam: die fehlenden Ohrläppchen!«

Der Graf langte an seine Ohren. War das Komödie?

»Ich verstehe«, sagte er langsam. »Ich verstehe.« Er überlegte. »Und davon wollten Sie sich persönlich überzeugen? Mein Wort oder eine Fotografie hätten nicht genügt?«

Bond sah ihn verlegen an. »Es tut mir leid, Graf, aber das war die Anordnung unseres Chefs. Ich bin nur ein freier Mitarbeiter und hoffe, Sie werden verstehen, daß das Amt äußerst korrekt vorgehen muß, wenn es sich um einen solch alten und prominenten Titel handelt.«

»Und nachdem Sie nun alles gesehen haben, was Sie wollten, halten Sie es da immer noch für schwierig, den Titel zu erlangen?«

Das war die schlimmste Hürde. »Der persönliche Augenschein ermöglicht es mir, eine Fortsetzung der Nachforschungen zu empfehlen, Graf. Und ich kann sagen, daß sich unsere Erfolgschancen vervielfacht haben. Ich habe die Unterlagen für eine erste Skizzierung des Stammbaumes mitgebracht und kann sie Ihnen in ein paar Tagen vorlegen. Doch leider sind immer noch viele Lücken vorhanden. Vor allem muß ich Sable Basilisk detaillierte Auskunft geben über die Abwanderung Ihrer Familie von Augsburg nach Gdingen. Es wäre mir sehr wertvoll, wenn ich Sie eingehend über die männliche Linie befragen könnte. Selbst Einzelheiten über Ihren Vater und Ihren Großvater würden uns enorm weiterhelfen. Könnten Sie eventuell einen Tag erübrigen und mich nach Augsburg begleiten, um persönlich festzustellen, ob die Handschrift dieser in den Archiven aufgeführten Blofelds sowie deren Vornamen und anderes irgendwelche Erinnerungen in Ihnen wecken? Das übrige würden wir dann im Amt erledigen. Ich habe leider nur eine Woche Zeit, aber ich stehe Ihnen auf Wunsch für diese Reise zur Verfügung.«

Der Graf stand auf. Bond folgte seinem Beispiel, ging lässig zum Geländer und bewunderte die Aussicht. Würde er anbeißen? Er hoffte es verzweifelt. Während der Unterhaltung war er zu dem Schluß gelangt, daß alle charakteristischen Züge im Äußeren und im Auftreten Blofelds durch geschickte Schauspielerei und raffinierte chirurgische und kosmetische Mittel erreicht werden konnten. Nur die Augen konnte man nicht verändern. Und die waren verdeckt.

»Und Sie meinen, selbst wenn einige Punkte zweifelhaft bleiben, könnte ich durch Ausdauer und Beharrlichkeit zu einer Beglaubigungsurkunde gelangen, die das Justizministerium in Paris befriedigt?«

»Gewiß«, log Bond. »Und mit Hilfe unseres Amtes!«

Das starre Lächeln wurde breiter. »Das wäre mir eine große Genugtuung, Sir Hilary. Ich *bin* der Comte de Bleuville; das spüre ich genau. Aber ich bin fest entschlossen, die amtliche Anerkennung meines Titels durchzusetzen. Sie sind mir als mein Gast herzlich willkommen. Ich stehe Ihnen für ihre Nachforschungen jederzeit zur Verfügung.«

Bond sagte höflich, aber mit müdem Unterton: »Vielen Dank, Graf. Ich gehe gleich an die Arbeit.«

11

Ein Mann in weißem Kittel und Sterilisationsmaske führte ihn hinaus. Bond versuchte erst gar nicht, eine Unterhaltung anzuknüpfen.

In sein Zimmer zurückgekehrt, breitete er einen großen Bogen auf dem Tisch aus, setzte sich hin und schrieb oben in die Mitte: ›Guillaume de Bleuville, 1207–1243.‹ Nun mußte er den fünfhundertjährigen Stammbaum der Bleuvilles nach seinen Büchern und Notizen anfertigen. Das würde eine imposante Menge Papier mit einwandfreien Geschichtsdaten füllen. Bestimmt konnte er diese Arbeit mindestens drei Tage hinziehen und dann mit allgemeinem Gefasel über die Blofelds ergänzen. Während dieser idiotischen Tätigkeit würde er mit allen Mitteln herauszubringen versuchen, was der neue Blofeld mit seinem neuen SPECTRE im Schilde führte!

Eines stand fest: Seine Sachen waren durchsucht worden. Vor der Unterredung mit dem Grafen hatte er sich im Badezimmer, wohin das Fernsehauge nicht reichte, ein halbes Dutzend Haare ausgerissen und sie unauffällig zwischen Bücher, Papiere und in seinen Paß gelegt. Und jetzt waren sie verschwunden. Jemand hatte seine Bücher durchblättert. Er ging zur Kommode, anscheinend um ein Taschentuch zu holen. Ja – die von ihm mit wohlberechneter Sorgfalt eingeräumten Sachen waren kaum merkbar durcheinandergebracht! Ruhig ging er wieder an seine Arbeit und dankte dem Himmel, daß er nichts zu verbergen hatte. Er mußte peinlich darauf bedacht sein, weiterhin unverdächtig zu bleiben. Der Gedanke an eine Fahrt die Bobbahn hinunter gefiel ihm gar nicht!

Er war bis 1350 gekommen. Dann lenkten ihn die Geräusche von der Veranda zu sehr ab. Er hatte ein ganz schönes Stück

Arbeit geleistet, nun wollte er vorsichtig das Terrain sondieren, was ja für einen Neuankömmling durchaus normal war. Er hatte seine Zimmertür nur angelehnt, eilte den Korridor entlang, durch das Vestibül und betrat eine Werkstatt links vom Ausgang, die zugleich als Abstellraum für die Skier diente. Einer der Balkanesen schraubte gerade eine neue Bindung an einen Ski. Er schaute kurz auf und arbeitete dann weiter, während Bond neugierig die an die Wand gelehnten Skier betrachtete. Dann sah er mit geheucheltem Interesse dem Mann an der Werkbank zu. In Wirklichkeit hatte er einen Berg dünner Plastikstreifen entdeckt, die in den Bindungen als Sohlenschoner für die Stiefel dienen. Er stützte sich auf den rechten Ellbogen und sprach über die Präzisionsarbeit des Mannes, der nur knurrte. Bonds linke Hand schlüpfte unter dem aufgestützten Arm hindurch, nahm einen der Plastikstreifen und steckte ihn in den Ärmel. Nach einer weiteren belanglosen Bemerkung, auf die er auch keine Antwort erhielt, ging er hinaus.

(Sowie der Arbeiter hörte, daß Bond das Haus verlassen hatte, zählte er die Plastikstreifen zweimal nach. Dann eilte er zum Empfangschef und sagte etwas auf deutsch. Der Mann nickte, hob den Telefonhörer ab und wählte 0.)

Während Bond den Pfad zur Seilbahnstation entlangschlenderte, zog er den Plastikstreifen aus dem Ärmel und schob ihn in die Hosentasche. Er war mit sich zufrieden. Er hatte sich das traditionelle Einbrecherwerkzeug zum Öffnen von Sicherheitsschlössern verschafft.

Er gesellte sich zu den Skifahrern, die am Start der Gloria-Abfahrt standen. Ein großes Schild mit dem G und der Krone verkündete: GLORIA-ABFAHRT! Darunter stand: ROT – FREIE FAHRT. GELB – FREIE FAHRT. SCHWARZ – GESPERRT. Das sollte wohl heißen, daß die rote und gelbe Bahn offen waren, die schwarze aber geschlossen, vermutlich wegen Lawinengefahr. Daneben hing eine metallene Reliefkarte der drei Abfahrten. Bond prägte sie sich gut ein, vor allem den Verlauf der roten, anscheinend die leichteste und beliebteste. Auf der Karte bezeichneten rote, gelbe und schwarze Fähnchen die Standorte der richtigen Flaggen.

Bond folgte einem Pfeil mit der Aufschrift: GLORIA-EXPRESS-BOBBAHN. Sie begann auf der anderen Seite der Seilbahnstation bei einer kleinen Starthütte. Darunter befand sich ein Schuppen für die Bobschlitten und die Skeletons. Eine Kette mit einem Schild ABFAHRTEN TÄGLICH VON 9 BIS 11 UHR sperrte die breite Öffnung der Bahn, die gleich dahinter nach links abbog. Auch hier zeigte eine Reliefkarte den Verlauf an. Nach englischer Sporttradition waren die wichtigsten Kurven und Gefälle mit Namen wie ›Todessprung‹, ›Freude der Hölle‹ und ›Knochenschüttler‹ bezeichnet. Das letzte Stück hieß ›Paradiesallee‹. Bond rief sich die Szene vom Morgen ins Gedächtnis und glaubte, den entsetzlichen Schrei wieder zu hören. Ja, dieser Tod zeigte die Handschrift des alten Blofeld!

»Sir Hilary! Sir Hilary!«

Fräulein Bunt stand, die Hände in die Hüften gestemmt, auf dem Weg zum Klub und rief: »Mittagessen! Mittagessen!«

»Ich komme!« schrie er zurück und stieg den Hang hinauf zu ihr. Er merkte, daß selbst nach dieser kurzen Strecke sein Atem schnell ging und seine Glieder schwer wurden. Diese verdammte Höhe! Er mußte wirklich trainieren!

Sie sah ihn vorwurfsvoll an. Er entschuldigte sich, daß er nicht auf die Zeit geachtet habe. Sie antwortete nicht, doch ihre gelben Augen musterten ihn mit offensichtlichem Mißfallen. Dann drehte sie sich um und ging voraus.

Bond überprüfte seine heutigen Unternehmungen. Hatte er einen Fehler begangen? Vielleicht. Es war besser, sich abzuschern. In der Empfangshalle sagte er beiläufig: »Übrigens, Fräulein Bunt, ich war vorhin in der Werkstatt.«

Sie blieb stehen. Der Empfangschef beugte sich tiefer über sein Buch.

»Ja?«

Bond zog den Plastikstreifen aus der Tasche und erklärte: »Dort habe ich genau das gefunden, was ich suchte.« Er lächelte unbefangen. »Dummerweise habe ich nämlich vergessen, ein Lineal mitzubringen. Als ich dieses Ding in der Werkstatt sah, habe ich mir erlaubt, es einzustecken – genau das, was ich brauche. Bei meiner Abreise lasse ich es natürlich hier. Aber für diese Stammbäume muß man ordentliche Linien ziehen. Ich hoffe, Sie haben nichts dagegen.« Er lächelte bestrickend. »Ich hatte mir auch gleich vorgenommen, es Ihnen zu beichten.«

»Nicht so wichtig. Nur – wenn Sie in Zukunft etwas brauchen, läuten Sie doch bitte. Der Graf wünscht, daß Ihnen alles zur Verfügung gestellt wird, was Sie brauchen. Lassen Sie sich bitte auf der Terrasse ihren Tisch zeigen. Ich komme gleich nach.«

Er ging durch den ziemlich leeren Speisesaal zur vollbesetzten Terrasse. Fritz, anscheinend der Oberkellner, eilte ihm entgegen, die Speisekarte in der Hand. Auch er sah ihn feindselig an. »Wollen Sie mir bitte folgen.«

»Gern.«

Ruby und Violet saßen bereits an dem Tisch an der Brüstung. Er fühlte sich erleichtert, daß er seinen kleinen Diebstahl gestanden hatte. Diesmal war er noch davongekommen! Und dazu hatte er den Plastikstreifen! Ob es wohl harmlos genug geklungen hatte? Er bestellte einen doppelten Wodka mit Martini, Eis und Zitrone, während er seinen Fuß an den Rubys preßte.

Sie zog ihn nicht zurück, sondern lächelte. Auch Violet lächelte. Beide begannen gleichzeitig zu reden, und plötzlich war es ein wunderschöner Tag.

Nun erschien Fräulein Bunt; sie war wieder gnädig. »Ich freue mich, daß Sie eine ganze Woche hierbleiben, Sir Hilary. War Ihre Unterredung mit dem Grafen zufriedenstellend? Ist er nicht ein interessanter Mann?«

»Hochinteressant. Leider sprachen wir bloß über meine Aufgabe. Ich hätte mich gern nach seinen Forschungen erkundigt. Hoffentlich hat er das nicht als Unhöflichkeit aufgefaßt?«

Ihre Miene verdüsterte sich merklich. »Bestimmt nicht. Der Graf äußert sich ungern über seine Arbeit. Auf diesem speziellen Forschungsgebiet gibt es viel Neid und leider auch geistigen Diebstahl.« Schnell fügte sie hinzu: »Ich meine natürlich nicht Sie, Sir Hilary, aber wir haben schon Spione von chemischen Konzernen hiergehabt. Darum bleiben wir ganz unter uns. Sogar die Polizei im Tal hilft mit, uns unwillkommene Eindringlinge vom Hals zu halten. Man schätzt die Arbeit des Grafen.« Miss Bunt grinste abstoßend.

»Das Studium der Allergien?«

»Jawohl.« Der Oberkellner stand neben ihr und verteilte, die Hacken zusammenschlagend, die Speisekarten. Bonds Getränk kam, er nahm erst einen tiefen Schluck und bestellte dann ›Eier Gloria‹ und grünen Salat. Ruby verlangte wieder Huhn, Violet kaltes Fleisch mit einem Berg Kartoffeln und Irma Bunt ihren üblichen Weißkäse mit Salat.

»Essen Sie eigentlich immer nur Huhn und Kartoffeln? Hat das etwas mit Ihren Allergien zu tun?«

Ruby begann: »Ja, schon. Ich schwärme eben jetzt für ...«

Irma Bunt unterbrach sie scharf: »Sie wissen doch, Ruby, daß Sie nicht über die Behandlung sprechen sollen. Nicht mal mit unserem guten Freund Sir Hilary.« Sie deutete auf die dichtbesetzten Tische. »Ein interessantes Publikum, nicht wahr, Sir Hilary? Wir haben fast die ganze internationale Gesellschaft von Gstaad und St. Moritz zu uns hergezogen. Ist das nicht toll für die erste Saison?«

Bond stimmte zu. Das Essen wurde gebracht. Die Eier waren köstlich, und er sagte ihr Komplimente über die vorzügliche Küche.

»Vielen Dank. Wir haben drei erstklassige französische Köche. Männer kochen wirklich besser.«

Er spürte mehr, als er sah, wie sich ein Mann ihrem Tisch näherte und auf ihn zusteuerte. Offenbar ein Offizier in Zivil, in seinem Alter, der ihn zweifelnd anschaute. Er verbeugte sich leicht vor den Damen und sagte zu Bond: »Entschuldigen Sie bitte, aber ich sah Ihren Namen im Gästebuch. Sie sind doch Hilary Bray, nicht wahr?«

Bond fiel das Herz in die Hosen. Mit solch einer Situation hatte er zwar rechnen müssen und sich auch darauf vorbereitet. Aber das war wohl der denkbar ungünstigste Moment, in Gegenwart dieser verdammten Person, die ihn bespitzelte. Er bestätigte jedoch herzlich: »Freilich.«

»*Sir* Hilary Bray?« Das freundliche Gesicht blickte noch erstaunter.

Bond stand auf und stellte sich mit dem Rücken zum Tisch und zu Irma Bunt. »Jawohl.« Er zog sein Taschentuch heraus und putzte sich die Nase, um die nächste Frage, die katastrophal werden könnte, zu übertönen.

»Beim Lovat-Schützenregiment im Krieg?«

»Ach so«, erwiderte Bond bekümmert und senkte die Stimme. »Sie meinen meinen Vetter aus Ben Trilleachan. Er ist vor einem halben Jahr gestorben, der arme Kerl. Ich habe den Titel geerbt.«

»Mein Gott!« Der Mann sah ihn groß an. »Wie leid mir das tut. Wir waren gute Freunde im Krieg. Merkwürdig, ich habe gar nichts darüber in der ›Times‹ gelesen. Woran ist er denn gestorben?«

Bond spürte, wie ihm der Schweiß den Rücken hinunterlief. »Er ist in den Bergen abgestürzt und hat sich das Genick gebrochen.«

»Schrecklich! Aber er ist ja immer irgendwo herumgeklettert. Ich muß gleich an Jenny schreiben.« Er streckte ihm die Hand hin. »Entschuldigen Sie bitte die Störung. Aber ich hätte es reizend gefunden, ausgerechnet hier meinen alten Freund Hilary zu treffen.« Er empfahl sich und kehrte an einen Tisch mit typisch englischen Touristen zurück, mit denen er sofort äußerst lebhaft zu sprechen begann.

Bond setzte sich, nahm sein Glas, trank es aus und wandte sich wieder den Eiern zu. Die Frauen blickten ihn neugierig an, der Schweiß lief ihm über die Stirn. Er zog sein Taschentuch heraus und trocknete sich das Gesicht. »Meine Güte, ist das heiß in der Sonne! Das war ein Freund meines Vetters. Er hieß genau wie ich. Leider ist er vor kurzem verunglückt. Ich habe diesen Mann noch nie gesehen. Aber er ist sehr sympathisch.« Bond blickte tapfer über den Tisch. »Kennen Sie jemanden von der Runde, Fräulein Bunt?«

Ohne auch nur einen Blick in die Richtung zu werfen, antwortete sie kurz: »Nein, ich kenne nicht jeden Gast.« Die gelben Augen noch immer inquisitorisch auf ihn geheftet, fuhr sie fort: »Was für ein merkwürdiger Zufall! Haben Sie und Ihr Vetter sich sehr ähnlich gesehen?«

»Wie ein Ei dem andern«, sprudelte er hervor. »Wir sind oft verwechselt worden.« Er schaute hinüber zu der Gruppe, die Gott sei Dank gerade aufbrach. Die Leute waren nicht besonders elegant, eine typisch englische Skigesellschaft. Als der Kaffee kam und er vergnügt mit Ruby über ihre heutigen Fortschritte beim Skifahren plauderte, sagte er sich, daß Irma Bunt bei dem Stimmengewirr kaum etwas verstanden haben konnte.

Aber er war nur mit knapper Not entronnen. Das zweite Mal heute!

12

Mein lieber Basilisk,
Ich bin gut hier gelandet – im Hubschrauber, bitte! Ein herrlicher Ort – er heißt Piz Gloria, 3000 Meter hoch im Engadin. Ich bin in einem sehr angenehmen Haus mit vorzüglichem Personal untergebracht. Der Graf hat eine Privatsekretärin, Fräulein Irma Bunt, die, wie sie mir erzählt, aus München stammt.
Ich hatte heute morgen eine erste aufschlußreiche Unterredung mit dem Grafen. Er möchte, daß ich eine Woche hierbleibe, um den Stammbaum zu skizzieren. Ich hoffe, Sie können mich so lange entbehren. Ich machte den Grafen darauf aufmerksam, daß wir mit den neuen Commonwealth-Staaten jetzt sehr viel zu tun hätten. Er selbst ist auch stark beschäftigt; er arbeitet wissenschaftlich über Allergien und ihre Ursachen (er hat hier zehn englische Mädchen als Patientinnen) und will mich jeden Tag sprechen in der Hoffnung, daß wir gemeinsam die Lücke zwischen der Auswanderung der Bleuvilles aus Frankreich nach Augsburg und dann nach Gdingen schließen können. Ich habe vorgeschlagen, wir sollten dieserhalb nach Beendigung meiner Arbeit hier noch einen kurzen Abstecher nach Augsburg unternehmen, aber er hat noch nicht zugestimmt.
Teilen Sie doch bitte meiner Kusine Jenny Bray mit, daß sie wahrscheinlich von einem Freund ihres verstorbenen Mannes, einem Regimentskameraden von den Lovatjägern, hören wird. Er hat mich hier oben zufällig beim Mittagessen getroffen und mich mit ihm verwechselt. Die Welt ist klein!
Die Arbeitsbedingungen sind ausgezeichnet. Wir sind völlig für uns, abseits vom Skirummel, und die Mädchen müssen vernünftigerweise um zehn Uhr abends in ihre Zimmer gehen. Sie sind sehr nett.
Jetzt aber zum Interessantesten. Der Graf hat tatsächlich *keine* Ohrläppchen! Ist das nicht eine gute Nachricht? Er sieht sehr distinguiert aus mit seinem silbergrauen Haar und hat ein charmantes Lächeln. Schon die schlanke Figur deutet auf aristokratische Herkunft hin. Leider muß er wegen seiner

schwachen Augen ständig dunkle Haftgläser tragen, zum Schutz gegen die grelle Sonne. Sein Adlerprofil ist durch einen deformierten Nasenflügel entstellt, was sich aber leicht operativ beseitigen ließe. Er spricht ein makelloses Englisch mit ganz leichtem Akzent; ich bin überzeugt davon, daß wir gut miteinander auskommen werden.

Nun zur Sache. Vielleicht könnten Sie bei den alten Verlegern des ›Gotha‹ anfragen, ob dort noch irgendwelches Material vorhanden ist, um die Lücken zu ergänzen. Telegrafieren Sie mir alle sachdienlichen Hinweise. Angesichts der fehlenden Ohrläppchen bin ich nun sicher, daß die Herkunft stimmt.

Das wäre alles für heute.

Herzlichst Ihr
Hilary Bray.

PS. Erzählen Sie es nicht meiner Mutter, weil sie sich sonst ängstigen würde, aber wir haben heute hier einen scheußlichen Unfall gehabt. Ein Angestellter, ein Jugoslawe, ist auf der vereisten Bobbahn ausgeglitten, hinuntergesaust und dabei umgekommen. Grauenvoll! Anscheinend wird er morgen in Pontresina beerdigt. Sollten wir einen Kranz schicken?

H. B.

Er las den Brief mehrere Male. Ja, das würde den Bearbeitern des Unternehmens ›Corona‹ einiges zu beißen geben. Besonders der Hinweis auf die Beerdigung des Mannes in Pontresina sollte sie veranlassen, sich bei den Behörden nach dem Namen des Toten zu erkundigen. Er war überzeugt, das dieser Brief geöffnet und fotokopiert würde. Womöglich würde er gar nicht abgeschickt werden. Um das zu verhindern, hatte er die Bemerkung über den ›Gotha‹ eingeflochten, der bisher noch nicht erwähnt worden war. Das würde bestimmt Blofelds Interesse erwecken.

Er läutete, übergab den Brief zur Beförderung und ging wieder an die Arbeit. Zunächst schnitt er im Badezimmer zwei fünf Zentimeter lange Stücke von dem Plastikstreifen ab. Dann verfertigte er aus dem restlichen, etwa vierzig Zentimeter langen Streifen eine Art Lineal, um seine Lüge glaubhaft zu machen. Schließlich kehrte er zum Schreibtisch und zu den nächsten hundert Jahren der Bleuvilles zurück.

Als gegen fünf Uhr die Dämmerung hereinbrach, schaltete er das Licht ein und warf noch einen letzten Blick aus dem Fenster. Die Veranda war völlig leer, die Kissen für die Liegestühle waren weggeräumt. Von der Station hörte er noch das Summen der Drahtseilbahn. Er schloß gerade das Doppelfenster, als zaghaft an die Tür geklopft wurde.

Leise sagte er: »Herein.«

Ruby schlüpfte herein, legte einen Finger auf die Lippen und deutete aufs Bad. Neugierig folgte er ihr, drückte die Tür hinter sich zu und drehte das Licht an. Sie war hochrot und flüsterte: »Bitte verzeihen Sie, Sir Hilary. Aber ich muß Sie unbedingt sprechen.«

»Sehr gern, Ruby. Warum ausgerechnet im Badezimmer?«

»Natürlich das können Sie nicht wissen. Es soll zwar ein Geheimnis bleiben, aber Ihnen kann ich es ja sagen. Sie werden mich doch nicht verraten?«

»Nein, auf keinen Fall.«

»Also – alle Zimmer haben Mikrophone. Keine Ahnung, wo, aber wenn wir irgendwo zusammengesessen und ein bißchen geschwatzt haben, wußte Miss Bunt sofort Bescheid. Wir glauben, die haben hier auch so eine Art Fernsehen.« Sie kicherte. »Deshalb ziehen wir uns immer im Bad aus. Wahrscheinlich hat das was mit der Behandlung zu tun.«

»Wahrscheinlich.«

»Sir Hilary, was Sie heute beim Essen gesagt haben – ich meine, daß Miss Bunt vielleicht eine Herzogin ist ... Wäre das wirklich denkbar?«

»Ja«, antwortete er freundlich.

»Ich war so enttäuscht, daß ich Ihnen meinen Familiennamen nicht sagen durfte. Ich – heiße nämlich Windsor!«

»Wie interessant!«

»Nicht wahr? Daheim war immer die Rede davon, daß wir weitläufig mit der königlichen Familie verwandt sind.«

Bond tat nachdenklich. »Das würde ich gern näher untersuchen. Wie sind die Namen Ihrer Eltern?«

»George Albert Windsor und Mary Potts.«

»Albert ist natürlich bedeutsam. Sie wissen doch, daß der Prinzgemahl der Königin Victoria Albert hieß?«

»Mein Gott, ja!« Sie preßte die Hand auf den Mund.

»Aber die Nachforschung erfordert viel Arbeit. Wo sind Sie geboren?«

»In Lancashire. In Morecambe Bay, wo die Krabben herkommen. Aber wir haben auch viele Hühner.«

»Darum essen Sie Hühner so gern?«

»O nein, ganz im Gegenteil! Ich war allergisch dagegen – die Federn, das Gackern und Picken, der Gestank! Ich ekelte mich vor ihnen. Wenn ich welche aß, kriegte ich sofort einen Ausschlag. Natürlich waren meine Eltern böse auf mich. Sie haben eine große Hühnerfarm, und ich sollte die Brutkästen reinigen. Dann sah ich eines Tages eine Anzeige in unserer Fachzeitung. Darin wurde versprochen, die Allergie gegen Hühner durch eine Kur in einem schweizerischen Forschungsinstitut zu heilen. Alles kostenlos und zehn Pfund Taschengeld in der Woche!«

»Aha«, sagte er.

»Ich habe mich gemeldet, meine Fahrkarte nach London wurde bezahlt. Dort hat mich Miss Bunt einer Art Examen unterzogen.« Sie kicherte. »Der Himmel weiß, wie ich es bestanden habe, ich bin zweimal bei der Reifeprüfung durchgefallen. Aber sie fand mich für das Institut geeignet, und vor zwei Monaten kam ich her. Es ist nicht schlimm, sie sind nur sehr streng. Der Graf hat mich völlig geheilt. Jetzt schwärme ich für Hühner!« Ihre Augen strahlten plötzlich. »Ich glaube, sie sind die schönsten, herrlichsten Vögel der Welt.«

»Das ist ja ein toller Erfolg«, meinte Bond, der nun völlig im dunkeln tappte. »Wegen Ihres Namens gehe ich gleich an die Arbeit. Aber wo könnten wir uns ungestört darüber unterhalten? Die einzige Möglichkeit wäre mein oder Ihr Zimmer.«

»Sie meinen *nachts*?«

»Ja, anders geht es nicht.« Er küßte sie auf den Mund. »Sie wissen genau, daß ich Sie zauberhaft finde.«

»Sir Hilary!«

Sie wich jedoch nicht zurück, sondern stand wie eine große Puppe da, passiv, ein wenig berechnend. »Wie wollen Sie hier rauskommen? Ein Wächter kontrolliert nachts den Korridor. Allerdings«, sie lächelte verschmitzt, »wohne ich nebenan in Nummer drei.«

Er zog einen der Plastikstreifen heraus und zeigte ihn ihr. »Ich wußte, daß Sie in meiner Nähe sind. Instinkt vermutlich.

Ich habe einiges bei der Armee gelernt. Wenn man diesen Streifen in ein Türschloß einführt, kann man den Schnappriegel zurückschieben. Nehmen Sie den, ich habe noch einen. Aber verstecken Sie ihn gut, und versprechen Sie mir, keinem Menschen etwas davon zu sagen.«

»Sie sind mir ja einer! Natürlich verrate ich nichts. Glauben Sie, daß wirklich Aussicht besteht ... wegen der Windsors, meine ich?« Sie schlang die Arme um seinen Hals, ihre großen blauen Augen blickten ihn flehend an.

»Rechnen Sie nicht zu fest damit«, erwiderte er. »Ich werde jedenfalls sofort nachschlagen. Bis zum Cocktail ist zwar nicht mehr viel Zeit, aber ich tue mein möglichstes.« Er gab ihr noch einen langen Kuß, den sie leidenschaftlich erwiderte. »Bis gleich, mein Kind.« Er tätschelte ihr das Hinterteil. »Wir müssen jetzt sehen, wie wir dich hier rauskriegen.«

Sein Schlafzimmer war dunkel. Sie horchten an der Tür wie zwei Kinder, die Versteck spielen. Im Haus herrschte tiefe Stille. Er öffnete die Tür einen Spalt breit, gab Ruby noch einen Klaps, und weg war sie.

Bond wartete einen Augenblick. Dann schaltete er Licht an, ging zum Tisch und nahm das Lexikon für britische Familiennamen vor.

Windsor, Windsor, Windsor. Hier!

Um sechs Uhr hatte er stechende Kopfschmerzen, teils durch das stundenlange Lesen in dem kleingedruckten Nachschlagewerk, teils durch die ungewohnte dünne Luft. Er brauchte einen Drink, nein, drei. Rasch duschte er, machte sich zurecht, läutete seinem ›Wärter‹ und ging in die Bar. Violet hockte allein an der Theke und trank einen Flip. Er setzte sich zu ihr, bestellte ihr noch einen Drink und für sich einen doppelten Bourbon. Nach einem herzhaften Schluck sagte er: »Das hatte ich nötig. Ich habe den ganzen Tag wie ein Sklave gearbeitet, während ihr fröhlich in der Sonne Ski gelaufen seid.«

»Meinen Sie!« Ein leichter irischer Akzent schwang in dem empörten Ausruf mit. »Zwei theoretische Lektionen am Morgen, dazu schrecklich langweilige, und dann habe ich fast den ganzen Nachmittag gebüffelt, weil ich nachholen muß.«

»Was lernen Sie denn?«

»Ach, so landwirtschaftlichen Kram.« Sie betrachtete ihn

mißtrauisch. »Wir dürfen über unsere Behandlung nicht sprechen, wissen Sie.«

Er erwiderte vergnügt: »Na, dann reden wir eben von etwas anderem. Woher kommen Sie?«

»Aus Südirland, in der Nähe von Shannon.«

Bond ließ einen Versuchsballon los. »Aus dem Kartoffelland?«

»Richtig. Ich konnte Kartoffeln nicht ausstehen. Und jetzt habe ich direkt Sehnsucht danach. Ist das nicht komisch?«

»Ihre Eltern werden sich freuen.«

»Bestimmt und mein Freund erst! Er arbeitet im Kartoffelgroßhandel. Ich hatte ihm erklärt, ich würde keinen Mann heiraten, der mit diesen verdammten, dreckigen, häßlichen Dingern zu tun hat. Der wird staunen ...«

»Und wie kam das?«

»Ich habe gelernt, wie man die Qualität verbessern kann. Durch die neuesten wissenschaftlichen Erkenntnisse, Chemikalien und so weiter.« Sie schlug sich auf den Mund und schaute sich um. Sie lächelte nichtssagend, als jemand auf die Bar zusteuerte, und fuhr fort: »Und wenn ich mir auch noch soviel Mühe gebe, ich kann das Gleichgewicht nicht halten.«

»Ich verstehe leider nichts vom Skilaufen«, erwiderte er laut. Irma Bunts Gesicht tauchte im Spiegel hinter der Bar auf.

»Oh, Sir Hilary!« Sie musterte ihn. »Sie haben ja schon etwas Sonnenbrand. Kommen Sie, wir setzen uns drüben hin. Die arme Miss Ruby ist ganz allein.«

Sie folgten ihr. Bond amüsierte es, wie die Mädchen innerlich gegen die strengen Vorschriften ihrer Aufsichtsdame rebellierten. Er mußte aufpassen. Es wäre nicht gut, sie zu sehr auf seine Seite zu ziehen, so nützlich es auch sein mochte. Aber er wollte versuchen, ihre Familiennamen und Adressen herauszubekommen. Ruby sollte ihm dabei helfen. Er setzte sich neben sie und berührte wie zufällig ihre Schulter.

Weitere Drinks wurden bestellt. Der Bourbon begann zu wirken, die Kopfschmerzen hatten nachgelassen, und er fragte vergnügt: »Wie wäre es mit dem Spiel?«

Alle stimmten begeistert zu. Ein Glas und eine Papierserviette wurden gebracht, und die anderen Mädchen gesellten sich zu ihnen. Bond verteilte Zigaretten, sie pafften eifrig, und selbst Irma Bunt lachte mit, als das Papier immer mehr durchlöchert wurde. »Vorsichtig, Elizabeth! Oh, jetzt ist es passiert!«

Bond schlug vor, daß die Mädchen nun allein ein Spiel machen sollten, und wandte sich an Fräulein Bunt. »Übrigens möchte ich, wenn ich Zeit dazu finde, einmal mit der Seilbahn ins Tal fahren. Wie ich höre, liegt St. Moritz auf der anderen Seite. Ich würde es gern kennenlernen.«

»Leider, Sir Hilary, verstößt das gegen die Hausordnung. Die Patienten und das Personal dürfen die Seilbahn nicht benutzen. Nur die Touristen. Wir bleiben hier ganz unter uns und müssen uns fast klösterlichen Regeln unterwerfen. Da können wir in Ruhe unsere Forschungen betreiben.«

»Das verstehe ich«, sagte er freundlich lächelnd. »Aber ich betrachte mich nicht gerade als Patienten. Könnte nicht in meinem Fall eine Ausnahme gemacht werden?«

»Ich glaube, das wäre ein Fehler, Sir Hilary. Und außerdem brauchen Sie doch Ihre Zeit für Ihre Arbeit. Nein«, das war ein Befehl, »so leid es mir tut, Ihr Wunsch kann nicht erfüllt werden.« Sie schaute auf ihre Uhr und klatschte in die Hände. »Und jetzt ist es Zeit zum Abendessen. Kommt!«

Bond hatte nur einen Versuchsballon gestartet, um festzustellen, in welche Form sie die Ablehnung kleiden würde. Als er ihr in den Speisesaal folgte, mußte er sich sehr zusammennehmen, um ihr keinen Tritt zu versetzen.

13

Es war elf Uhr, und es herrschte Grabesstille. Im Bereich des Fernseh-Auges an der Decke entkleidete sich Bond, ging ins Badezimmer, legte sich danach ins Bett und drehte das Licht aus. Nach zehn Minuten stand er leise auf, streifte Hemd und Hose über, schob den Plastikstreifen in die Türritze neben dem Schnappriegel und drückte leicht dagegen. Das Schloß sprang auf. Er spähte vorsichtig hinaus. Der Gang war leer. Geräuschlos zog er die Tür hinter sich zu, schlich auf Zehenspitzen zu Nummer drei und klinkte auf. Drinnen war es dunkel, vom Bett kam ein Flüstern.

»Sind Sie es?«

»Ja, mein Liebling.« Er schlüpfte aus den Kleidern und trat zum Bett.

Sie berührte ihn. »Sie haben ja nichts an.«

Er ergriff die Hand. »Du doch auch nicht, oder?«

Vorsichtig legte er sich neben sie und stellte erfreut fest, daß sie ihm Platz gemacht hatte. Er küßte sie erst zart, dann fordernd. Sie erzitterte. Ihr Mund erschloß sich ihm. Und als seine linke Hand die Geheimnisse dieses warmen, weichen Körpers zu erkunden begann, schlang sie die Arme um ihn. »Ich werde mich erkälten.« Bond zog das Laken über sie beide. Jetzt gehörte sie ganz ihm. Er preßte sie an sich, streichelte mit der Linken über den schlanken Leib. Die samtene Haut schien Funken zu sprühen. Sie stöhnte leise auf, hielt seine Hand fest und flüsterte: »Hast du mich ein bißchen lieb?«

Die Standardfrage! »Du bist das zauberhafteste schönste Mädchen der Welt, Ich wünschte, ich hätte dich eher kennengelernt.«

Die Standardantwort genügte ihr offenbar – sie zog ihre Hand zurück.

Ihr Haar duftete nach frischem Heu, ihr Mund nach Pepsodent und ihr Körper nach Babypuder. Sie empfanden wirklich Freude aneinander, und als sie hinterher in seinen Armen lag, wußten sie beide, daß es so gut und richtig gewesen war. Bond fühlte sich bei Ruby ausgesprochen wohl und beschloß, erst in den frühen Morgenstunden in sein Zimmer zurückzuschleichen. Behutsam zog er den rechten Arm weg und sah auf seine Uhr. Die Leuchtzeiger standen genau auf Mitternacht. Er drehte sich faul auf die andere Seite und wollte gerade einschlafen, als von irgendwoher unter dem Fußboden das leise, melodische Klingeln einer elektrischen Glocke ertönte.

»Verdammt noch mal!« murmelte Ruby.

»Was ist denn?«

»Ach, das gehört zur Behandlung. Ist jetzt Mitternacht?«

»Ja.«

»Das ist für mich. Schlaf ruhig weiter.«

Das Klingeln wurde abgelöst durch ein leises Surren wie von

einem Ventilator und durch das Ticken eines Metronoms, eine wunderbar beruhigende Kombination. Und jetzt erklang eine Stimme, die Stimme des Grafen, vermutlich ebenfalls auf Tonband. Ein tiefes, singsangähnliches Gemurmel, einschmeichelnd, aber gebieterisch: »Du wirst jetzt schlafen. Du bist müde, und deine Glieder sind schwer!« Beim letzten Wort jedes Satzes senkte sich die Stimme. »Deine Arme sind schwer wie Blei, dein Atem ist ganz regelmäßig wie der eines Kindes! Deine Augen sind geschlossen, und die Lider sind schwer wie Blei. Du wirst müder und müder. Dein ganzer Körper wird müde und schwer wie Blei. Dir ist warm und wohl. Du sinkst, sinkst, sinkst in den Schlaf. Dein Bett ist weich und flaumig wie ein Nest. Du bist weich und schläfrig wie ein Küken im Nest.« Ein leises sanftes Gluckern ertönte, danach Flügelschlagen und das lockende Glucksen einer Henne. Dann wieder die Stimme: »Die kleinen Lieblinge schlafen jetzt ein. Sie sind wie du, sie fühlen sich wohl und schläfrig in ihrem Nest. Du liebst sie sehr, sehr, sehr. Du liebst alle Hühner. Sie alle sind deine Lieblinge, du möchtest, daß sie schön und stark werden. Du möchtest, daß ihnen kein Leid geschieht. Bald wirst du wieder zu deinen lieben Hühnern zurückkehren. Bald wirst du wieder für sie sorgen und sie pflegen können. Bald wirst du imstande sein, die Hühnerzucht in ganz England zu verbessern. Du wirst viel Gutes tun, und das wird dich sehr, sehr glücklich machen. Aber du wirst darüber schweigen. Du wirst nichts von unseren Methoden erzählen. Das wird dein Geheimnis bleiben, dein strenggehütetes Geheimnis. Man wird versuchen, dir dein Geheimnis zu entreißen, aber dann wärst du nicht imstande, deine lieben Hühner glücklich und gesund und stark werden zu lassen – Tausende, Millionen von Hühnern werden glücklicher durch dich werden. Darum wirst du nichts sagen, nichts, nichts! Du wirst an das denken, was ich sage! Du wirst an das denken, was ich sage!« Die murmelnde Stimme entfernte sich immer mehr und wurde überdeckt vom Glucksen der Hühner. Schließlich waren nur noch das Surren des Ventilators und das Ticken des Metronoms zu hören.

Ruby schlief fest. Bond fühlte ihren Puls. Er schlug schwer im Takt des Metronoms. Bond wollte allein sein und nachdenken. Er schlüpfte aus dem Bett, zog Hemd und Hose an. Ohne

Schwierigkeiten wurde er mit dem Schloß fertig. Keine Bewegung, kein Laut auf dem Gang. Er schlich in sein Zimmer, ging ins Bad, zog die Tür hinter sich zu, drehte das Licht an, setzte sich auf den Rand der Wanne und vergrub den Kopf in den Händen.

Tiefenhypnose! Das war es! Der sich wiederholende Singsang drang beim Einschlafen an die Bewußtseinsschwelle und würde die Nacht über in Rubys Unterbewußtsein weiterwirken. Aber was, zum Teufel, sollte das Geschwätz bedeuten? Offensichtlich war es doch völlig harmlos, ja sogar dankenswert. Sie war dadurch von ihrer Allergie geheilt worden und würde nun daheim mit Begeisterung und Hingabe auf der Hühnerfarm helfen. Hatte sich der alte Schurke etwa zum rührseligen Humanitätsapostel gemausert? Bond konnte das einfach nicht glauben. Wozu dann die umfangreichen Sicherheitsmaßnahmen? Wozu das internationale ›Personal‹, das direkt nach SPECTRE stank? Und was war mit dem Mord auf der Bobbahn? Doch ein Unfall? Aber so bald nach der Attacke des Mannes auf Sarah? Ausgeschlossen! Irgendeine Schurkerei mußte hinter dieser penetrant unschuldigen, menschheitsbeglückenden Forschungsarbeit stecken. Aber was? Wie konnte er das herausfinden?

Als er um neun Uhr aufwachte und das Fenster öffnete, war der Himmel grau verhangen. Schnee lag in der Luft. Der Wind blies in scharfen, heftigen Stößen. Der Betrieb der Seilbahn war offenbar eingestellt worden.

Er schloß das Fenster und läutete nach dem Frühstück. Auf dem Tablett lag ein Zettel von Irma Bunt. »Der Graf würde sich freuen, Sie um elf Uhr zu empfangen.«

Bond machte sich an die dritte Seite des Stammbaums der Bleuvilles; er konnte eine ganze Menge Arbeit vorweisen, diese Epoche war auch ziemlich leicht zu rekonstruieren. Die Aussicht, sich ebensoleicht bei der Blofeldschen Familie zurechtzufinden, war dagegen wesentlich geringer. Aber er würde einfach mit Gdingen anfangen und ihn dazu bringen, über seine Jugend und seine Eltern zu sprechen.

Der Graf erwartete ihn im Arbeitszimmer. »Guten Morgen, Sir Hilary. Haben Sie gut geschlafen? Wir werden Schnee bekommen. Das ist günstig für die Arbeit, keine Ablenkung.«

Bond setzte sein ›Von-Mann-zu-Mann-Lächeln‹ auf. »Ich

finde die Mädchen sehr ablenkend, aber überaus charmant. Was fehlt ihnen eigentlich? Sie sehen alle kerngesund aus.«

»Sie leiden an Allergien, die mit der Landwirtschaft zusammenhängen. Sie stammen alle vom Lande, und ihr Leiden wirkt sich beruflich sehr störend aus. Ich habe eine Heilkur entwickelt und kann zu meiner Freude sagen, daß ich vielversprechende Erfolg erziele.« Das Telefon läutete. Er nahm den Hörer ab und lauschte, während Bond diskret in seinen Papieren blätterte. »Zdies de Bleuville ... Da ... Da ... Kharascho!« Er legte auf. »Entschuldigen Sie bitte. Es war einer meiner Mitarbeiter. Er hat Material für die Laboratorien gekauft. Die Seilbahn ist zwar wegen des bevorstehenden Sturmes außer Betrieb, aber sie unternehmen eine Extrafahrt für ihn. Hoffentlich wird er nicht seekrank dabei, der Arme. Und jetzt, mein lieber Sir Hilary, wollen wir an die Arbeit gehen.«

Bond breitete seine großen Blätter auf dem Schreibtisch aus und zeigte stolz auf die Ahnenreihen. Die Kommentare und Fragen des Grafen verrieten Erregung und Befriedigung. »Das ist ja fabelhaft, wirklich fabelhaft, mein Lieber! Und Sie sagen, im Wappen ist eine geborstene Lanze oder ein abgebrochenes Schwert? Wann wurde das verliehen?«

Bond leierte eine lange Geschichte über die Eroberungszüge der Normannen herunter. Das abgebrochene Schwert im Wappen sei wahrscheinlich für eine gewonnene Schlacht verliehen worden. Man müsse da in London noch eingehend nachforschen. Schließlich rollte er die Blätter zusammen und zückte sein Notizbuch. »Und jetzt müssen wir am anderen Ende beginnen, Graf.« Er wurde inquisitorisch, ganz Beamter. »Sie wurden am 28. Mai 1908 in Gdingen geboren?«

»Richtig.«

»Die Namen Ihrer Eltern?«

»Ernst Georg Blofeld und Maria Stavro Michelopoulos.«

»Auch in Gdingen geboren?«

»Ja.«

»Und Ihre Großeltern?«

»Ernst Stefan Blofeld und Elisabeth Lubomirskaja.«

»Anscheinend wird in Ihrer Familie der älteste Sohn immer Ernst getauft?«

»Offenbar. Mein Urgroßvater hieß auch so.«

»Das ist wesentlich. Unter den Blofelds in Augsburg gab es auch zwei namens Ernst.«

»Ist das wichtig?« fragte der Graf. Seine Hände zitterten.

Dich hat es aber schlimm gepackt, dachte Bond, und antwortete: »Sehr. In großen Familien ziehen sich die gleichen Vornamen durch Generationen hin. Für uns ist das höchst aufschlußreich. Können Sie sich noch weiter zurückerinnem? Drei Generationen kennen wir ja bereits. Nach den Daten frage ich Sie später, wir sind jetzt schon bis 1850 zurückgegangen. Nur noch weitere fünfzig Jahre, und wir sind in Augsburg angelangt.«

»Nein.« Es war fast ein Schmerzensschrei. »Von meinem Urgroßvater weiß ich nichts.« Nervös bewegten sich die Hände. »Sollte es eine Geldfrage sein – Zeugen ließen sich finden. Mein lieber Sir Hilary, wir beide sind doch Männer von Welt, wir verstehen uns ... Auszüge aus Archiven, aus Standesämtern, aus Kirchenbüchern ... müssen die denn absolut authentisch sein?«

Jetzt habe ich dich, du alter Fuchs. Liebenswürdig und mit dem Unterton des Komplizen erwiderte Bond: »Ich begreife nicht ganz, auf was Sie hinauswollen, Graf.«

»Sie sind ein schwer arbeitender Mann, Sir Hilary. Sie leben bescheiden und zurückgezogen. Vielleicht haben Sie irgendwelche Wünsche – Autos, eine Jacht, eine Rente. Sie brauchen es nur zu sagen, nur die Summe zu nennen.« Die dunkelgrünen Augenhöhlen suchten Bonds Blick festzuhalten. »Ein Besuch hier, ein anderer dort, in Polen, in Deutschland, in Frankreich, weiter nichts. Selbstverständlich wären damit erhebliche Spesen verbunden. Sagen wir fünfhundert Pfund die Woche. Die technischen Dinge, Dokumente und so weiter, das kann ich arrangieren. Ich brauche nur Ihre Unterstützung, Ihre Beglaubigung. Verstehen Sie? Für das Justizministerium in Paris ist das Wort des Heraldischen Amtes sakrosankt. Das stimmt doch?«

Es war zu schön, um wahr zu sein. Aber wie sollte das Spiel weitergehen? Schüchtern fragte Bond: »Was Sie da vorschlagen, Graf, ist äh, nicht uninteressant. Natürlich ... wenn die Dokumente überzeugend sind, sozusagen hieb- und stichfest, dann könnte ich sie mit gutem Gewissen beglaubigen. Sie verstehen, was ich meine?«

Der Graf begann eifrig: »Sie brauchen sich absolut keine ...«

Da wurde es draußen plötzlich laut. Die Tür wurde aufgerissen und ein Mann hereingestoßen. Er stolperte und stürzte. Zwei Wächter folgten und standen stramm. Sie sahen zuerst den Grafen an und dann Bond.

Der Graf fragte scharf: »Was ist hier los?«

Bond wußte die Antwort – er schwebte in Lebensgefahr. Das mit Schnee und Blut verschmierte Gesicht des am Boden Liegenden war ihm bekannt. Es gehörte einem seiner Kameraden vom Secret Service. Das war unzweifelhaft Nummer 2 von der Station Z in Zürich!

14

Ja, es war Shaun Campbell. Großer Gott, in was für einer Klemme saß er jetzt! Man hatte Station Z Bonds Mission bewußt verschwiegen. Campbell mußte von sich aus eine Spur verfolgt haben. Wahrscheinlich war er diesem Mann, der ›Material eingekauft‹ hatte, nachgegangen. Ein typisches Beispiel dafür, in welche Schwierigkeiten einen übertriebene Sicherheitsmaßnahmen bringen können!

Einer der Wächter berichtete in raschem, fehlerhaftem Deutsch mit slawischem Akzent. »Er wurde in dem offenen Skiabstellraum der Seilbahnkabine gefunden. Er war ziemlich erfroren, hat aber noch heftigen Widerstand geleistet. Wir mußten ihn etwas unsanft anfassen. Ohne Zweifel ist er Hauptmann Boris gefolgt.« Er verbesserte sich sofort: »Ich meine, Ihrem Gast aus dem Tal, Herr Graf. Er behauptet, ein englischer Tourist aus Zürich zu sein und kein Fahrgeld für die Seilbahn zu haben. Er hätte aber gern einen Ausflug hier herauf unternehmen wollen. Wir haben ihn durchsucht. Er hat fünfhundert Franken bei sich. Keine Ausweispapiere. Er sagt, er heißt Campbell.«

Sowie der Mann auf dem Boden seinen Namen hörte, hob er den Kopf und blickte verstört um sich. Er war übel zugerichtet. Als er Bond sah, riß er erstaunt die Augen auf und rief erleichtert: »Gott sei Dank, James! Sag ihnen, wer ich bin. Sag ihnen, daß ich bei der *Universal Export* in Zürich arbeite. Du weißt es doch. Sag ihnen, daß mit mir alles in Ordnung ist.« Dann fiel er wieder zurück auf den Teppich.

Der Graf wandte sich langsam Bond zu. Er lächelte starr. »Sie kennen diesen Mann, Sir Hilary?«

Bond schüttelte bekümmert den Kopf. Er wußte, daß er damit das Todesurteil über Campbell fällte. »Noch nie in meinem Leben gesehen. Der arme Kerl scheint nicht ganz richtig im Kopf zu sein. Vermutlich Gehirnerschütterung. Man sollte ihn möglichst rasch in ein Krankenhaus schaffen. Er wirkt reichlich ramponiert.«

»*Universal Export*? Den Namen habe ich doch schon mal gehört.«

»Ich nicht«, erwiderte Bond gleichgültig. Er nahm sich eine Zigarette und zündete sie mit völlig ruhiger Hand an.

Der Graf sagte leise zu den Wächtern: »Zur Befragungszelle.« Sie schleppten Campbell an den Armen hinaus. Er hob den herunterhängenden Kopf und warf Bond einen letzten flehenden Blick zu.

Die Befragungszelle! Das konnte bei den modernen Methoden nur ein volles Geständnis bedeuten! Wie lange würde Campbell durchhalten? Wie viele Stunden blieben Bond?

»Ich habe angeordnet, ihn einstweilen in das Krankenzimmer zu bringen. Man wird ihn dort pflegen.« Der Graf schaute von den Stammbaumblättern zu Bond. »Leider hat dieser peinliche Zwischenfall unser Gespräch unterbrochen, Sir Hilary. Ich darf Sie bitten, mich für heute zu entschuldigen.«

»Selbstverständlich. Und was Ihren Vorschlag hinsichtlich einer engeren Zusammenarbeit zur Klärung Ihrer Ansprüche betrifft, so kann ich Ihnen versichern, daß ich ihn höchst interessant finde, Graf.« Er lächelte verständnisinnig. »Bestimmt werden wir zu einer befriedigenden Einigung gelangen.«

»Das wäre gut.« Der Graf verschränkte die Hände im Nacken und starrte zur Decke. Dann wandte er sich wieder Bond zu und fragte beiläufig: »Sie stehen nicht zufällig irgendwie mit dem britischen Secret Service in Verbindung, Sir Hilary?«

Bond lachte schallend. »Um Himmels willen, nein! Ich wußte nicht mal, daß wir noch einen haben. Ich habe immer geglaubt, daß er bei Kriegsende aufgelöst wurde.« Er kicherte. »Mit einem falschen Schnurrbart rumzulaufen, das liegt mir nicht. Ich hab' was gegen Schnurrbärte.«

Trotz seines starren Lächelns schien der Graf Bonds Amüsement nicht zu teilen und entgegnete kalt: »Dann verzeihen Sie bitte meine Frage, Sir Hilary. Das Eindringen dieses Mannes hat mich mißtrauisch werden lassen. Ich lege Wert darauf, ungestört zu arbeiten, Sir Hilary. Für wissenschaftliche Forschungen braucht man absolute Ruhe.«

»Da kann ich Ihnen nur beipflichten.« Bond stand auf und packte seine Papiere zusammen. »Auch ich muß wieder an meine Arbeit gehen. Ich bin gerade beim vierzehnten Jahrhundert angelangt. Morgen werde ich Ihnen interessantes Material vorlegen können, Graf.«

Im Gang herrschte völlige Stille, kein Mensch war zu sehen. Aber durch den Spalt einer angelehnten Tür schimmerte der Schein einer roten Lampe. Bond dachte, daß nun ja sowieso alles gleich sei, stieß die Tür auf und sah in den Raum: ein langes Laboratorium mit niedriger Decke. Dunkelrote Birnen verbreiteten ein schwaches Licht. Auf der einen Seite stand ein Arbeitstisch mit Retorten, Phiolen und zahlreichen Reagenzgläsern mit einer trüben, fleckigen Flüssigkeit. Drei Männer in weißen Kitteln und Gesichtsmasken waren ganz in ihre Arbeit vertieft. Bond verschwand schleunigst. Draußen geriet er in einen Schneesturm. Er zog die Kapuze der Windjacke über den Kopf und kämpfte sich zurück in die angenehme Wärme des Klubhauses, eilte in sein Zimmer und schloß die Tür hinter sich. Er ging ins Bad, setzte sich und überlegte, was er nun tun sollte.

Er hätte einen verzweifelten Versuch unternehmen können, Campbell zu retten. »O ja, ich kenne den Mann. Er ist absolut zuverlässig. Wir haben beide bei *Universal Export* in London gearbeitet. Was ist denn mit dir passiert, alter Junge?« Doch das wäre sinnlos gewesen. Die *Universal Export* war zu lange als Deckname benutzt worden. Sämtliche Geheimdienste der Welt kannten sie. Jedenfalls wußte Blofeld offensichtlich über sie Bescheid. Ein Versuch, Campbell zu helfen, hätte nur ihn selbst mit hineingerissen. Es war ihm nichts anderes übriggeblieben, als ihn den Wölfen zum Fraß vorzuwerfen. Sollte Campbell noch einen klaren Gedanken fassen können, bevor sie ihn durch die Mühle drehten, würde er sofort begreifen, daß Bond einen bestimmten Auftrag hatte und es für ihn und den Secret Service ungeheuer wichtig war, Campbell zu verleugnen. Doch wie lange würde Campbell ihn decken können? Höchstens ein paar Stunden. Wie viele? Das war die lebenswichtige Frage. Und wie lange würde der Sturm anhalten? In seiner Kleidung konnte er bei diesem Wetter nicht fliehen. Wenn es aufhörte, hatte er eine winzige Chance, zu entkommen. Sprach aber Campbell vorher, gab es nur eines – den Tod.

Er hatte nichts als seine Hände und Füße und seine Uhr, eine massive Rolex-Automatic mit elastischem Metallarmband; er könnte sie als Schlagring benutzen.

War irgendwelches Beweismaterial da, das er mitnehmen konnte? Die Namen der Mädchen und ihre Adressen! Ruby mußte sie ihm mitteilen. Er kehrte an den Schreibtisch zurück und nahm sich den Bleuville-Stammbaum vor. Zumindest das Auge an der Decke sollte an seinen guten Willen glauben.

Gegen halb eins hörte er, wie sich seine Türklinke leise bewegte. Ruby schlich, den Finger auf den Lippen, herein und verschwand sofort im Badezimmer. Er legte betont gleichgültig den Federhalter hin, stand auf, reckte sich und folgte ihr.

»Es ist etwas gegen dich im Gang. Was hast du getan?« tuschelte sie ängstlich.

»Wieso?« fragte er unschuldig.

»Wir dürfen nur noch in Gegenwart von Miss Bunt mit dir sprechen.« Sie preßte ihre Faust gegen den Mund. »Ob sie was über *uns* wissen?«

»Ausgeschlossen, mein Süßes. Aber ich kann mir denken, was los ist. Der Graf hat mir heute morgen gesagt, daß ich die Behandlung störe. Ich soll mich mehr zurückhalten. Das ist natürlich schade. Ganz abgesehen von dir, finde ich auch die anderen Mädchen sehr nett, und ich würde allen gern helfen.«

»Wie meinst du das, uns helfen?«

»Na ja, die Sache mit den Familiennamen. Ich sprach gestern abend mit Violet darüber, sie war mächtig interessiert. Bestimmt würde es auch den andern Spaß machen. Jeder interessiert sich dafür, woher er stammt. Das ist ein bißchen wie Handlesen.« Er zuckte mit den Achseln. »Ich habe mich jedenfalls entschlossen, wegzugehen. Ich kann es nicht ertragen, mich herumkommandieren zu lassen. Wenn du mir die Namen der anderen Mädchen geben kannst, werde ich für jede eine Art Stammbaum anfertigen und ihn ihnen zuschicken. Wie lange bleibt ihr eigentlich noch hier?«

»Noch ungefähr eine Woche, heißt es. Dann soll eine neue Gruppe kommen. Miss Bunt sagt, hoffentlich sind die nächsten nicht so dumm wie wir. Wie willst du denn weg von hier? Wir sind doch praktisch Gefangene.«

»Das werde ich schon schaffen«, erwiderte er leichthin. »Sie können mich nicht gegen meinen Willen zurückhalten. Was ist mit den Namen, Ruby? Glaubst du nicht, daß es den Mädchen Spaß bereiten würde?«

»Die wären begeistert. Hast du was zum Schreiben da?«

Er riß ein Stück Toilettenpapier ab und zog den Kugelschreiber aus der Tasche.

»Schieß los.«

Sie lachte. »Also mich und Violet kennst du ja. Dann Elizabeth Mackinnon, sie ist aus Aberdeen. Beryl Morgan, die kommt irgendwo aus Herefordshire. Pearl Tampion aus Devonshire – übrigens, die drei haben Rindfleisch verabscheut und leben jetzt nur von Steaks. Kaum zu glauben! Der Graf ist wirklich ein fabelhafter Mensch.«

»Allerdings.«

Als Bond alle zehn beieinander hatte, fragte er: »Und diese Polly, die schon im November abgereist ist? Wie ist ihr Familienname, und woher stammt sie?«

»Polly Tasker. Aus East Anglia. Ich weiß nicht genau, aus welcher Gegend, aber in England werde ich ihre Adresse herausfinden. Hilary ...«, sie umarmte ihn, » ... ich werde dich doch sehen, nicht wahr?«

Er drückte sie an sich und küßte sie. »Bestimmt, mein Süßes. Du kannst mich immer im Heraldischen Amt in der Queen Victoria Street erreichen. Schick mir eine Postkarte, wenn du zurück bist.«

»Ganz bestimmt«, sagte sie eifrig. »Und du bist vorsichtig, ja? Kann ich dir irgendwie helfen?«

»Nein, mein Schatz. Behalte das nur alles hübsch für dich.«

»Natürlich, Liebling!« Sie schaute auf ihre Uhr. »Mein Gott! Es ist höchste Zeit, in zehn Minuten wird gegessen. Laß mich raus. Jetzt wird niemand im Gang sein. Zwischen zwölf und eins haben die Tischzeit.«

Wieder allein, stieß er einen tiefen Seufzer aus und starrte hinaus in das Schneetreiben. Wenn es doch bis abends aufhören würde! Was brauchte er alles? Schneebrille und Fausthandschuhe könnte er sich während des Mittagessens beschaffen. Er ging wieder ins Bad und rieb sich Seife in die blaugrauen Augen. Nach dieser Prozedur brannten sie höllisch, tränten aber, wie beabsichtigt. Befriedigt klingelte er seinem ›Wärter‹ und schlenderte nachdenklich in den Speisesaal.

Es wurde still, als er durch die Schwingtür trat. Während er den Raum durchquerte, folgten ihm verstohlene Blicke. Sein Gruß wurde kaum erwidert. Gespielt unbefangen nahm er seinen gewohnten Platz zwischen Ruby und Miss Bunt ein, winkte, die frostige Begrüßung ignorierend, den Kellner herbei und bestellte doppelten Wodka Martini. Dann wandte er sich lächelnd an Irma Bunt: »Dürfte ich Sie um einen Gefallen bitten?«

»Bitte, Sir Hilary. Um was handelt es sich?«

Er deutete auf seine tränenden Augen. »Ich habe mir eine Art Bindehautentzündung geholt. Wohl das gleiche wie der Graf. Kein Wunder bei dem grellen Licht. Heute ist es zwar besser, aber der Schnee blendet mich noch immer. Und dann die viele Schreibarbeit. Könnten Sie mir eine Schneebrille leihen? Ich brauche sie höchstens ein bis zwei Tage.«

»Ja, das ginge. Ich lasse sie in Ihr Zimmer legen.« Sie rief den Oberkellner und gab ihm den Auftrag.

»Und noch etwas, wenn ich bitten darf«, sagte er höflich. »Eine kleine Flasche Schnaps. Ich schlafe hier oben so schlecht, vielleicht würde ein Schlummertrunk helfen. Zu Hause nehme ich allerdings Whisky, aber hier ist mir ein richtiger Schnaps lieber.«

Sie musterte ihn eisig, sagte aber kurz zu dem Kellner: »In Ordnung.« Der Mann nahm Bonds Bestellung entgegen, klappte die Hacken zusammen und verschwand. Gehörte er zu denen, die Campbell im Befragungsraum bearbeiteten? Bond knirschte leise mit den Zähnen. Sollte ihm heute nacht einer von ihnen über den Weg laufen, hätte er nichts zu lachen. Er spürte Fräulein Bunts inquisitorischen Blick, kippte den Wodka auf einen Zug und bestellte noch einen. Er war nun in aggressiver Stimmung und fragte. »Wie geht es eigentlich dem armen Mann, der heute morgen mit der Seilbahn erschien? Er sah ja furchtbar aus. Hoffentlich hat er sich erholt.«

»Er macht Fortschritte.«

»Wer war das?« erkundigte sich Ruby neugierig.

»Ein Eindringling. Aber das ist kein Gesprächsthema!«

»Warum nicht?« meinte Bond unschuldig. »Schließlich gibt es hier oben nicht viel Abwechslung.«

Sie erwiderte nichts. Bond widmete sich seinem Essen, das er hinauszögerte, bis Fräulein Bunt daß Zeichen zum Aufbruch gab. Jetzt war er, abgesehen von den aufräumenden Kellnern, allein im Restaurant. Er stand auf und schlenderte zur Tür. Draußen hingen die Mäntel und Fausthandschuhe der Mädchen ordentlich nebeneinander. Der Gang war leer, die Empfangshalle ebenfalls. Er steckte das größte Paar Handschuhe in seine Windjacke. Die Tür zur Werkstatt stand offen. Der schweigsame Mann war an der Werkbank beschäftigt. Bond trat ein und begann eine einseitige Unterhaltung über das Wetter. Dabei wanderte er herum, die Hände in den Taschen, und betrachtete die Skier an den Wänden. Fast lauter Damenskier – die Bindungen würden zu klein für ihn sein. Doch neben der Tür lehnten die Skier der Lehrer. Das Paar dort mit dem roten V auf den gebogenen Spitzen schien das beste zu sein. Er prägte sich den Standort ein.

15

Jetzt handelte es sich nur noch darum, die Stunden abzusitzen. Wann würden sie Campbell fertiggemacht haben? Schnelle, harte Folter ist bei einem Mann vom Fach selten wirksam. Der Profi kann das ›Spiel‹ stundenlang hinausziehen, indem er unbedeutende Geständnisse ablegt und lange, weitschweifige Geschichten erzählt, die erst nachgeprüft werden müssen.

Blofeld hatte zweifellos seine Leute in Zürich und konnte die Angaben per Funk kontrollieren lassen. Doch das erforderte Zeit. Und wenn dann bewiesen war, daß Campbell gelogen hatte, mußten sie von vorn anfangen. Für Bond hing alles davon ab, ob er Campbell durch sein Verhalten verdeutlicht hatte, daß er in einer streng geheimen, wichtigen Sache hier war. Würde sich Campbell eine plausible Lüge ausdenken können, die Bond deckte? Hatte er Gift bei sich? Bond schob den Gedanken energisch beiseite. Um ein Haar hätte er sich gewünscht, daß es so wäre!

Auf jeden Fall mußte er damit rechnen, daß es für ihn nur noch eine Frage von Stunden war. Allerdings konnten sie erst auftauchen, wenn die Mädchen in ihren Zimmern waren, sonst würde es zuviel Gerede geben. Nein – sie würden ihn nachts holen und am nächsten Tag erzählen, er sei mit der ersten Kabine ins Tal gefahren. Unterdessen hätten sie seine Leiche längst in einer Gletscherspalte verschwinden lassen.

Er mußte jetzt alles genau planen. Es hatte aufgehört zu schneien. Man sah den blauen Himmel durch Wolkenfetzen. Auf der Gloria-Abfahrt würde herrlicher Pulverschnee liegen, mindestens dreißig Zentimeter.

Es gibt hundert Arten von Geheimtinten, aber nur eine stand Bond zur Verfügung, die älteste der Welt: sein eigener Urin. Er ging ins Bad (was mußte das Fernsehauge von seinem Verdauungssystem halten?) und schrieb auf eine leere Seite seines Passes die Namen der Mädchen und die Gegend, aus der sie stammten. Man sah nichts. Über eine Flamme gehalten, würde die Schrift braun und deutlich zu lesen sein. Er steckte den Paß in die Hüfttasche.

Das Abendessen verlief ebenso scheußlich wie das Mittagessen. Er bemühte sich, soviel Whisky und Nahrung wie möglich zu sich zu nehmen, machte höflich Konversation und gab vor, die eisige Atmosphäre nicht zu bemerken. Dann drückte er seinen Fuß noch einmal zärtlich an Rubys, entschuldigte sich mit Arbeit und verließ den Saal.

Er setzte sich an den Schreibtisch und bosselte weiter an dem Stammbaum der Bleuvilles. 21.30 … 21.45 … 22 Uhr! Er stand auf, reckte sich, ging ins Bad und tat, als bereite er sich für die Nacht vor. Dann schlich er nackt zurück, legte sich ins Bett und löschte das Licht. Er atmete ruhig und begann nach zehn Minuten leise zu schnarchen. Nach weiteren zehn Minuten schlüpfte er wieder heraus und zog mit unendlicher Vorsicht die Skikleidung an. Er schob die Schneebrille auf die Stirn, band ein rotes

Taschentuch vor Mund und Nase, steckte Schnapsflasche und Paß ein und nahm die Uhr mit dem schweren Metallband wie einen Schlagring in die rechte Hand.

Nun war er bereit. Behutsam öffnete er mit dem Plastikstreifen die Tür und spähte auf den Gang. Aus der Empfangshalle drang ein Lichtschimmer; der Wächter saß dort, über eine Zeitung gebeugt. Mit schnellen Schritten schlich Bond heran und versetzte ihm einen wuchtigen Schlag in den Nacken. Der Kopf des Mannes schlug hart auf die Tischplatte, wurde zurückgeschleudert und drehte sich Bond zu. Bond landete einen rechten Schwinger in seinem Gesicht. Der Körper rutschte vom Stuhl auf den Teppich. Bond beugte sich über ihn … Keine Herztöne mehr! Er richtete sich auf. Es war der Mann, den er am Morgen des Unfalls allein von der Bobbahn hatte zurückkommen sehen. Ausgleichende Gerechtigkeit!

Das Telefon läutete. Bond nahm den Hörer ab und fragte durch das Taschentuch: »Ja?«

»Alles in Ordnung?«

»Ja.«

»Wir holen den Engländer in zehn Minuten. Kapiert?«

»Ja.«

Schweiß stand auf Bonds Stirn. Was für ein Glück, daß er geantwortet hatte! In zehn Minuten! Auf dem Pult lag ein Schlüsselbund. Er eilte damit zur Haustür. Erst der vierte Schlüssel paßte. Dann holte er die ausgesuchten Skier. Die Stöcke standen daneben. Er trug beides hinaus, schloß die Haustür von außen ab und warf den Schlüsselbund in den Schnee.

Kostbare Minuten gingen verloren, während Bond die Bindungen befestigte. Schließlich richtete er sich auf und streifte die Fausthandschuhe über die klammen Finger. Er nahm die Stöcke auf und stieß sich ab. Es ging ganz gut! Er zog die Schneebrille über die Augen und versuchte, mehr Fahrt zu bekommen, was in dem tiefen Pulverschnee mißlang. Er schnellte sich mit den Stöcken vorwärts, so rasch er konnte. Was für eine Spur mußte er hinterlassen – wie eine Straßenbahnschiene! Sobald sie die Haustür geöffnet hätten, wären sie ihm auf den Fersen. Endlich erreichte er den Start der Gloria-Abfahrt. In Schußfahrt raste er den ersten Steilhang hinunter. Schwung nach links! Da drüben waren die drei Flaggen. Ihre Farben konnte er im Mondschein nicht erkennen.

Von der Karte her erinnerte er sich, daß die rote Piste im Zick-Zack-Kurs genau unter den Kabeln der Seilbahn verlief. Er würde sein Glück versuchen.

Während er die Schneebrille zurechtrückte, hörte er vom Gipfel einen lauten Knall. Eine Leuchtkugel schwebte langsam herunter, dann eine zweite und immer mehr. Der Hang war taghell! Gleichzeitig begannen die Kabel der Seilbahn über ihm zu summen! Sie schickten die Kabine hinter ihm her! Als nächstes würden sie ihm einen Mann mit einem Revolver nachhetzen!

Er nahm den zweiten Abhang vorsichtiger als den ersten. Wie schnell fuhr diese verdammte Kabine? Zwanzig, dreißig Kilometer? Er hörte, wie sie den ersten Mast passierte. Seine Knie schmerzten. War das links eine rote Flagge? Das Magnesiumlicht hing nun genau über ihm.

Rechts eine laute Detonation ... eine Schneefontäne schoß hoch. Links ein weiterer Einschlag ... Sie hatten einen Granatwerfer in der Kabine! War der nächste Schuß sein Ende? Im selben Augenblick explodierte eine Granate direkt vor ihm und schleuderte ihn zu Boden.

Taumelnd kam Bond wieder auf die Beine. Er keuchte und spuckte Schnee. Eine Bindung war aufgegangen. Mit zitternden Fingern befestigte er sie wieder. Der nächste Einschlag! Daneben! Er mußte aus der Schußlinie verschwinden! Links war doch eine Flagge gewesen?

16

Keuchend fuhr er weiter. Da war die Flagge. Er hielt an und sah zurück. Die Kabine bewegte sich nicht mehr. Sie hatte Telefonverbindung mit der Berg- und Talstation, aber warum war sie stehengeblieben? Warum schossen sie nicht mehr? Die Antwort folgte sofort. Hoch über ihm, vom ersten Steilhang der Abfahrt, blitzte Mündungsfeuer auf, und kleine Schneefontänen spritzten um ihn hoch. Sie waren hinter ihm her! Sein Sturz hatte ihn kostbare Minuten gekostet. Wieviel Vorsprung hatte er noch? Im besten Fall zehn Minuten. Eine Kugel streifte einen seiner Skier. Bond holte tief Atem, stieß sich mit den Stöcken ab und raste auf die nächste Flagge zu, weg von der Seilbahn.

Irgend etwas beschäftigte ihn im Unterbewußtsein. Etwas Unangenehmes. Natürlich – die letzte Flagge! Sie war schwarz gewesen! Er war auf der schwarzen, wegen Lawinengefahr gesperrten Piste! Jetzt war es zu spät. Er mußte alles auf eine Karte setzen, obwohl der Neuschnee und die Detonationen der Granaten die Gefahr noch vergrößert hatten. Bei der nächsten schwarzen Flagge hielt er wieder an, um sich über die weitere Strecke klarzuwerden. Jedenfalls mußte er dort hinunter, wo er den Wald als dunkle Linie erkennen konnte. Aber nicht in Schußfahrt!

Jetzt schossen die Schweinehunde noch drei Leuchtkugeln ab, darauf mehrere Feuerwerkskörper. Das war für die Leute im Tal gedacht, die vielleicht über die Explosion beunruhigt waren. Man feierte eben auf dem Berg! Plötzlich fiel Bond ein, daß ja Heiliger Abend war ...

Und dann hörte er über sich, von weit her, den gefürchtetsten Laut in den Alpen – das dumpfe, unheimliche Grollen! Eine Lawine!

Der Boden unter ihm zitterte, und das bedrohliche Geräusch näherte sich. Nun saß er wahrhaftig in der Falle! Welchen Ausweg gab es noch? Auf gut Glück einfach nach unten rasen! Bond ging in die Hocke, schwang sich herum und stürzte sich in den weißen Abgrund.

Gleichgewicht halten! Der Fahrtwind wurde stärker. Das Dröhnen hinter ihm rückte näher. Der ganze verdammte Berg war in Bewegung geraten! Was nutzte es, wenn er den Wald vor den gigantischen Schneemassen erreichte? Die Lawine würde mindestens die ersten hundert Meter niederwalzen. Irgendwo mußte doch die Schneise für die schwarze Piste sein! Wenn er sie nicht sofort fand, war er ein toter Mann.

Der Wald schien auf ihn zuzurasen. Wo war die Öffnung in dieser schwarzen Wand? Dort – Gott sei Dank! Mehr nach links! Bond versuchte, das Tempo zu drosseln. Wie weit war das Grollen noch entfernt? Der Boden zitterte stärker. Wahrscheinlich würde sich ein Teil der Lawine durch die Schneise wälzen. Er kurvte nach links. Er hörte das Bersten der ersten Bäume. Er raste die steile Schneise hinunter. Die weiße Woge war ihm dicht auf den Fersen. Wie hoch war sie? Fünf Meter? Zwanzig? Bond schoß aus der Schneise heraus und riß einen scharfen rechten Kristiania. Das war seine letzte Hoffnung.

Mitten im Schwung blieb er an einer Wurzel hängen und flog durch die Luft. Er schlug auf den Boden auf und blieb betäubt liegen. Jetzt war er erledigt! Der Boden unter ihm bebte. Heulen und Dröhnen erfüllten die Luft. Ein Schneesturm fegte über ihn weg. Und dann war die Lawine an ihm vorbeigerast, das Grollen wurde dumpfer. Bond wischte sich den Schnee aus den Augen und richtete sich mühsam auf. Die beiden Bindungen hatten sich gelöst. Seine Schneebrille war verschwunden. Nur wenige Schritte vor ihm ergoß sich ein etwa fünf Meter hoher Schneestrom aus dem Wald ins Tal.

Wenn Bond je einen Schluck Schnaps gebraucht hatte, dann jetzt! Er kippte den Inhalt der kleinen Flasche hinunter und warf sie in hohem Bogen weg. Er fühlte die köstliche Wärme des Enzians im Magen und wollte den letzten Teil des Abhangs im Schuß nehmen, quer über die Wiesen nach rechts, weg von der Lawine. Verdammt! Die Wiesen waren unten abgezäunt. Er mußte also die normale Ausfahrt neben der Talstation der Seilbahn wählen. Die Kabine war nirgends zu sehen, aber er konnte das Summen der Kabel hören. Fuhr sie wieder zur Bergstation hinauf? Nahm man an, daß ihn die Lawine mitgerissen hatte? Vor der erleuchteten Talstation stand eine große schwarze Limousine. Das war der einzige Weg zur Landstraße, zu seinem Ziel! Bond stieß sich ab.

Plötzlich bellte eine schwere Pistole auf, die Kugel schlug dicht neben ihm in den Schnee. Bond schwang nach rechts, von wo der Schuß gefallen war. Wieder krachte die Pistole. Ein Mann auf Skiern war hinter ihm her. Natürlich! Er hatte die rote Piste genommen. War ihm auch jemand auf der schwarzen gefolgt? Bond atmete tief ein und versuchte, seine Schußfahrt noch zu beschleunigen, wobei er tief in die Hocke ging und wedelte, um dem Mann kein Ziel zu bieten. Es kam jetzt nur darauf an, wer die Ausfahrt zuerst erreichte.

Bond konnte sie überblicken. Zuerst die breite Öffnung im Zaun, dahinter der Parkplatz vor der Talstation und dann der niedrige Damm der Bahnlinie nach Pontresina. Jenseits des Bahndammes lag die Landstraße nach Samaden.

Wieder schlug eine Kugel neben ihm ein. Die sechste. Wenn er Glück hatte, war das Magazin mittlerweile leer. Doch das würde auch nicht viel nutzen. Bond hatte keine Kraft mehr für einen Kampf.

Jetzt tauchte weit hinten auf dem Gleis ein grelles, gelbes Licht auf, und ehe es von der Seilbahnstation verdeckt wurde, erkannte Bond einen Zug. Er hörte das Donnern der starken Maschine. Großer Gott, der Zug würde die Seilbahnstation gerade in dem Augenblick passieren, in dem er über die Schienen wollte! Er versuchte verzweifelt, mit den Stöcken die Fahrt zu beschleunigen. Verdammt! Ein Mann stieg aus der schwarzen Limousine, kniete nieder und zielte auf ihn. Bond wedelte hin und her. Jetzt raste er genau auf den Mann zu. Er stieß mit der Spitze des Skistockes zu und fühlte, wie sie durch die Kleider drang. Der Mann schrie auf und stürzte nieder. Bonds anderer Verfolger, nur noch wenige Meter hinter ihm, brüllte ebenfalls. Im Schein des großen gelben Auges erkannte Bond einen gewaltigen Schneepflug, der den Schnee vor der Lokomotive in zwei Fontänen nach rechts und links sprühte. Da tauchte der Bahndamm vor ihm auf. Er stieß sich mit den Stöcken ab. Ein gellender Pfiff. Wenige Meter vor der Lokomotive schlitterte er über die Gleise, landete drüben auf der vereisten Landstraße und prallte gegen eine Schneemauer. Hinter ihm ein grauenvoller Schrei .... Holz splitterte ... Die Zugbremsen kreischten ... Der beiseite geschleuderte Schnee färbte sich rot ...

Bond wischte ihn sich aus dem Gesicht und sah ihn an. Sein Magen drehte sich um. Der Mann hatte ihm zu folgen versucht und war dabei in die Pflugschar geraten. Hackfleisch! Bond nahm eine Handvoll sauberen Schnee und rieb sich damit das Gesicht und die Windjacke ab. Plötzlich bemerkte er, daß sich mehrere Fenster des hellerleuchteten Zuges über ihm öffneten. Einige Reisende waren ausgestiegen. Er riß sich zusammen und stieß sich mit den Stöcken auf der vereisten Straße vorwärts.

Irgendwie brachte es Bond fertig, die drei Kilometer auf der leicht abfallenden Straße nach Samaden durchzustehen. Endlich tauchten die ersehnten schutzbietenden Lichter auf! Der schlanke Turm der Dorfkirche wurde von Scheinwerfern angestrahlt, und alle Häuser waren hell erleuchtet. Walzerklänge drangen durch die kalte Luft. Die Eisbahn! Der Weihnachtsball der Schlittschuhläufer! Das war das richtige. Dort konnte er untertauchen und sich der zweifachen Jagd entziehen, die nun auf ihn losgehen würde – SPECTRE und Schweizer Polizei, Räuber und Gendarmen Hand in Hand!

Wie betäubt schleppte er sich weiter. Viele Autos waren um die Eisbahn geparkt, Skier steckten im Schnee. Über dem Eingang hing ein riesiges Plakat, das in drei Sprachen ankündigte: »Großer Weihnachtsballl Kostümzwang! Eintritt zwei Franken! Gäste willkommen!«

Bond beugte sich mühsam hinunter, um seine Bindungen zu lösen. Wenn er sich doch nur hinlegen könnte! In den einladenden Schnee! Er gab sich einen Ruck, schob Skier und Stöcke unter das nächste Auto und wankte zum Eingang. Der Mann an der Kasse war stockbetrunken. Er sah Bond kaum an. »Zwei Franken. Two francs. Deux francs.« Bond hielt sich am Tisch fest, legte die Münze hin und bekam sein Billett. Der Mann erklärte lallend: »Kostümzwang!« Er langte in eine Schachtel neben sich und warf Bond eine schwarze Maske hin. »Ein Franken!« Er versuchte ein Lächeln. »Jetzt sind Sie ein Gangster, ein Spion!«

Bond zahlte, setzte die Maske auf und torkelte durch den Eingang. Rings um die Eisbahn waren Holzbänke aufgestellt. Bond ließ sich auf einen leeren Platz fallen und vergrub den Kopf in den Händen. Das Mädchen neben ihm rückte von ihm ab. Es war ihm gleich! An einem Abend wie diesem würden sie ihn nicht hinauswerfen. Der Lautsprecher verkündete: »Meine Damen und Herren, der letzte Tanz. Und dann bitte alles zur großen Polonäse auf die Eisfläche. Der letzte Tanz! Noch zehn Minuten bis Mitternacht!« Auch das noch, dachte Bond und schlief ein.

Jemand rüttelte ihn an der Schulter. »Auf die Eisfläche, bitte. Bitte alle auf die Eisfläche zur Polonäse!« Ein Mann in rotgelber Uniform stand neben ihm.

»Scheren Sie sich zum Teufel!« sagte Bond dumpf. Doch dann warnte ihn eine innere Stimme, nicht aufzufallen. Er wankte zur Eisfläche und blieb mit gesenktem Kopf stehen. Er sah nach rechts und links, entdeckte eine Lücke in der langen Reihe und rutschte vorsichtig darauf zu. Eine Hand streckte sich ihm entgegen, die er dankbar ergriff. Plötzlich schoß vom anderen Ende der Eisbahn ein Mädchen mit kurzem Rock und grellrotem, pelzbesetztem Anorak auf ihn zu. Kleine Eisstücke spritzten hoch, als sie mit einem Ruck vor ihm stehenblieb. Dieses Gesicht kannte er doch – die strahlenden blauen Augen, das Lächeln! Wer, zum Teufel, war das?

Das Mädchen reihte sich neben ihm ein, nahm seine freie Hand. »James!« Es war ein jubelndes Flüstern. »James! Ich bin es! Tracy! Was ist mit dir los? Wo kommst du her?«

»Tracy!« wiederholte Bond apathisch. »Tracy! Bleib bei mir! Ich bin übel dran! Ich erzähl dir's später!«

Die Musik setzte ein.

17

Bond wußte nicht, wie es ihm gelang, sich auf den Beinen zu halten. Aber schließlich war alles vorbei, und unter allgemeinem Jubel löste sich die Menge auf.

Tracy hakte ihn unter. Er riß sich zusammen und sagte heiser: »Wir müssen in der Menge untertauchen, Tracy. Wir müssen weg von hier. Man ist hinter mir her. Hast du deinen Wagen da?«

»Ja, Liebling. Alles wird wieder gut. Halt dich nur an mir fest. Wartet draußen jemand auf dich?«

»Kann sein. Paß auf einen schwarzen Mercedes auf. Vielleicht gibt's eine Schießerei. Bleib lieber nicht in meiner Nähe. Ich schaffe es schon allein. Wo steht dein Wagen?«

»Unten in der Straße rechts. Mach keinen Unsinn, ich habe eine Idee. Zieh meinen Anorak an.« Sie zerrte den Reißverschluß auf. »Er wird dir gerade passen.«

»Dann frierst du doch.«

»Tu, was ich sage. Ich habe einen Pullover an und warme Unterwäsche ... Jetzt den anderen Arm ... So ist's recht.« Sie zog den Reißverschluß zu. »Süß siehst du aus, James.«

Der Pelzbesatz des Anoraks duftete nach Parfüm. Es erinnerte ihn an Royale. Das Bewußtsein, eine Verbündete zu haben, nicht mehr allein auf sich angewiesen zu sein, belebte Bond. Er umklammerte ihre Hand und folgte ihr in der Menge, die dem Ausgang zuströmte. Jetzt kam ein kritischer Moment. Blofeld hatte inzwischen Zeit genug gehabt, seine SPECTRE-Kerle nach unten zu schicken. Man hatte Bond vom Zug aus gesehen und wußte, daß er nach Samaden gelaufen war. Der Bahnhof stand sicher schon unter Bewachung. Sie vermuteten bestimmt, daß er versuchen würde, in einer Menschenmenge unterzutauchen. Vielleicht würde sich der betrunkene Mann an der Kasse an ihn erinnern. Doch er war wenigstens wieder einigermaßen bei Kräften, vor allem dank Tracy. Er konnte es noch einmal mit ihnen aufnehmen. Er schob das Armband mit der schweren Rolex-Uhr über die Knöchel der rechten Hand.

Sie näherten sich dem Ausgang. Er spähte durch die Schlitze seiner Maske. Zwei der Kerle standen neben dem Kassierer und beobachteten die Herauskommenden scharf, während auf der anderen Straßenseite der schwarze Mercedes mit angelassenem Motor wartete. Nur ein Bluff konnte ihn retten. Er umarmte Tracy und flüsterte ihr zu: »Küß mich, bis wir an der Kasse vorbei sind. Sie sind dort, aber wir werden's schon schaffen!«

Sie schlang beide Arme um ihn und küßte ihn leidenschaftlich. Inmitten der lachenden, singenden Menge gelangten sie hinaus. Immer noch eng umschlungen, gingen sie die Straße hinunter. Dort stand der kleine weiße Wagen!

Plötzlich hupte der Mann am Steuer des Mercedes heftig; er hatte Bond wohl am Gang oder an den unmodernen Skihosen erkannt.

»Rasch, Liebling!« drängte Bond.

Tracy warf sich hinter das Steuer, drückte auf den Anlasser, und der Wagen fuhr schon an, während Bond einstieg. Er blickte zurück. Durch das Rückfenster sah er die zwei Männer auf der Straße stehen. Sie würden sich hüten, vor so vielen Zeugen zu schießen. Sie rannten zum Mercedes, der aber zum Glück in entgegengesetzter Richtung geparkt war. Und schon hatte Tracy die S-Kurve im Dorf genommen, und sie waren auf der Hauptstraße, die Bond vor einer halben Stunde entlanggetaumelt war.

Es würde mindestens fünf Minuten dauern, bis der Mercedes in dem Gewühl gewendet hatte. Tracy fuhr wie der Teufel, aber es war viel Verkehr – klingelnde Schlitten mit fröhlichen Heimkehrern, dazwischen ab und zu ein Auto mit rasselnden Schneeketten. Bond sagte: »Du bist ein Engel, Tracy, aber bitte sei vorsichtig. Wir wollen doch nicht im Graben landen.«

Sie warf ihm einen Seitenblick zu und lachte vergnügt: »Das klingt, als ob's dir bessergeht. Jetzt kannst du die alberne Maske abnehmen und meinen Anorak ausziehen. Die Heizung läuft gleich auf vollen Touren. Ich möchte dich gern so sehen, wie ich dich im Gedächtnis habe! Gefalle ich dir noch?«

Langsam erwachte Bond wieder zum Leben. Die Erinnerung an den grauenvollen Berg und an all das, was er durchgemacht hatte, begann bereits zu verblassen. Er schöpfte neue Hoffnung. »Das werde ich dir sagen, wenn wir in Zürich sind. Wirst du es schaffen? Keine schöne Art, Weihnachten zu feiern!« Er kurbelte das Fenster hinunter, warf die Maske weg, zog den Anorak aus und legte ihn ihr um die Schultern. Sie erreichten die Kreuzung mit dem Wegweiser. »Rechts, Tracy. Filisur und dann nach Chur.«

Sie nahm die Kurve nach Bonds Meinung viel zu schnell. Aber sie hatte den Wagen fest in der Hand, selbst auf dieser vereisten Straße. Verwundert fragte er: »Wie machst du das eigentlich ohne Schneeketten?«

»Spezialreifen! Du brauchst keine Angst zu haben. Lehn dich zurück und genieße die Fahrt.«

Etwas Neues war in ihrer Stimme, eine Fröhlichkeit, die sie in Royale nicht gehabt hatte. Bond betrachtete sie jetzt zum erstenmal richtig. Ja, sie war ein ganz anderer Mensch, strahlend vor Gesundheit und Lebensfreude. Ihre halboffenen Lippen schienen ständig zu lächeln.

»Zufrieden?«

»Du siehst einfach wunderbar aus. Aber jetzt erzähl mir lieber, wie du ausgerechnet nach Samaden geraten bist. Es war ein richtiges Wunder. Das hat mir das Leben gerettet.«

»Und dann will ich wissen, was mit dir los ist. Ich habe noch nie einen Menschen gesehen, der so erledigt wirkte wie du. Zuerst habe ich geglaubt, du wärst total besoffen. Ist dir jetzt warm genug?« Sie machte eine kurze Pause. »Meine Geschichte ist ganz einfach. Papa hat mich eines Tages von Marseille aus angerufen, um zu hören, wie es mir geht. Dann fragte er, ob ich dich gesehen hätte. Als ich verneinte, schien er sehr beunruhigt zu sein. Er hat mir befohlen, dich zu suchen. Er hat nämlich einen Narren an dir gefressen. Jedenfalls sagte er, er hätte die Adresse des Mannes gefunden, hinter dem du her bist. Wie er dich kennt, würdest du dich irgendwo in der Nähe vom Piz-Gloria-Klub rumtreiben. Ich sollte dir ausrichten, daß du vorsichtig sein sollst.« Sie lachte kurz auf. »Recht hatte er. Also bin ich von Davos abgebraust und kam vorgestern nach Samaden. Gestern ging die Seilbahn nicht, und da wollte ich heute hinauf und mich nach dir umsehen. Und jetzt bist du dran.«

Sie fuhren in raschem Tempo auf der kurvenreichen Straße. Bond schaute durchs Rückfenster und fluchte leise – etwa anderthalb Kilometer hinter ihnen folgten zwei Lichter. Tracy sagte: »Ich weiß. Ich habe sie im Rückspiegel beobachtet. Ich fürchte, sie haben etwas aufgeholt. Es muß ein guter Fahrer sein, der die Strecke genau kennt. Hat wahrscheinlich Schneeketten. Aber ich glaube, ich werde es schaffen. Nun erzähl schon. Was war los?«

Er gab ihr eine frisierte Schilderung von einem gefährlichen Gangster, der dort oben auf dem Berg unter falschem Namen hauste und von der englischen Polizei steckbrieflich gesucht wurde. Da er, Bond, gelegentlich mit dem Verteidigungsministerium zu tun habe, sei er an diesen Fall geraten. Sie brummte: »Bind mir doch keinen Bären auf. Ich weiß, daß du beim Secret Service bist, Papa hat es mir gesagt.«

Bond erwiderte kurz: »Papa redet Quatsch.«

Sie lachte. Er berichtete weiter und endete: »Und dann bist du wie ein Engel vom Himmel gefallen. Das ist alles.«

Sie dachte einen Moment nach, dann sagte sie ruhig: »Und jetzt, mein süßer James, verrat mir noch, wie viele von der Bande du umgebracht hast. Aber die Wahrheit!«

»Warum?«

»Ich bin einfach neugierig.«

»Also da war der Wächter im sogenannten Klub. Den mußte ich erledigen, sonst hätte ich dran glauben müssen. Dann wird wahrscheinlich einer von der Lawine erwischt worden sein. Unten im Tal bei der Seilbahnstation schoß einer auf mich, und ich mußte ihn mit meinem Skistock aufspießen – das war Notwehr. Ich weiß nicht, wie schlimm er verletzt ist. Und schließlich der Mann, der vom Schneepflug erfaßt wurde. Er hat sechsmal auf mich geschossen, und es war außerdem seine eigene Schuld.

Sagen wir – drei und ein halber sind auf die eine oder andere Weise umgekommen.«

»Wie viele sind noch übrig?«

»Warum willst du das wissen?«

»Nur so. Du kannst mir vertrauen.«

»Ich glaube, es waren im ganzen ungefähr fünfzehn. Dann wären es jetzt noch elf und ein halber – dazu der große Chef.«

»Und in dem Wagen hinter uns sind drei? Werden sie uns umbringen, wenn sie uns erwischen?«

»Ich fürchte, ja. Und ich habe keine Waffen bei mir. Es tut mir leid, Tracy, aber du hättest sowieso keine großen Chancen als Zeugin und als meine Komplizin. Für diese Leute bin ich eine Gefahr.«

»Und bist du es?«

»Allerdings – sogar eine tödliche!«

»Ich habe leider auch eine schlechte Nachricht für dich. Sie holen immer mehr auf, und ich habe nur noch ein paar Liter im Tank. Wir müssen in Filisur halten. Jetzt werden alle Garagen geschlossen sein. Wir müssen also jemanden wecken. Das wird aber mindestens zehn Minuten dauern, und bis dahin haben sie uns längst geschnappt. Du mußt dir schnell etwas Gescheites einfallen lassen.«

Vor ihnen tauchte eine Baustelle auf. Ein Bergrutsch hatte ein Stück der kurvenreichen Straße und eine Brücke weggerissen. Große Tafeln warnten: »Achtung! Baustelle!« Die Umleitung verlief rechts dicht am Berg entlang. Links war eine wackelige Abzäunung, und dahinter gähnte ein mehrere hundert Meter tiefer Abgrund; unten floß ein Wildbach. In der Mitte der schlechten Wegstrecke wies ein großer roter Pfeil nach rechts auf die schmale Fahrbahn, die über eine Behelfsbrücke führte. Bond rief plötzlich: »Stop!«

Tracy bremste. Bond sprang hinaus. »Fahr weiter. Warte hinter der nächsten Kurve auf mich. Es ist unsere einzige Chance!«

Wortlos gehorchte sie. Er hetzte die paar Meter zu dem roten Pfeil zurück, drehte ihn um, so daß er nun nach links zeigte, auf den Zaun, der das Stück Straße zu der zerstörten Brücke absperrte. Er riß die Abzäunung nieder, lief über die Fahrbahn und drückte sich eng an den Felsen in den Schatten des Berges.

Der Mercedes fuhr mit seinen rasselnden Schneeketten

schneller, als es auf der schlechten Strecke gut war. Er steuerte direkt auf die Schlucht zu, auf die der Pfeil jetzt wies. Bond erhaschte einen Blick auf weiße, verzerrte Gesichter, hörte das Kreischen der Bremsen. Der Wagen schien fast zu stehen, aber die Vorderräder ragten schon über den Rand des Abgrundes hinaus. Er hielt noch einen Moment das Gleichgewicht, dann kippte er langsam nach vorn. Ein schreckliches Krachen ertönte, als er auf das Geröll unter der alten Brücke aufprallte. Bond lief an dem umgestürzten Pfeil vorbei und schaute hinunter. Der Mercedes flog kopfüber durch die Luft, stieß an einen Felsen, daß die Funken stoben. Er überschlug sich noch einmal und landete schließlich auf dem Grund der Schlucht im eisigen Wasser des Bergbachs. Danach herrschte tiefe Stille. Bond stellte die Überreste des Zaunes auf und drehte den roten Pfeil wieder nach rechts. Dann wischte er sich die Hände an der Hose ab und wankte bis zur nächsten Kurve.

Der kleine weiße Wagen stand mit ausgeschalteten Scheinwerfern am Straßenrand. Er stieg ein und ließ sich auf seinen Sitz fallen. Tracy fuhr schweigend an. Bald tauchten die Lichter von Filisur auf. Sie drückte seine Hand. »Du hast heute genug erlebt. Schlaf jetzt! Ich bringe dich nach Zürich. Bitte tu, was ich dir sage.«

Bond lehnte den Kopf an den Türrahmen und war sofort eingeschlafen.

18

In der grauen Morgendämmerung wirkte der Flughafen Kloten deprimierend und verlassen, aber zum Glück gab es eine Swissair-Caravelle, die wegen des Nebels in London noch nicht abgeflogen war. Bond ließ Tracy im Restaurant, buchte eine Passage und ging in eine Telefonzelle. Er suchte sich die Nummer der *Universal Export* heraus. Darunter stand die Privatnummer des Schweizer Filialleiters, Alexander Muir. Es war sechs Uhr. Er konnte es auch nicht ändern. Nach ein paar Minuten meldete sich eine verschlafene Stimme: »Muir.«

»Entschuldigen Sie bitte, hier ist 007. Ich rufe von Kloten aus an. Es ist verdammt dringend, deshalb muß ich das Risiko auf mich nehmen, daß Ihre Leitung abgehört wird. Haben Sie was zum Schreiben da?«

Die Stimme am anderen Ende war munter geworden. »Einen Moment, 007 ... Ja, los!«

»Zunächst habe ich eine schlechte Nachricht. Ihre Nummer 2 hat's erwischt. Das ist leider so gut wie sicher. Einzelheiten kann ich Ihnen jetzt nicht mitteilen. In einer Stunde fliege ich nach London, Swissairflug 100 – von dort aus informiere ich Sie sofort ausführlich. Könnten Sie gleich ein Fernschreiben durchgeben? In den nächsten Tagen wird eine Gruppe von zehn englischen Mädchen aus dem Engadin mit einem Hubschrauber in Zürich eintreffen – eine gelbe Alouette der Süd-Aviation. Sie erhalten heute noch die Namen von London aus per Telex. Ich vermute, daß die Mädchen verschiedene Flugzeuge benutzen und in England auf verschiedenen Flughäfen landen. Die Flugnummern und Ankunftszeiten sind schnellstens nach London weiterzuleiten. Klar? Erinnern Sie sich an Unternehmen ›Bedlam‹, das kürzlich abgeblasen wurde? Derselbe Kerl, und er hat Funk ... wahrscheinlich hat er damit gerechnet, daß ich mich heute früh mit Ihnen in Verbindung setze. Schauen Sie mal aus dem Fenster, ob Sie beschattet werden. Er hat bestimmt seine Leute in Zürich.«

»Verdammt!« knurrte Muir. »Bleiben Sie am Apparat.« Nach einigen Sekunden kehrte er zurück. »Es sieht ganz danach aus. Gegenüber steht ein schwarzer Porsche mit zwei Männern. Ich werde sofort meine Freunde einschalten.«

»Seien Sie vorsichtig. Ich glaube, unser Mann hat auch einen recht guten Draht zur hiesigen Polizei. Richten Sie das Telex an M persönlich. Chiffriert natürlich! Und teilen Sie ihm mit, daß ich ihn, falls ich heil drüben lande, unbedingt heute noch sprechen muß – zusammen mit 501 (das war der Chefwissenschaftler des Secret Service) und irgendeinem hohen Tier vom Landwirtschaftsministerium, wenn möglich! Hört sich verrückt an, muß aber sein! Es wird zwar deren Weihnachtsfeier stören, aber ich kann's nicht ändern. Können Sie das alles für mich erledigen! Vielen Dank. Noch irgendwelche Fragen?«

»Soll ich nicht doch nach Kloten kommen, um etwas mehr über meine Nummer 2 zu erfahren? Er war hinter einem Russen her, der ziemlich verdächtige Chemikalien bei der Zürcher Vertretung der Badischen Anilin gekauft hat. Was es war, hat er mir nicht gesagt. Er wollte nur feststellen, an wen das Zeug geliefert wurde.«

»So was Ähnliches habe ich mir schon gedacht. Aber bleiben Sie mir lieber vom Leib. Ich bin der reine Zündstoff und werde noch explosiver werden, sobald sie einen gewissen Mercedes in einer Bergschlucht finden. Ich hänge jetzt ein. Tut mir leid, daß ich Ihnen Weihnachten verdorben habe.«

Er legte auf und ging ins Restaurant zurück. Tracy strahlte, als sie ihn sah. Er setzte sich dicht neben sie und ergriff ihre Hand – ein typisches, abschiednehmendes Paar auf einem Flugplatz. Er bestellte eine große Portion Rühreier mit Kaffee. »Ich habe alles soweit geklärt, Tracy. Aber nun zu dir. Dein Wagen ist von jetzt ab gefährlich. Man hat uns sicher in Samaden damit wegfahren sehen, mit dem Mercedes im Schlepptau. Und der große Boß vom Berg hat auch hier seine Leute. Das beste ist, du verschwindest nach dem Frühstück schleunigst über die Grenze. Wo ist der nächste Übergang?«

»Schaffhausen, aber«, sie sah ihn flehend an, »James, muß ich dich denn jetzt wirklich allein lassen? Ich habe so lange auf dich gewartet. Und ich habe doch alles getan, was du wolltest. Warum schickst du mich fort?« Was in Royale nie geschehen wäre – Tränen glänzten in ihren Augen. Ärgerlich wischte sie sie mit dem Handrücken weg.

Bond dachte plötzlich: Verdammt noch mal! Nie wieder werde ich eine solche Partnerin finden. Sie hat alles, was ich bei einer Frau gesucht habe. Sie ist wunderbar, im Bett und auch sonst. Sie ist unternehmungslustig, tapfer, einfallsreich und nie langweilig. Sie scheint mich zu lieben. Sie würde mich weiterleben lassen wie bisher. Sie steht allein da und ist nicht mit Freunden, Verwandtschaft oder sonstigem Anhang belastet. Und vor allem, sie braucht mich. Und ich habe einen Menschen, für den ich sorgen kann. Ich habe diese sporadischen schalen Affären satt, die immer nur ein schlechtes Gewissen hinterlassen. Ich hätte auch nichts gegen Kinder! Wir wären ein ideales Paar. Warum also nicht?

Bond hörte sich die Worte sagen, die er noch nie ausgesprochen hatte: »Ich liebe dich, Tracy! Willst du mich heiraten?«

Sie wurde blaß und sah ihn fragend an. Ihre Lippen zitterten. »Ist das dein Ernst?«

»Ja, mein heiliger Ernst!«

Sie vergrub ihr Gesicht in den Händen. Als sie ihn wieder anschaute, lächelte sie. »Entschuldige, James. Ich habe sooft davon geträumt. Es kam so unverhofft. Aber ja, natürlich will ich dich heiraten! Ich werde dir keine Szene machen. Gib mir nur einen Kuß, dann gehe ich.« Sie sah ihn ernst an, beugte sich vor, und sie küßten sich.

Energisch stand sie auf. »Ich werde mich wohl daran gewöhnen müssen, das zu tun, was du sagst. Ich fahre jetzt nach München in die *Vier Jahreszeiten*. Das ist mein Lieblingshotel. Dort warte ich auf dich. Rufst du mich an? Wann können wir heiraten? Ich muß es Papa erzählen. Er wird furchtbar aufgeregt sein.«

»Wir lassen uns in München auf dem Konsulat trauen. Ich genieße so eine Art diplomatische Immunität und kann die Papiere schnell besorgen. Ich rufe dich heute abend und morgen an und komme so schnell wie möglich zu dir. Aber vorher muß ich diese Sache erledigen.«

»Versprichst du mir, daß dir nichts passiert?«

Er lächelte. »Diesmal renne ich davon, wenn einer zu schießen anfängt.«

»Also gut.« Ein langer Blick, dann drehte sie sich stumm um und verließ das Restaurant.

Bond frühstückte geistesabwesend. Was hatte er da getan? Doch die einzige Antwort war ein Gefühl überströmender Zärtlichkeit, Erleichterung und Erregung. James und Tracy Bond! Commander und Mrs. Bond!

19

Bond schlief während des Fluges und hatte einen furchtbaren Alptraum. Er sah sich mit Tracy – sie im Brokatkleid, er im Frack und mit Orden behängt – auf einer großen feudalen Gesellschaft. Grauenvoll!

»Bitte anschnallen und das Rauchen einstellen!«

Bond erwachte schweißgebadet. Was hatte er nur getan? Nein! So wäre es bestimmt nicht! Er würde weiterhin sein hartes aufregendes Leben führen – aber Tracy würde daheim auf ihn warten! War seine Wohnung in Chelsea groß genug? Vielleicht konnte er die obere Etage mieten. Und was war mit May, seiner schottischen Perle? Er mußte sie zum Bleiben überreden!

Die Caravelle setzte auf der Piste auf, das Donnern der Motoren verstummte. Es wurde Bond erst jetzt klar, daß er kein Gepäck bei sich hatte. So konnte er direkt zur Paßkontrolle gehen und anschließend nach Hause fahren und diese lächerlichen verschwitzten Skiklamotten ausziehen.

Draußen erwartete ihn ein Wagen. Mary Goodnight saß neben dem Chauffeur. Sie musterte ihn kritisch. »Sie sehen aus wie ein Landstreicher. Ein Wunder, daß man Sie aus dem Flugplatz herausgelassen hat. Sie gehören unter Quarantäne!«

Bond lachte. »Wintersport ist eben sehr anstrengend, all die Schneeballschlachten und Bobfahrten. Und gestern abend war ich auf einem Maskenball.«

»In dem Aufzug? Das kaufe ich Ihnen nicht ab.«

»Aber freilich. Im Ernst, Mary, wie ist das Programm?«

»Sie sollen sich zuerst im Hauptquartier melden und dann bei M zu Hause zu Mittag essen. Später kommen dann die Leute, die Sie sprechen wollen. Höchste Dringlichkeitsstufe! Und da dachte ich mir, daß Sie mich vielleicht brauchen.«

»Es ist wirklich ein Segen, daß Sie mich abholen. Ich muß sofort einen ellenlangen Bericht diktieren. Außerdem habe ich Arbeit fürs Laboratorium. Ist jemand dort?«

»Natürlich. M besteht doch an Feiertagen auf einem Bereitschaftsdienst in allen Abteilungen. Hatten Sie Scherereien, James? Sie sehen grauenhaft aus.«

»Na ja, es ist einiges passiert. Aber das erfahren Sie ja beim Diktat.« Der Wagen hielt vor Bonds Wohnung. »Seien Sie ein Engel und mobilisieren Sie die gute May, während ich mich umziehe. Sie soll mir eine Riesenkanne Kaffee brauen und zwei Glas von unserem besten Cognac reinschütten. Jetzt ist es halb zehn. Rufen Sie bitte den Chef vom Dienst an und sagen Sie ihm, daß wir gegen halb elf im Büro sind. Das Labor muß in einer halben Stunde verfügbar sein.« Er zog den Paß aus der

Tasche. »Geben Sie das unserem Chauffeur, er soll schleunigst zum Chef vom Dienst fahren und ihm den Paß persönlich aushändigen. Er soll dem Laboratorium sagen, daß die benutzte Tinte … äh … hausgefertigt ist. Man braucht sie nur über Feuer zu halten. Die wissen Bescheid.«

Als Bond kurz nach halb elf sein Büro betrat, lag auf dem Schreibtisch ein Hefter mit dem roten Stern, der ›streng geheim‹ bedeutet. Er enthielt seinen Paß und ein Dutzend Fotokopien der Seite 21. Die Namensliste war schwach, aber leserlich.

Mary Goodnight erschien mit ihrem Stenoblock. »Das ist nur der erste Entwurf, Mary. Es muß fix gehen«, erklärte er. »Wir haben knapp anderthalb Stunden Zeit, und ich muß zum Essen pünktlich in Windsor sein. Glauben Sie, daß Sie das schaffen? … Also los! Streng geheim. Zu Händen von M. Weisungsgemäß landete ich am 22. Dezember um 12 Uhr 15 mit der Swissair in Zürich, Flugplatz Kloten, um den ersten Kontakt für das Unternehmen ›Corona‹ herzustellen …«

M legte die Blätter auf seinen Schreibtisch. Die Pfeife war ausgegangen, er zündete sie langsam wieder an und sagte ungewohnt freundlich: »Sie haben verdammtes Glück gehabt, James. Ich wußte gar nicht, daß Sie Ski laufen.«

»Ich habe mich gerade aufrecht halten können, Sir. Möchte es nicht noch einmal versuchen.«

»Kann ich Ihnen nachfühlen. Sie haben immer noch keine Ahnung, was Blofeld im Schild führt?«

»Leider nein, Sir.«

»Ich auch nicht. Ich verstehe es einfach nicht. Vielleicht werden uns die Professoren heute nachmittag weiterhelfen. Offensichtlich haben Sie recht, daß SPECTRE wieder auferstanden ist. Wir hatten zunächst an Ihrer Identifizierung Blofelds gezweifelt. Aber Ihr Tip mit Pontresina war gut. Der Tote von der Bobbahn war Bulgare, Sprengstoffexperte. Blofeld muß ja sein Gesicht und seine Figur toll verändert haben.«

»Ich bin sicher, daß er es ist, Sir. Die Klaue des Löwen habe ich ja am letzten Tag zu spüren bekommen.«

»Ein Glück, daß Sie diese Frau getroffen haben. Eine alte Flamme von Ihnen?« M sah ihn spöttisch an.

»Mehr oder weniger, Sir. Ich habe sie schon in meinem ersten Bericht über Blofelds Aufenthalt in der Schweiz erwähnt. Sie ist die Tochter dieses Draco, des Chefs der *Union Corse*. Ihre Mutter war eine englische Gouvernante.«

»Hm. Interessante Mischung. Jetzt ist es aber Zeit fürs Essen.« M stand auf und klingelte.

Hammond, M's Butler, öffnete die Tür zum Eßzimmer. Sie setzten sich an den gedeckten Tisch.

20

Es war drei Uhr. Draußen fuhr ein Wagen vor. Die Dämmerung kroch bereits ins Zimmer. M stand auf und knipste Licht an. Bond stellte noch zwei Sessel an den Schreibtisch. M erklärte: »Das wird 501 sein. Sie kennen ihn bestimmt, Chef unserer Forschungsabteilung. Der andere heißt Franklin. Laut 501 eine Koryphäe in der Schädlingsbekämpfung. Keine Ahnung, warum das Landwirtschaftsministerium gerade ihn schickt. Der Minister hat mir gesagt, sie hätten zur Zeit großen Ärger und glaubten, Sie seien einer Riesensache auf der Spur. Wir werden den Herren Ihren Bericht vorlegen. Vielleicht können sie etwas damit anfangen.«

Nummer 501 vom Secret Service war ein untersetzter Mann mit dicken Brillengläsern. Er hatte ein freundliches, unverbindliches Lächeln und war höflich, aber M gegenüber nicht devot. Der andere war klein, hatte schlaue, vergnügte Augen und begrüßte sie zurückhaltend.

Nach den üblichen Floskeln sagte M: »Mr. Franklin, Ihr Minister wird Sie ja wohl schon informiert haben.«

»Er hat mir lediglich einiges angedeutet. Ich weiß nur, daß es sich um einen Mann handelt, der auf einer Hochalp sitzt und sich bemüht, unsere Landwirtschaft und unsere Viehzucht zu verbessern, was ja durchaus löblich ist. Warum behandeln wir ihn, als hätte er Atomgeheimnisse gestohlen?«

»Das hat er auch schon einmal getan«, erwiderte M trocken.

»Am besten lesen Sie und Mr. Leathers wohl zunächst den

Bericht meines Mitarbeiters. Das meiste wird auch Ihnen neu sein.«

Ein langes Schweigen folgte. Bond lauschte dem Klatschen des Regens und dem Knistern der Holzscheite im Kamin. M saß dösend in seinem Sessel. 501 reichte nach einer Weile Franklin die letzte Seite und lehnte sich zurück. Als Franklin zu Ende gelesen hatte, legte er die Blätter zusammen und sagte lächelnd zu Bond: »Sie haben Glück, daß Sie hier sind.« Bond lächelte wortlos zurück.

M wandte sich an 501: »Nun?«

501 nahm seine Brille ab und putzte sie mit einem nicht allzu sauberen Taschentuch. »Ich weiß noch nicht, auf was die Sache hinausläuft, Sir. An sich wäre ja an diesen Forschungen nichts auszusetzen, wenn wir Blofeld nicht so gut kennen würden. Er hat zehn oder vielmehr elf für Tiefenhypnose geeignete Mädchen vom Lande in die Schweiz holen lassen. Sie leiden anscheinend, und es liegt kein Grund vor, das zu bezweifeln, an gewissen ziemlich verbreiteten Allergien. Die Aversion gegen Geflügel gibt's häufiger, ebenso die gegen Hornvieh. Die gegen Feldfrüchte und Pflanzen ist weniger bekannt. Blofeld scheint diese Allergien durch Hypnose heilen zu wollen. Der mechanische Hergang ist einfach. Im Dämmerzustand werden ein Metronom im Takt des Pulsschlags und ferne surrende Geräusche häufig als hypnotische Hilfsmittel verwendet. Der Singsang, der gemurmelte, immer wiederholte Befehl des Hypnotiseurs – das sind alles übliche Requisiten. Wir wissen nicht, was für Vorträge die Mädchen anhören, noch was sie lesen müssen, können aber voraussetzen, daß alles ebenfalls dazu dienen soll, sie in der von Blofeld gewünschten Form zu beeinflussen. Ich kann zu alldem nur sagen, daß Blofelds Ideen nicht neu sind und daß sie wirksam sein können.«

M nickte. »Vielen Dank, Mr. Leathers. Würden Sie jetzt mal etwas unwissenschaftlich werden und einfach ihre Vermutungen äußern, wozu das alles gut sein soll?« M lächelte. »Es bleibt natürlich unter uns!«

501 strich sich sorgenvoll durchs Haar. »Also, Sir, es mag Unsinn sein, aber bei der Lektüre des Berichtes kam mir ein Gedanke. Blofeld hat eine horrend kostspielige Anlage geschaffen. Ob seine Absichten nun gut oder schlecht sind – und wir

können annehmen, daß sie schlecht sind –, es stellt sich die Frage: Wer bezahlt das? Wie ist er auf dieses Gebiet verfallen, und wie hat er die Mittel dafür aufgetrieben? Die führenden Köpfe in der Verhaltensforschung sind seit Iwan Pawlow immer Russen gewesen. Wie Sie sich noch erinnern werden, Sir, hatte ich dem Amt nach dem ersten gelungenen russischen Raumflug um die Welt einen Bericht über den Astronauten Gagarin eingesandt. Ich wies darin auf seine einfache Natur hin, auf sein ausgeglichenes Verhalten bei dem hysterischen Empfang, der ihm in London bereitet wurde. Dieses leere, lächelnde Gesicht, Sir, diese unschuldigen Augen, diese unkomplizierte Psyche, all das deutete auf Hypnose hin. Ich wagte zu behaupten, daß er den schwierigen Anforderungen in der Raumkapsel nur im posthypnotischen Zustand gewachsen sein konnte. Man hielt meine Folgerungen damals für phantastisch. Ich wiederhole sie jetzt und gebe zu bedenken, daß die Macht, die hinter Blofeld steht, sehr wohl die Russen sein können.« Er wandte sich an Bond. »Waren irgendwelche Anzeichen eines russischen Einflusses oder russischer Leitung auf dem Piz Gloria zu bemerken? Waren dort Russen?«

»Ja, dieser Hauptmann Boris. Ich habe ihn zwar nie gesehen, aber er war zweifellos Russe. Von den anderen eventuell noch drei.«

501 zuckte mit den Achseln und sagte zu M: »Ich fürchte, daß ich nicht mehr zur Aufklärung beitragen kann, Sir. Aber meiner Ansicht nach war dieser Hauptmann Boris entweder ›Zahlmeister‹ oder Leiter des Projektes und Blofeld der unabhängige Unternehmer. Das würde zum Charakter des alten SPECTRE passen – eine selbständige Organisation, die für jeden arbeitet, der zahlt.«

»Daran könnte etwas sein, Mr. Leathers«, sagte M nachdenklich. »Aber was ist der Zweck der Übung? Was halten Sie von alldem, Mr. Franklin?«

Franklin hatte sich eine Pfeife angezündet. Er entnahm seiner Aktentasche einige Schriftstücke. Dann breitete er eine Landkarte von England und Irland auf dem Tisch aus. »Hierauf sind sämtliche Agrar- und Viehzuchtgebiete von England und Irland eingezeichnet«, erklärte er. »Ich muß gestehen, daß ich beim Lesen des Berichtes zunächst völlig konsterniert war. Wie Mr.

Leathers sagt, scheinen diese Forschungen und Versuche völlig harmlos, im Gegenteil, um seine Worte zu gebrauchen, sogar löblich zu sein. Aber dann kam mir ein schwerer, entsetzlicher Verdacht. Ist übrigens die Liste mit den Namen und Adressen der Mädchen greifbar?«

Bond zog die Fotokopie aus der Rocktasche und reichte sie Franklin, der sie überflog und zutiefst beeindruckt rief: »Ich habe es! Ich glaube, ich habe es!«

Die drei anderen sahen ihn gespannt an. Franklin malte mit dem Rotstift eine Reihe anscheinend unzusammenhängender roter Kreise in England und Irland und murmelte dabei vor sich hin: »Aberdeen – Aberdeen-Angus-Rinder! Devon – ungehörntes Rind! Lancashire – Geflügel! Kent – Obst! Shannon – Kartoffeln!« schließlich zeigte sein Stift auf East Anglia. Er zeichnete ein großes, rotes Kreuz und sagte: »Truthähne!«

In das Schweigen, das nun folgte, fragte M leicht gereizt: »Und was soll das bedeuten?«

Franklin kramte in seiner Aktenmappe und förderte schließlich einen Zeitungsausschnitt zutage. »Ich nehme nicht an, daß Sie, meine Herren, den Landwirtschaftsteil der Zeitungen lesen; dieser Bericht stammt aus dem ›Daily Telegraph‹ von Anfang Dezember. Die Überschrift lautet: HÜHNERPEST VERNICHTET TRUTRÄHNE MASSENWEISE. Dann heißt es: ›Die Versorgung des Weihnachtsmarktes mit Truthähnen könnte durch die kürzlich ausgebrochene Hühnerpest ernstlich gefährdet werden. Eine große Anzahl Tiere mußte bereits notgeschlachtet werden ...‹ Und weiter unten: ›Nach bisherigen Mitteilungen mußten 218 000 Tiere geschlachtet werden ... während voriges Jahr der Weihnachtsmarkt mit 3 700 000 bis 4 000 000 Stück beliefert wurde, hängt die Versorgung diesmal von der weiteren Ausbreitung der Hühnerpest ab.‹«

Franklin legte den Ausschnitt hin und erklärte ernst: »Es gelang uns, weitere Veröffentlichungen in der Presse zu unterdrücken. Aber ich kann Ihnen sagen, meine Herren, daß wir in den letzten vier Wochen ungefähr drei Millionen Truthähne schlachten mußten. Und das ist erst der Anfang. Die Hühnerpest breitet sich wie ein Lauffeuer in ganz East Anglia aus. Auch in Hampshire sind bereits Anzeichen vorhanden, wo ebenfalls Truthahnzucht betrieben wird. Wir mußten zwei Millionen aus

Amerika importieren, um den Weihnachtsbedarf decken zu können.«

M meinte säuerlich: »Ich kann verstehen, daß das für Sie ein Problem ist. Doch was hat das mit unserem Fall zu tun?«

Franklin erwiderte: »Wir haben einen Anhaltspunkt. Die ersten Tiere, die starben, wurden auf der Nationalen Geflügel-Ausstellung in den Olympia-Hallen in London Anfang dieses Monats gezeigt. Wir kamen erst dahinter, als die Ausstellung bereits geschlossen war. So konnten wir die Herkunft des Virus nicht mehr ermitteln. Hühnerpest ist notabene höchst ansteckend und verläuft hundertprozentig tödlich. Aber«, er hielt eine Broschüre mit dem Wappen der Vereinigten Staaten hoch, »was wissen Sie, meine Herren, von biologischer Kriegführung?«

Leathers antwortete: »1944 hatten die Amerikaner den Plan ausgearbeitet, die gesamte japanische Reisernte durch Besprühen mit Bakterien von Flugzeugen aus zu vernichten. Aber ich erinnere mich, daß Roosevelt sein Veto einlegte.«

»Stimmt!« sagte Franklin. »Die biologische Kriegführung ist aber keineswegs ad acta gelegt. Mein Ministerium befaßt sich mit diesem Thema. Wir sind das höchstentwickelte Agrarland der Erde. Wir haben das im Krieg notgedrungen fertiggebracht, um nicht zu verhungern. So wären wir theoretisch ein ideales Ziel für einen solchen Angriff, dem man nur durch Abschlachten des gesamten Geflügel- und Viehbestandes und durch Verbrennen der Ernten begegnen kann. Binnen wenigen Monaten wären wir ruiniert und müßten buchstäblich um Brot betteln.«

»Darüber habe ich noch nie nachgedacht«, sagte M, »aber es leuchtet mir ein.«

»Diese Broschüre hier«, fuhr Franklin fort, »enthält die neuesten Erkenntnisse unserer amerikanischen Verbündeten zu diesem Thema. Darf ich Ihnen einiges daraus vorlesen?«

21

Franklin unterbrach seine Vorlesung ab und zu, um Erläuterungen zu geben.

»Die biologische Kriegführung, Abkürzung BK, oft auch bakteriologische oder mikrobische Kriegführung genannt, umfaßt alle Mikroorganismen, Insekten und andere Schädlinge sowie pflanzliche und tierische Giftstoffe.

Die Agenzien der BK wie die der chemischen Kriegführung, CK abgekürzt, unterscheiden sich im Grad ihrer Tödlichkeit. Das ermöglicht, jeweils das für den gewünschten Zweck geeignete Agens zu wählen, je nachdem, ob man nur eine vorübergehende Lahmlegung mit geringen Nachwirkungen oder Seuchen und zahlreiche Tote erzielen will. Außerdem bestehen zwischen BK und CK noch einige andere wesentliche Unterschiede. Die BK-Agenzien haben eine Inkubationszeit von Tagen, manchmal von Wochen, während die CK-Waffen binnen Sekunden oder weniger Stunden wirksam werden.«

Franklin hielt kurz inne. »Die Broschüre schildert ferner ausführlich die verschiedenen Schädlinge sowie die Seuchen und Krankheiten in der Pflanzenwelt. Dann wird dargelegt, daß die Natur der BK-Agenzien für geheime, tückische Anschläge besonders geeignet ist. Und das betrifft uns. Nach der Geflügel-Ausstellung wurden die Erreger durch die Truthähne in allen dichtbesiedelten Zuchtgebieten verbreitet. In der Broschüre heißt es: ›… Versuche haben gezeigt, daß durch BK-Agenzien ohne weiteres Gebiete von mehreren tausend Quadratmeilen verseucht werden können!‹ Großbritannien mit Irland umfaßt nur eine Fläche von etwas über hunderttausend Quadratmeilen! Zum Abschluß zitiere ich noch eine Stelle, und dann werden Sie begreifen, warum ich mich derart aufrege. In dem Abschnitt ›Verteidigungsmaßnahmen‹ heißt es:›… Die Verteidigung gegen die biologische Kriegführung wird durch die Schwierigkeit, die Agenzien zu entdecken und zu vernichten, wesentlich kompliziert. Bisher sind auch noch keine entsprechenden Methoden gefunden worden.‹«

Franklin legte die Broschüre auf den Tisch, nahm seine Pfeife, stopfte sie und erklärte, auf einmal wieder freundlich lächelnd: »So, meine Herren, die Anklagerede ist beendet.«

M sagte: »Ich danke Ihnen, Mr. Franklin. Wenn ich Sie richtig verstanden habe, meinen Sie, daß Blofeld einen Bakterienkrieg gegen unser Land vorbereitet?«

»Ja«, antwortete Franklin überzeugt.

»Wie kommen Sie zu dieser Schlußfolgerung?«

Franklin deutete auf das rote Kreuz, das er über East Anglia gezeichnet hatte. »Das war meine erste Spur. Polly Tasker, die den Piz Gloria bereits vor einem Monat verlassen hat, stammte aus dieser Gegend, wo die meisten Truthähne gezüchtet werden. Sie litt an einer Allergie gegen Truthähne und kehrte geheilt und mit allen möglichen Reformplänen zurück. Eine Woche nach ihrer Rückkehr bricht die katastrophalste Hühnerpest in der Geschichte Englands aus.«

Leaters klatschte sich auf die Schenkel. »Beim Himmel, Sie haben es, Franklin! Weiter!«

»Als Bond einen Blick in das Laboratorium warf, sah er auf Regalen Reagenzgläser stehen, die, wie er sagt, eine ›trübe, flockige Flüssigkeit‹ enthielten. Das können Erreger von Hühnerpest, Milzbrand und Gott weiß was gewesen sein. Er erwähnt ferner das rote Licht. Das würde passen: Viruskulturen sind empfindlich gegen Helligkeit. Wahrscheinlich hat man dieser Polly einen Aerosolspray nach England mitgegeben und ihr vorgelogen, es sei ein Mittel, um die Tiere fetter und gesünder werden zu lassen. Erinnern Sie sich an die Befehle während der Hypnose? Nehmen wir an, sie sollte die Ausstellung in den Olympia-Hallen besuchen und dabei die preisgekrönten Tiere mit der Flüssigkeit besprühen. Es war ihr eingeschärft worden, alles strikt geheimzuhalten. Meiner Meinung nach sollte sie erst in den letzten Tagen der Ausstellung ihr Werk tun, um die Entdeckung so lange hinauszuzögern, bis die preisgekrönten Tiere zu ihren in ganz England verstreuten Besitzern zurückgeschickt worden waren. Und da war es geschehen! Und vergessen Sie nicht, es *ist* passiert! Drei Millionen Tiere sind tot, und das Sterben hat noch nicht aufgehört. Und eine große Devisensumme mußte ins Ausland gehen, um dafür Ersatz zu schaffen.«

Leathers, der vor Aufregung rot geworden war, mischte sich jetzt ein und deutete auf die Karte. »Und die anderen Mädchen! Sie kommen alle aus gefährdeten Gegenden. Überall finden ständig lokale Ausstellungen statt: Vieh, Geflügel, sogar Kartoffeln – Coloradokäfer für die Kartoffeln, nehme ich an – Schweinepest für die Schweine und so weiter. Und es ist so verdammt einfach! Man braucht die Erreger nur eine Weile in der richtigen Temperatur zu halten. Das hat man den lieben Kindern beigebracht. Und die ganze Zeit wären sie überzeugt davon, wahre Heilige zu sein! Genial. Das muß ich dem Kerl lassen.«

M fragte Bond scharf: »Was meinen Sie dazu?«

»Ich fürchte, es stimmt, Sir. Wir kennen den Mann, es liegt genau auf seiner Linie. Und ihm ist es völlig gleich, wer zahlt. Er erzielt jedenfalls dabei ein Vermögen. Wenn Franklin recht hat, was die Broschüre des Senats bestätigt, so wird unsere Währung ruiniert – und das Land mit ihr.«

M stand auf. »Gut, meine Herren. Mr. Franklin, wollen Sie bitte sofort Ihrem Minister Bericht erstatten. Ich werde den Premierminister informieren und vor allem Sir Ronald Vallance von Scotland Yard verständigen. Wir müssen diese Polly schnellstens finden und die andern Mädchen, sobald sie nach England zurückkommen. Man muß sie allerdings freundlich behandeln, sie können ja nichts dafür. Dann wollen wir überlegen, was wir mit Blofeld tun.« Zu Bond sagte er: »Bleiben Sie bitte noch hier.«

Nachdem sich die andern verabschiedet hatten, bestellte M Tee. »Oder wollen Sie lieber Whisky?« fragte er Bond.

»Whisky bitte, Sir.«

Bond betrachtete Franklins Landkarte. Er dachte an seinen Kündigungsbrief. Das war Schnee von gestern, er steckte bis über die Ohren in seinem alten Beruf, mehr denn je. Jetzt mußte endlich reiner Tisch gemacht werden. Und er mußte alles organisieren und leiten. Und als M der Tee und ihm der Whisky gebracht wurde, wußte er ganz genau, was er zu tun hatte. Nur er konnte das! Es stand nun einmal in seinen Sternen geschrieben!

Nach einer Weile sagte M verdrossen: »Das ist ja eine scheußliche Sache, James, aber leider scheint es zu stimmen.« Er griff zum Telefon. »Verbinden Sie mich mit Sir Ronald Vallance, privat.« Das Gespräch kam gleich. »Tag, Vallance! Hier ist M. Tut mir leid, Sie in Ihrer Siesta stören zu müssen, aber es ist dringend. Erinnern Sie sich an Blofeld und das Unternehmen Feuerball? Er ist wieder am Werk. Ich kann Ihnen jetzt nicht alles erklären, Sie haben morgen früh meinen Bericht. Es betrifft das

Landwirtschaftsministerium ... Ja, ausgerechnet. Franklin, eine der Koryphäen für Schädlingsbekämpfung, wird sich mit Ihnen in Verbindung setzen. Ihr Freund 007 hat die Sache ins Rollen gebracht. Er wird Ihnen alle weiteren Einzelheiten geben, die Sie brauchen. Es handelt sich um folgendes: Ihre Leute müssen versuchen, eine gewisse Polly Tasker zu finden, etwa fünfundzwanzig Jahre alt, lebt in East Anglia ... Ja, ich weiß, es ist ein großes Gebiet, wahrscheinlich stammt sie aus einer soliden Farmerfamilie, die hauptsächlich Truthähne züchtet ... Und wenn Sie sie haben, nehmen Sie sie fest wegen Einschleppung von Hühnerpest ... jawohl. Seien Sie nett zu ihr, sie hat nicht gewußt, was sie tat. Und beruhigen Sie die Eltern. Franklin wird kommen und dem Mädchen ein paar einfache Fragen stellen. Sobald sie die beantwortet hat, können Sie sie laufenlassen. Aber wir *müssen* Polly Tasker finden; wenn Sie den Bericht gelesen haben, werden Sie wissen, warum. Nun der nächste ehrenvolle Auftrag. Zehn Mädchen werden wahrscheinlich in den nächsten Tagen von Zürich nach England und Irland fliegen. Jede muß auf dem betreffenden Flugplatz festgenommen werden. 007 hat eine Liste mit den Namen und einer recht guten Beschreibung ... Nein – die ganze Geschichte kann ich Ihnen jetzt nicht erzählen, sie ist zu lang. Haben Sie je etwas von biologischer Kriegführung gehört? ... Ja. Milzbrand und so weiter ... Genau das ... Ja, und wieder Blofeld. Haben Sie alles verstanden? Schön.« Grimmig lächelnd fügte er hinzu: »Und fröhliche Weihnachten.« Er hängte ein.

»Das wäre erledigt«, sagte er erschöpft. »Vallance findet, es sei höchste Zeit, diesen Blofeld endlich zu schnappen. Er hat völlig recht. Und das ist *unsere* Aufgabe.« Er sah Bond fragend an: »Haben Sie eine Idee?«

Nun war es soweit. Bond nahm einen kräftigen Schluck Whisky und stellte das Glas behutsam hin. Dann begann er zu sprechen, drängend, überredend. Während er seinen Plan entwickelte, verdüsterte sich M immer mehr. Und als Bond schloß: »Das ist die einzige Möglichkeit, die ich sehe, Sir. Ich brauche dazu nur zwei Wochen Urlaub«, kehrte ihm M den Rücken und starrte in die Flammen des Kamins.

Bond saß ruhig da und wartete. Schließlich drehte sich M um. Seine grauen Augen glühten. »Also gut, 007. Machen Sie es so!

Ich kann es dem Premierminister nicht unterbreiten, er würde es ablehnen. Aber, um Himmels willen, schaffen Sie es! Mir wäre es egal, wenn man mich rausschmeißen würde, aber die Regierung darf unter keinen Umständen in internationale Verwicklungen geraten. Verstanden?«

22

Die Pistole im Lederhalfter und seinen richtigen Namen im Paß, schaute James Bond aus dem Fenster der Caravelle, die gerade über den Kanal flog. Er sah auf die Uhr. Sie würden pünktlich um sechs in Marseille sein.

Vor seiner Abreise hatte es noch ein tolles Durcheinander gegeben. Er hatte bis spät in die Nacht und am Morgen im Hauptquartier gearbeitet, Blofelds neue Personenbeschreibung geliefert, mit Ronnie Vallance konferiert, per Fernschreiber mit der Station Z in Zürich verhandelt und Mary Goodnight aufgetragen, Sable Basilisk nach den Feiertagen zu bitten, Nachforschungen über die Familiennamen der zehn Mädchen anzustellen und Ruby Windsors Stammbaum mit goldenen Lettern zu verzieren.

Gegen Mitternacht hatte er Tracy in München angerufen. »Ich schicke dir morgen meinen Geburtsschein mit einem Begleitbrief für den englischen Konsul, in dem ich ihm mitteile, daß ich dich so bald wie möglich heiraten möchte. Es wird ein paar Tage dauern; das Aufgebot muß ausgehängt werden oder so was Ähnliches. Der Konsul wird dir alles sagen. Du mußt deinen Geburtsschein auch schleunigst besorgen und ihn … So, du hast ihn schon?« Bond lachte. »Um so besser! Ich habe noch ungefähr drei Tage zu tun. Morgen sehe ich deinen Vater und halte bei ihm um deine Hand an, um beide Hände und die Füße und den Rest! Nein! Du bleibst, wo du bist. Das ist Männersache! Ist er jetzt noch wach? Ich möchte ihn nämlich anrufen. Gut. Und jetzt gehst du schleunigst ins Bett, sonst bist du zu müde, um ja zu sagen, wenn es soweit ist!«

Marc-Ange war genauso aufgeregt wie Tracy. Nachdem Bond

seinen Begeisterungsausbruch wegen der ›Verlobung‹ über sich hatte ergehen lassen, sagte er: »Hör mal, Marc-Ange, ich wünsche mir von dir ein Hochzeitsgeschenk!«

»Alles, was du willst, mein lieber James. Was ist es denn?«

»Das sage ich dir morgen abend. Ich komme mit der Air France am Nachmittag in Marseille an. Geschäftlich! Könntest du deine Direktoren zu einer Konferenz zusammenrufen? Es handelt sich um unsere Verkaufsorganisation in der Schweiz. Da sind einige drastische Maßnahmen erforderlich.«

»Aha!« Marc-Ange hatte verstanden. »Wird erledigt. Gute Nacht, mein Junge!«

Die Leitung war tot. Der alte Fuchs! Er hatte Angst, daß sein Telefon abgehört wurde.

Das Taxi hielt vor einem modernen Appartementhaus mit einem großen, hellerleuchteten Laden, über dem die grelle Neonreklame verkündete »Appareils Electriques Draco«. Die teppichbelegte Halle war luxuriöser, als Bond erwartet hatte. Nachdem er in sein Zimmer geführt worden war und sich gewaschen hatte, ließ er sich zu Marc-Ange bringen, der bei seinem Anblick über das ganze Gesicht strahlte. Er sprang auf, ging um den Schreibtisch herum, umarmte Bond stürmisch und küßte ihn schmatzend auf beide Wangen. Bond unterdrückte sein Unbehagen und klopfte ihm freundschaftlich auf den breiten Rücken. Lachend ließ ihn Marc-Ange los. »Schon gut. Ich schwöre dir, daß ich es nie wieder tue. Das war das erste- und letztemal, aber mein romanisches Temperament ist mit mir durchgegangen. Entschuldige bitte. Jetzt wollen wir erst mal was trinken!« Er deutete auf eine mit Flaschen beladene Kredenz. »Und dann erzählst du mir, was ich für dich tun kann. Ich spreche kein Wort über Teresa, bis wir das Geschäftliche erledigt haben. Aber sag mir eins«, die braunen Augen schauten Bond flehend an, »es ist doch alles in Ordnung zwischen euch? Du hast es dir nicht etwa anders überlegt?«

»Kein Gedanke, Marc-Ange! Alles ist schon organisiert. Wir heiraten noch diese Woche. Auf dem Konsulat in München. Ich habe vierzehn Tage Urlaub. Die Flitterwochen verbringen wir in Kitzbühel. Ich liebe dieses Nest, und sie auch. Du kommst doch zur Hochzeit?«

»Und ob!« Marc-Ange explodierte förmlich. »Es wird dir

schwerfallen, mich von Kitzbühel fernzuhalten. Aber jetzt muß ich mich zusammenreißen. Meine zwei besten Leute, meine Organisatoren, wenn du so willst, warten draußen. Ich wollte dich nur vorher einen Moment für mich allein haben.«

»Das wollte ich auch, Marc-Ange. Ich muß mit dir über einiges sprechen, was mein Land betrifft. Ich habe die Erlaubnis, dir alles zu sagen. Aber es muß hinter deinem *Horkos Odonton* verschlossen bleiben!«

Marc-Ange lächelte. »Schieß los!«

Bond erzählte ihm die ganze Geschichte, wobei er auch sein Erlebnis mit Ruby nicht ausließ. Ihm flößte dieser Mann Respekt ein, ja, er liebte ihn geradezu, er konnte nicht sagen, warum. Zum Teil war es seine animalische Ursprünglichkeit, zum Teil, weil er ihm so völlig sein Herz geöffnet, seine geheimsten Gedanken anvertraut hatte.

Als Bond geendet hatte, lehnte sich Marc-Ange zurück, steckte sich eine Gauloise in den Mundwinkel und sprach durch die blauen Rauchwolken, die ununterbrochen seinen Lippen entströmten. »Ja, das ist wirklich eine üble Angelegenheit. Der muß ein Ende gesetzt werden – und dem Mann auch. Mein lieber James«, seine Stimme klang düster, »ich bin ein Verbrecher, ein großer Verbrecher, ich habe eine Anzahl Puffs, ich habe einen Ring von Prostituierten, ich schmuggle, ich stelle Leibwächter für Geld, ich bestehle die Schwerreichen. Ich breche viele Gesetze, und ich habe dabei oft töten müssen. Aber dieser Blofeld ist zu gemein, zu widerlich. Du willst, daß ihm die Union den Krieg erklärt, ihn vernichtet, weil das auf gesetzlichem Wege nicht geschehen kann.« Er lächelte Bond zu. »Das ist das Hochzeitsgeschenk, von dem du gesprochen hast. Nicht wahr?«

»Richtig. Aber ich mache mit. Der Mann gehört mir!«

Nachdenklich schaute ihn Marc-Ange an. »Das gefällt mir gar nicht, und du weißt warum. Du bist ein verdammter Narr, James, du kannst von Glück sagen, daß du überhaupt noch lebst.« Er zuckte mit den Achseln. »Es hat ja keinen Sinn, dir das ausreden zu wollen. Du bist schon zu lange hinter diesem Kerl her. Und du willst die Sache selber zum Abschluß bringen. Stimmt's?«

»Ja. Ich möchte nicht, daß andererihn ein abschießt.«

»Gut, gut. Ich rufe jetzt meine Leute, ja? Sie brauchen nicht zu wissen, um was es geht. Wir müssen uns nur darüber einig werden, wie wir es schaffen wollen. Ich habe ein paar Ideen. Ich glaube, daß es rasch erledigt werden kann. Aber es dürfen uns keine Fehler unterlaufen.«

Er sprach ein paar Worte ins Telefon. Eine Minute später erschienen zwei Männer, die kaum Notiz von Bond nahmen und sich an den Schreibtisch setzten.

Marc-Ange wies auf den Mann neben Bond, einen Bullen mit gespaltenen Ohren und gebrochener Boxernase. »Das ist Ché-Ché, der Überredungskünstler.« Er lächelte grimmig. »Und er versteht sein Handwerk.«

Zwei harte braune Augen musterten Bond kurz, widerstrebend: »Freut mich.«

»Und das ist Toussaint, der ›Knaller‹. Unser Experte für Plastikbomben. Wir werden viele brauchen.«

Toussaint beugte sich vor. Er war hager und hatte ein gutgeschnittenes, pockennarbiges Profil. Er lächelte Bond verständnisinnig zu, sagte ebenfalls »Freut mich« und lehnte sich wieder zurück.

»Und das«, Marc-Ange, deutete auf Bond, »ist mein bester Freund. Er heißt einfach ›Kommandant‹. Nun zur Sache.« Er hatte bisher französisch gesprochen, verfiel aber jetzt in rasches Korsisch, dem Bond nicht folgen konnte. Er nahm aus seiner Schreibtischschublade eine Generalstabskarte der Schweiz, breitete sie auf dem Tisch aus und deutete auf einen Punkt in der Mitte des Engadins. Die beiden Männer betrachteten sie eingehend. Ché-Ché erklärte dann etwas auf korsisch – Bond hörte das Wort Straßburg heraus –, und Marc-Ange nickte zustimmend. Er wandte sich zu Bond, gab ihm ein Blatt Papier und einen Bleistift. »Sei so gut und mach mir eine Skizze vom Piz Gloria mit allen Gebäuden und Anlagen und den ungefähren Maßen und Entfernungen. Später stellen wir ein Relief-Modell der ganzen Anlage her, damit kein Irrtum passieren kann. Jeder einzelne erhält seinen Auftrag, wie bei den Kommandounternehmen im Krieg.«

Bond ging an die Arbeit, während die Männer weitersprachen. Das Telefon läutete. Marc-Ange hob ab, notierte sich ein paar Worte, legte auf und sagte etwas befremdet zu Bond: »Ein Telegramm für mich aus London mit der Unterschrift Universal.

Inhalt: ›Die Vögel haben sich in der Stadt versammelt und fliegen alle morgen ab.‹ Was soll das bedeuten, mein Lieber?«

»Entschuldige bitte, Marc-Ange. Ich habe ganz vergessen, dir das zu avisieren. Es bedeutet, daß die Mädchen in Zürich angekommen sind und morgen nach England fliegen. Eine sehr gute Nachricht. Es war wichtig, daß sie uns dort aus dem Weg sind.«

»Ausgezeichnet! Du hast recht gehabt, das Telegramm nicht an dich adressieren zu lassen. Du bist ja offiziell gar nicht hier und kennst mich auch nicht!«

Marc-Ange sah sich Bonds Skizze an und gab sie Toussaint, der sie eingehend betrachtete und dann behutsam zusammenfaltete. Mit einer knappen Verbeugung zu Bond verließen die beiden den Raum.

Marc-Ange lehnte sich zufrieden zurück. »Es klappt«, sagte er. »Das ganze Team erhält Gefahrenzuschlag, und eine zünftige Keilerei haben sie immer gern. Und es freut sie, daß ich als Anführer dabei bin. Ich nehme fünf meiner besten Leute mit. Mit uns beiden sind wir dann sieben. Wie viele werden oben auf dem Berg sein?«

»Ungefähr acht. Und der Boß!«

»Ja, der Boß«, sagte Marc-Ange nachdenklich. »Der darf uns nicht entwischen.« Er stand auf. »Und jetzt, mein Freund, wollen wir es uns schmecken lassen. Das Essen wird hier serviert. Und wenn wir dann ins Bett gehen, stinken wir nach Knoblauch und sind vielleicht auch ein bißchen besoffen. Bist du damit einverstanden?«

Aus vollem Herzen antwortete Bond: »Ich könnte mir nichts Besseres vorstellen!«

23

Am nächsten Tag reiste Bond mit Flugzeug und Bahn nach Straßburg, wo er im Hotel *Maison Rouge* abstieg. Der Knoblauchgeruch leistete ihm immer noch Gesellschaft.

Er hatte die Stunden mit Marc-Ange in Marseille ungemein

genossen und freute sich schon auf das, was nun vor ihm lag: die Aufgabe, die er vollbringen mußte, und dann Tracy!

Am Morgen hatte es endlose Besprechungen am Modell des Piz Gloria gegeben, das in der Nacht angefertigt worden war. Neue Typen waren aufgetaucht, hatten ihre Befehle erhalten und waren wieder verschwunden – harte, mordlustige Banditengesichter, die alle etwas gemein hatten: die Ergebenheit für ihren Capu. Bond war sehr beeindruckt von der Autorität, die Marc-Ange ausstrahlte, und von der Art, wie er mit jedem Problem fertig wurde, sich um alle Einzelheiten kümmerte, von der Beschaffung des Hubschraubers bis zur Zahlung von Pensionen an die Hinterbliebenen.

Im *Maison Rouge* war für Bond ein schönes Zimmer reserviert. Er wurde mit ausgesuchter Höflichkeit empfangen. Zum Abendessen bestellte er nur die traditionelle feine Gänseleber mit einer halben Flasche Champagner und war froh, daß er bald zu Bett gehen konnte.

Den nächsten Morgen verbrachte er mit Vorbereitungen in seinem Zimmer. Er bezahlte seine Rechnung und veranlaßte, daß sein Koffer an Tracy in die *Vier Jahreszeiten* geschickt wurde. Dann setzte er sich mit einer Zeitung ans Fenster, schaute dem Betrieb auf der Straße zu, las zwischendurch und vergaß das Gelesene sofort wieder.

Als punkt zwölf das Telefon läutete, ging er hinunter zu dem grauen Peugeot, der ihn abholen sollte. Ché-Ché saß am Steuer. Er beantwortete Bonds Gruß kurz. Schweigend fuhren sie eine Stunde durch eine langweilige Landschaft; schließlich bogen sie in einen schlammigen Seitenweg ein, der sich durch einen dichten Wald schlängelte, und kamen zu einer halbverfallenen Mauer. Hinter einem verrosteten Eisentor lag ein verwilderter Park. Sie passierten die verwitterte Fassade eines einst imposanten Schlosses und hielten vor einer großen Scheune, die in erstaunlich gutem Zustand war. Ché-Ché hupte dreimal kurz, sofort öffnete sich eine kleine Tür in dem großen Doppeltor. Marc-Ange trat heraus, begrüßte Bond vergnügt und rief: »Komm rein, lieber Freund!« Du kannst mit mir eine gute Straßburger Wurst essen und einen ganz passablen Reichenweier Riesling trinken.«

Das Innere der Scheune erinnerte an ein Filmatelier: Scheinwerfer strahlten den plumpen Rumpf eines Hubschraubers an, und es wimmelte von Menschen. Bond erkannte einige Leute der *Union Corse,* die anderen waren wahrscheinlich einheimische Mechaniker. Zwei Männer auf Leitern waren eifrig damit beschäftigt, auf den Rumpf der Maschine rote Kreuze auf weißem Grund und die Erkennungsbuchstaben FL-BGS zu malen. Der Pilot wurde ihm vorgestellt, ein blonder junger Mann namens George. »Du wirst neben ihm sitzen«, sagte Marc-Ange zu Bond. »Er ist ein guter Pilot, kennt aber den letzten Teil der Strecke nicht und hat noch nie was vom Piz Gloria gehört. Nach dem Essen solltest du mit ihm mal die Route auf der Karte durchgehen.« Und auf französisch zu George: »Es wird bestimmt ein paar interessante Unterhaltungen mit der Schweizer Flugsicherung geben, nicht wahr, George?«

George erwiderte kurz: »Wir werden sie schon an der Nase herumführen«, und machte sich wieder an seine Arbeit, während Marc-Ange weiter die Verladung der ›Waren‹ überwachte: Maschinenpistolen und kleine, in rotes Wachstuch gewickelte Pakete.

Später ließ Marc-Ange seine Mannschaft, einschließlich Bond, antreten und inspizierte rasch noch einmal die Handwaffen, zu denen bei seinen Leuten auch abgenutzte Schnappmesser gehörten. Die Männer trugen wie Marc-Ange nagelneue uniformähnliche graue Skianzüge. Er verteilte schwarze Armbinden mit der Aufschrift »Eidgenössische Gebirgspolizei«.

Als er Bond eine aushändigte, erklärte er: »Es gibt natürlich keine Eidgenössische Gebirgspolizei, aber ich bezweifle, daß unsere Freunde vom SPECTRE das wissen. Auf jeden Fall werden die Binden zunächst großen Eindruck machen.«

Er schaute auf die Uhr, drehte sich um und rief auf französisch: »Zwei Uhr fünfundvierzig. Alles fertig? Dann los!«

Ein Traktor zog den Hubschrauber ins Freie, alle stiegen ein, der Pilot drückte auf den Starter, der Motor lief an. Die großen Rotorblätter drehten sich, und langsam löste sich die Maschine vom Boden.

Rasch waren sie über dem Rhein, und bald lag Basel unter einer Dunstglocke vor ihnen. Sie waren in einer Höhe von sechshundert Metern, die der Pilot zunächst einhielt. In Bonds Kopfhörern meldete sich die schweizerische Flugsicherung und ersuchte sie höflich, sich zu legitimieren. Als der Pilot nicht antwortete, wurde die Bitte drängender wiederholt. Jetzt erwiderte der Pilot auf französisch: »Ich verstehe Sie nicht.« Pause, dann kam das gleiche auf französisch. Der Pilot sagte: »Sprechen Sie bitte deutlicher.« Als das geschehen war, erklärte er: »Hubschrauber vom Roten Kreuz, mit Blutserum für Italien.« Nach kurzem Schweigen erkundigte sich eine andere Stimme: »Welches ist Ihr Bestimmungsort?« – »Einen Moment, bitte«, sagte der Pilot. »Ich habe es hier aufgeschrieben.« Nach einer Weile fragte er. »Sind Sie die Schweizer Flugsicherung?« – »Ja.« – »Hier ist FL-BGS. Mein Bestimmungsort ist das Ospedale Sante Monica in Como.« Wieder verstummte der Funk und meldete sich fünf Minuten später: »FL-BGS, FL-BGS. Ihre Maschine ist hier nicht verzeichnet. Wieso nicht?« – »Ihre Listen werden nicht auf dem laufenden sein. Das Flugzeug ist erst vor einem Monat zugelassen worden.« Abermals eine lange Pause. Jetzt tauchte Zürich vor ihnen auf, und der Kontrollturm Kloten schaltete sich ein: »FL-BGS. Sie haben den zivilen Luftraum verletzt. Landen Sie sofort und melden Sie sich bei der Flugkontrolle. Ich wiederhole: Landen Sie und melden Sie sich.« Empört erwiderte der Pilot: »Was soll das heißen: ›Landen Sie und melden Sie sich?‹ Haben Sie denn kein Gefühl für die leidende Menschheit? Wir transportieren Blutserum für einen todkranken italienischen Wissenschaftler nach Como. Haben Sie denn kein Herz? Wollen Sie einen Mord verantworten?« Dieser gallische Ausbruch verschaffte ihnen Ruhe, bis sie den Zürichsee hinter sich hatten. Bond lachte in sich hinein. Dann meldete sich wieder die schweizerische Flugsicherung: »FL-BGS, FL-BGS! Wer hat Ihnen die Erlaubnis für diesen Flug gegeben? Ich wiederhole: Wer hat Ihnen die Erlaubnis für diesen Flug gegeben?«

»Sie natürlich!«

Jetzt lagen die Alpen vor ihnen – schön und gefährlich in der Abendsonne. Bald waren sie im Schutz der Täler, den Radarschirmen entzogen. Die Flugsicherung mußte sich inzwischen darüber klargeworden sein, daß die lange Debatte auf jedem Flugplatz und von jedem Piloten, der an diesem Abend die Schweiz überflog, mitgehört würde. Die Stimme meldete sich sehr höflich, aber energisch: »FL-BGS, wir haben keine Unterlagen über Ihren Flug. Es tut mir leid, aber Sie verletzen den schweizerischen Luftraum. Kehren Sie bitte zum Flugplatz Kloten zurück, und melden Sie sich dort bei der Flugkontrolle.«

Der Hubschrauber schwankte. Ein Düsenjäger mit dem Schweizer Hoheitszeichen zischte an ihnen vorbei, zog eine große Schleife und raste wieder auf sie zu. Der Pilot sprach ärgerlich in sein Mikrophon: »Flugsicherung! Hier ist FL-BGS. Für weitere Auskünfte setzen Sie sich mit dem Internationalen Roten Kreuz in Genf in Verbindung. Ich bin nur der Pilot. Wenn Sie die Papiere verloren haben, so ist das nicht meine Schuld! Ich wiederhole – setzen Sie sich mit Genf in Verbindung. Und inzwischen rufen Sie bitte Ihre gesamte Luftwaffe zurück. Meine Passagiere werden davon luftkrank!« Die Stimme fragte zurück: »Wer sind Ihre Passagiere?« Der Pilot spielte seinen letzten Trumpf aus: »Vertreter der Weltpresse! Sie haben den ganzen Unsinn mit angehört. Viel Vergnügen bei der Lektüre der morgigen Zeitungen, meine Herren! Und tragen Sie bitte in Ihren Flugbüchern ein, daß ich nicht die russische Luftwaffe bin, die die Schweiz angreift!«

Nun trat Stille ein. Der Düsenjäger war verschwunden. Bond sah auf seine Uhr. Noch etwa zehn Minuten. Er drehte sich um und spähte durch die Luke hinunter. Die Gesichter von Marc-Ange und seinen Leuten waren angespannt und blaß. Bond hielt ermutigend den Daumen hoch und streckte alle zehn Finger aus.

Marc-Ange nickte. Bond wandte sich wieder nach vorn und suchte den steilen Gipfel, den er haßte und fürchtete.

24

Dort war er ja! Der Gipfel glänzte noch golden, das Plateau und die Gebäude waren schon in dunkelblaue Schatten gehüllt.

Bond deutete nach vorn. Der Pilot hielt den Motor auf der höchsten Tourenzahl. Als er nach links abdrehte, ertönte im Lautsprecher eine scharfe Stimme, erst auf deutsch und dann auf französisch: »Landung verboten! Das ist Privatbesitz. Ich wiederhole: Landung verboten!« Der Pilot schaltete das Funkgerät aus. Er hatte an Hand des Modells seinen Landeplatz ausgesucht, schwebte darüber und ließ sich langsam nieder. Die Maschine vollführte noch einen Sprung auf ihren Gummikufen und blieb dann stehen. Eine Gruppe Männer erwartete sie bereits. Acht! Bond erkannte einige. Alle hatten die Hände in den Taschen. Die Tür hinter Bond wurde aufgerissen, und die Union-Männer sprangen die Leiter hinunter. Die beiden Gruppen starrten einander an, und Marc-Ange sagte mit überzeugender Autorität: »Patrouille der Eidgenössischen Gebirgspolizei. Am Heiligen Abend hat es hier eine Schießerei gegeben. Wir müssen das untersuchen.«

Fritz, der ›Oberkellner‹, knurrte wütend: »Die örtliche Polizei ist bereits hiergewesen und hat ein Protokoll aufgenommen. Es ist alles in Ordnung. Bitte, verlassen Sie sofort das Gelände. Was ist überhaupt die ›Eidgenössische Gebirgspolizei‹? Davon habe ich noch nie was gehört.«

Der Pilot stieß Bond an und deutete nach links zu dem Gebäude, das den Grafen und das Laboratorium beherbergte. Ein Mann in Sturzhelm und Bobkleidung rannte auf dem Pfad zur Seilbahnstation. Marc-Anges Leute konnten ihn von unten nicht sehen. Bond schnellte von seinem Sitz hoch, lehnte sich aus der Tür und brüllte: »Der große Boß! Er haut ab!«

Während er hinaussprang, rief einer der SPECTRE-Männer: »Der Engländer! Der Spion!« Und als Bond nach rechts lief, brach die Hölle los. Die erste Salve aus den schweren Pistolen der SPECTRE-Männer erdröhnte ... Kugeln pfiffen Bond um die Ohren ... Dann die donnernde Antwort der Union-Leute mit ihren Maschinenpistolen ...

Bond bog um die Ecke des Klubhauses. Hundert Meter unter ihm auf dem Abhang hatte der Mann mit dem Sturzhelm in der Seilbahnstation die Tür des Bobkellers aufgerissen. Er tauchte mit einem Einmannskeleton wieder auf, den er als Schild vor sich hielt, und schoß aus einer Automatik auf Bond. Bond kniete nieder, umklammerte seine Pistole mit beiden Händen und feuerte auf den Mann, der zu der wenige Meter entfernten glitzernden Gloria-Expreß-Bobbahn hetzte. Bond erhaschte im Mondschein einen Blick auf sein Profil. Es war Blofeld! Während Bond noch den Abhang hinunterlief, hatte sich Blofeld auf den Skeleton geworfen und war in der Dunkelheit verschwunden. Bond raste zum Schuppen. Nur Viermannbobs und Zweimannbobs ... Nein, da war noch ein Skeleton ... Er zog ihn hastig heraus, stürzte zum Start und sauste wie der Teufel die dunkelblaue Schlucht hinunter. Er versuchte, mit den Stiefelspitzen zu bremsen. Aber es nutzte wenig. Was kam zuerst auf dieser verdammten Bahn? Eine weite Kurve! Bond wurde hoch an den Rand hinaufgetragen, riß den Bob verzweifelt nach rechts und tauchte wieder in die dunkle Schlucht hinunter. Und jetzt? Hätte er sich doch die Karte genauer eingeprägt! Jetzt flog er mit dem Schlitten einige Meter durch die Luft. Der Aufprall nahm ihm den Atem. Verzweifelt bohrte er die Stiefelspitzen in das Eis. Die Geschwindigkeit verringerte sich kaum. Das war also der ›Todessprung‹ gewesen! Wie hieß doch die Strecke danach? ›Schnellschuß‹! Wahrhaftig, das stimmte! Zweihundert Meter, auf denen er fast hundert Stundenkilometer erreichte. Vor ihm tauchte die S-Kurve auf. Auf der Bahn sah er deutlich die Spuren von Blofelds Schlitten und Stiefelspitzen. Er legte sich in die Kurve, krachte mit einem Ellbogen heftig gegen die Steilwand, wurde in die Gegenkurve geschleudert und raste dann auf der Geraden weiter. Geschafft! Aber der Ellbogen brannte wie Feuer! Er biß die Zähne aufeinander. Und er hatte erst die Hälfte hinter sich!

Auf einmal sah er Blofeld vor sich! Bond riskierte es, stützte sich mit einer Hand auf und griff mit der anderen nach der Pistole. Blofeld verschwand im Schatten der nächsten Kurve. »Freude der Hölle!« Wenn er durchkäme, konnte er auf der folgenden Geraden vielleicht einen Schuß anbringen. Der Bob schleuderte durch die Kurve. Der andere war nur fünfzig Meter vor ihm. Bond hielt den Atem an und feuerte zwei Schüsse ab. Sie waren gut gezielt, aber jetzt war Blofeld wieder im Schatten untergetaucht. Doch Bond holte immer mehr auf Du bist ein toter Mann! Du kannst nicht anhalten oder zurückschießen! Ich bin hinter dir her wie der Blitz! Bald sind es nur noch zehn ... fünf Meter ... Und dann ist es aus!

Der ›Knochenschüttler‹ machte seinem Namen alle Ehre. Bond verlor fast seine Pistole. Vorbei! Er atmete tief ein. Jetzt folgte wieder eine gerade Strecke! Aber da ... vor ihm auf der Bahn ... etwas Schwarzes ... nicht größer als eine Zitrone ... es hüpfte wie ein Gummiball ... Hatte Blofeld, der nur noch dreißig Meter vor ihm lag, etwas verloren?

Und dann wußte er es … Verzweifelt bohrte er die Stiefelspitzen ins Eis … Hoffnungslos … immer schneller raste er auf das hüpfende Ding zu … Auf die Eierhandgranate … Bond bremste nicht mehr … Er konnte nur noch beten und versuchen, an der Handgranate vorbeizurasen … Da explodierte die ganze Bahn … Er wurde mit seinem Schlitten durch die Luft geschleudert, landete im tiefen Schnee … und dann wurde alles schwarz.

Eine ohrenbetäubende Detonation auf dem Berg brachte ihn wieder zu sich. Er steckte bis an die Hüften im Schnee. Trotz seiner Benommenheit blickte er hinauf. Das mußte das Klubgebäude sein. Flammen loderten auf, eine große Rauchwolke stieg zum Himmel. Eine weitere Explosion – das ganze Plateau flog in die Luft, riesige Felsbrocken und Schneemassen wirbelten durcheinander. Jetzt explodierte die Bergstation. Er beobachtete fasziniert, wie die dicken Kabel die Spannung verloren und sich bergab auf ihn zuschlängelten. Es blieb ihm nichts übrig, als zuzusehen und abzuwarten. Wenn er getroffen wurde, war es eben aus mit ihm. Doch sie sausten an ihm vorbei, wickelten sich einen Augenblick um einen Mast, rissen ihn um und verschwanden dann hinter dem Bergsattel.

Bond begann seinen Körper abzutasten. Die aufgeschürften Ellbogen kannte er schon, aber seine Stirn schmerzte jetzt höllisch. Er rieb sie mit einer Handvoll Schnee ab. Das Blut glänzte schwarz im Mondschein. Doch es schien nichts gebrochen zu sein. Er beugte sich über den Schlitten. Beide Kufen waren verbogen, und die Streben klapperten, da sich die Bolzen gelockert hatten. Aber es mußte gehen. Er hatte keine andere Möglichkeit, den Berg hinunterzukommen. Seine Pistole? Natürlich – ebenfalls zum Teufel. Mühsam kletterte Bond die Steilwand hinab. Auf der vereisten Bahn warf er sich auf den Schlitten und fuhr weiter. Die verbogenen Kufen erwiesen sich als ein Segen, da sie erheblich bremsten. Es waren zwar noch einige Kurven, aber bei einem Tempo von kaum fünfzehn Stundenkilometern waren sie ein Kinderspiel. Bald hatte er die ›Paradies-Allee‹ erreicht, die letzte Gerade, auf der er allmählich zum Halten gelangte. Er ließ den Bob stehen und kletterte die niedrige Eiswand hinauf. Hier war der Schnee von den Zuschauern hartgetreten, und er stapfte langsam weiter. Was würde ihn im Tal bei der Seilbahnstation erwarten? Blofeld? Das würde für Bond den sicheren Tod bedeuten. Doch die Station war in Dunkel gehüllt, die zerrissenen Kabel schleiften auf dem Boden. Ein teurer Spaß! Und was war aus Marc-Ange und seinen Leuten und dem Hubschrauber geworden?

Da hörte er über sich in den Bergen das Rattern des Motors, der plumpe, schwarze Rumpf tauchte auf und verschwand im Tal.

Und nun gellte auf der altvertrauten Straße von Samaden die Sirene der Feuerwehr. An den roten Blinklichtern erkannte er, daß sie noch etwa zwei Kilometer entfernt war. Inzwischen war er bei der dunklen Seilbahnstation angelangt und hatte sich eine Geschichte zurechtgelegt. Er stieg auf die Böschung hinter dem Gebäude und schaute sich um. Kein Mensch! Nichts außer den Reifenspuren eines Autos vor dem Eingang. Blofeld hatte wohl vor seiner Flucht vom Piz Gloria seinen Mann hier unten angerufen und war in dessen Wagen geflüchtet. Wohin? Die Reifenspuren bogen nach links ab. Er dürfte also jetzt schon am Bernina-Paß, auf dem Weg nach Italien sein.

Das rote Feuerwehrauto hielt vor der Seilbahnstation. Einige Männer eilten ins Gebäude, andere sahen zum Piz Gloria hinauf, wo noch immer ein roter Feuerschein loderte. Einer, anscheinend der Hauptmann, ging auf Bond zu, salutierte und überschüttete ihn mit einem schweizerdeutschen Wortschwall. Bond schüttelte den Kopf. Der Mann versuchte es auf französisch, Bond verneinte abermals. Ein anderer, der gebrochen Englisch sprach, wurde geholt. »Was ist eigentlich passiert?« fragte er.

»Keine Ahnung. Ich habe einen Tagesausflug von Zürich unternommen und in Pontresina meinen Bus verpaßt. Da wollte ich zu Fuß nach Samaden und dort den Zug nehmen. Unterwegs habe ich die Explosionen oben auf dem Berg gehört«, er deutete vage in die Richtung, »und bin hinter der Station auf die Böschung geklettert, um besser sehen zu können. Und dann weiß ich nur noch, daß ich einen Schlag auf den Kopf erhielt und hinuntergestürzt bin.« Er wies auf seine blutende Stirn und die aufgeschlagenen Ellbogen. »Vermutlich hat mich das gerissene Kabel getroffen und umgeworfen. Haben Sie Verbandzeug bei sich?«

»Ja, natürlich.« Der Mann rief einen Kollegen mit der Rot-

Kreuz-Binde herbei, der einen schwarzen Kasten aus dem Wagen holte und Bond zur Toilette der Station. führte. Dort wusch er im Schein einer Taschenlampe die Wunden aus, pinselte viel Jod drauf und verklebte sie mit breiten Leukoplaststreifen. Als Bond sich im Spiegel betrachtete, mußte er lachen. Eine schöne Figur würde er auf dem Standesamt machen! Der Sanitäter grinste mitfühlend, nahm eine kleine Flasche Cognac aus dem Kasten und reichte sie Bond, der dankbar einen großen Schluck trank. Der Dolmetscher erschien und erklärte: »Im Moment können wir nichts tun. Wir brauchen einen Hubschrauber von der Bergwacht. Wir müssen nach Samaden zurück und Meldung erstatten. Wollen Sie mitfahren?«

»Und ob«, antwortete Bond freudig. Niemand fragte ihn, warum er mitten in der Nacht auf der Straße herumlief, statt ein Taxi zu mieten. Am Bahnhof in Samaden verabschiedete er sich.

Nach einer Fahrt im ratternden Personenzug bis Chur und dann mit dem Schnellzug nach Zürich traf Bond um ein Uhr morgens vor der Haustür des Leiters von Station Z in der Bahnhofstraße ein. Obwohl er im Zug ein bißchen geschlafen hatte, konnte er sich kaum noch auf den Beinen halten. Müde drückte er auf die Klingel unter dem Namen ›Muir‹, bis ein zerzauster Mann im Pyjama die Tür einen Spalt breit öffnete.

»Verdammt noch mal, was ist denn los?« fragte er wütend mit englischem Akzent. Bond antwortete: »Ich bin's. Tut mir leid, es ist wieder 007.«

»Großer Gott! Kommen Sie rein!« Muir blickte vorsichtig nach rechts und links auf die Straße. »Ist jemand hinter Ihnen her?«

»Ich glaube nicht.« Bond trat in die warme Diele. Muir betrachtete ihn von oben bis unten »Was ist denn mit Ihnen passiert? Sie sehen ja aus, als ob Sie durch die Mangel gedreht wurden. Trinken Sie erst mal was.«

Er führte ihn in ein gemütliches Wohnzimmer und wies auf die Anrichte. »Bedienen Sie sich. Ich sage rasch Phyllis Bescheid, damit sie sich nicht ängstigt. Oder soll sie Sie schnell verarzten?«

»Nein, danke. Ein Drink wird mich schon wieder auf die Beine bringen. Herrlich warm ist's hier. In meinem ganzen Leben will ich nie wieder einen Fetzen Schnee sehen.«

Muir kehrte bald wieder zurück. »Phyllis macht Ihnen das Bett im Gastzimmer zurecht. Und jetzt«, er goß sich wenig Whisky und viel Soda ein und setzte sich ihm gegenüber, »erzählen Sie ... was Sie können.«

»Die gleiche Sache wie neulich, nur das nächste Kapitel. Es ist besser, wenn Sie nichts darüber wissen. Ich wäre überhaupt nicht zu Ihnen gekommen, wenn ich nicht unbedingt M eine chiffrierte Nachricht per Fernschreiber schicken müßte. Würden Sie so freundlich sein?«

»Natürlich.« Muir schaute auf seine Uhr. »Halb drei. Eine scheußliche Zeit, den alten Mann zu wecken. Aber das ist Ihre Sorge.« Er ging voran ins Nebenzimmer und nahm ein paar Bücher aus dem Regal. Dahinter war ein Fernschreiber verborgen. Er schaltete ihn ein und sagte: »Ich bin soweit. Schießen Sie los!«

Bond hatte sich auf der Bahnfahrt einen Text zurechtgelegt, den M verstand, Muir aber nicht. Er diktierte: »BAU FERTIGGEMACHT STOP EINZELHEITEN FEHLEN DA IM ALLEINGANG HINTER BESITZER HER STOP DIESER INZWISCHEN VERMUTLICH IN ITALIEN STOP SENDE VON STATION M AUS VOLLEN BERICHT STOP NEHME DANKBAR ZEHN TAGE URLAUB UNTERSCHRIFT 007.«

Muir chiffrierte den Text und gab ihn durch.

Bond sah ihm zu. Wie stickig es in dem Zimmer war! Kalter Schweiß trat ihm auf die Stirn. Er fuhr sich mit der Hand übers Gesicht, murmelte etwas Unverständliches über »diesen verfluchten Berg« und stürzte zu Boden.

25

Tracy starrte ihn entgeistert an, als sie ihn am Münchener Flughafen abholte, hielt aber die Tränen zurück, bis sie in dem kleinen Lancia saßen. »Was haben sie mit dir gemacht?« schluchzte sie. »Was haben die denn jetzt wieder mit dir gemacht?«

Er nahm sie in die Arme. »Keine Sorge, Liebling, es ist nichts weiter. Die paar Kratzer sind nicht der Rede wert. Sei kein Frosch, das kann jedem passieren.« Er streichelte ihr Haar, zog sein Taschentuch heraus und wischte ihr die Tränen ab. Sie schob seine Hand beiseite und lachte. »Jetzt hast du mir meine Wimperntusche verschmiert, und ich hatte sie extra für dich so schön aufgetragen. Als du mir gesagt hast, du müßtest noch für ein paar Tage fort, um etwas in Ordnung zu bringen, wußte ich ja gleich, daß du wieder in einen Schlamassel geraten würdest. Vorhin rief mich Papa an und hat gefragt, ob ich dich schon gesehen hätte. Er tat höchst geheimnisvoll und schien sehr besorgt zu sein. Und jetzt die Geschichte über den Piz Gloria in den Zeitungen. Und dein Anruf aus Zürich heute morgen klang auch so mysteriös. Da war mir klar, daß du in die Sache verwickelt bist.« Sie ließ den Motor an. »Schon gut, ich werde dich nichts fragen. Entschuldige, daß ich geweint habe.« Wütend fügte sie hinzu: »Du bist so ein Idiot! Du Egoist denkst nicht mal dran, daß sich jemand deinetwegen sorgen könnte!«

Bond drückte ihre Hand. Er haßte Szenen, aber sie hatte recht. Er hatte nicht an sie gedacht, nur an seine Arbeit. Es war ihm nie eingefallen, daß sich jemand wirklich um ihn sorgen könnte. Aber bald, in drei Tagen, würde alles anders. Künftig würden nicht nur May und Mary Goodnight jammern, wenn er von einem Auftrag als krankenhausreifer Fall zurückkehrte. Wenn ihm jetzt etwas zustieß, stürbe ein Teil von Tracy mit ihm.

Der kleine Wagen schlängelte sich geschickt durch den Verkehr. »Es tut mir leid, Tracy, aber das mußte sein. Ich konnte mich da nicht einfach zurückziehen. Ich wäre jetzt nicht so glücklich, wenn ich mich gedrückt hätte. Siehst du das ein?«

Sie streichelte seine Wange. »Ich hätte dich gar nicht so lieb, wenn du kein Pirat wärst. Ich werde mich schon daran gewöhnen. Bleib nur, wie du bist. Ich will dich nicht ummodeln, wie andere Frauen ihre Männer. Ich will mit *dir* leben, mit niemandem sonst. Aber sei nicht böse, wenn ich ab und zu heule wie ein Schloßhund. Das ist nur aus Liebe. Die neueste Ausgabe der ›Süddeutschen Zeitung‹ bringt die ganze Geschichte, sie liegt hinter dir auf dem Boden.«

Da stand es, auf der ersten Seite, unter der Überschrift: »Von unserem Korrespondenten in St. Moritz: MYSTERIÖSE EXPLOSION AUF DEM PIZ GLORIA. Seilbahn zum Millionärs-Klub zerstört.« Das wurde im Text etwas ausführlicher geschildert. Die Polizei würde am nächsten Morgen mit einem Hubschrauber Nachforschungen anstellen. Die nächste Schlagzeile fesselte Bonds Aufmerksamkeit. KINDERLÄHMUNG BEDROHT ENGLAND. Es folgte ein kurzer Reuter-Bericht aus London, vom Vortag datiert. »Die neun Mädchen, die auf verschiedenen britischen Flugplätzen zurückgehalten wurden, weil sie mit einer polioverdächtigen Person, ebenfalls einer Engländerin, auf dem Flugplatz Kloten in Berührung gekommen sein sollen, stehen immer noch unter Quarantäne. Wie ein Vertreter des Gesundheitsministeriums dazu erklärt, handelt es sich um eine reine Vorsichtsmaßnahme. Miss Violet O'Neill, eine gebürtige Irin, die möglicherweise an Kinderlähmung erkrankte, wurde zur Beobachtung in eine Klinik in Shannon eingeliefert.«

Bond lächelte vor sich hin. Wenn man sie mit der Nase daraufstieß, konnten die Engländer so etwas sehr gut und rasch erledigen. Wieviel minuziöse Zusammenarbeit von Regierungsstellen war erforderlich gewesen, um diese kurze Meldung zu ermöglichen? Bond warf die Zeitung hinter sich.

Der Fall war abgeschossen, der Auftrag erledigt.

Aber der große Boß war entwischt!

Gegen drei Uhr waren sie im Hotel. Es war eine Nachricht für Tracy da, Marc-Ange sofort im *Maison Rouge* in Straßburg anzurufen. Sie gingen hinauf in ihr Zimmer und ließen sich die Verbindung geben. »Er ist hier, Papa, und fast in einem Stück.« Dann reichte sie Bond den Hörer.

Marc-Ange fragte: »Hast du ihn?«

»Nein. Er ist jetzt in Italien, wenigstens nehme ich das an; er ist in die Richtung gefahren. Wie hast du es geschafft? Es sah von unten großartig aus.«

»Zufriedenstellend, alles in allem.«

»Verluste?«

»Ja. Zwei Mann. Unser Freund hatte in seinem Arbeitszimmer eine Überraschung hinterlassen. Ché-Ché hat ins Gras beißen müssen. Der zweite schoß nicht schnell genug. Der Rückflug war recht unterhaltsam. Ich erzähle dir das morgen. Ich fahre heute die Nacht in meinem Schlafwagen durch.«

»Und was ist mit Irma Bunt, der Sekretärin?«

»Spurlos verschwunden.«

»Vielen Dank, Marc-Ange. Die Nachrichten aus England sind gut. Bis morgen also.«

Bond legte auf. Tracy, die sich diskret ins Badezimmer zurückgezogen hatte, fragte: »Darf ich kommen?«

»Einen Moment noch, Liebling.« Er rief die Station M an und verabredete sich mit dem Leiter, Fregattenkapitän Savage, den er flüchtig kannte, in einer Stunde. Dann holte er Tracy aus dem Bad, und sie machten Pläne für den Abend.

Schließlich ging er in sein Zimmer. Sein Koffer war bereits ausgepackt und an seinem Bett stand eine Schale mit Krokussen, die er aufs Fensterbrett stellte. Er duschte rasch, was durch die Verbände erschwert wurde, zog einen dunkelblauen Anzug an, setzte sich an den Schreibtisch und entwarf den Bericht an M. Dann nahm er seinen dunkelblauen Regenmantel und ging zum Odeonsplatz.

(Wenn er nicht so in Gedanken vertieft gewesen wäre, hätte er auf der anderen Straßenseite eine Frau bemerken müssen: Eine unförmige Gestalt im schäbigen dunkelgrünen Lodenumhang, die bei seinem Anblick erstaunt stehenblieb, die Fahrbahn überquerte und sich an seine Fersen heftete. Sie schien Übung darin zu haben. Und als er in einem Haus am Odeonsplatz verschwand, wartete sie gegenüber, bis er wieder herauskam. Sie folgte ihm bis zu den *Vier Jahreszeiten*. Nachdem sie festgestellt hatte, daß er dort abgestiegen war, fuhr sie in einem Taxi in ihre Wohnung und meldete ein Ferngespräch mit dem Hotel *Metropole* in Como an.)

Auf Bonds Schreibtisch war eine eindrucksvolle Batterie von Medikamenten und Verbandzeug aufgebaut.

Er rief Tracy an. »Was soll das heißen? Hast du einen Hauptschlüssel?«

Lachend erwiderte sie: »Ich habe mich mit dem Zimmermädchen angefreundet. Sie hat mehr Verständnis für Verliebte als du. Warum hast du die Blumen weggestellt?«

»Sie sind entzückend. Aber ich finde, sie sehen am Fenster hübscher aus, und dort kriegen sie Sonne. Jetzt mache ich dir einen Vorschlag: Wenn du zu mir kommst und meine Verbände erneuerst, spendiere ich dir nachher in der Bar einen Drink und mir drei. Das ist das richtige Verhältnis zwischen Mann und Frau. Einverstanden?«

»Gut.« Sie legte auf.

Es schmerzte höllisch. Bond konnte nicht verhindern, daß ihm Tränen in die Augen traten. Sie küßte sie weg. Beim Anblick seiner Wunden war sie kreideweiß geworden.

»Du solltest zu einem Arzt gehen«, sagte sie.

»Ich bin ja gerade bei einem, beim allerbesten. Du hast es wunderbar gemacht. Ich weiß nur noch nicht, wie wir miteinander schlafen sollen.«

»Das werden wir schon sehen. Aber nicht heute nacht und auch morgen nicht. Erst wenn wir verheiratet sind.«

»Jetzt wollen wir aber endlich etwas trinken«, sagte er energisch. »Wir haben noch alle Zeit der Welt, um über Liebe zu reden.«

»Du *bist* ein Schuft!« rief sie empört. »Wir haben so viel zu besprechen, und du denkst nur ans Saufen.«

Er lachte, umarmte und küßte sie lange und leidenschaftlich. »So, das ist der Anfang, der langweiligere Teil folgt in der Bar. Dann essen wir fürstlich und unterhalten uns über Eheringe, ob wir in einem oder zwei Betten schlafen werden, ob ich genügend Laken und Kissenbezüge für zwei habe und andere aufregende Dinge.«

In der Nacht kam Marc-Ange mit seinem gigantischen Wohnwagen an. Sie aßen vergnügt zu dritt und klapperten dann alle Antiquitätenläden auf der Suche nach einem Verlobungs- und Ehering ab.

Der traditionelle glatte Goldreif war bald gefunden, aber Tracy konnte sich für keinen Verlobungsring entscheiden und schickte schließlich Bond allein auf die Jagd, während sie sich um ihr Kleid kümmern wollte. Bond nahm sich einen Mietwagen und fuhr mit dem Chauffeur, einem ehemaligen Kampfflieger, die ganze Stadt ab, bis er in einem Antiquitätengeschäft beim Nymphenburger Schloß das entdeckte, was er suchte: einen Barockring in Weißgold mit zwei ineinander verschlungenen Händen aus Brillanten. Er war reizend und schlicht, dem Chauffeur gefiel er auch, und so wurde der Kauf getätigt. Die beiden feierten ihn im Franziskaner, wo sie Berge von Weißwürsten vertilgten, jeder vier Maß Bier tranken und sich hoch und heilig schworen, nie wieder gegeneinander zu kämpfen. Glücklich über seinen letzten Junggesellenbummel, kehrte Bond reichlich beschwipst ins Hotel zurück, ging stracks hinauf zu Tracy und steckte ihr den Ring an den Finger.

Sie brach in Tränen aus und beteuerte unter Lachen und Weinen, es sei der schönste Ring der Welt. Als er sie küßte, kicherte sie: »Du stinkst ja gräßlich nach Bier und Wurst. Wo bist du gewesen?«

Er erzählte es ihr, und sie lachte herzlich. Dann rief Marc-Ange an und bat Bond, in die Bar zu kommen.

Bond fand nach reiflicher Überlegung, Schnaps passe hervorragend zu Bier und bestellte einen doppelten Steinhäger. Marc-Ange sah ihn ernst an. »Hör mal gut zu, James. Vor ein paar Monaten habe ich dir ein Angebot gemacht. Damals hast du abgelehnt, aber jetzt hast du angenommen. Wie heißt deine Bank?«

Bond erwiderte wütend: »Halt's Maul, Marc-Ange! Wenn du glaubst, ich lasse mir von dir oder sonst wem eine Million Pfund schenken, irrst du dich gewaltig. Ich habe genug Geld, Tracy auch. Es macht nur Spaß, wenn man sparen muß, um sich etwas zu kaufen, das man gern haben möchte.«

Marc-Ange knurrte. »Du bist besoffen. Du weißt nicht, was du redest. Eine Million ist nur ein Fünftel meines Vermögens. Verstehst du? Tracy ist daran gewöhnt, alles zu kriegen, was sie sich wünscht, und ich will, daß das so bleibt. Sie ist mein einziges Kind. Du kannst sie nicht mit einem kümmerlichen Beamtengehalt ernähren. Du mußt das annehmen.«

»Wenn du mir das Geld gibst, schwöre ich dir, daß ich es für wohltätige Zwecke stifte! Soll es ein Altersheim für Hunde bekommen? Dann rück es nur raus!«

Marc-Ange sah ihn flehend an. »Soll ich ein Konto für eure Kinder einrichten?«

»Noch schlimmer. Ich will nicht, daß unsere Kinder mit Geld um sich werfen können. Ich habe nie viel gehabt, und ich habe es auch nie gebraucht. Wenn ich ein Vermögen geerbt hätte, dann wäre ich wie all diese Playboys geworden, diese ehemaligen Freunde von Tracy, über die du dich so beklagt hast. Nein, Marc-Ange.« Er trank energisch seinen Steinhäger aus. »Es ist nicht gut, zuviel Geld zu haben.«

Marc-Ange schien den Tränen nahe zu sein. Bond wurde weich: »Es ist sehr lieb von dir, Marc-Ange, und ich weiß es auch zu schätzen. Ich verspreche dir hoch und heilig, daß ich zu dir komme, wenn wir Hilfe brauchen. Vielleicht wollen wir eines Tages ein Häuschen auf dem Land oder haben einen kleinen Zuschuß für die Kinder nötig. Einverstanden?«

Mißtrauisch blickte ihn Marc-Ange an. »Dein Wort darauf? Du wirst mich nicht wieder betrügen?«

Bond nahm seine Hand und drückte sie herzlich. »Ehrenwort! Aber jetzt reiß dich zusammen. Tracy denkt sonst noch, wir hätten Streit gehabt.«

»Haben wir ja auch«, bemerkte Marc-Ange düster. »Und es ist das erstemal, daß ich verloren habe.«

26

»Ja.«

Dieses Wort sagte James Bond an einem kristallklaren Neujahrstag um halb elf Uhr morgens im Salon des britischen Generalkonsuls.

Und es war ihm ernst.

Der Generalkonsul hatte die Dauer des Aufgebots erheblich gekürzt. »Sie haben eine böse Kopfverletzung, Commander Bond, und die Gräfin ist etwas blaß«, hatte er bei ihrem ersten Besuch erklärt. »Ich habe daher vorsichtshalber eine Sondergenehmigung beim Foreign Office eingeholt, die erstaunlicherweise sofort erteilt wurde. Also wollen wir es am Neujahrstag erledigen, und zwar in meiner Wohnung.«

Die Unterschriften wurden vollzogen. Der Leiter der Station M, Bonds Trauzeuge, hatte einen Sack Konfetti mitgebracht, den er hauptsächlich über Marc-Ange ausschüttete.

Dann gingen sie hinunter zu dem bereitstehenden Lancia. Jemand hatte weiße Bänder von den Ecken der Windschutzscheibe bis zur Kühlerfigur gezogen, vermutlich die Frau des Generalkonsuls. Dieser schüttelte Bond die Hand und sagte: »Leider ist es nicht gelungen, die Sache so geheimzuhalten, wie wir wollten. Eine Reporterin der ›Bunten Illustrierten‹ war heute morgen da. Sie hat sich nicht vorgestellt. Aber ich kam nicht drum herum, ihr die nackten Tatsachen mitzuteilen. Vor allem wollte sie den genauen Termin der Trauung wissen, um einen Fotografen zu schicken. Na, das ist Ihnen wenigstens erspart geblieben. Wahrscheinlich sind die alle noch blau. Also alles Gute und viel Glück!«

Tracy trug ein dunkelgraues Tiroler Kostüm, warf den Hut mit dem Gamsbart auf den Rücksitz, stieg ein und drückte auf den Anlasser. Der Motor sprang an, und sie brausten durch die leere Straße davon.

An der Einfahrt zur Autobahn nach Salzburg sagte Bond: »Sei ein Schatz und halte einen Moment an, Tracy. Ich muß zwei Dinge tun.«

Auf dem Grünstreifen nahm er sie in die Arme und küßte sie zärtlich. »Das ist das erste. Und zweitens möchte ich dir sagen, daß ich auf dich aufpassen werde, Tracy. Hast du etwas dagegen?«

Lächelnd sah sie ihn an. »Ich muß aber auch auf dich achtgeben, du brauchst es. Das ist wohl der Sinn einer Ehe.«

»Einverstanden. Und jetzt nehme ich diese Bänder weg. Ich will nicht wie ein Faschingsprinz durch die Gegend gondeln.« Er stieg aus und entfernte die Bänder. Die Sonne schien warm von einem wolkenlosen Himmel. »Wird es zu kalt, wenn wir das Verdeck runterlassen?« fragte er.

»Nein. So sehen wir ja nur die Hälfte. Die Fahrt nach Kitzbühel ist so herrlich, und außerdem können wir es ja jederzeit wieder hochklappen.«

Auf der Autobahn herrschte lebhafter Verkehr. Vor der großen Tankstelle entdeckte Bond einen offenen, grellroten Maserati. Ein richtiger Rennwagen mit einem sportlichen Paar in weißen Staubmänteln und Kinnhauben. Große dunkelgrüne Autobrillen verdeckten die Gesichter fast völlig. Die typische Uniform der Sonntagsrennfahrer. Sie waren zu weit entfernt, so daß er nicht erkennen konnte, ob sie ebenso attraktiv waren wie der Wagen. Die Figur der Frau wirkte jedenfalls nicht gerade vielversprechend. Bond setzte sich wieder neben Tracy, und sie fuhren durch die wunderschöne Landschaft.

Bald hatten sie Rosenheim hinter sich. Vor ihnen tauchten die hohen schneebedeckten Gipfel auf. Der Verkehr hatte nachgelassen. Auf lange Strecken waren sie die einzigen auf der Straße, die zwischen weißen Wiesen und Tannenwäldchen auf die glitzernden Berge zuführte. Bond blickte zurück. Weit hinten sah er einen roten Fleck. Der Maserati? Die hatten anscheinend nicht viel Sportsgeist, daß sie den Lancia, der nur 125 draufhatte, nicht einholten. Was hatte man von so einem Wagen, wenn man ihn nicht so fuhr, daß man alle anderen im Rückspiegel sieht? Doch vielleicht tat er ihnen Unrecht, vielleicht wollten auch sie nur die Gegend genießen.

Zehn Minuten später sagte Tracy: »Ein roter Wagen überholt uns bald, soll ich ihn abhängen?«

»Laß ihn ruhig vorbei, wir haben ja alle Zeit der Welt.«

Jetzt würde er gleich das Dröhnen der Achtzylinder-Maschine hören. Bond beugte sich nach links und winkte den Maserati vorbei.

Ein Donnern ... Die Windschutzscheibe des Lancia verschwand wie von einer Riesenfaust getroffen ... Ein verkrampfter, gehässiger Mund unter einer syphilitischen Nase ... Das Aufblitzen einer Maschinenpistole ... Der rote Wagen war vorbei. Der Lancia schlitterte über den Grünstreifen am Straßenrand, quer über eine schneebedeckte Wiese und krachte mit voller Wucht gegen einen Baum. Bonds Kopf prallte gegen den Rahmen der Windschutzscheibe. Er verlor das Bewußtsein.

Als er zu sich kam, schüttelte ihn ein junger Polizist von der Autobahnstreife: »Was ist passiert? Was ist passiert?«

Bond drehte sich zu Tracy um. Sie lag mit dem Gesicht auf dem zertrümmerten Steuerrad. Das rosa Kopftuch war heruntergerutscht. Eine blonde Haarwelle verbarg sie. Er legte den Arm um ihre Schulter, auf der sich dunkle Flecken auszubreiten begannen, und drückte sie an sich. Dann sah er zu dem jungen Mann auf und lächelte beruhigend.

»Es ist alles in Ordnung«, sagte er klar und deutlich wie zu einem Kind. »Es ist alles in Ordnung. Sie ruht sich nur ein bißchen aus. Wir fahren bald weiter. Wir haben es nicht eilig. Wissen Sie«, er lehnte den Kopf an ihren und flüsterte in ihr Haar, »wissen Sie, wir haben nämlich alle Zeit der Welt.«

Der junge Polizist warf noch einen verstörten Blick auf das reglose Paar, rannte zu seinem Motorrad, packte das Handmikrophon und erstattete der Rettungsstation Meldung.

ENDE

Band 13 691

Petra Hammesfahr

Marens Lover

Die Augen Rasputins

Merkels Tochter

Petra Hammesfahr ist Deutschlands neue, erfolgreiche Thrillerautorin. ›Schon nach wenigen Seiten kann man ihre Bücher nicht mehr aus der Hand legen‹, schrieb die Zeitschrift ›Prinz‹.

In **Marens Lover** lebt eine Jugendliebe wieder auf, und Kommissar Metzner merkt nicht, daß seine Maren nicht mehr das unschuldige Mädchen von damals ist, sondern eine durchtriebene Frau, die ein Netz über Metzner zieht.

Die Augen Rasputins gehören Heiko Schramm, der großen Liebe der siebzehnjährigen Patricia. Aber Schramm sitzt eine Strafe ab, und Patricia fällt einem Therapeuten in die kundigen Hände – bis Heiko Schramm aus dem Gefängnis kommt.

Merkels Tochter heißt Irene und kämpft um die Liebe des Vaters, aber Merkel erkennt diese Liebe erst, als es zu spät ist – er findet Irene ermordet auf.

BASTEI LÜBBE

Sie erhalten diesen Band im Buchhandel, bei Ihrem Zeitschriftenhändler sowie im Bahnhofsbuchhandel.